LABYRINTHES

Jean d'Aillon est né en 1948 et vit à Aix-en-Provence. Docteur d'État en sciences économiques, il a fait une grande partie de sa carrière à l'Université en tant qu'enseignant en histoire économique et en macroéconomie, puis dans l'administration des Finances. Il a été responsable durant plusieurs années de projets de recherche en économie, en statistique et en intelligence artificielle au sein de la Commission européenne.
Il a démissionné de l'administration des Finances en 2007 pour se consacrer à l'écriture.

DU MÊME AUTEUR

aux Éditions du Masque

Le dernier secret de Richelieu
La conjuration des Importants
Le mystère de la chambre bleue
Nostradamus et le dragon de Raphaël
L'exécuteur de la Haute Justice
Attentat à Aquae Sextiae
L'obscure mort des ducs
L'enlèvement de Louis XIV
L'énigme du clos Mazarin
Le complot des Sarmates, suivi de *La Tarasque*
L'archiprêtre et la cité des tours

aux Éditions Jean-Claude Lattès

La conjecture de Fermat
Le captif au masque de fer
Les ferrets de la reine
Les rapines du Duc de Guise
La guerre des amoureuses

www.lemasque.com

Jean d'Aillon

LA CONJECTURE DE FERMAT

ÉDITIONS DU MASQUE
17, rue Jacob 75006 Paris

ISBN : 978-2-7024-3453-6

LES PRINCIPAUX PERSONNAGES

LÉON-POMPÉE D'ANGENNES, *marquis de Pisany, fils de madame de Rambouillet,*

LOUIS D'ASTARAC, *marquis de Fontrailles,*

ISABEAU D'ASTARAC, *marquise de Castelbajac, sœur de Louis d'Astarac,*

MAFFEO BARBERINI, *pape, Urbain VIII,*

THADDEUS BARBERINI, *frère du précédent, préfet de Rome,*

MARGOT BELLEVILLE, *intendante de la seigneurie de Mercy,*

JEAN BAILLEUL, *premier clerc de l'étude des Fronsac,*

CHARLES DE BARBEZIÈRE, *chevalier de Chémerault, frère de* FRANÇOISE DE CHÉMERAULT

PHILIPPE BOUTIER, *procureur du roi, adjoint du chancelier Séguier,*

NICOLAS BOUVIER, *domestique de Louis Fronsac,*

JACQUES BOUVIER, *gardien, père de Nicolas,*

ANTOINETTE BOUVIER,

GUILLAUME BOUVIER, *homme à tout faire et concierge, frère de Jacques,*

JEANNETTE BOUVIER, *mère de Nicolas, cuisinière des Fronsac,*

CHARLES DE BRESCHE, *libraire sur la place Maubert,*

FABIO CHIGI, *envoyé d'Urbain VIII à la nonciature de Paris,*

MAURICE DE COLIGNY, *petit-fils de l'amiral de Coligny,*

GUILLAUME CHANTELOU, *commis au bureau du Chiffre,*

FRANÇOISE DE CHÉMERAULT, *dite la Belle Gueuse,*
ANNE CORNUEL, *amie de la marquise de Rambouillet,*
SÉBASTIEN CRAMOISY, *libraire,*
SIMON ANTOINE DREUX D'AUBRAY, *lieutenant civil de la prévôté et vicomté de Paris,*
PIERRE DE FERMAT, *magistrat toulousain,*
PIERRE FRONSAC, *notaire,*
LOUIS FRONSAC, *fils du notaire Pierre Fronsac, chevalier de Saint-Michel et marquis de Vivonne,*
PAUL DE GONDI, *coadjuteur de l'archevêque de Paris,*
JEAN LA GOUTTE, *archer du guet au Grand-Châtelet,*
SIMON GARNIER, *commis au bureau du Chiffre,*
TOMASO GANDUCCI, *vendeur de gants et parfums,*
GAUFREDI, *reître au service de Louis Fronsac,*
GERMAIN GAULTIER ET SA SŒUR MARIE, *domestiques,*
MICHEL HARDOIN, *époux de Margot Belleville,*
CLAUDE HABERT, *commis au bureau du Chiffre,*
MICHEL LE TELLIER, *secrétaire d'État à la Guerre,*
FRANÇOISE DE LESPINASSE, *dame de compagnie de la marquise de Castelbajac,*
HENRI II de LORRAINE, *duc de Guise,*
HUGUES DE LIONNE, *secrétaire du cardinal Mazarin, marquis de Fresne,*
MARIN MERSENNE, *religieux du couvent des minimes,*
LOUISE MOILLON DE CHANCOURT, *femme peintre,*
ISAAC MOILLON, *son frère,*
HENRI-AUGUSTE DE LOMÉNIE, *comte de Brienne, secrétaire d'État aux Affaires étrangères,*
ANTOINE MALLET, *concierge des Fronsac,*
MADAME MALLET, *domestique des Fronsac, épouse d'Antoine,*
CLAUDE DE MESMES, *comte d'Avaux, surintendant des Finances,*
CHARLES MANESSIER, *commis au bureau du Chiffre,*
JEAN-FRANÇOIS NICERON, *religieux du couvent des minimes,*
JOSEPH ZONGO ONDEDEI, *maître de chambre de Mazarin,*
BLAISE PASCAL,
ISAAC DE PORTAU, *seigneur du Vallon, surnommé Porthos, mousquetaire,*
ANTOINE ROSSIGNOL, *chef du bureau du Chiffre,*
CHARLES DE SAINTE-MAURE, *baron de Montauzier, gouverneur de Haute-Alsace,*

La conjecture de Fermat

ABEL SERVIEN, *comte de La Roche des Aubiers, ancien secrétaire d'État à la Guerre,*
SIMOND L'INNOCENT, *ramoneur,*
GÉDÉON TALLEMANT, *écrivain et banquier,*
GASTON DE TILLY, *commissaire de police,*
CATHERINE DE VIVONNE-SAVELLI, *marquise de Rambouillet,*
JULIE DE VIVONNE, *nièce de la marquise de Rambouillet, épouse de* LOUIS FRONSAC,
VINCENT VOITURE, *poète.*

1.

Mardi 3 novembre 1643

Il pleuvait depuis plusieurs jours et la bourrasque balayait la campagne avec une rare violence.

À huit lieues au nord de Paris, dans le château de Mercy encore tout en chantier, Louis Fronsac, chevalier de Saint-Michel et nouveau maître de la seigneurie, debout dans l'embrasure d'une fenêtre de la grande salle, contemplait lugubrement la cour de son manoir et la campagne environnante.

Le jeune homme – il était né trente ans plus tôt, le 1er juillet 1613 – était vêtu très simplement d'un pourpoint de velours noir avec des crevures aux manches par où sortait sa chemise blanche dont les poignets étaient noués par des galans. Ces rubans, généralement multicolores, étaient un signe de distinction tant à la Cour qu'à la ville et les élégants en attachaient un peu partout sur leurs vêtements. Louis Fronsac, ancien notaire, les choisissait toujours noirs, comme le reste de ses habits.

Une cheminée crépitait dans son dos. Julie, sa jeune épouse, était descendue aux cuisines pour vérifier les livraisons apportées par des paysans du hameau. C'est que, désormais, une quinzaine de personnes vivait – à l'étroit – dans le vieux manoir et il fallait nourrir tout ce monde.

Le château était un bâtiment ancien constitué de deux étages et de combles construit sur d'antiques salles ogivales. Au-devant, une cour presque carrée était à l'origine fermée d'un mur d'enceinte protecteur. Le mur avait été démoli et remplacé par deux élégantes ailes en brique et en pierre en cours d'achèvement. Le chevalier et sa femme logeaient au deuxième étage de l'ancien bâtiment, ainsi que le vieux valet d'armes et garde du corps, Gaufredi, qui partageait sa chambre avec Nicolas, le fidèle cocher et secrétaire. Vivaient aussi à cet étage l'intendante Margot Belleville et son époux, Michel Hardoin, un ancien charpentier qui s'occupait de remettre en état le vieux bâtiment.

Dans les combles et greniers se serraient Germain Gaultier et sa sœur Marie, deux habitants du hameau de Mercy entrés au service des Fronsac ; Germain comme domestique à tout faire et Marie comme femme de chambre de Julie. Il y avait encore un vieux couple, les Hubert, anciens gardiens du domaine, et quatre ou cinq paysans de Mercy qui, sous les ordres de Margot Belleville, s'occupaient aux derniers travaux d'aménagement, pourvoyaient les cheminées en bûches, soignaient les chevaux et entretenaient la maisonnée.

Le mariage de Louis et Julie avait eu lieu un mois auparavant, et déjà les soucis d'argent s'accumulaient. Un instant plus tôt, Julie était venue demander à son époux une forte somme en écus d'argent pour payer une ultime livraison de pierres à bâtir. Du moins, ils espéraient que ce serait la dernière ! C'étaient les linteaux et les encadrements pour les fenêtres du deuxième étage de l'aile droite du château encore en construction. De toute façon, jusqu'au printemps, plus aucun transport par chariot ne serait possible, les chemins étant ravinés par les intempéries.

Plongé dans de sombres pensées, Louis observait maintenant les hommes qui, dans la cour boueuse, déchargeaient sous la surveillance de Michel Hardoin des pierres taillées de deux grands charrois. La pluie, la boue et le vent ne leur facilitaient pas la tâche. Il songea que Mme Hubert, qui régnait sur les cuisines, devrait leur préparer une soupe chaude aux lardons pour les réconforter quand ils auraient terminé.

Le regard de Louis s'égara ensuite vers les deux constructions en brique qui flanquaient le vieux manoir. Elles étaient couvertes d'échafaudages de bois et il espérait que le vent ne les mettrait pas à bas. Ces nouvelles ailes que Julie avait tant souhaitées, c'était M. Mansart qui les avait dessinées par amitié pour Mme de Rambouillet, la tante de son épouse. Celle de gauche était presque terminée, bien qu'il manquât encore sa toiture d'ardoise. La charpente apparente de Michel Hardoin lui fit penser à la coque inversée d'un immense vaisseau de guerre et Louis ressentit une brève bouffée d'orgueil à l'idée qu'il en était le possesseur.

À droite, en revanche, les murs de brique ne dépassaient pas les trois toises. Combien d'argent faudrait-il pour terminer cette construction ? rumina le jeune homme. Cinquante mille livres, au moins ! Comme s'il avait cinquante mille livres !

Il soupira, découragé par ces prochains débours.

Un coup de tonnerre le fit sortir de sa sombre torpeur. Il se ressaisit et tenta de se morigéner : après tout, que de chemin parcouru depuis cet hiver, depuis le jour où, avec Julie et ses parents, ils avaient découvert avec effroi le château ruiné et les terres abandonnées qui l'environnaient [1].

---

1. Voir *La Conjuration des Importants*.

Décidément, le feu roi Louis, en le faisant chevalier et seigneur de Mercy, lui avait fait un cadeau empoisonné. Mercy était un domaine ravagé depuis plus de cent ans, dont les terres, non seulement ne rapportaient aucun bénéfice, mais encore coûtaient cher à la Couronne en charités à ses habitants.

Désormais, Louis était seigneur fieffé avec des droits de basse justice. Il n'en retirait aucune fierté et se considérait surtout comme le garant de la survie des quelque deux cents malheureux qui arrivaient à peine à se nourrir tant le domaine avait été délaissé. Cette nouvelle responsabilité le broyait de craintes.

Il songea à nouveau à toutes les dépenses qu'il avait déjà engagées. La vieille bâtisse était si délabrée qu'il avait fallu refaire la charpente et toute sa couverture d'ardoise. Cela sans compter les nouvelles ouvertures, larges et hautes, qu'il avait fallu percer car Julie voulait une maison lumineuse. Quant à l'intérieur, moisi et pourri par le temps, tout avait dû être changé : les portes, les fenêtres, les boiseries et même les planchers et les plafonds.

Sans Michel Hardoin, le charpentier qui savait tout faire, et sa femme Margot, si économe, rien n'aurait pu être accompli.

Maintenant, le vieux bâtiment était sec et bien chauffé grâce à ses nombreuses cheminées qui avaient été récurées et parfois reconstruites. Le bois ne manquait pas et les habitants du château disposaient d'un certain confort. Restait le manque de place. Les cuisines avaient été refaites au sous-sol et seule la grande pièce du premier étage où il se tenait, une immense salle de plus de vingt toises sur dix avec deux belles cheminées, avait été conservée telle quelle. C'est là que s'étaient déroulées les festivités du mariage.

Cette salle était flanquée aux extrémités de deux pièces plus petites. Celle de gauche était devenue la bibliothèque et le cabinet de travail de Louis, alors que la seconde, de l'autre côté, était l'armurerie, le domaine du vieux reître Gaufredi.

C'est à l'étage supérieur que vivait le maître de maison. Il y avait là cinq chambres : deux pour Louis et son épouse, une pour ses parents ou des visiteurs de passage, une pour Michel et Margot, et la dernière pour Gaufredi et Nicolas. La domesticité s'entassait sous les combles dans un immense grenier grossièrement compartimenté par des cloisons de bois.

Certes la vie était rude mais chacun avait chaud et mangeait à sa faim trois fois par jour dans la grande salle où toute la maisonnée se retrouvait autour d'une longue table de chêne.

La bourrasque redoublait, la pluie crépitait sur les carreaux. Les charrois étaient presque vidés et quelques hommes s'étaient déjà réfugiés aux cuisines pour avaler un bol de soupe ou de vin chaud. Les arbres entourant le domaine étaient déjà entièrement effeuillés et les gros nuages noirs qui traversaient le ciel à toute allure accentuaient l'impression de désolation.

Pourtant, à la fin de l'été, la campagne était tellement riante, songeait Louis avec nostalgie. L'argent, alors, ne manquait pas, et plus de cinquante ouvriers s'activaient sur le chantier. Le mur d'enceinte croulant qui entourait la cour avait été facilement abattu et l'ancien bâtiment avait reçu une belle couverture d'ardoises brillantes sur sa charpente toute neuve. La construction des nouvelles ailes avançait alors si vite que Michel Hardoin espérait bien les terminer avant l'hiver.

Mais l'arrivée précoce des pluies avait interrompu tous ces travaux.

Maintenant l'argent allait manquer, se répétait Louis avec désespoir, en ressentant un douloureux tiraillement dans le ventre.

Son esprit vagabond revint vers la scène qui s'était déroulée moins de deux mois plus tôt dans le bureau du cardinal Mazarin, le nouveau Premier ministre de la France, en présence de Michel Le Tellier, le ministre de la Guerre.

— Je vous propose un poste d'officier dans ma maison, chevalier, avait déclaré le cardinal. J'aurai encore besoin de vous.

Louis avait hésité avant de répondre :

— Monseigneur, j'ai été heureux et fier de vous aider, et de servir le roi. Mais je ne suis pas fait pour cette vie. Pour l'instant, je ne prétends plus qu'à vivre heureux avec mon épouse.

Le cardinal avait été déçu, peut-être même indisposé, par ce refus. Il lui avait pourtant accordé une gratification de trente mille livres. C'était tout ce dont Louis disposait pour tenir jusqu'à la prochaine récolte de blé, en juillet.

Pourquoi n'avait-il pas accepté la proposition du ministre ? se demandait-il maintenant.

Il en était là de ses moroses méditations quand une porte s'ouvrit dans son dos. C'était celle qui, par un escalier en colimaçon, conduisait aux cuisines. Son épouse revenait. Souriante et enjouée, le visage rose et sans aucun maquillage, l'éclat et la fraîcheur de Julie provoquaient toujours chez Louis un sentiment d'enchantement et de félicité. Et c'est vrai que Julie de Vivonne était plus belle que jamais en jupe et corps de cotte de laine turquoise, de la même nuance que ses yeux. Souci d'élégance ou commodité campagnarde, le bas de sa robe était relevé et attaché par des rubans pour laisser apercevoir sa *friponne,* cette jupe de dessous qui dissimulait la *secrète,* celle que l'amant ne pouvait qu'espérer. Ses cheveux frisés en bouffons sur les tempes mettaient en valeur sa garcette, cette petite frange que les femmes gardaient sur le front.

Julie remarqua immédiatement l'air soucieux de son époux. Elle comprit qu'il s'inquiétait à nouveau pour l'avenir. C'était un sujet qu'ils avaient abordé tant de fois !

— Tu t'alarmes à tort, lui dit-elle en s'approchant de lui et en lui prenant les mains. Nous ne manquons pas d'argent, nous avons à peine entamé les trente mille livres que t'a données Mazarin pour te remercier de lui avoir sauvé la vie.

Il eut un sourire contraint en réajustant machinalement un des galans noirs qui serraient les poignets de sa chemise, abandonnant une de ses mains dans celles de Julie.

— Peut-être, mais tiendrons-nous jusqu'à l'été prochain ? Nous devons mettre de côté dix mille livres pour terminer les travaux les plus urgents et payer les matériaux, dont ces maudites pierres. Sans compter la vieille ferme et ses granges à remettre en état. Dix mille autres seront à peine suffisantes pour passer l'hiver jusqu'à la prochaine récolte, payer nos gens et assurer la charité indispensable à Mercy. Songe qu'avec une demi-livre par jour, ce qui est bien peu, il nous faudra au moins trois mille livres pour la vingtaine de personnes directement à notre charge. Et plus probablement cinq mille. À cela, ajoute l'achat des graines pour les semis et celui d'animaux. Nous n'avons ni bœufs ni chevaux pour les gros transports et les labours. Chaque animal coûtera au moins cent livres, et je ne compte pas les instruments pour travailler le sol. Au printemps, il y aura les ouvriers à payer. Même à dix sols par jour, ce sera une dépense de cinquante livres au minimum par personne avant les récoltes.

— Et quand bien même ! répondit-elle en haussant les épaules et simulant l'indifférence. Il nous reste encore dix mille livres ! En outre, nous pouvons emprunter à un banquier. Nous possédons cent arpents parisiens de belles terres à blé [1], une ving-

1. Quarante hectares.

taine d'arpents de vaine pâture. Les bois occupent une surface de cent cinquante arpents giboyeux. En cultivant seulement la moitié des terres, tu sais que cela nous rapportera, net de la semence, entre trois et quatre mille livres. Avec un peu d'élevage et la mise en exploitation des bois dont Michel s'occupera, le domaine nous rendra l'année prochaine sept à neuf mille livres, peut-être plus.

— Tu as raison. Seulement nous devons vivre et tenir notre rang. À Paris, une famille peut vivre bourgeoisement avec deux mille livres, mais pas ici. Sitôt que je serai marquis, dès que le parlement aura enregistré mes lettres de noblesse, nous devrons nous rendre à la Cour. Il nous faudra aussi nous meubler, nous habiller. Tu as besoin de robes. Et comment recevrons-nous notre voisin, le duc d'Enghien, si nous sommes dans la misère ?

— Nous vivrons simplement et nous n'irons ni à Paris ni à la Cour. Je coudrai nos vêtements et nous dépenserons fort peu. Nous avons du bois en abondance. Enfin, il y a ma dot, nous pouvons la dépenser. Le roi a donné dix mille livres à ma mère pour mes besoins.

— Ce n'est pas la vie que je t'ai promise, Julie. Ni celle pour laquelle je me suis engagé auprès de ta tante, répliqua-t-il en secouant négativement la tête.

Elle lui lâcha la main et recula de quelques pas, le considérant longuement avec un sourire. Que son époux était beau, malgré sa chevelure trop courte et sa moustache clairsemée !

— Pourquoi souris-tu ainsi ? demanda-t-il d'un ton fâché.

— Quand je t'ai connu, tu avais les cheveux épais, longs jusqu'aux épaules, et ta moustache était joliment touffue au-dessus de tes joues. Tu as une allure bien trop sérieuse, maintenant, dans ce vieil habit de velours noir. Tu ressembles presque à un notaire, répondit-elle en s'esclaffant.

Trois mois auparavant, Louis avait été presque complètement rasé par le moine Niceron quand il avait été grimé en truand afin d'entrer dans la bande de pendards du duc de Beaufort.

Il eut un sourire fataliste.

— Mes cheveux repousseront, Julie ! Mais nos soucis ne vont pas disparaître.

Elle s'approcha à nouveau de lui et lui passa doucement une main sur le visage en soupirant :

— Je vais te dire, Louis. Ce n'est pas pour l'argent que tu t'inquiètes. En vérité, je t'observe depuis notre mariage : tu t'ennuies !

— Moi, m'ennuyer ? Alors qu'il y a tant à faire ici, s'insurgea-t-il mollement.

— Oui, tu t'ennuies, Louis Fronsac ! Tu avais une autre vie à Paris ! Ces enquêtes, ces recherches que tu conduisais, cela t'occupait l'esprit. Ici, Michel s'occupe des travaux, Margot gère la maison et moi le reste. Tu n'as rien à faire et tu te morfonds. Tu pensais que je serais malheureuse loin de la ville, alors que je m'y plais. C'est toi qui regrettes Paris, ses aventures et ses dangers !

— C'est faux, protesta-t-il sans conviction.

— C'est vrai ! le gronda-t-elle. Et tu le sais fort bien ! Parfois, je me demande si tu n'aurais pas dû accepter cette charge d'officier dans la maison de Mazarin.

— Non, ma mie, je ne le regrette pas...

Il parut hésiter avant de poursuivre, dans un demi-sourire :

— Mais tu as encore raison, parfois les jours me pèsent un peu. Ce doit être dû à cette pluie qui n'arrête pas, à ce vent si lugubre.

— Dès les premiers beaux jours, nous retournerons à Paris, promit-elle. Nous y passerons quelques semaines, et peut-être Gaston aura-t-il quelque recherche effroyable à te confier.

À cette promesse, Louis retrouva quelque entrain.

— Je vais examiner ces pierres avec Michel, et lui demander si ce sera suffisant pour terminer les façades de l'aile. Cet après-midi, malgré la tourmente, nous pourrions aller voir son projet de roue à godets et de conduites pour mener l'eau jusqu'au château.

— Il faut aussi que tu choisisses les planches pour les boiseries de la grande salle. Elles sèchent dans la salle à côté de l'écurie et peuvent, dès maintenant, être préparées.

Le dîner réunit toute la maisonnée. Ils étaient une douzaine à table, servis par deux servantes et un jeune valet qui venaient de Mercy.

Durant le dîner – une épaisse soupe au jambon avec du pain cuit dans les fours des cuisines – Margot se décida à parler d'un sujet qu'elle avait à cœur et que son époux n'osait aborder avec leur maître.

Margot était l'intendante du château. Ancienne libraire, son chemin avait croisé celui de Louis qui l'avait prise à son service. Margot avait un visage anguleux et ingrat aggravé par une expression perpétuellement sévère. Son chignon serré et sa robe de toile sombre couverte d'un tablier renforçaient ce portrait austère. Les seules personnes à pouvoir provoquer un sourire chez elle étaient son époux Michel et son seigneur et maître Louis Fronsac. Mais contrairement à son mari, elle ne craignait pas Louis ; elle l'idolâtrait, tout simplement.

— Monsieur le chevalier, vous vous souvenez des dix mille livres que, grâce à vous, le maréchal de Bassompierre m'avait remises ?

— Bien sûr, Margot. Elles sont toujours en sécurité à l'étude de mon père, et je crois savoir qu'elles vous rapportent au denier vingt.

— En effet, monsieur, et je vous en suis reconnaissante du fond du cœur. Voilà pourquoi je vous en parle : l'abbaye de Royaumont possède quelques terres de l'autre côté de l'Ysieux. Or, l'abbé ne dispose pas de droit de passage pour y accéder. Quand votre pont n'était pas encore en ruine, les moines l'utilisaient, mais depuis qu'il a été emporté par une crue, leurs terres sont quasiment abandonnées. J'ai été voir l'abbé. Il serait prêt à me vendre une belle prairie pour moins de six mille livres. Michel est allé l'examiner. D'après lui, c'est la moitié de son prix, car le sol pourrait rendre au denier douze[1]. Je voudrais l'acheter.

— Mais vous pouvez le faire, Margot, et sans avoir mon accord !

— J'en ai pourtant besoin, monsieur le chevalier. Pour passer l'Ysieux, il faut un pont. Michel souhaitait poser un passage en planches sur les ruines, ainsi nous pourrions facilement accéder à nos champs. Pour cela, il nous faut votre accord. En outre, nous ne possédons ni bœufs ni instruments pour labourer. Nous avions pensé à proposer à des habitants de Mercy de prendre la terre en métayage et de vous demander de nous laisser utiliser les granges et l'étable de votre ferme. Bien sûr, nous vous payerons un loyer pour tout cela et nous prendrons à notre charge le pont de bois provisoire. Et quand vous pourrez le reconstruire en pierre, nous payerons notre écot.

Elle avait parlé très vite, craignant d'être allée trop loin dans sa demande. Son époux baissait les yeux. Cela aurait été à lui de faire cette démarche, mais il n'avait pas osé. Quand elle eut terminé, Louis resta silencieux. Il réfléchissait. Au bout d'un instant, il se dit qu'une fois de plus Margot avait trouvé un

1. Un peu plus de 8 %.

moyen de l'aider. Se lancer dans une nouvelle entreprise lui occuperait l'esprit.

— Michel, serait-il vraiment possible de réparer ainsi le pont ?

— Oui, monsieur. Ce serait provisoire, et guère solide en cas de montée des eaux, mais je peux poser un tablier en trois ou quatre jours, après avoir enfoncé des pieux dans la rivière. Ça ne résistera pas à une grosse crue, mais ça pourrait tenir quelques années.

— Alors, faites-le. Je possède un droit de péage, mais je ne l'exercerai pas. Simplement chacun traversera à ses risques et périls, et les grosses charrettes seront interdites. Margot, achetez votre terre. Nous pourrons aller à Paris préparer les actes à l'étude de mon père quand vous le souhaiterez. Pour les bœufs et le matériel, nous les achèterons en commun.

— Vous pourriez aller voir ce que propose Michel dès cet après-midi, mon ami, suggéra Julie.

— C'est une bonne idée.

— L'abbé a d'autres prairies à vendre, monsieur, ajouta alors Margot, désormais rassurée. Il y a un beau pâturage et plusieurs champs mitoyens, entre autres. Il en veut cinq mille livres, mais son prix peut baisser. Cela vous rendrait certainement au moins deux cents livres par an.

— Malheureusement, je ne peux me le permettre, Margot.

— M. Bailleul avait proposé la construction d'un moulin, intervint Michel. Si nous pouvions transformer le grain en farine, il vous rapporterait beaucoup plus, monsieur le chevalier. Je pourrais construire un tel moulin sur la rivière.

— Nous le ferons certainement, mais il reste tant de choses plus importantes à faire dans l'immédiat. Attendons au moins la première récolte.

La porte d'entrée s'ouvrit soudain et la tourmente, le vent et la bourrasque entrèrent en même temps qu'Esprit Ferrant.

Esprit Ferrant était un jeune homme de Mercy qui pouvait avoir dix-huit ans bien qu'il n'en sache rien lui-même. Depuis un mois, il s'occupait des chevaux et des écuries du château. Durant les repas, c'était lui qui assurait une surveillance dans la cour.

Tenant à la main son chapeau de feutre à large bord dégoulinant de pluie, il s'avança avec hésitation vers la table du dîner. Lui aussi avait très peur de son nouveau seigneur. Ses sabots crottés laissaient de grosses traces de boue sur les dalles de pierre et Margot fronça les sourcils. Le silence se fit tandis que tous les convives le regardaient avec surprise ; pour qu'Esprit Ferrant s'autorise à entrer sans ôter ses sabots, il devait se passer quelque chose d'important !

Louis Fronsac lui fit signe de parler.

— Monsieur... monsieur, bégaya le jeune homme comme saisi par une émotion qu'il ne pouvait maîtriser. Il y a un ca... un carrosse qui... qui vient d'arriver...

Louis se leva aussitôt, imité par Gaufredi qui saisit l'épée de fer qu'il gardait toujours à portée de main. Tous deux s'avancèrent avec un peu de prudence vers la porte restée ouverte.

Dehors, la pluie tombait en cascade, mais on voyait distinctement le grand carrosse gris couvert de traînées de terre au milieu de la cour boueuse. C'était une voiture à quatre roues attelée à six chevaux pommelés, sans armoiries sur les portières. Les deux postillons étaient déjà au sol et un valet plaçait un escalier en bas d'une des portières. Louis remarqua alors les quatre gardes du corps du roi, en uniforme recouvert d'une pèlerine, immobiles sur leurs chevaux et armés de sabres et de mousquets.

Qui étaient ces visiteurs inattendus ? Des visiteurs de marque certainement, pour être ainsi escortés.

La portière du carrosse s'ouvrit et un homme enveloppé dans un grand manteau sombre descendit, le visage dissimulé par son chapeau dégoulinant d'eau. Levant les yeux, il aperçut Louis et il se dirigea à grands pas vers l'escalier monumental dont il grimpa rapidement les marches. Un second passager le suivait. Louis s'avança sur le perron, stupéfait. Il avait reconnu la barbiche coupée en carré et la moustache à l'ancienne du premier visiteur : c'était Michel Le Tellier[1], le ministre de la Guerre ! L'un des hommes les plus puissants de France !

Quant à celui qui avait rejoint le ministre, Louis ne pouvait mettre un nom sur son visage dégoulinant de pluie mais ses vêtements somptueux parlaient pour lui. C'était un personnage éminent de la Cour.

Le maître de maison s'inclina fort bas et les fit entrer.

— Monsieur Fronsac, nous avons eu quelques difficultés à vous trouver, déclara Le Tellier d'une voix de stentor. Soyez discret, poursuivit-il dans un murmure. Personne ne doit savoir qui je suis.

Louis opina :

— Entrez vite vous réchauffer, monsieur. Voulez-vous manger ? Je suis stupide de vous poser cette question ! Un dîner va être prêt. Je vais aussi donner des ordres pour qu'on s'occupe de vos gens.

Julie s'était approchée. Elle aussi avait reconnu Michel Le Tellier qu'elle avait rencontré quelquefois chez sa tante, la marquise de Rambouillet. Elle le salua, tandis que le ministre lui faisait une révérence amicale.

1. Michel Le Tellier est le père du marquis de Louvois, le plus redouté ministre de Louis XIV.

Margot avait tout de suite compris que ces gens-là n'étaient pas des visiteurs ordinaires. Déjà, elle faisait débarrasser les reliefs du dîner par Marie Gaultier et son frère, et demandait aux autres de disparaître aux cuisines. Elle expliqua aussi à Antoinette Hubert que les voyageurs devaient avoir un important équipage et qu'il fallait leur préparer un repas chaud immédiatement.

La pièce se vida par l'escalier de service qui descendait aux cuisines situées au niveau de la cour, une enfilade de trois salles voûtées prolongée par des communs et les écuries.

Seul Gaufredi resta dans une embrasure, farouche et vigilant.

Le Tellier et son compagnon s'avancèrent vers la cheminée la plus proche d'eux.

— Quel temps épouvantable ! souffla le ministre en ôtant ses gants en peau de loup et en réchauffant ses mains devant l'âtre.

Ils étaient maintenant tous les quatre près de la cheminée : Louis et son épouse, Le Tellier et son compagnon. Louis songea qu'il était étonnant qu'il n'y eût pas au moins quelques gentilshommes ou secrétaires pour accompagner les deux hommes. Cela signifiait sans doute qu'ils désiraient que personne ne connaisse cette visite.

— Je ne vous ai pas présenté M. le comte de Brienne, fit Le Tellier à mi-voix.

Louis commençait à comprendre et il salua, en l'observant discrètement, le compagnon de Le Tellier qui lui rendit son salut d'une inclination de tête.

Henri-Auguste de Loménie de Brienne était le nouveau secrétaire d'État aux Affaires étrangères. Il avait remplacé M. de Chavigny, éliminé cavalièrement par Mazarin après la mort du roi.

Ces deux hommes étaient des fidèles du cardinal Jules Mazarin.

La quarantaine, Michel Le Tellier avait été procureur du roi au Châtelet sous les ordres de Laffemas, puis maître des requêtes au conseil d'État. On avait fait appel à lui pour réprimer la révolte des nu-pieds en Normandie – ce qu'il avait fait avec une incroyable férocité, sans aucun état d'âme. Fort de ce succès, il était devenu intendant militaire pour l'armée d'Italie. Dans le Piémont, représentant du roi pour les affaires de police et de justice, Le Tellier avait été remarqué par celui qui n'était encore que l'ambassadeur du Saint-Siège auprès des princes de Savoie, Giulio Mazarini. Ce fut le début de relations d'estime et d'amitié entre les deux hommes.

Devenu président du conseil de régence, Mazarin avait aussitôt donné à Le Tellier le portefeuille de la Guerre en remplacement de Sullet des Noyers, trop proche des *dévots* de l'Oratoire et des ultramontains.

Quant à Henri-Auguste de Loménie de Brienne, la cinquantaine proche, il était issu d'une vieille famille d'aristocrates habitués à occuper des postes éminents dans l'administration du royaume. Son père était déjà secrétaire de la maison du roi sous Henri IV.

— Nous avalerons volontiers quelque chose, proposa Le Tellier avec un sourire chaleureux. Je vois que vous étiez en train de dîner.

Julie jeta un coup d'œil à la table désormais vide.

— Je vais donner des ordres, monseigneur, proposa-t-elle au ministre. Installez-vous, ce ne sera pas long.

Les deux visiteurs se dirigèrent vers la table et enlevèrent leur manteau qu'ils déposèrent sur un banc. Le Tellier balaya la pièce du regard. La salle était très grande, plutôt bien chauffée et agréable. À sa droite, un escalier majestueux, en pierre, desservait l'étage. Il nota les deux portes aux extrémités de la pièce ainsi que le passage vers l'escalier de service. Les lieux étaient pourtant bien pauvrement meublés.

À part la longue table, il n'y avait que des bancs et deux tabourets. Une tapisserie usée jusqu'à la trame était accrochée sur le mur entre les deux cheminées. Deux panoplies d'armes décoraient celui d'en face. Un grand fauteuil tapissé avec un pied cassé traînait dans un angle. D'autres bancs, au pied de la tapisserie, ainsi que deux coffres et un vaisselier datant du siècle précédent, complétaient l'ameublement. Il eut un brusque froncement de sourcils en constatant qu'un serviteur était encore présent, debout, à demi dissimulé dans une profonde embrasure de fenêtre. Il l'examina avec attention.

L'aspect de ce domestique était inquiétant. Avec ses moustaches en crocs, il lui faisait penser à ces capitans du théâtre italien que le cardinal Mazarin avait mis à la mode depuis quelques mois. Couvert d'un pourpoint de buffle rapiécé, coiffé d'un feutre à plumet, enveloppé d'un manteau écarlate, chaussé de bottes jusqu'aux cuisses avec des éperons de cuivre, le vieillard – c'était un homme couturé de rides et de cicatrices – portait à son baudrier une longue rapière à l'espagnole à manche de cuivre et un pistolet était glissé à son large ceinturon !

Louis remarqua la grimace du ministre.

— M. Gaufredi est mon garde du corps, monsieur, expliqua-t-il. Il m'a sauvé la vie tellement de fois que je n'en tiens plus le compte et je n'ai aucun secret pour lui.

Soldat de fortune de cette guerre qui durait depuis trente ans, le dernier engagement de Gaufredi avant d'entrer au service de Louis avait été sous les ordres de Jean de Gassion lorsque ce dernier ravageait la Lorraine.

Auparavant, Gaufredi avait été mercenaire chez les Suédois, en Poméranie, et même chez les Autrichiens, nos ennemis. Il savait tout de l'art de la guerre. Quarante ans de meurtre, de pillage et de violence l'avaient endurci à un point que personne ne pouvait imaginer et il n'avait plus de cœur depuis longtemps.

Ou plutôt si. Le vieil homme vénérait celui qui l'avait pris à son service et qui lui avait fait confiance lorsque plus personne ne voulait de lui. Gaufredi se serait fait tuer pour Louis et son épouse – encore qu'il aurait préféré tuer pour eux ! C'était un vieillard, certes, mais avant tout un homme redoutable, d'une rare sauvagerie.

Le Tellier regarda Brienne, comme pour prendre son avis, et ce dernier, les paupières mi-closes, hocha la tête de haut en bas.

— Chevalier, vous devez vous interroger sur notre visite ? s'enquit alors le ministre de la Guerre.

— Certainement, monsieur. Mais vous allez d'abord vous restaurer. Je serai ensuite entièrement à votre écoute.

Il ajouta :

— Ma bibliothèque, qui est aussi mon cabinet de travail, est là-bas. Il désigna la porte, à l'extrémité gauche de la salle. Nous y serons tranquilles pour parler...

Julie revenait accompagnée de Marie, de son frère et de Margot. Ces derniers apportaient plusieurs flacons de vin de Beaune, des assiettes de faïence et deux grosses miches de pain chaud.

— Nous pouvons vous porter une soupe, expliqua Julie, ainsi que deux pintades froides.

— Ce sera parfait ! Avez-vous pu vous occuper de nos gens ?

— Oui, monseigneur, répondit Margot. Ils sont en bas, aux cuisines, tous attablés devant un feu et Mme Hubert s'occupe d'eux.

— Cela ne vous dérangera pas si nous passons la nuit ici, madame ? demanda Le Tellier à Julie.

— Certainement pas, monsieur. Nous avons de la place et vos gens pourront dormir aux écuries ou dans le grenier.

Un domestique apportait les pintades, un second des couteaux, des couverts italiens et des aiguières. Marie était repartie chercher la soupe.

Les convives se jetèrent sur leur repas avec un féroce appétit. Le pain était trempé dans le potage et les sauces qui accompagnaient. Loménie de Brienne utilisait adroitement la cuillère de ses couverts italiens, mais Le Tellier mangeait avec ses doigts qu'il rinçait régulièrement dans des aiguières, s'essuyant ensuite aux basques de son pourpoint.

Tout en leur servant à boire, Louis les observait discrètement. L'aristocrate Brienne essayait de ne pas se salir, alors que Le Tellier, qui avait trop connu la rude vie des camps militaires, ne ménageait ni sa chemise de soie ni son pourpoint de velours !

— Nous sommes partis très tôt ce matin de Paris, dit alors Brienne qui parlait pour la première fois. Notre voiture s'est embourbée deux fois, précisa-t-il dans une sorte de reproche.

— Le chemin est en mauvais état, reconnut Louis avec un sourire désolé.

— C'est donc la fameuse seigneurie que vous a donnée *Louis le Bègue* ? ironisa le Tellier en examinant encore les lieux avec curiosité. On m'avait dit qu'elle était ruinée ! Vous avez fait de gros travaux...

— En effet, monsieur, et ils ne sont, hélas, pas terminés.

— Cela coûte cher, n'est-ce pas ? intervint Brienne d'un ton plus amical que celui de sa précédente intervention.

— Très cher, monsieur ! grimaça Louis.

— J'ai aussi beaucoup de soucis avec mon château de Brienne, expliqua le ministre [1].

Julie écoutait la conversation tout en surveillant Marie qui servait la soupe. Elle cherchait à deviner ce que voulaient les deux ministres.

---

1. Il avait acheté le château de Brienne en 1640.

Les deux hommes mangèrent un moment en silence. Le Tellier essuya ensuite complètement son plat avec du pain en déclarant :

— Madame, je n'ai jamais aussi bien mangé de ma vie ! Nous étions transis, affamés, et nous voici à nouveau prêts à affronter la tempête !

— Monsieur Fronsac, reprit-il d'une voix douce et agréable, après qu'il eut noté le départ de la servante vers les cuisines où elle était allée chercher des noix confites, nous allons pouvoir aborder les choses sérieuses.

Margot arrivait avec un panier de fruits. Le Tellier choisit une poire et commença à la peler.

— Nous pouvons aller dans la pièce du fond, proposa Louis.

Brienne inclina la tête en signe d'approbation et les deux ministres se levèrent ensemble.

— Je vous porterai des noix confites là-bas, proposa Julie.

Le Tellier suivit Louis tout en pelant sa poire et en laissant tomber les épluchures au sol. Brienne, lui, avait emporté une pomme.

Ils passèrent dans le bureau bibliothèque. La cheminée avait été regarnie de belles bûches, mais la pièce restait froide. Le Tellier considéra les lieux. Deux grands panneaux de chêne supportaient une armée de livres. Sur le troisième mur, une vieille tapisserie des Flandres toute mitée pendait lugubrement.

L'ameublement se limitait à deux vieux fauteuils droits à la tapisserie usée jusqu'à la trame. Leurs accoudoirs se terminaient par des têtes de lion. Dans un angle, près d'une fenêtre, se dressaient une table de chêne couverte de papiers, de plumes et d'encriers, ainsi qu'un tabouret.

D'autorité, le ministre de la Guerre prit un fauteuil et s'installa devant le feu tandis que Brienne faisait quelques pas vers la bibliothèque pour examiner les rayonnages et les volumes de cuir.

— Vous avez beaucoup de livres, chevalier. Probablement plus que moi.

— C'est un de mes défauts, monseigneur. Mon épouse et moi-même lisons beaucoup et notre intendante est une ancienne libraire.

Le ministre hocha la tête et revint près de l'âtre où il s'assit sur le second fauteuil. Louis tira alors le tabouret pour se placer auprès d'eux.

Ils restèrent un moment silencieux à regarder danser les flammes. Finalement, le Tellier prit la parole :

— Vous savez donc, chevalier, que M. de Brienne remplace M. de Chavigny aux affaires étrangères. Il est temps de vous dire ce qui nous amène à troubler votre quiétude.

Il attendit un instant, souhaitant peut-être une question de son hôte mais celle-ci ne venant pas, il reprit :

— Brienne, le mieux serait que vous fassiez un rapide exposé sur la situation en Europe à M. le chevalier.

— En effet, approuva le comte de Brienne d'un ton un peu pédant tout en joignant l'extrémité de ses doigts.

Il eut un regard appuyé vers son hôte et poursuivit :

— Malgré ses défauts, monsieur Fronsac, le cardinal de Richelieu a beaucoup fait pour la grandeur de la France. Notre pays domine désormais le monde. La maison d'Autriche est affaiblie et l'Angleterre, en pleine anarchie, ne compte plus guère. Par sa clairvoyance, Mgr Mazarin a discerné dans le jeune duc d'Enghien le grand général qui nous manquait. Avec lui, nous avons écrasé les Espagnols à Rocroy et partout dans le Nord, ainsi qu'en Lorraine. Certes, nos armées sont en difficulté en Allemagne, mais Enghien revient à Paris dans quelques jours et il recevra des instructions pour engager ses troupes sur le Rhin. La France sera finalement victorieuse et pourra imposer ses conditions à la paix.

» Vous ne l'ignorez pas, cette guerre qui sévit en Europe depuis trente ans est un conflit atroce et épuisant. Ruines et misères s'accumulent. L'Allemagne est affreusement ravagée. Savez-vous que le long du Rhin presque tous les villages sont entièrement détruits ? La disette et le dénuement sont tels sur le territoire allemand que les opérations militaires ne s'y déroulent plus pour des raisons stratégiques mais seulement pour occuper des villes et des villages capables d'assurer la subsistance des armées d'occupation ! Cette tuerie n'a plus de sens et il faut y mettre fin.

Il se tut un instant avant de reprendre d'un ton grave :

— Il importe cependant que notre pays ne perde pas à la table des négociations ce qu'il a gagné au prix du sang. Dès 1636, Urbain VIII avait proposé sa médiation mais les princes protestants avaient décliné son offre de bons offices. Les négociations ont repris ces temps-ci et le principe d'une conférence de paix est désormais accepté par toutes les parties. En réalité, il y aura deux conférences simultanément. L'une à Münster, entre la France et l'Empire, et l'autre à Osnabrück entre les Suédois et l'Empire. Les catholiques se retrouveront à Münster et les protestants à Osnabrück. Ces conférences réuniront les plénipotentiaires de la France et de la Suède, des principautés germaniques, des Provinces-Unies, de l'Espagne, du Portugal et du Saint-Siège. L'objectif, c'est un partage de l'Europe qui soit acceptable pour tous. Savez-vous, monsieur, comment fonctionnent de telles conférences ?

Sans attendre la réponse, il continua :

— Chaque pays envoie plusieurs ambassadeurs avec leurs conseillers et leurs secrétaires. Nos négociateurs rendent compte des propositions qui leur sont faites, parfois à titre privé, parfois publiquement, par les autres négociateurs. Ils envoient alors des courriers à mon ministère et j'en informe Mgr Mazarin. Nous élaborons ensuite une réponse, parfois des contre-propositions, et des courriers ou des estafettes apportent ces mémoires aux négociateurs. Tout ceci est fort long et relativement risqué. Bien sûr, il ne faut pas que nos courriers tombent dans les mains de nos ennemis, ou se fassent voler leurs dépêches. Naturellement, toute notre correspondance est chiffrée. Nos adversaires communiquent de la même façon, eux aussi avec des courriers chiffrés. Vous devinez donc l'importance du chiffre dans l'activité diplomatique.

Au collège de Clermont, le fameux établissement tenu par les Jésuites où il avait fait ses études, Louis avait beaucoup travaillé le droit puisqu'il allait devenir notaire, mais son inclination allait vers les mathématiques. Son maître, un admirateur de Copernic et de Galilée, l'avait formé à la logique et, même s'il connaissait peu la science des nombres, il avait une certaine idée des méthodes de chiffrage et de codification.

— Connaissez-vous Antoine Rossignol [1], monsieur le chevalier ? poursuivit Brienne qui, décidément, aimait à poser des questions auxquelles lui seul pouvait répondre.

Louis secoua négativement la tête.

— En 1626, le prince de Condé faisait le siège de Réalmont, dans le Languedoc, une ville rebelle tenue par les huguenots et qui paraissait imprenable. Condé songeait donc à lever le siège quand ses gens

1. Spécialiste des clefs de chiffrage, Rossignol a donné son nom au rossignol, la fameuse clef qui ouvre toutes les portes.

parvinrent à capturer un homme portant une lettre des assiégés. C'était un poème détestable et incompréhensible. L'état-major du prince supposa qu'il s'agissait d'un message secret mais ne parvenait pas à le comprendre. Un officier songea alors à un gentilhomme du pays nommé Rossignol, passionné de mathématiques et de cryptographie. On le fit venir.

» Antoine Rossignol est né avec le siècle et, tout jeune, il avait montré à quel point il était un génie des chiffres. Il traduisit le poème dans la journée. C'était une dépêche qui demandait de la poudre et des munitions dont les assiégés manquaient cruellement. Le prince retourna à Réalmont la missive déchiffrée et les huguenots, comprenant que leurs adversaires savaient tout, se rendirent !

» Richelieu, ayant eu connaissance de cet exploit peu commun, fit entrer Rossignol dans sa maison comme responsable du bureau du Chiffre, un service chargé de préparer les correspondances secrètes. Lors du siège de La Rochelle, il décrypta sans peine tous les messages protestants. Son étonnante capacité à briser les codes ennemis et à crypter nos propres dépêches de façon indéchiffrable a assuré sa fortune. Il avait toutes les faveurs de Sa Majesté.

» Ceci pour vous dire que M. Rossignol connaît les plus grands secrets de l'État et qu'il est évidemment au-dessus de tout soupçon.

Il resta silencieux un instant, et ajouta :

— Pourtant, nous savons de source sûre que, depuis quelques mois, l'Espagne, et peut-être les Provinces-Unies, connaissent le contenu de nos dépêches diplomatiques les plus confidentielles.

— Vous en êtes certain ? demanda Louis avec inquiétude.

— Certain ! intervint Le Tellier. Nous avons aussi nos espions.

Il regarda Brienne et lui fit signe de continuer.

— Vous comprenez bien, monsieur le chevalier, que nous ne pouvons participer à la conférence de Münster si nos adversaires lisent toute notre correspondance. Il faut donc y mettre fin.

— Il y a plusieurs moyens de connaître le contenu d'une dépêche chiffrée, remarqua Louis. On peut saisir la dépêche et, connaissant le code, la traduire, mais on peut aussi obtenir la dépêche avant qu'elle ne soit chiffrée.

— Exactement. Nous avons examiné toutes ces possibilités. Nos ennemis peuvent connaître notre chiffre de deux façons : soit il leur a été donné – ou vendu – par un traître, soit ils disposent d'un homme plus talentueux que Rossignol qui est parvenu à le briser.

— Est-ce possible ? s'étonna Louis.

— Ce serait très difficile, mais pas totalement impossible, Rossignol nous l'a avoué. Souvenez-vous de ce qu'il a fait à Réalmont.

— Mais encore faudrait-il que nos adversaires aient saisi nos dépêches, remarqua Louis

— C'est exact, monsieur Fronsac. En général, trois courriers différents les transportent. On ne peut donc exclure qu'un courrier soit acheté par nos ennemis. Nous songeons d'ailleurs à mettre en place pour la conférence de Münster une escouade d'estafettes incorruptibles que nous confierons à Maurice de Coligny, si le duc d'Enghien l'approuve puisque M. de Coligny est actuellement dans son armée.

— Je connais Coligny, remarqua Fronsac, j'étais à Rocroy avec lui. C'est un homme de talent et de valeur ; vous feriez là un bon choix.

— Ah ! C'est vrai que vous étiez à Rocroy, je l'avais oublié ! fit Brienne avec une sorte de dépit. Mais pour en revenir à votre remarque précédente, nous ne pensons pas que nos dépêches aient été saisies, puis déchiffrées. Nous penchons plutôt pour une trahison au sein même du service du Chiffre de M. Rossignol.

Louis était devenu encore plus attentif. Brienne poursuivit :

— M. Rossignol utilise pour la codification des dépêches ce que l'on appelle des répertoires. Il a fait une modification dans ceux-ci et nous avons appris que l'Espagne a eu connaissance d'une dépêche codée dans laquelle ces modifications apparaissaient.

— Cela signifierait donc qu'il y un espion dans vos services ?

— En effet. Au sein même du service du Chiffre dont Antoine Rossignol a la responsabilité.

— Combien de personnes sont concernées ?

— Rossignol a sous ses ordres quatre chiffreurs, tous choisis non seulement pour leur compétence dans le domaine des nombres, mais aussi pour leur fidélité au royaume et leur intégrité. Or, l'un d'eux est forcément un espion. Et il y a plus grave. Nous craignons aussi que le coffre où sont rangés les répertoires servant au codage n'ait été ouvert par d'autres que les personnes autorisées.

— Si ce n'est que cela, vous pourriez changer la clef ? suggéra Louis.

— C'est beaucoup plus grave, répondit le comte de Brienne avec une espèce de lassitude, comme s'il était exaspéré de devoir tout expliquer. Comme je vous l'ai dit, la codification d'une lettre se fait à partir d'un répertoire de mots. C'est un très gros livre, car il est impossible aux chiffreurs de retenir la totalité du code. En vérité, il y en a deux, un pour chiffrer, un second pour déchiffrer. Et ces registres sont rangés dans le coffre. On peut donc avoir ouvert le coffre pour faire une copie des codes mais aussi pour dérober les dépêches qui y sont rangées avant qu'elles ne soient codées.

— Diable ! Autrement dit, il se pourrait que nos ennemis disposent à la fois des codes et des dépêches ! Avez-vous essayé de suivre tous ceux qui y ont accès ?

— Nous y avons songé. Mais, avant de prendre une telle décision, nous avons tenu conseil avec Mgr Mazarin et il nous en a dissuadés.

— Pourquoi ? demanda Louis après une hésitation car il devinait déjà la réponse.

Ce fut le Tellier qui répondit d'un ton grave :

— Il nous faudrait faire appel à des exempts, des enquêteurs ou des commissaires ce qui entraînerait d'autres difficultés, plus importantes encore. Il nous faudrait leur dire la vérité, ou au moins une partie de la vérité, alors que nous ne sommes qu'une poignée à la connaître. Nous sommes à peu près certains que le traître ne sait pas ce que nous savons, et il est important qu'il reste dans l'ignorance. Or, les suiveurs pourraient se faire repérer et nous perdrions alors tout espoir d'identifier notre espion. Ils pourraient aussi se faire acheter, ce qui serait pire !

» Et surtout, poursuivit-il, vous vous doutez bien que nous souhaiterions identifier tous les membres de ce réseau, et en particulier le ou les commanditaires. Ce sont peut-être des agents étrangers, mais ce pourrait être aussi des Français, des Grands du royaume, pourquoi pas ? Nous ne pouvons rejeter l'existence d'un nouveau complot. Nous ne pouvons confier cette tâche à n'importe qui.

» Voilà pourquoi le cardinal nous a envoyés vers vous.

— Nous avons besoin de quelqu'un qui puisse analyser tous les éléments, compléta Brienne, trouver le ou les coupables et proposer des solutions pour rendre notre service sûr. Quelqu'un surtout en qui on puisse avoir une confiance absolue. Car dans ce domaine, chacun peut être suspecté. Son Éminence a pensé que vous étiez le seul à pouvoir nous aider.

Le silence s'installa.

Louis était consterné. Il avait parfaitement compris où ils voulaient en venir. La dernière fois qu'il avait aidé Mazarin, il avait été battu, il s'était trouvé pris au milieu d'une bataille, il avait été poursuivi par une bande d'assassins et, enfin, il avait dû vivre durant plusieurs jours comme un truand au milieu d'un groupe de canailles. Il n'avait aucune envie de se trouver à nouveau mêlé à une aventure du même genre.

— Ce ne sera pas dangereux, sourit Le Tellier comme pour le rassurer. Vous êtes le seul à pouvoir démêler cet écheveau et, avec votre talent, cela ne vous prendra certainement que très peu de temps.

Louis haussa un sourcil surpris. Le Tellier et Mazarin devaient le prendre pour un sorcier, un magicien, un être hors du commun capable de trouver la solution d'un problème uniquement en faisant fonctionner son esprit ! Ils paraissaient ignorer les difficultés matérielles et les dangers auxquels il pourrait se trouver confronté. Ce monde de l'espionnage, il ne le connaissait pas, mais il savait que c'était un monde d'assassins. Maintenant qu'il était marié, heureux, il n'avait aucune envie de risquer à nouveau sa vie.

— Mgr Mazarin a deviné vos réticences, poursuivit le ministre de la Guerre d'un air bonasse. Mais il connaît aussi vos besoins. J'ai ici dix mille livres, dans mon carrosse, que je dois vous remettre si vous acceptez. Que vous réussissiez ou non, elles vous resteront acquises dans tous les cas. Mais si vous résolvez cette affaire, vous recevrez dix mille livres supplémentaires.

— C'est une somme importante, monsieur, et il est vrai que j'en ai besoin, sourit Louis à son tour. Je dois réfléchir à votre proposition et en parler avec mon épouse. Puisque vous restez ici ce soir, je vous donnerai ma réponse dans la soirée. Mais pour que je dispose de toute l'information, pouvez-vous me parler plus longuement des chiffreurs de M. Rossignol, puisqu'ils semblent être les principaux suspects ?

— Ils sont quatre, expliqua le comte de Brienne. Nous vous l'avons dit, tous ont été choisis avec rigueur. Chacun d'eux a été recommandé par un des hommes les plus intègres de ce royaume. À priori, ils devraient être insoupçonnables. Leur travail est de chiffrer les dépêches qui partent, et de déchiffrer celles qui arrivent en utilisant pour cela les répertoires de code. C'est une besogne fastidieuse, où il est aussi important d'avoir de la mémoire que du talent dans la science des nombres.

» Il y a d'abord Charles Manessier, c'est un vague neveu de M. Rossignol ou de sa demi-sœur, je ne sais trop. Puis il y a Guillaume Chantelou, un jeune homme d'une grande piété et d'une rare intégrité qui appartient à la famille de M. Sublet des Noyers. C'est ce dernier qui l'a fait entrer dans le service quand il était surintendant des bâtiments. Il y a ensuite Simon Garnier, un huguenot issu d'une famille d'artistes peintres, quelqu'un de très talentueux dans le décryptage. Il a été proposé par M. Servien. Enfin, il y a Claude Habert, un petit-neveu de la belle-sœur de M. Le Bouthillier de Chavigny, à qui j'ai succédé. Comme vous le voyez, tous sont des gens de qualité, de talent et de grande famille.

— En effet, soupira Louis, il me paraît difficile de douter de ces hommes-là. Et il n'y a personne d'autre ?

— Personne ! Seuls ces quatre et M. Rossignol manipulent les dépêches. Outre les ministres et Mgr Mazarin, j'entends.

Julie entra avec les noix confites. Les trois hommes en choisirent quelques-unes qu'ils se mirent à grignoter en silence. Finalement, Le Tellier reprit la parole :

— Madame de Vivonne, nous sommes venus proposer une mission à votre époux. Il paraît réticent. Mgr Mazarin serait très déçu s'il refusait.

Elle considéra Louis en plissant le front. Le ton de Le Tellier lui avait déplu et l'avait inquiétée. Elle avait cru y distinguer un soupçon de dépit, sinon de menace.

Le ministre de la Guerre se leva pour se diriger vers la fenêtre :

— La pluie a cessé. Allons voir ce que deviennent nos gens, Brienne. Nous pourrons ensuite nous installer.

— Je vais vous montrer votre chambre, messieurs, proposa Julie.

— C'est inutile, madame. Nous trouverons bien tout seuls ! fit Le Tellier en levant une main. Restez donc un instant avec votre époux. Nous vous retrouverons dans la grande salle.

Il fit une pause avant d'ajouter, en fixant Louis :

— Quoi qu'il en soit, nous repartirons demain aux aurores. Nous aurions vraiment souhaité que vous nous accompagniez, monsieur le chevalier.

Brienne se leva à son tour. Il paraissait particulièrement contrarié. Sans doute était-il venu avec l'espoir secret que Louis Fronsac lui donnerait le nom de son espion, et il découvrait que non seulement il en était incapable, mais il paraissait refuser de les aider !

Les deux hommes sortirent.

— De quoi s'agit-il, Louis ?

Fronsac était resté assis, le visage fermé.

— Ils veulent que je démasque un espion au ministère des Affaires étrangères, répliqua-t-il, maussade.

— Tu as refusé ?

Il leva les yeux vers elle en exhalant un profond soupir :

— Tu sais bien que je ne peux pas refuser, Julie. Je dois tout à Mazarin, je suis son féal. S'il me demande son aide, je serai là. Je partirai donc demain matin.

— Le Tellier paraissait pourtant contrarié.

— Je ne voulais pas céder tout de suite et je désirais t'en parler avant. Je n'ai aucune envie de m'occuper de nouveau d'affaires politiques, Julie, mais je n'ai pas le choix. En outre, ils me proposent vingt mille livres. Cet argent serait le bienvenu pour terminer nos travaux et mettre toutes nos terres en culture. Et nous pourrions aussi aider un peu plus nos paysans de Mercy.

— Raconte-moi de quoi il s'agit.

Il n'avait pas de secret pour elle et il lui expliqua tout, non seulement la connaissance du chiffre par l'Espagne, mais plus encore ses craintes de devoir affronter des adversaires redoutables.

— Accepte, Louis ! lui conseilla-t-elle après un moment de réflexion. D'abord, tu viens de le dire, tu n'as pas le choix, mais surtout, ce sera une médication à ta mélancolie. D'ailleurs, je suis certaine que tu brûles de résoudre l'énigme qu'ils t'ont présentée. Je crois même que tu aurais accepté de travailler pour eux gracieusement.

Louis la regarda en souriant. Il savait qu'elle avait raison. Comment pouvait-elle deviner ainsi ce qu'il pensait ? S'il possédait le don de la déduction, elle avait une intuition hors du commun et elle gagnait à tous les coups contre lui. Il essaya de se défendre :

— Si Dieu m'a donné le talent de résoudre les énigmes, n'est-il pas normal que je lui rende hommage en l'utilisant ? fit-il en haussant les épaules. Et puis, c'est vrai que nous pourrions ainsi passer quelques semaines à Paris, aller au théâtre et chez ta tante, Mme de Rambouillet.

— Parce que je t'accompagnerais ? s'enquit-elle les yeux brillant de plaisir.

— Tu sais bien que je ne peux rien faire sans toi ! Si je pars demain, tu me rejoindras dans quelques jours.

Elle se mit à rire, puis s'arrêta un instant, songeuse.

— Et si tu échouais ? Si tu ne découvrais pas cet espion ?

Son visage s'assombrit. Ils avaient badiné un moment et la réflexion de Julie le ramenait à la réalité : il allait risquer sa vie.

Un frisson le parcourut.

— Rejoignons-les, proposa-t-il sans répondre.

Dans la grande salle, Le Tellier et Brienne étaient en conversation avec deux de leurs laquais. Près d'une cheminée, Gaufredi les observait en lissant sa moustache en pointe avec une expression farouche.

Le Tellier se tourna vers Louis en l'entendant sortir de sa bibliothèque :

— Il ne pleut plus, chevalier, nous feriez-vous visiter vos terres ? Mes gens ont préparé nos chevaux.

— J'allais vous le proposer, monsieur. Michel Hardoin, l'époux de mon intendante, est charpentier. C'est lui qui a dirigé les travaux. Il souhaite réparer provisoirement un pont en ruine sur l'Ysieux et construire une roue à godets pour amener l'eau jusqu'ici. Si vous le souhaitez, nous pourrions l'emmener avec nous pour qu'il nous présente ses projets.

— Cela m'intéresse beaucoup, déclara Brienne. J'aimerais savoir comment votre charpentier va s'y prendre. J'ai le même problème dans mon château.

— Nous parlions avec nos laquais. Devons-nous prendre des armes de chasse ?

— Ce serait plus prudent, dit Louis. Il y a beaucoup de loups dans les bois et on pourrait croiser une meute. Gaufredi, venez-vous avec nous ? demanda-t-il à son garde du corps.

— Je ne vous quitte pas, monsieur le chevalier. Je vais faire préparer les chevaux.

Il fit quelques pas vers Le Tellier et déclara d'un ton bourru :

— Monsieur, l'armurerie est par-là. Choisissez ce dont vous avez besoin.

Tous se retrouvèrent à cheval dans la cour, bien couverts de pourpoints de buffle et coiffés de chapeaux de feutre à large bord. Le Tellier et Brienne montaient des juments grises de leur attelage. Les deux laquais les accompagnaient sur deux autres bêtes. Tous portaient épée, pistolet d'arçon ou arquebuse.

Ils descendirent vers la rivière par le chemin raviné et boueux. En bas, Hardoin expliqua ses projets ; comment il planterait des pieux de chêne au milieu du cours d'eau pour soutenir un tablier provisoire et comment celui-ci prendrait appui sur les piles ruinées. Brienne et Louis posèrent quelques questions. Chaque fois, Hardoin répondait avec justesse et précision. Le Tellier, qui avait côtoyé bien des maîtres maçons lors de travaux de fortifications, ne disait mot mais, à son expression attentive, on ne pouvait douter qu'il appréciait la compétence du charpentier.

Ils prirent ensuite un sentier qui longeait la rivière. La promenade se poursuivit sur un demimille pour finalement déboucher sur une berge rocheuse qui constituait une sorte de grand bassin naturel.

— C'est ici que je construirai la roue, monsieur. À l'entrée du bassin, il y a suffisamment de courant toute l'année pour entraîner le mouvement, et assez de place pour que la machine puisse puiser l'eau.

— Comment cela fonctionnera-t-il ? demanda Loménie.

— Ce sera une grande roue à godets comme il y en a sur la Seine, monsieur. L'eau emplira des godets de bois, et ceux-ci s'élèveront sous la force du courant. Au point le plus haut, ils se déverseront dans une gouttière de bois qui descendra par-là vers la vallée. Ces conduites seront soutenues tout le long par un réseau d'échafaudages d'arbres, d'aqueducs maçonnés ou encore par les irrégularités du relief.

— La distance est grande jusqu'au château, observa le Tellier.

— En effet, monsieur. Une demi-lieue. Il sera nécessaire d'empierrer un chemin le long du passage de la conduite de plomb.

— Tout cela va prendre combien de temps ? demanda Brienne.

— Construire la roue et la mettre en place : plusieurs mois. En outre, il y aura beaucoup de maçonnerie pour placer les conduites, faire quelques aqueducs et empierrer le terrain. Si on commence au printemps on peut espérer avoir l'eau au château un an plus tard.

— L'eau arriverait où ? questionna Louis.

— J'ai fait des relevés. Avec les pentes, je pense la conduire au niveau du premier étage. Elle s'écoulerait alors vers les cuisines mais vous pourriez avoir une fontaine dans la grande salle et, avec un petit bassin et des pompes à main, l'eau pourrait atteindre le deuxième étage.

— Nous aurions donc l'eau dans nos appartements actuels...

— Oui, monsieur, et aussi au premier étage dans les deux ailes. Tout cela sans pompe. Ce serait un confort inouï.

— Inouï ! renchérit Brienne. Avoir de l'eau courante pour sa toilette... et pour le reste ! se mit-il à rire tandis que Le Tellier l'imitait.

— Et combien cela coûtera-t-il ? s'inquiéta Louis.

— Il faudra beaucoup d'ouvriers et de manœuvres, monsieur. Pour empierrer le chemin et pour la maçonnerie, et aussi des charpentiers et des menuisiers. Sans compter les conduites de plomb. Je pense qu'il faut compter au moins dix mille livres. Peut-être le double.

— C'est une somme ! s'exclama Le Tellier en regardant ironiquement Louis.

Celui-ci opina en silence. Songeur, il considéra un moment encore le bassin naturel. Finalement, il se tourna vers les deux ministres.

— J'accepte votre proposition, messieurs. Je partirai pour Paris demain, avec vous si vous pouvez m'emmener. Mais j'aurai une ultime condition à formuler...

— Laquelle ? demanda Le Tellier en fronçant les sourcils.

— Je serai libre de mener l'enquête à ma guise.

Le ministre approuva d'un geste de la main.

2.

Mercredi 4 et jeudi 5 novembre 1643

Le carrosse des ministres s'ébranla vers cinq heures du matin, bien avant l'aurore. Deux gardes du corps porteurs de torches de résine le précédaient et les lanternes à huile du véhicule avaient été allumées. La voiture avançait au pas car le cocher et les chevaux n'y voyaient guère. Par temps sec, il y avait environ six heures de voyage pour se rendre dans la capitale. Avec les chemins défoncés par les pluies, huit ou neuf heures seraient nécessaires et ils arriveraient à Paris au mieux en début d'après-midi.

Louis était assis à côté du comte de Brienne et Le Tellier se tenait en face d'eux. Gaufredi suivait le véhicule, armé comme il l'était le jour du sac de la ville de Charmes, lorsqu'il était sous les ordres de Jean de Gassion.

Charmes, non loin de Nancy, avait été occupée par leur régiment. Toutes les femmes et les nonnes de la ville avaient été violées et tous les enfants tués. Maintenant, songeait Gaufredi en se remémorant avec un mélange de honte et de nostalgie la prise de la ville, Gassion était maréchal de France [1] et lui était au service d'un bon maître !

Le vieux reître ruminait sur la pénible discussion qu'il avait eue la veille avec son maître, au retour de leur promenade à la rivière, pendant que Le Tellier et Brienne se changeaient dans leur chambre.

Louis l'avait rejoint dans l'armurerie alors qu'il nettoyait et rangeait soigneusement leurs armes. Il lui avait annoncé leur départ pour le lendemain. Après quoi, il s'était assis sur un escabeau et lui avait expliqué la mission qu'il aurait à mener à bien à Paris.

C'était le genre d'enquête qui ne plaisait guère au vieux soldat, aussi l'avait-il mis en garde avec rudesse :

— Monsieur, quand j'étais dans l'armée de Weimar, nous organisions souvent des embuscades pour les estafettes qui transportaient des messages. Quand on en avait capturé une, on la conduisait à M. de Gassion. Ce qu'il leur faisait pour les faire parler n'était pas très beau à voir. L'information est le nerf de la guerre. Si vous vous attaquez à un réseau d'espions, votre vie ne vaudra pas grand-chose quand vous tomberez entre leurs mains.

— Je m'en doute, mon ami. C'est bien pour ça que j'ai besoin de toi !

Gaufredi avait secoué la tête avec une grimace.

— Vous ne comprenez pas, monsieur, ou vous ne voulez pas comprendre. Je me suis battu toute ma vie, j'ai beaucoup tué. Trop, sans doute, mais toujours à visage découvert. Je voyais mes adversaires, je lisais leur dessein dans leurs yeux. Là, il s'agit d'un

1. Le sac de Charmes ne fut qu'un simple épisode de la guerre de Trente Ans. Il y eut bien pire ! À Saint-Nicolas-du-Port, en Alsace, non seulement les religieuses furent violées mais ensuite traînée nues derrière les chevaux. Tous les habitants furent massacrés par plaisir.

monde obscur où vous avancerez à tâtons, sans connaître vos ennemis ni savoir par où ils vous attaqueront. Vos amis seront sans doute vos ennemis et l'inverse sera tout aussi vrai. Tant que vous vous occuperez de cette affaire, je ne vous laisserai jamais seul, sinon, je vous perdrais, avait-il conclu.

Il avait vu son maître frissonner, mais il n'avait pu le faire changer d'avis.

— Tu me conduiras après-demain au Palais-Royal. M. de Brienne me présentera à M. Rossignol, le chef du bureau du Chiffre, et je rencontrerai seul là-bas les quatre suspects. Tu sais que j'ai un aspect plutôt commun et, même après m'avoir vu une fois, il est peu probable que ces hommes se souviennent de moi, surtout si je me grime un peu. Mais toi, on ne peut t'oublier après t'avoir aperçu ! Aussi, tu resteras à m'attendre dans la première cour du Palais. Je ne veux pas qu'on te voie, car ces suspects, il va nous falloir les suivre. C'est le seul moyen pour découvrir notre traître. Or comme je ne peux mettre personne dans la confidence, à part mon ami Gaston, tu devras toi-même en suivre un, tout comme moi et Gaston. Pour le quatrième homme, j'espère qu'on trouvera un exempt sûr pour nous prêter main-forte.

Gaufredi avait secoué négativement la tête :

— Ça ne me plaît vraiment pas, monsieur ! Je veux bien admettre que vous ne risquerez rien au Palais-Royal, mais si l'homme que vous suivez vous remarque et vous tend un piège, seul vous ne ferez pas le poids contre lui !

— J'en ai vu d'autres et je serai prudent, avait répondu son maître avec une assurance qu'il n'avait visiblement pas. Et puis, je n'ai pas le choix.

Dans la voiture, la conversation allait bon train. Louis se renseignait sur les événements qui s'étaient déroulés à la Cour et à la ville depuis qu'il avait quitté Paris.

Le Tellier lui confia tout ce qu'il savait sur le sort de ces comploteurs que Mme Cornuel, une amie de Mme de Rambouillet, avait surnommés les *Importants* et auxquels Louis s'était opposé [1].

Certes, ils n'étaient que des *esprits creux*, comme s'était gaussé son ami le coadjuteur Paul de Gondi, pourtant, cette bande de factieux qui papillonnait autour de la duchesse de Chevreuse, ces petits maîtres qui répétaient à l'envi d'un ton mystérieux : « *J'ai une affaire d'importance !* » avaient bien failli assassiner Mazarin.

Henri de Campion, l'officier aux gardes, bras droit du duc de Beaufort, qui avait préparé l'attentat contre le ministre, s'était enfui en Hollande. Beaupuis, son ami et autre officier du même régiment, s'était, lui, réfugié à Rome.

Marie de Rohan, la duchesse de Chevreuse, était exilée sur ses terres à Couzières et personne n'avait l'autorisation de la rencontrer ou de lui écrire. Le Tellier savait néanmoins que Claude de Bourdeille, un vieux complice de précédents complots, avait réussi à tromper la vigilance des exempts qui surveillaient le domaine. Sans doute parvenait-elle à envoyer des courriers à ses amis. D'aucuns rapportaient pourtant qu'elle se préparait à quitter la France, craignant avec juste raison une prochaine arrestation.

La duchesse de Montbazon, qui avait perdu son amant, le duc de Beaufort, puisque le *Roi des Halles* était enfermé à Vincennes, s'était vendue au duc de Guise, revenu à Paris quelques mois plus tôt pour tenter, par un troisième mariage, d'épouser une fille d'honneur de la régente.

---

1. Voir *La Conjuration des Importants*.

La grosse Montbazon, la femme du gouverneur de Paris, celle qui avait moitié *plus de tétons qu'il n'en faut*, comme se moquait Tallemant, celle qui avait de tels besoins d'argent qu'on pouvait la louer pour une nuit, celle qui avortait quand elle était enceinte en galopant des heures durant, celle qu'on appelait l'ogresse, était donc devenue la maîtresse de ce fou de Guise !

Voilà donc ce qui restait de cette faction des *Importants* qui avait fait trembler le trône de France ! songeait Louis avec dérision.

— Quant au marquis de Fontrailles qui avait préparé l'attentat contre Son Éminence, continuait Le Tellier, il n'a pas été poursuivi parce qu'on ne pouvait rien prouver contre lui. Cependant, certains l'ont rencontré le mois dernier chez M. de La Rochefoucauld, rue de Seine, en compagnie de Claude de Bourdeille, le comte de Montrésor, que mes exempts croient aussi avoir reconnu chez la duchesse de Chevreuse. Il y a sans doute toujours une étroite affinité, amicale ou intéressée, entre Fontrailles et la Chevreuse.

— Est-il encore à Paris ? s'inquiéta Louis.

— Je l'ignore, mais je ne le pense pas. Le duc d'Enghien est attendu d'un jour à l'autre avec ses amis et ses officiers. Les derniers Importants ne chercheront pas à le défier par leur présence, maintenant qu'il est général en chef des armées et auréolé de ses magnifiques victoires. Et puis, Mgr Mazarin tient désormais énergiquement les rênes du pouvoir. La situation a complètement changé en quelques semaines.

Si Louis se renseignait ainsi, c'est aussi parce qu'il se demandait si le marquis de Fontrailles n'était pas derrière cette affaire de vol du chiffre des dépêches. Ce démon en avait la capacité et il avait toujours gardé d'étroites relations avec l'Espagne.

Issu d'une des plus vieilles familles de Gascogne, Louis d'Astarac, marquis de Fontrailles, était né en 1605 d'un père sénéchal d'Armagnac et de Marguerite de Montesquieu. D'une intelligence et d'une audace prodigieuse, il aurait pu aspirer aux plus hautes fonctions militaires s'il n'avait été bossu et difforme.

Malgré son handicap et sa laideur, il aurait pu au moins occuper une charge éminente au sein de l'État si Richelieu ne l'avait pas volontairement écarté de tout rôle diplomatique ou politique.

C'est que Fontrailles professait des idées hasardeuses au goût du ministre. Admiratif des antiques vertus romaines et fin observateur des misères du peuple, Fontrailles se disait républicain et rêvait pour la France d'un gouvernement comme celui de la Rome antique... dont il aurait été le premier consul, bien entendu.

Les deux hommes se méprisaient donc et le ressentiment du marquis de Fontrailles envers le cardinal s'était transformé en haine le jour où Richelieu l'avait traité de monstre.

Depuis, Fontrailles avait plusieurs fois tenté de faire disparaître le *Grand Satrape*. Il aurait même pu réussir sans la pusillanimité du roi. Ainsi, un jour où Louis XIII lui avait déclaré en plaisantant :

— Ah, si le cardinal pouvait mourir, nous serions très heureux !

Fontrailles lui avait répondu avec vivacité :

— Votre Altesse n'a qu'à me donner son consentement et il se trouvera des gens qui vous en déferont en votre présence !

Le roi, bien qu'hésitant, n'avait pas osé aller plus loin.

Ayant perçu que le roi n'agirait jamais contre son ministre, Fontrailles avait réuni Cinq-Mars, le favori en titre, et Gaston d'Orléans, le frère de Louis XIII. Ami des deux hommes, il leur avait proposé un pacte avec l'Espagne. Contre des pistoles sonnantes et trébuchantes, les conjurés se débarrasseraient de Richelieu, puis du roi, afin de laisser le trône à Monsieur, qui suivrait dès lors une politique amicale envers l'Escurial.

Les conjurés avaient été fort près d'abattre Louis le Bègue et, sans la rouerie de Giulio Mazarini, assisté par Louis Fronsac, Fontrailles aurait sans doute réussi [1].

Après l'échec de cette conspiration, il s'était réfugié en Angleterre et n'était rentré en France qu'à la mort de Richelieu.

Il avait alors préparé l'assassinat de Louis XIII puis, devenu la tête pensante des Importants, il avait tenté de faire disparaître Mazarin afin d'installer le chaos dans le pays. À l'occasion de ces troubles, il était certain de parvenir à prendre le pouvoir et de fonder enfin cette république qu'il espérait, à la façon de la révolution parlementaire qui se propageait en Angleterre.

Mais, une fois de plus, Louis Fronsac avait réussi à faire échouer le complot.

Le Tellier ne semblait guère s'inquiéter des derniers Importants restés en liberté. Le seul qui s'affichait encore à Paris était Henri de Guise mais ses agissements faisaient surtout rire la Cour.

Henri de Lorraine, duc de Guise et petit-fils du *Balafré* qui avait fait chanceler le trône de Henri III, ne pensait en effet qu'au sexe féminin.

Archevêque de Reims à vingt et un ans, il avait séduit les deux filles du duc de Nevers, dont l'une était abbesse. Il avait même épousé secrètement la seconde avant de s'impliquer dans le complot de

1. Voir *Le Mystère de la chambre bleue*.

Louis de Bourbon, comte de Soissons. Une conspiration préparée justement par le marquis de Fontrailles !

Bourbon par sa naissance et prince de sang, le comte de Soissons avait bien failli devenir régent du royaume. L'année précédente, à la tête d'une armée espagnole, il avait écrasé l'armée royale à La Marfée, au sud de Sedan. La bataille gagnée, alors qu'il s'apprêtait à marcher sur Paris, il avait voulu se gratter la joue couverte de sueur tant la chaleur était épouvante, et il avait utilisé son pistolet comme grattoir.

Le coup était parti et la balle lui avait traversé le cerveau[1] !

La partie perdue, le duc de Guise s'était réfugié à Bruxelles en abandonnant son épouse et son archevêché. Il en avait profité pour épouser une jolie comtesse.

L'archevêque bigame était pourtant rentré en France au début de l'année afin de se faire pardonner. En échange de sa grâce, il avait renoncé à ses bénéfices ecclésiastiques et rendu son chapeau d'archevêque. Il filait désormais le parfait amour avec une fille d'honneur de la reine à qui il avait promis le mariage. Mais, avant de convoler en justes noces, il devait obtenir l'annulation de ses précédentes unions !

Il se rendait souvent chez sa sœur, Françoise de Lorraine, qui était abbesse de Saint-Pierre, à Reims. Un jour, celle-ci l'avait surpris en train d'abuser d'une jolie nonne.

— Mon frère ! Vous moquez-vous ! Aux épouses de Jésus-Christ ! s'était-elle écriée, épouvantée.

La moniale violentée jurait en sanglotant de dénoncer le fou furieux.

1. Authentique !

Devant le risque d'un terrible scandale, l'abbesse avait ordonné à son frère, en lui désignant une autre religieuse fort laide qui avait assisté à la scène :

— Mon frère, faites-en autant à celle-là, qui n'est point jolie. Ainsi notre sœur ne sera pas la seule à avoir subi vos outrages.

Penaud, le duc de Guise avait répondu :

— Ma sœur, elle est bien laide ! Mais n'importe, puisque vous le voulez...

N'étant point la seule déshonorée, la première moniale avait donc accepté de ne point dénoncer le duc[1] !

En racontant les turpitudes de Guise qu'il connaissait bien puisqu'il avait la police dans ses attributions, Le Tellier pleurait de rire. Mais point Brienne qui trouvait le comportement du petit-fils du *Balafré* inqualifiable. Quant à Louis, l'historiette de la nonne abusée ne faisait que lui confirmer la folie de l'ancien archevêque.

Il se disait aussi qu'un homme si sot ne serait jamais dangereux. Il se trompait.

Louis posa ensuite quelques questions à Brienne. Principalement sur les estafettes et les courriers, mais aussi sur la façon dont étaient codées les dépêches et sur le fonctionnement du bureau du Chiffre.

Vers dix heures, ils s'arrêtèrent à un relais de poste pour changer de chevaux et se restaurer.

Ils arrivèrent finalement à Paris autour de trois heures, entrant dans la ville par la porte du Temple. Habituellement, c'était le matin que la circulation était infernale mais, ce jour-là, à peine passé l'octroi, le carrosse des ministres fut arrêté dans la rue Sainte-Avoye par les encombrements.

Les quatre gardes du corps du roi tentèrent vainement de disperser les chariots et les voitures qui

1. Rapporté par Tallemant des Réaux.

engorgeaient la voie trop étroite. Après une interminable station devant l'enclos du Temple, Louis proposa finalement aux deux ministres :

— Je préfère vous quitter maintenant. Nous ne sommes pas loin de la rue des Quatre-Fils où se trouve l'étude de mon père. Je monterai en croupe derrière Gaufredi, qui brûle lui aussi d'arriver.

— La rue est bien boueuse, remarqua Le Tellier en regardant à travers la vitre du carrosse. Au moins, vous êtes à l'abri ici.

En effet, la boue noirâtre dans laquelle s'enlisaient les roues de leur voiture – un mélange de terre, d'ordures et de crottin – adhérait aux essieux et provoquait un surcroît d'effort aux six chevaux qui soufflaient et hennissaient rageusement dès que les deux postillons les fouettaient pour qu'ils avancent plus vite.

— Je ne porte que des vêtements de voyage et, en croupe, j'éviterai les crottes. De toute façon nous n'avons qu'une centaine de toises à faire et j'ai l'impression que votre carrosse n'avancera plus pendant un moment.

— Vous avez sans doute raison ! reconnut finalement Le Tellier. D'ailleurs, si l'encombrement persiste, nous ferons comme vous et nous monterons en croupe derrière un garde du corps. Où sont vos bagages ?

— Dans des sacoches, sur la selle de mon serviteur Gaufredi. Monsieur de Brienne, je passerai demain matin pour vous rencontrer au Palais-Royal. Je pourrais y être au lever du soleil. Cela vous conviendrait-il ?

— Je vous attendrai, monsieur.

Louis les salua et sortit en essayant d'éviter de plonger ses bottes de voyage dans la boue. Il parvint à monter sur une borne de pierre. Gaufredi lui tendit un bras et Louis sauta en croupe derrière la selle.

La rue était complètement obstruée par des chariots d'approvisionnement ou de matériaux. Les deux cavaliers eurent beaucoup de difficultés à forcer le passage. Ils devaient faire attention aux passants, aux porteurs d'eau et à tous ces autres métiers ambulants qui occupaient la chaussée. Cependant, le visage farouche et couturé de cicatrices de Gaufredi ainsi que la lourde colichemarde qui lui battait le flanc faisaient généralement s'écarter prudemment passants et marchands des rues, et permettaient à leur monture de se glisser entre les véhicules.

Comme toujours, le reître inquiétait ceux qui le croisaient tant par son expression malveillante que par son équipement. Ce jour-là, il était coiffé d'un feutre ramolli qui lui tombait sur les épaules. Son manteau de laine écarlate entrouvert laissait apercevoir un pourpoint de buffle reprisé à de multiples endroits et un baudrier de cuir où était suspendue sa flamberge à l'espagnole, en acier et manche de cuivre. Un couteau de chasse d'un pied et demi, attaché par un cordon, pendait aussi sur sa poitrine. Enfin, une fonte de selle contre sa cuisse bottée laissait paraître la poignée d'une arquebuse à rouet.

Louis, en croupe dans le dos du vieux soldat, paraissait si quelconque dans son vêtement de toile marron et son chapeau de feutre que ceux qui les regardaient étaient persuadés qu'il n'était que le serviteur de ce maître redoutable !

À mesure qu'ils avançaient, la puanteur devenait de plus en plus insupportable. Avec les pluies de la veille, la crotte des animaux brassée par les voitures et les bêtes s'était transformée en une boue irrespirable. Malheur à celui qui était éclaboussé par les roues d'un chariot ou les sabots d'un animal car sa vêture était définitivement gâtée.

Comme chaque fois qu'il entrait dans Paris, Louis songeait combien cette ville n'était que cloaques puants, rues emplies d'immondices et ruelles en bourbiers. À l'image de ses habitants.

Ils débouchèrent enfin dans la rue des Quatre-Fils, où se trouvaient l'étude et l'habitation de son père.

L'étude de Pierre Fronsac, l'une des plus florissantes de Paris, était une ancienne ferme fortifiée, jadis hors des remparts construits par Philippe Auguste. Entièrement en pierre, elle différait par sa robustesse évidente de la plupart des autres habitations du quartier – à l'exception, bien sûr, du nouvel hôtel de Guise reconstruit juste en face.

La façade sur la rue était un ancien mur d'enceinte qui cachait complètement la grande cour intérieure dont la seule entrée était une porte cochère. Dans la cour même, les rares fenêtres de la vieille fortification étaient étroites et protégées par d'épais barreaux de fer ou de solides volets de chêne.

Le corps d'habitation comprenait trois niveaux. On pénétrait dans la maison par un vestibule central d'où partait un escalier droit et raide. À gauche de ce vestibule se situaient la grande cuisine, l'office, la fruiterie, la buanderie ainsi qu'une longue salle commune. De l'autre côté de l'escalier s'étendaient la remise pour le carrosse, les écuries et la grange à fourrage.

Le premier étage était constitué de plusieurs pièces en enfilade. Du côté gauche de l'escalier se trouvaient la bibliothèque, une salle de réception utilisée pour les grands repas ainsi que la salle notariale. Dans celle-ci – une sorte de longue galerie sans lumière dont les murs étaient couverts de sacs et de dossiers poussiéreux –, travaillaient de l'aube à la nuit plusieurs teneurs d'écriture. Jean Bailleul, le premier clerc, surveillait et dirigeait ce petit monde.

Sur le côté droit de l'escalier s'étendaient le grand cabinet de M. Fronsac, les archives et un petit bouge sans lumière, l'ancien cabinet de travail de Louis du temps qu'il était notaire.

Aux deux extrémités de la maison se dressaient, dans les angles du bâtiment, deux échauguettes transformées en escaliers en viret qui, passant dans le cabinet de M. Fronsac d'un côté, et dans la bibliothèque de l'autre, desservaient les étages et le rez-de-chaussée. La communication se faisant dans la cour pour celui de M. Fronsac, et dans la cuisine pour celui de la bibliothèque.

Pierre Fronsac était justement dans son cabinet avec Jean Bailleul, petit homme au visage lisse, aux cheveux ternes, à la figure inexpressive et aux vêtements ordinaires. Bien que compétent, perspicace, discret et gros travailleur, le premier clerc de l'étude apparaissait falot et insignifiant. Tous deux étudiaient le dossier particulièrement compliqué d'une succession.

— Quel est ce fracas dans la cour, monsieur Bailleul ? demanda le notaire tandis que retentissaient bruits de sabots et cliquetis de ferrailles.

Bailleul s'approcha de la minuscule fenêtre, en vérité une sorte d'archère, pour regarder en bas. Son visage s'éclaira brusquement alors qu'il déclarait d'un ton égal :

— C'est votre fils, monsieur ! En compagnie de M. Gaufredi qui vient de sauter à terre équipé comme pour une expédition contre les Barbaresques ! Ce fracas, c'est le bruit des armes qu'il transporte.

— Mon fils !

Le notaire se dressa, comme piqué par un dard, pour se précipiter à la fenêtre en écartant sans ménagement le pauvre Bailleul. Dans la cour, il aperçut Gaufredi qui serrait contre lui l'un des frères Bouvier tandis que son fils accolait le second frère.

Guillaume et Jacques Bouvier étaient tous deux d'anciens soldats. Leur besogne chez M. Fronsac consistait à nettoyer la cour du fumier et du crottin des montures des visiteurs, et à assurer la défense de la maison et de ses habitants en cas d'agression. Bien qu'âgés et empâtés, les deux frères n'étaient pas des gardiens ordinaires. Ils restaient d'effroyables brutes, d'une rare sauvagerie en cas d'affrontement.

Pierre Fronsac, à la fois plein d'allégresse de voir surgir son fils venu à l'improviste mais aussi inquiet de le découvrir seul avec Gaufredi, sans même une voiture, se dirigea aussitôt vers le petit escalier de l'échauguette pour descendre dans la cour.

Or, alors même qu'il ouvrait la porte donnant dans la tourelle, son fils apparut devant lui, tout joyeux et essoufflé d'avoir grimpé quatre à quatre les marches circulaires.

— Louis !

— Père !

Les deux hommes s'accolèrent en une forte et affectueuse brassée.

— Que se passe-t-il, mon fils ? s'enquit Pierre Fronsac, qui restait un homme perpétuellement tourmenté.

— Rien de grave, père, je te rassure. J'arrive tout juste à Paris dans le carrosse de M. Le Tellier qui est venu me chercher à Mercy. La rue du Temple étant trop encombrée, j'ai sauté en croupe derrière Gaufredi. Je vais devoir rester quelques semaines ici, peut-être même deux ou trois mois.

Il se tourna alors vers le premier clerc :

— Jean, quel plaisir de vous revoir aussi !

— Moi aussi, monsieur le chevalier, répliqua Bailleul de sa voix monocorde habituelle. Il s'adressa ensuite au notaire : Monsieur Fronsac, je puis emporter le dossier sur lequel nous travaillions et vous préparer un mémoire sur cette succession, si vous le désirez.

— Allez-y, Bailleul, je n'ai plus le cœur à l'ouvrage et je vous fais totalement confiance.

Le premier clerc sortit sans un bruit.

— Le Tellier est venu te chercher à Mercy ? s'inquiéta Pierre Fronsac. Qu'est-ce que cela signifie ?

— Rien de grave, je te l'ai dit, je dois une fois encore aider Mgr Mazarin, soupira Louis d'un ton las, que démentait son regard brillant.

— Et Julie ?

— Elle va me rejoindre, il m'a fallu partir précipitamment car je dois être demain au Palais-Royal avec Gaufredi. Les frères Bouvier pourraient-ils aller la chercher ? Je ne veux pas qu'elle fasse le voyage sans escorte.

— Bien sûr ! Ils seront enchantés de cette expédition. Ils vont s'armer jusqu'aux dents et s'imagineront être à nouveau en campagne ! Vous allez loger ici, j'espère !

— Je ne sais pas. J'avais pensé reprendre mon ancien logement de la rue des Blancs-Manteaux qui est, je crois, toujours vide. Mais Julie aura avec elle sa femme de chambre et, avec Gaufredi et Nicolas, nous serions à l'étroit là-bas.

— Vous allez vous installer dans la bibliothèque. Je vais faire monter un lit du garde-meuble. On mettra une paillasse dans ton ancien cabinet et Gaufredi et Nicolas pourront s'y installer. Quant à la domestique de Julie, nos deux femmes de chambre partagent déjà le même lit sous les combles, elles n'auront qu'à se serrer un peu plus avec la vôtre. Elles se tiendront chaud !

Certes, la maison était grande, mais tant de gens y habitaient ! Au second étage, le notaire et son épouse disposaient d'une chambre, d'une antichambre et d'un petit salon où dormait parfois Denis, le frère de Louis, qui était pensionnaire au collège de Clermont. Les deux autres grandes pièces, à droite de l'escalier, formaient respectivement les appartements de Claude Richepin, le maître d'hôtel et intendant de la maisonnée, qui était veuf, et de Jean Bailleul qui vivait là avec sa sœur, une vieille fille qui entretenait le linge de la maison.

C'est donc sous les combles, entassés dans des galetas sans chauffage et sans lumière, que logeaient concierge et gardien, ainsi que les femmes de chambre.

— Je pense que Julie sera satisfaite de cet arrangement, dit Louis. De toute façon, il est peu probable que nous restions plus d'un mois ou deux.

— J'enverrai dès demain les frères Bouvier à Mercy. Ils reviendront avant dimanche avec Julie et Nicolas. Entre temps, je vais m'occuper avec Richepin de tous ces aménagements.

— Et moi, je vais saluer ma mère.

— Elle est dans notre chambre, avec la sœur de Bailleul. Elles trient des draps à faire repriser.

Le lendemain matin, il pleuvait faiblement et Louis en fut fort contrarié. D'abord parce que les frères Bouvier allaient partir pour Mercy et qu'un temps pluvieux pouvait transformer un simple déplacement de huit lieues en une épouvantable expédition. Ensuite parce qu'il n'avait apporté à Paris que très peu de vêtements.

Sa sacoche ne contenait qu'un pourpoint de satin à basques arrondies et des chausses assorties qui lui avaient coûté cinquante livres. Il venait justement de l'endosser et la boue des rues pouvait fort bien le gâter définitivement.

Il avait dormi dans la bibliothèque où Jean Richepin, l'intendant, avait fait installer un lit à rideaux. Dans la journée, on ajouterait quelques meubles pour rendre le séjour des époux plus confortable.

Après s'être fait monter de l'eau chaude, Louis se fit la barbe et la moustache à la lueur d'une chandelle, puis descendit dans la cuisine pour déjeuner d'un bol de soupe à la courge, de confitures et de pain de Gonesse. Sa mère était déjà là, préparant avec Mme Mallet et Jean Richepin la liste de ce qui serait acheté au petit marché du Temple.

Il venait de terminer sa soupe quand Gaufredi entra.

— La voiture est prête, monsieur, fit-il avant de ressortir.

Il était cinq heures.

Louis se leva, salua sa mère, Mme Mallet et Richepin, et rejoignit Gaufredi.

Le carrosse, dont les lanternes à huile étaient allumées, attendait dans la cour sous la surveillance de Jacques Bouvier, qui avait ouvert le porche. Gaufredi monta sur le siège et Louis s'installa confortablement à l'intérieur, sur une des banquettes de cuir rouge. Les glaces étaient levées et, enroulé dans son épais manteau, il n'avait pas froid.

Il s'était fait friser les cheveux la veille par la femme de chambre de sa mère et s'était coiffé d'un élégant chapeau de castor à l'albanaise appartenant à son père, auquel il avait fait poser, par la sœur de Bailleul, une coquette plume de héron. Il avait aussi abandonné ses galans noirs pour des rubans multicolores, empruntés à sa mère, et avait enfilé des gants de satin à frange assortis à son pourpoint.

Cette apparente coquetterie était bien sûr une marque de respect envers le comte de Brienne qu'il allait rencontrer, mais surtout il souhaitait se montrer aux chiffreurs de M. Rossignol sous un aspect fort différent de celui qu'il aurait quand il les suivrait.

Le carrosse de M. Fronsac était une petite voiture tirée par deux chevaux qui pouvait circuler facilement dans les rues étroites mais, comme toujours à cette heure matinale, une armée de mules bloquait toutes les voies. C'étaient les magistrats qui gagnaient le Palais de justice, dans l'île de la Cité.

Passé la rue des Lombards, ils avancèrent plus lentement encore car, si les mules avaient disparu pour prendre le chemin de l'île, c'étaient maintenant les carrosses et les chaises se dirigeant vers le Louvre ou le Palais-Cardinal qui encombraient la chaussée. Dans ce vieux quartier, les rues déjà étroites étaient encore rétrécies par les étals des commerçants qui avançaient sur le passage bien au-delà de ce qui était permis.

Louis restait vigilant. Dès que les chevaux peinaient anormalement, il se retournait pour menacer du poing, à travers la vitre arrière, les gamins ou les laquais insolents qui grimpaient sur le support d'essieu des grandes roues afin de se faire transporter au sec et sans fatigue.

Quant à Gaufredi, il devait se concentrer pour éviter les porteurs d'eau, les vendeurs de pâtés ou d'oublies, les crocheteurs avec leur hotte ou les vinaigriers poussant leur brouette, et plus généralement tous ces gens pressés qui se faufilaient dangereusement entre voitures et chevaux. Le moindre incident pouvait donner lieu à un attroupement et parfois même à une échauffourée !

Ils débouchèrent enfin dans la rue Saint-Honoré, sensiblement plus large que toutes les venelles qu'ils avaient traversées. En continuant tout droit, ils arrivèrent devant le Palais-Cardinal, ou plutôt le Palais-Royal, comme l'avait rebaptisé la régente depuis qu'elle et ses fils l'occupaient.

La construction du Palais-Cardinal avait été entreprise par Richelieu pour abriter son hôtel ainsi que celui du roi, de la reine, et des principaux services ministériels. Mais Louis XIII avait refusé de s'y installer, et Richelieu s'était finalement aménagé une demeure confortable pour lui et ses services.

Après la mort du roi, la régente s'était enfin décidée à quitter la sombre et sinistre forteresse du Louvre pour ce palais lumineux qui possédait un jardin magnifique. Et comme elle haïssait toujours l'ancien ministre qui s'était permis un jour de la faire fouiller au corps, elle en avait changé le nom pour celui de Palais-Royal.

Le palais ne ressemblait guère à celui que nous connaissons de nos jours. Pour construire sa demeure, Richelieu avait acheté plusieurs maisons et hôtels mitoyens. Quelques-uns avaient été détruits pour édifier les nouveaux bâtiments, mais beaucoup avaient été conservés par souci d'économie et intégrés tels quels dans la nouvelle construction. Il n'y avait donc aucune harmonie dans ce qui n'était finalement qu'un enchevêtrement bancal de cours et de corps de logis formant un véritable labyrinthe.

Quant à la décoration, elle n'avait aucune unité. Des arcades ceinturaient certaines des cours alors que d'autres n'étaient que des puits de lumière aux façades grises. Pour rendre l'ensemble encore plus disgracieux, les nouveaux bâtiments étaient d'une médiocre hauteur *afin de ne pas donner de la jalousie aux Grands,* selon les justifications de Richelieu !

Malgré ces insuffisances et son aspect bancal, le palais présentait de nombreux avantages. Il était vaste et comprenait de grandes galeries de réception très lumineuses, deux théâtres, des salons de parade, des bureaux et enfin des logements agréables. Et, surtout, un immense jardin. Il possédait aussi le confort nécessaire au bon fonctionnement d'un palais : cuisines, salles de garde, écuries et une grande quantité de chambrettes et de bouges – sans lumière et en soupente – pour les domestiques et les officiers.

Salles, galeries, bureaux et logements étaient organisés autour des cours – il y en avait huit – dont les deux principales étaient la cour de façade sur la rue Saint-Honoré, nommée l'avant-cour, et la grande cour intérieure, dite la seconde cour.

À droite de l'avant-cour se dressait un théâtre, désormais à l'abandon, où l'on avait joué *Mirame* pour les noces du duc d'Enghien. En face s'étalait un corps de bâtiments dont le plus important était une grande galerie. Le dernier côté de la cour, face à l'entrée de la rue Saint-Honoré, formait les *appartements du roi*. Un large corridor les traversait pour déboucher dans la seconde cour qui était séparée des jardins par un balcon construit sur des arcades fermées par des grilles.

Sur la droite de cette cour s'ouvrait une galerie à laquelle étaient adossés de vastes appartements et corps de logis. C'est là que s'était installée Anne d'Autriche ; c'est là aussi que se tenait le conseil d'En Haut.

De l'autre côté de cette cour s'alignait la *Galerie des hommes illustres* décorée de portraits que Richelieu avait personnellement choisis et qu'il avait fait peindre par Vouet et Champagne. Cette galerie était aménagée dans l'ancien hôtel d'Angennes que l'on appelait aussi l'hôtel de Richelieu car c'est là que le cardinal avait vécu. Il y subsistait encore de vieux bâtiments enchâssés dans les nouvelles constructions, et même un ancien donjon !

C'est dans cette partie du palais qu'étaient installés les services ministériels les plus importants, comme celui du comte de Brienne, le service des Dépêches ou encore le bureau du Chiffre.

Quant à Mazarin, il avait aménagé son hôtel[1] dans une rue située à l'extrémité du jardin. Seulement, pour se rendre au conseil, il devait traverser ce petit parc ouvert au public. Or le ministre n'étant guère aimé, ce bref déplacement suscitait souvent

1. Qui deviendra la Bibliothèque nationale.

des quolibets, voire des menaces, de la part des promeneurs ; aussi la régente venait-elle de lui proposer d'habiter près de ses propres appartements. Son nouveau logement communiquait désormais par un escalier privé avec celui de la reine, ce qui commençait à provoquer bien des ragots.

Louis descendit de la voiture devant le corps de garde qui se situait sur l'esplanade entre l'entrée du palais et la rue Saint-Thomas-du-Louvre.

Il était en effet impossible à son carrosse d'entrer dans l'avant-cour déjà pleine de voitures, d'équipages, de mules et de chevaux. Gaufredi l'attendrait dehors.

Louis expliqua à un officier des gardes suisses, en casaque rouge à parements bleus et culotte blanche, qu'il était attendu par M. de Brienne. L'officier acquiesça et autorisa le carrosse et son cocher à rester sur place.

Il faisait toujours nuit, même si des flambeaux de cire accrochés aux pilastres éclairaient vaguement les lieux. Couvert d'un lourd manteau de laine à capuchon et tenant son chapeau sous son manteau à cause de la petite pluie qui tombait, Louis entra dans la cour en se glissant difficilement entre les équipages, dont la plupart avaient heureusement leurs lanternes allumées. Il se retrouva au milieu d'une sombre cohue de magistrats, d'officiers, de commis et de prélats, tous vêtus de noir comme ils y étaient contraints. Les seules taches de couleur étaient les manteaux des gentilshommes.

Dans cette foule et dans l'obscurité, il se rendit vite compte qu'il avait sous-estimé la difficulté qu'il aurait à trouver le bureau de M. de Brienne.

Près des portes des *appartements du roi,* il aperçut un groupe de mousquetaires et de chevau-légers qui montaient la garde. Cherchant une tête connue, il avisa soudain, sous un flambeau, un géant blond, le bras en écharpe, dont le visage lui rappelait quelqu'un. Le dévisageant un instant, il reconnut finalement dans le colosse Isaac de Portau – M. du Vallon – que son ami Charles de Baatz, seigneur d'Artagnan, surnommait Porthos.

Il se souvint alors de la sauvagerie avec laquelle la brute frappait de son épée les quelques survivants de la bande de truands qui s'était attaquée à Mazarin sur le pont dormant du Louvre, trois mois auparavant.

Louis aurait préféré s'adresser à quelqu'un d'autre, mais ne découvrant aucune tête connue, il s'approcha de lui pour l'interpeller :

— Monsieur du Vallon, me reconnaissez-vous ?

Le géant considéra l'insolent encapuchonné avec un mélange de condescendance et d'animosité.

— Qui êtes-vous, monsieur ? gronda-t-il.

— Un ami de M. de Baatz. Je me nomme Louis Fronsac, je suis chevalier de Saint-Michel [1] et je vous ai déjà rencontré, monsieur.

La brute plissa ses petits yeux avec stupidité. Il considéra longuement la larve devant lui : un homme frêle, sans épée ni chapeau, recouvert d'un manteau anthracite de laine rêche avec un capuchon de

---

1. Nos recherches sur Louis Fronsac durent depuis de nombreuses années, dans différentes archives. Au vu de certains documents, nous avons rapporté que Louis XIII l'avait fait chevalier de Saint-Louis. Nous nous sommes aperçus récemment qu'il y avait eu une confusion. Louis Fronsac a été fait chevalier de Saint-Michel en 1642. Il a reçu la croix de Saint-Louis seulement en 1694, des mains de Louis XIV, pour un ultime service rendu à la couronne que nous narrerons un jour – il est encore trop tôt. L'ordre de Saint-Louis venait alors juste d'être fondé (1693).

L'ordre royal de Saint-Michel, lui, a été créé le 1er août 1469 par Louis XI pour répliquer à la création de l'ordre de la Toison d'or par le duc de Bourgogne. Le collier de cet ordre était fait de coquilles lacées de soie noire sur une chaîne d'où pendait une médaille d'or représentant saint Michel terrassant le Dragon.

manant. Un chevalier de Saint-Michel, ça ? Un fou plutôt !

— Je n'aime pas qu'on se moque de moi, maraud ! gronda le colosse courroucé en se redressant de toute sa taille.

Louis inspira profondément pour dominer la peur qui l'envahissait, puis il répliqua d'une voix qu'il voulait ferme :

— C'est moi qui portais une fausse moustache, le soir où la bande de l'*Échafaud* s'est attaquée à Mgr Mazarin. Je crois bien me souvenir que vous faisiez partie de ceux qui m'ont ovationné, monsieur. Je vous rappelle aussi que j'étais à Rocroy avec M. d'Enghien et que j'ai suffisamment prouvé qu'on pouvait être un brave sans porter une épée.

Portau balança un moment la tête, comme pour y faire remonter difficilement ses souvenirs. Au bout d'un instant, il murmura, mal à l'aise :

— C'est vraiment vous ? L'ami de Baatz ? Celui qu'il nous a présenté comme plus courageux que lui ?

— C'est moi, en effet, répéta Fronsac avec modestie.

Le colosse réprima une grimace d'embarras :

— Je... je suis désolé, monsieur... mais il fait nuit et on n'y voit pas très bien... Que puis-je faire pour vous aider ?

— Vous n'avez pas à vous excuser, monsieur du Vallon, j'aurais agi de même à votre place. Voici ce qui m'amène, je dois rencontrer M. de Brienne ce matin. Or, j'ignore où le trouver dans cet immense palais.

Isaac de Portau se gratta l'oreille en repoussant une mèche de cheveux gras.

— Je l'ignore aussi, chevalier, mais mon ami Sauvebœuf, qui monte souvent la garde à l'intérieur, le sait certainement. Allons le voir.

En faisant sonner les éperons de ses bottes, il se dirigea vers un garde du corps du roi, debout à quelques pas de là, qui lissait sa moustache en crocs d'une main, l'autre étant posée sur la poignée de son épée.

— Sauvebœuf, mon ami – il désigna Fronsac – vient voir M. de Brienne. Tu pourrais nous conduire ?

— Oui-da, compère, ça me fera faire un peu d'exercice !

Le garde du corps donna des consignes à ses compagnons puis fit signe à Portau et à Fronsac de le suivre. Ils pénétrèrent dans les *appartements du roi* par un corridor mal éclairé qu'ils traversèrent pour déboucher dans la seconde cour intérieure.

Ils longèrent alors les arcades de la façade par la gauche, en direction de l'hôtel de Richelieu, pour emprunter ensuite un passage le long d'une voûte sombre, puis un nouveau couloir et, finalement, un bel escalier à balustres. À partir de là, Louis ôta son capuchon pour se couvrir de son chapeau emplumé.

— Par ici est la *Galerie des hommes illustres,* expliqua leur guide en leur montrant un passage à gauche de l'escalier. Les services ministériels de M. le comte de Brienne sont en haut, ainsi que ceux du ministère de la Guerre.

À l'étage, ils traversèrent plusieurs pièces en enfilade où attendaient déjà quantité de gens assis sur des banquettes, avant d'arriver dans une nouvelle galerie, plus large, dont les fenêtres donnaient sur le jardin.

Cette galerie desservait des cabinets de travail et des bureaux où travaillaient des employés aux écritures, des clercs, des commis et des secrétaires. Elle était éclairée par des lanternes à bougies et des gardes françaises y assuraient la sécurité. C'est ici qu'étaient logés les offices ministériels des secrétaires d'État, dont le service des Dépêches et le bureau du Chiffre.

Sur des bancs de pierre ou de bois, des serviteurs et des laquais en livrée attendaient sans doute des ordres ou qu'on les appelle dans les bureaux.

Leur guide s'approcha d'un sergent des gardes françaises en cuirasse pour s'expliquer.

— Le secrétaire de M. le comte nous a prévenus, déclara le sergent après avoir écouté Sauvebœuf. Il vous attend, monsieur le chevalier.

Il frappa alors à une porte et un laquais ouvrit. Il y eut à nouveau quelques explications et le serviteur fit entrer Louis après qu'il eut remercié ses guides.

Ils pénétrèrent dans un petit cabinet où se tenait un secrétaire à besicles et col carré qui travaillait à la lueur d'un double bougeoir.

— Vous êtes M. le marquis de Vivonne ? demanda l'homme en se levant.

— En effet.

— M. le secrétaire d'État vous attend.

Il se dirigea vers une porte mitoyenne à laquelle il gratta. Ayant sans doute entendu une réponse, il entra, suivi de Louis.

Le cabinet de travail était très vaste et superbement éclairé par un grand lustre en cristal de roche. Dans une large cheminée de marbre noir, un joli feu crépitait. Une frise en trompe-l'œil courait autour de la cheminée. Sur le mur d'angle se trouvait une banquette tapissée couverte de sacs de documents. Un peu plus loin, se dressait une armoire massive aux portes en pointes de diamant ainsi que quelques fauteuils et tabourets. Un portrait de la reine était accroché sur le mur de gauche.

Le ministre, en habit de soie grège, salua Louis de la main et lui fit signe de prendre un des sièges tapissés de velours devant sa table de travail en acajou. Dans son dos, le mur entier était peint, probablement par Philippe de Champagne ou un de ses élèves. Louis reconnut Minerve armée, Apollon entouré des

Muses et, sur un trône, la Générosité qui surveillait les hommes.

Le secrétaire ressortit en silence.

— Je ne vous retiendrai pas longtemps, monsieur Fronsac, déclara Loménie de Brienne, ce qui était une manière élégante de dire qu'il n'avait que peu de temps à consacrer à son visiteur. Mais avant que vous rencontriez M. Rossignol, je souhaitais vous expliquer un peu mieux en quoi la connaissance de nos dépêches par nos adversaires peut être une véritable catastrophe pour notre pays.

» Vous n'ignorez rien des partis en présence dans cette guerre, monsieur le chevalier. En simplifiant, il existe deux alliances. Dans notre camp se trouve la Suède, avec qui nous sommes liés par un solide traité depuis deux ans. À notre union s'ajoutent les Provinces-Unies ainsi que quelques villes d'Empire, duchés ou États, comme la Saxe.

» En face, nous avons l'archiduc d'Autriche, l'actuel empereur, ainsi que son cousin Philippe IV d'Espagne. Tous deux des Habsbourg. Autour d'eux, gravitent plusieurs États et principautés qui, soit les soutiennent, soit pratiquent une bienveillante neutralité à leur égard. À l'écart des belligérants, observant une neutralité d'apparence, se trouve le Saint-Siège qui penche malgré tout vers l'Empire.

» Pour la négociation qui va s'ouvrir à Münster et à Osnabrück, les positions de chacun sont bien établies. Nous exigeons de conserver l'Alsace[1], les trois évêchés de Metz, Toul et Verdun, et bien sûr la Lorraine[2] que nous avons prise au duc Charles IV qui nous a trop souvent trahis. Nous voulons aussi pré-

1. Qui dépendait du duché de Bavière !
2. La Lorraine était le duché de Charles IV, réfugié au Luxembourg, et faisait partie des États électifs du Saint-Empire.

server nos positions en Catalogne et dans le Roussillon que nous occupons, en acceptant toutefois de rendre une partie du Luxembourg et de la Franche-Comté. Nous devrons aussi garder Pignerol, Casal, et écarter définitivement toute menace espagnole sur la Savoie. En outre, nous demandons la liberté pour les villes et principautés allemandes qui nous soutiennent ainsi que la liberté de culte pour tout l'Empire.

» Ce dernier point est fondamental pour éviter le retour des troubles. L'Allemagne est régie par la paix d'Augsbourg depuis cent ans [1], mais ce traité doit être revu puisque les protestants y sont de plus en plus nombreux. Nous défendons la liberté du culte protestant dans les États catholiques et l'abandon du principe *cujus regio, ejus religio* qui oblige les sujets à embrasser la religion de leur prince.

» L'un des points les plus litigieux reste l'indépendance des Provinces-Unies. Autant nous sommes sûrs de nos alliés suédois, autant notre alliance avec les Hollandais est fragile. Le traité de 1635 avec les Provinces-Unies prévoyait le partage des Pays-Bas en deux pays après le départ des Espagnols. Nous pourrions céder la Catalogne à l'Espagne en échange d'une partie des Pays-Bas. Mais cela implique qu'il y ait un accord de paix commun entre nous, les Provinces-Unies et l'Espagne. Il y a là une grande difficulté car il existe trois factions en Hollande : ceux qui veulent poursuivre la guerre contre l'Espagne et conserver notre alliance. C'est le parti de Guillaume d'Orange. Il y a aussi ceux qui souhaitent la paix avec l'Espagne en gardant pourtant notre amitié. Et enfin,

1. La paix d'Augsbourg (1555) consacrait la division religieuse du Saint-Empire romain germanique entre catholiques et luthériens. Chaque prince gardait le droit de faire appliquer la religion de son choix dans ses États. C'était le principe *cujus regio, ejus religio* : la religion du prince est la religion des sujets. Les habitants devant accepter de se soumettre à la confession choisie par leur souverain ou quitter leur pays.

il y a ceux qui veulent la paix à tout prix, même en se fâchant avec nous. Ces derniers sont emmenés par la province de Hollande et sont les plus puissants. Nous savons d'ailleurs qu'ils négocient en ce moment un traité secret avec l'Espagne.

» En face, quelle est la position des Impériaux ? Ils accepteraient de nous céder quelques villes frontalières en échange de la reconnaissance de notre part des droits électifs de la Bavière et du rétablissement du duc de Lorraine. Ils iraient jusqu'à nous laisser l'Alsace, les Trois évêchés ainsi que Pignerol pour un traité de paix définitif.

» Ce sont des ouvertures considérables, mais pourtant inacceptables telles quelles, car nous ne céderons jamais sur la Lorraine. Or nous avons appris, en saisissant plusieurs courriers du duc de Savoie que la situation de l'Autriche est tellement mauvaise qu'elle est prête à nous offrir ce que nous désirons.

» Nous venons aussi de déchiffrer un courrier de l'archiduc d'Autriche Ferdinand III à son cousin Philippe IV, lui demandant de conclure la paix avec la France à tout prix !

» Mgr Mazarin souhaite donc rester ferme. Néanmoins, il nous faudra faire des concessions et les faire connaître à nos plénipotentiaires. Il serait donc dramatique que nos ennemis en aient connaissance comme nous avons eu connaissance des leurs. Nos courriers mettent douze jours pour gagner Münster. Durant douze jours, nos dépêches sont exposées. Seul le chiffrage protégera le secret de nos instructions à nos ambassadeurs, MM. d'Avaux et Servien. Les connaissez-vous ?

— Je ne pense pas connaître le comte d'Avaux, répondit Louis, mais je crois me souvenir que le marquis de Sablé – M. Servien – a été secrétaire d'État à la Guerre.

— En effet, il y a quinze ans. Ce sont deux personnalités fort différentes. Je suppose que c'est pour cela que la reine les a choisies. M. de Mesmes, le comte d'Avaux, est issu d'une famille de conseillers d'État et de présidents de parlement. C'est un homme à la fois fort riche et très habile. Vous savez qu'il a remplacé Claude Bouthillier à la surintendance des Finances, une charge qu'il partage avec M. Le Bailleul. C'est un diplomate aussi brillant et fin négociateur qu'il est flamboyant et dépensier.

» M. Servien est tout son contraire. Discret, économe, bien que lui aussi d'une richesse prodigieuse, il est d'une rare perspicacité. Il a été ambassadeur au Piémont mais, surtout, il a eu à traiter, lorsqu'il était intendant de justice en Guyenne, de nombreuses affaires d'intelligence avec l'Angleterre. Il connaît bien le monde de l'espionnage et la face cachée de la diplomatie. Il a en outre l'oreille de la reine et de Son Éminence.

» Tous deux étaient à Münster depuis quelques semaines pour préparer la conférence qui ouvrira en décembre et ils viennent de rentrer. Je me dois de les assurer qu'il n'y aura aucune fuite dans nos correspondances.

— Je comprends. Il me faut donc résoudre ce problème d'ici décembre...

— En effet, et même avant si c'est possible...

À cet instant, la porte principale de la salle de travail du ministre s'ouvrit et Le Tellier entra.

— Ah ! Bonjour, monsieur Fronsac ! fit-il jovialement. Puis-je vous interrompre un instant ?

Louis s'inclina.

— Monsieur le comte, j'ai une mauvaise nouvelle à vous annoncer. Mgr Chigi vient d'arriver à la nonciature.

— Fabio Chigi ? Mais il devrait être à Münster ? fit Brienne sans cacher sa surprise.

— Apparemment, il a fait un détour par Paris.

Le Tellier se tourna vers Louis :

— Fabio Chigi est un fidèle d'Urbain VIII qui l'a choisi comme médiateur pour la conférence de Münster. C'est un Siennois, évêque de Nardo, ancien nonce à Cologne. Mais nous savons surtout qu'il dirige les services de renseignement du Saint-Siège. S'il vient à Paris, c'est pour une raison que nous devons connaître.

— Croyez-vous que sa venue pourrait avoir un rapport avec notre affaire ? interrogea Louis.

— Il n'y a jamais de coïncidence dans notre métier, répliqua sombrement Brienne.

Le Tellier opina du chef avant de préciser :

— C'est d'autant plus dérangeant que Fabio Chigi est connu pour pencher plutôt vers l'Espagne.

— Que savons-nous d'autre ? demanda Louis.

— Pas grand-chose, sinon qu'il s'est arrêté à Avignon. Sans doute pour rencontrer le vice-légat.

— À Avignon ? s'interrogea Brienne à haute voix. C'est étrange ! Pour quelle raison aurait-il fait une telle halte ?

La conversation s'arrêta un instant. Loménie de Brienne tentait de trouver une explication à la venue du médiateur romain. Le Tellier restait silencieux et Louis attendait.

— Monsieur Fronsac, demanda brusquement Le Tellier, pouvez-vous m'expliquer comment vous allez procéder ?

— J'y ai réfléchi, monsieur. J'envisage de suivre vos quatre chiffreurs avec l'aide de quelques amis fidèles. J'ai donc besoin de les voir pour pouvoir les identifier, mais il serait fâcheux qu'ils se souviennent de moi si je dois les suivre. Le mieux serait que l'on me présente rapidement à eux dans une pièce mal éclairée, et en restant évasif sur les raisons de ma présence.

— M. Rossignol devrait pouvoir régler cela, fit Brienne en écartant les bras en signe de bonne volonté.

— J'aurai aussi besoin d'un policier pour m'assister. La seule personne à qui je puis faire confiance est mon ami, Gaston de Tilly qui est le commissaire de Saint-Germain-l'Auxerrois. Je désirerais qu'il puisse me prêter main-forte, avec éventuellement quelques archers qui lui seraient dévoués.

— Je vais prévenir Dreux d'Aubray tout de suite, décida Le Tellier. Autre chose ?

— Non, monsieur. Il me reste seulement à rencontrer M. Rossignol. J'aurais besoin qu'il me parle plus longuement des codes qu'il utilise et j'aurais quelques questions à lui poser. Mais auparavant, je souhaiterais que vous me montriez ce coffre-fort où vous rangez les dépêches. Comment avez-vous découvert qu'il avait été ouvert ?

— Je l'ai seulement déduit, déclara prudemment le comte de Brienne. J'y place les dépêches avant qu'elles ne soient chiffrées ou avant qu'elles ne partent, ainsi que celles qui arrivent. Cela fait plusieurs mois que je subodore des fuites dans le service du Chiffre. J'y ai donc, par deux fois, rangé d'importantes dépêches chiffrées, que je n'ai pas expédiées car elles étaient fausses. Or l'une d'elles a disparu et est parvenue à Madrid. Un de mes agents me l'a fait savoir.

— Et les codes, les répertoires comme vous dites, sont-ils dans ce coffre ?

— Oui, aussi.

— C'est en effet extrêmement grave, reconnut Louis. Cela signifie que nos espions n'ignorent rien de vos agissements. Qui détient la clef de ce coffre ?

— M. Rossignol, moi-même, M. Colbert, M. Le Tellier et, bien sûr, Mgr Mazarin. Je crois que c'est tout.

Il interrogea Le Tellier du regard.

— C'est exact, confirma le ministre de la Guerre, mais il peut aussi exister une fausse clef. Le coffre pourrait aussi avoir été crocheté par un bon clavellier[1]. Il est assez ancien bien que très compliqué à ouvrir. Pourtant, nous l'avons fait examiner sans que rien soit détecté. Quoi qu'il en soit, aucun des possesseurs actuels de la clef ne peut être suspecté.

— Qui est ce M. Colbert ?

— C'est un jeune homme à mon service depuis quelques années, déclara Le Tellier. Il a été commis de banque à Lyon, puis a travaillé dans une étude de notaire avant de devenir commissaire des guerres et premier commis de M. Sublet des Noyers. C'est là que je l'ai rencontré et je l'ai depuis attaché à ma personne. Il sait tout de mes affaires. C'est un travailleur infatigable, d'une honnêteté et d'une rigueur peu communes.

— Il pourrait m'être utile, suggéra Louis. J'aurai besoin d'un homme de confiance dans vos services, connaissant bien les rouages des ministères et pouvant éventuellement avoir communication des dépêches.

Le Tellier resta un instant songeur, puis il haussa un sourcil interrogateur en direction de Brienne qui hocha la tête de haut en bas. Ce dernier agita une clochette qui se trouvait sur son bureau et le secrétaire qui avait introduit Louis entra.

— Allez chercher M. Colbert, ordonna Brienne.

Il poursuivit en s'adressant à Fronsac.

— Nous irons ensuite voir M. Rossignol, qui travaille un étage au-dessus. Son bureau est à côté de celui du Chiffre. Quant au coffre, il est ici.

Il se leva et fit quelques pas vers une grande armoire dans l'angle droit de la pièce. Il l'ouvrit. L'intérieur était en fer.

---

1. Fabricant de serrures.

— On vous l'a dit, il n'y a que quatre clefs, mais la porte de mon cabinet est gardée nuit et jour par des gardes françaises. Seul un familier pourrait entrer.

— Je vais vous laisser travailler, décida Le Tellier. Monsieur Fronsac, êtes-vous certain de ne pas avoir besoin d'autre chose ?

Louis médita un instant avant de proposer :

— Un sauf-conduit, un ordre de vous pour circuler librement dans le palais et pouvoir bénéficier de l'aide des gardes, pourrait m'être utile.

— En effet. Je m'en occupe et je le joindrai au courrier pour Dreux d'Aubray. Messieurs...

Il les salua avant de ressortir.

Le bureau de Colbert devait être proche car le secrétaire revint à cet instant accompagné d'un jeune homme à l'expression renfrognée, dont les sourcils épais sur un visage lourd accentuaient l'air revêche.

Le nouveau venu considéra Fronsac sans la moindre expression de courtoisie. Louis ne nota d'ailleurs chez lui ni surprise ni intérêt.

— Ah ! Colbert ! Voici M. Fronsac, chevalier de Mercy. Ce qui va être dit ici doit rester confidentiel.

Le commis hocha lourdement la tête, tant le fait paraissait évident. Il afficha même une légère mimique dédaigneuse, comme si tout ce qu'il approchait était confidentiel par nature. Brienne poursuivit :

— Des fuites ont été constatées dans les dépêches envoyées ou remises à mon secrétariat d'État. Il est possible, mais non certain, que l'origine en soit le bureau du Chiffre. M. Fronsac va enquêter et aura sans doute besoin de vous.

Colbert restait de glace. Louis eut l'impression d'avoir devant lui un serpent venimeux.

— Quel genre d'aide souhaitez-vous, monsieur ? demanda le commis.

— Je l'ignore encore, monsieur, répondit Louis. Il faut d'abord que je me fasse une idée du service du Chiffre.

Colbert resta impassible, comme taillé dans de la roche. Au bout de quelques secondes, il déclara d'une voix sans timbre.

— Je travaille ici de cinq heures du matin à huit heures du soir. Vous pouvez me trouver quand vous le désirez.

Il s'inclina et le comte de Brienne le congédia en accompagnant ses paroles d'un geste de la main :

— Merci, monsieur Colbert. Ce sera tout pour l'instant.

Colbert s'inclina à nouveau, plus légèrement, et repartit sans faire de bruit. Louis le suivait des yeux. Il glissait sur le sol, comme une couleuvre.

— C'est un homme peu expansif, n'est-ce pas ? grimaça Loménie de Brienne quand le commis fut parti.

— En effet.

— Je ne l'aime guère, mais ne vous y trompez pas : c'est un travailleur acharné, extrêmement scrupuleux et compétent. Son seul défaut est de n'aimer que le travail. Il mange peu, ne boit pas, ne sort jamais. Il n'a que la passion de servir l'État et supplie régulièrement M. Le Tellier de lui confier des affaires difficiles pour occuper son esprit. À toute heure, on le trouve ici, plongé dans des sacs de dossiers. Son bureau est mitoyen de celui de mon secrétaire. Figurez-vous que la couleuvre est son animal préféré. Colbert serait selon lui une déformation de *Coluber*, le nom latin de ce serpent. Lui-même est aussi froid, brutal et insociable que cet animal. Mais il peut aussi être venimeux comme une vipère.

Il haussa les épaules avec fatalisme avant de déclarer :

— Maintenant, si vous le voulez bien, allons voir M. Rossignol.

Ils sortirent par la grande porte. Brienne ignora les gardes françaises qui se redressèrent dès qu'ils le virent et se dirigea vers un escalier sur sa gauche. C'était un tout petit escalier en viret comme on en faisait au siècle précédent et qui datait sans doute de l'ancien hôtel d'Angennes. Ils débouchèrent dans un couloir assez large, fort mal éclairé et gardé lui aussi par une dizaine de gardes françaises. Louis remarqua que les soldats, commandés par un sous-lieutenant, paraissaient particulièrement vigilants.

— M. Colbert est principal commis ici, expliqua le ministre. M. Rossignol a rang de secrétaire. Quant à ses quatre chiffreurs, ce ne sont pas de simples employés aux écritures mais des commis avec des gages relativement élevés.

Les soldats et l'officier saluèrent respectueusement le ministre qui se dirigea vers une porte. Il l'ouvrit sans frapper.

Le bureau n'était pas très grand mais bien éclairé par des chandeliers et plusieurs lanternes de marine ainsi que par une cheminée dans laquelle crépitait un joli feu. Louis remarqua immédiatement les murs entièrement couverts de livres, sauf celui qui lui faisait face qui était décoré par une nature morte hollandaise. Au milieu de la pièce se dressait un grand bureau derrière lequel un homme, la quarantaine bedonnante, était assis.

Antoine Rossignol – ce ne pouvait être que lui – leva les yeux, puis bondit avec précipitation en reconnaissant son ministre.

Le chef du bureau du Chiffre avait un visage épais, un front haut et large, des yeux perçants. Une fine moustache barrait sa face.

— Monsieur le ministre, s'inclina-t-il avec déférence.

— Monsieur Rossignol, voici le chevalier Fronsac. Il a été choisi par la reine et Mgr Mazarin pour le problème que vous connaissez. Vous ne lui cacherez rien et vous lui accorderez toute l'assistance nécessaire. Je vous laisse avec lui.

Le ministre sortit ; Rossignol fit signe à Louis de s'asseoir sur un fauteuil en face de lui. Rond de corps et de visage, il souriait à l'excès, un peu comme s'il devait cacher le fond de sa pensée.

— Par où commencer, monsieur Fronsac ?

Louis écarta les mains dans un sourire.

— Par le début ?

— Bonne idée ! Que savez-vous du chiffrage et du déchiffrage, monsieur Fronsac ?

— Pas grand-chose, monsieur, sinon que Jules César écrivait des missives secrètes à Cicéron en remplaçant chaque lettre par une autre située trois rangs plus loin dans l'alphabet.

— En effet. C'est une méthode encore utilisée, bien que très facile à déchiffrer. Bien avant lui, les Spartiates avaient mis au point un outil autrement perfectionné : le *scytale*[1]. C'était un axe de bois autour duquel on enroulait un ruban de parchemin de façon à ce que les lanières soient jointives. On écrivait alors un texte dessus en lignes successives, les mots chevauchaient les spires. Puis le ruban déroulé servait de message. Il ne pouvait être relu qu'avec un cylindre de même diamètre !

— Astucieux !

— N'est-ce pas ? Avec ces deux méthodes, vous connaissez déjà tous les principes du chiffrage : dans le premier cas, on substitue une lettre à une autre ; dans le second, on laisse les lettres inchangées mais on modifie leur position dans le texte. Dans les deux cas, on utilise une clef. Pour Jules César, la clef est un simple décalage, pour les Grecs, c'était un morceau de bois. Mais on pourrait éviter la clef, tout simplement en utilisant une langue inconnue qui serait

1. Ou skytale.

le seul code[1]. D'ailleurs, Jules César y avait pensé et il substituait aussi des caractères grecs aux caractères latins.

— On m'a raconté que vous aviez déchiffré un message huguenot en 26, et que, grâce à vous, le prince de Condé avait pu prendre une ville. Comment avez-vous fait ?

— C'était facile ! Les Arabes m'avaient montré la voie ! Ils ont les premiers remarqué que certaines lettres sont plus utilisées que d'autres. Lorsqu'une lettre apparaît souvent dans un message chiffré, et si on connaît la langue dans laquelle le message est écrit, il est facile de l'identifier. Tout cela a été longuement détaillé dans le *subh al-a sha*, une véritable encyclopédie du chiffrage. J'en ai ici un exemplaire.

Il montra sa bibliothèque du doigt.

— Pour résoudre cette difficulté, Leone Batista Alberti a proposé, en 1467, de changer plusieurs fois la table de chiffrement dans le même message. Pour cela, il avait conçu un disque de chiffrage. Tenez, en voici un.

Il ouvrit un tiroir de son bureau et en sortit un disque de bois qu'il tendit à Louis.

— Vous remarquerez que le grand disque est fixe, tandis que le second est mobile. Chacun d'eux est divisé en 24 secteurs qui forment les 24 lettres de l'alphabet latin sans h, k, y, j, u, w et avec en plus les chiffres 1, 2, 3 et 4. Il faut convenir avec son correspondant d'une lettre indice dans le cercle interne, puis l'on peut commencer le chiffrage par la lettre de l'anneau placée en face de la lettre indice. Après avoir écrit quelques mots ainsi, il est possible de changer la position de la lettre indice en tournant le disque. Il faut évidemment être convenu avec son correspon-

1. C'est ce que firent les Américains durant la guerre 1939-1945 en utilisant la langue navajo que les Japonais ne comprenaient pas !

dant du changement de la lettre indice. Ce système revient à changer la clef de codification. Ainsi, la même lettre est codée de façon différente dans le message et il est impossible de l'identifier.

Louis fit tourner le disque pour tester quelques combinaisons sous le regard amusé de Rossignol, qui reprit au bout d'un instant.

— Un peu plus tard, le bénédictin Jean Trithème a inventé un tableau d'alphabets qu'il a appelé *Tabula Recta*. Avec cet outil, il chiffrait la première lettre avec un premier alphabet, la deuxième lettre avec un deuxième alphabet, et ainsi de suite. Ce système astucieux rendait très difficile le déchiffrage en repérant les lettres les plus utilisées.

» C'est que découvrir le secret d'une correspondance peut être dramatique pour celui qui l'a envoyée comme Marie Stuart en a fait la douloureuse expérience. De sa prison, elle communiquait avec ses partisans grâce à un chiffrage qu'elle croyait inviolable, car non seulement il utilisait une substitution de lettres mais il incorporait aussi un codage de certains mots. Ainsi, *and* était codé 2, *for* avait la valeur 3, et d'autres mots – trente-six en tout – étaient représentés par des caractères cabalistiques. Seulement, ses dépêches furent interceptées grâce à un agent double et décodées par un homme exceptionnel, Thomas Phelippes, un maître du déchiffrage qui travaillait pour le responsable des services d'espionnage de la reine Elizabeth. Thomas Phelippes avait sans doute eu connaissance de quelques éléments du code, ce qui lui facilita la découverte du reste.

» Dans un de ses derniers messages, Marie Stuart proposait l'assassinat de la reine. Thomas Phelippes lui demanda, dans un message où il se faisait passer pour un des conspirateurs, le nom de tous les conjurés. Sottement, la reine d'Écosse les lui donna. Avec ces dépêches déchiffrées comme preuve, Marie fut condamnée à mort et ses affidés dépecés vivants avant d'être écartelés !

Il y eut un silence pénible qui dura quelques instants. Louis comprenait que le chef du bureau du chiffre ne lui racontait pas là seulement une historiette. Il voulait lui faire comprendre l'importance des conséquences lorsque votre adversaire perçait votre secret.

Finalement, Antoine Rossignol se leva pour aller prendre un livre dans sa bibliothèque. Il choisit un petit volume relié en chagrin rouge, rechercha une page et le tendit à Louis. Le livre était intitulé *Traité des chiffres, ou secrètes manières d'escrire,* et la page ouverte représentait un étrange dessin.

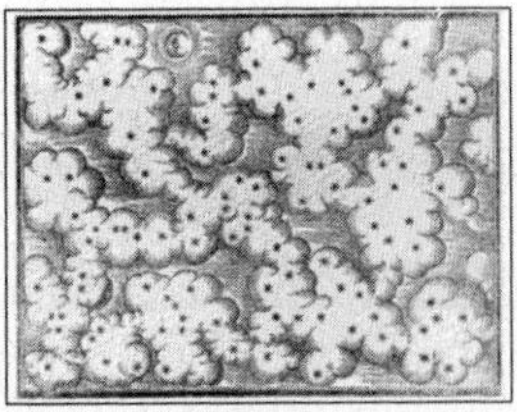

— Ce livre est de Blaise de Vigenère, un de nos compatriotes, reprit Rossignol. Vigenère y expose de nombreux systèmes de chiffrage. Par exemple, ce champ d'étoiles est un message secret. Regardez : les étoiles occupent une place qui correspond ligne à ligne à une lettre d'un message. Pour déchiffrer celui-ci, on utilise une bande de lettres, pas forcément ordonnée, que l'on place en bas de l'image. Chaque étoile correspond alors à une lettre de la bande.

» Mais Blaise de Vigenère proposa surtout un *chiffre indéchiffrable.* Pour utiliser ce procédé, il suffit d'inscrire dans un carré vingt-six fois l'alphabet décalé chaque fois d'une ou plusieurs lettres. Pour chiffrer, on convient d'une clef qui sera un mot ou une phrase. À chaque lettre successive du texte en clair, choisie en ligne, on fera correspondre une lettre successive de la clef. On recherchera cette lettre dans la première colonne. La lettre du texte chiffré sera prise à l'intersection de la ligne et de la colonne. Ainsi, la même lettre du message sera presque toujours codée différemment. C'est un système simple à comprendre et quasiment indéchiffrable si la clef est assez longue. Il a pourtant l'inconvénient d'être difficile à utiliser, aussi est-il peu employé. Je suis cependant parvenu souvent à le déchiffrer, car le point faible est précisément la longueur de la clef. Une fois qu'on l'a déterminée, la traduction est relativement aisée.

» Pour ma part, j'utilise ici une codification par substitution, non des lettres, mais des mots. C'est ce que j'appelle un répertoire. Dans un tel système, il n'y a pas de clef.

» Les répertoires sont des dictionnaires volumineux comprenant des mots, des locutions, des syllabes, des lettres, ou même des chiffres, auxquels on fait correspondre un nombre. Les éléments des tableaux de correspondance sont si nombreux qu'il est impossible de les retenir par cœur. Seule la possession du code permet le déchiffrement, puisque aucune opération logique ne permet de deviner les mots contenus dans le code ni leur correspondance avec les chiffres.

» Le défaut évident et irréductible de ce système est d'exister à l'état de livre imprimé, plus ou moins volumineux, mais sujet à perte, vol ou copie. L'avantage est d'être d'un emploi simple et rapide, et peu sujet aux erreurs.

» Les répertoires se divisent en deux catégories : les répertoires ordonnés et les répertoires incohérents. Lorsque, dans le tableau de correspondance, les deux listes sont ordonnées toutes deux alphabétiquement ou numériquement, on dit que le répertoire est ordonné.

» Tenez, voici un exemple que nous avons utilisé durant quelques mois.

Il revint à son bureau et griffonna quelques lignes avec sa plume. Il tendit la feuille à Louis sur laquelle il avait écrit :

1012 La
1013 Laisser
1014 Lorraine

— 1013 1012 1014 signifie donc : laisser la Lorraine, expliqua Rossignol. Dans un tel cas on utilise la même table pour chiffrer et déchiffrer. Il est aussi possible de compliquer la tâche de l'ennemi en utilisant un répertoire des mots désordonnés. On aura alors besoin de deux tables : une pour chiffrer et une autre pour déchiffrer. Voici un exemple de celle que j'utilise pour chiffrer.

Il écrivit à nouveau quelques lignes qu'il tendit à Louis.

Fronsac examina les trois lignes en hochant la tête.

piège 4367
pierre 1025
piller 6884

— C'est un peu comme si vous utilisiez une langue étrangère, observa-t-il. Votre codification est une sorte de dictionnaire...

— C'est exact.

— Mais si vos adversaires possèdent votre dictionnaire, vous êtes perdu !

— En effet, se rembrunit Rossignol. Je suppose que vous savez que le coffre où se trouvent ces répertoires a peut-être été ouvert...

— Je l'ai appris. Mais les registres n'ont pas été volés, m'a assuré M. de Brienne.

— Heureusement !

— Mais ont-ils pu être recopiés entièrement ?

— Entièrement, c'est peu probable. Ce serait trop long, car ils sont assez épais. Mais une petite partie, ce n'est pas impossible...

— Quand les registres sortent-ils et reviennent-ils du coffre ?

— Le matin, accompagné d'un officier, je vais au coffre de M. de Brienne et je sors mes codes – il y en a deux jeux –, ainsi que les dépêches en attente. Tout est confié à mes commis chiffreurs que nous allons voir tout à l'heure. Il désigna une porte mitoyenne. Les chiffreurs ne peuvent passer que par mon cabinet. S'ils ont besoin de sortir, un garde les accompagne. Durant leur travail, ils se surveillent mutuellement et ne pourraient copier discrètement les codes ou les dépêches.

» De temps à autre, je reçois une lettre à coder, soit portée par un officier, soit directement par le ministre. Je la donne à un chiffreur qui me la rend quand il a terminé. J'appelle alors un officier qui la retourne à celui qui me l'a fait parvenir. Ensuite, les lettres chiffrées sont expédiées par estafettes, mais cela ne me regarde plus. Le soir, je replace personnellement dans le coffre les dépêches non encore entièrement codées, ainsi que les répertoires.

Louis médita un instant avant de demander. :

— Vous êtes certain qu'aucun chiffreur ne peut copier une dépêche pour l'emporter ?

— Certain ? Non ! Mais le papier leur est mesuré et ils doivent rendre leurs brouillons. Cependant, on ne peut vérifier que l'un d'entre eux n'apporte pas avec lui une feuille sur laquelle il prendrait des notes à l'insu des autres. Ce serait difficile, mais pas impossible. Notre espion peut aussi apprendre par cœur un texte, ou des éléments des répertoires.

— Pourquoi sont-ils quatre ? Il y a donc tant de dépêches à coder ?

— D'abord, ils se surveillent de cette façon ! En outre, ils ne font pas que chiffrer. Nous avons aussi de nombreuses dépêches saisies, soit sur des courriers, le plus souvent sur les champs de bataille, et on nous les porte pour les décoder. C'est parfois très simple, mais parfois impossible. Nous avons ainsi en permanence des dizaines de lettres auxquelles ils s'attaquent à tour de rôle. Le déchiffrage est un art difficile, à la fois science de stratège et besogne de patience ; il faut choisir un angle d'attaque, puis tâtonner sur un nombre effarant de combinaisons. C'est très lent et fastidieux.

Louis hocha la tête. Il n'avait pas d'autre question pour l'instant.

— J'aurais besoin de voir vos commis, mais il serait préférable qu'ils ne puissent pas se souvenir de moi.

— C'est facile, sourit Rossignol. La pièce où ils travaillent est assez sombre et il n'y a qu'une lanterne devant chacun d'eux. Ils ne devraient pas parvenir à vous distinguer si vous restez dans l'ombre de la porte. Voulez-vous les voir tout de suite ?

— Je le souhaiterais. M. de Brienne m'a dit que je n'ai guère de temps devant moi.

— Avant d'entrer, laissez-moi vous les présenter rapidement, dit Rossignol. Dans cette pièce, vous verrez deux rangs de tables. (Il assortit son discours de gestes de la main, traçant des tables imaginaires sur son bureau.) À la première, et sur la gauche, se trouve Charles Manessier. C'est un parent éloigné de ma sœur, ou plus exactement de la première fille de mon père. Il n'est guère plus jeune que moi et me ressemble assez dans sa façon d'aborder le déchiffrage des lettres. Il était commis dans une banque avant que je lui propose de travailler ici. Son seul défaut réside dans une élégance furieuse qui ne correspond guère à son rang, mais il est très sérieux, très rigoureux. À côté de lui, il y a Guillaume Chantelou, beaucoup plus jeune. Un garçon très pieux qui appartient à la famille de M. Sublet des Noyers. C'est ce dernier qui l'a fait entrer dans le service, il y a quelques mois, quand il était surintendant des Bâtiments. Il est facile à reconnaître car son visage est abîmé par la petite vérole. Il porte aussi une moustache clairsemée.

» À la deuxième table, juste derrière la première, vous verrez, à gauche, Simon Garnier, qui n'a pas dépassé les vingt ans. C'est un huguenot issu d'une famille d'artistes peintres, quelqu'un de très talentueux dans le décryptage. Il a une sorte de don pour découvrir les clefs de chiffrage. Des dons d'artiste sans doute. Il a été proposé par M. Servien qui connaît bien sa sœur et il ne travaille dans mon service que depuis quelques semaines.

Il leva une main en se retournant.

— Vous voyez ce tableau ? C'est justement sa sœur Louise qui l'a peint. Elle me l'a offert pour me remercier.

Louis considéra un instant la peinture. À première vue, il avait songé à une œuvre flamande ou hollandaise mais, maintenant qu'il l'examinait plus attentivement, il remarquait la composition plus aérée et les couleurs plus restreintes que dans les natures mortes hollandaises. Les objets représentés étaient en outre peu nombreux : deux pêches et un abricot placés à droite d'un panier d'osier contenant des branches de mûrier et de framboisier. C'était une approche très dépouillée, très élégante aussi, et surtout très personnelle. Il songea que la femme qui peignait ainsi devait avoir un esprit rigoureux et harmonieux. Il se dit qu'il aurait aimé la rencontrer.

— Enfin, poursuivit Rossignol, il nous reste Claude Habert, un grand distrait qui oublie tout : son chapeau, ses dossiers ou ses clefs. Alors il cherche, il brouille, il crie, il s'échauffe, il interpelle ses camarades l'un après l'autre : on lui perd tout, on lui égare tout ! Parfois, il demande ses gants alors qu'il les a dans ses mains. Il est tellement maigre et anguleux qu'il doit même oublier de manger. En vérité, il ne s'intéresse à rien d'autre qu'aux mathématiques et il passe des heures à lire des ouvrages parmi les plus ardus qui soient dans cette science.

Il se mit à rire en se levant.

— Savez-vous qu'il lui est arrivé de monter sur son cheval à l'envers ?

Louis sourit, tandis que Rossignol baissait la luminosité des deux lanternes à huile posées sur son bureau, puis se dirigeait vers la porte à sa droite qu'il ouvrit. Il y avait derrière une seconde porte tout aussi épaisse qu'il ouvrit aussi. Louis le suivit. Il avait gardé son chapeau enfoncé sur la tête, de telle façon que son visage reste dans l'ombre.

3.

Jeudi 5 novembre 1643, suite

Messieurs, j'ai ici un visiteur qui doit partir dans quelques jours pour notre ambassade de Rome. Avant son départ, il désire connaître un peu mieux le travail de ceux qui chiffrent les dépêches diplomatiques. Ne vous interrompez surtout pas, vous pouvez continuer à travailler.

Le bureau du Chiffre était une pièce de dimension médiocre avec deux minuscules œils-de-bœuf par lesquels passait plus d'ombre que de lumière. Mais il est vrai que le jour se levait à peine, qu'il pleuvait et que le ciel était rempli de gros nuages noirs.

Face à la porte par où ils étaient entrés – la seule de la pièce – s'alignaient deux grandes tables de pin, l'une derrière l'autre. À chacune d'elles, deux hommes travaillaient à la lumière de chandeliers de cire et de lanternes à huile. L'un écrivait sur un feuillet avec une plume d'oie, un autre consultait un épais document relié de cuir. Un troisième lisait et le dernier dessinait avec un fusain.

Il n'y avait sur les tables que quelques gros ouvrages – sans doute les répertoires – les encriers, les plumes, les canifs pour les tailler et les mouchettes pour couper les mèches brûlées des bougies.

Sur une desserte, des flambeaux à chandelles et d'autres candélabres complétaient l'éclairage. La pièce était glaciale.

Louis resta dans l'ombre de la porte tandis que les visages des chiffreurs se levaient vers lui, surpris par cette visite inattendue, satisfaits aussi de cette interruption dans la monotonie de leur travail.

— C'est ici que nous chiffrons les dépêches, reprit Rossignol comme s'il s'adressait à Louis. Mais je vous en prie, messieurs, continuez ce que vous faites. Notre visiteur va repartir et ne vous dérangera pas.

Pendant qu'il parlait, Louis examinait rapidement Charles Manessier. Le neveu par alliance de M. Rossignol avait un long nez, un menton fuyant et un front aplati. Sa face rappelait celle d'un rat, ou plus exactement celle d'une fouine. Une ressemblance accentuée par des pattes-d'oie aux coins de ses yeux qui étaient d'une étrange couleur jaune. De beaux cheveux châtains, élégamment bouclés, une chemise de toile fine avec des dentelles aux poignets et au col, et un pourpoint de velours noir aux manches tailladées lui donnaient cependant une expression pleine de rigueur et de sérieux. Bref, son physique était celui d'un fourbe, tandis que ses vêtements traduisaient l'honnête homme.

Louis remarqua cette contradiction et songea que M. Manessier était certainement un peu trop élégant pour son rang. Ses émoluments lui permettaient-ils de s'offrir de tels habits ? Il se promit de s'y intéresser.

Le regard de Fronsac glissa alors sur son voisin, qui avait déjà baissé les yeux vers le gros livre qu'il consultait. Le parent de Sublet des Noyers avait un visage émacié et creusé de cratères dus à la petite vérole. C'était le plus grand des quatre hommes. Son front était haut et dégarni, avec une couronne de cheveux longs. Louis remarqua ses mains fines et nota une certaine affectation dans ses mouvements. Mais ces manières précieuses n'y faisaient rien : les rares poils qui poussaient encore sur sa figure et qu'il avait taillés en barbiche et moustache comme on le faisait au temps de Richelieu ne pouvaient masquer sa laideur presque repoussante.

Avec sa maigreur et sa grande taille, il était facilement reconnaissable, d'autant qu'il portait un manteau cramoisi sur ses épaules.

Derrière les deux hommes, Louis distinguait moins bien Simon Garnier et Claude Habert. Le jeune huguenot dessinait, comme indifférent à cette visite. De grande taille, mais bien proportionné, il était blond et ne portait ni barbe ni moustache ; peut-être était-il trop jeune pour avoir une abondante pilosité. Fronsac s'interrogea sur ce qu'il faisait. Dessiner lui donnait-il des idées ? Il avait connu des gens qui avaient ainsi besoin de s'occuper les mains pour réfléchir.

Brusquement, Garnier leva la tête et son regard croisa le sien. Louis y lut une vivacité, une dureté même qui le surprit et le troubla profondément. Le bref regard qu'il venait de saisir lui donnait la désagréable impression que le jeune homme n'était pas celui qu'il cherchait à paraître. Fronsac détourna les yeux avec un sourire affecté et s'attacha au dernier chiffreur sans pouvoir se défaire du malaise qui l'envahissait.

Claude Habert, le petit-neveu de la sœur de l'épouse de M. Le Bouthillier de Chavigny, était d'une taille très moyenne, maigre et anguleux mais très différent de Chantelou. Son visage était blafard, diaphane même. Il avait levé les yeux de son livre mais son regard restait vague, évanescent, comme s'il ne se souvenait plus des raisons pour lesquelles il avait suspendu sa lecture. Ses cheveux étaient sales et non bouclés. Le manteau gris qu'il portait sur les épaules – il faisait très froid dans la salle – était attaché par deux boucles, mais l'attache de l'une était fixée dans le fermoir de l'autre. Ses yeux papillonnèrent un moment vers Louis et Rossignol, puis il piqua du nez et se replongea dans son ouvrage. Louis remarqua alors ses oreilles grotesques, larges et décollées de la tête.

Il jugea qu'il pourrait désormais tous les reconnaître, même de loin. Malgré tout, il déguisa sa voix pour déclarer d'un ton rocailleux :

— Je vous remercie, messieurs, je suis très heureux de vous avoir rencontrés.

De retour dans le bureau, Louis avait élaboré la première ébauche d'un plan.

— Monsieur Rossignol, demanda-t-il après que le chef du bureau eut soigneusement refermé les deux portes, pourriez-vous, avec la complicité de M. le comte de Brienne, préparer une dépêche d'une grande importance apparente et la donner à chiffrer dès aujourd'hui à ces messieurs ?

— Euh... Je ne sais pas... sans doute... Que voulez-vous exactement ?

— Tendre un piège. Je suis pressé, je vous l'ai dit. Je pourrais suivre et faire suivre vos chiffreurs pendant des semaines et ne rien découvrir si votre Judas n'a pas d'information à transmettre. Mais si aujourd'hui, il voit passer une lettre d'une importance capitale, dès ce soir il contactera celui qui l'emploie. Je peux être prêt dès le début de l'après-midi. À quelle heure finissent-ils de travailler ?

— C'est variable. La plupart des commis et des teneurs d'écritures finissent en début d'après-midi. Disons entre deux et trois heures.

Louis opina. Il aurait ainsi largement le temps de voir Tilly auparavant et de préparer une filature.

— C'est parfait. Libérez-les à deux heures, si c'est possible. Pouvez-vous parler de cette fausse dépêche avec M. le comte de Brienne dès maintenant ? Il faudrait quelque chose de très fort...

Rossignol hésita un instant avant de hocher la tête.

— Je peux le faire, il m'est possible de rencontrer M. le comte à toute heure. J'aurai cette dépêche d'ici une heure et je leur dirai qu'elle doit partir d'urgence. Je la leur donnerai à chiffrer à tous les quatre en leur expliquant que ça me permettra de contrôler leur travail. Cela vous convient-il ?

— À merveille.

Il se leva.

— J'ai maintenant à préparer la suite, nous nous reverrons prochainement, M. Rossignol. Un dernier mot pourtant avant que je ne vous quitte, avez-vous des soupçons sur l'un de vos chiffreurs ?

— Des soupçons ? Non ! Je ne peux me permettre d'accuser à tort. Je dirais plutôt que j'ai une confiance absolue en M. Manessier et en M. Garnier.

Louis opina lentement.

Il n'avait pas la même opinion que Rossignol.

Dehors, la pluie était glaciale. Louis retrouva Gaufredi qui l'attendait à côté du carrosse, près du corps de garde. Il demanda au vieux reître de le conduire au Grand-Châtelet où il espérait trouver son ami Gaston de Tilly, commissaire du quartier Saint-Germain-l'Auxerrois.

Gaston était son ancien condisciple au collège de Clermont. Cadet de famille sans fortune, c'est le père de Louis qui lui avait obtenu une charge de commissaire enquêteur.

Le jeune Gaston, avait-il expliqué aux échevins de la ville, ferait un bon policier. Non seulement il connaissait parfaitement le droit et les singularités des nombreuses juridictions parisiennes, mais il avait surtout le caractère obstiné et la vigueur indispensables à ce travail ; les commissaires enquêteurs étant en effet continuellement dans la rue pour résoudre les affaires criminelles.

À cette époque, le guet bourgeois dépendant des échevins, qui avait longtemps été la force de police principale de Paris, ne jouait plus grand rôle dans le maintien de l'ordre. Celui-ci était désormais assuré par le lieutenant civil. Cependant la voix des échevins comptait toujours et, lorsque ceux-ci proposèrent Gaston comme enquêteur à Isaac de Laffemas, le lieutenant civil chargé par Richelieu de faire régner la loi dans la capitale, ce dernier ne put que le retenir. Il n'avait jamais eu à regretter sa décision.

Plus tard, Gaston avait reçu de Richelieu un brevet de lieutenant aux armées et avait donc quitté sa charge de commissaire-enquêteur. Ce n'est qu'à la fin de l'année précédente que l'ami de Louis avait été nommé, à la demande de Mazarin, commissaire à poste fixe de Saint-Germain-l'Auxerrois[1].

C'est par un édit de 1337 que Philippe de Valois avait créé seize charges de commissaire de police, une par quartier de Paris. Leur titre exact étant commissaires enquêteurs et examinateurs ou plus simplement commissaires examinateurs. Ils étaient alors chargés non seulement de la sécurité des Parisiens mais aussi de tout ce qui concernait la police des subsistances, l'approvisionnement, le respect des édits, les fraudes aux règles du commerce, la voirie et l'hygiène publique.

À plusieurs reprises, les rois de France avaient créé des charges de commissaires extraordinaires. Chaque fois, les seize commissaires de quartier s'y

1. Le lecteur curieux de connaître les événements relatés ici pourra lire les ouvrages *Le Mystère de la Chambre Bleue* et *La Conjuration des Importants*, qui relatent ces faits.

étaient opposés jusqu'au jour où François Ier avait créé seize charges supplémentaires d'un seul coup.

L'opposition des officiers en place avait été telle que, pendant longtemps, on avait distingué les anciens commissaires, qui avaient attribution de territoire – les quartiers –, des nouveaux qui n'en avaient pas. Qui plus est, les anciens étaient Nobles Hommes par leur charge et non les nouveaux que l'on qualifiait seulement d'Honorables et qui n'avait que le titre d'examinateur.

Pour mettre fin à ces querelles, plusieurs arrêts avaient décrété que Anciens et Honorables ne faisaient qu'un seul corps et que tout nouveau commissaire, qu'il soit dans une ancienne ou une nouvelle charge, serait examiné quant à ses compétences juridiques par le lieutenant civil. Finalement, un arrêt du conseil du roi avait imposé qu'il n'existât désormais qu'un seul corps de commissaire-enquêteur et examinateur. Au moment de notre histoire, il y en avait quarante-huit.

Pourtant, par habitude et usages, seize d'entre eux se voyaient affecter un quartier dans lequel, en principe, ils devaient se domicilier pour travailler. Les autres se consacraient à des tâches particulières liées aux subsistances, à l'hygiène, à la voirie, à la navigation et au commerce.

Contrairement à la plupart des commissaires qui travaillaient chez eux, Gaston avait établi son cabinet au dernier étage de la grosse tour du Grand-Châtelet. Une pièce si sombre que personne n'en voulait. Quand il n'était pas dans la rue, c'est de là qu'il coordonnait l'activité de ses sergents, exempts et enquêteurs. Et Louis savait que, s'il ne le trouvait pas, on lui dirait où il était.

Le carrosse descendit vers la Seine et prit la rue de Saint-Germain-l'Auxerrois pour arriver juste devant le Châtelet, antique et repoussante forteresse devenue à la fois prison et tribunal de police. La voiture s'engagea sous le porche central pour pénétrer dans la cour intérieure.

Avant de quitter l'étude, Louis avait rangé dans une sacoche son pourpoint noir habituel et emporté son vieux chapeau à large bord, plus pratique si la pluie continuait à tomber. Durant le trajet, il s'était changé, pour redevenir un bourgeois ordinaire. Il avait même retiré ses rubans multicolores de ses poignets et noué à leurs places ses galans noirs. Une opération très difficile d'une seule main, mais qu'il maîtrisait admirablement.

Le carrosse arrêté, il glissa son habit de soie dans la sacoche et prit le chapeau de son père à la main. Il ne pouvait les laisser dans la voiture où on risquait de les voler et il remit le tout à Gaufredi en lui demandant de l'accompagner.

Les deux hommes s'engagèrent dans le grand escalier et, ayant passé le bureau des huissiers, ils traversèrent rapidement le grand vestibule, immense salle mal éclairée par des chandelles placées dans des niches murales. Avec le mauvais temps, l'endroit était particulièrement sombre.

Tous deux se dirigèrent ensuite vers les étages. Les archers de garde les saluèrent sans s'intéresser à eux. Louis Fronsac était connu de la plupart d'entre eux aussi bien en raison de ses anciennes fonctions de notaire au Châtelet que comme l'ami du commissaire de Saint-Germain-l'Auxerrois.

Suivant un dédale de couloirs et de volées de marches, ils rejoignirent la galerie d'étage où se trouvait le cabinet de Dreux d'Aubray, le lieutenant civil, puis, de là, par un escalier en viret, ils gagnèrent le bureau de Gaston dans lequel ils entrèrent après que Louis eut gratté à la porte.

Gaston travaillait sur un dossier. Il eut un regard de surprise, puis de plaisir, en voyant entrer son ami et se leva aussitôt pour le serrer dans ses bras.

Gaston était très différent de Louis. Élégant à sa façon, le commissaire portait depuis quelques mois une écharpe de soie brodée qui lui servait de baudrier pour son épée mais, contrairement à son ami qui s'habillait toujours avec simplicité et généralement en noir, Gaston préférait les vêtements criards et ne prêtait nulle attention à leur forme ou leur nature, et il était courant que son pourpoint ou ses chausses fussent tachés ou déchirés.

Physiquement non plus, les deux amis n'avaient aucune ressemblance. Le commissaire était petit, trapu et roux. Son nez écrasé, résultat d'une bagarre de jeunesse, faisait penser à un groin de sanglier dont Gaston avait d'ailleurs le tempérament coriace, combatif et opiniâtre. Mais c'est aussi pour ces traits de caractère qu'il était le meilleur commissaire de la ville.

— Quelle heureuse surprise ! s'exclama-t-il. Je te croyais chez toi tout l'hiver, comme le châtelain que tu es devenu !

— Ah, je vois que tu n'es pas encore informé ! Encore des ennuis pour toi, mon vieux camarade...

Il ne put terminer sa phrase car la porte s'ouvrit dans son dos et un individu au visage dur et contrarié entra. C'était Dreux d'Aubray, le lieutenant civil de la prévôté de Paris qui avait remplacé depuis quelques mois Isaac de Laffemas, *le bourreau de Richelieu* [1].

Aubray était un homme d'une grande expérience dans le maintien de l'ordre. Maître des requêtes, il avait été nommé intendant de Police, de Justice et des Finances en Provence de 1629 à 1635, où il avait fait ses preuves lors de troubles d'une rare violence provoqués par une réforme fiscale. En effet, en 1629, le cardinal de Richelieu avait décidé d'unifier les règles de perception de la taille personnelle. Jus-

1. Dreux d'Aubray avait payé cette charge 560 000 livres.

qu'alors, dans les pays d'États[1], c'est-à-dire ceux qui possédaient des assemblées de communautés (les États) et en général un parlement, c'étaient les trois ordres qui fixaient eux-mêmes leur concours financier au souverain. L'*édit des Élus* devait mettre fin à ce privilège.

Le résultat en avait été des troubles extrêmes tant en Provence qu'en Bourgogne et dans le Languedoc. Dreux d'Aubray avait dû rester plusieurs années à son poste d'intendant de Justice pour assurer le retour de la paix civile, mais il y était finalement parvenu et avait acquis ainsi une solide réputation de fidélité et d'efficacité.

C'est donc naturellement que Mazarin l'avait choisi pour remplacer Isaac de Laffemas, haï des Parisiens et jugé trop partisan des méthodes sanglantes du *Grand Satrape*.

— Monsieur Fronsac ! Déjà ici ! remarqua sèchement le lieutenant civil. Avez-vous raconté à M. de Tilly les raisons de votre venue ?

— Pas encore, monsieur le lieutenant. Pas encore, nous vous attendions, mentit Louis pour ménager la susceptibilité du lieutenant civil.

— Vous avez bien fait.

Aubray examina les piteux fauteuils du petit bureau circulaire, en cherchant des yeux un siège pas trop délabré, car Gaston, dans ses moments de colère, ne pouvait se retenir de s'en prendre au mobilier. Ayant finalement repéré une chaise disposant de quatre pieds, il s'assit dessus avant de s'adresser au commissaire.

— Je viens de recevoir un pli de M. Le Tellier me demandant de vous mettre aux ordres de M. Fronsac qui aura titre de commissaire extraordinaire. Je n'ai eu aucune autre explication. J'ai aussi ce document

1. Languedoc, Provence, Dauphiné, Bourgogne et Bretagne.

pour vous, Monsieur Fronsac, précisa-t-il en se tournant vers Louis.

Il lui tendit un pli cacheté de rouge, serré dans un ruban de soie verte, puis il écarta les mains comme pour attendre qu'il s'explique.

Le pli en main, Louis reconnut le cachet du ministère de la Guerre. Il se saisit de la dague que Gaston utilisait comme coupe-papier et ouvrit la missive.

Elle ne contenait que quelques lignes :

> *Nous, Michel Le Tellier, seigneur de Chaville, secrétaire d'État à la Guerre, donnons tout pouvoir à M. Louis Fronsac, chevalier de Mercy, pour agir en notre nom. Il a tout commandement sur les autorités civiles et militaires du Palais.*
>
> *À Paris, au mois de novembre, l'an de grâce 1643.*

La missive était complétée par un second sceau à trois lézards en pal surmontés de trois étoiles d'or. Les armes de la maison Le Tellier.

Louis tendit la lettre à Dreux d'Aubray. Le lieutenant civil la parcourut, haussa un sourcil interrogatif et peut-être réprobateur, puis la passa à Gaston.

— M. Le Tellier m'a effectivement demandé de m'attacher à une affaire difficile qui lui tient à cœur, monsieur le lieutenant, fit alors Fronsac. La seule personne qui peut m'aider est mon ami Gaston, voilà pourquoi j'ai demandé à M. le secrétaire d'État à la Guerre qu'il puisse m'assister. Cela durera sans doute quelques semaines et nous aurons aussi besoin d'un archer ou d'un exempt. Pour le reste, je suis désolé, mais je ne peux en dire plus.

— Bien ! dit Aubray en se levant, non sans dissimuler une grimace de dépit. Dans ces conditions je vous laisse. Monsieur de Tilly, vous choisirez l'homme qui vous conviendra pour vous seconder.

N'oubliez pas de transmettre vos dossiers à un autre commissaire.

Il était visiblement contrarié de ne pas en savoir plus mais il était aussi un vieux serviteur de l'État et il avait appris depuis longtemps à obéir et à faire passer son devoir avant son amour-propre.

— Encore un mot, monsieur le commissaire, ajouta-t-il avant de sortir. Pourriez-vous être présent à l'audience de samedi que je préside ainsi qu'à celle de demain qu'administre M. le lieutenant criminel[1] ? On y traitera de plusieurs affaires dont vous vous êtes occupé.

Gaston regarda Louis qui opina. Il préférait ne pas se mettre à dos le lieutenant civil.

— J'y serai, monsieur.

Ayant jugé qu'il avait suffisamment fait preuve d'autorité, Aubray esquissa un sourire satisfait et sortit.

Tandis que Gaufredi restait près de la minuscule fenêtre du cabinet, Louis s'assit sur la chaise libérée par Aubray pour déclarer :

— Bien évidemment, commença-t-il, ce que je vais vous raconter à tous les deux ne peut sortir d'ici. Voici quel est le grave problème de M. Le Tellier...

Gaufredi connaissait déjà les raisons de la visite des ministres à Mercy, son maître les lui ayant indiquées le soir même de leur visite. Pourtant, il prêta une grande attention aux précisions données par Fronsac et au récit des entrevues qui s'étaient déroulées le matin même au Palais-Royal.

Quand Louis eut terminé, Gaston lui demanda :

— Explique-nous maintenant comment tu comptes t'y prendre pour identifier cet espion ?

1. Les audiences présidées par le lieutenant civil avaient lieu le mercredi et le samedi, tandis que celles présidées par le lieutenant criminel avaient lieu le mardi et le vendredi. Elles réunissaient les commissaires, les trente-quatre conseillers au Châtelet et les gens du roi (procureurs et avocats).

— Nous allons suivre les quatre chiffreurs dès cet après-midi. Tôt ou tard, si l'un d'entre eux est le traître, il communiquera avec son correspondant.

Le commissaire eut une moue de désaccord :

— Ça me paraît bien hasardeux ! Nous pouvons être obligés de les suivre durant des jours et des jours, et ils finiront bien par nous repérer. Tu n'as donc pas le moindre indice sur l'identité de cet espion ou sur celui qui organise ces fuites ?

Louis secoua la tête.

— Aucun indice. C'est pourquoi j'ai demandé à M. Rossignol de préparer une fausse dépêche d'une telle importance que notre espion souhaitera contacter rapidement ses commanditaires. Peut-être ce soir même.

Gaston hocha lentement du chef avec un sourire gourmand.

— Je comprends mieux. C'est pour ça que tu as besoin d'une quatrième personne ? Mais, pour les suivre, comment allons-nous reconnaître nos gaillards ? Toi seul les connais, tu vas devoir nous les montrer du doigt. Or, ils t'ont vu, ils se méfieront...

— On se placera sur le passage de leur sortie du Palais en restant à l'écart. Ils ne m'ont pas vraiment vu ce matin, je suis resté dans l'ombre et depuis je me suis changé. Voici d'ailleurs le pourpoint que je portais – il prit la sacoche que Gaufredi avait posée près de sa chaise – je vais le laisser ici à ta garde. Je vous les désignerai à mesure qu'ils sortiront du palais, et vous les suivrez aussitôt. Mais il nous manque un quatrième homme. À toi de le trouver.

— Je ne vois que La Goutte en qui on peut se fier, déclara Gaston sans hésitation.

— Je le connais ?

— Tu l'as déjà vu avec moi. C'est un homme d'apparence frêle mais très astucieux et particulièrement loyal et discret.

— Il doit bien avoir des défauts ? demanda Louis. N'oublie pas que c'est une affaire confidentielle. Il boit ?

— Non. Pas de problème de ce côté-là. Mais c'est vrai qu'il a un vice : c'est un incessant coureur de jupons, et comme il n'est pas bien beau, toute sa solde passe dans les ribaudes et les paillardes à trois sols de la rue Pute y Muse ou des rues Grattecul et Tirevit[1].

Louis hésita peu. Un ivrogne aurait été impossible, mais ce défaut-là n'aurait pas de conséquences.

— Je te fais confiance. Ton homme est au Châtelet en ce moment ?

— Oui, il est en service dans la galerie. Je vais le chercher.

Gaston revint un instant plus tard avec un archer en chausses rouges et pourpoint bleu fleurdelisé à galon d'or barré d'une bandoulière semée d'étoiles d'argent. Louis le reconnut ; il l'avait effectivement déjà vu plusieurs fois au Châtelet.

Maigrichon et râblé, sec comme un cep de vigne, cheveux grisonnants et clairsemés, La Goutte était archer au guet depuis dix ans. Bien que peu robuste, il était celui de ses hommes que Gaston appréciait le plus, car non seulement l'homme était fidèle mais derrière son physique de gringalet se cachait une personnalité singulièrement débrouillarde et particulièrement perspicace.

L'archer, visiblement intimidé, resta debout devant la porte tandis que Gaston retournait à son bureau en expliquant solennellement :

— La Goutte, vous avez déjà rencontré mon ami Louis Fronsac, marquis de Vivonne et chevalier de Saint-Michel. Il vient d'être chargé d'une importante

---

1. Pour nos lecteurs curieux, la rue Grattecul, qu'on appelait aussi la rue Gratte-con (!) était une portion de la rue Saint-Sauveur qui donnait rue Saint-Denis. La rue Tirevit ou encore Tireboudin est devenue la rue Marie Stuart.

mission par M. Le Tellier. Comme moi, vous êtes désormais sous ses ordres.

— Monsieur le marquis, s'inclina La Goutte, à la fois flatté, inquiet et curieux.

— Tu peux te fier à lui comme à moi, annonça alors Gaston à Louis. Explique-lui ce que tu désires faire. La Goutte est un tombeau, rien de ce que tu diras ne sortira d'ici.

— Je vous fais confiance, La Goutte. Mais sachez qu'il s'agit d'une mission d'une importance capitale. Vous n'en parlerez à personne. La mort serait un châtiment très doux pour celui qui nous trahirait ou qui serait simplement trop bavard. Nous ne serons que quatre pour cette enquête : M. le commissaire et moi, ainsi que mon garde du corps, Gaufredi, que vous voyez là.

La Goutte jeta un rapide regard vers l'homme à l'apparence si redoutable qui tripotait machinalement la dague accrochée à son baudrier, juste au-dessus de son épée. Gaufredi considéra aussi l'archer avec un regard féroce, avant de lui lancer un bref sourire complice.

— Cet après-midi, chacun d'entre nous va suivre une personne, reprit Louis. Je vous indiquerai la vôtre. L'une d'elles a peut-être volé une importante missive au ministère, dans le service du Chiffre de M. Rossignol. Cet individu pourrait être en rapport avec un réseau d'espions espagnols, ou d'un autre pays. Pour cette filature, vous quitterez cet uniforme et vous vous habillerez simplement. Essayez surtout de ne pas vous faire repérer. Vous observerez tout ce que fera votre suspect. En particulier s'il parle longuement ou s'il remet des documents à une tierce personne.

Il se tut et considéra l'archer d'un regard interrogatif, attendant ses commentaires.

— J'ai compris, monsieur le marquis. C'est quelque chose que j'ai déjà fait. Vous pouvez compter sur moi... Si j'assiste à l'échange, dois-je intervenir ou faire un rapport ?

— Pas d'intervention. C'est vous le policier et ce sera à vous de décider si vous suivez ou non celui qui recevra le pli. Mais attention, il peut aussi s'agir d'un échange verbal. En vérité, nous voulons surtout identifier lequel de nos quatre hommes est le Judas. La lettre, ou l'information, qu'il fera passer n'est qu'un appât sans importance.

— Je ferai au mieux, monsieur le marquis, opina l'archer.

Louis se tourna alors vers Gaston.

— Voici les quatre individus que nous allons suivre. Il y a d'abord Charles Manessier, très élégant, la quarantaine, un parent de M. Rossignol. A priori peu suspect. Puis nous avons Guillaume Chantelou, très grand, très maigre, visage abîmé par la petite vérole. Lui, c'est un parent de Sublet des Noyers.

— Un parent du Jésuite Galloche [1] ! ironisa Tilly. Il pourrait bien être ton homme ! Sublet avait toujours soutenu la position espagnole au ministère de la Guerre.

— Sans doute, mais tu oublies sa réputation de fidélité à la royauté, sa constance dans la défense du pays et son nationalisme ombrageux. D'ailleurs, il a eu Rossignol sous ses ordres et, à cette époque, il n'y avait pas de fuite au bureau du Chiffre, alors qu'il avait lui-même accès aux codes.

— C'est vrai, donc on pourrait aussi éliminer son parent ? proposa Gaston conciliant.

— On ne peut éliminer personne, répliqua Louis en secouant la tête. Passons au troisième. Lui, il m'intéresse : il se nomme Garnier, il a vingt ans et il est huguenot.

— Pourquoi t'intéresse-t-il ? demanda Tilly en écarquillant volontairement les yeux. Tu crois qu'un

1. Pour sa dévotion excessive.

huguenot pourrait transmettre des secrets à l'Espagne ? Ça m'étonnerait !

— Rien ne doit nous étonner, et tu devrais savoir que les raisons d'agir des hommes, leurs raisons de trahir ou de mentir, ne sont que rarement en harmonie avec leur foi religieuse ! Par ailleurs, la province de Hollande, bien que protestante, recherche la paix à tout prix avec l'Espagne. Il doit donc y avoir des relations entre ces protestants et l'Espagne catholique.

Louis se concentra un instant avant de poursuivre, il essayait de retrouver ce qu'il avait lu dans les yeux du jeune huguenot.

— Nos regards se sont croisés et je n'ai pas aimé ce que j'y ai vu, déclara-t-il. Ce protestant n'est pas un simple amateur de logique, vivant uniquement dans un univers abstrait. C'était un homme d'action et je suis convaincu qu'il dissimule son véritable état.

Gaston eut une moue moqueuse.

— Tu peux voir ça, toi ? C'est une intuition ou une conjecture ?

— Pourquoi n'y aurait-il que toi qui aurais du flair ? sourit Louis en dissimulant cette irritation que lui causait souvent son ami quand il proposait cette répartition des rôles entre eux : à lui, Louis, la perspicacité, à Gaston l'instinct de chasse du policier.

— D'accord ! Et le quatrième ? s'enquit Gaston, redevenant brusquement sérieux.

— Il s'appelle Claude Habert, c'est un parent de Bouthillier de Chavigny. Ce serait, paraît-il, un grand distrait qui perdrait tout. A priori, je ne le vois pas voler des dépêches qu'il égarerait avant de parvenir à les remettre !

Il se mit à rire de sa plaisanterie, mais Gaston resta silencieux et impassible.

— Celui-là pique ma curiosité, déclara finalement le commissaire.

— Pourquoi ?

— Et s'il jouait tout simplement un rôlet...

— Que veux-tu dire ?

— Un distrait peut facilement oublier son chapeau et revenir le soir dans les bureaux le chercher. Si les gardes ont l'habitude de sa distraction, s'ils le connaissent bien, ils n'y feront pas attention...

Louis examina un instant cette hypothèse à laquelle il n'avait pas pensé. Gaston avait raison et il se morigéna même de ne pas y avoir songé.

— C'est bien possible, en effet, murmura-t-il.

— Comment allons-nous nous répartir nos bonshommes ? demanda Gaston, visiblement satisfait d'avoir pensé à quelque chose que son ami avait négligé.

— Je suis le seul à pouvoir les reconnaître. S'ils ne sortent pas ensemble, j'attendrai que le dernier s'en aille. À mesure qu'ils quitteront le Palais-Royal, chacun de vous en suivra un. Si on a le choix, tu pourras prendre le distrait et moi Garnier. Gaufredi et La Goutte suivront les deux autres...

Il interrogea chacun du regard. Ne lisant aucun désaccord, il poursuivit :

— Il est évidemment nécessaire qu'ils ne se rendent compte de rien. Ils vont sans doute rentrer à leur domicile, peut-être en effectuant quelques haltes en chemin auprès de marchands ou de boutiquiers quelconques. Mais l'un d'entre eux se rendra peut-être dans un endroit singulier, imprévu, ou alors il abordera quelqu'un. Celui-là sera peut-être notre félon. Il faut rester donc derrière chacun d'eux jusqu'à ce qu'il rentre chez lui, ou jusqu'à la nuit. On se retrouvera ici demain matin pour faire le point.

— Notre espion peut recevoir une visite tardive chez lui, objecta Gaston. Et alors il n'y aura plus personne pour le surveiller.

— Tu as raison, mais nous ne sommes pas assez nombreux pour passer la nuit devant chacune des maisons à surveiller. Et puis, n'oublie pas qu'il faut qu'il prévienne celui qui l'emploie qu'il a une information importante à lui transmettre. Donc il devra faire cette démarche lui-même.

Gaston n'était pas convaincu. Il savait qu'il y avait beaucoup de moyens pour prévenir discrètement quelqu'un. Ce pouvait être un morceau de tissu à une fenêtre, ou un signe de reconnaissance quelconque. Mais Louis avait au moins raison sur un point, ils n'avaient pas les moyens de faire mieux.

— Ça ne me plaît pas de vous savoir seul, monsieur, grommela Gaufredi. Je pourrais rester avec vous, et M. de Tilly pourrait demander à un autre de ses hommes de me remplacer.

— Non, dit Louis. Moins nous serons dans la confidence et mieux ce sera. Pour cette filature, il n'y a aucun risque. Il suffit de suivre à bonne distance. Demain, nous déciderons peut-être de ne surveiller qu'un ou deux de nos suspects, et nous pourrons alors rester ensemble. Pour l'heure, je vous propose d'aller manger tous ensemble au cabaret de l'*Épée de Bois* [1], nous y prendrons un cabinet particulier et je vous décrirai en détail chacun de nos bonshommes.

Un peu avant deux heures, dans la deuxième cour du Palais-Royal, Louis, Gaston, Gaufredi et l'archer La Goutte attendaient sous le porche de l'une des portes situées en face de l'ancien hôtel de Richelieu où étaient installés les services ministériels. Enroulés dans leurs manteaux et couverts d'un grand chapeau, il n'était pas facile de distinguer les traits de leur visage. Louis ne perdait pas des yeux le passage conduisant à la *Galerie des hommes illustres* et aux services du comte de Brienne.

1. L'*Épée de Bois*, rue Quincampoix, était un cabaret proposant des cabinets particuliers pour les clients qui souhaitaient s'isoler.

À cette heure-ci, beaucoup de monde sortait en se pressant. C'était la fin de la journée de travail des commis et des employés aux écritures.

Un manteau cramoisi surgit brusquement du passage voûté. L'inconnu, très grand, portait un chapeau à large bord, et l'on ne pouvait voir son visage d'autant qu'il était entouré d'un groupe compact de personnes. Il se dirigeait vers le couloir conduisant aux *appartements du roi*. Louis hésita quelques secondes. Et si ce n'était pas Chantelou ? Il fallait pourtant qu'il se décide...

— Gaufredi, c'est lui ! C'est Chantelou, suis-le ! murmura-t-il.

Gaufredi opina et s'élança aussitôt derrière l'homme au manteau.

— Corbleu ! Je ne suis pas certain que ce soit lui ! jura Louis d'une voix sourde. Je n'ai pas réussi à voir son visage !

— C'est toujours comme ça, déclara Gaston, fataliste, en haussant les épaules. Les meilleurs plans ne se réalisent jamais comme prévu.

— De toute façon, ce parent de Sublet des Noyers ne me paraît pas être un bon suspect... poursuivit-il.

Il ne put continuer, car Manessier apparut à son tour. Lui, au moins, était parfaitement reconnaissable et il était seul. Le parent de Rossignol s'arrêta un instant en examinant la pluie qui tombait. Il avait visiblement peur de souiller ses vêtements de prix avec la boue. Le crottin parisien mélangé à toutes sortes de déjections collait au tissu si intensément qu'il ne pouvait plus être enlevé !

Manessier resta un instant immobile, hésitant. Finalement, il se décida et, à grandes enjambées, prit la même direction que l'homme au manteau cramoisi.

— La Goutte, il est à vous ! lança Louis.

L'archer, couvert d'un vieux manteau grisâtre et d'un chapeau informe, partit à son tour sous la pluie.

— Il nous reste nos deux suspects, déclara Gaston dans un sourire. Ça ne pouvait pas mieux tomber !

Les deux derniers chiffreurs apparurent à cet instant ; ils étaient ensemble et il était impossible de se tromper sur leur identité. D'abord le huguenot dépassait d'une bonne tête le distrait, ensuite les cheveux paille de Garnier sortaient abondamment de son chapeau et le visage blafard de Claude Habert encadré par ses immenses oreilles attirait immanquablement l'attention.

Le petit-neveu de Bouthillier de Chavigny regardait la pluie tomber avec un ébahissement qui semblait le paralyser.

— Il n'a jamais vu la pluie ? se moqua Gaston entre ses dents.

Finalement, les deux jeunes gens serrèrent leurs manteaux et se dirigèrent vers eux. Louis comprit aussitôt que, pour se protéger de la pluie, ils allaient longer les arcades de la façade des *appartements du roi* et qu'ils sortiraient par le haut de jardin en suivant le logis de la régente : le long de cette façade, une petite corniche protégeait partiellement des intempéries.

C'était justement là où ils se trouvaient tous deux. Louis prit aussitôt le bras de Gaston et, tournant le dos aux chiffreurs, ils remontèrent rapidement le long de la façade pour s'engouffrer par la première porte ouverte sur leur droite.

Deux chevau-légers qui montaient la garde s'avancèrent pour les interroger sur leur précipitation. Alors que Gaston suivait des yeux les deux jeunes gens qui poursuivaient leur chemin, Louis sortit le sauf-conduit de Le Tellier. Celui des deux gardes qui savait lire s'inclina avec respect après l'avoir parcouru.

— Nous sommes à vos ordres, monsieur, mais nous ne pouvons quitter ce poste. Voulez-vous que je vous conduise à mon officier ?

— Inutile, nous nous sommes juste introduits là pour qu'on ne nous aperçoive pas.

Il rejoignit Gaston qui lui désigna les deux chiffreurs poursuivant leur chemin. Ils laissèrent passer une minute avant de ressortir.

Le côté nord de la grande cour intérieure était fermé par des grilles, ouvertes à cette heure-ci, qui donnaient sur le jardin.

Garnier et Habert, toujours ensemble, les franchirent.

Discutant amicalement et apparemment peu gênés par la pluie, les deux chiffreurs remontèrent une allée sablée et détrempée presque jusqu'en haut des jardins, puis, ayant passé le bassin appelé le Rond-d'eau, ils obliquèrent à gauche vers la rue Traversière. Là, ils s'arrêtèrent un moment pour échanger encore quelques mots et se séparèrent.

Claude Habert s'engagea dans la rue du Hazart et Simon Garnier suivit la rue Traversière. D'un simple échange de regard entre lui et Gaston, Louis prit Garnier en chasse et laissa Habert à son ami.

La rue du Hazart portait ce nom depuis qu'en 1629 un premier tripot s'y était installé [1]. Il avait rapidement connu une grande affluence de gens de qualité qui venaient là pour tenter leur chance ou pour s'encanailler. Peu à peu, d'autres établissements du même type avaient vu le jour dans la ruelle, qui comptait maintenant plusieurs salles de jeu réputées.

Gaston, qui avait en charge la surveillance de ce genre d'établissement, n'en connaissait cependant

1. Au numéro 6 actuel.

aucun, car son office concernait uniquement le quartier de Saint-Germain-l'Auxerrois et le Louvre. Mais, le commissaire de Saint-Honoré et du Palais-Royal lui avait plusieurs fois fait part de ses soucis concernant ces établissements fréquentés à la fois par des gens de la haute aristocratie, de riches financiers, mais aussi par la canaille la plus vile sans compter une prostitution de tout genre.

Gaston s'interrogeait. Le distrait Habert allait-il entrer dans l'un de ces tripots ? Si c'était le cas, il tenait son homme !

Mais il n'en fut rien et le parent de Bouthillier de Chavigny poursuivit tranquillement son chemin par la rue Thérèse avant de s'engager dans la rue des Moulins. Cette rue n'était en vérité qu'un chemin raviné bordé de maisons éparses, de moulins et de quelques auberges séparées par des enclos. Dans les terrains vagues avoisinants, les bretteurs étaient souvent aussi nombreux que les filles publiques dont les ébats furtifs avaient lieu près des ruines des anciennes fortifications édifiées par Étienne Marcel.

Habert pénétra dans une grande auberge isolée.

Gaston la connaissait, c'était l'hôtellerie de Hollande, un établissement fréquenté surtout par les marchands bataves en visite à Paris.

Il attendit un moment dans la rue, sous la pluie, mais comme Habert ne ressortit pas, il se décida à entrer dans l'auberge.

C'était sans risque, jugeait-il, puisque le distrait ne le connaissait pas.

La rue Traversière était bordée de demeures fort différentes. Beaucoup n'étaient que de vieilles bâtisses, biscornues et affaissées, construites à la hâte dans un mélange d'argile et de paille renforcé de bois de colombage et dont les étages étaient construits en encorbellement. Là où les plus vieilles maisons s'étaient effondrées, des financiers ambitieux, de riches marchands ou des traitants insolents commençaient à élever d'élégantes et solides maisons de pierre, de brique et d'ardoise.

Garnier s'arrêta devant l'une et sonna le cordon. Un concierge, ou un domestique, vint ouvrir et le garçon entra.

Louis s'approcha. C'était une maison à deux étages en pierres blanches, visiblement récente. Mais était-ce le logement du jeune homme ou venait-il visiter quelqu'un ?

À quelques pas de là s'ouvrait l'échoppe d'un savetier dont l'auvent était relevé. Louis y chercha un abri provisoire contre la pluie qui redoublait.

La devanture de la boutique n'était qu'une double fenêtre séparée par un liteau de bois. Elle était protégée par un volet qui s'ouvrait horizontalement. La partie la moins large du volet formait tablette et la partie la plus large constituait un auvent. Au-dessus de la façade, une grosse botte en bois, l'enseigne de l'artisan, grinçait sous la tourmente.

Les fenêtres vitrées à petits carreaux étaient fermées mais on distinguait à l'intérieur de l'échoppe deux ou trois ombres, assises, qui travaillaient.

Alors que Louis attendait que la pluie se calme, hésitant à rentrer chez lui, une des fenêtres s'ouvrit. C'était le maître artisan. Deux de ses ouvriers étaient derrière lui, sur un banc.

Tous étaient revêtus d'un grand tablier de cuir. Des bottes et des chaussures déjà raccommodées pendaient au plafond ainsi que des pièces de cuir. Un savetier n'avait pas le droit de fabriquer de chaussures, sauf celles, très ordinaires, pour le petit peuple. La confection des chaussures neuves était un privilège réservé aux cordonniers.

— Vous permettez que je m'abrite un moment ? demanda Louis au savetier.

— Faites donc, dit l'homme en enduisant son fil de poix pour coudre la semelle qu'il avait en main. Vos chaussures ne sont pas trop abîmées par la boue ?

L'artisan, l'air jovial et bonasse, avait dépassé la cinquantaine et ses cheveux blancs formaient une couronne autour de son bonnet.

Louis baissa les yeux. Ses élégants souliers de cour, si chers, n'étaient que des monceaux de boue et de crotte.

— Je crains que oui !

— Vous n'aviez pas de bottes ?

— Non, malheureusement. Je n'avais pas envisagé une telle pluie.

— J'en ai ici quelques-unes en bon état, si cela vous intéresse, proposa l'artisan en montrant les bottes à revers pendues au plafond.

Louis les examina de loin. Elles paraissaient solides et bien faites.

— Pourquoi pas ? Quel serait votre prix ?

— Entrez que je voie vos chaussures, suggéra le boutiquier.

Il se déplaça jusqu'à la porte de son échoppe qu'il ouvrit. Louis entra dans la boutique où régnait une douce chaleur grâce à un petit poêle ainsi qu'une agréable odeur de cuir et de cire. Il tira un escabeau à trois pieds, s'assit et enleva une de ses chaussures crottées qu'il tendit à l'un des apprentis.

Celui-ci nettoya la boue avec une raclette, puis mesura la chaussure avec une jauge de bois. Il décrocha ensuite deux paires de bottes qu'il tendit à son maître, lequel abandonna sa besogne pour s'approcher de son client.

— Ces deux vous conviendraient !

Louis les examina. Elles n'étaient pas neuves mais leur cuir était épais et bien cousu, et surtout il avait les pieds glacés dans ses souliers. Il avait emporté une très vieille paire de bottes pour le voyage de Mercy à Paris et celles-ci les remplaceraient avantageusement.

— Quel en sera le prix ?

— Quarante sous ? Un écu d'argent pour les deux !

C'était honnête.

— Une seule suffira mais, pour ce prix, vous me nettoierez bien mes souliers crottés.

Louis sortit un écu et choisit une des deux paires, celle qui avait de grands revers à la lazzarine. C'était un peu démodé, mais encore beaucoup porté. Il les enfila puis tendit son autre chaussure à l'ouvrier pour qu'il la nettoie. L'artisan lui rendit vingt sous.

— Je cherche une maison à la vente, poursuivit-il en savourant le confort des bottes sèches. On m'avait parlé de celle-ci – par la fenêtre encore ouverte, il désigna le logis où était entré Garnier – mais on s'est trompé apparemment.

— Cette maison ? s'étonna l'artisan. Elle n'est certainement pas à vendre ! Elle est habitée par Étienne Girardot de Chancourt, un marchand de bois de construction qui a fait fortune. C'est lui-même qui l'a fait construire l'année dernière et il y loge toute sa famille.

— C'est ce que j'ai compris, approuva Louis d'un air entendu. J'ai vu son fils ou son frère tout à l'heure.

— Il n'a pas de fils. Ce doit être un de ses beaux-frères, Simon ou Isaac

— Peut-être, je ne sais pas, à dire vrai.

— Ce sont les frères de sa femme. Une bien jolie femme d'ailleurs. Elle peint, le saviez-vous ?

— Je l'ignorais. Je n'étais venu ici que parce qu'on m'avait parlé d'une maison à vendre. Que peint-elle ?

— Des tableaux. Je les ai vus chez elles, ils sont très beaux. Des fruits, surtout.

— Isaac et Simon, dites-vous ? Ils sont protestants ?

— Comme presque tout le monde dans cette rue ! Avec tous les Hollandais qui habitent par ici, c'est un quartier huguenot !

Louis opina. Il ne pourrait rien apprendre de plus.

Il glissa un sol à l'ouvrier en récupérant ses chaussures propres et sortit.

Gaufredi avait vu l'homme au manteau cramoisi sortir du palais à pied et prendre la rue Saint-Honoré.

Il préférait ça ! Il était à pied et si l'homme qu'il devait suivre avait eu un cheval dans l'une des écuries du palais, ou dans celle d'une auberge proche, il aurait dû courir derrière eux !

Ils en avaient longuement parlé à l'*Épée de Bois* : devaient-ils prévoir des chevaux ? Cela aurait compliqué leur filature car un homme à cheval est plus facilement repérable et ne peut rester discrètement dans un coin de rue à attendre. Le plus probable, avait décidé Louis, était que les chiffreurs habitent dans Paris et rentrent chez eux à pied. Il regrettait d'ailleurs de ne pas avoir posé la question à Rossignol. Gaston et la Goutte avaient approuvé ; à pied, on pouvait toujours suivre un cheval tant qu'on restait dans la ville, et on était plus discret.

L'homme au manteau suivit la rue Saint-Honoré jusqu'à la rue Roulle. Là, le chiffreur présumé obliqua vers la Seine, prit la rue de la Monnaie et traversa le fleuve sur le Pont-Neuf.

Il paraissait pressé, mais il est vrai que la pluie fine et glaciale n'incitait pas à flâner et les spectacles habituels de bateleurs et de montreurs d'ours étaient désertés. Gaufredi restait à une bonne distance sans jamais perdre le manteau cramoisi des yeux. Ses bottes étaient crottées de déjections et de boue jusqu'aux genoux et les semelles le faisaient parfois glisser. Il jurait alors à mi-voix.

Manteau cramoisi suivit les quais jusqu'au Petit-Châtelet et remonta un instant la rue Saint-Jacques avant de prendre la rue de la Bûcherie. Là, il se dirigea vers la place Maubert, puis il tourna brusquement dans la rue Perdue[1].

La rue Perdue était constituée de maisons à colombages toutes de guingois et décalées les unes par rapport aux autres. Peu d'entre elles dépassaient deux étages mais comme ceux-ci étaient tous en saillie, la rue n'était qu'une sorte de boyau ténébreux. Pour Gaufredi, c'était un avantage car on n'y voyait presque pas. Même en se retournant, l'homme qu'il suivait n'aurait guère pu le remarquer, d'autant qu'un troupeau de chèvres les séparait maintenant.

Ils marchaient tous deux sur le revers de la rue non pavée, protégés de la pluie par les étages en encorbellement. Au milieu de la voie, un flot visqueux d'immondices et de déjections descendait paresseusement vers la Seine en répandant des effluves écœurants.

Brusquement, l'homme au manteau cramoisi disparut à la vue de son suiveur. L'ancien reître pressa le pas en se frayant un chemin au milieu des chèvres bêlantes.

Arrivé au bout du troupeau, il constata alors avec stupéfaction qu'il n'y avait plus personne.

Quelle était cette sorcellerie ? s'inquiéta le vieux soldat.

— Il y avait un homme devant nous ! s'enquit-il auprès du berger.

L'autre le regarda niaisement en souriant de toutes ses dents et en secouant négativement la tête. Sans doute ne parlait-il que son patois.

La Seine était trop proche pour que l'homme au manteau ait pu disparaître ainsi. Gaufredi revint donc en arrière pour découvrir soudain une chèvre

1. Actuellement, rue Maître-Albert.

qui sortait d'une porte cochère où elle avait dû s'égarer. Il s'avança vers le porche, aveuglé par des trombes d'eau. C'était un passage vers une cour intérieure encore plus sombre que la rue.

Elle paraissait vide.

Plusieurs portes donnaient dans la cour où se dressait un tas de fumier dont s'échappait un liquide puant. Gaufredi alla à chacune, la secouant et essayant de l'ouvrir. Elles étaient toutes solidement fermées. L'homme était-il rentré chez lui ?

La colère le gagna, puis le dépit et la honte de ne pas avoir mené sa mission à bien. L'eau dégoulinant sur son chapeau inondait son visage, donnant l'impression qu'il pleurait. À ce moment, il vit sortir une ombre d'un recoin, non loin de lui. C'était un enfant en guenilles.

Gaufredi se précipita vers lui :

— Il y a un passage d'où tu viens ?

— Oui, monsieur, vers la rue de Bièvre.

Il s'y précipita. Manteau cramoisi avait dû le repérer et utiliser cette ruse pour le semer, jugea-t-il. Il jura à mi-voix que, s'il le rattrapait, il en ferait de la charpie.

Rue de Bièvre, il aperçut plusieurs cavaliers qui remontaient vers la place Maubert, une charrette tirée par un bœuf ainsi que quelques personnes à pied pressées de rentrer chez elles.

Pas de manteau cramoisi en vu ! Pourtant, il ne s'était écoulé que très peu de temps depuis qu'il l'avait perdu. Gaufredi hésita : devait-il aller vers la Seine ou remonter vers la place ?

Qu'aurait-il fait à la place de Manteau cramoisi ? Il se dit alors que, si l'homme l'avait repéré, il avait dû faire volontairement un détour pour le perdre, donc il avait dû remonter vers la place Maubert. Il se mit à courir dans cette direction, n'hésitant pas à éclabousser ou à renverser les passants qui ne s'écartaient pas assez vite de son chemin.

Approchant de la place, il prit conscience que son propre manteau écarlate et son chapeau à plumet l'avaient peut-être trahi. Malgré la pluie, il ôta sa cape et la roula sur ses épaules, puis il arracha la plume de sa coiffe.

C'est alors qu'il aperçut le manteau cramoisi entrer dans une échoppe.

Le vieux reître eut un rictus de soulagement. Celui qui tromperait le vieux Gaufredi n'était pas encore né ! se dit-il avec satisfaction.

Il s'approcha en tentant de se faire discret. L'échoppe paraissait close. À travers la fenêtre aux petits carreaux dépolis, on apercevait la faible et vacillante clarté d'une bougie. Une enseigne grinçait lugubrement au-dessus de la boutique : un grand livre en bois sur lequel était peinte une louve allaitant deux enfants.

Il parvint à lire ce qui était écrit au-dessous, en lettres gothiques :

CHARLES DE BRESCHE
LIBRAIRE
AUX ARMES DE ROME

Il recula de quelques pas et s'installa sous un encorbellement, à l'abri de la pluie.

Il n'eut pas longtemps à attendre.

Manteau cramoisi sortit, examina un instant la place avant de repartir vers la rue Galande, l'antique voie romaine qui cheminait de l'abbaye de Saint-Germain à celle de Saint-Victor.

Cette fois, Gaufredi se tint à distance, car la rue était large et peu fréquentée à cause de la pluie battante. Il distingua pourtant son bonhomme qui tournait dans la rue des Rats. De loin, il le vit entrer sous un porche, non loin de l'école de médecine.

Était-ce son logement ?

Le vieux reître s'approcha avec prudence. Peut-être était-ce un nouveau passage vers une autre rue ?

Le porche conduisait à une petite cour entièrement fermée. Un escalier de bois courait sur la façade du fond et distribuait les étages. Gaufredi aperçut le manteau cramoisi qui disparaissait par un couloir, au deuxième étage. Il se mit à l'abri sous le porche et attendit qu'il ressorte.

Il resta ainsi près d'une heure, plusieurs personnes entrèrent et sortirent de la cour en l'ignorant, pensant simplement qu'il s'abritait. Finalement, Gaufredi jugea que l'homme devait bien habiter là et il rentra à l'étude des Quatre-Fils.

À aucun moment Gaufredi ne se retourna. Il ne put donc remarquer l'ombre discrète attachée à ses pas.

La Goutte suivait Charles Manessier sans difficulté le long de la rue Saint-Honoré. Au bout de celle-ci, il s'engagea dans le lacis de ruelles qui permettait de rejoindre la rue des Lombards. Le parent de Rossignol marchait d'un bon pas, sans inquiétude et sans jamais se retourner.

Au bout de la rue des Lombards, juste avant de rejoindre la rue de la Verrerie, il tourna rue des Arcis en direction de la Seine.

Des effluves âcres et doucereux commençaient peu à peu à remplacer la puanteur de la crotte des rues, si prenante quand il pleuvait. La Goutte n'y prêta pas attention, il avait l'habitude. Il savait qu'ils approchaient du quartier de la boucherie, là où l'on abattait, dépouillait et vendait les animaux. Ces infectes odeurs étaient celles du sang et de la mort.

Arrivé devant la Grande Boucherie – les principales halles à viande du quartier –, Charles Manessier se mit soudain à marcher précautionneusement. La Goutte comprit aussitôt pourquoi et ne put dissimuler un sourire : à partir de là, le flot de boue, alimenté par la pluie, devenait rougeâtre et tachait encore plus les vêtements.

Le chiffreur s'arrêta devant un étal abrité pour acheter un morceau de mouton, puis il se rendit à une autre échoppe installée à l'intérieur de la halle afin de demander une douzaine de pots de suif. La fonte et la vente du suif animal pour l'éclairage étaient, en effet, réservées aux maîtres bouchers.

La Goutte le suivait toujours. Écorcheurs et valets bouchers interpellaient familièrement le parent de Rossignol en se moquant gentiment de son élégance. Ils paraissaient bien le connaître ; l'archer jugea qu'il ne devait pas habiter très loin.

Ses achats terminés et glissés sous son manteau, le chiffreur reprit la rue Planche Mibray. Il suivait désormais l'antique voie gallo-romaine qui formait le cardo de Lutèce. La Goutte supputa qu'ils allaient passer le pont Notre-Dame, mais Manessier se dirigea soudain vers la rue de la Tannerie. Ce n'était pourtant que pour y acheter du pain et il revint ensuite vers le pont.

Ils s'y engagèrent l'un derrière l'autre.

Construit sur de solides pieux durcis au feu, le pont Notre-Dame était considéré comme le pont le plus élégant et le plus plaisant d'Europe. Sa maçonnerie de six arches était en pierre de taille et pouvait résister aux glaces flottantes de l'hiver.

Lors de sa construction, on avait édifié sur son tablier une double haie d'habitations, de part et d'autre de l'étroite chaussée centrale. En tout, soixante-huit maisons de pierre et de brique, toutes avec cellier et chambres d'étage. Chacune portait son numéro en façade inscrit en chiffres dorés [1].

Du côté de la voie, les maisons avaient deux étages ; en revanche, de la rivière, on en comptait trois

1. Ce numérotage est le premier que Paris ait connu.

car le cellier était situé sous le tablier. Cet habitat était très recherché, aussi ces logements étaient-ils excessivement chers et beaucoup de demeures étaient devenues des boutiques de luxe avec leur ouvroir sur la rue.

Le neveu de M. Rossignol s'arrêta devant une maison qui n'était justement pas une boutique, sortit une clef de son pourpoint, ouvrit la porte et s'engouffra à l'intérieur.

La Goutte était perplexe : cet homme, certes élégant, mais malgré tout de petite condition, pouvait-il habiter dans un endroit aussi luxueux ? Ne venait-il pas plutôt rencontrer quelqu'un ? Mais alors, pourquoi aurait-il eu la clef de la maison ?

L'archer resta un moment à flâner devant les boutiques sans quitter la maison des yeux. Il hésitait à interroger un artisan dans une échoppe car si Manessier l'apprenait, il se méfierait.

— *Il n'est point d'instrument qui vaille / Les crochets que j'ai sur le dos !* cria une voix de stentor provenant du début du pont.

La Goutte se retourna. C'était un crocheteur venant de la place de Grève, qui portait son chargement de bûches et de fagots sur le dos.

Le bois de chauffage à la vente était déchargé sur le port de Grève et entreposé en gros fagots et bûches. Il ne pouvait être vendu aux crocheteurs ou aux particuliers qu'après avoir été moulé et jaugé par des officiers de l'Hôtel de Ville qui en contrôlaient le volume.

Les crocheteurs chargeaient alors tout ce qu'ils pouvaient sur leur dos et partaient faire leur tournée.

En entendant le cri du porteur de fagots, plusieurs portes s'ouvrirent. Les gens sortaient pour acheter leur bois de chauffage pour la nuit. La Goutte observa le manège.

La porte de Manessier s'ouvrit elle aussi. Une servante d'une soixantaine d'années, en tablier de toile, sortit et interpella le crocheteur. La Goutte s'approcha pour observer la scène. La servante fit entrer le marchand ambulant et le sergent aperçut, en retrait derrière la femme, le neveu de Rossignol qui s'était changé et qui portait un manteau d'intérieur. Il s'apprêtait sans doute à payer le bois et la servante était sa domestique.

Cela suffisait à l'archer. Manessier habitait bien là. Il était inutile qu'il reste plus longtemps.

La salle de l'auberge de Hollande n'était pas très vaste. On y comptait une dizaine de longues tables occupées par des hommes dont la plupart fumaient ces longues pipes de porcelaine fabriquées dans les Provinces-Unies.

Gaston balaya les lieux du regard. Celui qu'il suivait n'était pas là. Il s'inquiéta. Si le distrait était un véritable espion, il pouvait fort bien être ressorti par une autre porte et, dans ce cas, il l'avait perdu. Mais d'un autre côté, se rassura-t-il, cela voudrait bien dire qu'il avait quelque chose à cacher.

Gaston frissonna ; il était trempé et glacé. Avisant une place près de la cheminée, à côté d'un gros Batave barbu qui vidait un gigantesque pichet, il s'y installa, savourant un instant la douce chaleur de l'âtre. Son compagnon de table le salua d'un tonitruant :

— *Goeden dag, vochtig, is het niet ?*

Gaston opina du chef sans comprendre. Cette auberge n'était fréquentée que par des ressortissants de Provinces-Unies. À supposer que le distrait logeât ici, il fallait qu'il eût une bonne raison. Rencontre des agents hollandais, par exemple ?

Il se souvenait de ce que Louis lui avait expliqué à l'*Épée de Bois*. Les Provinces-Unies étaient nos alliées mais, parmi celles-ci, la Hollande, la plus riche et la plus puissante, souhaitait un traité de paix rapide avec l'Espagne, même au prix d'un renversement d'alliance.

Le commissaire échafauda quelques hypothèses tandis qu'une servante grassouillette, dont les seins laiteux débordaient de sa cotte lacée, lui apportait un pichet. Gaston, pourtant sensible aux appas féminins, n'y prêta cette fois aucune attention. Il ne quittait pas des yeux le grand escalier de bois qui montait aux chambres.

— *Het is goed bier van Hollant !* fit son voisin étonné de ne pas le voir boire.

Cette fois Gaston comprit et porta la chope à ses lèvres en poursuivant ses réflexions.

Le distrait, se dit-il, devait vendre les dépêches à un agent hollandais. Celui-ci les cédait ensuite à l'Espagne dans le cadre d'un échange de bons procédés afin de favoriser la signature d'un traité de paix. Sans doute Claude Habert n'habitait-il pas là. Il avait juste rendez-vous dans une chambre avec un espion.

Que devait-il faire ?

Il avala quelques gorgées de la bière aigre et chaude. Son voisin l'interrogea à nouveau dans un langage guttural. Gaston secoua la tête, lui faisant comprendre qu'il n'entendait rien à son charabia.

Devait-il monter à l'étage ?

Brusquement, Gaston aperçut le manteau gris qui descendait. Dans la pénombre de la salle, il reconnut le visage blafard du petit-neveu de la belle-sœur de Bouthillier de Chavigny. Il remarqua aussi qu'il avait changé de chapeau.

Claude Habert ne s'arrêta pas et sortit. Aussitôt, Gaston se leva d'un bond et, avisant la servante, il lui glissa un sol avant de poursuivre le jeune homme.

Celui-ci remontait maintenant la rue du Moulin. Il reprit la rue Thérèse en direction de la rue du Hazart. Gaston restait à bonne distance car il n'y avait pas grand monde dehors avec la pluie et il craignait de se faire repérer.

Rue du Hazart, un grand carrosse était arrêté devant une élégante maison de pierre qui faisait contraste avec les vieilles bâtisses à colombages qui l'entouraient. Un laquais en livrée galonnée attendait devant la porte. Gaston pressa le pas, craignant de perdre son homme quand il aurait gagné la rue de Richelieu, toute proche, et beaucoup plus fréquentée.

Mais Habert s'arrêta un instant près du carrosse, puis entra dans la maison de pierre.

Complètement trempé par les flots, Gaston attendit un instant avant de s'approcher de la maison et du carrosse. Deux cochers couverts de lourdes pèlerines cirées attendaient patiemment. Le laquais s'était placé dans un renfoncement de la porte pour s'abriter. Gaston s'approcha de lui.

— Je cherche un ami.

— Quel est son nom, monsieur ? s'enquit respectueusement le domestique.

— Le marquis de Fronsac.

- - Son nom ne me dit rien, monsieur, il n'est certainement pas là ce soir.

— J'avais cru reconnaître sa voiture.

Gaston désigna le carrosse.

— Vous devez vous tromper, celle-ci est la voiture du comte d'Avaux.

— Monsieur de Mesmes ?

— Vous le connaissez ?

— Bien sûr, qui ne connaît le Surintendant !

Le laquais, d'abord méfiant, parut plus conciliant envers un homme qui fréquentait peut-être le surintendant des Finances.

— Vous êtes trempé, monsieur, voulez-vous entrer à l'abri un instant ?

— Merci, pas ce soir. Il y a du monde ?

— Comme tous les soirs, sourit le laquais en écartant les mains en signe d'évidence. Mlle de Chémerault a toujours beaucoup d'admirateurs ! En outre, M. d'Avaux était avec tous ses amis et sa suite.

Gaston opina et s'éloigna vers la rue de Richelieu. Son collègue commissaire du quartier de Saint-Honoré, M. Le Mercier, habitait rue Neuve-des-Petits-Champs, non loin de là. Il décida d'aller se renseigner chez lui.

4.

Vendredi 6 et samedi 7 novembre 1643

Sept heures n'avaient pas sonné à Saint-Germain-l'Auxerrois et il faisait toujours nuit lorsque Louis et Gaufredi entrèrent dans le sombre bureau de Gaston. Le commissaire et La Goutte les attendaient déjà et ne dissimulaient pas leur impatience.

— Ah, Louis, enfin ! Voilà une affaire rondement menée ! C'est bien le distrait, notre espion !

Louis ouvrit de grands yeux, à la fois stupéfaits et dubitatifs :

— Tu es certain !

— Certain ! opina Gaston d'un ton péremptoire. Que je te dise d'abord que La Goutte a suivi le neveu de Rossignol jusque chez lui. Il n'a rien remarqué d'anormal dans son comportement. Mais moi...

Il leva un index d'un air entendu.

— Eh bien, raconte donc ! proposa Louis en s'asseyant sur la seule chaise solide tandis que Gaufredi restait debout, près du fenestron, comme il en avait l'habitude.

— Toi d'abord, suggéra Gaston, qui désirait faire durer le plaisir de son succès. Raconte-nous plutôt ce qu'a fait ce huguenot qui te paraissait si fourbe...

Visiblement, le chiffreur que Gaufredi avait suivi ne l'intéressait pas. Il avait envie de se moquer et de pousser son avantage.

Louis haussa les épaules avec indifférence, malgré tout embarrassé.

— Je n'ai pas découvert grand-chose, je te l'accorde, sinon qu'il vit dans une belle maison de la rue Traversière, laquelle appartient apparemment à son beau-frère, un marchand de bois qui a épousé sa sœur. Celle-ci est peintre. Rossignol a un tableau d'elle dans son cabinet, une très belle peinture, d'ailleurs. Il y a aussi un second frère, nommé Isaac.

— C'est tout ? ironisa Gaston d'un ton affecté.

— C'est tout. Non, j'ai aussi acheté une belle paire de bottes...

Il montra ses pieds en levant ses deux jambes.

Gaston considéra les bottes en songeant qu'il aurait bien besoin de changer les siennes lui aussi. En même temps, il haussait un sourcil interrogateur, ne comprenant pas où son ami voulait en venir.

— ... chez un savetier situé juste en face de la maison de Garnier, poursuivit Louis. Tu devrais y aller, elles ne sont pas chères et très confortables.

Il se tut un instant, puis ajouta plus sérieusement :

— Mais tu devrais aussi écouter le récit de Gaufredi. Je crois que ce qui lui est arrivé est intéressant.

— Vous avez découvert quelque chose, Gaufredi ?

— Je ne sais pas, monsieur, dit le reître. Simplement celui que je suivais, l'homme au manteau cramoisi, a essayé de me fausser compagnie pour se rendre chez un libraire.

— Chez un libraire ! En effet, ces gens-là sont de dangereux espions ! Votre homme devait certainement remettre à ce boutiquier des écrits séditieux ! Chacun sait que les libraires et les imprimeurs de Paris fricotent avec l'Espagne pour s'attirer les bonnes grâces de l'Inquisition et ainsi éviter de finir sur le bûcher ! ironisa Gaston.

— Ne te moque pas, Gaston, dit gravement Louis. Il y a eu trop de libraires condamnés et suppliciés, place Maubert.

Le commissaire ravala son sourire.

— C'était donc sur la place Maubert ?

— Oui, monsieur.

— Allez, racontez-moi tout, sans rien oublier, ordonna-t-il d'un ton où toute plaisanterie était désormais bannie.

C'était le policier qui venait de parler.

Quand Gaufredi se tut, Gaston balança un instant la tête, signe chez lui d'intérêt et de perplexité.

— Rien ne prouve que cet homme voulait dissimuler sa visite au libraire, dit-il finalement.

— Mais pourquoi aurait-il utilisé ce subterfuge ? demanda Louis.

— Peut-être s'est-il effectivement rendu compte que Gaufredi le suivait et a-t-il eu peur. Vous savez, Gaufredi, sans vouloir vous critiquer, votre aspect est assez inquiétant. Je ne vous connaîtrais pas et je vous découvrirais à mes trousses, je ferai tout pour me débarrasser de vous !

Gaufredi se mit à rire de bon cœur, et Louis l'imita.

— C'est en effet une éventualité à ne pas rejeter.

— Il peut y en avoir quantité d'autres, poursuivit Gaston. Par exemple, Chantelou a pu passer par cette cour parce qu'il voulait voir un ami et, ne l'ayant pas trouvé, il est revenu sur ses pas par l'autre rue.

Cette fois, ce fut Louis qui eut une moue dubitative.

— D'ailleurs, ce libraire, le connais-tu ? s'enquit Gaston, Après tout, c'est toi qui hantes les librairies et qui connais le mieux ce monde pour avoir longtemps rédigé des contrats de librairie !

Aux premiers temps de la librairie, les livres étaient imprimés aux frais des auteurs et déposés chez les libraires. Ceux-ci n'étaient que des commerçants et l'auteur restait propriétaire de son œuvre.

Mais, rapidement, les imprimeurs, qui se consacraient surtout à l'impression de textes anciens, grecs ou latins, achetèrent des textes modernes à des auteurs vivants. Des contrats étaient alors rédigés devant notaire. Cela avait été longtemps la spécialité de Louis dans l'étude de son père, car de tels contrats étaient souvent compliqués à préparer.

En effet, il était impossible de publier un livre sans que celui-ci soit approuvé par l'Université, c'est-à-dire par les autorités ecclésiastiques parisiennes. La forme de cette permission avait évolué avec le temps et, depuis le règlement pour la librairie de septembre 1563, un livre ne pouvait paraître en France qu'après avoir obtenu une autorisation royale scellée du grand sceau du chancelier.

Cette approbation se nommait le privilège royal. En contrepartie, elle protégeait l'auteur de toute contrefaçon pendant quelques années.

Le règlement pour la librairie de janvier 1629, communément appelé *Code Michau*, formalisait le dispositif de surveillance du livre en prévoyant des censeurs nommés par le Chancelier, chargés d'examiner toutes les demandes de privilège. Les ouvrages postulant à l'édition devaient aussi obtenir l'agrément des syndics de la Librairie dont beaucoup étaient regroupés dans une redoutable et mystérieuse société secrète : la *Confrérie de l'Index*.

Passé ces obstacles, et ayant obtenu le privilège royal, l'auteur pouvait le céder, par contrat notarié, à un imprimeur en échange d'une somme forfaitaire en rapport avec sa réputation d'écrivain. Évidemment, si l'ouvrage se révélait être un succès, l'imprimeur en recueillait seul le bénéfice !

Dans tous les cas, cette somme forfaitaire restait modique. Louis se souvenait qu'en 1636 son père lui avait rapporté que Benserade[1] n'avait reçu que 150 livres pour sa tragédie, *Cléopâtre* et que Jean de Rotrou[2] avait, la même année, reçu 750 livres pour quatre pièces.

— Ce libraire se nomme Charles de Bresche, à l'enseigne des *Armes de Rome* et je n'en ai jamais entendu parler, expliqua Louis. Mais je me propose d'aller lui rendre une petite visite...

— Qui ne servira à rien, sourit Gaston avec suffisance. Maintenant, veux-tu entendre ce qu'a fait notre distrait hier soir ?

— C'est à toi, soupira Louis.

— D'abord, Claude Habert habite l'auberge de Hollande ! claironna Gaston.

Comme personne ne réagissait, il martela :

— *De Hollande* ! Un établissement fréquenté essentiellement par des Hollandais !

— Mais s'il travaillait pour eux, demanda Louis, crois-tu qu'il serait assez stupide pour loger avec eux ?

Gaston haussa les épaules.

---

1. Poète et tragédien d'origine huguenote longtemps protégé de Richelieu. Il fréquentait l'hôtel de Rambouillet et devait remplacer Chapelain à l'Académie française.
2. Jean de Rotrou, né en 1609, mort en 1650. Lieutenant criminel et civil à Dreux. Il écrivit notamment *L'Hypocondriaque* et *La Comédie des Tuileries*.

— Ces gens-là ne pensent pas toujours à tout. Mais ce n'est pas fini... Après être rentré chez lui se changer, il est ressorti pour se rendre dans un tripot : le *Hazart*.

— Il joue ? s'étonna Louis.

— Sans doute ! Mais je ne suis pas entré dans le tripot, je te l'avoue. Ce qui est important est que cette maison de jeu serait tenue par Mlle Françoise de Chémerault...

Il se tut pour marquer l'importance du fait.

— Qui est Françoise de Chémerault ? demanda Louis en levant les sourcils.

Gaston soupira.

— Je suis désespéré par ton ignorance ! Tu n'as donc jamais entendu parler d'elle ?

— Non, je l'avoue !

— Alors voici : Françoise de Chémerault est issue d'une vieille famille ruinée du Poitou, les seigneurs de Barbezière. Elle est arrivée à Paris il y a quelques années aussi pauvre que Job. On disait alors qu'elle n'avait pour tout bien qu'un âne et sa beauté ! Mais c'était une beauté incroyable ! En particulier, elle possédait une chevelure blonde si épaisse que ses admirateurs la comparaient à des flots d'or. C'est à cause de sa splendeur qu'elle obtint le surnom de *la Belle Gueuse*. Notre amie avait quatre frères et venait à Paris pour faire fortune. Elle se présenta donc à l'homme le plus puissant de France pour se mettre à son service, d'autant qu'un de ses frères était page chez lui.

— Richelieu ?

— En effet. Le *Grand Satrape* aimait les femmes, tu le sais. Il est tombé sous son charme et, compte tenu de la vieille noblesse de la dame, il lui a obtenu une charge de fille d'honneur de la reine. C'était l'époque où Mme de Hautefort était la favorite du roi.

— Une ascension rapide, remarqua Louis.

— Sans doute, mais il y avait une face cachée à cette gratification, un prix à payer en quelque sorte, comme pour ceux qui vendent leur âme au diable. Tu sais comme moi que Richelieu ne faisait jamais de cadeau. En vérité, elle était devenue l'espionne du cardinal à qui elle répétait fidèlement ce qui se disait et se faisait dans l'entourage intime de la reine ! Et puis, Mme de Hautefort a été disgraciée [1], et *la Belle Gueuse* en même temps. Chémerault trahissait-elle Richelieu ? On raconte qu'elle était tombée sous le charme du Grand écuyer et qu'elle était informée de la conspiration que préparait Cinq-Mars. Par amour, elle ne l'aurait pas rapportée à son maître. En tout cas, le cardinal n'avait plus confiance en elle et il l'a envoyée au couvent du Cherche-Midi, puis il l'a exilée dans sa maison natale du Poitou. Mais, après la mort du *Grand Satrape*, Chémerault, comme bien d'autres disgraciés, est revenue à Paris. La reine s'y était d'abord opposée, car elle avait appris le triste rôle de sa dame de compagnie, mais la *Belle Gueuse* l'a tant suppliée, lui faisant savoir qu'elle était dans la misère et qu'elle ne venait dans la capitale que pour rechercher un mari, que notre bonne régente a finalement cédé.

— La reine est si bonne ! remarqua Louis avec un sourire ironique.

— En effet. Elle lui a toutefois interdit de paraître au Louvre ou à la Cour, car elle ne pouvait oublier que la *Belle Gueuse* n'était, somme toute, qu'une espionne. Or, depuis quelques mois, Mlle de Chémerault, financée par on ne sait qui, a ouvert ce tripot : le *Hazart*, où j'ai vu entrer ton chiffreur.

---

1. Marie de Hautefort inspira une longue passion platonique à Louis XIII. Fille d'honneur d'Anne d'Autriche, spirituelle et railleuse, elle épousa toutes les intrigues de la reine contre Richelieu qui tenta plusieurs fois de l'écarter. Il y parvint finalement en la faisant remplacer par Cinq-Mars dans le cœur du roi.

— Une personne intéressante, reconnut Louis après un bref instant de réflexion. Comment as-tu appris tout ça ?

— Je suis allé voir le commissaire du quartier après avoir quitté le *Hazart*, avoua Gaston dans un rire. Mais ce n'est pas tout, voici la suite. Comme tout établissement de jeu, ce tripot devrait être fort surveillé ; pourtant, le lieutenant de police a reçu ordre de ne pas s'y intéresser de trop près, car on parle d'un mariage entre la *Belle Gueuse* et M. de La Bazinière, le trésorier de l'Epargne. Elle serait même déjà sa maîtresse et, si les noces n'ont pas encore eu lieu, c'est que M. de La Bazinière souhaite que Mlle de Chémerault soit à nouveau admise à la Cour. Pour cela, la *Belle Gueuse*, qui a une réputation de fille fort adroite, apparaît désormais en tous lieux vêtue très simplement, avec une attitude mélancolique et réservée.

Gaston se tut un instant avant de reprendre :

— Je dois aussi te parler de ses frères. Il y en a deux particulièrement redoutables : Charles de Barbezière, l'aîné, et François, le plus jeune. François appartient à un régiment d'Enghien, mais Charles est à Paris. On le dit chevalier, car il aurait rejoint l'ordre de Malte, mais sa famille étant trop pauvre, il est resté sans charge et sans fonction. C'est aujourd'hui un spadassin prêt à tout pour que sa sœur réussisse. C'est un homme très dangereux. Et pour finir, sais-tu qui fréquente ce tripot ? Qui j'y ai vu hier soir, de mes yeux ?

Louis secoua négativement la tête.

— Claude de Mesmes, comte d'Avaux et surintendant des Finances ! annonça triomphalement Gaston. L'un des plénipotentiaires choisis par Mazarin pour le congrès de Münster !

Louis resta silencieux. Il reconnaissait bien volontiers que Gaston avait découvert une piste troublante ! Pourquoi Claude Habert s'était-il rendu dans cet établissement ? Pour y rencontrer Claude de Mesmes ? Ça n'avait aucun sens ! Simplement pour jouer ? Ce n'était pas impossible, Louis savait que les gens adroits avec les nombres utilisaient souvent leur science pour tenter de gagner aux jeux de hasard. Mais peut-être était-ce aussi pour rencontrer un diplomate étranger, habitué du tripot, à qui il aurait remis la fausse dépêche. Dans ce cas, Gaston avait raison, c'était lui le Judas.

— Ce n'est pas vraiment tout, reprit Tilly. Mon ami le commissaire m'a aussi dit, sous le sceau de la confidence, que le *Hazart* ne serait pas seulement un établissement de jeu. Ce serait aussi un bordau tenu par la *Belle Gueuse* elle-même pour les gens de qualité de la Cour !

— Un bordau ! Je ne suis jamais allé dans un bordau, ironisa Louis. Pourquoi n'irions-nous pas le visiter ?

— J'allais te le proposer, fit Gaston en riant. J'ai grande hâte de rencontrer cette si jolie gueuse !

Plus sérieusement, ils reprirent ensuite en détail le récit de chacun. Louis interrogea plusieurs fois La Goutte, recherchant des détails infimes, mais il paraissait clair que Charles Manessier n'avait rencontré personne à qui il aurait pu remettre la dépêche, sauf si son commanditaire était un boucher ou un boulanger ! Par contre, l'origine de sa richesse apparente posait question, et Louis se promit de se renseigner.

En tout état de cause, la piste du *Hazart* semblait bien la plus prometteuse.

Le commissaire leur rappela alors qu'il devait se rendre à l'audience criminelle et qu'il était déjà en retard. Louis l'invita à dîner pour le lendemain à l'étude familiale. À cette occasion, il rapporterait la sacoche et le chapeau qui étaient toujours dans son cabinet. Après quoi, ils se proposaient de se rendre ensemble au *Hazart*.

Deux heures durant, Gaufredi refit l'itinéraire de Manteau cramoisi, comme il appelait désormais celui qu'il avait suivi.

Tous deux à cheval, il montra à son maître la librairie de la place Maubert, le passage par la cour vers la rue de Bièvre, puis le porche de la rue des Rats qui conduisait à la cour intérieure et à l'escalier de bois où logeait sans doute Guillaume Chantelou. S'il était bien Manteau cramoisi.

Avant toute chose, Louis voulait s'assurer que Manteau cramoisi était bien le parent de Sublet des Noyers. Ayant demandé à Gaufredi de s'éloigner – le vieux reître était trop facilement reconnaissable – il attendit, à pied, sous le porche, qu'une personne se présente. Au bout de quelques minutes, une matrone suivie d'un gamin entra pour se diriger vers l'escalier de bois.

— Madame, l'interpella-t-il en restant dans l'ombre, je viens de l'abbaye de Saint-Victor et je cherche M. Chantelou.

— Il habite ici, déclara-t-elle. Que lui voulez-vous ?

— J'ai une lettre à lui remettre.

— Donnez-la-moi, je la lui ferai passer. Nous sommes voisins.

Elle désigna l'étage de la main.

— Ce n'est pas possible, je dois la lui remettre en main propre.

— Il travaille au Palais-Royal et rentre en général en fin d'après-midi, fit-elle en haussant les épaules. Revenez plus tard.

Louis la remercia avant de s'éloigner. La voisine parlerait sans doute de sa visite à Chantelou, mais il était resté enveloppé dans son manteau gris et avait gardé son chapeau enfoncé sur la tête. Le porche était sombre et la voisine ne pourrait guère le décrire. En outre, il avait déguisé sa voix. Chantelou irait peut-être à Saint-Victor pour s'informer sur ce visiteur mystérieux, mais n'apprendrait rien.

Fronsac rejoignit Gaufredi qui l'attendait plus loin. Le vieux reître écoutait la ritournelle d'un crieur de vin. En chasuble brodée de fleurs de lys d'or ornée d'un saint Christophe sur le devant – l'uniforme de sa charge – le juré-crieur chantait à pleine voix en agitant une clochette :

C'est du gentil vin vermeil,
Aussi du gentil vin blanc,
À enseigne du Buisson Ardent,
La pinte n'est qu'à deux blancs !

Depuis le Moyen Âge, les crieurs de vin parcouraient ainsi les rues pour avertir le public chaque fois qu'un tavernier entamait une nouvelle pièce. Les crieurs de vin, officiers municipaux, payés quatre deniers par jour, propriétaires d'une charge et porteurs d'un uniforme, étaient chargés non seulement d'annoncer le percement des pièces de vin mais aussi de mesurer les quantités débitées par les tavernes dont ils avaient la charge.

— Puisqu'on vient de mettre en perce une nouvelle pièce dans ce cabaret, fit remarquer Louis à Gaufredi, autant aller y dîner pour avoir du bon vin.

Ils interrogèrent le crieur pour connaître l'endroit où se trouvait l'auberge et, toujours à cheval, se rendirent au *Buisson Ardent*.

Le bouchon était situé de l'autre côté des remparts en ruine, non loin de l'abbaye qui elle-même se dressait à une centaine de toises de la porte Saint-Victor. On leur servit un copieux repas arrosé de clairet de Meudon et, quand ils furent désaltérés et rassasiés, Louis décida de se rendre à pied aux *Armes de Rome*.

— Nous allons laisser nos montures à l'écurie du cabaret et j'entrerai seul dans la librairie, décréta-t-il.

Je ne pense pas prendre de risque, mais tu resteras quand même à proximité. Si je ne ressortais pas au bout d'un quart d'heure, tu interviendrais. Je te fais confiance.

Gaufredi grimaça son désaccord mais reconnut de bonne grâce que, s'il accompagnait son maître et si Chantelou avait décrit son suiveur au libraire, il serait facilement identifié. Le vieux reître accepta donc de se dissimuler dans un sombre recoin de la place d'où il ne perdrait pas de vue les *Armes de Rome*.

Les libraires étaient tenus de résider dans le quartier de l'Université pour jouir des mêmes droits que les professeurs. Beaucoup s'étaient installés rue Saint-André-des-Arts, où se trouvait l'église de leur confrérie, d'autres avaient leurs boutiques rue Saint-Jacques. Depuis le début du siècle, quelques-uns avaient aussi obtenu le privilège de tenir boutique dans la grande galerie du Palais. C'était le cas de Pierre Rocolet avec sa boutique *Aux Armes de la Ville* ou de Guillaume Loyson, à l'enseigne du *Nom de Jésus*.

Les *Armes de Rome* était la seule librairie de la place Maubert. C'est que ce lieu n'avait pas une trop bonne réputation pour la profession depuis que les juges de l'Université y avaient fait brûler Étienne Dolet[1] pour avoir imprimé des livres jugés héré-

1. Étienne Dolet avait imprimé Galien, Rabelais, Marot ainsi que de nombreux textes antiques ou sacrés. Ses ennemis au sein de l'Université tentèrent plusieurs fois de le faire emprisonner pour athéisme. Il se réfugia dans le Piémont, puis revint à Lyon pour imprimer des lettres appelant à la justice du roi. Arrêté et jugé comme athée par la faculté de théologie de la Sorbonne, il fut torturé, étranglé et brûlé le 3 août 1546 avec ses livres sur la place Maubert. Il avait trente-sept ans.

tiques. On y avait aussi brûlé, quelques années plus tard, trois protestants après que le bourreau leur eut coupé la langue. Depuis, la place était vouée à l'exécution des peines des libraires ou des imprimeurs condamnés par l'Université.

Louis songeait, en entrant dans la boutique, que les libraires payaient un prix bien élevé pour diffuser le savoir. Par quelle étrange association les précieuses de Mme de Rambouillet appelaient-elles les librairies *le cimetière des vivants et des morts* ?

L'échoppe était formée de deux pièces successives dont seulement une partie des murs étaient couverte de rayonnages. Sur les murs libres, c'étaient des tableaux qui étaient exposés. Principalement des sujets bibliques et religieux.

Le libraire sortit de la deuxième pièce – sans doute l'arrière-boutique – en entendant un client entrer. L'ancien notaire fut surpris. Il s'attendait à un homme d'âge mûr, comme il en connaissait beaucoup, et il avait devant lui un jeune homme vigoureux, aux cheveux bouclés et au regard vif et pétillant, avec une barbiche et des moustaches coupées carré suivant la mode des gentilshommes italiens.

— Monsieur, fit le boutiquier en s'inclinant très légèrement, marquant ainsi son respect envers le visiteur mais refusant d'afficher une quelconque servilité.

— Monsieur, répondit Louis en faisant de même, je suis notaire et l'on m'a parlé de votre librairie dans la galerie du Palais. On m'en a dit le plus grand bien.

— J'ai repris la librairie de mon père, il y a quelques mois, expliqua plus jovialement le jeune homme. J'avais appris sa mort alors que j'étais en Italie.

— Rome ? demanda Louis en examinant une *Vie des hommes illustres,* imprimée par Sébastien Cramoisy, qui se trouvait sur une tablette.

— En effet, j'ai d'ailleurs rapporté nombre d'ouvrages de la ville éternelle, ainsi que ces quelques tableaux que vous pouvez voir sur ces murs.

— Très bonne facture, jugea Louis en posant le livre et en considérant les peintures. Me montreriez-vous les livres que vous avez ramenés de Rome ?

— Ce sont surtout des textes d'Église, monsieur. Des bibles, des livres d'heures ou encore des missels. Voyez ici, j'ai de tout petits livres de messe à un très bas prix ; j'en vends d'ailleurs énormément aux habitants du quartier, car ce sont des ouvrages qui se glissent aisément dans une poche et qui permettent de prier à tout moment.

— Je vois que vous avez aussi un beau volume de M. Cramoisy, le connaissez-vous ?

— Je me rends parfois à sa boutique, rue Saint-Jacques, lorsque mes clients me demandent des livres grecs ou latins de l'époque. Celui que vous aviez en main provient de l'Imprimerie royale du Louvre dont il est directeur.

Louis hocha la tête. Il ne posait ces questions que pour savoir si le jeune homme était réellement libraire. Ce semblait bien être le cas.

— Mon épouse lit surtout des romans, fit-il négligemment. Ces *agréables menteurs,* comme on les surnomme chez Arthénice. En avez-vous ?

— Fort peu, mais je peux m'en procurer et vous les faire porter.

— Je voulais lui offrir un livre de Mlle de Scudéry.

— Elle aime ce genre de romans ?

— Beaucoup.

— Alors, j'ai beaucoup mieux que Mlle de Scudéry. Puis-je vous montrer ?

Il grimpa à l'échelle pour redescendre trois volumes in-quarto.

— Voici deux romans de M. Charles Sorel, seigneur de Souvigny. Dans celui-ci, *Le Berger extravagant,* M. Sorel imagine des miroirs magiques qui permettraient de voir à distance et d'épier ainsi la vie privée de ses voisins ! Quelle imagination ! Comme si de telles machines pouvaient être vraisemblables ! Dans cet autre titre, il fait mieux ! Regardez, le roman se nomme *Le Courrier véritable*[1], Sorel y raconte un voyage dans les terres australes dont les peuplades disposent de sortes d'éponges leur permettant de communiquer à distance !

Louis, intrigué, prit le livre publié chez Toussainct du Bray, rue Saint-Jacques, et en lut un court extrait :

> *« Certaines éponges retiennent le son et la voix articulée, comme les nôtres font les liqueurs : de sorte que, quand ils se veulent mander quelque chose, ou conférer de loin, ils parlent seulement de près à quelqu'une de ces éponges, puis les envoient à leurs amis, qui les ayant reçues en les pressant doucement, en font sortir ce qu'il y avait dedans de paroles, et savent par cet admirable moyen tout ce que leurs amis désirent. »*

— C'est étonnant, en effet, s'exclama-t-il. Si de telles éponges pouvaient exister, notre vie en serait changée ! Nous n'aurions plus à écrire de fastidieuses lettres !

— J'ai aussi *Les Galanteries du duc d'Ossone, vice-roy de Naples,* de M. Mairet, une édition de Pierre Rocolet. De nombreuses clientes ont beaucoup aimé ce dernier titre, même si ce n'est qu'une comédie en vers.

1. *Le Berger extravagant* avait été publié en 1627. Cet ouvrage décrivait nos caméras actuelles, alors que *Le Courrier véritable* imaginait les méthodes d'enregistrement du son !

— Quel serait votre prix ? s'enquit Louis, tenté.

— Très raisonnable, je puis vous faire porter ces trois ouvrages chez vous. Votre dame choisirait ce qui lui plaît et vous me retournerez ceux que vous ne voulez pas, avec le règlement.

— Ce serait en effet très courtois. Pourrais-je les avoir samedi soir ?

— Absolument.

— Alors faites-le. Je me nomme Louis Fronsac, et l'étude de mon père se situe rue des Quatre-Fils. Tout le monde la connaît dans le quartier, c'est une des premières de Paris.

Le jeune libraire resta impassible à ces mots. Il inclina la tête en signe d'accord.

Louis resta encore un moment à examiner d'autres ouvrages. Il cherchait discrètement ces livrets de prophéties ou ces placets de cabales publiés par ceux qui cherchaient à fomenter des troubles mais il ne vit rien de compromettant. Il posa ensuite de nouvelles questions et fut vite convaincu que l'homme était non seulement un véritable libraire mais qu'il connaissait parfaitement son métier. Il ne faisait certainement pas partie de ces *marchands mêlés* vendant almanachs et pamphlets. Ce n'était donc pas un espion et, si Chantelou était entré chez lui, pieux comme il l'était, c'était sans doute tout simplement pour acheter un livre de messe afin de prier « à tout moment » !

Ayant retrouvé Gaufredi, Fronsac retourna rue des Quatre-Fils plutôt rassuré. En arrivant dans la cour de l'étude, il eut la surprise de découvrir son carrosse et les frères Bouvier qui en sortaient les bagages. Julie venait d'arriver.

Il la trouva dans la bibliothèque en compagnie de sa mère et de Jean Richepin, l'intendant de la maisonnée. Celui-ci avait fait installer une table qui se trouvait au garde-meuble, ainsi qu'un grand coffre pour leurs bagages et une toilette complète.

— Je ne pouvais attendre plus longtemps, fit Julie dans un rire. Nous sommes partis ce matin, mais pas suffisamment tôt, hélas ! Il y avait tant à faire avant le départ, et surtout je devais préparer nos vêtements pour un long séjour. Mais tu t'es acheté des bottes ?

— Oui, je te raconterai. Où est Marie ?

— Mme Mallet lui montre les combles où elle logera pour la nuit. Ensuite, elle viendra ranger et préparer nos affaires. Quant à Nicolas, il s'occupe des chevaux.

— Mes enfants, dit Mme Fronsac, nous vous attendons pour le souper dans une couple d'heures. Il sera servi dans la pièce d'à côté. Installez-vous confortablement pendant ce temps.

Elle fit signe à Richepin qu'ils devaient se retirer. Les nouveaux mariés avaient certainement beaucoup à se dire.

Louis avait raconté à son épouse, comme il le faisait pour toutes ses enquêtes, ce qu'il avait découvert durant ces deux jours (encore que c'était Gaston qui avait tout découvert, lui précisa-t-il avec une ombre de dépit). Évidemment, la prochaine visite de son mari au tripot de Mlle de Chémerault, dont il ne lui avait pas caché que c'était peut-être un bordau, ne séduisait guère Julie de Vivonne. Mais elle se rassurait en sachant son époux avec Gaston.

Louis lui avait aussi annoncé qu'un libraire lui porterait quelques livres. Ce n'était pour lui qu'une ultime vérification du sérieux de cette échoppe, mais Julie aimait tant les romans qu'elle accepta avec plaisir de jouer le jeu et d'en choisir un.

Le samedi, Gaston se présenta vers midi. Il était en avance et certains auraient pu le traiter de *chercheur de midi à onze heures* comme on le faisait pour ceux qui arrivaient trop tôt au dîner où ils étaient invités, mais il appréciait tellement les repas de Mme Fronsac que, pour rien au monde, il n'aurait pris le risque de se présenter en retard.

Le commissaire apportait avec lui le pourpoint de soie de Louis, ainsi que le chapeau de son père. Julie les confia aussitôt à sa femme de chambre pour qu'elle les brosse soigneusement afin que son époux puisse les reporter lorsqu'il se rendrait dans le tripot de la *Belle Gueuse*.

C'est durant le dîner que Gaston annonça à Louis et à Julie que le baron de Montauzier avait été fait prisonnier deux mois plus tôt en Allemagne.

Charles de Sainte-Maure, baron de Montauzier, était un jeune homme de vingt-huit ans promis à Julie d'Angennes, la fille de la marquise de Rambouillet, à qui il faisait la cour depuis quelques années. Exactement depuis que son frère aîné, qui aurait dû épouser Julie d'Angennes, était mort.

Louis éprouvait une profonde amitié pour lui bien que Montauzier détestât autant Vincent Voiture que le marquis de Pisany, ses deux autres meilleurs amis chez les Rambouillet. Fronsac avait toujours ignoré les raisons de l'inimitié entre Pisany et Montauzier. Peut-être était-ce lié à la gloire militaire du fils de Mme de Rambouillet dont on vantait le courage et les exploits sur les champs de bataille aux côtés du duc d'Enghien. En revanche, il n'ignorait rien de l'origine de la haine entre Voiture et Montauzier : tous deux éprouvaient un profond sentiment pour Julie d'Angennes, la *princesse* Julie comme la surnommait Voiture. Et tous deux étaient également rejetés par la jeune femme.

En fait, Louis était un des rares amis du baron, réputé pour son caractère difficile. Montauzier avait en effet un esprit de contradiction effréné qui exaspérait tous ceux qui l'approchaient. Il prenait plaisir à prendre le contre-pied de toute affirmation qui lui était faite, allant souvent jusqu'à la rupture pour faire triompher ce qu'il jugeait être son bon droit[1].

Mais ce défaut ne comptait pas pour Louis qui appréciait les qualités de cœur du jeune homme : son honnêteté, sa fidélité à ses principes et à son roi, et surtout sa générosité. N'était-ce pas lui qui, le premier, lui avait conseillé de demander la main de Julie de Vivonne, alors même qu'il n'était que notaire et qu'il jugeait n'avoir aucune chance d'être agréé par le marquis de Rambouillet ?

Montauzier avait une autre qualité : il possédait une solide culture scientifique, chose peu courante dans la noblesse, qui lui permettait de faire autorité dans quantité de controverses savantes débattues dans les salons précieux.

— Que s'est-il passé ? demanda Louis avec inquiétude. La dernière fois que j'ai vu Charles, c'était à la fin du mois de janvier. Nous sommes allés au théâtre ensemble, tu t'en souviens Julie ?

— Bien sûr ! Nous sommes allés voir une farce de M. Poquelin, *Le Médecin cocu*, au jeu de paume des Métayers. Nous avions bien ri !

— Le baron a tenu à participer à la nouvelle campagne de l'armée de Guébriant, expliqua Gaston. Sans doute pour récolter un peu de cette gloire qui lui permettrait enfin d'être apprécié de Julie d'Angennes. Il a donc rejoint l'armée à la fin du printemps. Mal lui en a pris. Souvenez-vous...

» Au printemps, Enghien a volé de victoire en victoire. Nous y avons même joué un petit rôle à Rocroy, n'est-ce pas, Louis ? Mais notre seconde armée, celle d'Allemagne, n'a pas connu tant de suc-

1. Des années plus tard, Molière s'inspirerait de lui pour le personnage d'Alceste dans *Le Misanthrope*.

cès ! Tu sais que l'enjeu, pour nous, là-bas, est d'assurer notre domination sur l'Alsace et de confisquer définitivement la Lorraine au duc Charles qui nous a trahis. Pour cela, il fallait conduire la guerre au-delà de la Forêt Noire. C'était le rôle de l'armée de Guébriant. À la fin de l'année dernière, celui-ci s'était malheureusement fait repousser en Alsace par Mercy d'Argenteau qui commandait les troupes autrichiennes. Pour sortir de ce piège, Guébriant a demandé du renfort et, à l'été, Enghien lui donné cinq mille hommes commandés par le général Rantzau[1]. C'est ce contingent qu'a rejoint Montauzier, en compagnie des ducs de Vitry et de Noirmoutier qui commandaient l'infanterie.

» Seulement, en face de Guébriant et Rantzau, qui ne sont pas des génies militaires, se trouvaient Mercy d'Argenteau et surtout Jean de Werth, qui, lui, en est un. Guébriant, blessé, fut atteint cet automne par la gangrène ; il vient d'en mourir. Rantzau, ayant pris le commandement, crut pouvoir facilement prendre Tüttlingen, au bord du Danube. Il était persuadé d'avoir pris toutes les précautions pour un siège victorieux mais il avait sous-estimé Jean de Werth. Celui-ci a trouvé un défilé non gardé et est tombé à l'improviste sur nos troupes un jour de brouillard. Ça a été un carnage épouvantable, suivi d'une effroyable débandade. Nous avons perdu deux mille hommes et notre armée s'est enfuie. Ceux qui se sont battus : Montauzier, Vitry, Noirmoutier ont été faits prisonniers et remis au duc Charles de Lorraine. Je sais que Mazarin négocie secrètement leur libération. Contre rançon, bien sûr. On parle de dix mille écus que le baron a dû payer.

---

1. Issu d'une famille noble allemande, Josias Rantzau embrassa très jeune la carrière des armes. Entré au service de Louis XIII, il se distinguera au siège d'Arras où il sera amputé d'une jambe et d'une main. Malgré plusieurs échecs militaires, il finira à trente-neuf ans maréchal de France.

— Montauzier est-il blessé ? s'inquiéta Julie.

— Je l'ignore.

— Il faut que j'aille voir ma cousine et ma tante, décida-t-elle. Elles doivent être dans une angoisse folle !

— Pourquoi n'irais-tu pas cet après-midi ? lui proposa son époux. Pour nous rendre au *Hazart*, nous prendrons le petit carrosse de mon père avec Nicolas comme cocher. Gaufredi ou l'un des frères Bouvier pourrait te conduire à l'hôtel de Rambouillet...

— J'accepte bien volontiers, fit Julie. Je dirai à ma tante que tu viendras la voir un peu plus tard.

— Tu peux le lui promettre, en effet. Mais ne lui donne pas les véritables raisons de ma venue à Paris.

Gaston et Louis se présentèrent au *Hazart* au milieu de l'après-midi. Tous deux s'étaient habillés avec une grande élégance car ils ignoraient quelles étaient les conditions pour pénétrer dans le luxueux tripot. Si le surintendant des Finances était un habitué du *Hazart*, la clientèle de la salle de jeu devait être particulièrement relevée ; et on n'y laissait certainement pas entrer n'importe qui. Certes, Gaston pouvait forcer la porte en tant que commissaire, mais ce n'est pas ce qu'ils souhaitaient puisqu'ils désiraient passer pour de simples joueurs.

Nicolas les laissa à quelques pas de la porte. Déjà plusieurs carrosses stationnaient dans la ruelle et l'obstruaient complètement.

Marchant sur le revers de la rue non pavée pour éviter de trop crotter leurs chaussures, ils s'approchèrent du laquais qui les laissa passer sans rien leur demander, ainsi que trois autres personnes que Louis ne connaissait pas.

Ils se trouvèrent dans une grande entrée d'où grimpait un escalier d'apparat en marbre et fer forgé.

Au plafond, un lustre de cristal brillait de mille feux. Les murs étaient entièrement peints de scènes mythologiques, dues apparemment à un élève doué de Simon Vouet.

Dans ce vestibule luxueux se tenaient trois ou quatre domestiques à la carrure impressionnante, une sorte de majordome efféminé portant une épée de parade, et un bellâtre au regard dur. Une cicatrice, en partie masquée par une épaisse moustache et une barbiche taillée en *queue de canard*, lui traversait la joue droite jusqu'au cou.

Un couple et un homme seul étaient entrés en même temps que Louis et Gaston. Le majordome les salua en s'inclinant profondément et les trois personnes montèrent aussitôt l'escalier sans doute pour rejoindre les salles de jeu.

Gaston et Louis allaient les imiter quand le bellâtre s'approcha d'eux d'une démarche de fauve pour leur barrer le passage. L'homme portait une lourde brette [1] à coquille sous son pourpoint lacé de cuir. Botté, faisant sonner ses éperons de cuivre, il s'arrêta devant eux sans ôter son chapeau à grandes ailes et pennaches.

— Messieurs, je n'ai pas l'honneur de vous connaître, fit-il en inclinant à peine la tête.

Son élocution était grave, posée, et légèrement menaçante.

— Je me nomme Gaston de Tilly, déclara le commissaire du ton sec de celui qui parle à un inférieur, et voici mon ami le marquis de Vivonne. Nous avons entendu parler du *Hazart* et nous sommes venus par curiosité.

Le spadassin les dévisagea un instant avec arrogance avant de leur déclarer :

— Je suis confus que vous vous soyez dérangés ainsi, messieurs. (Visiblement, il ne pensait pas un

1. Épée de bretteur, c'est-à-dire de duelliste.

mot de ce qu'il disait.) Mais ma sœur ne reçoit que les amis qu'elle connaît personnellement.

Ainsi, c'était là Charles de Barbezière, le chevalier de Chémerault ! songea Louis. Par son allure, l'homme lui déplaisait profondément. Il réprima l'envie qu'il avait de lui répondre car, pour entrer, il devinait qu'ils allaient devoir composer.

— Vous êtes le frère de Mlle de Chémerault ? s'enquit-il aimablement.

— Vous connaissez ma sœur ? demanda le spadassin en plissant les yeux pour marquer sa perplexité.

— Je n'ai pas cet honneur, monsieur le chevalier, mais j'ai certainement ici des amis qui l'estiment et qui lui sont proches.

Il désigna l'étage.

— Revenez donc une autre fois avec eux, proposa alors le chevalier, d'un ton sarcastique.

— Nous nous faisions un plaisir de venir jouer cet après-midi, monsieur, regretta Louis avec une politesse exagérée.

Il se tut un instant avant de proposer :

— Pourquoi n'attendrions-nous pas un moment ? Nous allons forcément voir venir d'autres de nos amis qui pourraient répondre de nous, puisque vous souhaitez des cautions.

Charles de Barbezière resta impassible. C'était un homme méfiant mais calculateur. Les inconnus pouvaient être des mouches de la police ou des espions des ennemis de sa sœur, mais il pouvait s'agir de gens de qualité utiles à sa sœur pour revenir à la Cour. Dans ce cas, il ne pouvait prendre le risque de s'en faire des ennemis.

— Pourquoi pas ? articula-t-il lentement. Il y a des banquettes par ici. Vous pouvez vous y installer.

Gaston soupira insolemment avant de regarder Louis avec une moue de désaccord. Il n'avait aucune envie de faire tapisserie chez une femme à la réputation si trouble, et ce bellâtre l'exaspérait. Mais son ami se fendit d'un grand sourire en lui prenant le bras :

— Nous attendrons donc.

Les deux visiteurs s'installèrent sur une banquette tapissée de cuir de Cordoue qui faisait angle avec la porte d'entrée. De là, ils pouvaient observer les allées et venues. D'autres visiteurs firent leur entrée et personne ne sortit de l'hôtel. Gaston reconnut surtout des financiers, des magistrats, ainsi que quelques officiers du Palais. Il y avait aussi des étrangers, des partisans italiens surtout, reconnaissables à leur accent et à leurs vêtements chamarrés. Peu de femmes.

Parfois le spadassin se tournait vers eux et les examinait brièvement, ne sachant trop que décider à leur sujet.

Au bout d'une demi-heure, Gaston, qui bouillait intérieurement, fit comprendre à Louis qu'ils perdaient leur temps. Le commissaire avait toujours été impatient. De mauvais gré, Louis se leva, acceptant de partir.

À cet instant, Vincent Voiture entra accompagné par le marquis de Pisany, le fils de la marquise de Rambouillet.

Vincent Voiture avait environ quarante-cinq ans. Roturier, fils d'un marchand de vin, il était devenu le poète le plus renommé de la Cour. La reine le recevait fréquemment. Appartenant à la maison de Gaston d'Orléans en tant que maître d'hôtel de Madame avec une pension de dix mille livres, il était désormais un homme riche et respecté. Pourtant, malgré sa fortune et sa gloire, ce poète si spirituel était devenu l'ami de Louis alors que celui-ci n'était qu'un petit notaire. C'est lui qui, venu un jour signer un contrat à l'étude de son père, lui avait proposé de l'accompagner chez la marquise de Rambouillet, dans la célèbre Chambre Bleue. Et c'est grâce à lui qu'il avait connu son épouse Julie de Vivonne.

Petit, mais bien proportionné, le visage avenant, toujours poudré, la coiffure soignée et parfumée, Voiture contrastait avec son compagnon, le marquis de Pisany, bien que ce dernier fût aussi de petite taille. C'est que le fils de Mme de Rambouillet était laid, bossu et contrefait. Malgré ces infirmités, Léon d'Angennes était le meilleur des hommes, tant par l'esprit que par le cœur. Il était aussi le plus courageux de la *Cornette Blanche* du duc d'Enghien et il confondait ses compagnons par son ignorance totale de la peur.

En découvrant Fronsac et Tilly, les deux hommes ignorèrent le frère de Mlle de Chémerault pour se précipiter vers eux et les serrer contre leur cœur.

— Que fais-tu là, Louis ? demanda Pisany.

— Gaston et moi nous proposions de venir jouer, mais on ne nous a pas laissés entrer.

Pisany fronça le sourcil. Lui-même et Vincent Voiture étaient des joueurs enragés, mais il n'ignorait pas que Louis ne jouait jamais. Quant à Gaston, il savait surtout qu'il était policier ! Le marquis comprit immédiatement que cette visite insolite avait une tout autre raison.

Il se tourna vers le spadassin.

— Charles, pourquoi mes amis attendent-ils ainsi ?

— Ma sœur me demande de ne laisser entrer que ses amis, répondit l'homme visiblement embarrassé. J'ignorais que ces messieurs étaient des vôtres.

Il s'inclina.

— Non seulement des nôtres, fit Pisany sans cacher son courroux, mais M. de Vivonne est au plus proche du duc. De M. d'Enghien, j'entends. Il est aussi un fidèle de Mgr Mazarin et de la reine, comme il l'était du feu roi. M. de Vivonne connaît personnellement tous ceux qui comptent à la Cour.

Le spadassin rosit légèrement. Comprenant son erreur, il s'inclina encore plus bas et s'effaça pour les laisser passer.

Dans l'escalier, Louis demanda à Pisany des nouvelles de Montauzier.

— Je viens d'apprendre qu'il est prisonnier. A-t-il été blessé ? Julie doit être désespérée.

— Ma sœur ? Il en faudrait plus pour toucher son cœur, ironisa-t-il. Mais rassure-toi, Montauzier va bien, même s'il ne s'est pas couvert de gloire comme il l'espérait. À la demande de ma mère, le Sicilien a négocié son retour contre quelques sacs d'espèces sonnantes et trébuchantes. Il devrait être de retour à Paris la semaine prochaine. C'est d'ailleurs pour cela qu'Enghien m'a autorisé à revenir plus tôt. Lui-même et ses gentilshommes ne viendront prendre leurs quartiers d'hiver que dans une quinzaine.

Sur le vaste palier ouvraient deux portes à double battant. Ils s'arrêtèrent un instant.

— Pourriez-vous nous faire visiter les lieux ? demanda Louis. Nous ignorons tout de cet endroit.

— Je suppose que tu ne viens pas seulement pour jouer, Louis ? s'enquit Voiture dans un sourire narquois.

— Je te raconterai plus tard. J'irai voir ta mère la semaine prochaine, ajouta-t-il à l'intention de Pisany. Si tu es là, je t'expliquerai à toi aussi les raisons de cette visite. Ce que je peux vous dire cependant, c'est que nous voudrions examiner ce qui se passe ici, et rencontrer, si c'était possible, Mlle de Chémerault.

— La *Belle Gueuse*, elle-même ! Quelle ambition ! persifla Voiture dans un petit rire. C'est un privilège exceptionnel et rarissime que de lui parler ! Mais même si cela arrive, vous serez tous les deux déçus, c'est une femme très simple, très agréable... et sans doute très habile. On rapporte qu'elle ne possède rien, mais selon moi, elle a dix mille livres de rente en fonds d'esprit ! Une richesse qu'aucun créancier ne pourra saisir.

— On dit beaucoup de choses sur elle, avança prudemment Gaston.

— En effet. Pour certains, elle serait d'une vertu sévère et pour d'autres d'une vertu commode, plaisanta Pisany, égrillard. Mais puisque vous voulez visiter, suivez-nous ! C'est très simple, il n'y a que deux salons à l'étage : à droite, les cartes et les dés, à gauche trou-madame, trictrac et tourniquets.

Ils entrèrent dans le salon de droite. C'était une pièce généreuse dans laquelle étaient installées une douzaine de tables couvertes de nappes damassées dont la moitié seulement était occupée, en général par trois ou quatre personnes. On y jouait à la bassette ou au lansquenet. Il n'y avait que trois femmes. L'ameublement était réduit aux tables et à quelques miroirs. Un feu crépitait dans une vaste cheminée. Plusieurs laquais s'occupaient apparemment des bougies, mais Gaston devina, à leur carrure de lutteurs de foire, qu'ils étaient là surtout pour surveiller les parties.

Pisany et Voiture passèrent de table en table pour saluer quelques connaissances mais la plupart des joueurs inclinaient simplement la tête avant de se replonger aussitôt dans leur jeu. De fortes sommes en pièces d'or, surtout des pistoles espagnoles, s'empilaient devant certains. Il régnait dans la salle un lourd silence, les joueurs parlant seulement à mi-voix. La tension était palpable, écrasante.

Pisany s'attarda près d'un jeu tandis que Voiture, prenant le bras de Louis, le conduisit vers une fenêtre à l'écart des joueurs :

— Il y a beaucoup de tricheurs professionnels ici, expliqua-t-il, car de fortes sommes passent de main en main ; on ne peut les interrompre ou les déranger. Que veux-tu savoir exactement ?

À ce moment, Gaston, qui était resté près des tables, revint vers eux et fit signe à Louis de regarder dans un angle de la salle. Son ami obéit : deux servantes tendaient des gobelets de vin à un groupe de quatre joueurs. En prenant son verre, l'un d'eux leva la tête qu'il gardait penchée sur ses cartes. C'était Claude Habert et il ne paraissait nullement distrait, bien au contraire.

— Cet homme aux grandes oreilles, qui boit là-bas. Le maigre au visage blanchâtre et maladif – Louis remarqua alors que Claude Habert était richement vêtu de brillantes étoffes bien ajustées – le connais-tu ? demanda-t-il à Voiture.

— Non, mais je l'ai déjà vu. Je crois que c'est une relation de M. de Barbezière.

— Le frère de Mlle de Chémerault...

— Oui, celui qui vous refusait l'entrée.

— Ces valets surveillent les joueurs ? demanda Gaston.

— Bien sûr ! C'est nécessaire car certains cachent des cartes dans leurs ceintures ou leurs manches. En outre, à la fin des parties, ce sont eux qui appellent le maître des jeux, lequel prend le denier dix sur les gains. Tout cela va à la Chémerault, bien sûr.

Louis resta encore un instant à observer les lieux, essayant vainement de découvrir quelque indice en rapport avec les dépêches chiffrées, Gaston faisant de même. Parfois, on entendait un faible éclat, une interjection de dépit ou de joie.

— On peut perdre de fortes sommes ici ? demanda encore Louis.

— Oui, mais d'autres amassent des montagnes d'or, plaisanta le poète. Pour ma part, ça ne m'est jamais arrivé !

Louis considéra à nouveau la table du distrait. Il y avait visiblement un jeune benêt qui se faisait gruger par Habert et son compagnon, lequel lui lança un regard oblique, inquiet. L'avait-il reconnu ?

— Je crois que nous avons tout vu ici, déclara Louis à Vincent Voiture. Pouvons-nous aller dans l'autre salle ?

Ils l'ignoraient, bien sûr, mais par un orifice dissimulé dans la moulure d'un grand miroir, dans une pièce de service contiguë, un homme contrefait les observait avec attention.

— Ils ne sont pas venus pour jouer, décida-t-il en les voyant sortir de la salle. Sa voix était grinçante, désagréable.

— Je ne voulais pas les laisser entrer, monsieur le marquis, expliquait le chevalier de Chémerault. Mais quand le marquis de Pisany est arrivé et leur a proposé de les suivre, je ne pouvais m'y opposer.

— C'est dommage, grinça encore le nain contrefait en habit de soie. C'est surtout dommage pour M. Fronsac qui se trouve une nouvelle fois sur mon chemin. Mais comment est-il arrivé jusqu'ici ? Que cherche-t-il ? Il ne peut savoir, pour Habert...

— Je l'ignore, monsieur le marquis.

— Savez-vous que l'homme qui l'accompagne, Tilly, est commissaire de police au Châtelet ?

— Non, monsieur. Il s'agit peut-être d'une simple visite.

— C'est possible, mais je ne peux rester dans l'ignorance. Allez chercher votre sœur, qu'elle leur tire les vers du nez. Elle saura bien le faire.

La pièce d'à côté était plus grande et on y trouvait des tables de jeux de dames, de trictrac, un billard, deux grands trou-madame et un tourniquet.

Dans une alcôve, trois musiciens jouaient une pièce légère à la viole.

Pisany était resté avec les joueurs de cartes. Ils s'approchèrent du trou-madame. Un petit groupe très animé commentait la partie en cours. Chaque joueur faisait à son tour glisser son palet vers les cases numérotées en points. Ils avaient droit à trois séries de lancers. Les exclamations fusaient, les rires aussi, ce qui dérangeait visiblement les joueurs de trictrac et de dames dont certains protestaient de temps à autre pour demander le silence.

Un valet encaissait les paris. Un autre s'occupait du tourniquet ; c'était là que les femmes étaient les plus nombreuses. Lorsque la boule s'arrêtait dans une case, des interjections de joie ou de colère retentissaient. Louis et Voiture saluèrent une cousine de Marthe du Vigeant qu'ils avaient plusieurs fois croisée chez Mme de Rambouillet.

Ils déambulèrent entre les tables, s'arrêtant un instant à une partie de trictrac où des spectateurs prenaient des paris sur le jeu en cours. Sur le plateau à vingt-quatre flèches, les dames sombres et les dames claires s'empilaient. Les dés roulaient rapidement. À la table de jeu, Louis ne connaissait personne, alors que Voiture paraissait très populaire !

— Ici, on peut aussi parier sur les parties et sur les joueurs, expliqua le poète à Gaston. C'est pour cela qu'il y a tant de monde.

Soudain retentirent de grands éclats de voix ainsi que des rires qui provenaient du palier. Une nombreuse troupe fit irruption dans la salle. Voiture se tourna vers les nouveaux venus. Reconnaissant celui qui dirigeait la petite bande, il se précipita vers lui.

— Monsieur le comte, fit-il en s'inclinant et ôtant son chapeau.

— Vincent ! Quel plaisir de te trouver ici ! Justement, je te cherchais !

Gaston et Louis s'étaient aussi approchés. Gaston avait reconnu le comte, mais pas Fronsac qui ne l'avait jamais vu. Il lui souffla :

— C'est M. d'Avaux, le surintendant des Finances.

D'Avaux ! Le négociateur de Münster ! Il était déjà là la veille en même temps que le chiffreur de Rossignol, se dit Louis. Et il revenait aujourd'hui ? Se pouvait-il que ce fût une simple coïncidence ?

En s'inclinant devant le comte, il l'examinait discrètement. Avaux était d'une extrême élégance. Sous un ample manteau à passementeries et franges dorées, il affichait un pourpoint de chamois semé de broderies d'or. Sa chemise, couverte de galans de soie multicolores, sortait des découpes aux manches. Ses chausses isabelle étaient aussi en soie et il portait de grandes bottes à revers en cuir de Russie.

La suite du ministre – amis ou clients – se dispersa autour des différentes tables.

— Monsieur le comte, proposa Voiture, puis-je vous présenter deux de mes plus chers amis ?

— Bien sûr, Vincent ! Tes amis sont déjà mes amis !

Il déclara à l'intention de Louis et de Gaston :

— Je connais Vincent depuis une éternité ! Nous étions ensemble au collège de Boncourt. C'est grâce à moi qu'il a obtenu les faveurs si rares de Mme de Saintot.

Il se mit à rire.

Le comte d'Avaux donnait l'impression d'être un jouisseur superficiel et vain. Comment cet homme pouvait-il être un diplomate si renommé ? s'interrogea Louis.

— M. le marquis de Vivonne, et M. de Tilly, fit Voiture en présentant ses amis.

— Vivonne ? Êtes-vous parent avec Mme de Rambouillet ?

— J'ai épousé sa nièce, Julie, monsieur le comte.

Le visage d'Avaux se figea un court instant, avant de considérer Louis avec un intérêt accru. Puis il eut un sourire affecté.

— Seriez-vous M. Fronsac ?

— En effet, monsieur le comte.

Le diplomate lui lança un regard perçant. Son sourire devint plus chaleureux.

— Je souhaitais vous rencontrer, monsieur. J'ai beaucoup entendu parler de vous, par M. de Brienne, ainsi que par Mgr Mazarin qui vous tiennent tous deux en haute estime.

— J'espère ne pas les décevoir, monsieur le comte.

— Monsieur d'Avaux ! Quel plaisir et quel honneur ! lança soudain une voix cristalline.

Le comte se retourna tandis que Louis et Gaston observaient la splendide créature qui entrait. Une jeune femme qui n'avait guère dépassé vingt ans, d'une blondeur lumineuse et d'une beauté à couper le souffle. Sa modeste[1] laissait à peine apercevoir sa friponne alors que tant d'autres montraient impudiquement leur secrète. Pourtant, ses rondeurs laiteuses et généreuses débordaient sans réserve de son corsage trop échancré.

Gaston resta paralysé devant tant de charme.

— Mademoiselle, murmura Avaux en lui prenant la main pour la baiser, vous êtes plus éblouissante que jamais ! J'ai encore parlé de vous à la reine pas plus tard qu'hier.

— À la reine ? sourit timidement la jeune femme. C'est trop d'honneur, mais ne vous compromettez pas pour moi, monsieur, je ne le mérite pas, et vous savez combien elle a du fier envers moi[2].

---

1. La jupe de dessus. La friponne et la secrète se portaient au-dessous.
2. En colère contre quelqu'un, dans le langage de la préciosité.

— Broutilles, mademoiselle ! Je saurai bien la convaincre d'autoriser votre retour à la Cour !

Elle eut un triste sourire qui enivra Gaston par sa modestie, avant de demander :

— Puis-je vous proposer quelques rafraîchissements, monsieur le comte, ainsi qu'à vos amis ?

— Pourquoi pas ? répliqua Avaux en interrogeant Fronsac du regard.

— Je vous propose de nous rendre au salon de l'étage, sourit-elle.

— Mademoiselle, vous m'encapucinez le cœur, lui reprocha précieusement Avaux en s'inclinant.

Ils sortirent à sa suite. Avaux marchait à côté de la *Belle Gueuse,* lui susurrant tout au long des mots doux que Louis et Gaston ne pouvaient entendre. Voiture fermait la marche, l'air préoccupé.

Plusieurs portes ouvraient sur le palier et, par celle de droite, elle les fit passer dans une grande pièce décorée de tableaux aux sujets bibliques et de miroirs vénitiens à bougeoirs. Sur le parquet étaient étalés des tapis de Turquie et de Perse. La salle était meublée de guéridons et de consoles ciselés ou marquetés chargés de lampes à huile ou de corbeilles de fruits.

Près de la cheminée, où crépitait un grand feu, se dressaient quelques chaises droites à vertugadin ainsi que des tabourets. Deux servantes et un fidèle [1] attendaient les ordres de leur maîtresse.

— Prenez figures, messieurs, devant le siège de Vulcain [2], proposa celle-ci en faisant signe aux serviteurs d'approcher les sièges.

Laquais et servantes poussèrent aussitôt chaises et tabourets vers les invités. Avaux eut droit au siège le plus confortable tandis que Mlle de Chémerault

1. Un laquais chez les précieuses.
2. Asseyez-vous près de la cheminée.

choisissait une simple escabelle[1]. Elle se plaça pourtant près de lui :

— On m'a rapporté que vous rentriez de Münster, monsieur le comte, s'enquit-elle. Ce dut être un voyage éprouvant...

D'un geste, elle ordonna aux servantes de servir des vins.

— La Westphalie est pire que la Barbarie, mademoiselle. Mais j'aurais pu y être heureux sans votre quitterie...

— De grâce, vous me flattez trop, monsieur le comte, je ne le mérite pas. Racontez-nous plutôt...

Il prit un verre de clairet que proposait l'une des servantes.

— Il y a d'abord le voyage qui est furieusement épouvantable et dure deux à trois semaines. Après la frontière, ce ne sont que villages incendiés et ruinés. On doit traverser la Meuse en crue, ensuite les sauvages forêts des Ardennes emplies de loups, d'ours et de sangliers. Il n'y a plus de route, plus de pont, plus de nourriture. Il ne reste que des brigands et des auberges ruinées. On est continuellement à la merci des pillards si l'on ne dispose pas d'escorte, et on ne peut s'arrêter que dans les villes où il faut négocier âprement pour être logé et rassasié. En payant, bien sûr, en pistoles et en ducats !

— Et Münster ? demanda Louis. Comment est la ville ?

— On devrait nommer cette ville Münster-en-Barbarie, monsieur, je vous l'ai dit. Les rues y sont d'une saleté effroyable, encombrées de pourceaux, avec des rats qui dévorent tout, même les enfants. Quant aux habitants, ce ne sont que des sauvages. Les hommes ressemblent à des bêtes et les femmes y sont tellement répugnantes de saleté que leur puanteur est incroyable !

1. Sorte de tabouret.

— On m'a rapporté que la conférence reprendra en décembre. Allez-vous y retourner ? demanda encore Louis après un sourire de courtoisie tandis que la *Belle Gueuse* portait un mouchoir parfumé à son visage.

Avaux lui jeta un regard insistant.

— En effet, avec M. Servien, puisque nous devons travailler de concert. Il leva les yeux au plafond et fit une grimace. Mais auparavant je dois me rendre dans les Provinces-Unies. Nous voyagerons donc séparément, ce qui n'est pas plus mal.

Il se tut un instant, comme s'il méditait sur ce qu'il allait dire.

— Je partirai donc d'ici une semaine et c'est pour cela que je souhaitais te rencontrer, mon ami, fit-il à Vincent Voiture. Je donne une réception demain, dans mon hôtel, hélas encore en travaux. Je souhaitais t'y voir une dernière fois, car je ne rentrerai pas avant plusieurs mois. Je désire aussi votre présence, mademoiselle, de même que la vôtre, messieurs.

— Monsieur le comte, je ne sais si je peux accepter, fit la *Belle Gueuse* en baissant pudiquement les yeux. Il y aura certainement tant de grandes et charmantes dames...

— Mais personne d'aussi aimable que vous, mademoiselle, assura le comte en lui prenant une main pour la baiser. Quant à vous, monsieur Fronsac, j'aurai ainsi l'honneur de vous connaître un peu mieux. J'ai certainement beaucoup à apprendre de vous.

Louis crut déceler dans ses paroles une prière, presque une imploration, et cela le troubla.

Mlle de Chémerault avait justement tourné son regard vers lui :

— Il est vrai, monsieur Fronsac, que l'on ne sait rien de vous ici ! plaisanta-t-elle.

— Il y a si peu à savoir, mademoiselle, répondit-il en renouant machinalement un ruban noir de ses poignets. Mon ami et moi tenions simplement à connaître votre maison dont on nous avait dit beaucoup de bien.

— Avez-vous trouvé des jeux qui vous conviennent ?

— Certainement, mademoiselle, mais ce n'était qu'une première visite, nous reviendrons plus longuement.

— Ce sera avec plaisir.

Elle baissa les yeux avant de poursuivre d'un ton égal :

— Mon frère m'a rapporté que vous étiez à Mgr Mazarin. Et que vous étiez aussi un proche de Mgr d'Enghien.

— Il vous a répété cela ? s'étonna Louis. Mais il est vrai que je ne m'en cache pas. Le cardinal Mazarin est l'homme d'État qu'il faut au royaume, et je dois beaucoup à Louis de Bourbon. Je ne lui paierai jamais ma dette.

À ces mots, Avaux resta impassible, les lèvres pincées.

— M. d'Enghien nous rendra peut-être visite à son arrivée à Paris, poursuivit la *Belle Gueuse*. Le connaissez-vous aussi, monsieur ?

Elle s'adressait à Gaston avec une expression amusée, Louis se tourna vers son ami qui n'avait pas encore dit un mot.

Le commissaire paraissait figé, les yeux rivés autant sur le visage de la jeune femme dont il buvait les paroles que sur ses coussinets d'amour[1]. Il affichait ce sourire niais que Louis lui avait déjà vu plusieurs fois quand il tombait amoureux.

Mlle de Chémerault surprit alors l'inquiétude de Louis et se leva brusquement.

1. Les seins, dans le langage précieux.

— Messieurs, je dois vous laisser, à présent. Je vous remercie, monsieur le comte de votre invitation. Je viendrai avec grand plaisir.

Avaux se leva à son tour et lui saisit la main qu'il baisa avec affectation. Elle salua Voiture, puis Louis et lança une langoureuse œillade à Gaston avant de se retirer.

Avaux attendit qu'elle disparaisse avant de murmurer :

— Mademoiselle a beaucoup d'esprit et de charme, malheureusement dans un mélange de vices et de vertus.

— Que voulez-vous dire, monsieur le comte ? demanda rudement Gaston qui paraissait enfin sorti de sa transe avec le départ de la belle.

— À vous de vous faire une opinion, monsieur, répliqua le diplomate dans un petit rire. Messieurs, je vous attends avec impatience demain.

Il se tut un bref instant et ajouta à l'intention de Louis d'un ton redevenu sérieux :

— Je ne vous propose pas de venir jouer avec moi car je devine que vous êtes venu pour tout autre chose. M'accompagnez-vous, Vincent, pour une partie de bassette ?

Ils se dirigèrent ensemble vers la sortie et Louis demanda :

— On ne joue pas à cet étage, monsieur le comte ?

— L'ignorez-vous ? s'enquit Avaux dans un sourire carnassier. Vincent ne vous a donc rien dit ? Cet étage est réservé aux dames de compagnie de Mlle de Chémerault. De jeunes femmes de petite vertu mais de grand prix...

5.

Le dimanche 8 novembre 1643

Julie était rentrée rassurée de chez sa tante. Le baron de Montauzier avait été libéré et on l'attendait à Paris d'un jour à l'autre. Elle rapportait d'ailleurs une invitation de la marquise qui souhaitait réunir ses amis dans la Chambre Bleue à cette occasion.

Louis n'avait pas proposé à son épouse de l'accompagner à l'hôtel d'Avaux. Il s'en était justifié par les incertitudes, peut-être même les désagréments, qui l'attendaient. Que lui voulait le comte ? Qui allait-il rencontrer là-bas ? Il lui faudrait surveiller la *Belle Gueuse,* et plus encore son ami Gaston, visiblement sous le charme de Mlle de Chémerault. Louis savait que ce genre de crise amoureuse ne durait guère chez lui, mais elle pouvait compliquer son enquête. Dans ces conditions, la présence de son épouse n'aurait pu que le gêner et Julie l'avait compris. De toute façon, elle n'appréciait guère ce genre de réception.

Il avait été convenu que Gaston et Louis se retrouveraient à l'hôtel d'Avaux. Bien que la rue des

Quatre-Fils ne fut pas éloignée de la rue du Temple, Nicolas conduirait son maître en carrosse.

Au dîner, le père de Louis lui avait expliqué où il allait se rendre :

— L'année dernière, le comte d'Avaux a acheté quatre maisons particulières, rue du Temple[1]. Je me suis occupé de la vente de l'une d'entre elles. Tu sais que c'est un homme fort éminent dont le frère aîné est président au Parlement. La noblesse de sa famille remonte à 1480. Son père, le seigneur de Roissy, était membre du Conseil des finances et conseiller d'État. Son grand-père, Henri de Mesmes, était un des principaux ministres d'Henri III. La fortune de leur famille est considérable. On m'a rapporté qu'il est prêt à dépenser plus de cinq cent mille livres pour son nouvel hôtel[2] !

— Brienne m'a signalé qu'il était avant tout un brillant diplomate, remarqua Louis.

— En effet. Très jeune, il était déjà conseiller d'État quand il a été nommé ambassadeur à Venise. Il parle d'ailleurs latin et italien couramment. Il a été en poste dans la plupart des grandes capitales et, en juin de cette année, il a remplacé Claude Bouthillier à la surintendance des Finances, une charge qu'il partage avec Nicolas Le Bailleul.

M. Fronsac se tut pendant que Mme Mallet lui servait du ragoût de chevreuil.

— Malgré son immense fortune, reprit-il quand elle eut terminé, le comte d'Avaux a la réputation d'être un homme de bien. Je sais qu'il verse une pension aux ouvriers qui se blessent sur le chantier de son hôtel. Bref, il a donc acheté quatre maisons mitoyennes à l'hôtel familial dont il était devenu propriétaire l'année dernière. Son projet est de tout démolir et de construire à la place un grand hôtel en

1. L'hôtel d'Avaux est situé au 71 de la rue du Temple.
2. Il en coûtera huit cent mille !

retrait de la rue, avec une cour au devant, un peu comme celui de M. de Sully. Je sais qu'il a demandé à Pierre Le Muet – dont je crois que vous avez lu le livre, chère Julie – d'en dessiner les plans.

— En effet, vous savez que je m'intéresse à l'architecture comme ma tante, dit Julie, et j'ai trouvé beaucoup d'intérêt à sa *Manière de bien bastir pour toutes sortes de personnes*.

— Mais comment peut-il organiser une réception alors même qu'il démolit tout ? demanda Louis.

— La mise à bas du vieil hôtel ne doit commencer que dans quelques jours. Pour l'instant, je crois qu'il a fait détruire trois des maisons mitoyennes et il aurait fait percer un passage dans la quatrième afin de disposer de plus de place, expliqua le notaire. Tous ces aménagements provisoires seront démolis quand il partira pour Münster.

— C'est un terrible gaspillage, remarqua Jean Richepin, qui était économe.

— Négligeable pour lui, répliqua le notaire en écartant l'argument d'un geste de la main. Le surintendant est avant tout un mécène qui dépense sans compter. L'achat des maisons et d'un morceau de terrain complémentaire pour construire son nouvel hôtel lui a coûté deux cent cinquante mille livres !

— Cet homme n'aurait donc aucun défaut ? plaisanta Julie.

— Les médisants rapportent qu'il en a deux. D'abord, il aimerait trop les femmes, tout en refusant le mariage, et il dépenserait des fortunes pour ses maîtresses. Ensuite, et paradoxalement, il serait un des plus solides soutiens du parti dévot, un fervent partisan d'un rapprochement de notre pays avec l'Espagne.

Nicolas fit entrer le carrosse par un étroit passage conduisant à l'ancienne basse-cour du vieil hôtel de Mesmes. Un grand espace rectangulaire avait été dégagé par la destruction de plusieurs maisons. Le sol nivelé dessinait déjà ce qui deviendrait la future grande cour. L'ancien hôtel familial était en partie recouvert d'échafaudages nécessaires à sa destruction. Une petite maison à colombages de deux étages, toute de guingois, lui restait adossée. Quant au côté gauche de la cour, il était bordé par la massive muraille de Philippe Auguste.

L'endroit était déjà plein de voitures. Louis, enroulé dans son manteau de laine, laissa Nicolas pour se diriger vers le perron. Il en gravit les quelques marches avant de pénétrer dans un élégant vestibule où se tenait un majordome, gros bonhomme plein de suffisance, entouré de plusieurs laquais visiblement plus capables de manier le bâton que de moucher des bougies. Louis se présenta et le majordome, ayant consulté une liste des invités, lui désigna le grand escalier qui grimpait à l'étage.

Au premier s'étendait un petit palier. L'escalier, ensuite plus étroit, desservait sans doute des appartements au second niveau.

Le palier était occupé par une dizaine de personnes qui, comme lui, venaient d'arriver et qui parlaient bruyamment. Louis reconnut quelques proches de Mme de Rambouillet qu'il avait eu l'occasion de rencontrer dans la Chambre Bleue et qu'il salua avec déférence.

La première salle sur la droite était emplie de monde. Le caquetage y était assourdissant. Louis chercha Gaston des yeux mais ne le vit point. En revanche, il aperçut Loménie de Brienne en compagnie de deux autres personnes qu'il entreprit aussitôt d'aller saluer. Le petit groupe s'était installé près d'une cheminée où crépitait un feu d'enfer. Louis ôta son manteau de ses épaules pour le rouler en l'attachant avec son cordonnet, comme l'avaient fait la plupart des hommes présents.

— Monsieur le chevalier, fit aimablement Brienne en le voyant approcher, je ne m'attendais pas à vous voir ici ! Vous m'aviez dit ne pas connaître M. le comte d'Avaux...

— C'est exact, monsieur le comte, je l'ai rencontré hier pour la première fois, par hasard – il sourit en utilisant ce mot, n'aurait-il pas dû dire : au *Hazart* ? – et il m'a fort aimablement invité.

Brienne le scruta avec insistance. Le ministre ne croyait plus au hasard depuis longtemps. Pour quelle raison Fronsac avait-il rencontré le surintendant des Finances ? C'était certainement en rapport avec l'affaire d'espionnage dont il était chargé. Si ce Fronsac était aussi perspicace que le rapportait Mgr Mazarin, cela signifiait-il que le surintendant était mêlé à cette mauvaise affaire ? Ce pourrait être alors extrêmement, grave puisque le comte d'Avaux était désormais le plénipotentiaire de la France à Münster.

Les deux autres personnes – que Louis ne connaissait pas – devaient certainement se poser les mêmes questions, car elles considéraient Louis avec un mélange d'intérêt et de suspicion.

Quand il eut fini de s'expliquer, il y eut un court mais pénible silence. Finalement, Brienne reprit la parole pour présenter ses compagnons, en s'accompagnant d'un geste de la main.

— Chevalier, connaissez-vous M. Servien et son neveu, M. Hugues de Lionne, qui est le secrétaire de Mgr le cardinal ?

Louis s'inclina en observant Abel Servien du coin de l'œil. Ainsi, c'était lui le second plénipotentiaire pour Münster.

Servien avait un visage épais barré d'une fine moustache. Il n'avait rien du flamboyant comte d'Avaux. Bien au contraire ! À le voir ainsi, on l'aurait plutôt pris pour un petit magistrat de province. Un de ses yeux était fixe et plus petit que l'autre. Plus tard, Louis apprit qu'il était borgne et que ceux qui l'admiraient disaient de lui à propos de sa puissance de travail : « *Servien n'a qu'un œil, mais il a deux mains* ! » D'autres, plus médisants, utilisaient la même formule pour faire allusion à sa rapacité.

Quant à son neveu, fort jeune, vêtu à la dernière mode, frisé, parfumé et couvert de rubans multicolores, il paraissait plutôt être un homme de cour. On comprenait facilement à quel point il devait être proche de *Colmarduccio*[1] ! Louis apprit plus tard qu'il avait longuement séjourné à Rome.

— C'est un grand honneur pour moi, fit-il en s'inclinant, de pouvoir rencontrer le même jour nos deux plénipotentiaires en Westphalie.

— Tant mieux pour vous ! Mais soyez assuré que ce n'est pas de mon fait ! répliqua Servien d'un ton abrupt. Je n'ai guère d'attirance envers M. d'Avaux et son étalage de richesses...

Il fit un signe de la main en désignant la pièce, les tableaux de Simon Vouet qui décoraient un mur, les tentures brodées et le mobilier marqueté.

— Mais j'étais contraint de venir, poursuivit-il, car Mgr Mazarin y tenait et m'a fait savoir qu'il passerait dans la soirée saluer M. d'Avaux et son frère.

Un valet passa avec des verres de clairet et chacun en prit un.

— Comment vont vos affaires ? demanda alors courtoisement Brienne qui souhaitait en savoir plus sur les raisons de la venue de Fronsac.

— Je crois qu'elles avancent, monsieur, répondit prudemment Louis, ignorant si Lionne et Servien savaient qui il était et de quel travail il était chargé.

Aucun des deux ne réagit à sa réponse.

1. Surnom que la marquise de Rambouillet avait donné quelques années auparavant au nonce du pape à Paris, Giulio Mazarini.

— Nous parlions justement d'une autre affaire tout à fait étonnante, poursuivit le comte de Brienne après avoir poliment opiné. Voulez-vous l'entendre, monsieur le chevalier ? Elle pourrait vous intéresser.

— Je suis tout ouïe, monsieur le comte.

— M. de Lionne va donc vous la narrer, c'est lui qui suit cette étrange histoire pour monseigneur.

Lionne prit la parole. Il avait une voix nasale, haut perchée, tout à fait artificielle, comme les petits maîtres qui fréquentaient les salons précieux.

— Avez-vous entendu parler de Ferrante Pallavicino, monsieur Fronsac ?

Louis secoua négativement la tête.

— C'est un jeune homme de bonne famille, entré dans une congrégation et qui s'est très tôt révolté contre les abus de l'Église. Il a ainsi écrit quelques textes jugés séditieux par le pape. Son dernier livre, *Le Divorce céleste*, était ouvertement d'essence protestante et affirmait la rupture définitive entre Notre Seigneur et l'Église. L'ouvrage a été condamné par le Saint-Office et, pour éviter le bûcher, Ferrante Pallavicino a dû se réfugier à Venise, sa ville natale. De là, il voulait rejoindre la France, car Mgr Mazarin souhaitait utiliser ses talents.

Lionne se tut un instant pour afficher un sourire de circonstance. Louis opina dans un mouvement de complicité. Il commençait à connaître suffisamment *Colmarducci* pour deviner quelles retorses utilisations le ministre envisageait : Mazarin avait dû certainement juger qu'il pourrait utiliser un tel polémiste pour peser sur le pape durant les négociations de Münster !

— Et puis, Ferrante Pallavicino a disparu. On a recherché sa trace et découvert qu'un nommé Carlo Morfi lui avait proposé de l'aider à entrer en France. Les deux hommes avaient été arrêtés à Orange par une troupe du vice-légat d'Avignon, Federico Sforza, pour le compte d'Urbain VIII. L'incident a eu lieu en décembre de l'année dernière et, depuis, Ferrante serait en prison à Avignon. Or, nous avons découvert qu'il s'agissait d'un piège tendu par Carlo Morfi, lequel était en réalité un espion du Saint-Siège.

— Je suppose que, dans ce genre d'aventure, on ne peut gagner à tous les coups, soupira Louis, qui ne voyait pas en quoi le triste sort de Ferrante Pallavicino pouvait le concerner.

— En effet ! intervint rudement Servien. Seulement, Mgr Fabio Chigi, qui doit assurer la médiation de Rome à Münster, vient justement d'arriver à Paris ; il est à la nonciature. En chemin, il s'est arrêté à Avignon pour s'entretenir avec Federico Sforza.

Louis opina à nouveau, par politesse. Brienne et Le Tellier lui avaient déjà parlé de ce Fabio Chigi et il ne comprenait pas où ses interlocuteurs voulaient en venir.

— Fabio Chigi est ici ce soir, monsieur le chevalier, déclara alors le comte de Brienne d'un ton égal.

Brusquement, Servien fit un signe à un couple qui s'avançait vers eux. L'homme, très grand et robuste, la quarantaine bien entamée, était très simplement vêtu de noir et tout en lui trahissait le sévère huguenot. Sa compagne, la trentaine épanouie, affichait, elle aussi, une expression si sérieuse que sa beauté, pourtant évidente, paraissait comme obscurcie par ce masque de gravité.

— Madame de Chancourt, connaissez-vous M. Fronsac ? s'enquit Servien d'une voix douce.

Louis fut frappé d'étonnement en découvrant le changement d'attitude du plénipotentiaire de Münster. L'expression, mélange de rudesse et d'inquiétude, qu'il affichait un peu plus tôt, avait disparu. Même le ton de sa voix était différent. Une fugitive pensée traversa l'esprit de l'ancien notaire : cette femme ne serait-elle pas sa maîtresse ? Pourtant, Mme de Chancourt considérait Abel Servien simplement avec courtoisie.

Elle eut un rapide regard vers Louis, suivi d'une légère inclinaison de tête.

— Je n'ai pas cet honneur, monsieur, répondit-elle sans chaleur.

— M. Fronsac est un homme très mystérieux, il est donc normal que vous ne le connaissiez pas. Il a pourtant toute l'estime de Mgr Mazarin.

Abel Servien se tourna ensuite vers Louis.

— M. Étienne Girardot de Chancourt est négociant en bois, et je connais son épouse, Louise, depuis des années. Louise peint admirablement et signe ses tableaux sous son nom de jeune fille : Louise Moillon.

Fronsac ressentit un bref frisson. Cette femme devait être la sœur du chiffreur Simon Garnier ! Il ne pouvait y avoir à Paris plusieurs négociants en bois nommés Girardot de Chancourt ayant une épouse peintre prénommée Louise !

— Je crois avoir vu un de vos tableaux dans le cabinet de M. Rossignol, avança-t-il prudemment. Une nature morte admirable.

— Merci, monsieur, répondit-elle, tandis que ses yeux s'éclairaient d'un sourire. C'est en effet une toile que j'ai offerte à M. Rossignol. Appréciez-vous la peinture ?

— Particulièrement, madame.

— J'ignorais que M. d'Avaux vous connaissait, s'enquit alors négligemment le comte de Brienne en s'adressant à Girardot de Chancourt.

— M. d'Avaux m'a chargé de tous les besoins en bois pour la construction de son futur hôtel, répondit le marchand de bois qui paraissait mal à l'aise. C'est un marché important et j'ai déjà fourni une partie des échafaudages, ainsi que les piliers de soutènement nécessaires pour percer un passage dans la maison mitoyenne.

Il désigna du doigt la direction où se dressait la maison qui n'avait pas été démolie.

— Le comte s'inquiétait de ne pas avoir assez de place dans son hôtel pour cette réception. Une pièce supplémentaire a donc été ouverte dans la maison d'à côté, qui lui appartient, en détruisant tout l'intérieur pour disposer d'un vaste espace. Il a fallu, bien sûr, beaucoup étayer. C'est un peu la raison de notre présence, conclut-il.

Servien interrogea alors Louise sur les toiles qu'elle préparait. Pendant qu'ils parlaient, Louis observait le diplomate. Pourquoi s'intéressait-il tant à cette femme ? Certes, Servien avait été le premier membre de l'Académie française. Il avait le goût des arts et des belles-lettres. Il était aussi, disait-on, un farouche ennemi du parti dévot et cette femme était calviniste, ainsi que son époux. Cela pouvait les rapprocher. Mais toutes ces raisons ne suffisaient pas à expliquer son attitude aussi chaleureuse.

Il s'arracha finalement à ses pensées sur le comportement d'Abel Servien. Il lui fallait retrouver Gaston.

— Je vais devoir m'excuser, déclara-t-il. Je dois rencontrer un de mes amis que je n'ai pas encore vu.

Personne ne chercha à le retenir. Il salua et s'éclipsa dans la pièce suivante.

Comme la précédente, elle était emplie de monde et de nombreux valets en livrée faisaient passer des boissons. Sur une estrade, deux joueurs de viole interprétaient un air languissant.

Louis passa entre les groupes, Gaston n'était pas là non plus.

— Monsieur Fronsac ! l'interpella une voix autoritaire.

Il se retourna pour découvrir Michel Le Tellier en compagnie du jeune Colbert.

Autant Le Tellier paraissait content de le voir, autant le visage du commis s'était fermé instantanément.

— J'ignorais que vous seriez là, monsieur le chevalier, poursuivit Le Tellier d'un ton légèrement suspicieux.

— J'ai rencontré M. d'Avaux hier, monsieur le marquis. Et il m'a aimablement proposé de venir à sa réception.

Ils se trouvaient à l'extrémité de la pièce et une ouverture dans le mur laissait apparaître un escalier en viret, sans doute inséré dans une tourelle d'angle. Le passage desservait à la fois l'étage supérieur et le rez-de-chaussée de l'hôtel où se trouvaient les cuisines. C'était par-là que les valets apportaient vin et nourriture.

Le Tellier allait visiblement lui poser une autre question au moment même où Vincent Voiture apparut justement dans l'ouverture de l'escalier.

— Vincent, je suis content de te voir ! fit Louis en le découvrant. Aurais-tu vu Gaston ?

— Gaston ? Oui, je l'ai croisé, il y a un moment. Il te cherchait, je crois.

Vincent Voiture se tourna alors vers le ministre :

— Monsieur le marquis, je viens de la part de M. le comte d'Avaux qui travaille en ce moment dans son cabinet de l'étage. Le comte souhaite rencontrer quelques minutes M. Fronsac. Puis-je vous l'enlever ?

Le Tellier manifesta ouvertement sa contrariété, mais il ne pouvait s'opposer à une telle requête de la part de son hôte.

— Monsieur Fronsac, à tout à l'heure, peut-être, grommela-t-il.

Louis le salua ainsi que Colbert qui resta indifférent. Voiture le fit passer devant lui et ils gravirent l'escalier pour déboucher dans une grande chambre d'apparat.

Là, Voiture s'arrêta et expliqua à Louis avec une gravité que son ami ne lui connaissait guère.

— M. Le Tellier paraissait mécontent que je vienne te chercher, Louis. Avant que tu ne rencontres le comte, je souhaitais que tu connaisses mon opinion sur lui. Certains ici ont pu te dire du mal de lui. Ils se trompent ou sont de mauvaise foi. À part quelques jaloux, le comte d'Avaux est chéri de tous ceux qui le côtoient. Je le connais depuis l'époque où nous étions au collège de Boncourt. Pourtant, là-bas, tout nous séparait. Mon père était marchand de vin alors qu'il appartenait à une famille riche et d'ancienne noblesse de robe. Son grand-père avait été ministre du roi Henri alors que mon père avait du mal à payer ma pension. Or, malgré nos différences de situation et d'origine, il m'a offert son amitié et elle ne m'a jamais fait défaut. C'est un homme bon, tolérant, d'une intelligence prodigieuse et d'une rare perspicacité. Tu ne le sais peut-être pas mais il parle plusieurs langues. J'ajoute qu'il est généreux, il distribue largement sa fortune aux hommes de lettres et plus généralement aux artistes. Sais-tu qu'il a demandé à Claude Le Sueur de faire toutes les peintures de son nouvel hôtel ? Quand tu le connaîtras mieux, tu ne pourras que l'aimer !

— Mais tout le monde ne l'aime pas, n'est-ce pas, Vincent ? C'est ce que tu veux me dire ? interrogea Louis.

— En effet, il a des ennemis puissants...

Le poète se tut un instant, comme s'il hésitait à aller plus loin dans ses confidences.

— J'étais en bas, tout à l'heure, je te cherchais. Je t'ai aperçu mais tu n'étais pas seul et je n'ai pas voulu te déranger... car tu étais justement avec ses ennemis.

— Le comte de Brienne ?

— Non, pas vraiment lui. C'est le jeune Lionne qui le déteste, et aussi son oncle, Abel Servien. Ils sont jaloux de lui. De sa richesse, de ses talents, de son aisance. Peut-être même y a-t-il autre chose que j'ignore. Méfie-toi d'eux.

— Le comte loge toujours dans cet hôtel ? demanda Louis qui souhaitait changer de sujet.

— Oui, il occupe toutes les pièces du premier étage et de celui-ci, tandis que sa maison loge au-dessus. Pour la réception, il a fait transporter les gros meubles du premier étage dans la maison mitoyenne, celle qui n'a pas été démolie. Elle sert de garde-meuble.

Comprenant que son ami ne voulait pas poursuivre cet entretien, Vincent Voiture se dirigea vers une porte et gratta quatre fois.

La porte s'ouvrit. C'était Claude de Mesmes, le comte d'Avaux en personne et non un laquais.

— Merci, Vincent, dit-il simplement. Monsieur le chevalier, acceptez-vous de m'accorder quelques minutes d'entretien ?

Louis opina et entra. Claude de Mesmes, le visage fermé, referma la porte et donna un tour de clef.

Ils se trouvaient dans un élégant salon très richement meublé. Le parquet était couvert de tapis de soie, et d'épais rideaux passementés encadraient les fenêtres. Un grand feu crépitait agréablement.

Une autre personne était assise sur une confortable banquette. Louis la reconnut aussitôt car il l'avait déjà aperçue au Palais. C'était Henri de Mesmes, le président d'une des chambres du Parlement de Paris, le frère de Claude.

— Vous connaissez mon frère ?

— Oui, monsieur le comte.

— Asseyez-vous un instant avec nous, voulez-vous ?

Louis prit une chaise tandis que le comte s'asseyait dans un fauteuil. Le président n'avait pas bougé. C'était un homme fort imbu de sa position et Louis savait qu'il ne se levait jamais même en présence de ses frères. Si les deux hommes étaient réunis, c'est qu'ils y avaient un puissant intérêt commun, sans doute familial.

— Vous êtes quelqu'un de très mystérieux, monsieur Fronsac, déclara de but en blanc le président du Parlement. Je vous ai connu notaire, très brillant, puis un jour j'ai appris que le feu roi vous avait anobli. Vous avez même été fait chevalier dans l'ordre de Saint-Michel. Une distinction peu courante pour un roturier. Sa Majesté vous a aussi octroyé un fief appartenant à la Couronne et vous avez déposé au Parlement une requête d'enregistrement au sujet d'un titre de marquis de Vivonne qui vous vient de votre épouse.

— Requête qui n'a pas encore abouti, monsieur le président.

— Vous savez que c'est toujours un long combat judiciaire qu'un tel enregistrement au Parlement. Mais il aboutira, soyez-en certain. J'y veillerai.

Il esquissa un sourire qui se voulait chaleureux.

— Mais si je sais tout cela, j'ignore tout des raisons pour lesquelles notre roi a décidé une telle élévation envers un simple notaire qu'il ne connaissait pas...

Il laissa sa phrase en suspens. Lui et son frère observaient Louis.

— Disons que j'ai rendu un service à Sa Majesté, monsieur. Mais cette ascension est aussi le prix de mon silence, déclara Louis après unc brève hésitation.

— Soit ! J'ai appris que vous étiez à Rocroy, au côté d'Enghien. Étrange place pour un notaire qui ne connaît rien au métier des armes ! Partout en ville, le duc a fait éloge de votre courage et de votre fidélité.

— J'étais en effet à Rocroy, confirma Louis.

— On a dû vous dire que j'ai beaucoup d'amis dans le milieu ecclésiastique, monsieur le chevalier, intervint à son tour le comte d'Avaux sur un ton sarcastique. J'en ai même un aux Minimes. Il m'a rapporté que vous vous êtes présenté là-bas un matin, blessé, poursuivi par les tueurs de Mme de Chevreuse. On vous y a soigné, puis vous êtes reparti, grimé en drille...

Il attendit un instant une réponse qui ne vint pas, aussi poursuivit-il :

— Au début du mois de septembre, le trésorier de l'Épargne m'a fait passer – n'oubliez pas que je suis surintendant des Finances – un billet de Mgr Mazarin avec ces mots, je cite de mémoire : « Vous payerez au chevalier de Mercy la somme de trente mille livres. » On venait juste d'emprisonner le duc de Beaufort, et la duchesse de Chevreuse avait quitté Paris.

Louis resta silencieux.

— Monsieur Fronsac, je ne suis pas un imbécile, même si je ne connais rien aux finances. J'ai aussi interrogé mon ami Voiture. Vous étiez à Narbonne avec lui quand on a arrêté M. de Cinq-Mars.

Le ton du surintendant était devenu plus incisif mais Louis persista dans son mutisme. Avaux soupira :

— Ce que je crois, monsieur, c'est que vous êtes très adroit. (Il tendit un doigt vers Louis.) C'est vous qui avez fait échouer, je ne sais comment, la conspiration du Grand Écuyer. Et c'est vous encore qui avez vaincu les Importants. Peut-être même est-ce à cause de vous que Mgr Mazarin est devenu Premier ministre.

Louis baissa les yeux pour cacher son trouble.

— Votre silence est un aveu. Sachez cependant que j'apprécie votre discrétion. Donc, après toutes ces aventures, vous rentrez chez vous, dans votre seigneurie. On m'a d'ailleurs rapporté que vous aviez refusé une charge d'officier chez monseigneur. Et puis, hier, je vous retrouve à Paris, chez la *Belle Gueuse*, avec votre ami policier. Alors, comme je ne suis pas un sot, je crois vous l'avoir dit, monsieur

Fronsac, j'ai deviné que vous étiez à nouveau en mission. Aussi, je vais être franc. Je sais que j'ai des ennemis auprès de la reine. Est-ce sur moi que vous enquêtez ? Y a-t-il une cabale contre moi ? Ou pire, contre notre famille ?

Louis ne savait que répondre. Avaux avait tout deviné sans être sûr de rien. Que pouvait-il lui dire ? Certainement pas la vérité. Il ignorait qui étaient les commanditaires du vol des dépêches, même si ce ne pouvait être le comte d'Avaux, puisqu'il possédait les codes permettant de déchiffrer les courriers qu'on lui transmettrait.

— Vous êtes dans le vrai, monsieur le comte, dit-il enfin. Le cardinal Mazarin m'a en effet chargé d'une enquête discrète. Je ne peux vous en dire plus. L'enquête concerne notre diplomatie ainsi que le congrès de Münster. Mais elle ne vous intéresse nullement, ni votre famille.

Louis se tourna vers le président de Mesmes en prononçant ces mots et il décela chez lui un évident soulagement.

— Il y a des fuites dans le service du Chiffre, déclara froidement d'Avaux. Croyez-vous que, dans ma position, je puisse l'ignorer ? C'est sur cette mauvaise affaire que vous enquêtez ?

Inutile de nier, songea Louis. C'était finalement plus simple.

— En effet, monsieur le comte. Vous avez bien deviné, soupira-t-il en écartant les mains pour marquer sa défaite.

Il jugea tout autant inutile de demander au comte de garder la chose secrète. Cet homme était un diplomate qui gardait secret tout ce qu'il savait depuis qu'il était dans ce métier.

Avaux se leva avec un sourire.

— Je vous remercie, monsieur Fronsac. Je vous accorderai toute l'aide qui pourrait vous être nécessaire. Je ne vous demanderai rien d'autre, mais quand vous aurez résolu cette affaire, accepterez-vous de m'en dévoiler la solution ?

Louis hésita un instant, puis hocha la tête de haut en bas :

— Je le ferai, monsieur le comte. Je m'y engage.

Il se leva à son tour, alors que le premier président ne bougeait pas. Louis s'inclina, puis Avaux le raccompagna à la porte.

Ils se saluèrent et il sortit.

Voiture n'était plus là.

Il s'engagea dans l'escalier bien décidé maintenant à trouver Gaston.

Colbert avait disparu, ainsi que Le Tellier, mais il aperçut Anne Cornuel avec son époux Guillaume Cornuel, trésorier de la Guerre. Elle était en compagnie d'une jeune fille étonnamment belle qu'il avait déjà rencontrée dans la Chambre Bleue. Physiquement, les deux femmes ne pouvaient être plus différentes. Anne Cornuel, surnommée *Cléobulie* chez Mme de Rambouillet et *Zénocrite* dans *Le Grand Cyrus,* approchait de la quarantaine. C'était une blonde menue, fine, quasiment plate – elle se vantait de ne pas avoir de tétons ! –, anguleuse mais lourdement fardée, avec un regard pétillant, acéré et espiègle tandis que sa compagne, Marie de Rabutin-Chantal, une brune dans l'éclat de ses dix-huit ans attirait l'attention de chacun par la douceur de son expression et plus encore par un corps sans défaut et des rondeurs généreuses mises en valeur par un corsage en dentelle particulièrement échancré.

Louis se devait de les saluer.

Anne Cornuel parut ravie de le voir et tenta de le retenir. Louis s'en inquiéta quelque peu car on ne comptait plus les amants de la dame et il avait déjà remarqué qu'Anne aurait bien aimé le mettre dans son lit.

Marie de Rabutin-Chantal se souvenait de lui et lui présenta son futur époux, un jeune homme qui le toisa avec morgue : le baron Henri de Sévigné.

Louis ne se doutait certainement pas que quelques années plus tard, Marie de Rabutin-Chantal, devenue marquise de Sévigné, lui demanderait d'enquêter sur la mort du baron.

— Nous sommes ici en voisines de M. d'Avaux, expliqua Anne Cornuel en riant et en lui prenant la main.

Elle habitait rue des Francs-Bourgeois, et Marie de Rabutin-Chantal sur la place Royale.

— Mais vous-même, avez-vous remarqué ici votre illustre voisin, ajouta-t-elle en pouffant.

Louis balaya la pièce d'un coup d'œil circulaire sans remarquer aucune connaissance.

— Ce jeune homme, là-bas, entouré d'admiratrices, ne le connaissez-vous pas ?

Il secoua négativement la tête.

— C'est pourtant votre voisin : Henri de Lorraine, le duc de Guise.

Le regard de Louis s'attarda sur le visage souriant, fat et satisfait de lui-même de l'ancien archevêque de Reims. Ses cheveux châtains étaient longs et bouclés au fer. Il était vêtu à la dernière mode avec un col de dentelle parsemé de diamants.

Henri de Guise dut remarquer qu'il le dévisageait, car son regard croisa le sien. Fronsac y lut un curieux mélange de naïveté et de suffisance.

— Mesdames, monsieur le trésorier, monsieur le baron, je vous prie de m'excuser, dit Louis en ôtant sa main de celle de Mme Cornuel. Je dois trouver un de mes amis pour une affaire importante.

Il les salua et s'éloigna vers la pièce mitoyenne où se tenaient Lionne, Servien, Le Tellier et Brienne.

Gaston ne s'y trouvait pas non plus. Louis commençait à être inquiet.

Louise Moillon était toujours avec le ministre, Abel Servien et Hugues de Lionne. Elle le vit passer et il crut déceler chez elle un regard complice.

Il revint dans le vestibule où il rencontra son parrain, Philippe Boutier, en compagnie du chancelier Séguier qui venait d'arriver.

— Gaston de Tilly ? fit Boutier après que Louis les eut salués. Je l'ai vu, il y a un bon moment déjà ! Il était en compagnie de Mlle de Chémerault. Ils sont partis par-là.

Il désigna les pièces que Louis n'avait pas encore visitées. Rassuré, Louis s'excusa pour se précipiter dans le salon que son parrain lui indiquait.

Il n'y avait pas trop de monde et il fit rapidement le tour des groupes qui s'y tenaient sans apercevoir son ami. En revanche, il découvrit Antoine Rossignol en grande conversation avec un prélat inconnu au fort accent italien. Rossignol ne l'ayant pas remarqué, Louis se glissa dans la salle suivante. Celle-ci était presque vide. Il y avait là aussi un escalier en viret qui desservait l'étage supérieur ainsi que le rez-de-chaussée. C'était le pendant de celui situé à l'autre extrémité de l'hôtel.

Toutefois, cette pièce n'était pas la dernière, elle ouvrait sur une cinquième salle au plancher légèrement en contrebas. Il s'agissait certainement de la chambre ouverte dans la maison mitoyenne dont avait parlé le mari de Louise Moillon.

Louis y pénétra. Pas de Gaston non plus, mais il y découvrit, solitaire et songeur, un petit homme noiraud, au nez épaté et aux sombres cheveux crêpés qui se réchauffait les mains devant un gros poêle de faïence hollandais. Fronsac s'approcha avec plaisir de celui qu'on surnommait *Don Moricaud* au collège de Clermont : son ancien condisciple, Paul de Gondi.

Le nouveau coadjuteur de Paris cligna plusieurs fois des yeux de surprise en le découvrant. Louis se souvint alors à quel point l'ancien abbé de Buzay avait la vue basse, ce qui expliquait sans doute son expression souvent ahurie.

Le coadjuteur était avant tout un grand seigneur qui ne se déplaçait jamais sans une importante suite de gentilshommes. S'il s'était isolé de la sorte, c'est qu'il y avait une bonne raison, songea Louis. Gondi attendait certainement quelqu'un. Peut-être une dame. Tout le monde savait que le coadjuteur ne pouvait se passer de femmes. Mais il pouvait aussi y avoir d'autres raisons à cette solitude. Louis connaissait parfaitement le tempérament factieux de l'auteur de la *Conjuration de Fiesque*[1] et sa longue inimitié contre Mazarin. Peut-être Paul de Gondi attendait-il quelque acolyte afin de préparer une manœuvre contre son ennemi.

Pourtant, le coadjuteur ne dissimula pas sa satisfaction de retrouver son ancien camarade. Cela faisait des années qu'ils ne s'étaient plus rencontrés.

— Louis ! J'ai appris ton anoblissement : chevalier de Saint-Michel ! J'ai été sincèrement heureux pour toi et pour ton père. Tu as dû rendre un service exceptionnel au roi... On m'a rapporté aussi que tu t'étais marié avec la nièce de Mme de Rambouillet...

Gondi avait ce ton aimable et familier qu'il utilisait toujours avec les gens inférieurs à sa classe. L'arrogance et la morgue lui étaient étrangères, du moment qu'il ne s'adressait pas à des supérieurs.

— Et moi, j'ai appris que vous étiez coadjuteur, monseigneur. Un avant-dernier pas vers le cardinalat !

— Pas un mot de plus, Louis ! Mazarin s'y oppose. Nous avons quelques différends, bien que nous soyons tous deux italiens et que je n'aie pas pris parti contre lui lors de cette déplorable cabale des

1. Un livre que Gondi avait publié à vingt-six ans et qui avait provoqué la remarque suivante de Richelieu : « Voilà un dangereux esprit ! »

Importants. À ce sujet, on m'a fait savoir que tu y avais joué un rôle et que tu étais désormais dans les bonnes grâces du Sicilien...

— C'est en effet un homme que j'estime et que j'admire sincèrement.

— Nous ne sommes pas d'accord sur ce point, Louis, murmura sévèrement Gondi.

— Nous avons souvent été en désaccord au collège, monseigneur, sourit Louis qui se souvenait de leurs controverses théologiques.

— C'est vrai, et nous sommes pourtant toujours restés amis. Ne nous nous fâchons donc pas au sujet du Sicilien, il n'en vaut pas la peine. Tu m'as l'air de chercher quelqu'un ?

— Gaston. Vous vous souvenez de lui ?

— Bien sûr ! Le rouquin hargneux ! Il est commissaire de Saint-Germain-l'Auxerrois, je crois. Il serait donc ici ce soir ? Je ne l'ai pas aperçu, mais tu sais à quel point ma vue est basse !

Louis ne cacha pas son désappointement.

— Je vais continuer à le chercher, soupira-t-il. Mais vous, monseigneur, qui connaissez tous les prélats, sauriez-vous me dire qui est cet homme, là-bas ?

Par l'ouverture entre les salles, il lui désigna celui qui parlait toujours avec Antoine Rossignol.

— Lui ? Bien sûr ! Je l'ai rencontré hier à la nonciature. C'est Mgr Fabio Chigi, le médiateur d'Urbain VIII pour le congrès de Münster. Un diplomate de grande valeur.

C'était donc là l'homme qui inquiétait tant Brienne ! se dit Louis. Mais que faisait cet Italien avec Rossignol ? Quelle relation le secrétaire chargé du bureau du Chiffre pouvait-il avoir avec un plénipotentiaire du pape ?

Un frisson le parcourut.

Il n'avait pas songé un instant que le félon qu'il recherchait pût être Antoine Rossignol lui-même.

Il allait poser une autre question à Paul de Gondi quand il aperçut la *Belle Gueuse* qui se dirigeait vers eux.

— Monseigneur, excusez-moi, mais je dois parler à Mlle de Chémerault que je vois arriver. Je crois qu'elle sait où est Gaston.

Louis quitta précipitamment son ami pour s'avancer à la rencontre de la jeune femme.

Françoise de Chémerault était plus resplendissante que jamais. Son corsage en satin émeraude bordé d'une fine dentelle mettait en valeur son opulente poitrine. Elle portait une jupe en velours de couleur assortie, dont les retroussis étaient rattachés au bas de jupe. C'était un habit très simple dont les seuls ornements étaient des poignets de dentelle et un collier de perles. Sa chevelure, teintée de roux, était serrée en un chignon natté. Sur ses épaules, elle portait un manteau léger de la même couleur émeraude.

— Monsieur le chevalier, l'interpella-t-elle d'une voix claire. Quel bonheur pour moi de vous revoir si vite !

— Pour moi aussi, mademoiselle. Je cherche mon ami Gaston, qui était avec moi hier, chez vous. On m'a rapporté que vous l'aviez vu ?

— M. de Tilly ? En effet, j'allais le rejoindre. Il m'attend à l'étage. Voulez-vous m'accompagner ?

— Ce sera avec plaisir, mademoiselle.

Elle prit l'escalier en viret et s'y engagea. Louis allait la suivre quand il aperçut Louise Moillon qui l'observait. Le suivait-elle ?

Gaston était arrivé à l'hôtel d'Avaux en chaise à porteurs, un peu avant Louis. Il avait très vite aperçu Mlle de Chémerault et avait été flatté lorsqu'il l'avait vue quitter son frère pour se précipiter vers lui, le regard plein d'amour.

Gaston n'était pas un rustre, malgré son apparence un peu rude. Lui aussi fréquentait les salons – même si c'était récent – et il avait commencé la lecture de *Cassandre*, de Gautier de La Calprenède, que l'on considérait comme le meilleur roman écrit depuis l'*Astrée*. D'ailleurs, même le duc d'Enghien avait louangé le livre.

Le commissaire s'inclina devant la jeune femme en lui murmurant :

— Mademoiselle, l'amour a furieusement défriché mon cœur.

Elle parut flattée et lui sourit.

— Vous me faites rougir, monsieur, lui répondit-elle d'une voix chaude, si profonde qu'elle le transporta.

— Je sais aussi, hélas, mademoiselle, que vous êtes d'une vertu trop sévère...

— Il y a beaucoup de monde autour de nous pour nous livrer à des confidences, ne trouvez-vous pas, monsieur ?

— Certainement, mademoiselle. Voulez-vous que nous gagnions un de ces salons ?

Il désigna les pièces en enfilade.

— La foule y est tout aussi pressante, monsieur. Il y a un salon à l'étage, par ici. Voulez-vous m'y conduire ?

Gaston comprit que la *Belle Gueuse* venait de lui céder. Il perdit tout sens commun.

— Allons-y, mademoiselle.

Elle se dirigea vers la pièce de gauche, la traversa sous les regards admiratifs, puis gagna la suivante et prit l'escalier en viret. Gaston la suivait, le cœur battant.

L'escalier débouchait sur une chambre d'apparat contenant un grand lit à rideaux, quelques meubles et des tabourets tapissés. Une porte la faisait sans doute communiquer avec les autres pièces de l'étage. Gaston n'était pas là, ni personne, et Louis s'en étonna.

— Votre ami m'attend par ici, fit la jeune femme en soulevant une tenture sur leur droite.

Le lourd rideau masquait un sombre passage. Il s'agissait à l'évidence d'une ouverture récente vers la maison mitoyenne. Du corridor qui s'ouvrait devant eux parvenait un courant d'air glacial. La tenture était certainement là pour couper du froid puisqu'il n'y avait pas de porte.

— Il s'agit de la maison d'à-côté ? s'étonna Louis. On m'a dit que ce n'était qu'un garde-meuble où le comte d'Avaux avait entreposé le mobilier qui le gênait pour sa réception.

— Vous savez cela ? sourit-elle. Mais il est vrai qu'on raconte que vous savez tout ! Ce serait donc vrai ? s'étonna-t-elle dans un sourire naïf.

— J'ai seulement rencontré le comte tout à l'heure et c'est lui qui me l'a dit, répliqua-t-il froidement. Mais où se trouve Gaston ?

— Il est ici, chevalier. Il y a une pièce vide où je lui ai demandé de m'attendre.

Elle s'avança dans le sinistre couloir envahi de toiles d'araignée qui n'était éclairé que par deux profonds fenestrons percés dans les murs. À droite, Louis distingua quatre ou cinq portes. Au fond, on apercevait vaguement l'ouverture d'un étroit escalier de service inséré dans le mur. À gauche, il devait y avoir une autre pièce car, vers le milieu du corridor, celui-ci s'élargissait en un grand rectangle libre dont le sol était en planches et non en carreaux de terre cuite comme le reste du couloir. C'était sans doute l'emplacement de l'escalier principal qui avait dû être démoli pour faire de la place dans la salle du bas et dont l'ouverture avait été recouverte par un rustique plancher.

Louis se sentait étreint par une sourde inquiétude. Que diable Gaston était-il venu faire dans ce chantier sordide ? Tout cela ressemblait fort à un traquenard ! La *Belle Gueuse* était en compagnie de son frère quand il l'avait vue et il avait remarqué que celui-ci sortait de l'hôtel pendant qu'il lui parlait. N'aurait-il pas pu revenir par cet escalier du fond ? Il hésita à aller plus avant. Devait-il faire demi-tour ? Mais, dans ce cas, que deviendrait Gaston ?

La *Belle Gueuse* ne parut pas remarquer son hésitation. Elle s'arrêta à la première porte, l'ouvrit et lui proposa d'entrer avec un sourire engageant.

Il s'avança avec prudence, regrettant de ne pas avoir emporté d'arme comme Gaufredi le lui conseillait toujours.

C'était une immense chambre glaciale, encore meublée d'un lit, d'une table et de quelques chaises. Elle était vaguement éclairée par deux fenêtres. Dehors, la nuit tombait.

Louis balaya les lieux d'un regard circulaire. Il n'y avait pas trace de Gaston.

Il se tourna vers la jeune femme, à la fois interrogatif et méfiant. Elle était si proche de lui qu'il sentait son souffle chaud et son parfum grisant.

Elle baissa les yeux. Ses grands cils la rendaient encore plus séduisante, plus envoûtante.

— Je suis confuse, bredouilla-t-elle dans une sorte de sanglot. Je vous ai menti, chevalier.

— Menti ?

— Votre ami n'est pas là. Je l'ai effectivement rencontré tout à l'heure. Nous avons eu une conversation déplaisante. Il s'est imaginé je ne sais quoi sur moi. J'ai dû lui avouer que je n'éprouvais rien pour lui et il me l'a violemment reproché. Il est reparti fort en colère. Je crois qu'il a quitté l'hôtel. Je ne voulais pas vous avouer ceci en bas, devant tout le monde. C'était tellement gênant pour moi. Je préférais vous le dire ici.

Elle leva vers lui des yeux pleins de larmes.

Louis ne savait que dire. Était-ce vrai ? Connaissant le caractère, à la fois galant et emporté de son ami, c'était bien possible.

— Mais si j'ai repoussé votre ami, monsieur, je vous dois aussi la vérité. J'ai le cœur enfrangé, moi aussi... depuis que je vous ai vu.

Louis sentit l'inquiétude l'envahir. Cette femme lui faisait-elle une déclaration d'amour ?

— L'amour ne se commande pas, monsieur, murmura-t-elle en lui saisissant les mains.

Il la considéra avec stupéfaction. Jouait-elle la comédie ? Il n'en avait pas l'impression. C'est vrai qu'elle est très belle, se dit-il. Il se sentit brusquement captivé par son regard.

— Je suis prête à m'offrir à vous, maintenant, murmura-t-elle. Dans cette chambre.

Elle le lâcha et, d'un geste brusque de ses deux mains, elle écarta son corsage, révélant ses coussinets d'amour.

Louis resta paralysé par la surprise.

À cet instant, il entendit la porte s'ouvrir dans son dos.

Le charme disparut et il se retourna le cœur battant le tambour. Il était tombé dans un piège ! Comme Gaston !

C'était Louise Moillon.

Elle parut stupéfaite en voyant Mlle de Chémerault la poitrine dénudée. Puis son regard changea, le courroux remplaça la surprise. Louis ne savait que faire. Jamais il ne s'était trouvé dans une situation aussi fâcheuse. Il regarda la *Belle Gueuse*. Une rage hideuse déformait ses traits.

Les deux femmes s'affrontèrent un instant du regard, puis la *Belle Gueuse* eut un sourire contraint et réajusta lentement son corsage.

— Décidément, monsieur Fronsac, vous êtes très recherché par les femmes.

Louis, la gorge nouée et la figure blême, s'inclina. Il se tourna vers Louise Moillon qui s'apprêtait à sortir et il la suivit.

— Nous nous reverrons, monsieur Fronsac, sourit la *Belle Gueuse*.

Louis la salua en refermant la porte. La clef était sur la serrure. Sans même s'expliquer pourquoi, il la tourna.

Dans le couloir, Louise Moillon, rouge de confusion, remarqua d'une voix rauque :

— Je suis désolée, monsieur Fronsac. Je vous cherchais, vous m'aviez dit que vous vous intéressiez à mes peintures. Je vous ai vu vous éloigner et je pensais pouvoir vous parler en dehors de cette cohue. Si j'avais su... J'ai été extrêmement effrontée.

— C'est moi qui vous remercie, madame. Et vous auriez pu arriver à un moment encore plus regrettable pour moi.

Il resta immobile.

— Pouvez-vous me raccompagner ? demanda-t-elle. Il ne faut pas rester ici. Son regard passait rapidement sur les autres portes comme l'aurait fait un animal pris au piège.

Il lui montra la tenture à gauche.

— Vous n'avez que quelques pas à faire pour retrouver l'escalier, madame. Je vais rester ici un instant.

Elle parut hésiter, puis le défia du regard :

— Vous désirez la revoir ?

— Non, madame, sourit-il froidement. Mais je cherche un ami ; Mlle de Chémerault m'avait promis de me conduire à lui. Je me demandais maintenant s'il n'était pas dans une de ces pièces.

Il désigna les autres portes.

— Ce peut être dangereux, remarqua-t-elle à mi-voix. Vous ignorez ce qu'il y a là-dedans.

— Que voulez-vous dire ?

— Cette maison est en mauvais état. Il pourrait y avoir des chutes de pierres...

Elle se passa la langue sur les lèvres et ajouta en parlant très vite :

— Vous pensez vraiment y trouver votre ami ?

— Peut-être, répondit Louis lentement.

Cette femme avait un comportement étrange. En quoi tout ceci l'intéressait-elle ?

— Vous ne trouverez rien ici, sinon le frère de Mlle de Chémerault, ou certains de leurs amis qui vous cherchent. Ils peuvent sortir à tout moment. Nous ferions mieux de partir. Dépêchons-nous.

— Je ne peux pas partir, je dois retrouver mon ami.

La poignée de la porte remua dans un sinistre claquement. On tentait d'ouvrir.

Louise Moillon lui prit brusquement la main et lui montra l'escalier du fond. Il la suivit sans savoir pourquoi. À l'extrémité, elle parut hésiter sur la direction à prendre, puis elle se décida vers le niveau supérieur. Si l'endroit était sans issue et qu'on les poursuive, songea Louis, ils étaient perdus.

À peine s'étaient-ils engagés dans l'escalier étroit et raide qu'ils entendirent qu'on frappait violemment à une porte. En même temps retentissait un éclat de voix. Le cœur battant, ils s'arrêtèrent pour écouter. Louis reconnut le ton de Charles de Barbezière, puis de sa sœur qui lui faisait des reproches, mais il ne pouvait distinguer les mots qu'ils échangeaient. Louise Moillon lui tenait toujours une main, elle le contraignit à monter plus haut.

Ils débouchèrent dans une immense pièce éclairée uniquement par des fenêtres sans rideaux ni volets. Il n'y avait aucune cloison et l'endroit était vide. Des étais de bois soutenaient le plafond. Au-dessus, il n'y avait sans doute que des combles et la toiture. Une échelle permettait d'y accéder.

— Il n'y a rien ni personne, murmura Louis, déçu.

— Vous pensiez vraiment trouver votre ami ici ? demanda-t-elle à voix basse.

Quelques bruits résonnèrent encore au palier inférieur, de nouveau, il y eut des éclats de voix, et puis le silence revint.

— On l'a vu avec elle, répondit Louis en désignant l'étage au-dessous.

— Pourquoi serait-il allé avec cette femme ?

— Je crois qu'il en était... épris. Vous avez vu comment elle a agi avec moi ? Je connais bien Gaston, il est facile de le séduire à ce jeu-là.

— Et vous, êtes-vous amoureux d'elle ?

— Certainement pas ! s'offusqua-t-il.

— Je suis indiscrète, pardonnez-moi.

Elle se tut un instant en constatant qu'il paraissait furieux contre elle.

— On n'entend plus rien. Voulez-vous que nous regardions dans les pièces du bas ?

Louis opina en silence. Elle l'avait touché à vif. En même temps, il prenait conscience de ce à quoi il avait échappé. Il se sentit brusquement sans énergie, comme vidé de toute initiative. Il devinait aussi que, si Gaston était tombé aux mains du chevalier de Chémerault, il était sans doute mort.

Il se retint de fondre en larmes à l'idée de la mort de son ami.

Louise Moillon avait commencé à descendre.

— Attendez, chuchota-t-il, je vais encore regarder dans les combles.

Il traversa la pièce en essayant d'éviter de faire craquer le plancher, puis il monta l'échelle. Les combles étaient éclairés par de minuscules fenestrons. Tout était vide et l'on apercevait la charpente vermoulue de la maison. Il se hissa dans ce grenier et le parcourut rapidement.

Naturellement, il n'y avait rien. Il redescendit et suivit Louise. Il se sentait désemparé.

Au bas de l'escalier, elle examina un instant le corridor vide, puis alla à la première porte et l'ouvrit. Louis se tenait derrière elle. La pièce était emplie de meubles entassés, de tapis, de rideaux et de coffres.

Il n'y avait ni Gaston ni son cadavre, mais Louis songea le cœur serré qu'il aurait parfaitement pu être dissimulé dans ce fatras.

Déjà, Louise Moillon était passée dans la seconde pièce. Elle y découvrit le même empilement de mobilier.

Toutes les autres salles étaient pareillement encombrées.

— Il n'est pas là, décida-t-elle d'un ton un peu paniqué. Retournons à la réception, mon mari doit me chercher.

Elle s'engagea vers le rideau qui fermait le corridor.

— Attendez, où va cet escalier ?

— Il est fermé au niveau de la salle du dessous, Ensuite, il descend jusqu'à une cuisine et une écurie, au niveau de la cour. Il y a là un passage pour sortir.

— Comment connaissez-vous tout ça ? fit-il, de plus en plus méfiant.

Cette femme en savait beaucoup trop. Qui était-elle vraiment ?

Elle haussa les épaules et prit un air naïf.

— Je suis venue, il y a quelques jours, avec mon époux qui venait vérifier les travaux d'étayage. Pendant qu'il était occupé, je me suis promenée dans le chantier.

— Je vais descendre par là. Retournez avec votre époux, décida-t-il.

Sans attendre sa réponse, il s'engagea dans les marches. L'obscurité était totale et il se tenait au mur pour ne pas tomber. L'escalier était raide et droit. À un moment, il y eut un petit palier, il sentit une boiserie rugueuse contre sa main droite. Il devait être au niveau de la salle de réception, car il entendait des gens parler. Il continua à descendre. En bas, une faible luminosité apparut. Il se hâta.

Le dernier palier ouvrait sur une cuisine très sombre. L'un des carreaux d'une fenêtre était cassé. Il faisait tout à fait nuit maintenant mais, dehors, de nombreux flambeaux éclairaient la cour, projetant un inquiétant jeu d'ombres et de lumières dans la pièce.

Cette ancienne cuisine devait être utilisée comme cellier, car on y avait entreposé des barriques. Par terre traînaient quelques cruchons ébréchés. Il distingua l'ouverture d'un puits dans un angle et s'en approcha.

Gaston était-il au fond ?

Il remarqua avec soulagement que l'ouverture était fermée par une solide grille rouillée. Il entendit un bruissement dans son dos, venant de l'escalier. Il prit peur et se précipita vers une crémaillère abandonnée posée sur le sol de la cheminée. Il la saisit à deux mains. C'était une arme bien dérisoire, mais il était prêt à défendre chèrement sa vie.

Une forme apparut dans l'ouverture de l'escalier. Il reconnut avec soulagement la robe de Louise Moillon.

— Pourquoi m'avez-vous suivi ? lui demanda-t-il avec colère sitôt qu'elle entra dans la cuisine.

Il regretta aussitôt son ton agressif et se promit de se maîtriser.

— J'étais curieuse, répliqua-t-elle en haussant les épaules.

Gardant son morceau de fer en main, Louis se dirigea vers une porte et l'ouvrit doucement. C'était une écurie. Il y avait encore de la paille et des litières. Il s'avança. Un corps était étendu sur le sol, à même la paille.

Louis se précipita mais il avait déjà reconnu la chevelure rousse du cadavre. C'était Gaston.

Il se pencha sur le corps. Son ami était bâillonné et garrotté, mais ses yeux ouverts et roulant furieusement témoignaient qu'il était vivant !

Déjà, Louise l'avait rejoint et s'était agenouillée à côté de lui. Fronsac essayait de retirer le bâillon de cuir qui pénétrait dans la bouche de Gaston, mais le garrot était serré par une lanière de cuir et un nœud qu'il ne pouvait défaire. Gaston grognait de rage ou de douleur. Louis regarda les autres liens, ils étaient tous en cuir.

Le cœur de Fronsac battait à tout rompre. Il n'avait rien pour détacher son ami ! Et à tout moment, un de leurs ennemis pouvait arriver. Il décida d'aller chercher de l'aide auprès de Nicolas. Il remarqua alors que Louise, qui s'était accroupie, se redressait. Elle souleva sa *secrète,* découvrant son mollet. Contre la jambe – qu'elle avait fort belle – était lacée une dague de chasse ciselée dans une gaine de cuir noir, elle la sortit, s'abaissa à nouveau et d'un geste précis trancha le lien du bâillon.

— Louis, haleta Gaston, comment... Comment m'as-tu... trouvé ?

— Plus tard, le coupa-t-elle d'un ton sec.

Elle trancha rapidement les autres liens. Louis aida son ami à se lever. Gaston trébucha, les membres gourds.

Ils l'aidèrent à faire quelques pas, puis il se mit à sauter pour se réchauffer.

— J'ai froid, fit-il en grelottant et en riant à la fois.

Ils s'approchèrent de la grande porte de l'écurie.

— Peux-tu marcher ?

— Oui, ça ira. Il vaut mieux filer rapidement.

— Écoute-moi, Gaston, je vais ramener cette dame – il désigna Louise qui replaçait la dague dans le fourreau de son mollet. Gaston surprit la jolie jambe et malgré son état en fut tout émoustillé. Son mari doit la chercher. Dans la cour, il y a la voiture de mon père et Nicolas qui attend. Vas-y, je te rejoindrai.

Gaston hocha la tête et se détourna à regret de la troublante jambe de Louise Moillon. Ils entrebâillèrent le portail de l'écurie.

Louis désigna la voiture. Les cochers et les laquais avaient fait un feu avec des bois de charpente abandonnés. Nicolas se réchauffait parmi eux.

Louis brossa sommairement les vêtements de son ami.

— Tu te diriges vers Nicolas sans te presser, lui dit-il, et tu lui demandes de te suivre au carrosse. Installe-toi à l'intérieur. En principe, mon père laisse toujours un pistolet et une épée sous le deuxième siège. Prends-les. J'arrive tout de suite.

Gaston partit. Il rejoignit Nicolas puis se dirigea vers le carrosse.

Louis, rassuré, se tourna vers Louise :

— Madame Moillon, laissez-moi vous raccompagner.

Elle lui sourit et ils sortirent à leur tour.

— Qui êtes-vous, madame ? demanda-t-il alors d'un ton dur tandis qu'ils marchaient vers le perron.

— Moi ? Vous le savez bien, je suis Mme Girardot de Chancourt.

— Je dois avoir l'intelligence épaisse, madame, mais je pense que les dames de Chancourt ne transportent pas des couteaux contre leur mollet.

— Un homme galant tourne son regard quand une honnête femme soulève sa robe, lui reprocha-t-elle gentiment, en lui prenant la main.

— Vous ne voulez pas me répondre ? fit-il sèchement en se dégageant.

— Vous avez du fier contre moi, monsieur, et j'en suis malheureuse. Vous concevez mal les choses. Cette dague n'est qu'une sécurité, répondit-elle tristement. Vous l'ignorez peut-être, mais une femme comme moi doit se protéger dans Paris.

Il haussa les épaules en soupirant et ils entrèrent dans le vestibule pour se diriger vers la pièce où Louis avait vu Brienne la première fois.

Il était toujours là avec Abel Servien, Hugues de Lionne et M. de Chancourt. Le Tellier les avait rejoints.

Servien eut un regard inquiet en apercevant Louise. Elle lui sourit.

— Où étiez-vous donc, monsieur Fronsac ? demanda Le Tellier.

— J'ai rencontré Mme de Chancourt et je l'ai raccompagnée, monsieur.

M. de Chancourt resta impassible. Visiblement, il ne cherchait pas à savoir ce que sa femme avait pu faire avec cet homme durant près d'une heure. Mais Louis sentit les regards des autres peser sur lui. Il allait devoir subir un flot de questions.

— Je vous prie de m'excuser, messieurs, fit-il en s'inclinant.

Il s'éloigna sans attendre. Gaston passait avant la politesse, avait-il jugé.

Il jeta un regard prudent dans le vestibule. Il n'avait qu'une peur, croiser le chemin du frère de la *Belle Gueuse*. C'est alors qu'il aperçut la jeune femme de dos, dans une pièce en face de lui. Elle parlait avec quelqu'un. Il resta un instant immobile. À un moment, un groupe de personnes s'écarta. L'interlocuteur de Mlle de Chémerault n'était autre que Jean-Baptiste Colbert.

Il détourna la tête et sortit dans la cour.

Ainsi, Colbert connaissait cette femme ? Avait-il été séduit lui aussi ?

Décidément, il s'était passé trop de choses incompréhensibles au cours de cette soirée. Il fallait qu'il réfléchisse, qu'il mette de l'ordre dans ses idées.

Arrivé au carrosse, il vit Nicolas emmitouflé sur le siège.

— Nous allons chez Gaston, rue de la Verrerie.

— Oui, monsieur.

Dans la voiture, Louis trouva Gaston qui méditait, le pistolet sur les genoux et l'épée posée sur le siège avant.

— J'ai demandé à Nicolas qu'il te conduise chez toi.

— Tu as bien fait. J'ai une sacrée bosse ici, qui me fait mal. Il tata son crâne. Tout à l'heure, j'aurais refusé de rentrer chez moi. Je voulais aller au Grand-Châtelet et ramener une escouade d'archers du guet pour faire saisir Mlle de Chémerault, puis je me suis raisonné et j'ai songé que je me ferais un ennemi du comte d'Avaux.

— Tu as bien fait, ce n'était pas possible. Raconte-moi plutôt ce qui s'est passé...

— Elle m'a séduit, elle m'a proposé de monter à l'étage, dans une chambre. J'ai perdu tout sens commun. Je suis un sot avec les femmes !

— Mais non ! fit Louis, amusé maintenant que le danger était passé.

— Si ! Je le sais bien ! Arrivé dans la chambre, je ne me souviens plus de rien. On a dû me frapper par-derrière. Quand j'ai repris connaissance, j'étais garrotté dans la paille où tu m'as découvert. J'y étais depuis deux heures, et gelé en plus car j'ai perdu mon manteau dans l'aventure.

— Tu es sûr que c'est elle qui t'a attiré dans ce piège ?

— Qui d'autre ? Elle était avec moi. À moins qu'elle n'ait aussi été victime du même agresseur ?

— Non, elle n'a pas été agressée.

— Qu'en sais-tu, tu l'as vue ?

— Oui, laisse-moi te raconter...

Louis expliqua ce qui lui était arrivé sans omettre le rôle de Louise Moillon.

Quand Louis eut terminé, Gaston resta silencieux un long moment.

— Qui est cette femme qui transporte une dague contre sa jambe à la manière des spadassins italiens ?

— Je ne sais pas, Gaston. Elle n'est pas intervenue par hasard, j'en suis certain. Je crois qu'elle me suivait pour me protéger.

— Un ange gardien ? Les jésuites m'ont appris que les anges n'avaient pas de sexe. Or le tien avait tous les généreux attributs d'une femme ! D'une très belle femme.

— En effet, ce n'est pas un ange, bien au contraire, répliqua Louis sombrement. Et en plus, elle est huguenote ! Surtout, ne tombe pas amoureux d'elle, mon ami, car non seulement elle est mariée, mais elle est armée et dangereuse.

— Mais pourquoi t'aurait-elle protégé ?

— Je crois le deviner. Elle est au service d'Abel Servien.

— Je n'y comprends rien ! En quoi Abel Servien s'intéresse-t-il à toi ? Et comment savait-il que tu risquais quelque chose ? Et pourquoi on ne m'a pas protégé, moi ? plaisanta-t-il, finalement heureux d'être vivant même s'il était toujours saisi de froid.

— Je ne comprends pas plus que toi ce qui s'est passé. Je dois réfléchir à ce à quoi j'ai assisté ce soir.

— Ils ne m'ont pas tué, Louis, remarqua Gaston après un silence.

— Que veux-tu dire ?

— Pourquoi ne m'ont-ils pas tué ?

— Pourquoi t'auraient-ils tué ? Je crois qu'ils voulaient savoir ce que tu savais, ce que je savais, pourquoi nous étions venus au *Hazart*. Ce sont les tenanciers de ce tripot, ou de ce bordau, qui se sont attaqués à nous. Il n'est même pas certain que cela ait un rapport avec notre espion.

— Tu dois avoir raison ; ils seraient venus me chercher plus tard dans la nuit, avec toi peut-être.

Mais après nous avoir interrogés, ils nous auraient tués, frissonna-t-il.

— Sans doute.

Ils arrivaient chez Gaston.

— Tu veux que je te raccompagne ?

— Non, ça va bien, maintenant. Demain matin, je serai au Grand-Châtelet à cinq heures. À six heures, avec mes archers, j'investirai le tripot du *Hazart*. Il faudra bien que la *Belle Gueuse* s'explique. Je n'aime pas faire souffrir les femmes, mais je n'hésiterai pas à demander pour elle la question préparatoire.

Mais rien ne devait se passer comme ça.

6.

Lundi 9 novembre 1643

Il avait gelé dans la nuit. Dans la bibliothèque, le feu s'était éteint depuis longtemps quand Louis se leva. Il faisait nuit et il n'arrivait plus à retrouver le sommeil.

Il était rentré la veille alors que tout le monde dormait profondément dans la maisonnée. Guillaume Bouvier avait laissé le portail entrouvert et deux flambeaux de suif allumés dans la cour. Lui-même et Gaufredi veillaient dans la cuisine en jouant aux dés devant un pichet de vin.

Louis les avait rejoints tandis que Nicolas s'occupait de rentrer le carrosse. Son oncle était parti l'aider et Louis était resté seul avec le vieux reître.

Louis n'était pas très fier de lui. Il avait raconté à Gaufredi, en qui il avait toute confiance, ce qui s'était passé à l'hôtel d'Avaux.

— Ce piège est vieux comme le monde, monsieur, avait ironisé l'ancien mercenaire. Je ne comprends pas comment vous avez pu tomber dedans et je me demande surtout quand vous comprendrez que les gens sont méchants. Que cela vous serve de leçon : désormais, ne sortez plus sans arme.

— Je vais me coucher, Gaufredi, avait conclu Louis en se levant. Pas un mot de tout cela à ma femme, ni à personne d'autre, bien sûr. Il faut que je pense un peu à ce qui s'est passé, à ce que j'ai vu, à ce que j'ai appris. Demain, je ne sais pas encore où j'irai, mais tu m'accompagneras partout.

Louis remit du bois dans la cheminée. Le bûcher avait abondamment été approvisionné la veille par Guillaume Bouvier. Il ôta sa chemise de nuit et s'habilla, enfilant plusieurs paires de bas comme le faisait Malherbe qui, en période de grand froid, mettait les bas les uns sur les autres. Le poète avait fait coudre sur chaque paire une lettre de l'alphabet et un jour particulièrement glacial, il était arrivé jusqu'à *L* !

Louis endossa ensuite un pourpoint long sur son pourpoint court, un habit en laine bien épaisse, puis il revint voir Julie. Elle dormait. Il l'embrassa sur le front et, prenant l'escalier en viret construit dans l'ancienne échauguette, il descendit aux cuisines, un bougeoir à la main et son manteau posé sur les épaules.

Il entendit sonner vigiles[1] au couvent de la Merci. Mme Bouvier était déjà dans la cuisine où elle allumait le feu.

— Monsieur est bien matinal, s'étonna-t-elle.

— Je ne pouvais plus dormir, Jeannette.

— Voulez-vous manger, monsieur ?

— Volontiers, je n'ai pas soupé, hier soir.

— Il nous reste de la poularde du dîner. Je peux vous faire chauffer du bouillon et, dans un moment, j'aurai terminé la soupe pour les hommes qui sont dehors.

1. Quatre heures.

En frissonnant, Louis s'installa sur un banc près du feu pendant que Mme Bouvier s'activait. Pour l'instant, la cheminée ne chauffait guère et il regarda un moment les flammes qui couraient sur les bûches.

Plusieurs fois dans la nuit il s'était réveillé, songeant toujours aux événements de la veille. Ce dont il était sûr, c'est qu'il avait vu Rossignol avec le plénipotentiaire du pape. Jusqu'à présent, il n'avait pas envisagé que l'espion pût être le responsable du bureau du Chiffre ; c'était une hypothèse bien trop invraisemblable. Mais, désormais, il ne pouvait la rejeter.

Il avait aussi vu Colbert avec la Chémerault. Ils se connaissaient donc. Qui sait ce qu'espérait obtenir de lui cette ensorceleuse ? La clef du coffre ? Mais cet entretien lors d'une soirée était-il suffisant pour soupçonner le commis ? se morigéna-t-il avec amertume. Lui-même n'avait-il pas suivi la *Belle Gueuse* beaucoup plus loin ?

Mais c'était surtout Louise Moillon qui occupait son esprit. Il n'était plus aussi certain que ce soit Servien qui l'ait envoyée vers lui. Peut-être avait-elle dit la vérité : elle l'aurait suivi pour lui parler de peinture et l'aurait simplement aidé par curiosité. Quant à la dague qu'elle portait pour se protéger, son explication n'était pas si invraisemblable. Après tout, les huguenots et encore plus les huguenotes avaient été si tourmentés qu'ils avaient quelques raisons de prendre des précautions.

Sortir armé, n'était-ce pas ce que lui conseillait toujours Gaufredi ?

Mme Bouvier lui tendit une jatte de bouillon fumant.

La cuisine était une grande pièce dont un mur n'était qu'une immense cheminée d'où pendaient plusieurs crémaillères auxquelles étaient accrochées des bassines d'eau. Dès qu'elles arriveraient, les servantes les videraient dans des cruches qu'elles porteraient aux maîtres.

Une longue table de chêne de deux toises de long, ainsi que quatre bancs prenaient le reste de la salle. C'est généralement là que mangeait toute la maisonnée, le premier étage ne servant que pour les repas de famille ou les invitations.

Le banc de Louis étant face au feu, il se retourna pour se trouver face à la table. Mme Bouvier déposa la jatte devant lui ainsi qu'une demi-poularde et deux tranches de pain noir. Il découpa avec ses doigts un gros morceau de chair de la volaille qu'il mastiqua avec le pain. Il était affamé.

Ayant fini la poularde, il terminait le pain en le trempant dans le bouillon quand Gaufredi arriva.

Le vieux reître ne marqua aucune surprise en le découvrant, seul avec la cuisinière, à cette heure où les maîtres dormaient encore. Il déposa sur la table sa rapière ainsi que le pistolet à rouet qu'il avait glissé dans sa ceinture, s'assit en face de son maître, son couteau de chasse restant pendu par un cordon sur sa poitrine.

— Monsieur le chevalier n'est pas armé ? s'enquit-il avec un mélange d'ironie et de férocité.

— Pas dans cette maison, Gaufredi, s'excusa Louis.

— C'est comme ça qu'on se fait tuer, monsieur, fit sombrement le vieux soldat.

Mme Bouvier lui servit une assiette de soupe et en posa une autre devant son maître.

Antoine Mallet, le concierge de l'étude, arriva alors en compagnie de Nicolas et de son père. Antoine Mallet habitait sous les combles avec son épouse. C'est elle qui dirigeait les services de la table et gouvernait les femmes de chambre. Lui s'occupait aussi de l'entretien des feux et de l'approvisionnement en bois avec Jacques Bouvier, le père de Nicolas.

Les trois hommes avaient les bras chargés de bûches qu'ils rangèrent dans le bûcher de la grande cuisine.

Ils s'assirent à côté de Gaufredi après avoir respectueusement salué Louis. Chacun reçut à son tour un bol de soupe fumante.

— J'ai ouvert le portail, monsieur, fit Antoine à Louis. Guillaume va arriver pour nous aider. Il y a beaucoup de bois à rentrer, avec ce froid !

Le frère de Jacques, Guillaume, habitait avec son épouse Antoinette deux minuscules pièces dans une maison en torchis un peu plus loin dans la rue.

— Nous irons sans doute voir Tallemant ce matin, déclara Louis comme s'il désirait changer de sujet.

Il avait réfléchi. Son ami Gédéon Tallemant, qui habitait rue des Petits-Champs, était l'un des dirigeants de la plus grosse banque protestante de France. Gédéon avait le même âge que Louis et s'intéressait plus aux ragots qu'à la finance. Il adorait lui rapporter, avec une certaine complaisance, les désordres de la Cour et de la bourgeoisie. Protestant, il connaissait sûrement Louise Moillon. Sans doute pourrait-il aussi l'informer sur la *Belle Gueuse*, sur Abel Servien et sur le comte d'Avaux. Il avait tellement de questions à poser !

Ensuite, il se rendrait au Grand-Châtelet. Gaston aurait arrêté la Chémerault et son frère et il aurait commencé à les interroger. Ils y verraient alors sans doute plus clair.

Mme Mallet arriva à ce moment-là avec les deux femmes de chambre, Bertrande et Margot, accompagnées de Marie Gaultier, la domestique de Julie.

— Les hommes, fit-elle en les rudoyant, il faut remplir les cruches d'eau chaude !

Antoine et Jacques se levèrent aussitôt pour aller à la cheminée. Saisissant de gros gants de cuir, ils décrochèrent deux marmites d'eau chaude, puis commencèrent à remplir les cruches de faïence que leur passaient Bertrande et Margot.

Il y en avait six à préparer. Une pour Bailleul et sa sœur, une pour Richepin, deux pour M. et Mme Fronsac et une pour Julie.

Pendant ce temps, Mme Mallet remplissait des cruches de grès avec l'eau du puits situé dans l'angle de la cuisine et qui était alimenté par la citerne, sous la maison.

Quand ce fut fait, les domestiques ayant chacune pris deux pots – un d'eau froide et un d'eau chaude – ainsi qu'un petit bougeoir en terre cuite montèrent dans les étages.

Antoine et Jacques se rendirent à leur tour au puits pour remplir les marmites qu'ils avaient vidées. Après quoi, ils les replacèrent sur le feu. Il devait toujours y avoir de l'eau chaude dans la cuisine. Puis, ils finirent leur soupe avant de ressortir chercher du bois pour en monter dans tous les étages.

La cuisine s'était en partie vidée, mais Louis savait que ça ne durerait pas. Les femmes de chambre allaient redescendre pour avaler une soupe chaude, Guillaume allait ensuite arriver avec son épouse Antoinette.

Celle-ci, Jeannette et Mme Mallet commenceraient à préparer les repas de la maisonnée. Un peu plus tard, Mme Fronsac les rejoindrait avec Jean Richepin pour décider des achats au marché. Le mercredi et le samedi, c'était aux Grandes Halles. Aujourd'hui, ce serait au marché du cimetière Saint-Jean et à la Grande Boucherie. Un ou deux hommes les accompagneraient pour transporter leurs achats et les protéger des tire-laine.

Ensuite, arriveraient Jean Bailleul et sa sœur, ainsi que M. Fronsac. Enfin, ce serait les clercs, affamés comme toujours. Eux aussi recevraient de la soupe et du pain avant de monter travailler. Ils commençaient toujours au lever du soleil afin de réduire les dépenses d'éclairage.

Louis ressentait une douce béatitude à se retrouver dans ce petit monde où il avait vécu durant tant d'années. Un moment, il se mit à rêvasser tout éveillé. Il avait oublié la *Belle Gueuse* et les problèmes de Loménie de Brienne. Il aurait aimé que le temps cesse de s'écouler.

Il se servit un verre de vin et en versa un autre à Gaufredi. Laudes sonnaient aux Carmélites proches.

À cet instant, Guillaume Bouvier entra en compagnie de l'archer La Goutte.

En voyant le sergent de Gaston débouler de la sorte, Louis comprit qu'il s'était produit quelque chose de grave.

Il se leva d'un bond.

— Que se passe-t-il, La Goutte ?

— Il faut venir, monsieur ! On vient de retrouver M. Manessier, mort.

Louis contourna la table et prit La Goutte par l'épaule.

— Madame Mallet, nous allons dans la salle à côté. Portez un bol de bouillon au sergent, avec du pain, du vin chaud et ce qui reste de poularde. Gaufredi, viens avec nous !

Il savait que l'archer vivait chichement et avait toujours faim.

Le vestibule par lequel on pénétrait dans la cuisine desservait une autre pièce, une salle commune tout en longueur utilisée par les domestiques de la maison ou ceux de passage lorsqu'ils étaient trop crottés et que Mme Mallet leur interdisait l'entrée de sa cuisine. Il n'y avait qu'une table et des bancs. Les frères Bouvier, quand ils n'avaient rien à faire, s'y installaient et vidaient force pichets de vin avant de s'endormir sur les bancs.

C'est là que Louis entraîna La Goutte et Gaufredi. Il ne voulait pas que quiconque entendît le récit de l'archer.

Mme Mallet les suivit. Ayant posé le bouillon, le vin, le pain et une assiette avec un quartier de volaille, elle sortit de la pièce. Alors La Goutte raconta, parlant la bouche pleine.

— Voilà ce qui m'amène, monsieur le chevalier. Il y a une heure, j'étais dans le grand vestibule du Châtelet à rassembler les archers à mesure qu'ils arrivaient pour prendre leur service. Vous savez que M. de Tilly voulait investir un tripot...

— Oui.

— J'ai vu entrer une femme, elle paraissait perdue. Son visage me disait vaguement quelque chose ; aussi je suis allé l'interroger. Elle pleurait. Elle venait de découvrir son maître pendu.

» C'est alors que je l'ai reconnue : je l'avais vue dans la maison de l'homme que vous m'aviez fait suivre. C'était sa servante. On est aussitôt monté prévenir M. le commissaire, et elle nous a raconté qu'elle s'était levée pour rallumer les feux entre quatre heures et cinq heures. Elle loge dans la mansarde de la maison. Arrivée dans la cuisine, qui est la pièce principale, elle a découvert son maître, pendu à une poutre. Elle était terrorisée et ne savait que faire. Elle a finalement pris une lanterne et a couru au Grand-Châtelet, qui n'est pas très loin par la rue de Gesvre.

» M. de Tilly a annulé l'opération prévue au tripot et il est aussitôt parti chez l'homme pendu. Il m'a demandé de venir vous prévenir et de le rejoindre là-bas.

— Allons-y, dit simplement Louis. Gaufredi, tu viens avec nous. Dis à Nicolas de préparer le carrosse.

La Goutte n'eut que le temps d'avaler sa soupe et de finir sa volaille. Il emporta le pain pour le manger en chemin.

La rue du Temple était déjà bien encombrée et Nicolas dut rejoindre la rue Saint-Martin en passant par la rue Neuve-Saint-Merri qu'on appelait aussi Saint-Mederic. Malgré de nouveaux embarras devant la Grande Boucherie, ils arrivèrent finalement sur le pont Notre-Dame.

Déjà les échoppes commençaient à ouvrir et ils n'avançaient que très lentement car un troupeau de moutons que l'on conduisait à la Grande Boucherie pour y être abattus occupait toute la chaussée. La Goutte, qui était à cheval, leur désigna la maison de Charles Manessier. Un petit carrosse noir stationnait devant la porte. Louis reconnut l'une des voitures des commissaires au Châtelet.

Gaufredi et Louis descendirent. Il fut convenu que Nicolas les attendrait rue de la Juiverie, au cabaret de la *Pomme de Pin* [1], non loin de la librairie *À l'image Saint-Pierre*. Ce cabaret situé vis-à-vis de l'église paroissiale de Sainte-Madeleine, et qu'avaient fréquenté François Villon et Rabelais, jouxtait une écurie où il pourrait laisser le carrosse.

La maison de Charles Manessier n'était pas très large, sans doute n'y avait-il qu'une pièce par niveau. La porte n'était pas fermée et La Goutte entra après avoir laissé sa monture à la garde du cocher de Gaston.

Ils se retrouvèrent dans une grande cuisine qui occupait tout l'espace. Il y avait là deux autres archers qui fouillaient coffres et armoires. Une vieille femme sanglotait sur un tabouret.

Mais ce que Louis vit d'abord, ce fut le corps pendu à un crochet fixé à l'une des poutres du haut plafond. La langue rouge et gonflée pendait du visage et la tête de fouine de Manessier faisait un curieux

1. La *Pomme de Pin* a été démolie vers le milieu du XVIIIe siècle. Le cabaret se situait à l'emplacement de l'un des pavillons de l'Hôtel-Dieu.

angle avec le corps. Il ressemblait à ces gros rats gris qu'on voyait, suspendus devant l'étal, dans les boutiques qui vendaient des pièges.

Un escabeau était renversé au sol. Manessier avait dû monter dessus pour se pendre, puis le repousser. Aux autres poutres étaient suspendus des bassines de cuivre, un jambon et même des fleurs séchées. Toutes ces suspensions composaient un étonnant décor.

Louis s'approcha pour examiner le cadavre. Il portait la chemise à dentelle et le pourpoint de velours noir aux manches tailladées qu'il lui avait vus au Palais-Royal. L'odeur d'excrément était insupportable.

— Ah, vous voilà ! s'exclama Gaston qui arrivait par un escalier, venant sans doute d'une chambre de l'étage. Comme tu le vois j'ai demandé que l'on ne touche à rien, mais le suicide ne fait aucun doute ! Peut-on décrocher ce cadavre maintenant ? Sa vue n'est pas très engageante, d'autant que ses entrailles se sont vidées.

— Attends un instant, demanda Louis qui commençait à étudier la pièce.

Gaston avait fait allumer tous les bougeoirs. Il y avait une table ronde couverte d'une épaisse nappe, un fauteuil et trois chaises ainsi qu'un vaisselier où étaient rangées des assiettes en faïence. Louis s'approcha des chaises et les examina, puis il souleva la nappe de la table.

— Il y a combien de pièces au-dessus ? demanda-t-il à la servante.

— Seulement la chambre de monsieur, répondit-elle. Moi, j'ai une paillasse sous les combles. Il y a aussi un cellier. L'escalier est là, fit-elle en désignant une ouverture dans un angle.

— J'ai déjà fouillé l'étage et le cellier, assura Gaston. Il faut que je te montre ce que j'ai trouvé.

Louis savait qu'il pouvait lui faire confiance. Gaston ne laissait rien passer. Pourtant, il n'avait pas remarqué ce qui n'allait pas dans cette pièce.

— La Goutte, vous m'avez dit tout à l'heure que vous aviez aperçu M. Manessier en robe d'intérieur hier soir.

— Oui, monsieur.

— Il porte pourtant son pourpoint.

— En effet.

— Quelle heure était-il quand vous l'avez vu ?

— Quatre heures sonnaient à Notre-Dame.

— Madame, votre maître est ressorti après quatre heures ?

— Oui, monsieur. Un peu après sept heures, un gamin a porté un billet. Nous mangions à cette table. Il l'a lu et m'a dit qu'il devait sortir. On l'attendait à la *Pomme de Pin*. À huit heures, il n'était pas rentré et je suis allée me coucher.

— Cela arrivait souvent ?

— Qu'il sorte ainsi ? Oui, quelquefois. C'était le maître !

— À quelle heure est-il rentré ?

— Je l'ignore, monsieur. Je suis descendue ce matin, et il était là. Suspendu par le cou.

Elle éclata en sanglots.

Louis et Gaston montèrent à l'étage. La chambre occupait tout le niveau. Elle était joliment meublée. Un lit à rideaux et colonnade occupait un angle, laissant juste une étroite ruelle. Sur un mur, était pendue une tapisserie des Flandres au motif passé ; on y distinguait vaguement des chevaux. En face se trouvait une cheminée avec une crémaillère, des chenets de cuivre, deux marmites et même une broche. Quelques cruches de terre et une bassine étaient posées devant l'âtre. Il y avait aussi un pot pour la toilette sur une desserte.

Deux chaises tapissées et une table en sapin occupaient le reste de la chambre. Sur la table étaient rangés des encriers et des plumes ainsi que deux bougeoirs en cuivre que Gaston avait allumés. Une armoire et un coffre en hêtre sculpté complétaient l'ameublement. Louis ouvrit l'armoire. Elle contenait de nombreuses chemises de toile et de soie, un habit de serge et un de damas, plusieurs paires de souliers à boucles et des pantoufles d'intérieur. Tout était parfaitement propre et rangé.

C'était un intérieur cossu, celui d'un bourgeois qui vivait à l'aise.

Le coffre contenait des papiers et des dossiers. Louis ouvrit le premier.

C'était un traité organisant la vente de dix charges de jurés mesureurs et contrôleurs de charbon de bois.

Il examina les autres papiers. Il s'agissait aussi de traités, tous de faible valeur mais provenant du Conseil des finances.

Ainsi Manessier participait à des opérations financières. Il fallait une certaine fortune pour cela.

— J'ai été aussi surpris que toi en découvrant ces papiers, fit Gaston dans son dos. Ce ne sont pas de gros traités, ils portent sur la vente de charges de peu d'importance, des crieurs jurés, des jaugeurs de bois, mais ça pouvait néanmoins lui rapporter une coquette somme.

— Il faut quand même une mise de fonds importante pour participer à un traité, dit Louis. Le traitant doit payer comptant, en écus et en louis, le montant des ventes à venir. Où trouvait-il l'argent ?

— Regarde au fond du coffre, proposa ironiquement Gaston.

Louis fouilla sous les dossiers. Il y trouva une grosse cassette de fer. Elle était très lourde. Il la sortit et l'ouvrit.

Le coffret était empli de louis d'or.

Louis avait l'habitude de manipuler de grosses quantités de monnaie à l'étude. À son avis, il y avait là au moins vingt mille livres.

Il referma la cassette et la replaça dans le coffre, puis il s'approcha de la fenêtre. Le jour se levait et on voyait les flots rouler avec violence sous le pont. Avec les pluies, la Seine avait grossi. Les pales des moulins installés sous les arches tournaient à toute allure.

Pourquoi n'avait-on pas jeté Manessier dans le fleuve, par une fenêtre ? s'interrogea-t-il.

— Il faut que je te montre quelque chose, Gaston, fit-il finalement. Descendons.

Ils revinrent près du cadavre. Louis l'examina encore un instant. Les archers, Gaston et Gaufredi l'observaient en silence.

— Savez-vous s'il y a un médecin dans la rue ? demanda Louis à la vieille femme.

Ils se regardèrent surpris. Manessier ne semblait plus avoir besoin de médecin. Ce fut un archer qui répondit :

— J'habite pas très loin, place de Grève ; j'en connais un là-bas.

— Vous pourriez aller le chercher ?

L'homme partit aussitôt.

— Qu'as-tu en tête, Louis ? demanda Gaston.

— Regarde, Manessier a ses bottes aux pieds. Ses pantoufles sont dans sa chambre. C'était quelqu'un de très soigneux, tu as vu son armoire ! Note que ses bottes sont couvertes de boue et de crottin. Regarde-les de près, la couche est épaisse sur le talon et elle pue.

Tous acquiescèrent, un peu étonnés. Louis poursuivit en s'adressant à la femme :

— Madame, votre maître gardait toujours ses bottes dans sa maison ?

— Jamais, monsieur ! Il les enlevait dès qu'il entrait pour mettre ses pantoufles que je lui portais.

— C'est bien ce que je pensais. Maintenant, imaginez la scène : Manessier monte sur le tabouret, attache le cordon et se le met autour du cou, puis il donne un coup de pied au tabouret. Vous êtes d'accord ?

Tous hochèrent la tête.

— Examinez le tabouret, reprit Louis. Il n'a pas la moindre trace de boue. Rien ! Il n'a jamais supporté Manessier. Les chaises alors ? Elles ne sont pas plus sales. Conclusion : il ne s'est pas pendu, on l'a fait pour lui. Maintenant, venez par-là.

Il les conduisit vers la table de pin, non loin du tabouret.

— Regardez le sol, il y a des traces de boue. Visiblement la même crotte que sur les bottes, mais qui s'étale en deux traînées, comme si on avait tiré un corps dont les chaussures auraient été sales.

Il souleva la nappe de la table. De grosses traces de crottin étaient bien visibles.

— Voici ce qui s'est passé, poursuivit-il. On a tué Manessier, puis on a déplacé la table sous le crochet. On l'a tiré et hissé dessus après avoir ôté la nappe, enfin on l'a pendu. Après quoi, on a remis la table à sa place et renversé un tabouret pour faire croire à un suicide.

Tous se regardèrent, ébahis. Présentée ainsi, la chose paraissait évidente.

Gaston se gratta la tête :

— C'est bien compliqué. Pourquoi faire croire à un suicide ?

— C'est toute la question. Louis s'approcha de la fenêtre et montra la rivière. Ils auraient pu le jeter dans la Seine. Ils ne l'ont pas fait. Pourquoi ?

Il marqua un silence et reprit.

— Il fallait que l'on croie à un suicide, et donc que Manessier ait eu d'évidentes raisons de se donner la mort.

— Par exemple parce qu'il se croyait suspecté d'être un espion, poursuivit Gaston qui venait de comprendre.

— Exactement. Voilà ce que les assassins voulaient nous faire croire : Manessier se savait suspecté et il était coupable. Donc, il a eu peur du châtiment et il s'est pendu pour échapper à la prison, à la torture et à l'échafaud.

— Mais il n'était pas suspecté ! protesta vivement La Goutte.

— Quelle importance ? Son suicide devait apparaître comme un aveu, affirma Louis en écartant les mains. Bien sûr, ce message m'était adressé. Autrement dit, ceux qui l'ont tué savaient que j'enquêtais sur les commis du Chiffre. La mort de Manessier devait me convaincre d'arrêter cette enquête. Le coupable étant mort, pourquoi aller plus loin ?

— Mais de quoi mon maître était-il suspecté ? demanda la vieille femme.

— De rien, madame, dit Gaston, le visage fermé. C'était un honnête homme. Je trouverai ses assassins et ils seront châtiés.

Louis allait dire quelque chose quand l'archer revint suivi d'un vieil homme voûté et blanchi qui portait des lorgnons.

L'homme balaya la salle du regard, puis s'approcha du pendu.

— Voici le médecin dont je vous ai parlé, dit l'archer. M. de L'Étoile.

— Je vous remercie d'être venu si vite, monsieur, dit Louis. Voici M. de Tilly, commissaire de police à Saint-Germain-l'Auxerrois. Nous avons besoin de votre avis sur cette personne.

Il désigna le pendu.

Le médecin hocha la tête en ricanant :

— Je pense qu'il n'a plus besoin de mon aide.

Chacun rit et la tension baissa un peu dans la pièce. Louis s'adressa à La Goutte :

— Pourriez-vous, en vous aidant de la table, décrocher M. Manessier et l'allonger sur la table.

Les deux archers se mirent au travail et le cadavre raidi fut déposé sur le meuble.

— Maintenant, monsieur de l'Étoile, pouvez-vous examiner le corps et me dire de quoi est mort cet homme ? Ne vous laissez pas influencer par la corde de pendaison.

Le médecin s'approcha et examina longuement le corps, puis le cou et le crâne. Au bout de deux minutes, il déclara.

— Il m'est difficile d'être affirmatif. A priori, il n'y a aucune autre cause apparente de décès que la strangulation.

Louis fit une grimace et prit un air contrarié.

— Cependant, ajouta le médecin, il y a aussi une petite plaie à l'arrière de la tête, comme s'il avait reçu un choc. Il ne serait pas impossible que cet homme ait été assommé, puis pendu.

La *Pomme de Pin* était une étroite maison à colombage, juste en face de l'église de Sainte-Madeleine. Passé la porte, on descendait deux marches pour pénétrer dans la salle commune prolongée par une cuisine. La pièce, tout en longueur, n'était pas très grande et un escalier assez raide, au fond, conduisait à une seconde salle à l'étage. Le sol de pierre était couvert de copeaux de sapin.

L'obscurité y était profonde. Les carreaux dépolis de la seule fenêtre n'éclairaient guère et les bougies de suif sur les tables permettaient à peine de distinguer le contenu des assiettes. Louis, Gaufredi et Gaston parcoururent la salle du regard, cherchant vainement Nicolas. Ce fut Gaufredi qui l'aperçut à une table occupée par des magistrats du Palais, tous habillés en noir.

Ils s'approchèrent. Un des magistrats reconnut Gaston et s'écarta pour leur laisser un peu de place.

Devant une cheminée d'angle, un marmiton surveillait les broches sur lesquelles étaient enfilés perdreaux et pigeons. La graisse de la cuisson des volailles s'écoulait sur les braises avec un agréable pétillement. Louis se sentit brusquement affamé. Quant à Nicolas, il n'avait rien pris sinon un bol de bouillon pour se réchauffer. Louis lui expliqua qu'ils allaient tous dîner ici car Gaston et lui souhaitaient poser quelques questions au cabaretier.

Une femme dans la trentaine, au visage ingrat et au nez trop gros, en cotte et tablier de toile taché de graisse, vint leur demander s'ils voulaient dîner. Gaston, mis en appétit autant que Louis par les odeurs de rôtissoire, demanda une fricassée de pigeons. Gaufredi fit de même tandis que Louis et Nicolas choisissaient une tourte aux brochets de la Seine. Le tout fut servi avec un vin de Beaune malheureusement aigre.

La tourte paraissait si bonne et si croustillante que Gaston regretta presque d'avoir pris des pigeons. Rassasiés, ils essuyèrent leurs assiettes avec une tranche de pain, puis leurs doigts à leurs vêtements.

Gaston héla alors la servante.

— Voulez-vous des confitures ? leur demanda-t-elle les mains sur les hanches, avec un gentil sourire qui la rendit presque belle.

Gaston opina, mais la retint par le bras alors qu'elle repartait à la cuisine. Elle interpréta mal son geste et eut un brusque regard de colère en lui ôtant violemment la main.

— Connaissez-vous M. Manessier, un homme assez élégant qui habite sur le pont Notre-Dame ? questionna néanmoins Gaston.

— Je sais pas ! répliqua-t-elle d'un ton fâché. Demandez plutôt au patron.

Gaston soupira :

— Je suis le commissaire à poste fixe de Saint-Germain-l'Auxerrois.

Elle eut une expression apeurée et Louis intervint pour la rassurer :

— M. Manessier habite sur le pont, expliqua-t-il. Il a un menton fuyant et un front dégarni ; ses cheveux sont châtains bouclés et ses yeux jaunasses. Il porte habituellement des chemises à dentelle aux poignets et au col sous un pourpoint noir aux manches tailladées.

— Je le connais, en effet, fit-elle, radoucie. Il vient parfois souper ici. C'est un homme très courtois. Que lui voulez-vous ?

— Nous ne lui voulons plus rien, mademoiselle, dit Gaston à mi-voix car leurs voisins paraissaient s'intéresser à leur conversation. Pouvez-vous vous asseoir un instant ?

Elle obéit mais prit place à l'extrémité du banc, contre Louis.

— M. Manessier a été assassiné cette nuit, lui annonça-t-il.

Elle eut un regard horrifié et réprima un cri en portant une main devant sa bouche.

— Il est venu ici, hier soir, affirma Louis. L'avez-vous vu ?

— Oui, déglutit-elle. Il était avec des amis.

— Combien d'amis ?

— Deux.

— Pouvez-vous nous les décrire ? demanda Gaston.

Elle se concentra quelques secondes, puis secoua la tête de droite à gauche.

— Ils avaient de grands manteaux et ont gardé leur chapeau sur la tête. Je crois qu'ils avaient éteint la bougie devant eux. Je suis désolée, mais je n'ai pas souvenance d'avoir vu leur visage. M. Manessier a commandé du vin mais ils n'ont pas mangé, seulement parlé. M. Manessier avait beaucoup bu quand ils sont partis ensemble. Ils ont dû rester une bonne heure ; peut-être plus.

— Vous n'avez vu aucun visage ? Vous n'avez rien remarqué ? Des moustaches, une barbe ?

— Je ne me souviens pas. Peut-être l'un des deux hommes avait-il une courte barbe carrée. Je n'en suis pas certaine. Mais, vous savez, à part les habitués que je connais, les clients ici ne sont que des ombres. Surtout la nuit, lorsque aucune lumière n'entre par la fenêtre.

Louis regarda un de leurs voisins et constata qu'il avait effectivement du mal à discerner ses traits. La servante avait raison. La nuit, surtout pour les clients portant manteau et chapeau, et si on ne faisait pas spécialement attention à eux, il était impossible de se souvenir d'un visage.

Elle se leva et partit aux cuisines pour revenir avec la confiture de Gaston. Louis paya leur écot en glissant quelques sols de plus dans la main de la fille.

Quand Gaston eut fini de se goinfrer, ils se rendirent à l'écurie où se trouvait la voiture. Louis proposa à son ami de le ramener au Châtelet, ce qui leur permettrait de parler tranquillement. Les archers pouvaient ramener sa voiture au tribunal.

Gaston acquiesça. Ils s'arrêtèrent pourtant à nouveau chez Manessier pour emporter la cassette et les traités que le commissaire garderait dans son bureau.

Conformément à ses ordres, les archers avaient interdit l'entrée à quiconque, sauf à un prêtre qui venait d'arriver. La servante était en train de faire la toilette du mort. Gaston prit ce qu'il était venu chercher et ils repartirent aussitôt.

En voiture, Louis expliqua à son ami et à Gaufredi :

— L'assassin est peut-être un des trois chiffreurs, ou même deux d'entre eux. Manessier connaissait ceux qui l'ont invité à la *Pomme de Pin*, ou au moins l'un d'entre eux, sans quoi il ne serait pas allé à ce rendez-vous.

— Pourquoi l'ont-ils tué ainsi ? Uniquement pour nous faire croire qu'il était notre espion ? Je ne suis pas entièrement convaincu.

— Tu ne peux nier que ça a un rapport avec le fait qu'on les ait suivis.

— Et si l'espion était vraiment Manessier ? Son commanditaire aurait découvert qu'il était suivi et serait venu le tuer pour qu'il ne parle pas.

— Alors, il l'aurait jeté dans la rivière. Il n'aurait pas organisé toute cette mise en scène. Et puis, cela signifierait que ce commanditaire aurait repéré La Goutte quand il suivait Manessier. Crois-tu cela possible ?

— Non, reconnut Gaston. La Goutte est très fort.

— Je suis convaincu que l'objectif de l'assassin était de nous faire croire que Manessier était notre espion afin que j'arrête mon enquête. Donc, celui qui l'a tué a remarqué qu'on le suivait. C'est forcément Garnier, Chantelou ou Habert.

— Ou l'un de ceux qui connaissaient ton rôle, compléta Gaston. Rossignol, ou même – pourquoi pas ? – ce nommé Colbert.

Louis ne répondit pas tout de suite. Il y avait aussi songé.

— C'est possible, en effet, dit-il enfin. Mais alors, le *Hazart* pourrait n'avoir aucun rapport avec notre enquête. Et dans ce cas, pourquoi les Chémerault t'auraient-ils capturé et tenté de me prendre aussi ?

Gaston médita un instant.

— Ils ont peut-être autre chose à se reprocher. Mais on va en avoir le cœur net ; je me rends tout de suite au *Hazart* avec mes archers. Je vais arrêter Mlle de Chémerault. Après l'avoir interrogée, j'en saurais plus. Viens-tu avec moi ?

— Non, je dois aller voir Rossignol pour lui annoncer la mort de son parent. Je vais aussi l'interroger sur son activité de traitant et sur sa fortune, et enfin je voudrais rencontrer les chiffreurs. Savoir comment ils vont réagir à la mort de leur collègue.

Le carrosse laissa Gaston au Châtelet tandis que Louis et Gaufredi continuaient leur chemin vers le Palais-Royal.

Louis se rendit seul au bureau de Rossignol, Gaufredi et Nicolas restant près du carrosse. Le chef du bureau du Chiffre parut étonné en le voyant entrer.

Après quelques brefs échanges de politesses, Louis fut invité à prendre une chaise.

— Monsieur Rossignol, commença-t-il, j'ai une triste nouvelle à vous annoncer.

Le chef du bureau du Chiffre blêmit légèrement avant de demander :

— Au sujet de M. Manessier ?

— Oui, comment le savez-vous ?

— Il n'est pas venu ce matin. Ça ne lui est jamais arrivé et j'avoue être inquiet.

— Il est mort. Il s'est suicidé.

— C'est... c'est impossible !

— Pourquoi ?

— M. Manessier n'était pas homme à se suicider. Il secoua la tête. Évidemment, vous ne l'avez pas connu mais c'était un homme très habile, très opiniâtre aussi. Certes, il n'était pas très beau, mais tout lui réussissait.

— Je sais seulement qu'il dépensait beaucoup pour s'habiller. Qu'il possédait une maison qui doit bien valoir cent mille livres. Et j'ai découvert chez lui une forte somme en numéraire. Peut-être vingt mille livres en louis d'or. Quels étaient ses gages ici ?

— Comme les trois autres commis, il recevait des appointements de quatre mille livres par an.

— C'est confortable, mais insuffisant pour acheter une maison sur le pont Notre-Dame.

— En effet. Je ne vous en avais pas parlé, car de mon point de vue, cela n'avait aucun rapport avec votre enquête, mais Manessier participait à des adjudications de traités.

— Depuis longtemps ?

— Je vous l'ai dit, avant de travailler ici, il était commis dans une banque. Il avait plusieurs fois servi de prête-nom, puis s'était lancé avec quelques amis, sur de petits traités. Il était à la fois adroit et prudent et il réussissait à obtenir de fortes remises de la part du Conseil des Finances. Peu à peu, il avait acquis un confortable bas de laine.

L'ancien notaire Louis Fronsac était au fait de ces pratiques. Comme ressources, l'État disposait d'impôts directs et d'impôts indirects. Le plus ancien des impôts directs, la taille personnelle, était une imposition sur chaque contribuable en proportion de ses biens. À l'origine, il s'agissait d'une contribution féodale prélevée par le seigneur et, de ce fait, les nobles en étaient exclus. La taille était collectée par les trésoriers ou les receveurs des finances.

Parmi les impôts indirects, le plus important était la gabelle, la taxe sur le sel, mais il y avait aussi les octrois et toutes sortes de prélèvements sur la consommation, comme les droits de gros, de jauge, de courtage, ou encore des taxes sur les viandes et sur les boissons.

Le point faible de tous ces prélèvements restait la collecte, qui nécessitait une importante administration. Pour simplifier les choses, et limiter le personnel, la monarchie avait pris l'habitude de contractualiser le recouvrement de l'impôt auprès des trésoriers ou des receveurs des finances. Ces officiers s'engageaient à avancer le montant du prélèvement à venir, à charge pour eux de récolter ensuite l'impôt en bénéficiant d'une remise.

Ce procédé s'était peu à peu étendu à tous les impôts et le Conseil des Finances confiait systématiquement à des particuliers – ou à des syndicats de particuliers – la perception des contributions fiscales après une mise aux enchères dont les signataires étaient appelés « traitants ».

Ces traitants devaient transmettre au Trésor, parfois en plusieurs versements, le montant de l'adjudication. Ils encaissaient ensuite les taxes en faisant généralement un substantiel bénéfice. On disait que les impôts étaient « affermés » et la plupart des taxes indirectes, telle la gabelle, étaient regroupées en grandes fermes dirigées par des fermiers généraux. Ceux-ci disposaient, à leurs frais, d'une importante administration et, bien sûr, d'une force de police privée pour faire payer les contribuables récalcitrants.

Ces prélèvements restaient néanmoins insuffisants pour une royauté qui dépensait énormément, surtout en période de guerre. Le Conseil des Finances avait donc organisé des ressources extraordinaires. Celles-ci consistaient en toutes sortes de petits traités proposant de nouveaux offices, des dédoublements d'offices existants ou encore des collectes de taxes nouvelles et spécifiques.

Le principe restait le même que pour les fermes, en étant plus souple. Le conseil du roi décidait de la mise en place d'une nouvelle ressource, ensuite le traité était annoncé par voie d'affichage et donnait lieu à enchères avec une remise à la clef. Comme les fermiers, ces traitants pouvaient demander le recours de la force publique afin de garantir l'exécution de leur contrat, ou même disposer de leur propre force de police.

Le traitant, ou le groupe de traitants, qui empochait l'adjudication devait en payer une partie au comptant et le reste en quelques versements. Évidemment, si le contrat était correctement exécuté, le bénéfice pouvait être consistant, pour autant que le traité ait bien été enregistré par le parlement de la province dont il dépendait.

Les traitants pouvaient ainsi s'enrichir facilement, mais les risques n'étaient pas négligeables. En premier lieu, ils devaient avancer la somme à recouvrer et la remettre à un trésorier, en or et en argent et non en lettres de change. Or, le numéraire était rare et difficile à manipuler. Les vols étaient fréquents. L'écu d'argent de trois livres pesait sept grammes : le traitant qui signait un traité de cent mille livres devait se procurer, entreposer et transporter plus de deux cents kilos d'argent !

D'autre part, les traitants ne parvenaient pas toujours à récolter les sommes prévues. Dans ce cas, c'était la ruine pour eux. Enfin, ils subissaient souvent la violence des contribuables et, plus grave, la suspicion du roi qui, s'il trouvait qu'ils s'enrichissaient trop vite, les taxait d'office sur leurs bénéfices !

— Dernièrement, reprit Rossignol, Charles avait fait une très bonne affaire en achetant une part sur un traité de perception d'un nouveau droit sur les hôteliers et cabaretiers de Paris. Auparavant, il s'était occupé avec succès de la vente de dix charges de jurés mesureurs et contrôleurs de charbon de bois.

Louis resta un instant silencieux après cette explication à laquelle il s'attendait. Se pourrait-il que la mort de Manessier soit tout simplement liée à un désaccord dans l'exécution d'un traité ? Ce n'était pas impossible. Les traitants risquaient quelquefois gros en tentant de récolter des taxes auprès de contribuables qui refusaient les nouveaux impôts que le surintendant des Finances imaginait. Mais quand cela se produisait, ils étaient insultés, au pire roués de coups, rarement tués. En tout cas, aucun mauvais payeur ne se serait donné la peine d'organiser une mise en scène de suicide.

Louis décida donc provisoirement de continuer à admettre que la mort de Manessier était bien liée à son appartenance au bureau du Chiffre. Il émit pourtant une dernière hypothèse :

— Il aurait pu perdre de l'argent, ou être incapable de faire face à ses échéances, et décider de se suicider pour échapper au déshonneur et à la prison ?

— C'est impossible ! Charles m'a expliqué, il y a encore quelques jours, que les bénéfices qu'il venait de faire sur son dernier traité étaient considérables et qu'il songeait à trouver des associés pour son prochain contrat. Il s'agissait d'une vente d'offices de receveurs collecteurs de la gabelle. Il m'avait dit qu'il avait déjà des personnes prêtes à acheter ces charges, mais la somme à payer à l'adjudication dépassait ses moyens. Il était très prudent, je vous l'ai dit, ne contractant que pour des traités faciles à exécuter.

— Je m'avoue vaincu, fit Louis. Aussi vais-je vous dire la vérité. M. Manessier a été tué, puis pendu, par des inconnus qui souhaitaient faire passer sa mort pour un suicide.

— Vous voulez dire qu'il a été assassiné ! fit Rossignol horrifié.

— En effet. Il y avait même deux assassins contre lui. Mais je n'ai pu les identifier.

— Quand cela s'est-il passé ?

— Hier au soir. On l'a découvert ce matin.

Louis raconta alors les événements qui s'étaient déroulés depuis que des inconnus avaient proposé à Manessier de se rendre à la *Pomme de Pin*.

— Quelles étaient exactement ses relations avec vous ? demanda finalement Louis quand il eut terminé.

— C'était un parent éloigné de ma sœur, ou plus exactement de la première fille de mon père. Mais j'avais beaucoup d'affection, et d'estime pour lui. Il avait toute ma confiance.

— Puis-je vous demander quels sont vos gages, monsieur Rossignol ?

— En tant que maître des comptes et secrétaire du ministre, je reçois approximativement dix mille livres par an, mais il y a aussi des gratifications. C'est une somme qui me suffit. Charles m'a proposé plusieurs fois de m'associer à lui, mais j'ai refusé. Mon travail m'occupe trop.

— J'ai une autre question : les répertoires sont aussi entre les mains de ceux qui reçoivent les dépêches : les ambassadeurs, les plénipotentiaires...

— En effet.

— La fuite pourrait venir d'eux.

— C'est à envisager, répondit prudemment Rossignol. Mais pour la plupart d'entre eux, ils sont dans le service depuis si longtemps ! Et ils sont tous extrêmement prudents. Je ne crois guère à cette possibilité.

— MM. Servien et d'Avaux disposeront-ils de ces répertoires ?

— Bien sûr. D'ailleurs M. d'Avaux les a déjà eus puisqu'il a été ambassadeur.

— Connaissez-vous Mgr Fabio Chigi ?

— Je l'ai rencontré hier chez M. d'Avaux, c'est un maître dans le domaine de la cryptographie, nous avons échangé quelques idées, sourit-il.

— Vous connaissez aussi M. Colbert ?

— Forcément ; il est très proche de M. Le Tellier.

— Est-il marié ?

— Pas encore.

— Je l'ai aperçu en compagnie de Mlle de Chémerault ; or on m'avait rapporté qu'elle serait sur le point d'épouser M. de La Bazinière, le trésorier de l'Épargne.

— Je ne sais rien à ce sujet, s'excusa Rossignol, confus.

Louis médita un instant ; il voulait être le plus clair possible pour l'ultime problème qu'il allait soumettre à Rossignol.

— Savez-vous combien de dépêches chiffrées, avec leur traduction en clair, ont été dérobées ?

— Non, mais moins d'une dizaine certainement.

— Plus, peut-être, une partie des répertoires...

— En effet.

— Avec ces éléments, un homme talentueux comme Thomas Phelippes, ou pourquoi pas, vous-même, serait-il capable de découvrir la totalité du reste du répertoire ?

Cette fois, c'est Rossignol qui resta silencieux, visiblement embarrassé.

— Je ne le pense pas, dit-il finalement. Mais je ne peux l'exclure non plus. Le code de Marie Stuart était beaucoup plus simple que le mien.

— Certainement, mais je suppose que si les chiffreurs utilisent souvent vos répertoires, s'ils ont une bonne mémoire, ils finissent par se souvenir de la codification de certains mots. Si nos adversaires disposent d'une partie des répertoires, ils peuvent, par tâtonnement, comprendre d'autres dépêches qui utiliseraient une partie du chiffrage qu'ils connaissent déjà. On est alors dans une situation assez similaire à celle d'une substitution par lettre où il suffit de repérer les lettres plus utilisées que d'autres.

— Vous avez malheureusement raison. Pour éviter cela, il faudrait que les répertoires changent à chaque usage.

Louis resta songeur quelques secondes. Une telle méthode était-elle envisageable ? Il se promit d'y réfléchir.

— Je vous remercie de votre franchise, monsieur. Mon ami Gaston de Tilly, qui est le commissaire de Saint-Germain-l'Auxerrois a gardé l'argent de votre neveu ainsi que ses traités. Ils sont au Grand-Châtelet. Êtes-vous son seul parent ?

— Oui. Je vais m'occuper des obsèques et régler ses affaires. Nous avons le même notaire.

Louis hocha la tête.

— J'aurais maintenant souhaité annoncer à vos commis la mort de leur compagnon. Pour savoir comment ils réagiront.

— Vous pensez que l'un d'entre eux pourrait être lié à ce crime ? s'inquiéta Rossignol.

— Il est trop tôt pour le dire.

Rossignol se leva et se dirigea vers la porte du cabinet des chiffreurs.

— Ils vont être extrêmement affectés par cette affreuse nouvelle. Charles était apprécié. Puis-je leur dire qui vous êtes ?

— Vous le pouvez.

Rossignol ouvrit la première, puis la seconde porte. Louis le suivit. Il avait décidé de leur dire la vérité, d'annoncer que la mort de leur collègue était un faux suicide. Si l'un des chiffreurs en était responsable, il saurait ainsi que son artifice avait échoué, et il tenterait certainement autre chose.

— Messieurs, déclara Rossignol, je vous présente M. Fronsac qui vient de m'annoncer un effroyable événement.

Les trois têtes se redressèrent, attentives.

Louis s'avança à découvert. Il n'avait plus à dissimuler son identité.

— Messicurs, commença-t-il, j'ai été appelé ce matin chez M. Manessier par un commissaire de police. Votre compagnon s'était apparemment suicidé.

Simon Garnier resta la bouche ouverte, frappé de surprise.

Chantelou ouvrit de grands yeux étonnés et Louis remarqua qu'il serrait si fort la plume qu'il avait dans la main droite qu'elle se tordit. Le visage de Claude Habert parut encore plus blafard que la dernière fois qu'il l'avait vu.

— Mais ce suicide n'en était pas un, messieurs, poursuivit Louis. Charles Manessier a été assassiné par deux hommes qui ont tenté de camoufler leur crime. Je suis sur la trace des assassins et ils ne m'échapperont pas. Il est possible que vous vous souveniez de quelque chose qui pourrait nous aider. Parlez-en à M. Rossignol ou bien rendez-vous au Grand-Châtelet. Le commissaire de police qui suit cette affaire est M. de Tilly. Il est d'ailleurs possible qu'il vous interroge.

Il se tut un instant, attendant d'éventuelles questions mais il n'en vint aucune. Simon Garnier restait à le dévisager, le visage défait ; c'est lui qui paraissait le plus affecté. Chantelou avait posé sa plume brisée et placé ses mains à plat sur la table. Claude Habert avait baissé les yeux.

Louis les salua et fit signe à Antoine Rossignol qu'il en avait terminé.

Il retrouva Gaston au Grand-Châtelet une heure plus tard. Son ami était revenu du *Hazart* et il était d'une humeur exécrable.

— L'hôtel de la Chémerault est fermé, grogna-t-il. Il n'y restait que le concierge et deux domestiques. Mlle *Belle Gueuse* aurait quitté Paris pour aller se reposer à la campagne avec son frère. Le concierge ignore où ! J'ai donc renvoyé mes hommes au Grand-Châtelet et, accompagné de La Goutte, j'ai décidé d'aller faire un tour à l'auberge de Hollande. J'ai l'intuition que cet établissement joue un rôle important dans le réseau de nos espions. Et sais-tu qui j'ai vu là-bas, attablés avec deux Hollandais ? Notre amie Louise Moillon, en compagnie d'un jeune homme qui lui ressemblait beaucoup. Peut-être l'autre frère. Elle m'a reconnu et n'a pas caché d'abord sa stupeur, puis sa contrariété. Je l'ai saluée de loin mais je ne l'ai pas abordée.

— Que faisait-elle là-bas ? murmura Louis. Avec deux Hollandais ? Tu en es sûr ?

— Ces gens-là se reconnaissent facilement, avec leur barbe en pointe, leur grand chapeau plat, leur longue pipe de porcelaine et leur chope de bière tiède. Quoi qu'il en soit, il faudra bien l'interroger, elle aussi. Tu as peut-être raison, son frère n'est sans doute pas aussi innocent que ça.

— Et pour la *Belle Gueuse*, que peut-on faire ?

— Rien ! À ce point de mon enquête, je ne peux demander au procureur général un décret de prise de corps contre elle. Attendons qu'elle revienne à Paris.

Louis rentra à l'étude en fin d'après-midi. Julie arriva peu après lui et trouva son époux en train de lire avec attention un courrier qu'une estafette venait de lui porter. Elle avait passé l'après-midi chez Mme de Rambouillet qui les attendait tous les deux pour le lendemain. Sans organiser une véritable réception, la marquise recevrait quelques amis pour marquer le retour de captivité de Charles de Montauzier.

Louis, soucieux, lui tendit la lettre.

Elle était signée de Toussaint Rose et ne contenait que quelques mots :

Chevalier,

Son Éminence monseigneur Mazarin vous enverra un carrosse mercredi matin. Il souhaite échanger quelques mots avec vous.

7.

Mardi 10 novembre 1643

Julie avait parcouru avec attention les ouvrages de Charles de Bresche pour finalement choisir le *Berger extravagant*. Elle avait été séduite par les miroirs magiques décrits par l'auteur, miroirs permettant de voir à distance et d'épier la vie privée de ses voisins.

— Voilà une invention qui serait fort utile, avait-elle expliqué en riant à son époux. Nous pourrions installer un tel miroir près du pont de l'Ysieux et connaître à l'avance l'identité de nos visiteurs. De même, ton père pourrait en placer un devant le porche d'entrée de l'étude et savoir, depuis son cabinet, qui vient le visiter. Sans compter que, si ma tante et moi-même en avions chacune un, nous pourrions nous voir tous les jours !

— Ce serait certainement une invention commode, avait souri Louis, mais personne ne pourrait fabriquer de tels miroirs, même les meilleurs lunetiers ou artisans en arts mécaniques.

— Je suis pourtant persuadée qu'on y arrivera, lui avait-elle rétorqué avec assurance.

Louis n'avait pas répondu. Il ne voulait pas la contrarier mais il était persuadé que l'époque des grandes découvertes scientifiques était désormais terminée.

En fin de matinée, escorté par le fidèle Gaufredi, il se rendit à cheval chez Charles de Bresche. Lorsqu'ils arrivèrent sur la place Maubert, un carrosse noir sans armoiries, tiré par un attelage de quatre chevaux tout aussi noirs, stationnait devant la librairie.

Louis, intrigué, proposa à Gaufredi d'attendre un instant afin de savoir qui était ce riche client.

Au bout d'un moment, ils virent sortir de la boutique un cavalier portant épée. Derrière lui, un laquais transportait deux livres.

Le cavalier remonta dans le carrosse, le laquais s'installa à côté du cocher et la voiture s'ébranla.

Louis resta immobile un moment, brusquement mal à l'aise et déconcerté. Il avait reconnu le gentilhomme à l'épée et essayait de mettre de l'ordre dans ses pensées avant d'entrer chez le libraire.

— Je préférerais que tu m'accompagnes, dit-il finalement à Gaufredi.

Ils se rendirent donc ensemble dans la boutique. Charles de Bresche était en haut d'une échelle, occupé à ranger un ouvrage sur un rayonnage.

— Monsieur Fronsac ! s'exclama-t-il jovialement en le reconnaissant. Vous aviez tout votre temps pour me rapporter ces livres ! Votre épouse a choisi ?

— Elle a gardé le *Berger extravagant*. Je vous rends donc *Le Courrier véritable* et *Les Galanteries du duc d'Ossone*. Mais il n'est pas impossible que je revienne pour vous acheter d'autres livres.

— J'en serais ravi, fit le libraire tout sourires, en descendant de son échelle.

— Il me reste à vous payer. Quel est votre prix ?

— Un écu de trois livres, cela vous convient-il ?

Louis hocha la tête et sortit sa bourse de son manteau. Il tendit un écu d'argent au libraire en lui disant d'un ton faussement détaché :

— Je viens de voir Mgr Fabio Chigi sortir de votre boutique. Je l'ai rencontré, il y a quelques jours à l'hôtel d'Avaux.

— En effet, répondit le libraire. Je l'ai bien connu à Rome quand j'étais au service du cardinal François Barberini, le bibliothécaire du Vatican. Je m'occupais alors de sa bibliothèque personnelle et il avait vendu à mon maître plusieurs ouvrages en grec. Monseigneur est de passage à Paris aussi, ayant appris que j'avais repris la librairie de mon père, il est venu me rendre visite et il m'a même acheté un bel ouvrage à offrir au nonce ainsi qu'une histoire de la Westphalie. Il m'a expliqué qu'il partait sous peu pour Münster.

L'explication était plausible, jugea Louis qui n'insista pas. Il resta encore un moment à fouiller parmi les ouvrages – il adorait ça – puis prit congé.

Dans l'après-midi, Julie et Louis se rendirent chez Mme de Rambouillet. Nicolas conduisait le carrosse.

— Ce ne sera pas une de ces grandes réceptions comme ma tante en organise parfois, bien qu'elle n'aime guère la foule, expliqua Julie. Aujourd'hui, il n'y aura que des amis proches. Elle est si heureuse du retour du baron de Montauzier qu'elle souhaite simplement partager son bonheur avec ses intimes.

Effectivement, quand ils pénétrèrent dans la grande chambre aux plafonds tapissés de brocatelles bleu et or, Louis remarqua qu'il n'y avait guère plus d'une vingtaine d'habitués, tous des amis, des parents ou des familiers d'*Arthénice*.

Le grand lit d'apparat surmonté d'un pavillon avait été déplacé presque au centre de la chambre de manière à ce que les ruelles soient les plus larges possibles pour les invités qui l'entouraient.

Tous deux se dirigèrent aussitôt vers la marquise, qui reposait sur le lit recouvert de satin bleu passementé d'or et d'argent. Telle une idole, elle était entourée de ses meilleures amies assises sur des chaises à vertugadin ou sur des tabourets recouverts de velours bleu rehaussé d'or. Il y avait dans la grande ruelle[1] Anne Cornuel, sa fille Julie d'Angennes, la jeune duchesse de Longueville – sœur du duc d'Enghien – et enfin la cousine de la duchesse, Isabelle-Angélique de Montmorency. Vincent Voiture, debout devant elles, les faisait rire aux éclats en déclamant un poème burlesque de son cru. Il s'interrompit en voyant arriver Louis et Julie.

Dans la petite ruelle, celle que l'on proposait à ses intimes ou à ceux que l'on voulait honorer, se tenaient, sur de confortables fauteuils tapissés, Mme la princesse de Condé – mère de la duchesse de Longueville – ainsi que Mme de Combalet, duchesse d'Aiguillon et nièce de Richelieu. Sur un troisième fauteuil était assise une jeune femme au regard observateur et au visage sérieux, qui souriait à peine aux pitreries de Voiture. Louis ignorait qui elle était et s'interrogea. Qui diable pouvait-elle être pour avoir le privilège d'être assise dans la petite ruelle en compagnie des deux femmes les plus proches de la régente ?

En effet, la princesse de Condé était une des plus anciennes amies de la reine et la duchesse d'Aiguillon s'était intimement rapprochée d'Anne d'Autriche après la mort de son oncle. Elle recevait désormais

1. La ruelle était le couloir le long du lit d'apparat dans les chambres de réception.

souvent la régente dans son château de Rueil que les poètes de la *Cour de la Cour* appelaient la maison-fée.

— Mes amies, déclara Mme de Rambouillet d'un ton enjoué, vous connaissez tous ma nièce Julie, mais peut-être pas son époux, M. Fronsac.

Louis fit une révérence à chacune d'elles, plus marquée en s'adressant à Mme la princesse de Condé, à la duchesse d'Aiguillon et aussi à la jeune fille à l'expression si sérieuse.

En même temps, il remarquait tristement que, si son épouse avait mis sa plus belle robe, celle-ci restait bien modeste en comparaison des vêtements des autres invitées. La princesse portait une hongreline de satin noir, Mme de Combalet un lourd vertugadin à l'ancienne en taffetas feuille morte avec un corsage de dentelle. Quant à la duchesse de Longueville et sa cousine, leurs robes de damas étaient couvertes de broderies et surchargées de glands, de pompons, de franges ou de perles. Seules Anne Cornuel et Julie d'Angennes étaient vêtues plus simplement d'une jupe de brocatelle doublée de plusieurs jupons et d'un corsage de couleur assortie. Cependant, toutes arboraient des vêtements neufs ou peu portés, dont les étoffes étaient soyeuses et lumineuses, alors que le velours de la robe de Julie paraissait légèrement délavé.

Il se sentit honteux, humilié d'être pauvre.

Suivant la mode de modestie qu'avait lancée la reine, aucune de ces femmes n'était maquillée à l'exception d'Anne Cornuel qui se couvrait toujours le visage d'une épaisse couche de fard – mais bagues, colliers, pendentifs en or et diamants ornaient leurs doigts, leur cou, ou leurs poignets.

Baissant les yeux, Louis remarqua aussi les souliers de ces femmes, en peau souple et talons hauts. La duchesse de Longueville portait même de curieuses chaussures ouvertes sur le côté et lacées avec des cordons de soie pliés en nœuds d'amour. Il se promit, dès qu'il aurait un peu plus d'argent, de vêtir son épouse comme une reine.

— Louis, l'interrogea la marquise de Rambouillet. Peut-être ne connaissez-vous pas Mme Françoise de Motteville ?

— Je n'ai pas cet honneur, répondit-il en devinant qu'il s'agissait de la jeune fille sérieuse. En même temps, il comprenait pourquoi elle se trouvait en compagnie de la princesse de Condé et de la duchesse d'Aiguillon.

Julie et Tallemant lui avaient plusieurs fois parlé d'elle. Fille d'une amie de la reine, Françoise de Bertaut avait épousé à vingt ans M. de Motteville, âgé, lui, de quatre-vingts ans ! Très vite veuve, elle était devenue première femme de chambre de la reine. C'était une charge considérable, réservée aux personnes de la meilleure noblesse, car la femme de chambre était au plus près de la reine, elle la conseillait, la consolait, la soignait et était présente à la plupart de ses entretiens.

Réservée, observatrice, discrète, Françoise de Motteville s'était rapidement rendue indispensable à Anne d'Autriche. Confidente et conseillère, profondément attachée à sa bienfaitrice et sans ambition, on disait qu'elle connaissait tous les secrets du royaume.

— Mon époux m'a plusieurs fois fait votre éloge, monsieur Fronsac, déclara poliment la princesse de Condé à Louis.

À ces mots, la duchesse d'Aiguillon resta de marbre. Elle était en procès avec le prince de Condé pour le partage de l'héritage de son oncle et un fidèle des Condé ne pouvait l'intéresser, d'autant qu'elle savait que Louis s'était opposé à Richelieu.

— Mon frère aussi vous tient en grande estime, monsieur, sourit gracieusement Geneviève de Longueville.

Louis se tourna vers chacune d'elles en s'inclinant. Geneviève de Bourbon, blonde et diaphane, était unanimement considérée comme la plus jolie, la plus gracieuse et la plus aimable personne de la Cour. Sans comprendre pourquoi, l'ancien notaire était toujours ému quand il lui parlait. Il s'en voulut de songer à cet instant que la *Belle Gueuse* était malgré tout beaucoup plus belle qu'elle.

— Je vous remercie, mesdames. J'ai moi-même beaucoup d'admiration pour M. le duc, dont je reste le fidèle serviteur.

— Vous êtes, semble-t-il, quelqu'un de très mystérieux, monsieur Fronsac, ajouta gravement la princesse. On raconte que vous avez rendu d'appréciables services à Son Éminence...

— Au roi, madame, corrigea Louis en s'inclinant à nouveau. Je suis avant tout au service du roi.

Il remarqua alors que Mme de Motteville ne le quittait pas des yeux. Gêné, il détourna la tête et son regard s'égara vers Anne Cornuel chez qui il surprit un éclair de fureur envers Angélique de Montmorency. La cousine de Geneviève de Bourbon le considérait, elle aussi, avec intérêt et Mme Cornuel était fort jalouse de l'amitié de Louis.

— Julie, prenez donc un tabouret et vous, monsieur Voiture, ne nous avez-vous pas proposé de nous divertir en nous chantant quelques vers ? demanda la marquise de Rambouillet.

— En effet, madame, fit le poète. Peut-être une de ces charmantes dames pourrait-elle mettre en musique un de mes rondeaux ?

Il désigna un groupe de quelques jeunes femmes dont deux jouaient du luth dans l'embrasure d'une fenêtre. Sans doute étaient-ce les dames de compagnie de la princesse ou de sa fille, ou encore de la duchesse d'Aiguillon. Chapelain, toujours aussi sale et habillé de friperie, était avec elles. Quêtant une bonne fortune il leur proposait des énigmes de son cru. Quelques-unes des jeunes beautés, dissimulant leurs rires, faisaient mine de se pâmer d'admiration.

Alors que le poète allait proposer aux joueuses de luth de l'accompagner, le marquis de Rambouillet, qui était jusque-là en grande conversation avec le prince de Marcillac, s'approcha du lit d'apparat pour s'adresser à la princesse de Condé.

— Madame, m'autorisez-vous à vous emprunter un instant M. Fronsac ? Je vous promets de vous le ramener dans un instant.

La princesse opina dans un sourire et le marquis, prenant Louis par l'épaule, l'entraîna vers François de La Rochefoucauld qui se tenait à quelques pas de là, près d'une desserte couverte de pâtisseries, de fruits confits et de pâtes d'amande.

Le prince accola Fronsac de la façon la plus amicale. Ce témoignage public de franche amitié déconcerta Louis, car il n'avait approché M. de La Rochefoucauld qu'une seule fois, lorsque celui-ci était venu l'avertir de la tentative d'assassinat préparée contre lui par le marquis de Fontrailles.

— Monsieur Fronsac, je suis réellement heureux de vous revoir après ces terribles événements, fit La Rochefoucauld avec chaleur.

Louis opina poliment, ne sachant que répondre. Certes, La Rochefoucauld lui avait sauvé la vie, mais il ne pouvait oublier qu'il était très proche de la duchesse de Chevreuse et du marquis de Fontrailles, deux personnes qui avaient tenté plusieurs fois de mettre fin à ses jours.

En même temps, et comme il l'avait fait pour les amies de la marquise de Rambouillet, il examinait discrètement les vêtements du prince. Celui-ci était couvert de dentelles. Il y en avait sur le grand col de son pourpoint brodé, autour de ses poignets, et même dans l'entonnoir de ses bottes. C'était une nouvelle mode qui faisait fureur et qu'on appelait le rond de bottes.

Le marquis de Rambouillet, devinant la gêne de Louis, l'interrogea fort jovialement sur les raisons de sa venue à Paris. Le marquis n'occupait plus de charge à la cour mais, ayant été ambassadeur, il connaissait encore beaucoup de monde dans l'entourage du secrétaire d'État aux Affaires étrangères.

— On m'a rapporté, Louis, que vous aviez été reçu par M. de Brienne.

— En effet, notre ministre avait un petit problème à résoudre et M. Le Tellier lui a suggéré de faire appel à moi. Mais ce n'est ni important ni intéressant.

— Faites attention à vous, cette fois, plaisanta le marquis dans un rire. Vous n'aurez pas toujours M. de La Rochefoucauld pour vous tirer d'affaire ! Cela n'a pas de rapport avec le congrès de Münster, au moins ?

— Absolument pas, monsieur le marquis, mentit Louis.

Il ne pouvait en dire plus, surtout en présence d'un ami de la duchesse de Chevreuse. Il remarqua pourtant que La Rochefoucauld n'écoutait plus leur conversation. Le prince paraissait absent et Louis observa que son regard s'égarait vers Mme de Longueville.

Le marquis de Pisany entra alors tout botté dans la Chambre Bleue. Il fit un signe amical à son père avant de se diriger vers sa mère et ses amies. Il les salua, échangea avec elles quelques politesses et, cette corvée étant expédiée, il se précipita vers Louis.

— Mon père, j'ai tant et tant de choses à dire à M. le chevalier que je vais vous l'enlever sur l'heure, dit-il à M. de Rambouillet.

Il eut en même temps une froide inclination de tête envers La Rochefoucauld, qui répondit tout aussi sobrement.

Sans attendre de réponse, Pisany prit Louis par l'épaule pour l'emmener à quelques pas de là vers l'embrasure d'une de ces fenêtres sans appui, qui descendait jusqu'au sol et qu'avait conçues sa mère.

— Le *Hazart* est fermé, Louis. Y es-tu pour quelque chose ?

— Peut-être, Léon...

Il hésita à poursuivre, puis il se décida :

— Je dois être franc avec toi, mon ami, Gaston souhaite interroger Mlle de Chémerault et son frère, mais ils sont en fuite.

— Que se passe-t-il, là-bas ?

— J'aimerais le savoir, Léon. Pour l'instant, je suis dans la brume, ainsi que Gaston. Il semble que la *Belle Gueuse* n'ait pas apprécié notre dernière visite dans son tripot et qu'elle ait essayé de nous occire.

— À ce point ? Pisany s'assombrit. Sois prudent, Louis : son frère est un duelliste redoutable. Tu fais donc une enquête sur eux ? Je suppose que tu ne m'en diras pas davantage ?

— Pour l'instant non, mais à dire vrai, je ne pourrais t'en dire beaucoup plus, même si je le voulais, tant je suis dans l'obscurité.

— Enghien revient à Paris dans moins de deux semaines. Veux-tu que je lui parle ? Tu sais que tu peux compter sur son amitié.

— Non, pour l'instant, ce serait inutile. Je te remercie.

Pendant ce temps, Vincent Voiture, accompagné par les deux jeunes filles au luth, roucoulait un de ses poèmes sous le regard charmé de la duchesse de Longueville.

Quand il eut terminé, et qu'il eut été louangé – ce qu'il appréciait par-dessus tout –, Mme de Rambouillet demanda à sa nièce :

— Êtes-vous allée au théâtre durant votre séjour à Paris, Julie ?

— J'avoue, ma tante, que nous n'en avons pas encore eu le temps.

— Angélique et Isabelle sont allées voir une pièce de Guillot-Gorju. Elles me l'ont racontée et m'ont fait mourir de rire. Je vous en prie, Isabelle, recommencez pour ma chère Julie !

Vincent Voiture, constatant qu'il n'était plus le centre d'intérêt des dames, les salua et, après avoir multiplié les excuses, il rejoignit Pisany et Louis.

— Connaissez-vous Guillot-Gorju, madame Fronsac ? demanda la cousine d'Enghien avec vivacité.

— Non, madame, et j'en suis confuse. Mais vous le savez peut-être, nous ne vivons pas à Paris.

— Guillot-Gorju se nomme en réalité Bertrand Harduin de Saint-Jacques. On raconte qu'il a fait ses études à la Faculté, il serait d'ailleurs issu d'une famille de médecins, mais, manquant de vocation et attiré par la comédie, il aurait tout abandonné pour traverser la France avec une troupe de bateleurs. Il y a dix ans, il est entré à l'Hôtel de Bourgogne alors que Gaultier-Garguille et ses compagnons venaient de disparaître. Guillot-Gorju, par ses bons mots et son talent, y a acquis une solide réputation mais s'est aussi attiré l'hostilité de ses rivaux. J'étais malheureusement trop jeune à cette époque pour assister à ses spectacles qui faisaient courir tout Paris.

— Je me souviens avoir vu quelques-unes de ses farces à l'Hôtel de Bourgogne, sourit la princesse de Condé. C'était extrêmement vulgaire, ordurier parfois, mais réellement drôle. On en sortait ravis !

— Je ne goutte pas à la vulgarité, déclara péremptoirement Julie d'Angennes. Ce monsieur ne me donne guère envie d'aller le voir.

— Il vous faut aller à son spectacle et vous changerez d'avis ! la morigéna ironiquement Isabelle. Mais je n'en ai pas fini avec ce que j'ai appris sur Guillot-Gorju. On raconte que ses compagnons de l'Hôtel de Bourgogne étaient tellement jaloux de son succès qu'ils firent tout pour lui faire abandonner le théâtre. Ils y réussirent si bien que notre homme, dépité, quitta la troupe pour se retirer à Melun afin d'y exercer... le métier de médecin !

» Il y resta quelques années, mais la passion reprit ses droits et, cette année, il vient de revenir à Paris. Son talent n'a pas faibli, bien au contraire, et il est entré à nouveau dans la troupe de l'Hôtel de Bourgogne. Durant son exil, il a écrit quelques comédies d'une drôlerie incroyable. Toutes portent sur des bâtards d'Hippocrate [1] pédants et ignorants et il interprète, à chaque fois, le rôle principal. Il est tellement drôle qu'à peine apparaît-il sur scène que la salle entière s'écroule de rire !

» Il se présente en chausses avec un long manteau, un couteau de bois passé à la ceinture, coiffé d'un chapeau mou à larges bords, relevés devant et derrière et rabaissés sur les oreilles. Il affiche une figure rébarbative avec des moustaches de chat en colère et, sur le menton, des houppes pointues de poils blancs. Il a le nez très long, la peau presque noire et porte un masque de cuir qui accroît encore sa laideur.

» À peine entré en scène, face au public, il énumère avec une extrême volubilité, et sans jamais perdre son sérieux, une infinité d'instruments de chirurgie, de drogues, de simples, de panacées et d'infirmités. Bref, il se présente comme un docteur ridicule, ce qui est d'ailleurs le titre de sa farce.

» Avant le spectacle, il parade à l'extérieur du théâtre avec ses compagnons et attire une foule incroyable. L'un de ses faire-valoir se nomme Gringalet, un pauvre sire, maigre et chétif, et celui-là énumère toutes sortes de termes orduriers qui font exploser la salle de rire.

1. Médecins.

— Françoise, suggéra la marquise de Rambouillet, la reine aime le théâtre. Cela ne vous donne pas envie de lui proposer que Guillot-Gorju donne un jour son spectacle au Palais-Royal ?

— Certainement, madame, mais les cabinets des rois sont déjà des théâtres où se jouent les pièces qui occupent le monde, répondit gravement Mme de Motteville.

— Julie, proposa alors l'épouse de Louis à la fille de Mme de Rambouillet, ne voulez-vous pas qu'on s'y rende ensemble un après-midi avec Charles ? Je suis certaine que ça le dériderait de sa longue captivité.

Julie d'Angennes eut une moue qu'elle voulait indécise ou réservée, mais puisque sa mère reconnaissait que le spectacle de Guillot-Gorju était bon pour une reine, elle ne pouvait qu'accepter.

Dans l'embrasure de la fenêtre où il se tenait avec le marquis de Pisany et Louis Fronsac, Vincent Voiture fit signe à un laquais pour qu'on leur porte à boire.

Après quelques échanges de politesses, le poète demanda à Fronsac, d'un ton visiblement préoccupé :

— Comment as-tu jugé M. d'Avaux, Louis ?

— C'est un homme... bien informé, fort plaisant, et surtout... très clairvoyant, répondit lentement le jeune chevalier, après avoir soigneusement choisi ses mots.

— Je suis soulagé, et vraiment heureux que tu le juges tel qu'il est ! Il était très inquiet au sujet des recherches que tu mènes.

— Je lui ai dit qu'il avait tort de s'alarmer. Cette enquête n'est pas conduite contre lui, bien au contraire, et je lui ai d'ailleurs promis de tout lui rapporter quand elle serait terminée.

— Je suppose que c'est la même enquête qui t'a conduit au *Hazart* ? demanda Pisany en fronçant le sourcil.

— En effet, mais n'oubliez pas, mes amis, que tout cela doit rester strictement entre nous. Il en va de la sécurité du royaume.

— Tu sais que tu peux nous faire confiance, Louis, et je ne chercherai pas à en savoir plus. Mais j'avais peur que tu ne t'opposes au comte d'Avaux après avoir rencontré M. Servien. Cet homme le déteste !

— En vérité, Vincent, je serai plutôt au service de nos deux plénipotentiaires dans cette affaire.

— Donc, il s'agit de diplomatie et du congrès de Münster, conclut Pisany. Alors, je te le répète avec encore plus d'ardeur, Louis : sois prudent ! Ce monde de l'ombre est effroyable... et souvent mortel. Je préfère mille fois un affrontement sur un champ de bataille, l'épée à la main, qu'une disparition au coin d'une rue, la gorge coupée par quelque espion. C'est une mort sans gloire, et souvent sans raison.

— Je crois m'en être rendu compte, Léon, rassure-toi, Gaufredi ne me quitte plus. Mais, à votre tour, mes amis, de m'informer : j'ai trouvé à l'instant M. de La Rochefoucauld d'humeur sombre et lunatique, et je m'interroge...

— Il y a de bonnes raisons à sa mélancolie, fit sévèrement Voiture. Tu le sais, Louis, la nature du prince répugne à prendre un parti décidé et irrévocable. Il était l'ami de la reine quand elle combattait le cardinal, et à la même époque, il était tout autant dévoué à la duchesse de Chevreuse. Mais il n'a pas accepté que la reine ait changé. Peut-être par fidélité, peut-être par couardise, il a gardé envers elle une attitude équivoque. Pour son malheur, disait-il, il était l'ami des Importants sans approuver leur conduite et, après l'échec de leur cabale, il a refusé d'abandonner la duchesse et ses amis, tout en souhaitant rester dévoué autant à la reine qu'à son ami le prince de Condé dont il espérait secrètement qu'il se ferait l'intermédiaire auprès de sa sœur. Car tu l'as peut-être remarqué, Louis, La Rochefoucauld brûle d'amour pour Mme de Longueville.

» Il s'est donc retrouvé écartelé entre tous ces gens qui se détestent. La reine vient de lui demander de ne plus avoir de commerce avec Mme de Chevreuse et de donner sans réserve son amitié au cardinal. Il lui a répondu qu'il ne pouvait, avec justice, cesser d'être l'ami de la duchesse qui, selon lui, n'avait commis d'autre crime que de déplaire à Mazarin.

» De la même façon, il a soutenu M. de Montrésor, proche de la Chevreuse, dans une querelle contre l'abbé de La Rivière qui est à Monsieur. Aussi celui-ci lui a fait savoir qu'il s'opposerait désormais à toutes ses prétentions. Enfin, n'ayant pas blâmé Mme de Chevreuse dans l'affaire des lettres perdues, M. d'Enghien lui a ôté son amitié.

» M. de La Rochefoucauld recueille donc aujourd'hui les fruits de ses indécisions, conclut-il, fataliste.

— Et ce qui est plus grave pour lui, ajouta Pisany, c'est qu'il s'est attiré l'inimitié du cardinal qui ne lui a proposé aucune charge dans la campagne actuelle. Même s'il n'est guère guerrier, La Rochefoucauld est donc un des rares gentilshommes de la Cour qui ne se sera pas couvert de gloire.

À cet instant, Charles de Montauzier fit son entrée dans la Chambre Bleue. Le jeune homme était en compagnie de Robert Arnauld d'Andilly.

Chacun se pressa vers lui pour s'informer de sa santé et le féliciter de sa libération. Seuls Pisany et Voiture, qui ne l'aimaient pas, restèrent à l'écart. Louis les abandonna donc en s'excusant.

Quant à Julie d'Angennes, elle s'était levée pour accueillir aimablement son fiancé.

Montauzier, visiblement ému, remercia chacune et chacun de l'intérêt pris à sa captivité. Il en fit un long récit et raconta, avec force détails, l'état de la campagne et de l'armée.

Lorsque les questions devinrent plus rares, Louis put enfin l'approcher. Robert Arnauld étant en pleine conversation avec Mme de Rambouillet et Mme la Princesse au sujet des écrits récents de son frère Antoine[1].

— Je ne suis arrivé que dimanche d'Allemagne, Louis, et l'on m'a raconté tant et tant de choses dont j'ignorais tout que j'ai la tête pleine à exploser ! Pourtant, j'ai retenu ce que m'ont conté M. et Mme de Rambouillet : tu as enfin épousé Julie ! J'espère que ton mariage encouragera le mien. Peut-être même le pressera-t-il !

— Je le souhaite aussi, Charles.

— Je ne pensais pas vous voir à Paris, Julie et toi. Vous avez des terres et un domaine à remettre en état. Votre château est-il inhabitable ?

— Non, je te rassure, nous y vivons, même si c'est un vaste chantier, mais j'ai dû venir à Paris pour quelques semaines. Pour mes affaires...

Il se tut un instant avant de suggérer, un ton plus bas :

— J'aurai peut-être besoin de tes conseils, Charles, de ta science surtout...

— Je suis à ton service, Louis, si je puis être utile.

Louis lui proposa alors de faire quelques pas à l'écart des familiers qui les entouraient encore.

Ils s'éloignèrent vers une partie de la chambre qui était déserte.

— Ce dont je voudrais te parler est en rapport avec ma venue à Paris. Il s'agit d'une... affaire que m'a confiée M. Le Tellier.

— Je comprends, dit prudemment Montauzier. Tu peux être assuré de ma discrétion.

1. Antoine venait de publier *De la fréquente communion*.

— Je n'en doute pas, Charles. Voici mon problème : durant votre campagne, vous receviez certainement des dépêches chiffrées...

— En effet.

— Mais vous ne pouviez jamais être certains que vos ennemis ne les aient pas déchiffrées avant vous.

— Exactement. C'est d'ailleurs un sujet qui m'a plusieurs fois préoccupé !

— Explique-moi ça...

— La difficulté est d'être certain de disposer d'un code indéchiffrable. Or, il est arrivé plusieurs fois que l'ennemi connaisse nos intentions tout simplement parce que l'état-major allemand s'entourait d'excellents mathématiciens capables de briser nos codes.

— Peut-être, plus simplement, avaient-ils volé vos registres servant à coder les dépêches. Ou corrompu un chiffreur qui vous aurait trahi...

— Non, j'en parle en connaissance de cause car, lors d'une incursion sur leur état-major, nous avons fait prisonnier un de ces hommes capables de décoder nos dépêches. C'est moi qui l'ai interrogé. C'était quelqu'un d'une rare perspicacité. Il jouait avec les chiffres et les lettres d'une façon extravagante et était capable, en quelques heures, de traiter des milliers de combinaisons possibles.

Curieusement, Montauzier abordait le sujet qui tracassait Louis en le présentant sous un angle nouveau.

Depuis le début de son enquête, il se posait cette lancinante question : avec les dépêches déjà volées, et peut-être une partie des répertoires subtilisés, était-il possible, pour un habile logicien de percer la totalité du chiffre de Rossignol ?

— Qu'avez-vous fait de cet homme ? J'aurais bien aimé le rencontrer.

— Rantzau l'a fait pendre. J'y étais pourtant opposé.

— Dommage. Il serait donc impossible de construire un chiffre inviolable ?

— Si, sans doute. Il suffirait d'élaborer un système de codification qui échappe à toute analyse logique. Mais en quoi tout cela t'intéresse-t-il ?

— Il s'agit de questions que l'on m'a posées, ou plus exactement que je me pose, répliqua évasivement Louis. Toi qui connais bien les milieux scientifiques, y aurait-il quelqu'un à Paris capable d'élaborer un tel chiffre ?

Montauzier eut une moue de perplexité. Il se concentra un moment en faisant quelques pas, avant de proposer :

— Je ne vois guère que le père Mersenne qui pourrait te renseigner. Tu connais le couvent des Minimes ?

Louis connaissait le couvent et, comme tous ceux qui s'intéressaient aux sciences, il avait entendu parler de Marin Mersenne.

Ancien élève des jésuites, le père Mersenne avait étudié la théologie à la Sorbonne avant de devenir prêtre et d'entrer dans l'ordre des Minimes en 1611. Il avait d'abord enseigné la philosophie au couvent de Nevers, puis il avait rejoint le couvent de l'Annonciade, derrière la Place Royale.

Ses recherches portaient alors sur les nombres premiers dont il cherchait à construire une formule générale. De sa cellule parisienne, il avait entamé une correspondance avec les plus éminents mathématiciens et philosophes d'Europe, échangeant avec eux idées et démonstrations. Peu à peu, sa cellule était devenue un lieu de rendez-vous où s'étaient retrouvés les plus grands scientifiques tels Descartes, Gassendi ou Roberval.

Louis resta un instant silencieux avant d'objecter :

— Ta proposition m'embarrasse fort, Charles. Je sais surtout que les Minimes ne sont pas réputés pour leur tolérance. Certains d'entre eux ont proposé un temps d'instaurer un tribunal inquisitorial en France.

— Sur le plan doctrinal, tu as certainement raison. Mais tu te trompes sur le plan scientifique. Mersenne a pris le parti de Descartes et de Galilée contre l'Église. Il a dénoncé l'alchimie et l'astrologie comme des pseudo-sciences. C'est lui qui a publié en 1634 les *Mécaniques* de Galilée. C'est lui encore qui a traduit ses *Dialogues*. Quant à ses propres écrits comme *L'Harmonie universelle* et *Cogitata Physico-Mathematica*, ce sont les ouvrages les plus marquants de ce siècle en physique mathématique. Mais là où tu as raison, c'est qu'il te sera difficile de le convaincre sans lui dévoiler tes propres desseins.

8.

Mercredi 11 novembre 1643

À sept heures du matin, un carrosse fleurdelisé escorté par quatre mousquetaires porteurs de flambeaux de cire pénétra dans un grand fracas à l'intérieur de la cour de l'étude. Louis attendait dans sa chambre bibliothèque en lisant le *Berger extravagant* à la lueur d'une chandelle. Par la fenêtre, il reconnut Isaac de Portau – M. du Vallon – à la tête de la troupe. Aussitôt, il embrassa Julie qui se réveillait et descendit quatre à quatre.

M. du Vallon et ses hommes avaient mis pied à terre et, avec l'instinct infaillible des soldats en campagne, ils se dirigeaient vers la cuisine quand Louis arriva dans la cour.

— Monsieur le chevalier ! tonna Portau en lui ouvrant des bras gros comme des fûts de canon.

Louis remarqua que le mousquetaire n'avait plus le bras en écharpe et tenta, sans succès, d'éviter l'accolade. Écrasé contre le torse de la brute, il crut un instant que sa dernière heure était arrivée. Pourtant, le géant relâcha son étreinte, se souvenant sans doute au dernier moment qu'il devait le conduire vivant au cardinal.

— Nous pensions avoir le temps de descendre un pichet de vin, regretta le mousquetaire en lissant sa moustache. Mais si vous êtes prêt, allons-y !

— Au contraire, je vous le propose de bon cœur ! proposa Louis en espérant s'attirer les bonnes grâces du colosse et éviter ainsi à l'avenir quelques douloureuses fractures de la poitrine.

— Si vous insistez, chevalier, ce n'est pas de refus... avec ce froid !

Louis conduisit l'escouade à la cuisine après avoir fait signe aux deux cochers de les rejoindre.

Mme Mallet ne cacha pas sa désapprobation en voyant entrer les six gloutons.

— Mes amis sont gelés, madame Mallet, expliqua Louis. Peut-on leur proposer deux ou trois bonnes bouteilles ?

En grommelant, la cuisinière abandonna l'épluchage de ses légumes pour se rendre au cellier tandis que Mme Bouvier sortait des gobelets de terre cuite d'un placard. Gaufredi, qui finissait sa soupe, considérait les mousquetaires avec un mélange de mépris et d'intérêt. Louis l'avait prévenu qu'il se rendrait seul au Palais-Royal puisqu'un carrosse devait venir le chercher et qu'on le ramènerait. Il lui avait donc demandé d'aller dans la matinée rue Neuve-des-Petits-Champs, chez son ami Gédéon Tallemant, pour lui porter un billet dans lequel il lui faisait part de son souhait de passer le voir. Gédéon communiquerait sa réponse à Gaufredi et, s'il était disponible, ils s'y rendraient ensemble dans l'après-midi.

Isaac de Portau s'assit à côté de Gaufredi et son regard tomba sur la rapière du reître posée sur la table. Une vieille colichemarde d'acier qui avait connu bien des batailles.

— Gaufredi est mon ami et mon épée, expliqua Louis à Portau. Grâce à lui, je n'ai pas besoin d'avoir d'armes. Je lui dois la vie je ne sais combien de fois ; c'est lui qui m'a permis de revenir entier de Rocroy.

M. du Vallon opina lentement avant de déclarer sentencieusement :

— Je me souviens en effet que vous étiez à Rocroy !

Il se tourna vers Gaufredi tandis que Mme Mallet posait sur la table deux vieux flacons de vin de Beaune qu'un mousquetaire s'empressa aussitôt d'ouvrir.

— Vous étiez soldat ?

— Pendant plus de trente ans ! soupira Gaufredi. Ces dernières années, j'ai été en Valteline, puis sur les champs de bataille de Wittstock, Rheinfelden, Breisach, et je ne sais plus où ! Je me suis battu en Poméranie, en Silésie, en Thuringe, en Westphalie et pour finir en Lorraine. J'ai été sous les ordres d'un peu tout le monde : les Impériaux, les Suédois, le duc de Saxe-Weimar. Il y a trois ans, j'étais avec Gassion et Guébriant en Alsace. Autrement dit, j'étais mercenaire.

— Vous avez de la chance d'être encore vivant, fit un mousquetaire imberbe, le regard pétillant d'envie. C'était le plus jeune du groupe, il n'avait pas vingt ans.

— Dans notre métier, la chance n'existe pas, mon garçon, lui répliqua Gaufredi d'un air féroce en secouant la tête. On sait survivre, ou on ne sait pas. Dans ce cas, on n'a plus le temps d'apprendre car on est mort !

Portau avala son vin, se resservit, vida le nouveau verre en faisant claquer sa langue, et déclara :

— Tu as raison, l'ami et j'espère durer autant que toi. Monsieur le chevalier, il faut y aller ! Son Éminence vous attend.

Ils arrivèrent au Palais-Royal par la rue des Bons-Enfants et pénétrèrent directement dans une petite cour intérieure.

— Ce sont les nouveaux appartements de monseigneur, expliqua Portau en montrant la façade.

Louis remarqua qu'ils étaient situés à l'arrière de ceux de la reine.

Au premier étage, ils suivirent une galerie où circulaient quelques commis et où des gens de qualité attendaient, sur des banquettes. Il n'y avait que peu de gardes et Portau, qui était plus fin qu'on aurait pu le croire, prit conscience des questions que devait se poser son compagnon. Mazarin n'était guère aimé et cette absence de surveillance était déconcertante.

— Vous remarquez tous ces valets ? demanda l'officier avec mépris.

Louis avait effectivement repéré le nombre étonnant de valets et de domestiques en livrée. En les examinant plus longuement, il remarqua alors qu'ils étaient tous bruns, particulièrement robustes et surtout qu'ils se tenaient bizarrement droits et rigides.

— En vérité, ce sont des bravi que Son Éminence a fait venir d'Italie. Ces spadassins sont tous armés sous leur livrée, c'est pour cela qu'ils se tiennent aussi raides !

Louis sourit. Il reconnaissait bien là les méthodes obliques du Sicilien qui souhaitait laisser croire à ses visiteurs qu'il n'avait besoin d'aucune protection tant il était aimé. La duperie, pour Mazarin, était la règle de toute politique.

Portau s'arrêta devant une porte gardée par un laquais à l'expression particulièrement féroce, figé comme une armure. Le mousquetaire l'ignora, frappa et entra quand on lui répondit.

C'était le cabinet de travail de Toussaint Rose, le secrétaire de Mazarin[1].

---

1. Secrétaire de Mazarin, il sera secrétaire du cabinet de Louis XIV dont il aura le droit de refaire la signature, comme il le faisait déjà pour Mazarin.

— Monsieur le chevalier ! s'exclama joyeusement le secrétaire en se levant de son bureau encombré. Monseigneur vous attend avec impatience !

Toussaint Rose avait la trentaine. C'était un homme aimable qui, malgré lui, affichait une perpétuelle expression moqueuse, qu'il essayait de masquer en se laissant pousser une fine moustache et en prenant – chaque fois qu'il y pensait – un air martial que démentaient de longs cheveux bouclés ondulant sur ses épaules et qui lui donnaient un air angélique.

Rose fit quelques pas vers une porte intérieure, frappa sur celle-ci et ouvrit sans attendre. Il annonça Louis et le fit entrer dans une vaste antichambre qu'ils traversèrent avant de pénétrer dans une salle immense sur laquelle ouvrait, en enfilade, une longue galerie de parade.

Le ministre, en robe écarlate, était debout près d'un lutrin en conversation avec un autre visiteur vêtu de velours noir et de chausses assorties. Louis ne l'avait jamais vu. L'inconnu, dont la chevelure était aussi noire que son pourpoint, portait une petite barbe carrée en queue de canard surmontée d'une courte moustache à l'italienne. Il était en train d'étaler avec beaucoup de soin plusieurs paires de gants de peau sur le petit meuble.

— Monsieur le chevalier, s'exclama Mazarin en forçant sur son accent sicilien, quel plaisir de vous revoir !

Louis s'avança, un peu intimidé par le faste de l'immense cabinet de travail. L'endroit affichait un luxe ostentatoire en même temps qu'un bric-à-brac de collectionneur. Mazarin entendait ainsi montrer simultanément à ses visiteurs son opulence et son bon goût.

Il y avait un nombre prodigieux de tables et de cabinets en marbre ou en ébène. Un peu partout, des consoles de bois rares, de nacre de perles ou d'écailles de tortue supportaient des bustes antiques en marbre blanc ou coloré, ou en bronze. Une grande table en pierre de parangon, sur un châssis à colonnes, supportait une magnifique coupe de porphyre bleu. Un mur entier était occupé par une bibliothèque à colonnes corinthiennes emplie d'in-quarto reliés en pleine peau, tous aux armes du cardinal. Les autres murs étaient couverts, sur plusieurs niveaux, de tableaux parmi lesquels Fronsac reconnut quelques Simon Vouet, la *Charité* de Jacques Blanchard, un *Romulus et Titus* du Guerchin, et *Hercules et Omphale* de Francesco Romanelli. Le sol était couvert de tapis de Turquie, de Perse ou de Chine.

Des fauteuils tapissés et des banquettes étaient disposés autour d'une immense table de travail tandis qu'un feu pétillait joyeusement dans la profonde cheminée de marbre.

— Laissez-moi vous présenter mon ami, Tomaso Ganducci, déclara Mazarin. Tomaso est le plus merveilleux vendeur de gants et de parfums d'Europe ! Je l'ai fait venir de Florence. Voyez donc ce qu'il me propose...

Il fit signe à Louis de s'approcher du lutrin.

— Tomaso est aussi un vieil ami de ma famille, constitua jovialement le ministre. Vous pouvez parler sans crainte devant lui.

Il posa ostensiblement sa main gauche sur l'épaule du gantier pour marquer sa confiance.

— J'ai reçu hier le mémoire que M. de Tilly a transmis à M. d'Aubray et que celui-ci a passé à mon bon Le Tellier, poursuivit-il. Vous êtes vraiment certain que M. Manessier a été assassiné ?

— Je le suis, monseigneur, répondit Louis, un peu dérouté par la présence du gantier florentin. Je suis persuadé que celui qui dirige ce réseau d'espionnage sait que je suis sur ses traces. Ce crime était destiné à me faire cesser mon enquête.

— Manessier serait donc notre espion. On l'aurait tué pour qu'il ne parle pas ?

— Peut-être que oui, monseigneur, ou peut-être que non...

Mazarin sourit en plissant les yeux comme un chat. Il goûtait beaucoup ce genre de paradoxe.

— Peut-être l'a-t-on tué uniquement pour me faire croire qu'il était impliqué, murmura Louis.

Le ministre hocha lentement la tête de haut en bas.

— Qu'en pensez-vous, Tomaso ?

— C'est en effet comme ça qu'on aurait agi à Florence, monseigneur, sourit le gantier. Assassiner un innocent afin de laisser penser qu'il s'était tué lui-même par peur ou pour éviter l'infamie !

— Dans ce cas, le véritable espion serait toujours en liberté.

— En effet, monseigneur.

Mazarin grimaça.

— Prenez garde, monsieur Fronsac, ces gens pourraient aussi s'en prendre à vous.

— Je le sais, monseigneur.

Louis ne souhaitait pas aborder l'agression de Gaston, aussi n'en dit-il pas davantage.

— Qu'avez-vous appris d'autre, monsieur Fronsac ?

Le marquis de Vivonne relata alors le déroulement des filatures des commis de Rossignol. Il passa rapidement sur celles de Garnier et de Manessier, insista plus sur le comportement étrange du cousin de Sublet des Noyers et sur sa visite au libraire des *Armes de Rome*, et s'étendit enfin longuement sur Claude Habert, sur son logement à l'auberge de Hollande et sur ses visites au tripot du *Hazart*.

— Vous avez aussi fait connaissance de la sœur de M. Garnier, déclara Mazarin d'un ton égal après l'avoir écouté sans l'interrompre.

— En effet, monseigneur, répondit Louis qui ne souhaitait pas s'étendre sur les circonstances de la rencontre bien qu'il fût certain que le ministre les connut. C'était dimanche, chez M. le comte d'Avaux.

— M. Servien m'en a parlé. Mme Moillon a beaucoup de talent... même si je préfère le Caravage et mes artistes siciliens. Comme peintres, j'entends.

Il eut un sourire ambigu en faisant un vague geste vers sa galerie de peintures.

— Que pensez-vous de ce libraire, Charles de Bresche ? C'est bien son nom ?

— Il paraît être digne de confiance ; en tout cas c'est un très bon libraire. Je lui ai acheté un livre qu'il m'a conseillé. C'était pour mon épouse et l'ouvrage lui a plu.

Devait-il, malgré tout, faire état de ses soupçons ? Il fit une pause avant de présenter les choses ainsi :

— En vérité, il m'avait fait porter plusieurs romans pour qu'elle les parcoure. Elle en a retenu un et je lui ai rapporté les autres. À cette occasion, j'ai croisé là-bas Mgr Fabio Chigi qui venait choisir un livre rare à offrir au nonce.

— Fabio Chigi, l'envoyé d'Urbain VIII à la nonciature ! intervint brusquement le gantier, agité. Vous en êtes certain ?

— Oui, monsieur, répondit Louis, frappé par la véhémence de l'Italien. Mon ami Paul de Gondi me l'avait désigné chez M. d'Avaux.

— Quelle est votre opinion sur la présence de M. Habert chez Mlle de Chémerault ? demanda alors Mazarin comme s'il voulait changer de sujet.

— Il joue, monseigneur. C'est un homme doué dans la manipulation des chiffres et je suppose qu'il tente d'utiliser ses talents pour s'enrichir.

— Avez-vous des soupçons sur notre espion ?

— Pas encore, monseigneur.

Louis resta silencieux un bref instant avant de poursuivre :

— M. de Brienne m'a déclaré qu'on avait peut-être ouvert le coffre où se trouvent les registres du

Chiffre. Je ne vois pas comment l'un des chiffreurs aurait pu avoir la clef. Il y a donc peut-être plus d'un traître dans le service diplomatique.

— J'y ai bien songé, Fronsac, et ce serait effrayant alors que le congrès de Münster ouvre dans un mois ! murmura le cardinal. Si certains de nos ennemis possèdent tout ou partie de notre chiffre, il est encore plus nécessaire que nos courriers ne puissent tomber entre leurs mains. C'est le plus souvent par la capture des estafettes que l'ennemi perce nos secrets, comme nous les leurs. Le Tellier a prévu pour le congrès de Münster un nouveau corps d'estafettes dont les membres seront sélectionnés parmi les meilleurs hommes de la garde ou des mousquetaires. Maurice de Coligny recevra un brevet pour le commander. C'est un homme d'une grande bravoure qui a l'avantage d'être proche d'Enghien et d'appartenir à une famille qui a toujours servi le royaume avec fidélité.

— M. Le Tellier m'en a parlé, monseigneur.

L'entretien touchait visiblement à sa fin et le cardinal le fit comprendre à Louis :

— Vous savez que vous pouvez obtenir toute l'aide nécessaire auprès de M. Servien. Il a une grande expérience dans le domaine de l'espionnage. Il s'occupait déjà des affaires d'intelligence avec l'Angleterre lorsqu'il était intendant de justice en Guyenne. N'hésitez pas non plus à faire appel à son neveu, M. de Lionne, qui est l'un de mes secrétaires.

Louis avait maintenant à cœur de proposer son idée, mais il hésitait à le faire devant le gantier florentin.

— J'ai un dernier sujet à aborder avec vous, monseigneur, au sujet du Chiffre.

— Je vous l'ai dit, Fronsac, vous pouvez parler sans crainte devant Ganducci, sourit Mazarin en remarquant son hésitation.

— Bien, monseigneur, répondit Louis assez froidement. M. Rossignol m'a expliqué non seulement les différentes méthodes de chiffrement, mais aussi comment les percer. Généralement, c'est par trahison, mais pas toujours. Il y a parfois dans les camps adverses des hommes talentueux, comme l'est Rossignol lui-même, qui sont capables, par leur seule habileté, de découvrir le chiffre des dépêches.

— Je le sais bien, chevalier. Mais contre ceux-là, nous ne pouvons rien, hélas !

— Je n'en suis pas certain, monseigneur. Finalement, il ne s'agit que d'un problème de logique. J'ai parlé d'une idée qui me court dans la tête avec le baron de Montauzier. Je lui ai demandé s'il serait possible de construire un code que même un homme talentueux ne pourrait découvrir.

— Ce ne peut être qu'une chimère, monsieur Fronsac. J'ai été soldat et diplomate et je peux vous dire que j'ai connu bien des gens qui ont tenté de construire de tels chiffres. Mais il y a toujours eu quelqu'un de plus doué qu'eux pour les percer à jour.

— M. de Montauzier pense pourtant que c'est possible ; je souhaite poursuivre dans cette idée. Il m'a suggéré de rencontrer des hommes savants dans le domaine des mathématiques et de leur en parler.

— Faites-le si cela vous amuse, ironisa Mazarin, mais je persiste à croire que Rossignol est l'homme le plus compétent d'Europe dans ce domaine. S'il n'est pas parvenu à construire un code indéchiffrable, personne n'y arrivera.

— Si j'obtiens des réponses à mes questions, monseigneur, je les lui soumettrai, promit Louis en ignorant la remarque du ministre.

Mazarin eut un sourire accompagné d'un geste bienveillant et Louis s'inclina.

Fronsac salua alors le gantier d'un simple mouvement de tête et sortit.

Pourquoi Mazarin l'avait-il fait venir ? s'interrogea-t-il, passablement irrité, en quittant le cabinet du ministre. Le cardinal savait déjà ce qu'il lui avait raconté et n'avait guère été intéressé par ses précisions. Et pourquoi Tomaso Ganducci – un gantier ! – assistait-il à cet entretien si confidentiel ?

C'était une visite pour rien, songeait-il avec contrariété. Pour se calmer, il envisagea de marcher jusqu'à la rue des Petits-Champs – il lui suffisait de prendre la rue des Bons-Enfants – et de rendre une visite impromptue à son ami Tallemant.

Puis il se raisonna, se souvenant qu'il devait désormais être prudent après ce qui s'était passé à l'hôtel d'Avaux. Il demanda donc finalement à Toussaint Rose de trouver quelqu'un pour le reconduire en carrosse à l'étude de son père.

Isaac de Portau n'étant plus de service, ce fut une escouade de gardes qui l'escorta jusqu'à l'étude familiale.

Mazarin était resté seul avec le gantier.

— M. Fronsac n'a pas voulu tout me dire, ironisa le Sicilien.

— Il doit savoir que vous n'ignorez rien de l'agression contre son ami, et peut-être de celle dont il a failli être victime, monseigneur.

— Certainement ! Fronsac est fort mais je ne pensais pas qu'il aurait découvert tant de choses en deux jours ! Il est désormais un gêneur et nos ennemis vont tenter de s'en débarrasser.

— C'est bien ce que vous souhaitiez, monseigneur !

— En effet, c'était le seul moyen pour que mes adversaires se révèlent, mais je ne voudrais pas qu'ils me le tuent ! J'ai encore besoin de lui ! Si cela s'avère nécessaire, j'arrêterai donc le jeu.

— Que dois-je faire, monseigneur ?

— Ce pourquoi je vous ai fait venir. Vous avez pu examiner Fronsac à loisir. À partir de maintenant, vous allez vous attacher à ses pas. Ceux qui sont derrière cette affaire d'espionnage vont s'attaquer à lui ; à vous de le protéger et de les identifier. Découvrez qui ils sont.

— Fronsac a toujours été un appât pour vous, monseigneur, c'est cela ?

— Évidemment ! Il me fallait un appât qu'ils craignent, il était le seul dans ce cas, mais je pensais avoir plus de temps. Ce diable d'homme les a effrayés trop vite !

— Quand j'aurai découvert vos ennemis, que devrai-je faire, Votre Éminence ?

— J'aviserai, répondit évasivement le cardinal en levant la main.

— Il va me falloir de l'aide, monseigneur.

Mazarin réfléchit un instant.

— Je ne vois qu'Isaac pour vous aider.

— Il conviendra. Je vais m'attacher aux pas de Fronsac dès cet après-midi.

Bien avant que la rue de Seine ne soit bordée de beaux hôtels, cette voie n'était qu'un chemin de terre qui longeait le fossé et les murailles de la ville. On nommait ce passage le chemin du Pré-aux-Clercs car il conduisait à un pré au bord de la Seine où les clercs de l'Université se retrouvaient jadis pour s'amuser ou pour se battre. Désormais, le Pré-aux-Clercs était consacré à l'estrapade, le supplice réservé aux soldats déserteurs que l'on précipitait plusieurs fois du haut d'une poutre de quelques toises jusqu'à ce que leur corps soit disloqué. Un spectacle fort apprécié des Parisiens. Malgré ce changement d'utilisation, le Pré-aux-Clercs avait conservé son nom [1].

1. L'estrapade se pratiquait aussi un peu plus loin, près de la porte Saint-Jacques, sur la place de l'Estrapade où une machine consacrée à ce supplice était installée à demeure.

Sur ce chemin s'était installé au Moyen Âge le *Petit-Maure,* un cabaret longtemps fréquenté par les gens de la basoche. Au moment de notre histoire, ce cabaret existait toujours, mais il était désormais enserré entre deux hôtels de la rue de Seine et il avait surtout pour clientèle des gens de lettres et des gentilshommes.

Alors que Louis Fronsac rentrait à l'étude de son père et que Mazarin discutait avec son gantier, un nain difforme et d'une rare laideur, vêtu cependant avec une extrême élégance, interpellait rageusement le chevalier de Chémerault.

Ils étaient tous deux attablés dans un coin sombre du *Petit-Maure.*

— Vous êtes un incapable doublé d'un sot, Barbezière ! Nous les tenions tous deux et vous les avez laissés filer !

— Comment aurais-je pu imaginer, monsieur le marquis, que ce Fronsac découvrirait son ami au fond de cette écurie abandonnée ?

— Je vous avais prévenu : Fronsac est très fort ! Trop fort pour vous, en tout cas ! Au fait, où est votre sœur ?

— À l'abri, monsieur. Son hôtel a été fermé et, même si on le fouille, on n'y trouvera rien.

Le nabot jeta un regard sur la clientèle d'écrivains et d'artistes, nombreuse à cette heure. N'y repérant aucun visage connu, il poursuivit un ton plus bas :

— Vous lui direz qu'elle vienne me rejoindre à l'hôtel du duc de Liancourt, où je loge. Dans l'immédiat, il faut me débarrasser de Fronsac. Pouvez-vous rapidement réunir quelques hommes qui sachent manipuler le poignard et qui ne posent pas de questions ?

— Oui, monsieur.

— Très bien, surveillez l'étude de son père. S'il sort, cet après-midi, faites le nécessaire.

Il se leva et le chevalier de Chémerault détourna le regard tant la face du monstre était effrayante avec son nez écrasé, ses petits yeux enfoncés dans leurs orbites, ses dents gâtées et sa peau blanchâtre. Il eut brusquement pitié de sa sœur, contrainte de rejoindre cet homme et de l'aimer.

Ce même après-midi, Julie devait se rendre chez sa modiste en carrosse. Louis s'était senti tellement humilié par les vêtements que portaient les amies de Mme de Rambouillet qu'il avait insisté auprès de son épouse pour qu'elle se fasse faire une robe à la mode, en damas, quel qu'en soit le prix. Nicolas la conduirait.

Le matin, Gaufredi s'était rendu chez Gédéon Tallemant qui lui avait dit être disponible pour recevoir Louis quand il le souhaitait, aussi allèrent-ils chez lui dès que Julie fut partie.

La banque Tallemant, dirigée depuis l'année précédente par Pierre, le demi-frère de Gédéon, était une des plus grosses banques du royaume. Elle possédait plusieurs comptoirs, dont le principal était à La Rochelle, et participait aussi bien à des affrètements maritimes qu'à des traités, en particulier sur les grandes fermes.

À peu près du même âge que Louis, Gédéon n'était guère passionné par son métier de banquier. Il n'était d'ailleurs pas réellement associé à son frère et ne participait au fonctionnement de l'établissement que comme juriste, son père souhaitant même lui acheter une charge de conseiller au parlement.

Ce que Gédéon aimait, c'était écrire, et il s'intéressait par-dessus tout aux indiscrétions, aux potins et aux médisances rapportés dans les salons. Il collectait les confidences inavouables, les comportements étranges, les mœurs dépravées ou les secrets de famille aussi bien des gens de la Cour que de la bourgeoisie. Rumeurs, calomnies ou secrets d'alcôve, rien de ce qui se chuchotait confidentiellement ne lui échappait tant il inspirait confiance à chacun. Louis avait plusieurs fois fait appel à lui pour qu'il lui révèle quelque confidence en rapport avec ses enquêtes.

Gaufredi et son maître s'étant présentés au concierge de la banque, celui-ci les fit entrer dans la cour où ils laissèrent leurs chevaux.

La maison, qui était aussi le siège de la banque, était des plus vaste mais ceux qui l'habitaient y étaient serrés. Au rez-de-chaussée, où se situaient la cuisine, l'office et l'écurie, étaient installés les guichets où officiaient un essaim de petits commis sous la direction d'un caissier et d'un teneur de livres. Les deux étages étaient réservés aux appartements et aux bureaux. Seuls Pierre, Gédéon et leur père âgé disposaient de deux pièces. Encore l'une de celles de Gédéon servait-elle aussi de bibliothèque et de cabinet pour recevoir des clients. Vivait aussi dans la maison leur sœur Marie ainsi que François, le cadet de la famille.

Un laquais conduisit les visiteurs dans le cabinet-bibliothèque, généreuse pièce lambrissée dont deux murs d'angle étaient couverts d'ouvrages reliés en cuir. La grande table de travail de Gédéon, une plus petite couverte de drap vert à franges de soie, trois fauteuils à vertugadin et quatre chaises fleuries meublaient les lieux. Une cheminée de faïence bleue répandait une agréable chaleur.

Gaufredi, selon son habitude, resta debout près de la porte, comme s'il montait la garde. Après un échange de politesses, Louis s'ouvrit à son ami. Il souhaitait tout savoir sur Antoine Rossignol, sur le comte d'Avaux et sur Abel Servien. En revanche, il avait décidé de ne rien demander sur la *Belle Gueuse*, craignant de devoir se confier sur ce qui s'était passé entre elle et lui.

— Antoine Rossignol est un vieil ami, commença Tallemant. Il habite rue Neuve-Saint-Augustin. Il est, paraît-il, fort doué dans les mathématiques mais, pour le reste, c'est un homme simple à la vie bien réglée. Avec mon frère Pierre, nous le surnommons : « le pauvre homme ». Tu ne découvriras aucune turpitude chez lui.

— Notre ami Vincent m'a dit beaucoup de bien de Claude de Mesmes, le comte d'Avaux. Je l'ai d'ailleurs rencontré et il m'a fait l'effet d'un honnête homme.

Cette fois, Gédéon secoua négativement la tête :

— Je ne dirais pas ça. Tu sais que j'aime Vincent comme un frère mais, sur le comte d'Avaux, son amitié l'égare. Ils étaient au collège ensemble. Avaux l'a aidé à séduire Mme de Saintot, aussi ne lui trouve-t-il que des qualités. En vérité, Avaux est un jouisseur vain, vaniteux et superficiel. Pour obtenir le soutien de son frère, le président de Mesmes, la reine l'a nommé à la surintendance des Finances, une charge pour laquelle il est totalement incompétent. Mais ce n'est pas le plus grave. D'Avaux sonne comme dévot, ne l'oublie jamais ! Même s'il se donne des allures de libertin, Claude de Mesmes est un catholique rigide, c'est un des plus solides piliers du parti dévot et il a toujours encouragé discrètement l'Espagne. Il désire un rapprochement avec les Habsbourg et rejette l'idée d'une alliance avec les princes protestants afin de briser l'enfermement du royaume. Il sera un très mauvais négociateur de nos intérêts à Münster.

Cette charge surprit Louis et raviva ses soupçons. Mais le comte d'Avaux possédait le chiffre de Rossignol : pourquoi aurait-il organisé le vol de dépêches ? Il était cependant troublant de l'avoir vu par deux fois au *Hazart* alors que Claude Habert s'y trouvait. Quant à sa relation amicale – ou amoureuse – avec la *Belle Gueuse*, elle ne pouvait qu'attiser sa méfiance.

Il tenta une ouverture :

— J'ai rencontré M. d'Avaux dans un tripot tenu par Mlle de Chémerault.

— La *Belle Gueuse* ? Tu sais ce que l'on chantonnait sur elle dans Paris, il y a quelques années ?

— Non, répondit Louis qui s'attendait à tout.

— *La Mothe disait l'autre jour / À Richelieu : Faisons l'amour, / Embrassons-nous, et cætera. / Chémerault lui disait : Fripon, / Prenez-moi la motte du... / Et laissez l'autre Mothe là,* fredonna Tallemant avec un sourire canaille[1].

Louis sourit à son tour, se demandant s'il devait rapporter la salace ritournelle à Gaston.

— Et M. Servien ? Notre second plénipotentiaire, demanda-t-il alors.

— Ce n'est pas du tout le même genre d'homme. Servien est la droiture même. Il était secrétaire d'État à la Guerre sous le ministère de Richelieu et s'est toujours opposé à la politique étrangère soutenue par les dévots. C'est ce qui a causé sa chute. Le cardinal a préféré le sacrifier pour préserver un équilibre entre les factions. Il a heureusement été rappelé par Mazarin à la mort du roi et il aurait désormais toute la confiance de la reine. Servien est un solide partisan de la politique étrangère que conduisait Richelieu, qu'Anne d'Autriche a faite sienne, et qui peut se résumer ainsi : abaisser la puissance espagnole et celle de l'Empire en s'appuyant sur les pays protestants comme la Suède et les Provinces-Unies. Il a d'ailleurs beaucoup d'amis en Hollande. Et tu te doutes bien qu'étant moi-même protestant, je ne peux qu'appuyer une telle doctrine.

» À la Cour, Servien bénéficie de la présence de son neveu, Hugues de Lionne, principal secrétaire du cardinal en ce qui concerne la diplomatie. Tu le sais,

1. Nous avons sauté d'autres couplets encore plus grivois de cette chanson rapportée par Roger de Bussy.

la Cour n'est qu'un nid de guêpes où se préparent continuellement chausse-trapes et traquenards. Lionne y assure la protection de son oncle en le prévenant des pièges de ceux qui le détestent.

Toutes ces informations confirmaient ce que Louis savait déjà. Servien ne pouvait être mis en cause dans cette affaire d'espionnage. Pourtant, l'étrange relation qu'il paraissait avoir avec Louise Moillon l'intriguait. D'autant que le frère de cette femme était un des chiffreurs de Rossignol.

— Le comte d'Avaux ne cache pas ses liaisons amoureuses, dit-il. Qu'en est-il pour M. Servien ?

— Je ne lui en connais aucune, sinon avec sa femme.

— As-tu entendu parler de Louise Moillon ? Une fort belle femme qui peint et qui est mariée à un marchand de bois nommé Étienne Girardot de Chancourt. Je l'ai rencontrée récemment et elle m'est apparue bien proche de Servien.

— Bien sûr, je la connais ! C'est une protestante comme moi que je rencontre souvent au temple de Charenton, une amie même. Mais si tu t'imagines qu'elle est la maîtresse d'Abel Servien, tu te trompes, c'est une femme de caractère, d'une extrême rigidité tant dans ses mœurs que dans ses croyances. Elle aime son mari et ne le trompe sûrement pas. S'il existe une liaison entre elle et Abel Servien, celle-ci est certainement d'un autre ordre.

Louis posa d'autres questions à son ami sur le comte d'Avaux et sur Abel Servien, mais sans que ses réponses modifient l'esquisse des caractères et des comportements qui s'était dessinée peu à peu dans son esprit.

Finalement, jugea-t-il, il n'aurait pas appris grand-chose à l'occasion de cette visite, sinon quelques confirmations de ses propres jugements. Il remercia chaleureusement son ami pour son aide mais Gédéon ne voulant pas qu'il parte si vite leur fit servir une petite collation et ils ne quittèrent la banque qu'à la nuit tombée.

Ayant repris leurs montures, Louis et Gaufredi se dirigèrent vers la croix des Petits-Champs pour rentrer à l'étude.

La rue des Petits-Champs n'avait pas de commerce. Seuls des bourgeois, des magistrats et des financiers y avaient élu domicile. Trois maisons séparaient la banque Tallemant de l'hôtel du trésorier de l'Épargne, M. de La Bazinière. Le financier Particelli d'Emery, devenu depuis peu contrôleur général des Finances, habitait un peu plus loin, rue Neuve-des-Petits-Champs, un hôtel fastueux et Hugues de Lionne avait son domicile à proximité du couvent des Augustins réformés. Tous ces logements et hôtels avaient de solides portes ou portails bien fermés.

La rue était sombre et particulièrement déserte à cette heure. Ils devaient être à peine à quelques maisons de la banque Tallemant quand, d'une profonde porte cochère, surgit un gueux qui saisit d'une main le mors du cheval de Louis et de l'autre trancha la sangle de sa selle en estafilant la pauvre bête, laquelle rua si violemment que son cavalier fut précipité au sol.

Quatre autres spadassins, armés de longues colichemardes, sortirent alors d'une autre encoignure. Gaufredi devina que c'était à Louis qu'ils en avaient. Dans le noir, être à cheval était une gêne pour lui. Il sauta au sol devant son maître. L'attrapant par le col du pourpoint, il le tira vers le renfoncement d'une porte.

Louis n'était pas blessé mais était cependant étourdi et hébété et, lorsqu'il se releva, il remarqua seulement que son compagnon avait sorti sa rapière et que, par d'amples moulinets de la lame, il gardait les agresseurs à bonne distance.

Gaufredi le contraignit, de sa main gauche, à rester dans son dos. Louis se cala donc dans l'embrasure de la porte où ils s'étaient réfugiés, essayant vainement de déterminer le nombre de truands qui les attaquaient. Mais il faisait si sombre qu'il n'apercevait que la lueur des lames qui s'entrechoquaient.

Au fracas du combat, leurs chevaux s'étaient enfuis. Seul le froissement de l'acier se faisait entendre.

Fronsac songea que leur situation était désespérée si personne ne venait les secourir. Lui-même n'était pas armé – pour une fois il le regrettait – et son compagnon ne pourrait vaincre quatre ou cinq adversaires, peut-être plus. Il se mit donc à crier :

— À l'aide ! Des truands nous attaquent ! À l'aide !

Mais comme il fallait s'y attendre, ces cris n'eurent aucun écho.

Gaufredi, tout en ferraillant, repéra, à la lueur de la flamme d'un briquet, un des truands qui tenait une courte arquebuse et qui tentait d'en allumer la mèche.

Jugeant que son maître était provisoirement en sécurité derrière lui, le vieux soldat extirpa un pistolet à silex d'une poche de son grand manteau écarlate et tira sur l'homme à l'arquebuse. La lueur du briquet toujours allumé lui permit d'atteindre le malandrin dans l'œil gauche. Il s'écroula.

Deux spadassins tentèrent alors de contourner le vieux reître pour percer Louis. Gaufredi jeta son pistolet désormais inutile à la figure du plus proche et, alors que celui-ci était étourdi par le choc, il lui coupa la gorge d'un revers de lame.

Fronsac était maintenant suffisamment habitué à l'obscurité pour voir qu'il restait quatre spadassins. À son âge, Gaufredi ne pourrait ferrailler bien longtemps ainsi. Il songea à ramasser la brette d'un des morts, mais celle qu'il aperçut était hors de portée. Ne pouvant rien faire d'autre, il hurla à nouveau pour demander de l'aide.

Gaufredi criait lui aussi, injuriant et menaçant les marauds, tentant de leur faire peur !

— Bougres de coquins ! Lâches ! Je vous mangerai le cœur du ventre ! hurlait-il.

Emporté par la rage, il se fendit brusquement pour embrocher un des spadassins trop audacieux mais, le temps qu'il ressorte sa lame de la poitrine de l'homme, il reçut un coup d'épée dans le bras gauche. Ce n'était qu'une égratignure, mais la manche de son pourpoint rougit brusquement.

Le combat cessa un instant. Le cercle des trois lames s'écarta. Les agresseurs savaient maintenant que le redoutable vieillard était touché, ils ne voulaient plus prendre de risque. Ils jugeaient qu'ils avaient désormais tout leur temps, ils n'avaient plus qu'à le fatiguer, à lui laisser perdre son sang avant de l'estramaçoner.

Car, malgré les cris et les hurlements, personne n'était venu. Pourtant, dans les maisons proches, les habitants avaient tous entendu le bruissement des lames et les appels à l'aide. La plupart des maîtres de maison disposaient de robustes laquais, et parfois même de gardes armés, mais ils préféraient rester calfeutrés, attendant le retour du calme pour envoyer un domestique chercher le guet jusqu'au Palais-Royal tout proche.

Pourquoi intervenir dans une mauvaise querelle qui ne les regardait pas ? se disaient-ils.

Louis savait qu'ils étaient perdus. Il se dit qu'il aurait bien aimé connaître ses agresseurs. Il n'avait pu voir aucun visage. Le frère de la Chémerault était-il avec eux ? s'interrogea-t-il bien vainement.

Brusquement, les trois spadassins se portèrent à nouveau sur Gaufredi. La lame du vieux reître volait en tous sens, écartant les autres fers avec une vitesse et une dextérité magiques. Mais son bras gauche pendait le long de son corps et, lorsque Louis le toucha de ses doigts, il sentit le sang qui collait.

Fronsac avait cessé d'appeler à l'aide. Pensant à son épouse, il attendait désormais la mort, lorsque, soudain, un cri retentit du bout de la rue, puis un autre :

— Pas de quartier !

— Tue ! Sus aux marauds !

— À l'aide ! hurla à nouveau Louis.

Il y eut un coup de feu, peut-être tiré en l'air, puis un martèlement de bottes.

Le cercle de fer disparut et, dans l'instant, les pendards s'enfuirent dans la direction opposée aux cris, alors que la lumière de torches apparaissait à quelques maisons de là.

C'est à cet instant que Gaufredi s'écroula, sa lame tinta bruyamment en heurtant le sol.

— Louis ! Blessé ? lança une voix angoissée. Une lanterne s'approcha alors que Fronsac s'était agenouillé pour examiner son garde du corps.

— Louis ? répéta-t-on d'un ton affolé.

Fronsac leva la tête. Il avait reconnu la voix de Gédéon, il aperçut alors derrière lui son frère aîné Pierre[1] ainsi que quelques laquais ou gardes de la banque dont plusieurs portaient des torches et des arquebuses. Quelques-uns avaient une épée en main et Tallemant un pistolet encore fumant. C'était sans doute lui qui avait tiré.

— Ce ne sera rien, monsieur, balbutia Gaufredi en tentant de se relever. Celui qui me fera passer de l'autre côté n'est pas encore né !

— Gédéon, Gaufredi est blessé ! Il faut l'aider, appeler un médecin ! Je crois qu'il y a un chirurgien dans la rue.

— Ça ira, monsieur, je vous le jure ! Ce n'est qu'une égratignure. J'ai perdu du sang, mais ça ne coule plus beaucoup.

1. Pierre avait onze ans de plus que Gédéon.

Louis l'aida à se mettre debout. Un laquais l'assista en soutenant le vieillard par les aisselles.

— Petit-Pierre, Augustin, prêtez-lui main-forte pour aller jusqu'à la maison, ordonna Gédéon. Dites à ma sœur Marie qu'elle nettoie la blessure et la panse. Faites aussi chercher l'abbé[1], il connaît un peu la médecine et saura quoi faire.

Les deux laquais, soutenant Gaufredi, repartirent vers la maison.

— Que s'est-il passé, Louis ? Ces truands voulaient ta bourse ?

— Non, Gédéon, ils voulaient ma vie ! bredouilla Fronsac dans un rictus.

— Tu les connais ?

— Regardons les morts, veux-tu ?

Il prit la lanterne de Tallemant. Son frère avait gardé un des flambeaux des valets. Ils se penchèrent sur le premier cadavre, celui qui avait la gorge tranchée. Louis ne le connaissait pas. Le second portait un masque, c'était celui qui avait reçu la balle dans l'œil. Avec dégoût, Louis ôta le masque plein de sang et de matière cervicale. Malgré l'affreuse blessure, il ne pouvait se tromper devant le visage blafard et les grandes oreilles de cet homme maigre, aux cheveux sales étalés dans les excréments de la rue.

Le manteau gris était cette fois bien attaché par les deux boucles. C'était Claude Habert, le chiffreur petit-neveu de la belle-sœur de Bouthillier de Chavigny, plus rapide en calcul que pour allumer la mèche d'une arquebuse.

Ainsi, c'était lui l'espion comme l'avait deviné Gaston, songea Louis un peu déçu. Maintenant que le calme était revenu, il prit conscience qu'il avait eu l'impression de reconnaître la silhouette du frère de Mlle de Chémerault, à la lueur du flambeau, quand

1. L'abbé, c'était son frère cadet, François. Marie devait épouser Henry de Massuez, marquis de Ruvigny.

la bande s'était éclipsée. Il examina alors le troisième mort dont Gaufredi avait percé la poitrine. C'était lui aussi un inconnu.

— Vous êtes arrivés à temps, fit-il à Gédéon.

— Tu le connais ?

— Oui. C'est sur lui que j'enquêtais. Ton frère et toi, pouvez-vous m'aider à les charger sur nos chevaux que j'aperçois là-bas et à les transporter jusque devant la banque ? Je ne voudrais pas que leurs complices viennent les prendre. Il faudrait aussi qu'un laquais aille chercher quelques gardes au Palais-Royal.

— Ils diront que c'est l'affaire du guet, intervint le frère de Tallemant en haussant les épaules. Personne ne viendra.

Pierre Tallemant était un homme épais au visage rubicond. Clairvoyant et dur en affaires, il jugeait avec sévérité ce gouvernement qui, manquant d'argent, cherchait désormais à pressurer les bourgeois et les financiers comme lui.

— Ils viendront, Pierre, je te l'assure. Je remettrai à ton domestique une lettre que j'ai sur moi de M. Le Tellier me donnant tout pouvoir sur la garde du palais. Il faudra aussi qu'ils ramènent M. Colbert ou Isaac de Portau, un mousquetaire que je connais.

Déjà un des domestiques revenait en courant avec une autre lanterne et deux compagnons.

Gédéon ramena les deux chevaux. Tous ensemble, ils tirèrent les trois corps par les pieds, puis les chargèrent sur les bêtes qu'ils conduisirent jusque dans la cour de la banque.

Louis expliqua au laquais que Pierre avait choisi pour aller jusqu'au palais ce qu'il aurait à faire et il lui confia sa lettre. Le domestique se nommait Gros-Jean, c'était un homme vigoureux d'une quarantaine d'années, vieux fidèle de la famille. Louis le connaissait un peu et savait qu'il ferait le nécessaire. Gédéon lui prêta son épée.

Ils rentrèrent dans l'hôtel pour se rendre auprès de Gaufredi. Le vieux soldat était torse nu devant la cheminée de la cuisine, pansé avec un linge qui lui prenait le bras et le torse. Il dévorait un demi-poulet devant un cruchon de vin.

— Ce ne sera rien, annonça sèchement François, le frère cadet de Gédéon, qui avait pansé le vieux soldat. Pourquoi vous a-t-on attaqués ?

— Des gens qui m'en voulaient, répondit sobrement Louis. Je suis désolé du dérangement que je vous ai causé. Des gardes vont venir avec des mousquetaires et M. Colbert.

— Je connais Jean-Baptiste Colbert, fit le frère aîné d'un ton où se mêlaient ironie et désillusion. Croyez-vous qu'un homme tel que lui se dérangera pour nous ?

— Il viendra, sourit Louis. Et il ira ensuite informer M. Le Tellier de cette agression. Il soupira. J'ai eu beaucoup de chance que vous entendiez les éclats du combat. Nous étions loin.

— Mais on n'a rien entendu, Louis, dit Gédéon. Quelqu'un est simplement venu nous prévenir !

— Comment ça ?

— On a frappé au portail, le concierge est venu voir. Un homme était là qui lui a dit de prévenir M. Gédéon Tallemant. Notre concierge lui a proposé d'entrer mais l'inconnu a refusé. Il a juste demandé que l'on m'avertisse en répétant : « Un ami de M. Tallemant est en train de se faire tuer dans la rue. Allez le secourir avant qu'il ne soit trop tard. »

— Il a dit ça ? Il me connaissait ? Mais qui était cet homme ?

— Je l'ignore, Louis, il est reparti aussitôt. Je ne l'ai pas vu, mais notre concierge m'a dit qu'il avait l'accent italien. Quoi qu'il en soit, j'étais avec mon frère, on a pris estramaçons et lanternes et, avec quelques laquais, on s'est précipités. C'est alors qu'on a entendu que tu appelais à l'aide. J'ai compris que c'était toi qui étais attaqué.

Louis ne savait que penser. Qui était cet inconnu à l'accent italien ?

— Cet homme a-t-il dit mon nom ?

— Je... je ne sais pas. Il faudrait demander au concierge.

— Non, intervint Pierre. Le concierge m'a affirmé qu'il a juste parlé de l'ami de M. Tallemant. Nous ignorions de qui il s'agissait.

— Tu connais des gens qui ont l'accent italien ? demanda Louis.

Gédéon se mit à rire :

— Dans cette rue où ne logent que des financiers et des banquiers ? La moitié, au moins, sont italiens !

C'était donc peut-être simplement un hasard, songea Louis. Un voisin qui l'avait reconnu et qui n'avait pas voulu intervenir lui-même. En tout cas, il lui avait sauvé la vie, ainsi qu'à Gaufredi.

Une servante leur apporta des bols de bouillon. Ils ne les avaient pas terminés qu'une cavalcade retentit.

Une dizaine de gardes du corps du roi était entrée dans la cour où se tenaient encore plusieurs laquais et gardiens de la banque, tous armés. Plusieurs des cavaliers portaient des flambeaux de cire et de lin. À leur tête se trouvait un officier arrogant qui les toisa avec dédain.

— Allez me chercher M. Fronsac ! lança-t-il à la cantonade.

— C'est moi, répliqua sèchement Louis. À compter de maintenant vous êtes sous mes ordres. Quel est votre nom ?

À la lueur des flambeaux, Louis vit que l'officier rougissait. Aux vêtements de ses interlocuteurs, il devait croire qu'il avait affaire à des bourgeois et non à l'homme nommé par Le Tellier, dans la lettre que le domestique lui avait passée.

— Montrobert, répondit-il en descendant de sa monture et en le saluant. Il sortit la lettre de Le Tellier et la rendit à Louis.

— Merci, fit-il en rangeant soigneusement le pli dans son pourpoint. A-t-on prévenu M. Colbert ?

— Oui, monsieur. Il va arriver en voiture.

— Bien, envoyez un de vos hommes chercher une charrette ou un chariot. Il y a là trois cadavres. Dès que M. Colbert les aura vus, je veux qu'on les conduise au Grand-Châtelet et qu'on les garde dans la morgue. Ils seront examinés demain par les commissaires.

L'officier se dirigea vers les gardes du corps encore à cheval et donna des ordres. Deux gardes partirent. Montrobert revint vers Fronsac.

— Que s'est-il passé, monsieur ?

— J'ai été attaqué par ces marauds. Mes amis ici présents sont venus à mon aide. Mon compagnon a tué trois de nos agresseurs. Il s'agit d'une affaire d'État qui concerne M. Le Tellier. Pas un mot à quiconque, sauf si vous voulez finir à la Bastille.

L'officier hocha la tête, puis s'approcha des cadavres pour les examiner. On entendit alors un roulement de voiture et un bruyant martèlement. C'était un petit carrosse ordinaire qui resta toutefois à l'extérieur de la cour, dans la rue. Colbert en descendit lentement, toujours vêtu de noir, le visage froncé, fermé, hargneux. Il balaya la cour du regard, s'arrêtant un instant sur les gardes du corps à cheval, puis sur les frères Tallemant et sur leurs domestiques. Finalement, il s'approcha de Fronsac, ignorant les trois frères qu'il connaissait pourtant. Son expression était glaciale et distante.

— On est venu me déranger, monsieur. J'avais encore beaucoup de travail pour le service du roi, ce soir. J'espère que c'était important.

Le ton était non seulement désagréable, mais menaçant, venimeux. Louis tendit la main vers les cadavres toujours sur les deux chevaux.

— Allez donc examiner cet homme qui a tenté de m'assassiner avec ses amis, M. Colbert.

Le commis de Le Tellier le dévisagea avec un mélange de surprise et d'inquiétude, puis il se dirigea vers le cheval qui ne portait qu'un seul corps en travers de la selle. Il souleva la tête du mort avec difficulté. Le froid avait accéléré la rigidité cadavérique. Colbert eut un geste de recul en découvrant la face sanglante, puis il la regarda à nouveau, cette fois plus longuement.

Quand il revint vers Louis, son visage était livide.

— Il a tenté de vous tuer ?

— Oui. Ils étaient six ou sept. Mon compagnon en a tué trois.

Colbert parut un instant désemparé. Il marmonna :

— Il faut prévenir M. Le Tellier, tout de suite.

— Pouvez-vous vous en charger, monsieur ? Il faudrait que je le rencontre demain matin à la première heure.

— Je vais le faire. Avez-vous reconnu d'autres agresseurs ?

Il paraissait inquiet. Louis le revit en train de parler avec Mlle de Chémerault, à l'hôtel d'Avaux.

— Peut-être, mais je n'en suis pas certain.

Colbert lança un regard furtif vers les autres corps, posés sur le second cheval.

— Et ceux-là ? Les connaissiez-vous ?

— Non.

Colbert parut hésiter à aller les examiner. Il s'en abstint finalement.

— Que puis-je faire pour vous maintenant, monsieur Fronsac ?

— Rien de plus, sinon prévenir M. Le Tellier. J'ai donné ordre qu'on transporte les cadavres au Grand-

Châtelet. Mon ami Tilly, qui est commissaire de police, s'occupera de l'enquête.

Colbert hocha lentement la tête, comme indécis sur ce qu'il devait faire ou dire. Après quelques secondes de silence, il suggéra d'un ton égal :

— Je crois... qu'il vaudrait mieux que vous rencontriez M. Le Tellier à son hôtel, rue de Richelieu, plutôt qu'au Palais-Royal.

— Je ferai comme vous me le proposez, monsieur.

— Vers sept heures, monsieur ?

— J'y serai.

— Je suis votre serviteur, monsieur, conclut Colbert en saluant Fronsac d'une inclination de tête. Il eut même un bref signe de politesse envers les frères Tallemant qui l'observaient, puis un dernier envers Montrobert, et il regagna son carrosse à petits pas.

— M. Colbert est toujours aussi courtois et aussi chaleureux, ironisa Pierre Tallemant quand la voiture se fut éloignée.

— Il avait surtout l'air embarrassé, poursuivit Gédéon qui l'avait bien observé. Inquiet, même. Il connaissait cet homme ? demanda-t-il à Louis en désignant le mort.

— Il le connaissait. Il travaillait même avec lui.

Gédéon comprit que Colbert était, d'une façon ou d'une autre, lié à l'histoire. Il ne posa pas d'autre question.

— Je vais faire préparer notre voiture, Louis, proposa-t-il. Gaufredi ne peut monter à cheval et notre cocher va vous ramener. Il attachera vos chevaux derrière la voiture.

— Et pour les morts ? objecta Louis.

— Ils n'ont plus besoin de vous, monsieur, fit courtoisement Montrobert. Je vais les faire transporter au Grand-Châtelet. Vous pouvez me faire confiance.

Louis accepta de bon cœur. Il se sentait épuisé et il savait que sa journée n'était pas terminée.

Complies sonnaient au couvent des Pères de la Merci, tout près de l'étude paternelle lorsque Louis et Gaufredi descendirent du carrosse de Tallemant. Le vieux soldat fut conduit dans le cabinet où il logeait pour s'y reposer, tandis que Louis racontait à sa famille assemblée ce qui s'était passé.

— Il faut que j'aille prévenir Gaston, expliqua-t-il à son père quand il eut terminé son récit. Je vais avoir besoin de Jacques et de Guillaume. Tous deux bien armés !

Jacques Bouvier alla chercher son frère qui logeait un peu plus bas dans la rue dans les deux minuscules pièces d'une maison en torchis. Les deux hommes s'équipèrent de cuirasse et morion. Louis enfila une brigandine que lui avait donnée le marquis de Pisany. Il prit deux pistolets dont il vérifia le mécanisme et la charge et ils partirent à cheval pour la rue de la Verrerie.

Ils trouvèrent Gaston en train de dîner. Louis raconta une nouvelle fois l'agression tandis que Guillaume et Jacques jouaient aux capitans dans la cuisine, devant la cuisinière de Gaston, admiratrice.

— J'avais raison ! jubila le rouquin. Habert est bien ton espion. À quelque chose, malheur est bon ! Gaufredi est blessé mais ton enquête est terminée ! Il n'y a plus d'espion au bureau du Chiffre !

— Sans doute, Gaston, mais il y a toujours les commanditaires ! Tu crois vraiment que c'est Habert qui avait tout organisé ?

— Pourquoi pas ?

— Tu as déjà oublié la *Belle Gueuse* et son frère ?

— Non, mais même si son frère était avec tes agresseurs, il a maintenant perdu son espion. Le service du Chiffre est sûr, désormais. Lui, ou celui qui le dirige, tentera certainement autre chose plus tard, mais ça ne te regarde plus. Tu as résolu l'affaire que t'a confiée Mazarin.

— Tu as sans doute raison, répondit Louis après une brève hésitation. Ils recommenceront, sans doute, mais c'est en effet l'affaire de Le Tellier. Je passerai te prendre demain matin à l'aube. Nous nous rendrons immédiatement à son hôtel où on nous attendra si Colbert a fait le nécessaire !

9.

Jeudi 12 novembre 1643

Louis et Gaston se présentèrent à l'hôtel Le Tellier, rue de Richelieu, à sept heures. Un laquais les attendait et les conduisit en silence dans un salon de réception au premier étage. S'y trouvaient déjà, outre Michel Le Tellier, le comte de Brienne et Antoine Rossignol. Mais pas Colbert.

Les salutations furent brèves. Les deux ministres avaient hâte d'en apprendre davantage sur l'incroyable agression de la veille. Le Tellier prit la parole dès qu'il eut fait asseoir nos deux amis.

— Monsieur Fronsac, M. Colbert m'a prévenu, hier soir, de la mort de Claude Habert alors qu'avec une bande de pendards il tentait de vous assassiner. Que s'est-il exactement passé ? Pensez-vous qu'il était notre espion ?

— Nous le suspections, monsieur, expliqua Louis, mais nous n'avions aucun élément à charge contre lui. Mon ami, M. de Tilly, l'avait suivi jusqu'à son logement : une auberge fréquentée uniquement par des Hollandais, ce qui n'est nullement une preuve de culpabilité. En revanche, il jouait régulièrement de grosses sommes dans le tripot de Mlle de Chémerault, le *Hazart*. Mais là encore, ce comportement pouvait s'expliquer : les gens doués dans la manipulation des nombres croient souvent avoir découvert les règles mathématiques qui régissent les jeux de hasard. Ils cherchent alors à les appliquer pour s'enrichir. Quoi qu'il en soit, nous nous sommes rendus au *Hazart* et nous l'y avons vu. M'a-t-il alors reconnu comme celui qui leur avait été présenté par M. Rossignol ? A-t-il reconnu mon ami Gaston, qui l'avait suivi ? Nous ne le saurons jamais, mais c'est sans doute après cette visite qu'il a organisé cette meurtrerie.

— Dans ce cas, sa culpabilité ne fait aucun doute, déclara rudement Le Tellier. Il a dû penser que vous aviez la preuve qu'il était un judas et payer une bande de malandrins pour vous suivre et vous attaquer.

— Ce n'était pas simplement une bande de malandrins, monsieur, intervint Gaston en secouant la tête. Il y a aussi l'assassinat de Charles Manessier qu'on a déguisé en suicide. En outre, on a également tenté de me faire disparaître.

— Je l'ignorais, fit sèchement Le Tellier. Je n'ai pas vu de mémoire à ce sujet...

— C'est moi qui ai demandé à Gaston de ne pas en écrire, intervint Louis. Il nous manquait encore tant d'éléments, monsieur ! Voici ce qui s'est passé : M. de Tilly a été attiré dans un piège, on l'a assommé et garrotté. J'étais alors à sa recherche. Je l'ai finalement découvert et je suis parvenu à le délivrer. Mais nous ignorions qui avait organisé ce guet-apens.

Louis ne souhaitait pas parler de la Chémerault. Elle était en fuite et, si leurs ennemis apprenaient qu'on la recherchait, ils la feraient disparaître. Or, elle et son frère restaient leur ultime piste. Cependant, il savait que, si Le Tellier se montrait trop curieux, il ne pourrait cacher la vérité.

— Quand et où cela a-t-il eu lieu ? demanda le ministre.

— Dimanche, lors de la réception à l'hôtel d'Avaux, monsieur. J'ai retrouvé Gaston garrotté dans les écuries d'une maison abandonnée.

— Je me rappelle, en effet, que vous cherchiez votre ami, intervint Brienne, stupéfait. Je n'aurais jamais pensé qu'on pourrait s'en prendre à vous là-bas !

— Le piège était bien tendu, monsieur, continua Louis. Il a demandé des complicités. C'est pourquoi je pense que Claude Habert n'a été qu'un instrument entre les mains d'un homme audacieux. Peut-être a-t-il perdu de fortes sommes au jeu ? Peut-être lui a-t-on assuré que je le suspectais ? Quelles qu'en soient les raisons, il a fort bien pu être manipulé.

— Pourquoi ne nous avoir rien dit ? s'insurgea Le Tellier.

— Nous étions convenus que je conduirais cette affaire à mon gré, monsieur. J'ai pensé qu'il ne servirait à rien de démasquer seulement votre espion. Je voulais remonter plus haut, jusqu'au commanditaire. C'est d'ailleurs ce que vous souhaitiez.

— Avez-vous des éléments pour le faire, désormais ? demanda M. de Brienne.

— Non, monsieur. Mais, si vos adversaires savent que je poursuis cette affaire, ils recommenceront à s'attaquer à moi et j'aurai peut-être une autre opportunité.

— Une opportunité ? Annoncez-nous plutôt votre prochain trépas ! persifla Brienne. Êtes-vous conscient de la chance que vous avez eue ? Croyez-vous que la fortune vous protégera une seconde fois ? Je n'avais jamais imaginé qu'on pourrait s'en prendre ainsi à vous, et à M. de Tilly ! Un commissaire de police !

— Êtes-vous certain que Claude Habert était notre espion ? s'enquit plus calmement Le Tellier.

— Je le pense, répondit Louis sans hésiter.

— Et vous pouvez aussi expliquer la mort de Charles Manessier ?

— Oui, monsieur. Voici ce qui a dû se passer : Habert a découvert qu'on le suivait, ou qu'on le suspectait. Avec un complice – sans doute le commanditaire de cette affaire –, ils ont fait boire M. Manessier, puis l'ont pendu pour que son décès ressemble à un suicide. J'aurais dû conclure à sa culpabilité, tant l'explication était évidente : Manessier aurait eu peur d'être arrêté et se serait suicidé. Seulement, je n'ai pas été convaincu et je l'ai expliqué aux commis de M. Rossignol. Habert a pris peur et, seul ou à la demande de son commanditaire, il a organisé ce guet-apens contre moi.

— Votre raisonnement me paraît solide, approuva Michel Le Tellier. Mais pour ma part, il me suffit de savoir que notre traître a été mis hors d'état de nuire, même si cela a malheureusement coûté la vie à M. Manessier. Qu'en pensez-vous, Rossignol ?

— Nous aurons toujours des ennemis qui chercheront à voler nos chiffres, monsieur, répondit celui-ci. Démasquer le ou les commanditaires ne nous apporterait rien de plus.

— Et la justice, monsieur ? s'insurgea Gaston. Même en oubliant ce qui m'est arrivé ainsi que l'agression contre Louis, on a tout de même tué ce pauvre Manessier ! Votre parent ! Les assassins doivent payer pour ce crime !

Il y eut un instant de silence, puis Le Tellier se tourna vers Gaston :

— Claude Habert fréquentait l'hôtel de Mlle de Chémerault, dit-il. Or j'ai appris hier soir que le *Hazart* était fermé et que Mlle de Chémerault serait partie en province. Je me souviens parfaitement de l'avoir aperçue à la réception du comte d'Avaux. A-t-elle un rapport avec cette histoire ?

Gaston regarda Louis, et ce regard n'échappa pas au ministre de la Guerre.

— Nous l'ignorons, monsieur, mais mon ami souhaitait en effet l'interroger, répondit prudemment Louis.

Le Tellier soupira en secouant la tête :

— Vous vous engagez sur un terrain dangereux, messieurs. Mlle de Chémerault a énormément d'amis et est sur le point d'épouser un trésorier de l'Épargne. Sans preuve contre elle, vous vous feriez beaucoup d'ennemis. Et puis, poursuivre cette enquête, c'est aussi mettre en danger la vie de M. Fronsac. Ce n'est pas ce que je souhaite, ni ce que souhaite Son Éminence. M. Rossignol a raison, il y aura toujours des gens qui chercheront à percer nos secrets comme nous tenterons de le faire chez eux. C'est un jeu. Un grand jeu ! Dans l'immédiat, je considère, monsieur Fronsac, que vous avez réussi la mission qu'on vous avait confiée. Elle est donc terminée. Je vous ferai porter une lettre de change de dix mille livres, comme convenu. Quant à vous, monsieur de Tilly, la reine saura ce que vous avez fait pour elle.

— Nous ne connaîtrons donc jamais les commanditaires, ceux qui ont tué Manessier ! regretta Gaston.

— C'est certes dommage, en effet, mais désormais le service du Chiffre est sûr. C'est ce que nous désirions.

Louis secoua la tête de droite à gauche pour marquer son désaccord :

— Je ne suis pas certain que le service du Chiffre soit sûr, monsieur, déclara-t-il. Plusieurs dépêches chiffrées ont été volées, on ne sait pas exactement combien. Avec les éléments contenus dans ces lettres, peut-être avec des portions du répertoire dérobé dans le coffre, un esprit talentueux pourrait parvenir à interpréter, à deviner, les parties manquantes du répertoire et ainsi à lire nos prochaines dépêches. C'est bien ce qui est arrivé avec le code de Marie Stuart, n'est-ce pas, monsieur Rossignol ?

— Est-ce vraiment possible, monsieur Rossignol ? s'inquiéta Brienne.

— C'est en effet possible, monsieur le comte. Aucun code n'est inviolable et, effectivement, avec une partie, on peut éventuellement en découvrir la totalité. Thomas Phelippes a bien brisé le chiffre de Marie Stuart. Mais le chiffre que j'utilise est autrement plus complexe que celui de la reine d'Écosse.

— J'en conviens, monsieur Rossignol, dit Louis, mais je pense qu'il faut malgré tout s'en inquiéter. J'ai abordé ce sujet avec M. de Montauzier, qui rentre d'Allemagne et qui est aussi, vous le savez peut-être, un homme de science. Il m'a rapporté que, là-bas, quelqu'un était parvenu à percer le chiffre utilisé par Rantzau et son état-major. J'aurais aimé interroger cet homme et connaître ses méthodes mais il avait été capturé et Rantzau l'a fait pendre. J'ai alors demandé à M. de Montauzier s'il jugeait possible la fabrication d'un chiffre qu'on ne pourrait pénétrer, même en en possédant une partie. Il m'a déclaré que, si un tel instrument était envisageable, il ne pourrait être construit que par un fin mathématicien et il m'a conseillé d'en parler au père Mersenne, du couvent des Minimes.

— Qu'en pensez-vous, Rossignol, un tel code est-il une chimère ? demanda Le Tellier qui, en tant que ministre de la Guerre, connaissait l'incident avec le chiffre de Rantzau.

— Non, monseigneur, j'y ai souvent pensé, mais je ne suis pas assez talentueux dans la science des nombres pour y parvenir.

Le Tellier resta un moment muet, il réfléchissait et le silence s'installa entre eux.

— Mersenne transmettra tout ce que vous lui apprendrez à Rome, Fronsac. Quelle confiance pouvez-vous lui accorder ? objecta-t-il.

— Vous avez raison, monsieur, mais en d'autres circonstances, vous savez comme moi ce qu'a fait le père supérieur des Minimes en faveur de Mgr Mazarin.

Le Tellier resta silencieux, visiblement désarçonné par la remarque et incapable de contredire Fronsac.

Quelques mois auparavant, poursuivi par les tueurs de la duchesse de Chevreuse, Louis avait trouvé refuge au couvent des Minimes et c'est le père supérieur, aidé du père Niceron, qui lui avait permis de s'introduire dans la bande du duc de Beaufort et d'empêcher l'assassinat de Mazarin.

Le Tellier était le seul dans la pièce à le savoir.

— Que lui diriez-vous si je vous autorise à le rencontrer ?

— Mersenne est en relation avec les hommes les plus savants d'Europe dans le domaine des nombres. Je pensais qu'il pourrait m'indiquer quelqu'un à qui exposer mon idée.

Le Tellier secoua négativement la tête :

— Mersenne est trop fort pour vous, monsieur Fronsac. Il vous enverra vers un de ses amis et, si celui-ci propose un chiffre singulier ou insolite, il sera en même temps entre les mains du Saint-Siège !

— C'est un jeu, monsieur, vous l'avez dit vous-même. Et je sais aussi y jouer. Mersenne peut tenter de me tromper, mais je peux également le faire. Êtes-vous certain qu'il l'emportera contre moi ? En outre, M. Rossignol sera le juge final si je lui rapporte une solution. Que risquons-nous ?

Le Tellier consulta Brienne qui, après un temps de réflexion, hocha la tête de bas en haut. Puis il interrogea Rossignol du regard. Le responsable du bureau du Chiffre fit de même.

— Très bien, vous m'avez provisoirement convaincu, chevalier, soupira le ministre. Faites donc à votre idée et, si vous obtenez un résultat, nous en reparlerons.

Dans le carrosse qui se rendait au Grand-Châtelet, Gaston ne cachait pas son mécontentement.

— Le commanditaire de Habert ne peut être que le frère de la Chémerault. C'est lui qui s'est attaqué à moi, et c'est lui qui voulait s'en prendre à toi avec la complicité de sa sœur. Tout cela est évident ! Avec un ordre de Le Tellier, je pouvais le retrouver, le faire saisir, et définitivement détruire ce nid d'espions. Lui et sa sœur en liberté, ils recommenceront.

— Tu as sans doute raison, mais Le Tellier n'a pas tort non plus. Nous n'avons comme preuve que notre parole et ils ont des amis puissants. Peut-être trouveras-tu quelque chose en examinant les corps des truands que j'ai fait porter hier au Châtelet.

— Peut-être, mais j'en doute !

Après un silence, Gaston reprit :

— Quelle est la place de Mme Moillon et de ses frères dans ce puzzle ?

— Le saurai-je jamais ? répliqua Fronsac en haussant les épaules. Selon Tallemant, Mme Moillon pourrait avoir une relation privilégiée avec Servien.

— Sa maîtresse ?

— Non, autre chose. Ils se connaissent, c'est certain. Mais si je suis déchargé de cette affaire, ai-je besoin de le savoir ?

— Et ton libraire ?

— Ce n'est qu'un libraire, je n'ai rien trouvé contre lui.

Ils restèrent à nouveau muets durant un long moment tandis que leur carrosse était arrêté dans un encombrement devant le Palais-Royal.

Quand la voiture repartit, Gaston demanda :

— Crois-tu vraiment qu'avec les dépêches déjà volées et les éléments que ces espions possèdent, ils puissent briser le chiffre de Rossignol ?

— Cela s'est fait, mais Rossignol est très fort et j'espère que son système de répertoire est robuste.

— Est-il vraiment possible de concevoir un chiffre inviolable ?

Louis haussa les épaules pour marquer son impuissance.

— Je le souhaite. Je tenterai de voir le père Mersenne cet après-midi. S'il ne peut, ou ne veut, m'aider, je rentrerai à Mercy à la fin de la semaine.

Après avoir laissé Gaston au Grand-Châtelet, le carrosse revint à l'étude des Fronsac. Louis fit part à ses parents et à Julie de la fin de son enquête et de leur prochain retour chez eux. Il lui restait encore à explorer une dernière piste en se rendant au couvent des Minimes, leur expliqua-t-il, mais il pourrait sans doute poursuivre cette ultime tâche sans rester à Paris : si le père Mersenne lui confiait quelques noms de mathématiciens, il leur écrirait pour tenter de les rencontrer.

Bien qu'insatisfait, Louis jugeait que sa semaine avait été fructueuse. Il avait résolu le problème que Le Tellier et Brienne lui avaient soumis et il rapportait chez lui dix mille livres qui, ajoutées à celles que Le Tellier lui avait remises à Mercy, le libéreraient de ses soucis financiers immédiats.

Durant le dîner avec ses parents, ils discutèrent longuement de la façon dont cette somme serait dépensée. Une chose était certaine : une grande partie serait utilisée pour amener l'eau au château. Ils pourraient ainsi disposer de salles de bains comme celles de la marquise de Rambouillet. Mais avec le reste, allaient-ils acheter les terres que l'abbaye de

Royaumont voulait vendre ? Allaient-ils meubler leur habitation ?

Julie fit part d'un petit souhait. Avant de quitter Paris, elle aurait aimé emporter à Mercy un autre livre. Elle avait regardé avec intérêt *Les Galanteries du duc d'Ossone*, dans l'édition de Pierre Rocolet, que Charles de Bresche leur avait confiée et que Louis avait rendue depuis.

Louis promit à son épouse d'aller chercher l'ouvrage aux *Armes de Rome*. Il pouvait bien distraire quelques livres de leur nouvelle fortune ! Il en profiterait d'ailleurs pour s'offrir un ouvrage sur le chiffrement et le secret de la correspondance, si le libraire en avait un.

Conduit par Nicolas, Louis se présenta dès l'après-midi au couvent des Minimes.

C'est sous le règne précédent que cet ordre avait fait construire derrière la place Royale, au début de la rue Saint-Louis, quelques bâtiments afin de loger à Paris une dizaine de leurs religieux, car les Minimes n'avaient jusqu'alors de maisons qu'en province.

Les Minimes avaient été fondés en Calabre par saint François, au XVe siècle. Leur règle reposait sur une stricte observance de la pauvreté. La congrégation se considérait d'ailleurs comme l'ordre religieux le plus humble et c'était l'origine de son nom : *minimi.* Ses membres se consacraient à la prière, à l'étude et à l'érudition.

Mais cette humilité ne s'accommodait d'aucune tolérance et bien des Minimes parisiens étaient d'âpres combattants des libres penseurs et de la religion réformée.

Vincent Voiture les craignait particulièrement depuis qu'ils avaient appuyé la mise en place d'une sainte Inquisition chargée de juger les membres de la *Confrérie de la bouteille*, dont il faisait partie. C'était un petit groupe d'écrivains, libres penseurs et jouisseurs, qui se réunissait au cabaret de la *Fosse-aux-Lions*, rue du Pas-de-la-Mule, tout près du couvent !

Heureusement tous les religieux du couvent n'étaient pas aussi intolérants et l'un des membres les plus éminents de la communauté parisienne avait même fait du monastère le centre de la vie scientifique de la capitale.

Mersenne était un mathématicien et un scientifique de grande valeur qui recevait dans sa minuscule cellule les plus éminents savants d'Europe. Il s'était aussi entouré d'une équipe de jeunes prêtres talentueux, tel le père Niceron, maître des anamorphoses et des illusions d'optique, ou encore le père Diron, spécialiste de la mécanique et des armes à vent.

Louis avait rencontré le père Niceron lorsqu'il s'intéressait à la fameuse arme à vent fabriquée par le père Diron pour le compte de Richelieu. Ce mousquet à air, dont Louis possédait l'unique exemplaire, pouvait tirer une bille de plomb dans le silence le plus total et tuer ainsi de façon bien mystérieuse.

Il avait à nouveau approché Niceron à un moment où il avait besoin d'aide et les Minimes lui avaient même sauvé la vie. Il est vrai que c'était dans leur intérêt ; le père Niceron lui avait avoué que, dans la lutte pour le pouvoir qui faisait rage dans le royaume après la mort du roi, son ordre préférait l'Italien Mazarin aux dévots espagnols soutenus par la duchesse de Chevreuse et le duc de Beaufort car, si ces derniers l'emportaient, le duc d'Enghien s'appuierait sur l'armée pour prendre le pouvoir. Ne valait-il pas mieux que la France fût dirigée par un cardinal que par un libertin athée ?

Mais, depuis l'échec de la cabale des Importants, Fronsac n'avait plus revu Niceron ; il lui avait seulement écrit pour le remercier.

Nicolas fit entrer le carrosse dans la première cour du couvent après que le concierge eut ouvert le grand portail. Louis abandonna Gaufredi dans la voiture – le vieux soldat, le bras en écharpe, avait tenu à l'accompagner – et, s'étant présenté au frère portier, il lui demanda de l'annoncer au père Niceron.

Aucun d'eux n'avait remarqué le gamin qui suivait le carrosse depuis l'étude. Celui-ci s'assit sur une borne au coin de la rue du Parc Royal et attendit. L'enfant ne fit pas plus attention au vieux ramoneur piémontais qui, balai à hérisson en main et raclette à la ceinture, le suivait lui aussi et venait de s'installer sur une borne au coin de la rue Saint-Louis.

C'était un singulier ramoneur. Par moments, il lançait le cri de sa profession, surtout en présence des femmes :

Ramonez vos cheminées, jeunes dames,
Haut et bas !

Et lorsqu'on le hélait pour venir ramoner, il répondait invariablement avec un accent italien qu'il n'avait pas le temps.

Comme lors de la dernière visite de Fronsac, le portier lui demanda d'attendre dans la curieuse salle, longue et étroite, qui jouxtait la cour. Désormais, Louis savait que les quatre murs peints de paysages étaient des anamorphoses, c'est-à-dire des figures étirées qui se transformaient suivant l'angle sous lequel on les regardait. Pour passer le temps, il avança le long d'un des murs et vit peu à peu le paysage devenir une Marie-Magdeleine pleurant dans sa grotte.

Il s'amusa ainsi jusqu'à l'arrivée d'un jeune moine tonsuré, au visage émacié cerné par un collier de barbe noire.

— Monsieur le chevalier ! s'exclama le prêtre dans un grand sourire chaleureux. Vous aimez donc toujours mes perspectives curieuses ?

Les deux hommes s'accolèrent amicalement. Étrangement, et bien que se connaissant peu, une solide sympathie les liait.

— J'ai été heureux d'apprendre votre succès, Louis, ajouta le père Niceron.

— Grâce à vous, mon père, et grâce à votre ordre.

— Il s'agit d'une visite de courtoisie ? demanda le moine en prenant Louis par l'épaule pour le conduire jusqu'au jardin qui se situait de l'autre côté de la salle.

— Pas vraiment, mon père. En vérité, je viens vous demander un conseil, peut-être plus.

Niceron hocha la tête avant de proposer d'un ton neutre.

— Si je peux vous aider...

— Il s'agit d'un problème de logique. Voulez-vous l'entendre ?

— Bien sûr !

— Supposons, mon père, que je dispose d'un document codé. Un document dans lequel chaque élément réel serait remplacé par un autre élément. Un homme adroit pourrait certainement découvrir les chances relatives de dissimulation des éléments réels derrière leur code, surtout s'il en possède une partie, n'est-ce pas ?

— Laissez-moi comprendre. Votre document serait, par exemple, une de ces dépêches chiffrées dans lesquelles on substitue des lettres à d'autres ?

— Par exemple. Maintenant, si je souhaitais éviter qu'on découvre mon chiffrage, pourrait-on imaginer la possibilité d'une méthode, d'une mécanique, où les règles probabilistes seraient inapplicables ?

Niceron eut une moue suivie d'un sourire.

— C'est un problème intéressant. Vous savez que mes anamorphoses sont aussi un moyen de dissimuler la vérité ?

— C'est pour cela que je suis venu vous demander conseil. Mais on m'a rapporté aussi que le père Marin Mersenne était un grand mathématicien, et surtout qu'il connaissait les hommes les plus talentueux du royaume dans ce domaine. J'aurais aimé lui exposer mon problème.

— En effet, le père Mersenne serait certainement de bon conseil, reconnut Niceron en se frottant la barbe. Je suppose qu'il est inutile que je vous demande les raisons véritables de votre quête ?

— Vous pourriez me les demander, mon père, mais je ne pourrais pas vous répondre, plaisanta Louis d'un ton léger.

Niceron hésita encore un instant, avant de proposer à son visiteur :

— Traversons l'église. La grande cour qui nous sert de cloître se situe de l'autre côté.

Ils prirent une petite porte et passèrent derrière le chœur. À l'autre bout, Niceron ouvrit une autre porte et Louis découvrit un autre jardin carré entouré de bâtiments élevés sur des arcades. Le large couloir sous celles-ci constituait le cloître du couvent.

— Puis-je vous prier de m'attendre ici un instant, chevalier ? demanda le moine.

Niceron l'abandonna pour se rendre à l'autre bout de la galerie où se tenaient deux moines en robe de bure. L'un d'eux tourna la tête dans la direction de Louis pendant que Niceron lui parlait. Fronsac reconnut le visage buriné, la fine moustache et la courte barbiche blanche du père supérieur. Un homme qu'il avait déjà rencontré et qui lui avait rappelé le cardinal de Richelieu.

Quand Niceron eut terminé, le père supérieur se dirigea lentement vers son visiteur.

— Monsieur Fronsac, lui proposa-t-il quand il fut à portée de voix, pouvons-nous faire quelques pas ensemble ?

Louis opina et ils s'avancèrent en silence dans la branche opposée du corridor à arcades.

— Savez-vous, monsieur Fronsac, que si les cloîtres ont toujours la forme d'un quadrilatère, c'est parce que les quatre galeries symbolisent les fleuves du paradis ? demanda le père supérieur au bout d'un instant.

— Je le sais, mon père. Ces fleuves sont le Pishôn, le Guihôn, le Hiddékel et l'Euphrate. J'ai fait mes études au collège de Clermont[1].

— Vous savez donc que vous cheminez ici dans une représentation du jardin d'Éden, sourit le père supérieur. Seriez-vous capable de mentir dans un lieu si sanctifié ?

— De mentir ? Certainement pas, mon père. Mais de vous dissimuler la vérité, probablement ! sourit Louis.

Le père supérieur s'arrêta de marcher pour se mettre à rire en considérant Louis.

— Je reconnais bien là quelqu'un qui a fait ses études chez les jésuites ! Mais, au moins, vous êtes franc. J'admets que c'est une qualité... Qui vous envoie, chevalier ?

— Personne, je poursuis une idée qui m'est venue, mon père.

— Que savez-vous du père Mersenne ? Ignorez-vous qu'il peut être très dogmatique ? Que seul compte pour lui la foi catholique et romaine ? Pourquoi vous aiderait-il, alors que vous avez avoué au père Niceron avoir trouvé admirable ce livre effroyable d'Antoine Arnauld ?

— *De la fréquente communion* ? Vous avez raison, nous sommes donc en désaccord sur ce point.

1. Collège des jésuites.

Mais je sais aussi que le père Mersenne a défendu Galilée alors que l'Église de Rome le condamnait. Je sais aussi qu'il s'est toujours battu contre ces fausses sciences que sont l'alchimie et l'astrologie. Les hommes sont compliqués, mon père, vous devez le savoir, et bien que je ne le connaisse pas, je suis certain que, chez le père Mersenne, la science prime le dogme.

Le père supérieur opina doucement avant de confirmer :

— Mersenne a fait plus : il a traduit et publié les *Mechaniques* et les *Dialogues* de Galilée, alors même que ces ouvrages étaient violemment attaqués par notre Église.

— Je le sais. Je sais aussi qu'il a publié *L'Harmonie Universelle* et *Cogitata Physico-Mathematica,* des ouvrages fort savants, compléta Louis.

— Qu'attendez-vous de lui ?

— Un nom, c'est tout. Le nom d'un mathématicien ou d'un logicien hors pair qui pourrait m'aider.

Ils firent encore quelques pas en silence.

— Vous êtes toujours au service de Mgr Mazarin, chevalier ?

Louis eut une seconde d'hésitation avant de répondre :

— Je suis au service du roi, mon père. Comme vous.

— Si nous vous aidons, le roi l'apprendra-t-il ?

— Sans doute, mais il n'a que cinq ans, mon père ! En revanche, je veillerais à ce que la régente le sache.

Ils avaient presque fait le tour complet du cloître et ils se retrouvèrent devant le père Niceron qui attendait. L'autre moine avait disparu.

— Si nous allions voir le père Mersenne, mon fils ? proposa en souriant le père supérieur.

Ils empruntèrent un long couloir voûté, sombre et froid, et Niceron, qui était passé devant, s'arrêta devant une porte de chêne identique aux autres.

Il frappa et entra. Puis il s'écarta pour laisser passer ses deux compagnons.

Louis embrassa les lieux du regard. C'était une grande cellule glaciale, plus grande que celle de Niceron qu'il connaissait déjà. Outre le minuscule lit en planche attaché au mur, elle était essentiellement occupée par une très grande table couverte de documents, de feuillets, de plumes et d'un gros encrier. Assis derrière, un petit homme aux yeux vifs, à la courte barbe circulaire et au visage tout en longueur, les considérait avec des yeux de chouette éblouis par la lumière.

Au mur, dans son dos, était accrochée une simple croix.

Devant la table se trouvaient un banc et quelques escabeaux de pin.

Ainsi, songea Louis, c'était dans cette cellule spartiate que se retrouvaient les plus éminents mathématiciens et physiciens d'Europe, les plus grands scientifiques du monde occidental ! C'est à partir de cette pièce austère que, depuis vingt ans, circulaient des lettres, des démonstrations, des propositions, des comptes-rendus de découvertes scientifiques qui jouaient un rôle majeur dans le renouvellement des connaissances et de la science à travers une Europe en guerre.

— Mersenne, s'enquit familièrement le père supérieur, pouvez-vous nous consacrer un peu de votre temps ?

— Nous avons l'éternité ici, mon père, installez-vous donc confortablement, ironisa le savant.

Ils s'assirent chacun sur un tabouret.

— M. Fronsac est un habitué de notre couvent, commença le père supérieur. Il y est déjà venu deux fois cette année. Il nous a rendu service la première fois, et nous l'avons aidé la seconde. M. Fronsac est un homme assez mystérieux, Mersenne. C'est un logicien qui serait bien capable de vous vaincre, mais c'est aussi un homme d'action ; il s'est battu à Rocroy aux côtés du duc.

— Vraiment ? fit Mersenne en levant un sourcil intéressé. Vous connaissez Enghien, monsieur ? Seriez-vous un de ses amis ?

Le ton était devenu ironique, et même ouvertement désagréable.

— M. Fronsac est en effet un fidèle d'Enghien, répondit le père supérieur sans laisser à Louis le temps de répondre. Et, curieusement, il est aussi plus ou moins au service de Mgr Mazarin. Aujourd'hui, il prétend venir ici de sa propre initiative. Il souhaite un conseil de votre part.

Le silence se fit. Quelle réaction allait avoir le père Mersenne après un tel portrait ? s'inquiéta Louis qui savait que les Minimes détestaient Enghien pour ses dépravations et son impiété, et Mazarin tout autant pour sa souplesse et son pragmatisme !

Mersenne lui adressa un geste plutôt malgracieux qui était une invitation à s'expliquer.

— Je viens ici, mon père, à titre personnel et pour un problème de logique que je me pose, dit Louis. Il s'agit de la transposition. Pour dissimuler, ou pour rester discret, on peut remplacer des éléments par d'autres éléments, des mots par d'autres mots, des faits par d'autres faits, mais il existera toujours une logique à cette substitution ; tout comme dans la traduction d'une langue dans une autre, il y aura toujours des règles Dès lors, toute codification pourra être percée par un homme adroit réfléchissant aux différentes possibilités de la substitution.

— Adroit et sachant raisonner, en effet, opina Mersenne un peu radouci en constatant que son visiteur lui proposait un problème intéressant.

— La question que je me pose est donc la suivante : serait-il possible de construire une mécanique de transposition où les règles probabilistes seraient inapplicables ?

— Et grâce à laquelle la vérité ne pourrait être distinguée, c'est cela ?

— En effet, mon père.

— Beaucoup se sont intéressés à ce problème sans le résoudre, sourit Mersenne. J'ai moi-même soulevé beaucoup de questions sans leur apporter de réponses dans mon livre : *Questions inouïes ou Récréation des savants* [1]. J'aurais pu, sans déchoir, y ajouter la vôtre ! J'ai cependant mon idée là-dessus : je ne pense pas que ce soit possible car ce qu'un homme a conçu, un autre homme peut le découvrir.

Mersenne se tut un moment, les yeux mi-clos, il réfléchissait. Le silence se fit durant près d'une minute, puis il considéra Louis et demanda :

— Connaissez-vous Étienne Paschal, monsieur ?

— Non, je ne pense pas.

— On le nomme aussi Pascal, il est commissaire pour les impôts en Normandie. C'est un mathématicien de valeur que j'ai plusieurs fois accueilli ici.

— Il saurait me répondre ? s'enquit Louis plein d'espoir.

— Certainement pas ! Mais laissez-moi poursuivre. Étienne Paschal a un fils qui se nomme Blaise. Cet enfant a témoigné dès son enfance d'une étonnante inclination pour les mathématiques. Pourtant, son père ne voulait pas qu'il s'y intéresse tant qu'il n'aurait pas appris le latin et le grec ! Or, alors que le jeune Blaise avait treize ans, Étienne Paschal découvrit un feuillet sur lequel son fils avait noté une démonstration prouvant que la somme des angles

1. Voici quelques-unes des questions que se posait Mersenne : quelles sont toutes les mesures de la terre, de combien le soleil en est-il éloigné et quelle est la vitesse de ce roi des Astres ?

d'un triangle valait deux angles droits. La suite, il me l'a racontée ainsi :

Mersenne se mit à jouer une scène cocasse entre le père et le fils, faisant sourire ses spectateurs chaque fois qu'il modifiait le ton de sa voix.

« — Qu'est-ce que cela, mon fils ?

« — Pardonnez-moi, mon père, je ne m'y suis amusé qu'à mes jours de congé.

« — Entends-tu bien cette proposition ?

« — Oui, mon père.

« — Mais où as-tu appris cela ?

« — Dans Euclide, mon père, dont j'ai lu les six premiers livres en cachette de vous. »

Le père Mersenne reprit alors plus sérieusement :

— Paschal se ravisa dès lors et permit finalement à son fils de lire Euclide. À quatorze ans, il lui a même proposé de l'accompagner ici. J'ai interrogé cet enfant et j'en ai été émerveillé. À seize ans – c'était, il y a cinq ans – Blaise m'a présenté plusieurs théorèmes de géométrie projective qu'il venait de définir et que j'ai eu du mal à comprendre. Depuis, les Pascal sont partis pour Rouen, où Étienne a acheté la charge de receveur des impôts de Haute-Normandie. Là-bas, Blaise s'est attelé à la confection d'une machine admirable pour l'arithmétique. Comme son père doit faire des comptes de sommes immenses pour le calcul des tailles, il s'est mis dans la tête qu'on pouvait, à l'aide de certaines roues dentées, appliquer infailliblement toutes sortes de règles d'arithmétique.

— Comment une machine pourrait-elle faire cela ? demanda Louis, incrédule.

— Je ne sais trop, monsieur Fronsac. Niceron pourrait vous en parler mieux que moi car il connaît la mécanique. J'ai cru comprendre qu'il s'agissait d'un engin permettant de réaliser automatiquement les quatre opérations. Blaise serait sur le point de la terminer et, la dernière fois qu'il est venu me voir, il m'a assuré qu'avec elle son père n'aurait plus aucune difficulté à calculer les impôts que les gens doivent payer !

— Si les receveurs des impôts se font maintenant aider par des machines ! murmura Louis, affolé, plus personne ne pourra échapper à leur voracité !

— En effet, sourit Mersenne, mais je doute qu'un jour les commis des impôts soient capables d'utiliser de tels engins ! Quoi qu'il en soit, Blaise Pascal me paraît être l'homme que vous cherchez. Il vient demain pour trois jours, travailler avec Niceron sur sa machine. Voulez-vous que je vous l'envoie ?

10.

Du vendredi 13 novembre 1643 à la fin du mois

La veille, Julie s'était à nouveau rendue chez sa modiste pour un ultime essayage. À la demande de son mari, elle avait aussi fait couper par un tailleur deux douzaines de chemises de toile, tant pour elle que pour lui. En raison de leur proche départ, le maître-tailleur devait venir à l'étude ce vendredi matin avec un apprenti pour les leur porter et les ajuster.

Louis passa donc une grande partie de la matinée dans leur chambre-bibliothèque à essayer ses chemises et à repousser les propositions du couturier qui lui offrait à chaque essayage de lui confectionner pourpoints, culottes, chausses ou manteau assorti.

Il sortit de cette séance à bout de forces, expliquant à Julie qu'il préférait encore se faire attaquer au coin d'une rue par des truands. Au moins, il avait alors Gaufredi pour le défendre tandis qu'elle, lui reprocha-t-il, non seulement elle ne prenait pas sa défense mais encore elle approuvait son agresseur !

— Tu m'as dit que nous devons tenir notre rang, je ne fais que t'obéir, avait-elle répondu. Mais rassure-toi, j'ai choisi un maître-tailleur dont les prix sont raisonnables. Tout comme le cordonnier et le marchand de rubans qui vont venir avec lui.

Le cordonnier arriva après le dîner pour proposer à Louis d'élégants souliers en maroquin rouge avec un coussinet sous le talon. En revanche, il refusa absolument d'ajouter un rond de dentelles aux bottes que Louis avait achetées rue Traversière.

— C'est impossible sur un si vieux modèle, monsieur ! Pour vous satisfaire, je dois vous confectionner de nouvelles bottes, plus étroites, et avec un plus grand talon. Elles devront monter aussi haut que possible et coller à la cuisse, sauf le revers, bien sûr, qui sera en forme d'entonnoir.

— Je vais plutôt me contenter de ces souliers à la cavalière dont la boucle me paraît bien maintenir le cou-de-pied, décida Louis, toujours économe.

Julie, elle, essayait d'élégantes chaussures lacées que lui proposait l'aide du cordonnier, un jeune blondinet d'une vingtaine d'années, tandis que Marie Gaultier, sa femme de chambre, examinait la forme de bois qui permettait à l'artisan de mesurer les pieds.

La chaussure était étroite et le pied de Julie trop large. Elle devait faire un effort pour l'enfiler. Pour l'encourager, l'aide se mit à chantonner tout en poussant le pied de la jeune femme contre son grand tablier rouge :

Ayant à chausser une Belle,
Jamais je ne suis plus adroit,
Poussez le pied, mademoiselle,
Sus courage, il entre tout droit !

C'est à ce moment-là que M. Richepin vint annoncer la visite du jeune Pascal.

— Julie, je vais recevoir M. Pascal dans la pièce à-côté. Tu pourras ainsi choisir tes souliers sans que je t'influence, sourit Louis.

Soulagé d'échapper à cette corvée, il salua le cordonnier et son aide pour passer dans la salle de réception utilisée pour les dîners et les soupers réunissant des invités. Déjà, M. Richepin introduisait le visiteur.

Blaise Pascal était un jeune homme au visage rond et timide, au front haut et au nez busqué. Il n'avait guère plus de vingt ans et marchait difficilement en s'appuyant sur une canne. Il portait sous le bras gauche une sorte de coffret plat en cuivre.

— Je vous remercie d'être venu si vite, monsieur Pascal, lui dit Louis avec chaleur en le faisant asseoir. Le père Mersenne vous a donc exposé mon problème ?

— En effet, monsieur le marquis. Il m'a assuré aussi que vous étiez intéressé par ma machine à calculer. Avec le père Niceron, nous y avons apporté quelques modifications, ce matin. Voulez-vous la voir ? demanda-t-il avec un éclair de fierté dans le regard.

Il posa le boîtier sur la table et l'ouvrit. Louis était réellement intrigué. L'intérieur du coffret était entièrement constitué de rouages et de roues dentées.

— Vous savez peut-être que je l'ai construite pour mon père, expliqua le jeune homme d'une voix douce. Les opérations de calcul de la taille sont fastidieuses et toujours source d'erreurs. Il y a quantité de multiplications et de divisions auxquelles s'ajoute la complexité de notre monnaie. Avec vingt sols dans une livre et douze deniers dans un sol, la machine doit traiter des divisions de la livre en deux cent quarante !

Il se tut un instant et reprit :

— Voyez, les roues dentées comportent dix positions. Chaque fois qu'une roue passe de la position neuf à la position zéro, la roue immédiatement à sa gauche, avance d'une position. Cela permet de faire les quatre opérations et même d'afficher les résultats partiels.

— Comment faites-vous les multiplications ?

— Elles sont effectuées à l'aide d'additions successives, tout comme les divisions qui se font à partir de soustractions successives.

— C'est un engin merveilleux !

— Sans doute, mais excessivement cher et difficile à fabriquer. C'est ce à quoi je m'attache en ce moment avec le père Niceron. Actuellement, cette machine revient à plus de quatre cents livres et elle est si compliquée à construire qu'il n'y a qu'un ouvrier à Rouen qui y parvienne. Encore faut-il que je sois avec lui !

Louis était penché sur la machine comme s'il voulait en percer les mystères.

— Mais je ne suis pas venu pour vous parler de cette mécanique, sourit le jeune homme. Lorsque le père Mersenne est venu me proposer de passer chez vous, ce matin, j'étais, comme je viens de vous le dire, avec le père Niceron. Surpris de sa demande, je ne comprenais pas vraiment ce que vous recherchiez et je ne voyais guère l'intérêt de venir vous voir. C'est le père Niceron qui a insisté, il m'a déclaré que vous étiez un personnage étonnant, capable de raisonnements incroyables à partir de faits si ténus qu'ils n'auraient jamais attiré l'attention du commun des mortels. C'est ça qui m'a décidé. La curiosité, en quelque sorte.

— Le père Niceron s'est moqué, monsieur. Mais il est exact que je possède, je ne sais comment, une étrange capacité à relier certaines prémisses ténébreuses pour les assembler en de claires évidences, et que j'ai un certain goût pour la logique.

— Il vous faut cependant disposer de prémisses correctes pour ne pas vous tromper, remarqua Blaise.

— En effet ! Il se trouve justement que j'ai aussi un certain don pour observer et classer des faits ou des observations qui passeraient inaperçus pour d'autres personnes. Ensuite, presque naturellement, j'établis des enchaînements qui, en s'associant les uns avec les autres, me permettent parfois d'aboutir aux bonnes conclusions.

— Qu'avez-vous observé et conclu à mon sujet ? s'amusa Blaise.

Louis ne répondit pas immédiatement. Il ne connaissait rien du caractère de ce jeune homme et il risquait de l'indisposer en lui parlant franchement. Il s'y risqua pourtant :

— En arrivant, vous avez regardé ce lutrin et le livre qui se trouve posé dessus. Son titre doré est bien visible sur la tranche.

Pour faire de la place dans la chambre, M. Richepin avait fait transporter une partie des rayonnages de la bibliothèque ainsi que deux lutrins dans la salle où ils se trouvaient. Sur l'un des lutrins se trouvait le livre d'Antoine Arnauld, *De la fréquente communion,* que M. Fronsac père venait de terminer.

— Plusieurs fois, alors que vous m'expliquiez le fonctionnement de votre machine, vous vous êtes tourné vers ce livre, reprit Louis. D'autre part, vous avez choisi de travailler avec le père Niceron, un Minime. Or les Minimes ont condamné cet ouvrage et ils ont dû vous inciter à vous en éloigner. Seulement, vous êtes un esprit scientifique et vous aimeriez vous faire votre propre opinion.

Et avec un sourire, il conclut :

— Je crois que vous souhaiteriez le lire.

— En effet, fit Pascal d'une voix blanche. Des amis à moi, qui connaissent l'abbé de Saint-Cyran[1],

1. Saint-Cyran, ami des frères Arnauld, avait engagé ceux-ci à traduire saint Augustin et à le commenter. Antoine, jeune théologien de la Sorbonne acquis à la cause augustinienne, publia *De la fréquente communion* en 1643.

lequel vient d'être libéré de prison comme vous devez le savoir, m'en ont conseillé la lecture en me déclarant qu'il s'agissait d'un ouvrage admirable.

Une fois de plus, Louis hésita à poursuivre. Il le fit cependant, jugeant que c'était un moyen de convaincre le jeune Pascal.

— Il y a plus. Vous souffrez, vous avez de la difficulté à vous déplacer, aussi vous interrogez-vous sur l'existence de Dieu, sur les raisons qui le font agir ainsi à votre égard. Vous savez que le livre d'Arnauld pose le problème de la grâce divine. Vous êtes écartelé entre la vérité scientifique, la connaissance et la foi, et vous vous demandez si vous ne trouverez pas la réponse à vos questions et à vos tourments dans cet ouvrage.

Le jeune Blaise, qui avait naturellement le teint assez pâle, était devenu livide à ces mots. Il resta un long moment silencieux, comme s'il priait.

Louis se leva, saisit le livre et le lui offrit.

— Il me vient de la duchesse d'Enghien.

— L'avez-vous lu, monsieur ?

— Nous l'avons tous lu ici. Voulez-vous que je vous le prête ?

— Comment vous le rendrai-je ? murmura Blaise.

— Nous nous reverrons certainement.

Le jeune homme soupira et un début de sourire apparut sur ses lèvres :

— La Providence vous a fait un cadeau dont elle est économe, monsieur, dit-il. Vous avez un esprit fin, capable de voir ce qui échappe à d'autres, et en même temps un esprit de géomètre qui vous permet de raisonner fort justement. C'est très peu courant ; j'ai observé que souvent les géomètres ont une mauvaise vue et que les esprits fins sont incapables de plier leur vue vers les principes de géométrie.

Il sourit plus ouvertement :

— Et si vous m'exposiez votre problème, maintenant ?

Louis sut alors qu'il avait gagné sa confiance.

— Il s'agit d'un problème de chiffrage, commença-t-il, de code secret. Pour l'instant, ce n'est qu'un jeu dans mon esprit. Vous savez qu'il est courant, pour dissimuler des informations, de transposer un document de telle sorte qu'à chaque élément réel corresponde un élément d'un code. Mais vous devez savoir aussi comment les hommes talentueux dans le domaine des mathématiques peuvent percer ces dissimulations en étudiant les chances relatives de transposition de chaque élément. La question que je me pose est celle-ci : Pourrait-on imaginer l'existence d'une méthode, d'une mécanique, dans laquelle les règles probabilistes seraient inapplicables ?

Le jeune Pascal médita un instant avant de lui demander à brûle-pourpoint :

— Jouez-vous aux dés, monsieur ?

— Rarement.

— C'est dommage ! Avec deux dés, savez-vous en combien de coups on peut espérer obtenir un double six ?

Décontenancé, Fronsac haussa un sourcil et ne répondit pas.

— Vous avez une chance sur trente-six, monsieur. Mais pour un sept, toujours avec deux dés, en combien de coups l'obtiendrez-vous ?

— Trente-six aussi, je suppose ?

— Pas du tout, en sept coups seulement. C'est un problème que m'avait proposé un ami, Antoine Gombaud, chevalier de Méré. Il voulait savoir le nombre de jets de deux dés nécessaires pour amener : « sonnez[1] ! » Voyez-vous, ceci paraît être un amusement, poursuivit Blaise d'un ton sérieux, mais ce n'en est pas un pour le joueur. Ce que je veux vous dire,

1. Deux six.

c'est que celui qui connaît les règles mathématiques a plus de chance de gagner que celui qui les ignore. Le tirage des dés est un bon exemple d'une application probabiliste. Je suis assez fort là-dessus, mais il y a quelqu'un de beaucoup plus ferré que moi. Un homme auprès de qui je ne suis rien dans cette science. C'est, à mon avis, le plus grand mathématicien de ce siècle. C'est lui que vous devriez consulter, conclut-il.

— Qui est cet homme prodigieux ?

— Un conseiller au parlement de Toulouse qui se nomme Pierre de Fermat. Il doit avoir un peu plus de quarante ans. Il s'est d'abord intéressé à la géométrie, aux similitudes, aux inversions et aux distances. C'est un domaine proche de celui qui vous intéresse. Depuis quelques années, il se consacre à la *recherche des maximums et des minimums* dans les formes et en particulier aux problèmes des *touchantes* dans les courbes[1]. Je corresponds avec lui et je crois que personne en Europe ne pourra comprendre avant des années toutes ses découvertes dans la science des nombres.

— Toulouse ? Diable ? Il me faudrait y aller pour le rencontrer...

— Sans doute. Voulez-vous que je lui écrive ? Je lui parlerai de vous et, par la poste au courrier, je pourrai avoir une réponse d'ici trois semaines.

— Je vous en serais reconnaissant. Dites-lui que je pourrais me rendre à Toulouse, même en cette saison si difficile pour les voyages.

— Le printemps est plus agréable à Toulouse. Votre problème ne peut-il pas attendre ?

Louis hésita à nouveau, puis il chassa ses craintes. Il ressentait une grande confiance envers le jeune homme.

1. Le lecteur l'aura compris, il s'agit du calcul infinitésimal dont Fermat est l'un des inventeurs.

— Non. Je dois aussi vous adresser une supplique. Ma recherche doit rester très confidentielle, elle concerne la sécurité du royaume. Comprenez-vous ce que cela signifie ?

Blaise se tut un instant avant de promettre.

— Je n'en parlerai donc à personne, même pas à mon père. Et je ne dirai rien au père Niceron, même s'il me confesse. Pourtant, vous aviez dit qu'il s'agissait d'un problème personnel...

— Ce l'est, mais le résultat, si j'en obtiens un, ne sera pas pour ma satisfaction personnelle. Je rendrai un mémoire en haut lieu.

— À un ministre, peut-être ? suggéra le jeune homme, empreint de curiosité.

— Au roi, monsieur.

Pascal baissa les yeux, embarrassé de s'être montré indiscret.

— Dès que j'aurai une réponse de M. de Fermat, je viendrai vous voir et je vous rendrai votre livre. Logez-vous ici ?

— Non, à Mercy, à huit lieues de Paris. Je vais vous expliquer...

Après le départ de Blaise Pascal, Louis n'avait aucune envie de retrouver le cordonnier de Julie. Puisqu'ils devaient rentrer à Mercy le lendemain, il décida de se rendre chez Charles de Bresche pour lui acheter *Les Galanteries du duc d'Ossone*.

Comme la veille, Gaufredi l'accompagna dans le carrosse que Nicolas conduisait.

Et comme la veille, ils ne remarquèrent ni l'enfant qui courait derrière la voiture, s'accrochant parfois sur l'essieu arrière pour se faire transporter sans peine, ni le joueur de flûte et de tambourin qui suivait l'enfant de loin. Ce joueur avait un étrange comportement : quand le carrosse s'arrêtait à cause des encombrements et, tout en restant à cinquante pas, il jouait alors un petit air sicilien qu'il interrompait dès que la voiture repartait.

Charles de Bresche parut ravi de revoir Louis et il alla lui chercher *Les Galanteries du duc d'Ossone* qu'il avait rangé provisoirement dans son arrière-boutique.

— Avez-vous des ouvrages de Marin Mersenne ? lui demanda Louis.

— Je crois bien avoir sa traduction des *Méchaniques* de Galilée, fit Bresche en montrant un rayonnage en haut d'une des bibliothèques. Mais je dois vous prévenir que c'est un ouvrage ardu à lire ; en outre, celui que j'ai est assez rare.

— Je vais le prendre, décida Louis. Vous n'avez rien d'autre du père Mersenne ?

— Je vais voir.

Il grimpa sur son échelle pour atteindre la dernière rangée de livres d'un des rayonnages.

— Je place là-haut les ouvrages les moins demandés, s'excusa-t-il. Ou les plus rares, car je n'aime guère qu'on y touche.

Il farfouilla un instant avant de déclarer :

— J'ai effectivement *Questions inouïes ou Récréation des savants*. Voulez-vous le voir ?

— S'il vous plaît, et n'oubliez pas que je prends aussi *Les Méchaniques*.

Charles de Bresche redescendit avec deux in-octavo reliés en pleine peau et tendit l'un d'eux à Louis.

Fronsac l'ouvrit. La page de garde était ainsi composée :

LES
MECHANIQVES
DE GALILEE
MATHEMATICIEN
& Ingenieur du Duc de Florence.

La conjecture de Fermat

AVEC PLVSIEVRS ADDITIONS
rares, & nouuelles, vtiles aux Archite-
ctes, Ingenieurs, Fonteniers, Phi-
losophes, & Artisans.
Traduites de l'Italien par L.P.M.M.
À PARIS,
Chez HENRY GVENON, *rue S. Iacques,*
prés les Iacobins, à l'image S. Bernard.
M. DC. XXXIV.
AVEC PRIVILEGE ET APPROBATION.

Bresche lui expliqua :

— *L.P.M.M.* est pour Le Père Marin Mersenne. Vous savez comme les Minimes sont modestes. Ils mettent leur nom en abrégé.

— Je le prends, dit Louis. Quel est votre prix ?

— Je vous l'ai dit, c'est un ouvrage assez rare. Six livres vous paraîtraient trop ?

— Disons trois écus d'argent avec l'autre livre de Mersenne.

— C'est entendu.

Après que Louis fut rentré à l'étude, et beaucoup plus tard dans la soirée, le gamin des rues qui, depuis deux jours, suivait le carrosse des Fronsac, fit un compte-rendu à Charles de Barbezière dans le cabaret du *Petit-Maure*.

L'enfant lui rapporta que le gentilhomme qu'il suivait s'était rendu, dans l'après-midi, chez un libraire de la place Maubert, à l'enseigne des *Armes de Rome.* Comme la veille, un spadassin âgé, le bras en écharpe, l'accompagnait.

Le gamin n'avait nullement remarqué le joueur de fifre attaché à ses pas jusqu'au *Petit-Maure*, et encore moins que ce joueur de fifre avait à peu près la même corpulence qu'un ramoneur qui l'avait suivi la veille !

Le lendemain soir, le même gamin prévint Barbezière, le frère de la *Belle Gueuse*, que le gentilhomme avait quitté l'étude de la rue des Quatre-Fils dans une grosse voiture, accompagné d'une femme de chambre et d'une jeune femme. Le spadassin âgé l'escortait à cheval. Ils avaient pris la rue du Temple et il les avait perdus mais, à son avis, il avait quitté Paris.

Barbezière remit un écu d'argent au gamin et resta une bonne heure dans le cabaret à vider des pichets de vin. Il était tellement absorbé par ses réflexions qu'il ne remarqua pas le gantier installé non loin de lui et qui suivait l'enfant depuis deux jours, habillé en joueur de flûte ou en ramoneur.

Ainsi Fronsac serait parti ! songeait avec dépit Barbezière. Il avait tout prévu, sauf un départ aussi rapide. Il était tellement certain qu'une nouvelle occasion de meurtrir ce gêneur allait se présenter tôt ou tard ! Il avait réuni une solide bande de truands à qui il avait demandé de l'attendre dans un bouge infâme où se retrouvaient des clercs de la basoche, des pendards et surtout des paillasses[1]. Une cave située sur le chemin qui montait sur la montagne Sainte-Geneviève, à quelques pas du *Petit-Maure*. Si une occasion s'était présentée, l'enfant n'aurait eu qu'à courir au *Petit-Maure* pour le prévenir et il aurait alors rassemblé sa bande en moins d'une heure.

Mais ça ne s'était pas produit durant ces deux jours, Fronsac étant trop méfiant. Et maintenant, il avait quitté Paris !

Le cabaret était plein quand entra un homme de petite taille, à la fois gros, tordu, contrefait et d'une laideur peu commune. Malgré ces difformités, personne dans la salle ne se permit une réflexion désagréable. C'est que le nouveau venu affichait un visage certes repoussant mais d'une dureté singulière. Il devait en

1. Catins de bas étage.

outre être fort riche car, sous son manteau somptueusement brodé, on apercevait des habits de soie ainsi qu'une lourde épée de duelliste, à poignée d'argent.

Il se dirigea vers la table où se tenait Barbezière. Ceux qui le connaissaient le saluaient et baissaient les yeux avec crainte et déférence. Le marquis – ce nabot monstrueux était marquis – était réputé dans le quartier autant pour sa richesse que pour son impitoyable férocité.

Il s'assit en face du frère de Mlle de Chémerault et, ayant commandé du vin de Saumur, il écouta le récit de Barbezière avec une grande attention.

Après un temps de silence durant lequel il élabora une nouvelle stratégie, il lui donna de nouvelles instructions.

— Il n'est plus nécessaire de surveiller l'étude des Fronsac, ordonna-t-il de sa voix grinçante. Restez discret encore quelques semaines, ensuite, vous et votre sœur, pourrez revenir dans le monde pour autant qu'on ne vous voie pas au *Hazart*.

Barbezière acquiesça, tout heureux de ne pas subir l'ire de son maître. Celui-ci se leva et, sans regarder aucun client, ressortit.

Le gantier se glissa derrière lui.

En boitillant, l'homme difforme se dirigea vers l'élégante façade d'un hôtel dont la grande porte cochère était décorée d'une architecture dorique en pilastres.

C'est là qu'il logeait, dans un appartement que lui laissait son ami François de La Rochefoucauld, prince de Marcillac.

En vérité, l'immense hôtel[1] qui possédait cours et jardins n'appartenait pas au duc mais à son oncle,

1. L'hôtel de Liancourt était situé pratiquement en bord de Seine, rue de Seine précisément, à l'emplacement actuel des rues Visconti et des Beaux-Arts.

le marquis de Liancourt, duc de La Roche-Guyon et pair de France, qui le lui prêtait.

En remontant lentement au deuxième étage de l'hôtel, là où se situait son appartement, l'homme en habit de soie méditait.

L'échec de la tentative d'assassinat contre Fronsac, rue des Petits-Champs, l'avait d'abord mis dans un état de rage effroyable, mais sa colère était désormais passée d'autant que cet échec avait eu des effets bénéfiques inattendus. Fronsac parti, il n'était plus nécessaire de le tuer et le marquis détestait les crimes inutiles. Mais surtout, ce départ signifiait forcément que l'enquête que conduisait l'ancien notaire était terminée ou abandonnée.

Le nain en habit de soie pensait être parvenu à interpréter les déplacements de Fronsac tels que Barbezière les lui avait rapportés à partir des informations relatées par le gamin des rues.

Le lendemain de l'agression, Fronsac et Tilly s'étaient rendus à l'hôtel Le Tellier. C'était sans doute pour y rencontrer celui qui les avaient engagés. Brienne avait dû découvrir les fuites au service du Chiffre, en parler avec Le Tellier et celui-ci, en accord avec Mazarin, avait dû demander à Fronsac de démasquer l'espion.

Claude Habert avait dû être très vite suspecté et suivi jusqu'au *Hazart*. Quelle faute avait-il commise pour être soupçonné ? Le nabot l'ignorait, mais cela devait avoir un rapport avec la visite de Tilly et Fronsac au *Hazart*, une visite qu'il avait observée derrière un miroir truqué. Quoi qu'il en soit, découvrant Habert mort parmi ses agresseurs dans la rue des Petits-Champs, Fronsac avait dû conclure que c'était bien lui le coupable. Et clore son enquête.

Le sacrifice de Habert n'avait donc pas été vain. Désormais, personne ne pourrait remonter jusqu'à lui. En revanche, il n'aurait plus accès aux dépêches de Brienne. Il lui faudrait donc trouver quelqu'un d'autre. Soit Garnier, soit Chantelou. Garnier était jeune, peut-être La Chémerault pourrait-elle se charger de le séduire. Quant à Chantelou, c'était un dévot ; la *Belle Gueuse* n'aurait sans doute pas de prise sur lui, encore qu'il n'ignorait pas que les dévots étaient souvent de grands paillards !

Il restait pourtant quelques faits inexplicables. Par exemple, la visite de Fronsac chez ses anciens amis des Minimes. Mais peut-être ce déplacement n'avait-il aucun rapport avec l'enquête que l'ancien notaire menait.

Plus préoccupant était l'assassinat de l'autre commis, Manessier. Se pourrait-il qu'un second réseau s'intéressât aux dépêches de Brienne ? Au début de l'après-midi, juste avant sa mort, et alors qu'il préparait son guet-apens, Habert lui avait raconté que Fronsac était venu l'interroger ainsi que les autres chiffreurs, et il leur avait appris qu'on avait tué Charles Manessier en tentant de faire passer sa mort pour un suicide.

Le nain jugea qu'il devrait découvrir la vérité sur ce point. Peut-être que l'expédition nocturne qu'il projetait à la nonciature lui apporterait-elle des éléments de réponse.

En voyant disparaître l'homme contrefait dans l'hôtel de Liancourt, le gantier jugea qu'il en savait assez. Il revint sur ses pas et entra dans une petite maison à colombage, en face du cabaret du *Petit-Maure*. Au premier étage, il retrouva son compagnon Isaac qui surveillait l'entrée de la taverne.

Dans un coin de la pièce, une vieille femme cousait en silence. La veille, il lui avait proposé un écu d'argent par jour pour l'autoriser, ainsi que son ami, à surveiller le cabaret. La vieille femme avait accepté sans poser de question.

— Fronsac a quitté Paris, l'affaire est finie pour nous et j'ai identifié celui qui dirige Barbezière, fit le gantier à son compagnon. On peut vider les lieux.

Isaac prit son manteau. Le gantier expliqua alors à la femme, désolée de perdre la manne qu'il lui donnait :

— Voici un louis d'or. Pas un mot à personne. On aura peut-être encore besoin de votre logement.

Elle le remercia dans un balbutiement. Sa fille serait si contente de cette pièce d'or pour pouvoir habiller plus chaudement son petit-fils.

Dans l'escalier, le gantier annonça à Isaac :

— Je vais rendre compte à Son Éminence. Vous pouvez rentrer chez vous.

Dans la galerie de parade qui jouxtait le cabinet de travail de Mgr Mazarin, Premier ministre du royaume, le gantier Tomaso Ganducci racontait sa journée au maître de la France. Ganducci, comme tous les Italiens, aimait les effets de théâtre, aussi, ce n'est qu'à la fin de son récit qu'il nomma celui qu'il avait reconnu et vu entrer dans l'hôtel de Liancourt :

— ... Louis d'Astarac, marquis de Fontrailles, monseigneur.

— Fontrailles ! C'est donc encore lui qui est derrière tout ça[1] ! fit Mazarin surpris. J'aurais dû m'en douter. Qui d'autre dans ce pays peut avoir assez de talent pour voler le chiffre de Rossignol !

---

1. Voici ce que rapporte Tallemant des Réaux au sujet du marquis de Fontrailles : *Un jour où Richelieu allait à la rencontre d'un ambassadeur, le cardinal vit le bossu dans son antichambre et s'exclama :*

— Rangez-vous, monsieur de Fontrailles, ne vous montrez point, cet ambassadeur n'aime pas les monstres !

Et Fontrailles grinça des dents et dit en lui-même :

— Ah ! Schelme, tu viens de me mettre le poignard dans le sein, mais je te l'y mettrai à mon tour dès que je le pourrai !

Il médita un instant avant de poursuivre.

— Cela signifie sans doute que la Chevreuse est derrière toute l'affaire. Et peut-être même ce qui reste des Importants... La Rochefoucauld, pourquoi pas ?

— Allez-vous faire arrêter Fontrailles, monseigneur ? Ce sera aisé, on sait où il loge.

— Aisé ? Sans doute ! Mais le garder en prison serait plus difficile ! Quant à s'attaquer à l'hôtel de Liancourt, à M. François de La Rochefoucauld, un des plus fidèles amis de la reine ? Un homme qui a participé avec elle à la conspiration de Cinq-Mars ? Ce serait déraisonnable ! D'ailleurs, maintenant que je sais qui est mon adversaire, celui-ci devient prévisible et n'est plus vraiment dangereux. Je crois que cette affaire est close, mon bon Tomaso. Le chiffreur qui nous trahissait est mort. Fronsac est rentré chez lui et Fontrailles est désormais impuissant.

— Fronsac cherche toujours un code inviolable, objecta le Florentin.

Mazarin eut un sourire désabusé en haussant les épaules :

— C'est une chimère qui l'amusera un temps. Il vous reste deux autres affaires à traiter, Tomaso : savoir ce que Fabio Chigi vient faire à Paris, et trouver celui qui a trahi et livré Ferrante Pallavicino au pape. Celui-là devra payer le prix du sang.

— Vous pouvez compter sur moi, monseigneur, promit le gantier.

Aussitôt rentré à Mercy, Louis avait réuni Margot et Michel Hardoin pour leur faire part de ses décisions. Sur les vingt mille livres de Mazarin, il avait décidé d'en consacrer quinze à la fabrication de la grande roue qui conduirait l'eau au château ainsi qu'au tablier du pont provisoire sur l'Ysieux. Hardoin pouvait tout de suite se mettre au travail pour faire des relevés afin que les travaux puissent commencer dès les beaux jours.

En revanche, Louis expliqua à Margot qu'il n'achèterait pas le pâturage et les champs de l'abbaye de Royaumont. Sans doute était-il trop prudent mais il savait qu'il avait encore bien des dépenses à prévoir et il craignait que leur première récolte ne soit mauvaise car l'hiver s'annonçait pluvieux.

Margot accepta de mauvais gré. Elle avait tellement à cœur les intérêts de son maître qu'elle désapprouvait ouvertement les décisions qu'il prenait quand elle les jugeait mauvaises. Et cette fois, elle considérait avec dépit qu'il passait à côté d'une bonne affaire.

Comme elle faisait la tête, c'est son mari qui expliqua qu'il avait déjà commencé les travaux de réparation du pont. Lui et Margot s'étaient aussi entendus avec une famille de Mercy qui avait accepté de prendre leur nouvelle terre en métayage.

— Ils auront besoin d'utiliser les granges et l'étable de votre ferme, monsieur. Mais nous vous payerons un loyer, tout comme nous allons vous payer le bois pour le pont sur l'Ysieux, se justifia-t-il.

— Je vous fais confiance, à vous ainsi qu'à Margot, répondit Louis. Vous montrerez tous ces comptes à Julie. De mon côté, j'ai un service à demander à votre dame...

Durant le trajet de retour entre Paris et Mercy, et alors que Julie sommeillait, Louis avait longuement réfléchi à l'affaire qui l'avait occupé. Certes, l'espion Claude Habert avait été mis hors d'état de nuire et la mort de Manessier avait été expliquée. Le frère et la sœur Chémerault seraient désormais sous la surveillance de Gaston et sans doute aussi des services secrets de Le Tellier. Pourtant, des coins d'ombre subsistaient. Pourquoi Chantelou avait-il tenté de dissimuler sa visite à Charles de Bresche lorsque Gaufredi le suivait ? Et la visite de Fabio Chigi, futur plénipotentiaire à Münster pour le Saint-Siège à ce même libraire, ne s'expliquait-elle vraiment que par l'achat de livres ?

Les autres questions que se posait Fronsac portaient sur l'attitude de Mazarin à son égard. Pourquoi le cardinal était-il venu le faire chercher par Isaac de Portau pour ne lui dire que des banalités et le faire converser avec son gantier ? Et qui était, en vérité, ce gantier parfumeur ?

Aux interrogations concernant Mazarin, il ne pouvait répondre. En revanche, pour ce qui concernait Charles de Bresche, Margot lui serait utile.

— Vous savez que vous pouvez tout me demander, répliqua la jeune femme à son maître, satisfaite de pouvoir terminer si rapidement sa bouderie.

— J'ai acheté quelques livres à un libraire, Margot. Peut-être le connaissez-vous puisque votre père était dans ce métier. Il se nomme Charles de Bresche.

— Mon père était en relation avec un libraire nommé Jean Bresche, place Maubert.

— Ce doit être son fils.

— Pour autant que je me souvienne, le fils n'était pas libraire. Je crois qu'il avait abandonné son père pour partir à l'aventure en Italie.

— Il m'a en effet parlé d'un voyage en Italie.

— Quelqu'un pourrait vous renseigner mieux que moi, monsieur. Connaissez-vous Sébastien Cramoisy ?

— De nom, bien sûr, mais je ne l'ai jamais rencontré.

— Dans sa famille, on est libraire et imprimeur de génération en génération. Son frère, son fils et son petit-fils sont eux aussi libraires et tiennent sa boutique rue Saint-Jacques car, depuis trois ans, il est directeur de l'Imprimerie royale du Louvre où il a entrepris de publier une collection d'auteurs grecs du Bas-Empire. Il était l'ami de Richelieu et il a toujours été très proche des jésuites, dont il est l'imprimeur habituel. Pour ces raisons, il n'a jamais eu beaucoup d'ennuis avec l'Université, d'autant qu'il est sans doute le plus grand érudit de Paris en matière de textes grecs et latins. Cramoisy fait un peu figure de président du syndicat des libraires et imprimeurs parisiens. Il les connaît tous, et si quelqu'un peut vous renseigner sur le fils de Bresche, c'est certainement lui. Quand je travaillais avec mon père, j'allais souvent le voir, ainsi que son fils. Ils doivent se souvenir de moi.

— Je m'y rendrai lors de mon prochain voyage à Paris, décida Louis. J'aurais aussi aimé vous montrer ces livres. Vous me direz si je les ai payés un prix correct.

Sa fâcherie ayant complètement disparu, elle l'accompagna joyeusement à la bibliothèque.

Les quatre livres achetés à Charles de Bresche étaient encore posés sur une table.

Margot examina d'abord les deux in-quarto, *Les Galanteries du duc d'Ossone* et *Le Berger extravagant.*

— Ce sont de belles éditions, monsieur. La reliure en maroquin est de qualité. La dorure du dos et des médaillons est parfaite. Leur seul défaut est l'impression en italique, mais cela devient de plus en plus courant pour économiser le papier. Pierre Rocolet, l'imprimeur du *duc d'Ossone* et Toussainct du Bray, pour le *Berger extravagant,* sont tous deux très réputés. Ce dernier a d'ailleurs sa boutique rue Saint-Jacques, non loin de celle de Sébastien Cramoisy.

Elle posa les livres sur la table avant de demander :

— Combien les avez-vous payés ?

— Environ un écu chacun.

— C'est un prix plutôt faible. Je vous en aurais demandé plus.

Louis lui montra alors les deux autres livres, des in-octavo de tailles différentes reliés en pleine peau.

— Mais j'ai payé ceux-là plus cher, Margot !

Elle ouvrit le livre de Mersenne, *Questions inouïes ou Récréation des savants.*

— C'est la première édition, celle de Jacques Villery qui date de 1634.

Elle examina ensuite *Les Méchaniques de Galilée.*

— Celui-ci a une grande valeur. Je crois que l'ouvrage est introuvable.

— Je les ai eus pour trois écus, avec le *duc d'Ossone.*

Elle secoua la tête en grimaçant une mimique d'étonnement.

— C'est un prix excessivement bas, monsieur ! Ce Charles de Bresche voulait-il vous faire un cadeau ?

— Je ne sais pas, répliqua Louis, brusquement songeur.

Trois semaines s'écoulèrent durant lesquelles Louis ne vit pas le temps passer. Il était presque tous les jours dehors avec Michel Hardoin pour choisir le meilleur passage de la canalisation future et le soir, il s'appliquait à lire l'ouvrage de Mersenne ou celui de Galilée.

Le samedi 5 décembre, en fin d'après-midi, alors que la nuit tombait, Louis et Michel qui finissaient d'examiner les ruines du pont sur l'Ysieux virent arriver sur le chemin venant de l'abbaye de Royaumont une petite voiture tirée par deux chevaux gris.

La voiture s'arrêta devant eux et le jeune Pascal, ayant ouvert la portière, les salua chaleureusement.

— J'ai reçu, il y a deux jours, une lettre de M. de Fermat, fit-il à Louis, et je suis venu aussitôt de Rouen pour vous l'apporter.

Louis abandonna Michel Hardoin pour accompagner Pascal jusqu'au château. Le jeune homme était venu seul, avec un cocher de son père. Margot et une femme de chambre s'occupèrent de l'installer dans une chambre et de trouver une paillasse ainsi qu'un repas au cocher.

Après s'être solidement restauré en présence de Louis et Julie. Blaise leur avoua n'avoir rien mangé de la journée, pressé qu'il était d'arriver avant la nuit.

Il sortit ensuite une lettre de son pourpoint et la tendit à Louis avec un sourire engageant :

— J'ai écrit à M. de Fermat le lendemain du jour où je vous ai vu, dit-il. Je lui ai exposé votre idée, de façon très générale, bien sûr, car je n'ignore pas que les courriers de la poste sont trop souvent ouverts. Je lui ai aussi parlé de vous et de votre souhait de le rencontrer.

Louis ouvrit la lettre et la lut. Elle traitait d'un problème appelé la conjecture de Diophante que Fermat et Pascal avaient sans doute abordé lors d'une précédente correspondance et elle ne contenait qu'une ligne à la fin le concernant :

> *Je recevrai avec grand plaisir M. Fronsac pour qu'il me présente son problème, bien que je ne sois pas certain de pouvoir lui proposer une solution.*

Même si ce texte était extrêmement court et n'engageait guère son auteur, il marquait une telle victoire pour Louis qu'il en poussa un soupir de soulagement.

Il montra la lettre à Julie en lui déclarant :

— Je partirai pour Toulouse demain ou après-demain.

Le souper eut lieu un peu plus tard, et durant celui-ci, Blaise Pascal accapara l'attention de toute la maisonnée en racontant quelques histoires fort amusantes sur les nombres et leurs mystères.

Un peu plus tard, les domestiques ayant quitté la pièce, il ne restait autour de la table, à grignoter des fruits confits et de la pâte d'amande, que Margot, Michel, Julie, Louis et Blaise Pascal.

Gaufredi était parti dans l'armurerie préparer leur équipement pour le voyage à Toulouse.

Pascal parla alors longuement de sa machine à calculer les tailles, essayant vainement de leur expliquer ses avantages.

— Je m'interrogeais, lui demanda Louis, s'il serait possible de construire une telle machine pour coder des dépêches. Il suffirait de disposer d'une machine au départ et d'une autre à l'arrivée. D'entrer le texte de la dépêche à envoyer, texte que la machine traduirait grâce au code et d'envoyer ce texte codé. À l'arrivée, une autre machine ferait l'opération inverse.

— Louis, s'exclama Julie, tu t'es moqué de moi quand je t'ai dit qu'un jour on fabriquerait des miroirs magiques comme ceux du *Berger extravagant* et tu proposes à ton tour des machines totalement extravagantes !

Et se tournant vers Blaise Pascal, elle expliqua :

— Il s'agit de miroirs permettant de voir à distance et d'épier la vie privée de ses voisins. Ils ont été imaginés dans un roman par M. Sorel de Souvigny.

— J'ignore, madame, si on fabriquera un jour de tels miroirs, mais, en ce qui concerne la machine à coder imaginée par M. Fronsac, les difficultés me paraissent insurmontables. Non seulement il faudrait des roues dentées pour les nombres, mais aussi pour les lettres. Chaque roue dentée devrait avoir non point dix nombres, mais toutes les lettres de l'alphabet. Les engrenages seraient d'une complexité incroyable et je doute qu'un forgeron ou un mécanicien arrive à construire un tel instrument.

— Ce n'était qu'une fantaisie, monsieur Pascal, s'excusa Louis. Moi aussi, je pense qu'une telle machine ne verra jamais le jour.

Julie fit circuler à nouveau le plat de fruits confits et le silence s'installa un moment entre les convives. Pascal n'avait pas goûté aux friandises. Louis l'observait discrètement. Il paraissait nerveux, hésitant. Finalement, le jeune homme s'adressa à lui, timidement :

— Je souhaiterais pouvoir vous demander une faveur, monsieur.

— Si je peux vous l'accorder, ce sera bien volontiers, sourit Louis.

— M. de Fermat est à mes yeux le plus grand maître des mathématiques depuis Pythagore et Euclide. D'ailleurs, il s'est passionné longtemps pour le même sujet que Pythagore ; celui des nombres amicaux.

— Les nombres auraient donc des amis ? persifla Michel Hardoin qui les détestait tant il avait du mal à les écrire.

— Leurs amis sont d'autres nombres, monsieur ! Les nombres amicaux sont des paires dont chacun est la somme des diviseurs de l'autre. Pythagore a montré que c'était le cas de 220 et de 284. Les diviseurs de 220 sont 1, 2, 4, 5, 10, 11, 20, 22, 44, 55 et 110, leur somme fait 284. Or 284 a pour diviseur 1, 2, 4, 71, et 142 dont la somme fait 220. Fermat a lui découvert que 17 296 et 18 416 sont des nombres amicaux[1] !

— Mais à quoi cela sert-il ? demanda Julie, à la fois émerveillée et médusée par cette démonstration.

— À rien, madame ! parut s'irriter Pascal. Sinon à comprendre que Dieu gouverne notre monde et

1. Descartes, puis Euler en découvriront d'autres.

s'amuse parfois à se montrer à nous à travers les nombres.

Il se tourna vers Louis :

— Voici ma requête, monsieur. Dans la lettre que Fermat m'a envoyée, vous avez pu remarquer un paragraphe sur un sujet dont nous avons déjà plusieurs fois discuté. Il s'agit de la conjecture de Diophante. La connaissez-vous ?

— J'ai dû l'apprendre au collège de Clermont, mais je ne m'en souviens plus, répondit Louis.

Pascal se tourna poliment vers les autres personnes présentes à la table afin de leur expliquer :

— Diophante d'Alexandrie a vécu vers 350 avant Notre Seigneur. C'était un homme passionné de logique et de problèmes sur les nombres. Pour que vous compreniez mieux sa passion, voici le texte – je le cite de mémoire – qu'il a demandé que l'on grave sur sa tombe : « Dieu lui consentit d'être un garçon pour un sixième de sa vie, et pendant un douzième de sa vie, il garnit ses joues de duvet. Il lui alluma la lampe de l'hyménée après un septième de sa vie, et cinq ans après son mariage, lui donna un fils. Hélas, le pauvre enfant n'atteint que la moitié de la vie de son père. Après s'être consolé quatre ans par la science des nombres, il se tua. »

— Avez-vous deviné l'âge de Diophante à sa mort ? demanda-t-il, un sourire aux lèvres[1].

Michel Hardoin ouvrit de grands yeux effarés, son épouse eut une moue impuissante, Julie étouffa un rire et Louis écarta les mains en déclarant simplement :

— Non !

— Quatre-vingt-quatre ans. Mais il nous a laissé quelque chose de plus important que cette petite

---

1. Le lecteur curieux trouvera la solution commentée dans le livre de Simon Singh, *Le Dernier Théorème de Fermat*, J.C. Lattès, 1998.

énigme : un ouvrage merveilleux, l'*Arithmetica*, constitué principalement de problèmes mathématiques qu'il ne pouvait résoudre, ou dont il ne voulait pas donner la solution. Voulez-vous que je vous en cite un ?

— Bien sûr ! plaisanta Julie. Comment pourrais-je trouver le sommeil sans cela ?

— Existe-t-il deux nombres dont la différence des cubes égale leur différence ? lui demanda Blaise.

— À dire vrai, je ne m'étais jamais posé cette question, monsieur Pascal, fit-elle en éclatant de rire.

— Je m'en doute, madame, sourit Blaise, mais votre mari m'a dit que vous aimiez l'architecture. Vous connaissez donc certainement le théorème de Pythagore.

— En effet.

Pascal se tourna alors vers Louis :

— Pythagore, qui était donc le maître de Diophante, avait démontré que la somme de deux carrés pouvait être égale à un carré. Par exemple cinq au carré est égal à quatre au carré plus trois au carré. Ce cas de figure permet, lorsqu'on reporte ces valeurs sur les côtés d'un triangle, d'obtenir un angle droit. On appelle ce groupe de nombre un triplet pythagoricien et Euclide a prouvé que le nombre de triplets pythagoriciens était infini. Diophante, lui, dans une de ses propositions, s'est interrogé sur l'existence de tels triplets pour les puissances supérieures au carré. Il n'en a pas trouvé et suggère qu'il pourrait même ne pas y en avoir. Ce sujet a passionné M. de Fermat qui a écrit au père Mersenne pour l'assurer d'avoir trouvé la preuve qu'un cube ne serait jamais somme de deux cubes ; qu'une puissance quatrième ne serait jamais somme de deux puissances quatrièmes ; et plus généralement qu'aucune puissance supérieure à deux ne pourrait être somme de deux puissances analogues.

— En quoi ceci présente-t-il un intérêt ? questionna à son tour Louis, fort perplexe. Le théorème de Pythagore est fondamental en architecture, mais la proposition de Diophante ne me paraît d'aucune utilité...

— Cela ne présente en effet aucune utilité, monsieur ! C'est justement ce qui en fait son intérêt ! sourit Pascal avec gourmandise. Les mathématiciens adorent ce genre de futilités qui nous prouvent tout simplement que des lois supérieures régissent notre monde... et donc que Dieu existe. Je vais vous donner une autre preuve de l'existence de Dieu : Savez-vous que Pierre de Fermat a découvert que le nombre 26 est unique ?

— Unique ? demanda Hardoin.

— Oui, car il se situe entre 25 et 27.

— En effet, sourit Louis, je le savais aussi !

Pascal lui jeta un regard triomphant :

— Vingt-cinq est un carré, monsieur Fronsac : 5 au carré. Vingt-sept est un cube : 3 au cube. Vingt-six est le seul nombre placé entre un carré et un cube !

Ils restèrent tous silencieux, un peu désemparés tandis que le jeune prodige poursuivait :

— Avant Fermat, personne n'avait fait cette découverte. Pour en revenir à la proposition de Diophante, personne non plus n'est parvenu à la vérifier ! Or, dans sa lettre, Fermat m'écrit ceci :

Il sortit la missive et lut :

« J'ai trouvé une merveilleuse démonstration de la proposition de Diophante dont nous avons déjà débattu, mais je ne peux l'écrire dans cette lettre car elle est trop longue ; si je vous vois un jour, je vous la donnerai. »

— Et vous voulez que je vous rapporte cette démonstration ? demanda Louis qui venait de comprendre ce que souhaitait le jeune homme qui avait tant de difficultés à se déplacer.

— De tout mon cœur, répondit Blaise, les yeux brillants.

11.

Le lundi 7 décembre 1643

Le dimanche, Blaise Pascal avait demandé à ses hôtes à pouvoir assister avec eux à la messe célébrée dans la grande salle du château par un prêtre venu de l'abbaye de Royaumont.

Durant le dîner qui avait suivi, Blaise avait expliqué à quel point le monde était régi par des règles et des lois mathématiques qui s'appliquaient même au domaine de Dieu.

— Vous nous avez montré, hier, monsieur Pascal, que les nombres révèlent bien des curiosités. Peut-être est-ce effectivement l'œuvre de Dieu, fit Julie avec scepticisme. Mais pour ce qui est de ces lois mathématiques, je serais curieuse de les connaître.

— Elles sont faciles à comprendre, madame. En voici une : le prix de la félicité éternelle a une valeur infinie, tandis que la probabilité de gagner le ciel par une vie vertueuse a une valeur finie puisqu'elle est limitée par la durée de la vie. Il est donc normal de jouer la vie vertueuse plutôt que son inverse.

Chacun autour de la table s'était tu pour tenter de comprendre ce qu'impliquaient les principes que Pascal venait d'avancer.

— Vous voulez dire, monsieur, demanda le prêtre venu de Royaumont, que mener une existence vertueuse peut être simplement une décision habile, un pari sur la félicité éternelle ne reposant sur aucun désir sincère ?

— En termes mathématiques, certainement, mon père. Dieu a donné à certains la religion par sentiment du cœur ; d'autres n'ont pas eu cette chance. Ils peuvent cependant la recevoir par raisonnement. C'est ce qui fait la force de l'homme : il est seul à être capable de penser, de raisonner. L'homme n'est rien, l'homme est faible, il n'est qu'un roseau dans la nature. Mais il pense. C'est un roseau pensant.

Le discours du jeune homme troublait beaucoup les convives :

— Tout de même, intervint Louis, croire en Dieu par raisonnement, jouer la vie vertueuse plutôt que son inverse par stratégie, est-ce cela la foi ?

Pascal secoua la tête.

— Le seul salut de l'homme est en Dieu. Je vous l'ai dit, les preuves de l'existence de Dieu sont partout. Surtout dans les nombres, sourit-il. Malgré cela, certains sont athées. À eux je dis, pariez ! Oui, il faut parier ! Pesez le gain et la perte. Si vous choisissez de croire en Dieu et que vous gagniez, vous gagnez tout ! Si vous perdez, vous ne perdez rien !

Le prêtre de Royaumont resta méditatif. Jamais, il n'avait analysé sa foi ainsi. Les autres convives demeuraient aussi silencieux, pour la plupart mal convaincus.

Blaise Pascal était réellement exceptionnel, songeait Louis. Quelle place allait-il prendre dans ce siècle ?

Plus tard, dans la soirée, Julie et son époux avaient longuement parlé de ce prochain voyage à Toulouse. Louis souhaitait partir dès le lendemain pour Paris ; le temps était froid, mais le climat ne pourrait que se dégrader dans les jours ou les semaines à venir. Il préférait profiter des chemins secs, car la pluie ou la neige pouvaient transformer le plus simple des voyages en piège mortel. Et attendre, c'était repousser la visite à Pierre de Fermat au printemps, ou même à beaucoup plus tard. Or, s'il pouvait proposer un nouveau mode de chiffrage à Antoine Rossignol, il fallait que ce soit fait avant le début des négociations de Münster et l'ouverture de la conférence devait avoir lieu en décembre.

— Avec un peu de chance, avait-il conclu, je serai de retour avant le 1er janvier et tu pourrais passer la fête de Noël à Paris.

Julie s'était rangée à ses arguments, mais elle n'avait aucune envie de l'accompagner à Paris et de l'attendre là-bas, à l'étude de ses parents, même s'il ne s'agissait que d'un voyage de quatre semaines. Il avait donc été convenu qu'elle resterait à Mercy. Nicolas resterait aussi et Louis ferait venir son père ou Guillaume Bouvier pour s'occuper de la sécurité du domaine. Les deux jeunes domestiques qui secondaient habituellement Gaufredi, Esprit Ferrant et Germain Gaultier, étant bien incapables de prendre de bonnes décisions. Avec un des frères Bouvier à leur tête, Michel Hardoin et ses ouvriers pourraient facilement défendre le château contre une bande de rôdeurs, éventualité toujours à redouter avec tous ces soldats déserteurs qui hantaient les campagnes.

Les deux voitures partirent ensemble vers six heures du matin. Blaise Pascal et son cocher rentraient à Rouen tandis que Louis et Gaufredi se dirigeaient vers Paris.

Ils arrivèrent dans la capitale en début d'après-midi. Gaufredi conduisit le carrosse directement au Palais-Royal où ils entrèrent par la rue des Bons-Enfants.

Gaufredi attendit dans la cour tandis que Louis pénétrait dans la partie du château réservée aux services et au logement du cardinal Mazarin. Louis connaissait le chemin du cabinet de Toussaint Rose depuis que Portau l'y avait conduit quelques semaines auparavant, mais il se doutait qu'on ne le laisserait pas s'y rendre seul.

Effectivement, un garde l'arrêta dans le vestibule et il dut lui montrer la lettre de Le Tellier. Après l'avoir lue, l'officier le salua avec une grande déférence. Louis lui expliqua alors qu'il souhaitait voir le marquis de Coye.

Il voulait demander au secrétaire de Mazarin de rapporter au ministre qu'il se rendait à Toulouse pour le dessein qu'il lui avait exposé lors de sa dernière visite. Ainsi, le cardinal saurait qu'il prenait à cœur de poursuivre son projet.

Ayant gratté à la porte du secrétaire du premier ministre et ayant obtenu un retentissent « Entrez ! » Louis pénétra dans le bureau.

Rose parut particulièrement satisfait de le voir, et après quelques compliments d'usage, il lui expliqua qu'il avait justement des instructions d'Hugues de Lionne le concernant : si M. Fronsac venait au Palais-Royal pour quelque raison que ce soit, il devait lui être conduit immédiatement.

— Mais pour quelle raison M. de Lionne souhaiterait-il me rencontrer ? s'étonna Louis. Je ne le connais guère et je n'ai jamais eu affaire à lui.

— Je l'ignore, monsieur le chevalier, mais M. de Lionne est au plus proche de Son Éminence. Il suit pour lui toutes les affaires diplomatiques. Vous savez sans doute qu'il est le neveu de M. Servien ? En outre, il a l'oreille de la reine. Son cabinet n'est pas loin d'ici. Je vais vous y conduire.

Le laquais en mandille galonnée d'argent qui se trouvait devant la porte d'Hugues de Lionne les laissa passer dans un premier bureau où se tenaient deux commis d'écriture. Puis, après les avoir annoncés, il les fit entrer dans le cabinet de travail du secrétaire de Mazarin.

Hugues de Lionne ne s'attendait visiblement pas à voir apparaître Louis Fronsac. Ne cachant pas sa surprise, il se leva de sa table de travail encombrée de documents et s'avança vers lui pour le saluer avec une chaleur non feinte. Rose les laissa et Louis resta debout près de l'âtre qui chauffait agréablement le grand bureau.

— Chevalier ! Je ne vous attendais pas ! assura Lionne en l'accolant.

— Je suis confus de vous déranger, monsieur le marquis, mais M. Rose a insisté pour que je vienne vous voir.

— En effet, je lui avais donné des instructions en ce sens. Bien que l'affaire sur laquelle M. Le Tellier vous avait demandé d'intervenir soit close, nos ennemis pourraient encore s'en prendre à vous.

— Croyez-vous ?

— J'en suis certain. Nous avons nous aussi – comment dire ? – notre police. Elle est plus discrète que celle de M. d'Aubray, mais tout aussi efficace. Nous avons identifié celui qui tirait les ficelles et qui a, sans doute, tué le commis Manessier. Celui qui a aussi organisé le guet-apens contre vous.

Il marqua une courte pause avant de lâcher :

— Il s'agit de Louis d'Astarac, le marquis de Fontrailles.

Louis blêmit. Cette révélation était celle qu'il redoutait le plus ! Une nouvelle fois sa route venait donc de croiser celle de cet homme à la fois si sagace et si malfaisant !

— Je serais curieux de savoir comment vous l'avez découvert, demanda-t-il.

Lionne ne parut pas avoir entendu la question et répondit par un geste vague de la main.

— Je ne vous donnais cette information que pour que vous restiez sur vos gardes.

Louis n'insista pas et le silence se fit un instant. Fronsac se doutait que, pour remonter jusqu'à Fontrailles, la police de Mazarin avait dû pister un homme du marquis. Mais comment ce dernier avait-il été identifié ? Brusquement, il devina : Fontrailles le faisait certainement suivre lui aussi ! Et sans doute, derrière celui qui l'espionnait y avait-il un agent de *Colmarduccio,* comme dans cette comédie italienne qu'il avait vue avec Julie quelques jours avant leur mariage. Une farce où *Arlecchino* était espionné par *Pantalone,* le mari de *Colombina,* lui-même observé par *Pulcinella,* le valet d'*Arlecchino* ! Une fois de plus, il avait sous-estimé la rouerie de Mazarin. Fugitivement, il se demanda même s'il n'avait pas été tout simplement un appât pour piéger le marquis de Fontrailles.

— L'avez-vous arrêté ? demanda-t-il d'un ton neutre pour éviter que ce silence pesant ne se prolonge.

— Ce n'était pas possible, monsieur le chevalier..., répondit Lionne, mal à l'aise.

— M. de Fontrailles a pourtant beaucoup à se reprocher.

— Certes ! Mais quelles preuves avons-nous contre lui, sinon vos témoignages ? Et M. de Fontrailles a surtout beaucoup d'amis puissants, à commencer par Monsieur, le frère du feu roi. La reine ne nous suivrait pas. Savez-vous où il loge, d'ailleurs ?

— Toujours chez M. de La Rochefoucauld ?

— En effet. Lionne parut surpris que Fronsac le sache. Il est donc inattaquable. Sauf s'il s'en prenait à nouveau ouvertement à vous.

» Que venez-vous faire à Paris ? poursuivit-il comme pour changer de sujet.

— Je n'y reste pas, monsieur le marquis. Je ne suis que de passage. Il y a quelques semaines, j'ai exposé à Son Éminence, ainsi qu'à MM. Le Tellier et Brienne, une idée qui m'était venue : celle de construire un nouveau chiffre qui ne pourrait être percé.

— Monseigneur m'en a parlé. Mais n'est-ce pas une chimère ?

— Peut-être. On m'a cependant donné le nom d'un mathématicien au fait des recherches les plus complètes tant sur les nombres que sur l'utilisation des probabilités. Je vais le rencontrer et j'espère revenir avec une solution. Il se nomme Pierre de Fermat et il est conseiller au parlement de Toulouse.

— Vous partez pour Toulouse ? s'étonna Lionne de sa voix haut perchée.

— En effet.

Lionne resta un moment silencieux. Louis observa qu'il se passait la langue sur les lèvres, comme s'il échafaudait quelque mystérieuse combinaison.

— C'est un rude voyage, surtout en hiver, chevalier. Il vous faudra aussi vous loger. Peut-être aurez-vous besoin d'aide, là-bas. Je pourrais vous faciliter les choses, proposa-t-il après un instant, en levant les yeux vers Louis. Je ne sais si vous le savez, les Loménie de Brienne sont parents des Castelbajac et, par M. de Brienne, j'ai eu l'occasion de rencontrer et d'apprécier Mme la marquise de Castelbajac. Elle est veuve et se nomme Isabeau. Son époux, Godefroy de Durfort, est mort, il y a trois ans. Elle occupe l'hôtel des Castelbajac dans la Grande-Rue de Toulouse. Elle pourrait vous loger.

— Ce serait en effet une facilité appréciable, monsieur, surtout en cette saison, même si je ne pense rester à Toulouse que deux jours. Mais il pourrait être gênant pour une veuve d'héberger un inconnu. On pourrait caqueter...

— Rassurez-vous, il n'y aura pas de médisance, et vous-même ne risquerez rien pour votre vertu, se mit-il à rire. Depuis la mort de son époux, la réputation d'Isabeau est celle d'une femme de caractère et d'une morale exemplaire. Elle est protestante, j'espère que cela ne vous dérange pas.

Louis ne savait que répondre, aussi Lionne poursuivit-il :

— Je vais donc préparer une lettre que vous lui remettrez. Je vous la ferai porter demain à l'étude de votre père. Cela vous conviendrait-il ? Vous comptiez partir quand ?

— Mercredi, monsieur le marquis.

— Donc, ce sera parfait.

— La conférence de Münster ouvre-t-elle toujours ce mois-ci ?

— Oui, mais il ne s'agit que d'une séance inaugurale. M. Servien est déjà parti. Quant au comte d'Avaux, il se rend d'abord dans les Provinces-Unies pour tenter de les convaincre de ne pas faire cavalier seul avec l'Espagne. Il n'est pas impossible que M. Servien revienne en fin d'année.

— Et Mgr Chigi ?

— Il a aussi quitté la nonciature.

— M. de Coligny dirigera toujours le corps des estafettes ?

— En effet, Enghien a approuvé la proposition de Son Éminence, et Coligny a déjà commencé à constituer son escouade. Nous fondons beaucoup d'espoir sur lui pour assurer la sécurité de nos courriers, maintenant que vous avez démasqué notre espion.

Louis hocha la tête pour seule réponse. Il n'était nullement certain d'avoir réussi.

Au même moment, dans l'hôtel de Liancourt, le marquis de Fontrailles terminait la lecture d'une lettre qu'il venait de recevoir de la duchesse de Chevreuse par l'intermédiaire de son ami le comte de Montrésor.

En résidence surveillée sur ses terres de Couzières – non loin de Tours – après l'arrestation du duc de Beaufort, Marie de Rohan n'avait pas abandonné la partie et poursuivait le seul dessein qui lui paraissait salutaire pour l'avenir du royaume et surtout du sien : une alliance avec l'Espagne dans laquelle la France serait un État soumis aux Habsbourg.

Certes, après l'échec de sa tentative d'assassinat contre Mazarin, à la fin du mois d'août, la duchesse avait perdu beaucoup de sa crédibilité auprès des Espagnols, et elle n'avait plus aucune carte en main, mais heureusement pour elle, le marquis de Fontrailles ne l'abandonnait pas.

Cependant, malgré son apparente fidélité, le marquis poursuivait un autre dessein dont il ne parlait jamais : renverser la royauté afin d'installer en France une république dont il serait le premier consul.

Mais, pour réaliser une telle ambition, il avait besoin d'alliés, au moins provisoires, et surtout de beaucoup d'argent.

Voilà déjà quelques mois qu'il était parvenu à soudoyer un commis du service du Chiffre et à fournir à ses amis espagnols des informations de grande qualité. Malgré les échecs de la duchesse de Chevreuse, il était toujours traité avec considération par les ministres de Philippe IV qui savaient ce dont il était capable. N'était-ce pas lui qui, un an plus tôt, avait remis au roi d'Espagne le traité secret élaboré par le duc de Bouillon, M. de Cinq-Mars, Gaston d'Orléans et la reine ?

C'était l'époque où il était tout-puissant, songeait-il parfois avec nostalgie. Le temps où il se faisait fort d'obtenir de l'Espagne quatre cent mille écus pour Monsieur et quarante mille écus de pension annuelle pour Bouillon et Cinq-Mars en échange du Roussillon !

Mais la conspiration avait finalement été découverte et il avait dû s'enfuir en Angleterre.

Revenu discrètement après la mort de Richelieu, il avait ourdi un projet autrement plus ambitieux : tuer le roi et, à l'occasion des désordres qui suivraient la mise en place d'un conseil de régence, prendre le pouvoir par personne interposée.

Il était parvenu à faire empoisonner Louis XIII et il avait donc naturellement soutenu les Importants et la duchesse de Chevreuse dans leur tentative de sédition, jugeant qu'il lui serait ensuite facile de les écarter. Mais ceux-ci avaient échoué à cause de Louis Fronsac. Le même petit notaire qui avait déjà fait manquer la conspiration de Cinq-Mars avait déjoué le complot et les avait même empêchés d'assassiner ce pitre de Mazarini !

Ce nouveau revers avait failli coûter cher à Fontrailles. Heureusement, il avait évité de se mettre trop en avant durant la cabale des Importants et, pour autant qu'il n'apparaisse pas en public, il savait que Mazarin ne chercherait pas à l'emprisonner. Son incarcération gênerait trop de monde s'il était interrogé. À commencer par la reine dont il gardait les preuves qu'elle avait été au cœur de la conspiration de Cinq-Mars et des précédents complots soutenus par l'Espagne !

Aujourd'hui, Mazarin était devenu trop puissant et il était impossible de s'en défaire par la violence. Pourtant, le marquis de Fontrailles jugeait qu'il pouvait encore provoquer sa disgrâce et sa chute si l'Italien échouait dans les négociations de Münster. La guerre coûtait cher. Les caisses de l'État étaient vides. Le peuple grondait contre les impôts et le parlement refusait d'enregistrer les nouvelles taxes qui frappaient désormais même les riches. Si Mazarin perdait à la table de négociation ce qu'Enghien et son armée avaient conquis au prix du sang et de la ruine des pauvres gens, tout pouvait basculer. Le peuple, les gens de robe, la bourgeoisie, l'armée, la noblesse, tout le monde exigerait le départ du ministre, et peut-être même l'abdication de la régente. Monsieur deviendrait régent et ce serait le chaos. La révolution éclaterait enfin, comme en Angleterre.

Fontrailles songeait souvent avec admiration à ce *squire*, ce petit nobliau campagnard nommé Olivier Cromwell, qui avait pris la tête de la révolte du parlement de Londres contre le roi Charles Ier. C'était l'exemple qu'il voulait suivre.

L'escamotage des dépêches adressées aux négociateurs de Münster et leur vente à l'Espagne répondaient donc à un double objectif : d'abord l'enrichir, car il aurait besoin d'argent quand la révolution éclaterait, et ensuite ruiner la position de Mazarin.

Claude Habert avait été un bon espion. Non seulement il avait recopié certaines dépêches, transmises depuis aux Espagnols en gage de bonne foi, mais il lui avait aussi procuré une petite partie des répertoires secrets que Rossignol utilisait pour le codage.

La mort du commis avait mis fin à ces combinaisons, mais il avait désormais un nouvel agent infiltré au Chiffre. S'il parvenait à obtenir une part plus importante des répertoires de Rossignol, avec la parfaite connaissance qu'il avait de la diplomatie française, il se faisait fort de comprendre le contenu de toutes les dépêches envoyées aux plénipotentiaires du congrès de Münster.

Il pourrait alors vendre aux négociateurs espagnols et autrichiens l'arme absolue qui leur permettrait de l'emporter dans ces pourparlers.

Ce grand dessein impliquait évidemment d'obtenir les dépêches que son nouvel agent au Chiffre ne pourrait voler. Il lui faudrait les saisir directement auprès des estafettes. C'était parfaitement réalisable car le chevalier de Chémerault connaissait plusieurs d'entre eux et lui avait assuré qu'il pourrait aisément les acheter.

Il y avait toutefois une difficulté : le duc de La Rochefoucauld, qui le logeait et qui était aussi un ami de Maurice de Coligny, lui avait parlé du projet de corps de courriers proposé par Brienne et qui serait dirigé par Coligny.

Un tel projet, s'il était mené à bien, pouvait fortement contrarier les ambitions du marquis de Fontrailles. Il connaissait Coligny et il savait qu'il choisirait des soldats d'élite incorruptibles.

La solution était donc qu'il disparaisse.

L'assassiner était à la fois impossible et impensable. En revanche, un plan plus retors avait germé dans l'esprit fécond du marquis de Fontrailles, dès le retour du duc d'Enghien et de Coligny à Paris. C'est pour le mettre à exécution qu'il avait eu besoin de l'aide de la duchesse de Chevreuse, qui seule pouvait convaincre le duc de Guise.

Fontrailles avait eu beaucoup de mal à faire parvenir sa lettre à Marie de Rohan et celle-ci plus encore à lui répondre car le domaine de Couzières, où elle était assignée à résidence, était surveillé jour et nuit par des archers et des exempts. Mais la duchesse de Chevreuse avait une grande habitude des intrigues et elle disposait d'affidés prêts à risquer leur vie pour elle. La réponse était finalement parvenue à l'hôtel de Liancourt, portée par Claude de Bourdeille, le comte de Montrésor, qui assurait la correspondance de la duchesse.

Dès demain, décida le marquis de Fontrailles, il verrait le duc de Guise et lui soumettrait sa requête.

Satisfait d'avoir au moins résolu le problème du logement à Toulouse, Louis avait hâte de retrouver Gaston. Avec Gaufredi comme seul compagnon, il ne pouvait envisager de conduire un carrosse durant plus d'une semaine, surtout en hiver. Certes Gaufredi savait parfaitement mener un attelage, mais lui-même n'était pas un bon cocher. Et quant à rester assis sur le siège avant, durant des heures et dans le froid, pour maîtriser les quatre chevaux, il s'en sentait incapable.

Gaston, lui, adorait ce genre d'activités violentes. Louis savait donc qu'il se réjouirait d'entreprendre ce voyage, même s'il resterait nécessaire d'engager un autre cocher. Gaufredi devait justement s'en charger en se rendant rue Saint-Martin dans l'après-midi.

Depuis plusieurs années, Jacques Sauvage, fils d'un facteur des maîtres des coches d'Amiens, entretenait un commerce de voitures de place et de location en face de la rue de Montmorency, sous l'enseigne d'un hôtel protégé par la statue de saint Fiacre. Dans sa remise, il disposait, pour le louage, d'une vingtaine de carrosses rapetassés et d'une cinquantaine de vieilles rosses, aussi y avait-il toujours sur place des cochers sans emploi qui attendaient les clients.

Le trajet du Palais-Royal au Châtelet fut particulièrement lent, le carrosse attelé de quatre chevaux ayant du mal à manœuvrer dans les rues étroites et encombrées.

Mais Gaufredi savait à quel point son apparence de routier féroce pouvait terroriser les passants et les marchands ambulants. Il hurlait encore plus fort que d'habitude en accompagnant ses avertissements de terrifiants coups de fouet.

Ils arrivèrent enfin dans la grande cour de la prison-tribunal.

Par chance, Gaston était dans son cabinet, au sommet de la plus grosse tour du Grand-Châtelet.

Après les effusions des retrouvailles, Louis lui expliqua qu'il partait dans deux jours pour Toulouse et qu'il espérait qu'il se joindrait à eux.

— S'il le faut, ajouta-t-il, Hugues de Lionne interviendra auprès de Dreux d'Aubray pour qu'il te laisse partir.

Gaston l'écoutait avec son air des mauvais jours. Il secoua négativement la tête :

— Ce n'est pas possible, Louis ! Je perdrais tout honneur à abandonner l'affaire que je traite en ce moment. On vient de dérober des documents importants à la nonciature. Dreux d'Aubray est dans un émoi que je ne lui avais jamais vu. Il n'y a aucune piste, et l'on va vers un grave incident diplomatique avec le Saint-Office si je ne suis pas capable d'expliquer au moins comment les voleurs s'y sont pris !

À tout égard, le départ de son ami pour Toulouse était une mauvaise nouvelle pour Gaston. Il expliqua en effet à Louis qu'il avait envisagé d'aller le chercher à Mercy afin de lui demander son aide !

— Pourquoi es-tu chargé de cette enquête ? lui demanda Louis avec contrariété. Tu es commissaire du quartier de Saint-Germain-l'Auxerrois, pas de celui de la Cité !

— M. de Fiesque, le commissaire de l'île, est alité. Dreux d'Aubray m'a demandé de le remplacer.

— Mais il y a quarante-huit commissaires ! Pourquoi toi ?

— Sans doute parce qu'il sait que je suis le meilleur dans ce genre d'affaire, soupira Gaston avec un brin de prétention.

C'était vraiment un double coup du sort ! se dit Louis avec dépit. D'abord un vol inexplicable à la nonciature, et ensuite le fait que celui qui aurait dû enquêter soit malade !

— Raconte-moi au moins ce que tu sais, proposa-t-il à son ami. Si une idée me vient... Peut-être que cette affaire n'est pas si compliquée...

Gaston haussa les épaules montrant ainsi qu'il ne croyait guère à une solution rapide.

— Tu sais que la nonciature se trouve depuis quelques années dans l'île Notre-Dame [1], sur le quai du Dauphin [2], commença-t-il. Depuis que Marie et ses associés ont obtenu le droit de lotir l'île qui appartenait au chapitre de Notre-Dame, on y a surtout construit des résidences de magistrats et de financiers à la fortune insolente [3]. La nonciature est à l'angle du quai, et ses jardins s'étendent jusqu'à l'église Saint-Louis. C'est un bâtiment aux fenêtres protégées par de solides grilles au premier étage et des volets intérieurs à partir du deuxième. On ne peut pas passer par-là, même en étant agile comme une araignée. La grande porte d'entrée est en chêne, solide et ferrée avec un verrou, une serrure et une barre intérieure. Il y a un concierge qui la surveille jour et nuit. Ce portail ouvre sur un passage qui donne dans une cour en demi-lune, gardée elle aussi. Enfin, du côté des jardins, l'accès est impossible par l'extérieur parce que entouré d'immeubles ou de murs sans ouvertures.

---

1. L'île prit le nom de Saint-Louis en 1725 après la réunion de l'île aux Vaches, où on amenait des vaches par barques pour qu'elles y paissent, et de l'île Notre-Dame, qui appartenait au chapitre de la cathédrale.

2. Au XVIIIe siècle, ce quai est devenu le quai des Balcons car l'architecte Le Vau avait proposé que toutes les maisons de l'île Saint-Louis en bordure de Seine soient ornées de beaux balcons. C'est maintenant le quai de Béthune.

3. Christophe Marie et Le Regrattier avaient obtenu en 1611 – contre l'avis du chapitre – la permission de lotir l'île, à charge pour eux de construire un pont (le pont Marie) ainsi que des quais et abreuvoirs tout autour. En 1643, les travaux n'étaient pas terminés et le chapitre de Notre-Dame contestait toujours l'opération.

— A-t-on brisé une fenêtre ?

— Non, bien sûr ! répliqua sèchement Gaston, froissé que Louis ait pu seulement imaginer qu'il n'aurait pas remarqué. Et je te l'ai dit : il y a des grilles partout ! J'ai visité les lieux deux fois. Apparemment, personne n'est entré, pourtant Mgr Chigi assure qu'on lui a volé un portefeuille de documents importants. Ces papiers se trouvaient dans une antichambre à côté de sa chambre. La pièce était fermée à clef.

— Alors, c'est forcément un domestique...

— Chigi assure avoir lui-même fermé à clef la pièce après avoir préparé du courrier. Il avait rangé auparavant ses documents dans le portefeuille. Son valet de chambre dort dans un cagibi à côté de sa chambre, il n'a rien entendu et personne n'a pu entrer dans l'appartement. Malgré cela, le matin, le portefeuille avait disparu.

— C'est un conte !

— C'est ce que je lui ai dit et il s'est mis dans une rage folle. Il s'est même plaint de moi à Dreux d'Aubray !

— Tu as interrogé tout le monde ?

— Tout le monde ! Personne n'a rien vu ni entendu. J'ai examiné les pièces aux alentours : à cet étage, il y a une chapelle joliment décorée, un salon de musique et une galerie aux murs couverts de tableaux. Il y a partout, sur les murs ou sur des consoles, des objets de valeur dont aucun n'a disparu.

— Les voleurs n'auraient pris que ces papiers ?

— Une bourse contenant quelques florins aurait aussi disparu. Selon Chigi, elle était sur la table où se trouvait le portefeuille.

— Je ne comprends pas pourquoi le nonce a déclaré ce vol. C'est certainement un espion qui a voulu s'approprier des documents importants de Mgr Chigi. Normalement, la nonciature ne devrait pas avoir envie que la police de Le Tellier mette son nez dans ses affaires.

— C'est aussi ce que je me suis dit. Mais à mon avis il y a deux raisons à leur demande d'enquête. D'abord, le nonce veut savoir comment le vol a eu lieu pour qu'il ne puisse pas se reproduire. Ensuite, si on retrouve le portefeuille, il nous a fait savoir qu'il s'agissait de documents diplomatiques qui devront lui être rendus *sans qu'on les consulte*. Si le vol n'avait pas été signalé et qu'on ait retrouvé ces documents, M. de Brienne s'en serait délecté. Il sera plus difficile désormais de les lui faire passer sans que le nonce l'apprenne ; cela produirait un incident encore plus grave entre le Saint-Siège et la France. Mgr Chigi sera chargé des médiations entre plénipotentiaires à Münster, et on ne peut se l'aliéner dès le début des négociations !

— Et si c'était tout simplement les services de Brienne qui avaient commis ce vol ?

— Je ne crois pas que, dans ce cas, Aubray m'aurait chargé de l'affaire ! Il connaît mon tempérament ! Je ne lâche pas prise facilement et je lui ai promis de trouver les voleurs.

Louis sourit. La réponse de son ami était pertinente. Il se tut un instant avant de déclarer :

— J'ai rencontré ce matin Hugues de Lionne, l'un des secrétaires de Mazarin. Il m'a dit que la police du cardinal avait identifié celui qui s'est attaqué à moi et qui dirigeait, sans doute, notre espion Claude Hébert. Il s'agit de notre vieil ami Fontrailles.

— Louis d'Astarac ? Il est donc à Paris ? Je l'ignorais ! Mais comment l'ont-ils su eux-mêmes ?

— J'ai bien peur d'avoir été trop naïf. J'étais sans doute suivi par des complices de Fontrailles, mais eux-mêmes étaient probablement pris en chasse par la police du cardinal. Fontrailles loge à l'hôtel de Liancourt.

— Chez La Rochefoucauld ? Je comprends ! Il y est autant en sécurité que dans une ambassade étrangère. Et ce serait aussi lui qui aurait fait tuer Manessier ?

— Sans doute.

— Ton voyage à Toulouse ne peut pas attendre, Louis ?

— Non, la conférence de Münster commence dans les jours qui viennent. Si je suis capable de proposer un nouveau chiffre, je dois le faire tout de suite.

— Tu pars avec Gaufredi ?

Louis soupira :

— Oui, mais il faut encore qu'on trouve un cocher. Je peux demander à mon père de me prêter l'un des frères Bouvier, mais ça lui fera défaut parce que je voudrais aussi que l'un d'eux s'installe à Mercy pour veiller à la sécurité du château.

— Je suis vraiment désolé, fit Gaston en secouant la tête.

Silencieux comme toujours, Gaufredi était appuyé contre le mur, à côté de la seule fenêtre de la tour. Louis se tourna vers lui :

— Je vais maintenant aller voir un libraire, Sébastien Cramoisy, qui a sa boutique rue Saint-Jacques. Nous n'avons guère de temps et nous en perdrions trop avec le carrosse. Ramène-le à l'étude, prends un cheval et rends-toi chez Saint-Fiacre. Essaie de trouver un ou deux cochers pour le voyage. Tu décideras des gages avec eux.

— Vous allez rue Saint-Jacques à pied, et seul ? s'inquiéta le vieux soldat.

— Je ne risque plus rien, désormais, tu le sais. Je ne vais pas toujours circuler dans Paris avec un garde du corps !

Gaufredi fit une grimace pour montrer son désaccord mais il ne poursuivit pas la chicane.

— Ta visite à ce libraire a-t-elle un rapport avec nos espions ? demanda Gaston.

— Peut-être. C'est encore assez confus dans mon esprit. En vérité, j'ai du mal à saisir qui est Charles de Bresche. Margot Belleville m'a conseillé d'aller interroger Sébastien Cramoisy qui connaît tous les libraires de Paris. Peut-être en saura-t-il plus sur cet homme.

Louis promit à son ami d'être de retour au plus tard au début de l'année suivante. Il passerait le voir dès qu'il reviendrait.

Sébastien Cramoisy avait ouvert sa boutique de libraire-imprimeur quarante ans plus tôt, rue Saint-Jacques. Celle-ci était maintenant tenue par son fils et son petit-fils, mais il était encore souvent chargé par le cardinal Mazarin de rechercher des livres rares pour sa bibliothèque.

Louis ne l'avait jamais vu bien qu'il eût rencontré plusieurs des grands libraires parisiens comme Pierre Rocolet, dont la boutique portait l'enseigne *Aux Armes de la Ville,* ou Guillaume Loyson, qui s'était installé dans la Grande Galerie du Palais.

Fronsac n'était pas certain de trouver Cramoisy rue Saint-Jacques, car Margot lui avait aussi dit qu'il était souvent à l'Imprimerie royale du Louvre dont il était le directeur depuis trois ans. Ce serait donc peut-être une visite pour rien.

La boutique était peinte en vert et sa façade n'était qu'une double fenêtre aux épais carreaux dépolis. Louis entra dans une petite pièce couverte de rayonnages de chêne. L'endroit sentait le moisi et le vieux cuir ciré.

En haut d'une échelle appuyée contre une bibliothèque, un homme d'une cinquantaine d'années le considéra d'un regard de myope. Il tenait une loupe à la main pour mieux voir de près.

Il était trop jeune pour être Sébastien Cramoisy, jugea Louis et trop âgé pour qu'il s'agisse de son petit-fils.

— Je souhaitais rencontrer M. Sébastien Cramoisy, fit-il en le saluant d'un hochement de tête.

— Je suis M. Sébastien Cramoisy, monsieur.

— Je comprends, vous devez donc être le fils de celui que je souhaite rencontrer.

— Je porte en effet le même prénom que mon père, monsieur. Que lui voulez-vous ?

Il restait sur son échelle, le regard interrogateur, méfiant.

— Je me nomme Louis Fronsac. Mon père est notaire rue des Quatre-Fils. Je l'ai été aussi, puis j'ai été anobli par lettre de noblesse pour services rendus à la Couronne.

L'homme descendit de l'échelle, maintenant intrigué et intéressé.

— Ce n'est pas courant, observa-t-il.

— Sans doute. Je suis chevalier de Saint-Michel.

— Que voulez-vous à mon père ?

Louis hésita.

— Je m'intéresse à un libraire parisien, votre père les connaît tous, on m'a conseillé de m'adresser à lui.

— Qui vous a conseillé ?

— Mon intendante. Elle se nomme Margot Belleville ; elle était libraire ainsi que son père.

— Morgue Belleville ? Je me souviens de lui. On l'a torturé et assassiné.

— En effet.

— Savez-vous qui l'a tué ?

— Oui.

— Qui ?

Louis fit un geste de la main.

— Je ne vous le dirai pas. Sachez seulement qu'il a été puni.

L'homme se dandinait d'une jambe sur l'autre, ne cachant pas son hésitation.

— Puis-je vous croire ? dit-il finalement.

— J'aurais eu plus de temps, j'aurais pu obtenir une lettre de recommandation de Mgr Mazarin, mais je quitte Paris mercredi.

— Vous connaissez Son Éminence ?

— Je suis parfois à son service.

Le libraire se gratta la tête avant de déclarer :

— Suivez-moi !

Il ouvrit une porte enserrée dans une des bibliothèques murales et ils suivirent un sombre couloir qui les conduisit dans une autre pièce, très lumineuse, à l'opposé de la maison. La salle avait une fenêtre donnant sur un jardin intérieur. Un petit poêle de fonte chauffait les lieux.

Un très vieil homme, avec une couronne de cheveux blancs et portant de grosses besicles cerclées de fer, examinait des feuillets devant la fenêtre. Il leva les yeux en les entendant entrer.

— Père, il y a là un visiteur qui souhaite vous parler.

Le vieil homme considéra Louis avec attention avant de chuchoter :

— Je n'ai pas l'honneur de vous connaître, monsieur.

— En effet, monsieur Cramoisy. Mon nom est Louis Fronsac.

— Parent du notaire Pierre Fronsac ?

— C'est mon père.

— Vous rédigez des traités de librairie, chuinta le vieillard dans un sourire.

— Je le faisais, je ne suis plus notaire.

— Je le sais. On m'a parlé de vous.

— M. Fronsac m'a affirmé qu'il connaissait Mgr Mazarini[1], père, intervint le fils. C'est uniquement pour cela que je vous ai dérangé.

— Tu as bien fait, Sébastien. C'est en effet Son Éminence le cardinal Mazarini qui m'a parlé de M. le chevalier. Que me voulez-vous, monsieur ?

— Je recherche des renseignements sur un libraire.

— Tu peux nous laisser, Sébastien ? demanda le vieil homme.

Le fils sortit après avoir salué respectueusement son père.

— Mgr Mazarini est un grand amateur de livres, reprit le libraire. Il rassemble en ce moment une immense bibliothèque[2] d'ouvrages prodigieux. Quand je peux, je propose à Naudé[3], son bibliothécaire, les plus rares éditions. Voulez-vous voir ce que j'ai trouvé ?

Louis s'approcha de la table sur laquelle reposait deux in-quarto magnifiquement reliés et un petit in-octavo.

Louis examina l'octavo. C'était le poème épique de Madeleine de Scudéry, *Le Vassal généreux* dans l'édition d'Augustin Courbé. Le premier in-quarto était la nouvelle pièce de Pierre Corneille, *Cinna*, dans une édition de Toussainct Quinet. Le second était un livre imprimé par Sébastien Cramoisy lui-même : *L'Histoire généalogique des Maisons de Guînes, d'Ardres, et de Coucy, d'André du Chesne Tourangeau.*

1. Beaucoup appelaient encore à ce moment-là Mazarin, Mazarini. Lui-même signait souvent ainsi.

2. La bibliothèque personnelle du cardinal Mazarin venait juste d'ouvrir au public. Elle est donc la plus ancienne bibliothèque publique de France.

3. Gabriel Naudé, médecin ordinaire de Louis XIII et bibliothécaire, d'abord du président de Mesme, puis de Mazarin.

— De beaux ouvrages, reconnut Louis. J'ai moi-même une petite bibliothèque.

— Je le sais ! Encore une confidence de Son Éminence. Que souhaitez-vous savoir ? demanda doucement le vieil homme.

— Connaissez-vous un libraire nommé Charles de Bresche ? Il a sa boutique *Aux Armes de Rome*, place Maubert.

— J'ai surtout connu son père, expliqua Cramoisy après une brève hésitation. Un homme bon, chaleureux, et surtout un excellent libraire qui a terriblement souffert des frasques de son fils. Charles a quitté la France il y a trois ans ; il avait beaucoup joué dans les tripots et beaucoup perdu. Son père ne pouvait payer ses dettes. Le jeune homme est entré au service d'un maraud qui contrefaisait le gentilhomme pour mieux voler les veuves. Ils sont partis chercher fortune en Italie. Là-bas, son maître a eu des ennuis, m'a-t-on rapporté. Qu'est-il devenu ? Sans doute doit-il croupir au fond de quelque basse-fosse. En tout cas Charles s'est retrouvé seul et désargenté. À son tour, il s'est faussement ennobli et s'est fait appeler le chevalier Charles de Bresche. Il portait aussi un autre nom que j'ai oublié. Tout lui était bon pour survivre ; il s'est lancé dans plusieurs affaires crapuleuses pour finir par s'introduire auprès des Barberini dont il est devenu une sorte d'estafier et d'homme de main pour leurs basses besognes. Il présentait bien, parlait encore mieux et n'avait guère de scrupule. Il était surtout habile et cultivé. On l'a utilisé dans bien des affaires troubles pour lesquelles l'Église ne souhaitait pas apparaître, et on l'a bien récompensé. Son père est mort de chagrin l'année dernière et le fils, ayant réussi à obtenir quelques ouvrages et des tableaux très moyens des Barberini en récompense de ses infâmes services, est rentré en France. Il a vendu tout ce qui avait de la valeur après une exposition à l'hôtel de Fleury. Récemment, il a repris la boutique de son père. On dit qu'il s'est assagi, conclut le vieil homme du ton de celui qui n'en croit rien.

— Il connaît bien la librairie, déclara Louis d'un ton neutre. Il m'a dit d'ailleurs qu'il venait parfois vous acheter des livres.

— Certes, je ne doute pas qu'il soit un très bon libraire ! J'ai parlé quelques fois avec lui et il connaît son métier. Mais science sans conscience n'est que ruine de l'âme ! En tout cas, il reste étroitement lié au Saint-Siège et, plus exactement, aux Barberini. On murmure qu'il garde d'étroits contacts avec la nonciature, ainsi qu'avec le vice-légat apostolique Federico Sforza à Avignon. Bien sûr, ce ne sont peut-être que des médisances ou des jalousies !

— Vos informateurs sont-ils de bonne foi ?

— Moi aussi, j'entretiens des liens étroits avec l'Église, fit le vieillard dans un rictus.

— Vous ne devriez donc pas reprocher à M. de Bresche d'être proche du Saint-Siège.

— Ce n'est pas la proximité qui me dérange, monsieur, c'est l'usage qu'il en fait, ou qu'il en a fait. M. Bresche n'hésiterait pas à me dénoncer pour quelques deniers s'il savait que je préparais un ouvrage déplaisant à Rome.

Louis resta silencieux. Ces informations confirmaient ses craintes et jetaient une nouvelle lumière sur les récents événements. Si Bresche était un espion au service de la nonciature, Chantelou se rendait peut-être chez lui pour lui communiquer la fausse dépêche. Cela justifierait que, le soir de la filature, le chiffreur ait tenté d'éloigner Gaufredi.

De la même façon, l'activité d'espionnage du libraire pouvait expliquer la visite de Fabio Chigi autrement que pour l'achat d'un livre sur la Westphalie.

Mais quel rapport pouvait-il exister entre la librairie *Aux Armes de Rome* et le marquis de Fontrailles ?

Fronsac décida de retourner voir Bresche avant de partir. Il essayerait de le faire parler et d'en savoir plus.

— Je suppose qu'il est inutile que je vous demande pourquoi vous vous intéressez à Charles de Bresche ? Au fait, il n'a jamais eu de particule, précisa Cramoisy dans un rire grinçant.

— Je vous remercie pour tout ce que vous m'avez appris, monsieur. Vous m'avez rendu un inestimable service. Monseigneur le saura.

Le vieil homme sourit en opinant. Louis le salua et reprit le couloir sombre conduisant à la boutique.

Le soir, Gaufredi rentra à l'étude en maugréant. Après des heures de recherche, il n'avait finalement trouvé qu'un seul homme capable de conduire un carrosse à quatre chevaux et prêt à partir pour un aussi long voyage. Celui qu'il avait engagé se nommait Gerauld et souhaitait rentrer à Castres, où se trouvait sa famille. Cela signifiait qu'il ne reviendrait pas avec eux et qu'ils devraient trouver un autre homme là-bas.

Louis en parla à son père. Ce dernier accepta que Guillaume Bouvier aille à Mercy et que son frère Jacques accompagne Louis comme cocher. Mais Louis se rendait compte que cet arrangement contrariait son père ; la semaine suivante, un important contrat de mariage devait être signé à l'étude et, à cette occasion, les parents de la mariée y feraient porter la dot en écus d'or et d'argent. Il y en aurait pour cent mille livres, ce qui représenterait plusieurs tonnelets de pièces à conserver durant quelques jours.

Bien que ce transport soit effectué par des gardes armés qui resteraient sur place, M. Fronsac aurait préféré avoir les frères Bouvier avec lui.

Gaufredi avait encore tout le lendemain pour tenter de trouver un second cocher.

12.

Le mardi 8 décembre 1643

Puisqu'il devait attendre la lettre de Hugues de Lionne, Louis disposait encore d'une journée avant son départ. Il avait donc décidé de se rendre à cheval, avec Gaufredi, chez Charles de Bresche, dans la matinée. L'après-midi serait consacrée à une visite de courtoisie chez la marquise de Rambouillet.

Louis souhaitait interroger plus longuement le libraire sur son voyage à Rome pour tenter de comprendre le rôle qu'il pouvait jouer auprès du nonce. Il était également décidé à lui parler de Chantelou, tout en sachant que, s'il était vraiment un espion du pape et s'il était habile, il n'en tirerait rien.

Charles de Bresche parut très content de voir revenir ce client qui lui avait déjà acheté plusieurs livres, même s'il n'appréciait pas trop le reître à l'air féroce qui l'accompagnait.

— Ma chère épouse a bien aimé *Le Berger extravagant,* commença-t-il. Elle serait maintenant tentée par un autre livre de M. Sorel, pourquoi pas *Le Courrier véritable* ?

— Je l'ai toujours ! s'empressa de répondre Bresche en désignant une étagère.

— Malheureusement, je pars pour Toulouse et je ne pourrais vous le prendre que dans un mois. Vous me le garderiez ?

— Bien sûr !

Le libraire se tut un instant avant de demander :

— Mais dites-moi, je suis confus d'être indiscret, comment allez-vous jusqu'à Toulouse ?

— Dans mon carrosse, j'ai même dû engager un cocher supplémentaire car je n'ai qu'un homme avec moi, et les routes seront peut-être mauvaises.

— Figurez-vous que je dois me rendre moi-même à Toulouse, chez un confrère, pour rapporter des livres qu'il me garde et qui viennent d'Espagne. Seulement, c'est un tel voyage que je le reporte toujours à plus tard.

— Voulez-vous que je vous les ramène ? proposa obligeamment Louis. Je ne resterai que deux jours là-bas, mais je dois pouvoir disposer du temps pour le faire.

— C'est fort aimable à vous ! Malheureusement, j'ai besoin de voir les ouvrages avant de les payer.

Il se tut à nouveau, puis son visage s'éclaira comme si une idée soudaine lui venait.

— M'emmèneriez-vous avec vous ? Vous m'avez dit qu'il vous manquait un cocher. Je peux conduire votre carrosse, j'ai une certaine habitude des attelages.

Pris de court, Louis ne répondit pas tout de suite. Était-ce une bonne idée d'accepter ? Si Bresche était dangereux, il n'avait aucun intérêt à l'avoir avec lui. Puis il se dit que c'était peut-être une opportunité : durant un tel voyage, ce serait bien le diable s'il n'arrivait pas à lui soutirer des renseignements. Et après tout, Gaufredi était là pour le protéger.

— C'est que nous partons demain matin avant l'aube, expliqua-t-il.

— Je peux être prêt, monsieur, insista Bresche. Je fermerai ma boutique, et mon voisin la surveillera. C'est une occasion inespérée pour moi d'avoir enfin ces livres, car j'ai déjà des clients prêts à me les acheter un bon prix ici.

— La nonciature, peut-être ?

Bresche parut interloqué.

— Pourquoi ?

— Une absurde association d'idées, sourit Louis. La dernière fois que je suis venu, j'ai aperçu chez vous Mgr Fabio Chigi et je viens brusquement de penser à ce dont l'un de mes amis m'a parlé hier : des voleurs se sont introduits dans la nonciature et auraient dérobé des documents importants appartenant à Mgr Chigi. J'espère que ces coquins n'ont pas emporté le livre qu'il vous a acheté, auquel cas le nonce pourrait souhaiter vous en acheter un autre !

— Je ne sais pas... je n'était pas informé de ce vol..., bredouilla le libraire.

Bresche parut tellement déconcerté que Louis eut la certitude qu'il lui mentait. Il poussa donc son avantage :

— Mgr Chigi serait l'un des plénipotentiaires du Saint-Office pour le congrès de Münster, poursuivit-il sur le ton de la confidence. Les voleurs devaient être bien informés. Savez-vous qu'on a aussi assassiné un homme dans sa maison du pont Notre-Dame, il y a quelques semaines ? C'était un commis qui travaillait dans les bureaux de M. de Brienne, notre ministre des Affaires étrangères. Mon ami est persuadé que ces deux affaires sont liées.

— En effet... C'est très troublant... Votre... ami paraît bien informé..., déglutit Bresche.

— Il est commissaire au Châtelet ! C'est lui qui enquête. Et voulez-vous que je vous fasse une confidence ? Il n'a jamais échoué dans la recherche des criminels ! Je ne connais personne qui soit plus obstiné que lui ! Il trouvera certainement les coupables et maître Guillaume[1] s'occupera d'eux en place de Grève. Ils seront probablement tenaillés aux mamelles, aux bras et aux cuisses. Après quoi, Guillaume jettera sur leurs plaies du plomb ou du soufre fondu et de la résine brûlante. Enfin leurs corps seront démembrés par quatre chevaux[2]. Mais je ne vais pas vous ennuyer plus longtemps. Vous êtes certain que vous saurez conduire notre attelage ?

— Cer... certain, balbutia le libraire.

— Très bien. Nous passerons vous prendre demain à six heures, tenez-vous prêt.

— Je... je connais quel... quelques auberges à Toulouse, proposa Charles de Bresche, comme pour faire oublier sa confusion.

— Merci, mais nous logerons à l'hôtel de la marquise de Castelbajac. Un ami m'a fait une lettre pour elle. Je pense qu'elle pourra tous nous héberger sans difficulté.

Louis repartit, convaincu que Charles de Bresche était bien en relation avec la nonciature, peut-être était-il même un de ses agents. Il savait à l'évidence que l'hôtel du nonce apostolique avait été visité. Il avait été tellement pris de court par ses questions qu'il avait été incapable d'inventer une réponse satisfaisante. Il avait nié, certes, mais de façon telle que son mensonge était évident et son visage était devenu crayeux quand Louis lui avait parlé de maître Guillaume. Seuls les coupables, ou ceux qui avaient quelque chose à se reprocher, se comportaient ainsi.

Malgré tout, Louis n'y voyait pas très clair. Bresche avait-il dévalisé la nonciature ? Pour quelle raison l'aurait-il fait s'il travaillait pour eux ? Était-ce

---

1. Voir : *L'exécuteur de la haute justice*, éditions du Masque.
2. Louis exagère un peu. Une vingtaine d'années plus tard, on arrêta un espion au secrétariat d'État aux Affaires étrangères. Il fut simplement pendu !

lui qui avait tué Manessier ? Avait-il partie liée avec Fontrailles ?

Il chevauchait en silence derrière Gaufredi, hésitant sur ce qu'il devait faire. Il n'avait qu'une certitude : Chantelou avait rencontré Bresche. Lui avait-il remis la fausse dépêche ? Était-ce lui l'espion et non Claude Habert ? Mais alors pourquoi ce dernier avait-il tenté de le tuer ? Et que faisait Garnier avec son frère et sa sœur dans l'hôtellerie de Hollande ?

Devait-il aller voir Brienne avant de partir et lui demander d'éloigner Chantelou et Garnier ? Mais, dans ce cas, qui chiffrerait les dépêches ?

Ne sachant comment agir au mieux, il décida finalement de ne rien faire.

L'après-midi, Gaufredi étant retourné à Saint-Fiacre pour chercher le cocher qu'il avait engagé afin qu'il prépare le carrosse, Louis fit venir une chaise à porteurs pour se rendre chez Mme de Rambouillet.

Il n'avait aucune envie d'arriver dans la Chambre Bleue tout crotté et, en outre, il n'avait pas apporté suffisamment d'habits pour les gâcher avec la fange des rues.

L'intendant de la marquise le conduisit aussitôt auprès d'elle. Comme souvent, Catherine de Vivonne-Savelli était allongée sur son lit d'apparat recouvert de satin bleu. Dans la petite ruelle[1] était assise Mme Cornuel qui parut ravie de voir Louis arriver seul.

La marquise sourit à son visiteur et lui fit signe de prendre un tabouret à côté d'Anne.

Louis embrassa sa tante – bien qu'en réalité Mme de Rambouillet fût seulement la tante de son

1. Rappelons que la ruelle était ce couloir le long du lit d'apparat dans les chambres de réception.

épouse – puis salua Mme Cornuel avec une certaine solennité, ce qui provoqua un petit rire crispé chez la jeune femme.

Anne Cornuel était réputée – et plus encore crainte – pour son ironie mordante, ses railleries et ses reparties. Personne ne souhaitait s'en faire une ennemie, car elle ne cachait guère ses sentiments et ceux qui lui déplaisaient se retrouvaient vite affublés de quelque sobriquet ou de bons mots qui les suivaient partout dans le monde. N'était-ce pas elle qui avait surnommé le duc de Beaufort et ses amis : les Importants ! Un surnom si caustique qu'il les avait vite discrédités !

Depuis peu, elle s'était mis en tête de mettre Louis dans son lit. Admiratrice de Mazarin, elle éprouvait désormais une profonde affection pour le jeune homme, simplement parce qu'il avait risqué sa vie au service du ministre. Elle avait ainsi expliqué fort sérieusement à Vincent Voiture, qui l'avait répété à Louis, qu'une descendance née de leur amour serait un soutien puissant à la Couronne !

Comme elle était fort jolie avec ses traits fins, son nez en trompette, son menton pointu et ses yeux en amande qui lui donnaient une expression à la fois insolente et enjouée, elle ne doutait pas de parvenir rapidement à ses fins.

Anne poussa sa chaise pour laisser place à Louis afin qu'il s'installât près d'elle. Dès qu'il fut assis, elle lui prit la main avec tendresse.

— Julie n'est pas là ? demanda la marquise, alarmée par la familiarité de son amie.

— Elle est restée à Mercy, ma tante, je ne suis que de passage à Paris. Je pars demain pour Toulouse, répondit Louis en retirant sa main.

— Qu'allez-vous faire là-bas en période hivernale, mon ami ? s'étonna Anne qui voulait toujours tout savoir.

— Je dois y rencontrer un magistrat, madame.

— Et ce serait si pressé ? s'enquit-elle aigrement.

— Sans doute, madame, puisque c'est pour le service du roi.

Voyant qu'elle n'en apprendrait pas davantage, elle releva le torse pour marquer son dépit, tentant de mettre en valeur sa maigre poitrine.

— Anne, vous savez que Louis est la discrétion même, la morigéna la marquise. Pourquoi essayer de lui faire dire ce qu'il ne peut avouer ?

— Vous avez raison, madame, sourit Anne Cornuel. Mais je ne peux retenir ma curiosité. Me pardonnerez-vous, monsieur ? minauda-t-elle.

— Certainement, madame, si pour votre punition vous me racontez ce qui se passe en ce moment à Paris.

Louis savait que rien ne pouvait faire plus plaisir à Anne Cornuel.

— Bien volontiers, monsieur, sourit-elle. D'abord, savez-vous que M. d'Enghien est revenu des armées avec ses petits maîtres ?

— Je ne le savais pas, madame, mais je le présageais.

— Auréolés de leurs victoires, les amis d'Enghien se conduisent partout en barbares insolents, et le duc lui-même brûle d'en découdre avec ce qui reste des Importants.

— Tout le monde s'est rallié à Mgr Mazarin, remarqua prudemment Louis. Il n'y a plus d'Importants.

— On le dit. Cependant, il y a toujours l'affaire pendante de la lettre attribuée à Mme de Longueville...

— Mme de Montbazon s'est excusée pour sa médisance.

Le scandale avait eu lieu au printemps.

On avait trouvé chez Mme de Montbazon, alors maîtresse du duc de Beaufort – l'un des chefs de file des Importants –, deux plis tombés au sol. C'étaient des lettres d'une femme à son amant. Dans l'une d'elles, elle avouait lui avoir offert *tous les avantages qu'il pouvait souhaiter* et dans l'autre elle lui rappelait l'avoir *dignement récompensé*.

M. de Guise avait assuré qu'il avait vu les lettres tomber de la poche de M. de Coligny. Mme de Montbazon avait affirmé en reconnaître l'écriture comme étant celle de Mme de Longueville, la sœur du duc d'Enghien. Ainsi, la jeune femme, qui venait à peine de se marier, n'était qu'une gourgandine puisqu'elle était déjà la maîtresse de Coligny !

Ce n'était que calomnie. Les deux amants étaient en réalité le marquis de Maulevrier et Mme de Fouquerolles. Mme de Montbazon avait dû reconnaître ses torts, en public et de bien mauvaise grâce.

Depuis, les Importants s'étaient dispersés. Certains, comme le duc de Beaufort, avaient été arrêtés d'autres étaient en fuite comme Henri de Campion, d'autres encore étaient assignés à résidence sur leur terre comme la duchesse de Chevreuse.

— Savez-vous que Mme de Montbazon est désormais la maîtresse du duc de Guise ? s'enquit Anne Cornuel en reprenant la main de Louis pour la serrer avec vigueur.

— On me l'avait rapporté, madame. Elle aurait donc vite oublié M. de Beaufort ?

— M. de Beaufort est en prison et Mme de Montbazon sans argent ! Guise l'a donc achetée !

Louis se souvenait de la phrase de son ami Gondi au sujet de Mme de Montbazon : *Je n'ai jamais vu une personne qui ait conservé dans le vice si peu de respect pour la vertu* !

— Figurez-vous, mon ami, qu'hier, M. de Guise a croisé M. de Coligny et a ironisé devant lui sur Mme de Longueville. Coligny a imprudemment rétorqué en se gaussant de la vertu facile de Mme de Montbazon, poursuivit-elle.

— Les familles des deux hommes se haïssent depuis si longtemps ! intervint Mme de Rambouillet. Le grand-père de Guise, le *Balafré*, a fait assassiner le grand-père de Maurice de Coligny.

— Pourraient-ils se battre ? s'inquiéta Louis en songeant à la nouvelle charge de Coligny au service des dépêches.

— Ce n'est pas impossible, fit Anne. Enghien et ses petits maîtres trépignent ; ils brûlent de vider cette querelle. Quant à Guise, il ne cherche nullement à les calmer, bien au contraire !

— N'oubliez pas qu'il est fou ! comme l'a justement dit M. de Chevreuse, intervint Mme de Rambouillet. Savez-vous les horreurs qu'il a commises dans l'abbaye même de sa sœur ?

— Je les ai apprises, il y a quelques jours, de la bouche même de M. Le Tellier, madame.

— Violenter les épouses de Jésus-Christ ! poursuivit la marquise, le visage défait.

— Mais pour qu'il y ait duel, madame, il faut un défi. M. de Coligny n'ira pas jusqu'à braver les édits du roi. Et le duc de Guise a déjà eu tant de tracas avec la justice qu'il se maîtrisera lui aussi.

— Ne croyez pas cela, Louis ! répliqua la marquise. Enghien est toujours autant fâché qu'on ait insulté sa sœur. Il aurait volontiers défié Beaufort, mais celui-ci est en prison. Or, Coligny est considéré comme le chevalier servant de Mme de Longueville. Ses amis lui font comprendre chaque jour qu'il ne peut se dérober. M. de La Rochefoucauld était ici même, hier, à votre place et nous en parlions. Il connaît bien Enghien, même si leur amitié s'est refroidie ; le duc lui a assuré qu'il ne pouvait témoigner son ressentiment envers M. de Beaufort mais qu'il laissait à Coligny la liberté de se battre, s'il le souhaitait. Comment Coligny pourrait-il refuser un tel duel sans passer pour un lâche ?

— Une rencontre serait terrible, poursuivit Anne. Coligny est rentré très malade de sa campagne militaire. Il est soldat, peu au fait des pratiques de l'escrime, tandis que Guise s'entraîne plusieurs heures par jour en salle d'armes.

— Mais les duels sont interdits, madame !

— Croyez-vous que Mazarin sera aussi sévère que Richelieu, sur de telles affaires d'honneur, monsieur ? fit la marquise, dubitative.

Alors que Louis retournait à l'étude dans sa chaise à porteurs, celle-ci croisa un carrosse dans la rue de la Verrerie. Étrange coïncidence du destin : le marquis de Fontrailles se trouvait dans cette voiture et il était d'excellente humeur. Il venait de passer une longue heure avec le duc de Guise qui lui avait promis d'agir comme il le souhaitait après avoir lu la lettre de la duchesse de Chevreuse.

— Les désirs de ma cousine sont des ordres pour moi, lui avait suavement déclaré Guise. J'avoue ne pas comprendre ce que vous recherchez, marquis, mais je vous fais confiance. Je sais que vous avez toujours œuvré pour notre cause. Je devine aussi que M. d'Enghien aimerait bien que Coligny me provoque, mais le petit-fils de l'Amiral est plus raisonnable que son maître ! Pour ma part, je n'ai jamais recherché la confrontation avec lui. Que m'apporterait un duel, sinon de nouveaux ennuis judiciaires ? Mais puisque Maurice de Coligny vous gêne, et dérange ma cousine, je saurai réveiller chez lui le désir de défendre sa belle ! Soyez donc assuré que, dès demain, je n'hésiterai pas à rappeler à chacun combien Mme de Longueville est facile à séduire. Mon amie, Mme de Montbazon fera de même, et si Coligny n'est pas un lâche, il viendra me jeter son gant !

En rentrant à l'étude, Louis trouva Gaufredi à l'écurie en compagnie d'un petit homme sec et plissé qui ressemblait à un vieillard. Pourtant, Gaufredi lui avait dit que le cocher qu'il avait engagé n'avait pas dépassé la quarantaine. Louis en fut contrarié : comment ce maigrichon allait-il supporter les fatigues du voyage ?

— Monsieur le marquis, fit Gaufredi. Voici Gerauld, un ancien artilleur devenu cocher à Saint-Fiacre, qui m'a assuré avoir fait la route de Toulouse en diligence pendant plusieurs années. Il la connaît bien. Je lui montrais votre carrosse et vos chevaux pour qu'il les examine.

Le carrosse de Louis était une voiture qu'il avait achetée peu après son mariage. Les roues avant étaient de petite taille tandis que les roues arrière étaient beaucoup plus grandes. Cette dissymétrie facilitait les manœuvres et réduisait quelque peu les cahots de la route.

Une solide flèche reliait, sous la voiture, le train arrière au train avant pivotant, et la suspension était constituée d'épaisses soupentes de cuir. La souplesse de ces soupentes fournissait un certain confort aux passagers, qui bénéficiaient de deux banquettes couvertes de cuir fauve. Les portières, munies de glaces et doublées par des rideaux latéraux, isolaient assez bien du froid. Le toit bombé, en menuiserie était recouvert de cuir sur lequel la pluie glissait. Deux marchepieds extérieurs aidaient à la descente ou à la montée.

Gerauld exprima son opinion sur le carrosse dans un langage où dominaient les roulements de R et Louis ne comprit goutte à ce qu'il déclarait. Le cocher recommença alors en s'efforçant d'articuler et en évitant les mots de son patois.

— C'est une bonne voiture, monsieur, légère et solide, gronda-t-il. Seul le freinage paraît bien faible.

En attelant quatre bons chevaux comme vous avez, on devrait rouler à un bon train.

— Combien de temps mettrons-nous ?

— Difficile à dire, monsieur. Jusqu'à Bourges, on devrait trouver des relais de poste avec des chevaux. Quand ils sont frais, et si on est assuré de pouvoir les changer toutes les quatre lieues, on file un bon train. Il y a neuf heures de jour en ce moment, et on peut rouler doucement durant quatre heures de nuit avec des lanternes. Si le temps reste sec, on peut être à Toulouse en dix jours.

— Ce serait bien. Vous connaissez la route ?

— Parfaitement, monsieur, et je sais aussi où se trouvent les meilleurs relais et hostelleries. Mais le voyage vous coûtera cher, surtout si on change souvent d'attelage. Dans les relais, c'est au moins vingt sols par cheval et par quatre lieues. Parfois le double si les chevaux sont rares !

— Je sais, ne vous alarmez pas.

Louis avait prévu une dépense d'au moins vingt-cinq livres par jour, plus le gîte et le couvert, soit une somme de deux cents à quatre cents livres à l'aller et autant au retour ! Il avait préparé un millier de livres pour ce voyage, en écus d'argent et louis d'or, dans une cassette de fer. C'était une grosse somme.

— Gaufredi, tu as choisi les armes nécessaires ? Il ne faudrait pas se faire voler en route.

— J'ai préparé une dizaine de pistolets, monsieur, ainsi que quelques mousquets, une arquebuse et deux carabines. Tous en état.

— Vous ferez le voyage sur le siège avant, avec Gaufredi ou l'autre homme qui nous accompagnera, expliqua Louis à Gerauld. À tour de rôle chacun s'installera dans le carrosse pour se reposer.

— Non, monsieur ! fit le cocher en secouant la tête de droite à gauche. Pour aller à un bon rythme, il me faut conduire comme pour les malles-postes. Vos amis tiendront les rênes, mais je monterai sur le cheval de brancard à gauche pour diriger non seulement ma monture mais encore le coursier de droite et les deux autres devant.

— Et vous resterez en selle ainsi toute la journée ?

— Il le faudra bien, monsieur, c'est mon métier. Je peux tenir ainsi quatorze heures, pour autant qu'on me paye à boire un verre de liqueur aux relais !

— Vous aurez ce que vous demandez, promit Louis. Préparez la voiture à votre gré. Nous partirons vers six heures avec des lampes pour nous éclairer. Nous passerons place Maubert prendre un homme qui vous aidera. Il sait lui aussi conduire les attelages. Gaufredi, demandez à Richepin qu'il fasse le nécessaire pour loger Gerauld. Ce soir, il mangera avec nous.

Louis les abandonna et rejoignit son père qui l'attendait avec impatience dans son cabinet. Un mousquetaire avait apporté dans l'après-midi une grosse enveloppe cachetée d'un sceau rouge. Il la remit à son fils.

C'était un cachet aux armes de Hugues de Lionne. La lettre était adressée à la marquise de Castelbajac. Louis l'examina un long moment, mais à moins de briser le sceau, il lui serait impossible de savoir ce qu'elle contenait.

La lettre rejoignit ses bagages.

13.

Décembre 1643

Le coche – c'est-à-dire la voiture publique – mettait trente jours à faire le voyage de Paris à Toulouse. En carrosse, et en roulant dix à quatorze heures par jour, il n'en faudrait peut-être que dix, mais avec quel inconfort pour ceux qui conduiraient l'attelage ! Mal protégés des intempéries, dans le froid, sous la pluie, la grêle ou la neige, ils devraient être attentifs à chaque instant aussi bien aux pièges du chemin qu'aux humeurs des chevaux. Seul Louis, à l'intérieur, bénéficierait d'un certain bien-être, quoique ballotté sans cesse comme un vulgaire bagage.

La nuit était encore épaisse lorsqu'ils partirent. Il gelait. Gerauld était monté sur le cheval de tête au poitrail duquel il avait accroché une lanterne. À l'extérieur, sur le siège avant du carrosse, Gaufredi disposait lui aussi d'une lanterne à huile avec un verre grossissant. Mais les deux fanaux éclairaient à peine.

Dans la voiture, Louis enroulé dans un épais manteau se réchauffait comme il le pouvait près d'un petit brasero à charbon de bois fixé par des sangles au plancher du véhicule.

Ils parvinrent sans encombre à la place Maubert. Les innombrables mules portant les magistrats qui se rendaient au Palais s'écartaient devant le carrosse en entendant les jurons incompréhensibles du cocher. Pour ceux qui ne s'effaçaient pas assez vite, Gaufredi faisait claquer son fouet.

Charles de Bresche attendait devant sa boutique avec un petit bagage, un simple sac de cuir élimé. Louis le fit monter en face de lui. Il faisait trop froid pour parler et les deux hommes sommeillèrent, engourdis par les grincements et les trépidations du véhicule.

Jusqu'au lever du soleil, le train du véhicule ne dépassa guère le pas d'un homme. Mais à la sortie de la ville, la luminosité ayant percé, Gerauld s'installa sur le second cheval et mit l'attelage au trot, puis au galop.

Les deux passagers furent aussitôt secoués dans tous les sens. Le cocher laissait courir ses bêtes dans les descentes à une vitesse telle que Louis avait parfois l'affreuse impression que la voiture allait dépasser l'attelage et poursuivre sa course toute seule. Par moments, il était précipité contre les portières et il devait agripper son siège pour ne pas être projeté contre Charles de Bresche. Il parvint juste à temps à refermer le couvercle du brasero pour l'éteindre.

La route était droite et encore peu fréquentée. Ce brimbalement épouvantable se poursuivit durant près d'une heure. Jamais Nicolas n'avait conduit à une allure aussi furieuse, songeait Louis avec inquiétude. La voiture allait-elle résister à ce train d'enfer ?

Enfin, l'attelage ralentit. Ils approchaient d'un village et la voiture entra par un grand portail dans la vaste cour d'une maison en bordure du Grand chemin.

Il y avait là des écuries et d'autres voitures. Plusieurs chevaux dételés s'abreuvaient à deux grandes auges de pierre. Ils étaient arrivés au relais de poste.

Déjà, Gerauld avait sauté au sol et donné des ordres aux palefreniers. Louis et Bresche descendirent aussi, chancelants et encore étourdis par le roulement insupportable qu'ils venaient de subir.

Gaufredi faisait déjà presser les garçons d'écurie qui changeaient les bêtes.

— Pas trop secoué, monsieur ? demanda-t-il à son maître en descendant de son siège.

— Je n'ai jamais connu une telle abomination ! murmura Louis.

— Gerauld connaît son métier, monsieur ! Avec lui, on sera à Pithiviers ce soir ! Essayez de vous cramponner pour ne pas vous blesser. Tant que la route est ainsi, il peut aller vite mais, dans deux jours, ce ne sera plus possible. Allez donc à la salle d'auberge avaler un bouillon. Je viendrai vous chercher quand j'aurai terminé.

— Où est Gerauld ?

— À la cuisine ou dans la salle commune, monsieur. Pour tenir une telle vitesse avec ce froid, il lui faut de l'alcool !

Louis lui glissa une dizaine d'écus pour payer le maître de poste.

— Ne t'éloigne pas trop de la voiture, lui rappela-t-il.

Les sièges intérieurs du carrosse n'étaient en vérité que deux coffres qui fermaient à clef. Ils étaient ferrés et il aurait été difficile de les forcer, mais Louis ne voulait pas prendre de risque. Dans l'un d'eux se trouvaient les armes et dans l'autre leurs bagages ainsi qu'une cassette contenant un millier de livres, tout l'argent du voyage.

Dans la salle où se restauraient une douzaine de voyageurs, ils découvrirent Gerauld en train de vider un flacon de vin. Louis et le libraire s'assirent à côté de lui. Louis fit signe à une servante qu'il voulait deux bols de bouillon. Elle les leur porta aussitôt, avec du pain noir à tremper dedans.

— La voiture va-t-elle résister, Gerauld ?

— Ne vous inquiétez pas, monsieur, elle est solide ! Et s'il n'y avait pas eu tant d'ornières, j'aurais pu aller au grand galop, répliqua le cocher d'une voix rocailleuse.

— Nous pourrions être ce soir à Pithiviers ?

— Si on trouve des chevaux tout le long, certainement, monsieur ! Il y a par ici un relais toutes les quatre lieues. En principe, il y a toujours des bêtes fraîches, je pourrai donc garder cette allure longtemps. Le prochain arrêt sera dans une heure et demie.

Il termina son vin et se leva. Louis remarqua à quel point sa face et son nez étaient écarlates. Était-ce le froid ou l'alcool ?

— Portez du pain et un bol de soupe à Gaufredi, proposa-t-il au cocher. Nous vous rejoignons.

Il se tourna vers le libraire :

— Vous êtes prêt à conduire ? Gaufredi montera avec moi jusqu'au prochain relais.

— Absolument ! plaisanta Charles de Bresche. Je préfère de beaucoup être sur le siège avant que dans cette caisse remuée comme un bouchon dans une tempête !

Ils avalèrent leur soupe puis rejoignirent l'attelage. Les bêtes finissaient d'être attachées. Gerauld vérifiait soigneusement leurs sangles. Louis remarqua pour la première fois ses bottes énormes, en double épaisseur de gros cuir noir.

Bresche, qui était lui aussi botté, grimpa sur le siège avant alors que Gaufredi s'installait à l'intérieur, en face de son maître.

Ils reprirent la route. Très vite le cocher mit l'attelage au grand galop et les deux passagers durent à nouveau se cramponner pour ne pas basculer dans tous les sens.

Entre deux cahots, Louis interrogea Gaufredi sur les bottes de leur postillon.

— Elles sont même cerclées de fer à l'intérieur, monsieur. Là où il se trouve, le timon peut le heurter avec violence. Ces bottes lui évitent d'avoir les jambes brisées !

Ils parlèrent ensuite de leur séjour à Toulouse. Fronsac rappela à son compagnon qu'ils logeraient chez une amie de Hugues de Lionne, et qu'il devait discrètement surveiller Charles de Bresche.

La veille, avant de partir, Louis lui avait fait part de ses soupçons au sujet du libraire.

— Je ne comprends pas pourquoi vous l'emmenez avec nous, avait protesté le vieux soldat. Vous ne savez rien de cet homme ! S'il attente à votre vie alors que vous êtes ensemble dans la voiture, je ne m'en rendrai même pas compte !

— Je vais faire le sot et le mettre en confiance, l'avait rassuré Louis. Je ne suis sûr de rien, mais c'est une occasion inespérée de percer les mystères qui entourent ces vols de dépêches. Je le questionnerai sans cesse et j'ai bon espoir qu'à un moment ou à un autre, il se trahisse.

Gaufredi avait secoué la tête, visiblement dubitatif.

— Si j'ai l'impression qu'il vous menace, avait-il conclu férocement, je le tuerai.

— Je préférerais que tu joues la comédie, mon bon Gaufredi. Évite de le tuer et tente plutôt de gagner son amitié par exemple en disant du mal de moi. Peut-être qu'il te dévoilera alors ses plans et qu'il tentera de faire de toi son complice.

— Ce n'est pas un rôle qui me convient, monsieur, avait grommelé le soldat.

— Tu as déjà fait ça quand tu étais à la guerre, lui sourit Louis. Tu me l'as raconté. Je suis sûr que tu peux le refaire.

Curieusement, les furieux soubresauts de la voiture finirent par endormir les deux hommes qui ne se réveillèrent qu'au relais suivant.

C'était une hôtellerie plus importante que la précédente. Louis sortit pour se dégourdir les jambes. Le soleil brillait et la température était plus douce. Déjà, Gerauld s'était rendu à la salle commune pour vider son pichet de vin pendant que Gaufredi surveillait les palefreniers. Le libraire rejoignit Louis pour faire quelques pas avec lui.

— Je crois que j'ai repris la main, lui expliqua-t-il avec un petit rire. J'avais conduit de tels attelages en Italie, il y a deux ans.

— Vous me raconterez ? proposa obligeamment Louis. J'aimerais bien me rendre à Rome, un jour.

— J'y connais beaucoup de monde, je pourrais vous aider, suggéra Charles de Bresche. Savez-vous où nous dormirons ce soir ?

— À Pithiviers sans doute, s'il y a toujours autant de relais.

— Il y en aura ! Jusqu'à Orléans, ils ne manquent pas. Les maîtres de poste achètent leur charge fort cher mais ils ont ensuite le monopole des chevaux et des véhicules pour les voyageurs. Ils ont donc intérêt à toujours avoir des bêtes à louer. Savez-vous que ce métier a quantité d'avantages ?

— À dire vrai, je l'ignore, répondit Louis qui s'en moquait.

— Ils reçoivent un traitement plutôt faible – dans les deux cents livres par an – mais ils sont logés gratuitement dans la maison de poste. Ils sont affranchis du paiement de la taille, exonérés d'impôts pour les terres qu'ils possèdent, exempts de guet et, surtout, libres de refuser le logement des soldats en campagne. Je sais tout ça car j'aime les chevaux et, si j'avais eu l'argent, j'aurais volontiers acheté une telle charge.

Le maître de poste arriva justement pour se faire payer. Il demanda vingt-cinq sols par cheval. Une somme plus élevée que la normale, mais que Louis paya sans rechigner avec un louis d'or. L'homme lui rendit vingt sols. En principe, les chevaux frais ne devaient servir qu'aux courriers de la poste, mais ces petits arrangements étaient pour le maître une source supplémentaire de revenus.

Il y avait effectivement de nombreux relais dans cette partie de l'Orléanais et la route était suffisamment plate et rectiligne pour que Gerauld maintienne son allure infernale. Vers deux heures, ils dînèrent rapidement. Le visage du cocher était de plus en plus écarlate et il avala deux flacons de vin.

L'après-midi s'écoula dans les mêmes secousses. Parfois Bresche tenait compagnie à Louis, parfois c'était Gaufredi. Seul le cocher se refusait à entrer dans le carrosse. Quand il ne sommeillait pas, Louis regardait le paysage. De vastes plaines uniformes, des champs à perte de vue avec ici et là de grandes fermes fortifiées.

Puis ce fut la nuit. Juste avant d'allumer les lanternes, Louis distingua Pithiviers, perchée au loin sur un éperon surplombant une rivière.

L'attelage se remit au pas pour faire les deux dernières lieues et entra par une porte cochère dans la cour pavée d'une vaste maison. Louis descendit. Il faisait froid et il se dirigea sans traîner vers la grande salle, Gaufredi prendrait les bagages. Sur la façade couraient des escaliers et des galeries de bois permettant d'accéder aux logis des voyageurs.

Ils purent avoir deux chambres, Louis s'installa avec Gaufredi et le cocher avec le libraire. Un seul grand lit pour deux. C'était un confort inespéré.

Ils soupèrent de bon appétit dans la grande salle et Gerauld but plus que de raison. Louis s'en inquiéta auprès de Gaufredi qui lui expliqua que c'était chose courante chez les cochers. Ils ne pouvaient tenir qu'en buvant et celui-ci était même plutôt sobre car il n'avalait que du vin et non des alcools de fruits, comme c'était l'habitude chez ces gens.

Tout en dévorant son ragoût, Gerauld les prévint du spectacle comique qu'ils auraient le lendemain en traversant la forêt d'Orléans.

— Les vols et les meurtres y sont si fréquents ici qu'on accroche aux arbres, en bordure de route, les brigands qui sont pris afin que les voyageurs puissent constater que les prévôts des maréchaux font bien leur travail.

La police était assurée par les prévôts dans les petites villes et par les lieutenants criminels dans les bailliages. Dans les campagnes, le maintien de l'ordre dépendait des prévôts des maréchaux, une organisation militaire mise en place par Philippe Auguste et chargée à l'origine de réprimer les crimes des soldats déserteurs.

Ces prévôts pouvaient juger sans appel les individus pris en flagrant délit, ce qui n'était pas le cas pour les criminels jugés devant les présidiaux et les parlements. Ils pouvaient procéder eux-mêmes aux interrogatoires et prononcer la sentence immédiatement. Sentence qu'ils se chargeaient aussi d'exécuter, en général par pendaison.

Cette maréchaussée était constituée de brigades de cavaliers appelés archers de la maréchaussée, bien qu'arquebuses et fusils aient depuis longtemps remplacé leurs arcs.

— Sitôt jugés et condamnés, poursuivit Gerauld dans un rire, le prévôt les accroche aux arbres de la route, à l'endroit même où ils ont commis leur crime. Les oiseaux s'en occupent. Demain, vous verrez tous ces pendus serrés de chaque côté du chemin. Durant une lieue, ce ne sont que des cadavres accrochés aux branches que le vent balance. À l'époque où je faisais souvent la route, je les connaissais et je les saluais. Mais ils ne répondaient jamais ! Un hiver, je me souviens y avoir vu une grande femme qui est restée entière fort longtemps, entièrement dépouillée de ses vêtements. Ses longs cheveux noirs flottaient au vent tandis que les corbeaux volaient autour d'elle pour se disputer sa chair encore ferme. C'était un spectacle réjouissant, mais hélas aussi une infection qui nous suivait jusqu'aux portes des villes [1].

Malgré ce récit épouvantable, Louis dormit comme une souche. Ils repartirent avant l'aurore, ni lavés ni rasés, ayant juste avalé un bol de soupe et du pain trempé.

En chemin, Louis examina les corps séchés effectivement très nombreux. Des corbeaux étaient perchés sur les têtes des cadavres qui regardaient passer les voyageurs de leurs orbites vides. Il vit plusieurs femmes et même de jeunes enfants.

Gaufredi et lui avaient gardé leurs armes à portée de main durant la traversée des bois. Gerauld lui-même avait passé un pistolet à sa ceinture. Mais ou bien les brigands avaient tous été pendus, ou bien ils n'avaient pas envie de se frotter à eux, car le trajet se fit sans encombre. La seule difficulté fut la traversée à gué d'une rivière où le courant faillit emporter un cheval. Gerauld parvint pourtant à faire nager les bêtes. Ce fut le seul incident avant l'étape de La Ferté Saint-Aubin. Une étape de vingt lieues.

Le lendemain, ce fut la route de Bourges. Une distance de vingt-cinq lieues à parcourir dans le

1. Cette phrase n'est pas de moi, mais de George Sand qui racontait alors sa propre traversée de la forêt d'Orléans.

Berry. Au collège de Clermont, Louis avait étudié les *Commentaires* de César sur le pays des Bituriges et il essayait d'en retrouver les sites, aussi ne perdait-il rien du paysage.

Gerauld conduisait toujours aussi vite et buvait toujours autant. Il faillit renverser un groupe de moines dans un village et il envoya au fossé deux voyageurs à dos de mulet qui ne se rangeaient pas assez vite.

Le soir, ils dormirent dans une sordide auberge au centre de Bourges, l'antique Avaricum. Louis regretta de ne pas avoir eu plus de temps avant son départ ; il aurait pu aller voir le duc d'Enghien qui lui aurait fait une lettre pour être logé dans son hôtel, le prince de Condé, son père, étant gouverneur du Berry.

Il faisait encore nuit quand ils quittèrent la ville et ils n'en distinguèrent que les fortifications abruptes. Vingt-cinq lieues les attendaient jusqu'à Châteaumeillant, principalement à travers des vignobles. La route était toujours sèche et droite, le train de l'attelage resta furieusement rapide.

Pourtant, entre quelques violents cahots, Louis observait que le paysage lointain changeait. Les premières hauteurs du Massif central apparaissaient au sud alors qu'ils s'éloignaient des marais de la Brenne et de la Sologne.

À chaque relais, Gerauld goûtait tous les vins du terroir. Au dîner, ils apprécièrent les terrines et les pâtés du pays. Ce voyage n'est pas si désagréable, songeait Louis en savourant toutes ces spécialités.

Châteaumeillant était une ville fortifiée et fort mal pavée. Ils n'y arrivèrent que plusieurs heures après la tombée de la nuit et, un moment, ils se crurent perdus. Gaufredi dut demander leur chemin à une fermière qui, contre quelques sols, leur envoya son garçon afin de les guider jusqu'à l'étape.

Plusieurs fois dans la journée, Louis s'était entretenu avec Charles de Bresche. Celui-ci lui avait raconté, avec force anecdotes, ses aventures de jeunesse en Italie, et elles semblaient bien différentes de la version de Sébastien Cramoisy. Louis ne savait plus trop que penser. Malgré ses questions, le libraire ne s'était jamais contredit et, s'il avouait connaître les frères Barberini, les neveux d'Urbain VIII, c'était surtout parce qu'il s'était occupé des achats de la bibliothèque du cardinal François Barberini, ancien vice-légat d'Avignon et bibliothécaire du Vatican. Sa *Biblioteca Barberina*[1], rassemblée et inventoriée par Gabriel Naudé, l'actuel bibliothécaire de Mazarin, possédait de rares manuscrits latins ainsi que quantité de peintures anciennes. François Barberini était un fin lettré qui avait même traduit Marc-Aurèle, lui avait expliqué le libraire.

Bresche avait aussi été invité plusieurs fois chez son frère, Thaddeus Barberini, qui occupait un palais construit par Gian Lorenzo Bernini. Thaddeus, préfet de Rome, avait en charge la police et l'armée pontificale. La partie sud de sa résidence était habitée par ses deux frères cardinaux, François et Antoine. C'est là que se situait, au dernier étage, la fameuse bibliothèque que Charles de Bresche connaissait si bien.

Quant à Antoine, le légat d'Avignon, Charles de Bresche en était moins familier, mais il avait rencontré le vice-légat, Federico Forza, un an plus tôt, alors qu'il rentrait en France, pour lui remettre des lettres des frères Barberini. Par curiosité, Louis l'interrogea sur ce Ferrante Pallavicino dont Hugues de Lionne s'inquiétait, et qui était, selon lui, en prison à Avignon.

1. Elle fait partie de l'actuelle bibliothèque apostolique du Vatican.

Bresche ignorait l'histoire, ce qui surprit Louis. En tout cas, il n'avait jamais entendu parler de Carlo Morfi.

Louis lui expliqua donc que ce Pallavicino était poursuivi par l'Église pour ses écrits séditieux. Le libraire hocha la tête en grimaçant, pour bien afficher sa désapprobation des méthodes de Rome. Il connaissait bien l'histoire de Galilée, attaqué lui aussi pour ses écrits. Selon lui, le savant avait pourtant été prévenu par Urbain VIII que ses travaux sur l'astronomie gênaient l'Église et que ses *Dialogues sur les deux grands systèmes du monde* seraient certainement blâmés par les dominicains. Le savant n'en avait pas tenu compte, et il avait dû passer devant un tribunal de théologiens qui l'avait condamné à l'emprisonnement. Pour éviter la torture, Galilée avait dû abjurer ses théories sur la rotation de la terre tout en murmurant, après avoir entendu la sentence : *Eppur, si muove !*

Bien que la peine de prison du savant ait été commuée, Bresche blâmait le rôle de l'Église dans cette affaire, ce qui lui attira la sympathie de Louis.

Il expliqua aussi qu'il était rentré en France sitôt qu'il avait appris la mort de son père, dont il parla avec beaucoup de respect et d'affection, car il lui avait tout appris dans la science de la librairie.

Gaufredi, de son côté, s'était aussi entretenu plusieurs fois avec lui, n'hésitant pas à dénigrer systématiquement son maître comme Louis le lui avait demandé, mais Charles de Bresche s'en était montré choqué et il gardait désormais ses distances avec ce domestique infidèle.

Rien ne permettait donc d'affirmer qu'il était un espion et encore moins leur ennemi.

À partir de Châteaumeillant, il y avait vingt lieues à faire pour rejoindre Aubusson à travers des forêts de chênes et des châtaigneraies. Le paysage était désormais très vallonné et les relais de plus en plus rares. L'attelage allait donc souvent au trot, et il fallait régulièrement faire reposer les bêtes. Sur le chemin étroit, leur voiture faillit se briser en heurtant une énorme charrette à six chevaux, et ils arrivèrent très tard au relais de poste.

Ensuite, ce fut le Limousin. La nature redevint sauvage et hostile jusqu'à Ussel. Gerauld les prévint de la présence de féroces brigands, le plus souvent des seigneurs si misérables qu'ils ne pouvaient survivre qu'en pillant les voyageurs. Gaufredi resta armé sur le siège avant en compagnie de Bresche qui dirigeait l'attelage.

D'Ussel à Tulle, ce fut un nouveau trajet de quinze lieues. Ils étaient désormais en pays protestant. Ils arrivèrent assez tard à Tulle, mais y trouvèrent une auberge suffisamment confortable pour que Louis puisse se faire la barbe, qu'il avait hirsute après plusieurs jours sans toilette.

La traversée de la Corrèze jusqu'à Souillac fut particulièrement pénible. Les chemins montagneux étaient escarpés et ravinés de profondes ornières. Enfin, ce fut la route vers Cahors, bien meilleure et toute droite.

Louis se sentait épuisé et tout endolori par les secousses qu'il avait subies depuis le début de ce voyage. Bresche aussi était las. Il ne parlait plus guère. Seul Gerauld paraissait toujours aussi vif. Il buvait toujours autant.

À Cahors, Gaufredi raconta à son maître la légende qui courait sur le pont médiéval aux trois tours fortifiées, et que les habitants appelaient le pont du diable. Le chantier était si lent, expliqua-t-il, que l'architecte avait donné son âme au Diable, à condition que celui-ci réalise tout ce qu'il lui demanderait.

Le pont terminé grâce à l'aide du Diable, l'architecte lui avait donné un tamis et lui avait demandé de le remplir d'eau et de porter cette eau aux maçons.

Le Diable avait essayé vingt fois, mais l'eau s'écoulait toujours par les trous. L'architecte avait alors rappelé à Satan que, s'il ne faisait pas ce qu'il lui demandait, il perdait tous ses droits sur son âme ! Le pauvre diable avait alors compris qu'il avait été joué !

En écoutant son compagnon, Louis songeait que si Blaise Pascal avait été l'architecte, il aurait demandé au Diable de lui trouver un nombre qui, à une puissance supérieure à deux, puisse être écrit comme la somme de deux puissances semblables. Une énigme que le diable n'aurait pu résoudre !

Enfin, ils furent à Montauban. Cette avant-dernière étape ne faisait que quinze lieues. À l'hostellerie des Drapiers, où ils passèrent la nuit, ils purent se reposer dans des lits confortables, et Bresche et Louis prendre un bain d'eau chaude. Gerauld, lui, n'utilisait jamais d'eau, même pour la boire, et Gaufredi ne se lavait que lorsqu'il se trouvait sale, c'est-à-dire rarement.

Non loin de Toulouse, Gerauld leur indiqua les fourches patibulaires ; un enclos carré fermé par des murs de brique rose soutenant des piliers. Sur ceux-ci étaient fixées des barres de fer portant des colliers – il y en avait vingt-six, précisa le cocher – auxquels pendaient des corps desséchés pirouettant au gré du vent et dévorés par les oiseaux. C'est là qu'on accrochait les hommes et les femmes pendus place des Salins.

Il entrèrent dans Toulouse par la porte Matabiau le samedi 19 décembre, et leur carrosse contourna la ville jusqu'à la cathédrale Saint-Étienne par l'escoussière, ce chemin intérieur qui longeait la vieille enceinte ruinée. La voiture poursuivit ensuite tout droit dans la rue Saint-Étienne, puis dans la rue de la Trinité avant de tourner à gauche, dans la Grande-Rue, particulièrement encombrée en cette fin d'après-midi.

Tout près du carrefour, la façade de l'hôtel de Castelbajac, avec ses fenêtres gothiques et sa tourelle en encorbellement d'où s'échappaient d'effrayantes gargouilles, affichait son opulence et sa vieille noblesse. Le portail d'entrée en anse de panier, entièrement en brique rose, était surmonté d'un mascaron aux armes des Castelbajac : une croix sous trois fleurs de lys.

Gerauld sauta du siège et alla frapper à l'huis. Louis descendit lui aussi de voiture, fatigué d'être resté si longtemps immobile. Le portail s'ouvrit et une femme forte, d'une cinquantaine d'années apparut. Brune, l'air revêche, la lèvre supérieure moustachue, elle leur adressa un regard méfiant. Louis s'avança tandis que Gerauld s'adressait à la femme en langue d'oc. Elle parut surprise et considéra Louis avec un respect nouveau. À son tour, il lui expliqua, en français :

— Mon nom est Louis Fronsac et je suis chevalier de Saint-Michel. J'arrive de Paris, envoyé par M. Hugues de Lionne, et je souhaite rencontrer Mme la marquise de Castelbajac.

La femme portait une longue robe en drap grossier de couleur sombre protégée par un tablier plus clair. En roulant les R, elle leur proposa de faire entrer la voiture dans la cour pendant qu'elle irait prévenir sa maîtresse.

Gerauld agrippa le mors du cheval de tête pour le faire avancer pendant que Gaufredi l'aidait à la manœuvre. Bresche tenait aussi un cheval par son licol. Louis resta donc seul à explorer la petite cour. La femme avait disparu par une tour octogonale en brique rose située dans un angle et qui abritait sans doute un escalier.

Un acacia poussait dans un coin de la courette et son tronc cachait des latrines. Contre celles-ci était entreposée une grande provision de bois. Louis distingua une petite voiture en osier et deux chevaux dans une écurie. À côté, se trouvaient des celliers fermés et une cuisine. Par un des carreaux dépolis, il aperçut deux femmes qui s'activaient devant une grande cheminée.

La femme à moustache revint bientôt accompagnée d'une autre femme portant la quarantaine épanouie.

— Mon nom est Jeanne, déclara-t-elle tout sourires en faisait une jolie révérence à Louis. Je vais vous conduire à ma maîtresse.

Louis s'attacha à ses pas tandis qu'elle prenait l'escalier de la tour octogonale.

Le premier étage ouvrait sur une galerie dont les fenêtres ogivales donnaient sur un jardin à l'arrière de la maison. Le soleil couchant illuminait le large couloir. La servante gratta à l'avant-dernière porte. Ils entrèrent et Louis se retrouva dans une vaste chambre de réception.

Sur un lit de parade était allongée une femme de petite taille, d'une quarantaine d'années, au visage lourd, au front haut, aux lèvres épaisses et au nez rond et plat. Ses yeux noirs étaient profondément enfoncés dans leurs orbites. Malgré le fard, sa peau claire était terne. Elle n'était pas belle et, avec un étrange malaise, Louis eut l'impression qu'elle ne lui était pas inconnue. Elle portait une lourde robe d'intérieur en damas écarlate. Dans la grande ruelle, enfoncée sur un profond fauteuil, se trouvait une autre femme à peu près du même âge, mais beaucoup plus fine et jolie, qui portait une robe de satin et une chemise de soie fermée au col.

— Le visiteur de madame, annonça la servante, alors que Louis, en s'inclinant, balayait discrètement les lieux du regard.

Une cheminée en marbre des Pyrénées répandait une agréable chaleur, tout en dégageant une épaisse fumée. Sur le manteau de la cheminée trônait un buste de terre cuite représentant une femme couronnée de fleurs.

Le reste de la chambre était meublé de nombreuses chaises paillées de couleur verte ou recouvertes de cuir vert ainsi que de deux fauteuils rembourrés de crin. Une grande armoire, deux coffres, une commode et un cabinet peint complétaient l'ameublement. Le sol était en carreaux colorés. Une tapisserie de Bergame décorait l'un des murs. Deux grandes portalières olivâtres devaient masquer des portes. Un miroir encadré de noir renvoyait la faible lumière des deux fenêtres ogivales de la façade. Aucun faste, mais l'endroit était confortable et chaleureux. Visiblement, Mme de Castelbajac n'était pas très fortunée, mais elle vivait à son aise et à son goût.

Louis s'approcha, son chapeau à la main gauche et la lettre de Hugues de Lionne dans la droite.

— Madame, fit-il s'inclinant à nouveau, je suis confus d'arriver ainsi à l'improviste. J'arrive de Paris. M. Hugues de Lionne a insisté pour que je vienne vous rendre visite lors de mon voyage à Toulouse. Il m'a remis cette missive pour vous.

Il tendit sa lettre que Mme de Castelbajac saisit avec une expression impénétrable.

La femme à ses côtés lui donna une dague qu'elle avait prise sur une tablette. Louis remarqua avec étonnement qu'un pistolet à rouet était aussi posé sur la tablette.

Mme de Castelbajac examina d'abord longuement le sceau, vérifiant que la lettre n'avait pas été ouverte, puis le détacha d'un coup de lame. Elle lut le pli en silence, le relut plusieurs fois, puis le tendit à sa compagne :

— Lisez donc, Françoise.

Elle leva ensuite les yeux vers Louis.

— Soyez le bienvenu, chevalier. Ainsi, vous arrivez de Paris ?

Son ton était aimable mais sans chaleur.

— Oui, madame. Je resterai très peu de temps à Toulouse.

— Mon cousin Hugues me dit le plus grand bien de vous, monsieur le chevalier, et il me demande de vous accorder l'hospitalité, à vous et à vos gens, ce que je ferai avec plaisir. Mais mon hôtel n'est pas très grand. Il n'a que deux étages. Sur celui-ci se trouvent ma chambre et mon antichambre, ainsi que ma bibliothèque et un cabinet de toilette. Il n'y a que quatre chambres au second étage. Celle de Mme de Lespinasse – elle fit signe pour présenter sa compagne, qui salua Louis d'un sourire chaleureux. Une seconde pour mes deux femmes de chambre, la troisième est pour Bertrande, la concierge de l'hôtel. Avec elle, dorment la cuisinière et la jeune fille qui l'assiste. La quatrième est donc pour mes amis de passage. Vous devrez vous la partager. Combien êtes-vous ?

— Nous sommes trois, madame, mais nous ne logerons sans doute que deux nuits chez vous.

— Bertrande fera donc installer deux paillasses dans votre chambre qui ne contient qu'un lit. Cela ne vous gênera pas ?

— Nullement, madame.

— Aurez-vous besoin d'autre chose, monsieur ?

Louis comprit qu'il devait au moins s'expliquer sur les raisons de son voyage.

— Je viens à Toulouse pour rencontrer un magistrat, M. Pierre de Fermat qui est conseiller au parlement. Il s'agit d'un problème mathématique que j'ai à lui soumettre.

— Un problème mathématique ? s'étonna-t-elle. Tout ce chemin en hiver pour un problème mathématique ? Je connais M. de Fermat, il n'habite pas loin d'ici. Il est effectivement très réputé pour sa science, et c'est aussi un magistrat très scrupuleux.

— Pensez-vous que je pourrais lui faire porter une lettre d'ici ce soir ?

— Certainement, Clémence s'en chargera. C'est une de mes femmes de chambre.

Puis se tournant vers sa compagne, elle ajouta :

— Françoise, pouvez-vous faire visiter l'hôtel au chevalier et lui présenter nos domestiques ?

Mme de Lespinasse se leva, tout sourires.

— Encore un mot, monsieur le chevalier. Il n'y a dans cet hôtel que des femmes. Que vos gens se conduisent bien avec elles. Elles n'aiment guère les hommes et ne souhaitent pas être importunées.

Louis opina, dérouté par cet avertissement légèrement menaçant. Il salua à nouveau la marquise et suivit sa guide.

Françoise de Lespinasse l'entraîna dans la galerie. Elle lui désigna les autres pièces par leur porte, lui montra le jardin par les fenêtres et lui proposa de redescendre dans la cour pour chercher ses bagages.

Quel était exactement le statut de Mme de Lespinasse dans cette maison ? Une amie, une dame de compagnie, une parente ? Louis ne pouvait le déterminer et elle ne le renseigna pas.

En chemin, ils croisèrent une autre servante, qu'elle lui présenta comme étant Clémence. Ce serait elle qui viendrait chercher la lettre pour Pierre de Fermat dès qu'il l'aurait écrite.

Dans la cour, Gaufredi, Gerauld et le libraire attendaient sous le regard vigilant de la concierge. Françoise de Lespinasse s'approcha d'elle.

— M. le chevalier et ses amis logeront ici, dans la chambre du deuxième étage. Vous leur ferez porter deux paillasses et les commodités. Ils auront besoin de se laver aussi. Monsieur Fronsac, si vous avez du linge sale, vous le remettrez à une de nos femmes de chambre... Mais n'aviez-vous pas dit à Mme la marquise que vous étiez trois ?

— Gerauld est notre cocher, il nous quitte ici. Gaufredi est mon compagnon et garde du corps et M. de Bresche est un libraire qui nous accompagne.

Louis paya ses gages au cocher qui partit fort content de son salaire, et plus encore du petit complément que lui avait laissé son employeur.

Toujours escortés par Françoise de Lespinasse, et par la concierge qui avait saisi les sacs de Louis, ils montèrent au deuxième étage. Gaufredi transportait son sac et quelques armes en supplément de celles qu'il avait sur lui. Louis n'avait pris que deux pistolets dans la voiture et avait décidé de laisser sur place la cassette contenant son argent. Le coffre du siège était solide et fermé à clef. Il n'était pas certain de pouvoir mettre son argent aussi bien à l'abri dans cet hôtel.

Leur chambre était grande et contenait un lit à rideaux, quelques chaises, un coffre et une table, mais il n'y avait pas de cheminée et elle était glaciale.

— Clémence vous portera des bassinoires chaudes pour la nuit, proposa Mme de Lespinasse en frissonnant. Bertrande, montez de l'eau pour la toilette ainsi que des vases de nuit. Vous installerez aussi deux paillasses que nous avons au grenier avec la literie. N'oubliez pas les couettes en plume d'oie. Je vais aussi vous apporter de quoi écrire, monsieur Fronsac. Lorsque vous aurez terminé votre lettre, Clémence la portera.

— Je suppose qu'il y a des étuves dans votre ville, madame, demanda Louis.

— En effet, au bord de la Garonne. Voulez-vous y aller ?

— Je crois avoir besoin d'un bain après ce long voyage !

— Je m'y rends moi-même régulièrement, sourit-elle. Je pourrai vous conduire, ce n'est pas très loin. Avez-vous besoin d'autre chose ?

— Merci, je ne pense pas. Nous allons nous installer. Notre voiture peut-elle rester dans la cour de l'hôtel ?

— Bien sûr. Bertrande mettra vos chevaux à l'écurie. Ils seront serrés mais à l'abri. Le souper aura lieu à six heures. Je viendrai vous chercher.

Ils rangèrent rapidement leurs affaires. Gaufredi empila épées, pistolets et mousquets sur le coffre, à portée de main. Quant à Charles de Bresche, il les quitta rapidement. On était samedi et il devait aller voir son libraire. Il leur expliqua aussi qu'il rentrerait certainement tard et qu'il ne pourrait souper avec eux chez Mme de Castelbajac.

Louis se mit à écrire la lettre à Fermat sitôt qu'il eut papier, plume et encre. Une missive fort brève dans laquelle il lui signalait qu'il venait d'arriver, qu'il logeait à l'hôtel de Castelbajac et il lui demandait un rendez-vous.

Il remit la lettre à Clémence et Mme de Lespinasse l'accompagna jusqu'à une étuve proche. Louis la trouva charmante, bien qu'étrangement distante. Elle ne lui posa aucune question.

À son retour de l'étuve, il eut la réponse qu'il espérait. Pierre de Fermat lui faisait dire qu'il le recevrait volontiers le lendemain dimanche à partir de quatre heures.

Pendant l'absence de son maître, Gaufredi, s'était occupé des chevaux. Il les avait brossés, nourris, avait rangé les mors et les rênes et avait nettoyé la voiture qui était maintenant rangée près de l'acacia.

Le souper fut servi dans l'antichambre du premier étage transformée en salle à manger. Louis et Gaufredi furent placés en face de Mme de Castelbajac et de Mme de Lespinasse. Le repas, servi par Jeanne et Clémence, fut extrêmement formel. La marquise expliqua que les pigeons en sauce venaient de ses terres, ainsi que le vin et les poires qui arrivaient de son domaine de Guilhemery. Elle ne parla pas de sa vie, ni de celle de Mme de Lespinasse, qui, bien que toujours souriante, n'intervint que peu. Gaufredi, comme à son habitude, restait silencieux, tout en ne perdant rien de ce qui se passait autour de lui. Louis savait que le vieux reître, malgré ses allures de soudard, savait parfaitement utiliser ses couverts, comme il savait aussi lire et écrire. Le jeune homme avait même découvert récemment que son garde du corps connaissait le latin ! De plus en plus souvent, il s'interrogeait sur le passé de ce soldat de fortune.

Ce fut donc Louis qui fit les frais de la conversation. Il narra aux deux femmes la cabale des Importants, sans parler du rôle qu'il y avait joué. Il dit quelques mots sur son engagement à Rocroy, ce qui amena sur le visage de Mme de Castelbajac une fugitive expression d'intérêt et sur celui de Françoise de Lespinasse une esquisse d'admiration.

Le repas se termina dans un silence embarrassant, Louis ayant épuisé tous les sujets de conversation et Mme de Castelbajac ne faisant aucun effort pour lui répondre.

Lorsqu'ils regagnèrent leur chambre, Charles de Bresche venait de rentrer avec un des livres qu'il recherchait. Il le montra à Louis à la lueur d'une bougie, lui précisant que son libraire devait aller chercher les autres à sa maison de campagne et qu'il irait les prendre le lendemain. Louis trouva le livre très quelconque.

On avait porté des paillasses et des lits à pliants pour Gaufredi et Bresche, ainsi que de la literie et des pots de nuit en terre vernissée. Clémence vint avec des bassinoires chaudes. Louis s'installa dans son lit à pavillon, ferma les rideaux et tenta de trouver le sommeil en s'interrogeant sur Mme de Castelbajac et sur sa compagne.

Pour quelle raison Hugues de Lionne l'avait-il envoyé dans cette maison qui n'était occupée que par des femmes ?

Le matin, ils prirent une solide collation de soupe, de pain et de confiture dans la grande cuisine, au rez-de-chaussée. Ils iraient ensuite écouter la messe à l'église des Carmes, située dans la Grande-Rue.

Ils restèrent longtemps dans la cuisine, près de la cheminée où pendaient, sur des crémaillères, de gros chaudrons odorants. Ils s'étaient gelés toute la nuit dans leur chambre glaciale.

Bertrande, la concierge, leur expliqua comment se rendre chez Pierre de Fermat : ils devaient *descendre la rue des Filatiers, où se trouvait l'hôtel de Castelbajac, jusqu'à la place des Salins*.

— Il y a là-bas l'échafaud, leur dit-elle avec un rire dur. En ce moment, une femme est suspendue à la potence : une domestique qui a volé du bois de chauffage à son maître ! Encore une qui a bien mérité son sort ! Avant d'arriver aux Salins, vous passerez devant les Carmes et leur église, puisque c'est là que vous voulez entendre la messe !

Louis avait deviné qu'elle était protestante, comme sa maîtresse, et qu'elle désapprouvait que les invités de celle-ci soient des papistes.

— En sortant, devant l'église, vous prendrez une ruelle qui vous conduira à la rue Saint-Rémésy. C'est une petite voie qui suit le même sens que la rue des Filatiers. Cette rue tire son nom de la taverne du Vieux Raisin que vous trouverez facilement avec son enseigne en forme de grappe de raisin. La maison de M. de Fermat est à côté, on vous l'indiquera.

Après l'office, Louis et Gaufredi se rendirent à la place des Salins. En effet plusieurs corps se balançaient aux potences, dont une femme, sans doute la domestique voleuse de bois. Ils se promenèrent un peu dans les rues avoisinantes avant de se rendre à la taverne du Vieux Raisin pour dîner. Nones sonnaient aux Carmes. À la taverne, on leur servit plusieurs sortes de poissons de la Garonne : de la truite, du saumon et même des perches, le tout arrosé de vieux vins.

Quand ils se levèrent de table, il était presque quatre heures. L'aubergiste les ayant renseignés sur la maison de Pierre de Fermat, ils s'y rendirent aussitôt. C'était une maison en brique du siècle précédent, avec des médaillons aux fenêtres et une baie à cariatides sur la façade.

Un domestique vint ouvrir la porte à double battant. Visiblement, il les attendait et, Louis s'étant présenté, il les précéda dans un grand escalier droit jusqu'à l'étage. L'endroit sentait bon la cire. Le serviteur frappa à une porte avant de les faire pénétrer dans une vaste salle de réception, dont une bibliothèque occupait tout un mur.

Louis balaya les lieux du regard. Devant la fenêtre se dressait une grande table couverte de papiers. Un homme en noir y était assis qui posa la plume avec laquelle il écrivait quand ils entrèrent. Sur d'autres tables et des dessertes, se trouvaient toutes sortes d'appareils de mesure ou d'optique.

Pierre de Fermat avait quarante-deux ans, il était de taille moyenne, avec un visage lourd, plutôt inexpressif. Ses cheveux raides lui tombaient sur les épaules.

— Monsieur Fronsac ? s'enquit-il d'une voix hésitante en contournant sa table après s'être levé. Vous êtes l'ami de mon ami Blaise Paschal ? Comment va sa santé ?

— M. Pascal a beaucoup de courage, déclara Louis. Il est venu chez moi – j'habite près de Chantilly – avec toutes les difficultés d'un voyage en cette saison afin de m'apporter votre réponse. Je vous remercie de me recevoir aussi vite. Mon compagnon se nomme Gaufredi. Il a toute ma confiance.

— Prenez donc un siège, messieurs. Je suis désolé de ne pas vous avoir invité à dîner, mais je devais partager depuis longtemps un repas avec le président de la chambre des requêtes, dont je suis conseiller. Il m'a chargé d'un pénible procès qui pourrait bien conduire un prêtre au bûcher si je demande sa condamnation[1].

Il leur désigna des fauteuils, et lui-même s'assit sur une simple chaise, devant eux.

— Blaise m'a exposé votre problème bien rapidement et sans doute partiellement, reprit Fermat. J'avoue ne pas bien comprendre ce que vous recherchez et pourquoi vous vous adressez à moi. Vous savez sans doute que je m'intéresse surtout à la géométrie, aux similitudes et aux distances. J'ai d'ailleurs écrit ce livre il y a quelques années.

Il se leva pour prendre un ouvrage dans la bibliothèque et le tendit à Louis qui l'ouvrit à la première page. Le titre était en latin : *Ad locos planos et solidos isagoge.*

— Plus récemment, je me suis surtout passionné pour la recherche des maxima et des minima ; je me suis même querellé avec M. Paschal sur les *touchantes* aux courbes ! Je ne suis donc pas certain de vous être utile comme je l'ai écrit à Blaise.

— Il s'agit d'un problème en rapport avec les probabilités et plus exactement avec le codage, répondit Louis. Puis-je me permettre de vous l'expliquer ?

— Bien sûr !

1. Il sera effectivement brûlé.

— Avant de commencer, je dois vous dire qu'il s'agit d'une demande particulièrement confidentielle. Elle concerne le chiffrage des dépêches du royaume. Le secret le plus absolu doit être gardé sur ce que je vais vous dire.

— Je l'avais deviné dans le courrier de mon ami. Je suis officier et au service du roi, vous le savez. Rien de ce que vous me direz ne sortira d'ici.

Louis commença par son enquête dans le service du Chiffre, le vol des dépêches, ainsi que l'agression dont lui et son ami avaient été victimes.

— Cela pour vous dire, monsieur, qu'il existe une faction d'ennemis puissants, peut-être au service de l'Espagne, qui n'hésitent pas à tuer pour s'approprier certaines informations. C'est la raison pour laquelle M. Gaufredi ne me quitte pas. La situation du service du Chiffre de M. Rossignol est la suivante : il n'y a plus que deux chiffreurs, des gens dont je ne suis pas sûr, et j'ignore quelle part des répertoires de codages a pu être transmise à l'Espagne. Une part minime, certainement, mais qui transmise à des logiciens talentueux leur permettrait peut-être de comprendre nos messages. Ce serait une catastrophe au moment où s'ouvrent à Münster des négociations sur la paix en Europe et le partage des territoires entre les belligérants. La solution à mes yeux serait un nouveau code qui ne pourrait être brisé par des règles probabilistes. J'en ai parlé au père Mersenne, qui m'a envoyé à M. Pascal, lequel m'a conseillé de m'adresser à vous.

— Je comprends mieux, maintenant, fit Fermat. Je crois que je pourrais même vous aider. Je connais un peu les méthodes d'Antoine Rossignol. Elles ont pour défaut d'utiliser des répertoires de mots entiers. Il devrait renoncer à cette approche et s'intéresser plutôt à un répertoire de syllabes, tout en conservant quelques lettres indispensables. La codification serait plus rapide et les répertoires beaucoup moins encombrants. Il lui suffirait de se limiter aux voyelles entourées de consonnes. Voulez-vous un exemple ?

— Volontiers.

Fermat se leva et revint à son fauteuil de travail. Il saisit une feuille de papier et, ayant trempé une plume dans un des encriers qu'il avait devant lui, il commença à écrire très rapidement. Ensuite il tendit le feuillet à Louis qui le saisit en s'approchant.

— J'ai imaginé ici un répertoire très simple. À un nombre j'associe une syllabe...

Sur le papier étaient tracées les lignes suivantes :

```
22  en
46  mi
124 les
125 ne
345 s
25  le
65  roi
17  est
80  mort
300 vi
290 ve
123 le
```

— Maintenant, confiez-moi cette feuille un instant.

Louis la lui tendit, et Pierre de Fermat ajouta rapidement une ligne.

Il repassa le feuillet à son interlocuteur.

— Je viens d'écrire une séquence de nombres, comprenez-vous sa signification ?

Louis examina chaque chiffre en le comparant au répertoire.

— Vous avez noté : 124 22 125 46 345. Laissez-moi vérifier... Cela veut dire : *les ennemis.*

— Exactement !

— Mais ce code pourrait être percé si nos adversaires en connaissaient une partie. Il n'est pas différent des répertoires de Rossignol.

— Exact ! Il faut donc à présent le sécuriser. Connaissez-vous la scytale ?

— M. Rossignol m'en a expliqué le principe, fit Louis qui ne comprenait pas où Fermat voulait en venir. Il faut un bâton, ou un rouleau, ce n'est pas très pratique...

— En effet, mais en réalité la scytale n'est qu'un outil facilitant la transposition ; il en existe d'autres. Le plus simple consiste en une table, une grille faites de colonnes et de lignes dans lesquelles nous arrangerons nos syllabes. Il est possible ensuite de désorganiser cet arrangement pour provoquer une incompréhension totale. C'est ce que j'appelle une permutation ou une transposition[1]. Je vais vous montrer.

Il reprit la feuille et poursuivit :

— Après avoir chiffré avec le répertoire et choisi une grille d'un nombre prédéfini de lignes et de colonnes, on écrit le texte obtenu ligne à ligne de façon à ce que chaque chiffre correspondant à une syllabe se trouve dans une case. Après quoi, on reporte ce texte en le lisant par colonne. Le destinataire n'aura plus qu'à faire l'inverse pour le déchiffrer. Voici un exemple : prenons le message « *le roi est mort vive le roi* » et utilisons mon répertoire. Notre grille sera un carré de trois sur trois, mais toutes les tailles sont imaginables. Nous aurons donc...

1. Ce mode de codage sera principalement utilisé durant la Première Guerre mondiale par les Allemands. Le chiffre le plus connu utilisant cette méthode est l'ADFGFX, ainsi nommé parce que seules ces six lettres apparaissaient dans les cryptogrammes. Il sera cassé par une Française.

Pierre de Fermat griffonna quelques mots, puis se mit à dessiner une grille et à en remplir les cases. Il tendit ensuite le résultat à Louis.

Le feuillet se présentait ainsi :

le (25)	roi (65)	est (17)
mort (80)	vi (300)	ve (290)
le (123)	roi (65)	0

Message final : 25 80 123 65 300 65 17 290 0

Pierre de Fermat continua avec jubilation quand il eut constaté que Louis avait compris :

— La taille de la grille peut être variable d'une dépêche à l'autre et définie suivant des conventions préétablies. Par exemple à partir de la date. Il est aussi possible de compliquer la codification à l'aide d'un mot clef, mais M. Rossignol en est capable sans mon aide. Malgré tout, je pourrais vous préparer quelques méthodes de transposition par carré qui utilisent une clé pour construire un nouvel alphabet à l'intérieur même du tableau. On peut ainsi utiliser les positions en lignes et colonnes des lettres du texte à chiffrer. Avec ce procédé, chaque lettre du texte en clair est représentée par deux chiffres écrits verticalement. Ces deux coordonnées sont ensuite transposées en les recombinant par deux sur la ligne ainsi obtenue. C'est un peu compliqué, je le reconnais, mais assez efficace. Voulez-vous que je vous écrive tout ça ?

— Bien volontiers. J'ai suivi jusqu'ici votre démonstration et je pense pouvoir l'expliquer à M. Rossignol, mais si vous la développez plus complètement, je préférerais lui remettre votre texte.

— Je peux vous la faire porter en soirée à l'hôtel de Castelbajac. Cela vous conviendrait-il ?

— Ce serait très bien, nous pensions repartir demain...

Louis marqua une pause avant de poursuivre :

— M. Pascal souhaitait autre chose de vous...

— Je le sais ! Ma démonstration de la conjecture de Diophante ?

— Un cube n'est jamais somme de deux cubes, une puissance quatrième n'est jamais somme de deux puissances quatrièmes, et plus généralement aucune puissance supérieure à deux n'est somme de deux puissances analogues, récita Louis dans un sourire.

— Vous êtes aussi un amateur de ces petits mystères autour des nombres ? plaisanta Fermat goguenard.

— Pas vraiment, mais M. Pascal me l'a longuement expliquée et je reconnais que le sujet m'a intrigué. Mais je dois vous avouer que ce qui m'intéresse surtout, c'est de savoir comment vous êtes parvenu à démontrer cette impossibilité ?

— Il existe plusieurs façons de démontrer la solution d'un problème, que ce soit en mathématiques... ou dans une affaire criminelle. La méthode la plus simple est de fournir une preuve évidente, ou un enchaînement, une déduction, de faits incontestables. Seulement, ce n'est pas toujours possible. Euclide, le premier, a proposé de prouver qu'il existait une infinité de nombres premiers en sachant à l'avance que c'était absurde. Cette approche s'appelle le *reductio ad absurdum,* la preuve par l'absurde. Elle consiste à prouver qu'une situation est vraie en postulant d'abord qu'elle est fausse. Pour ma part, j'ai développé une autre méthode, au moins aussi élégante. Vous savez peut-être que je me passionne pour ce que j'appelle le taux de changement d'une quantité par rapport à une autre, ce qui forme la tangente à une courbe[1]. J'ai essayé de l'appliquer à la proposi-

1. Il s'agit du calcul différentiel découvert par Fermat.

tion de Diophante et j'y suis parvenu. J'ai ainsi prouvé qu'il ne pouvait exister aucun triplet au cube, puis aucun triplet à la puissance quatre, et j'ai ensuite généralisé, par récurrence, ma démonstration. Elle est, malgré tout, assez longue. J'avais commencé à l'écrire en marge de mon volume de *l'Arithmetica* de Diophante, mais j'y ai renoncé [1] faute de place. Tout est noté dans ces feuillets.

Il désigna une grosse liasse sur une étagère de sa bibliothèque.

— Vous pourrez les emporter, si vous le souhaitez ; j'en ai sans doute une copie quelque part.

L'entretien était terminé. Louis remercia longuement Pierre de Fermat, qui lui remit sa démonstration pour Pascal, soit environ deux cents pages de feuillets manuscrits. Le conseiller au parlement lui promit aussi de lui faire parvenir en soirée quelques exemples de codage à l'hôtel de Castelbajac.

Louis, suivi d'un Gaufredi silencieux, rentra le cœur plein d'allégresse. Il rapporterait à Brienne une méthode de codification qui renforcerait singulièrement la sécurité des dépêches confidentielles. Antoine Rossignol serait capable de la perfectionner et, avec le service d'estafettes de Maurice de Coligny, la correspondance entre Mazarin et les plénipotentiaires de Münster se ferait en toute tranquillité.

Et pour parachever sa satisfaction, il pourrait donner à Pascal la démonstration de la conjecture de Fermat. Décidément, ce voyage n'aurait été qu'un succès. Déjà, Louis ne songeait plus qu'au retour et au plaisir qu'il aurait à retrouver Julie.

1. Pierre de Fermat laissa juste ce texte (en latin) dans la marge de son *Arithmetica* de Diophante : *J'ai une démonstration véritablement merveilleuse de cette proposition, que cette marge est trop étroite pour contenir.*

Quant à Fontrailles, toutes ses manigances auraient, une fois de plus, échoué.

Dans la cour de l'hôtel de Castelbajac, ils constatèrent que leur voiture avait été entrée dans l'écurie et serrée contre le petit coche en osier. Louis annonça à Gaufredi qu'ils partiraient le lendemain, lundi. Il devrait donc sortir la voiture dès leur réveil.

Par l'escalier de la tour d'angle, ils virent arriver Charles de Bresche, un aimable sourire aux lèvres.

— Vos rendez-vous se sont-ils bien passés, monsieur ?

— Parfaitement, mon ami. Nous pourrons repartir demain, si vous avez pu faire vos affaires.

— J'ai enfin tous mes livres, je vous les montrerai tout à l'heure. J'ai d'ailleurs obtenu un très bon prix du libraire quand il a appris que je logeais chez Mme d'Astarac. Grâce à vous !

Louis blêmit, un frisson glacé le saisit.

— Qu'avez-vous dit ? murmura-t-il d'une voix blanche.

Bresche parut étonné par la question :

— J'ai obtenu un très bon prix...

— Non, vous avez parlé de Mme d'Astarac, le brusqua-t-il.

— En effet, c'est le nom de jeune fille de Mme de Castelbajac. Les femmes de chambre l'appellent ainsi. Son père était le baron de Fontrailles. Il était sénéchal d'Armagnac et sa mère était une Montesquieu, m'a-t-on expliqué. Mme d'Astarac est très aimée et respectée ici, ainsi que son frère, le marquis de Fontrailles qui vit à Paris.

Louis resta paralysé durant cet exposé. Quand Bresche eut terminé, il se sentit pris de vertige, l'esprit en complète confusion. Finalement, il balbutia :

— Vous êtes certain de ce que vous dites ?

— Bien sûr, s'étonna le libraire en remarquant la pâleur de son interlocuteur. Allez donc le demander à Jeanne ou à Clémence si vous ne me croyez pas !

— Attendez-nous un moment ! bredouilla Louis. J'ai... besoin de faire quelques pas...

Il sortit de la cour avec Gaufredi. Il voulait vérifier ce que Bresche lui avait dit mais, au fond de son esprit, il savait déjà que c'était vrai.

Le visage de Mme de Castelbajac lui avait paru si familier ; il comprenait maintenant pourquoi : c'était celui du marquis de Fontrailles, qu'il n'avait vu pourtant que deux fois, quand celui-ci avait voulu le tuer. Certes, le visage de la marquise était plus fin que la hideuse face de Fontrailles, mais il avait les mêmes traits, la même expression, et surtout la même couleur de peau.

— Il faut fuir, monsieur, déclara Gaufredi. Si nous restons ici, nous sommes morts. La lettre que vous a donnée M. de Lionne devait contenir des instructions contre nous. La marquise a dû rassembler quelques marauds et ce soir, nous serons à leur merci dans ce bâtiment. Personne ne viendra à notre aide !

— Peut-être Bresche s'est-il trompé, il faut que je sois sûr ! fit Louis. Allons à l'église des Carmes, ce sera bientôt complies.

Le couvent était à quelques pas. L'église avait un porche de cinq toises de large qui s'ouvrait sur la Grand-Rue. Ils entrèrent. La nef était transversale, c'est-à-dire placée à angle droit par rapport au chœur. Il devait être trop tôt car l'église paraissait déserte. Ils traversèrent la nef jusqu'à la grande crèche installée pour Noël, puis se dirigèrent vers le cloître mitoyen. Celui-ci comportait deux étages, des colonnettes de marbre géminées, au rez-de-chaussée, soutenaient des arcades.

Là, Louis aperçut deux moines qui parlaient à voix basse. Il s'approcha d'eux.

— Mon père, fit-il au plus âgé qui l'interrogeait du regard, je ne suis que de passage dans votre ville, mais je voudrais faire un don à votre église, pour vos pauvres.

— Pour nos paroissiens, je vous en remercie, mon fils.

Louis lui remit quatre écus d'or au soleil en précisant :

— Je suis catholique et vrai croyant en la Vierge Marie, mon père. Je loge non loin d'ici, chez Mme d'Astarac qui, hélas, bien que de ma famille, est de la religion réformée. En échange de ce don, priez pour son salut éternel.

— Isabeau de Castelbajac pourrait être une sainte femme si elle reconnaissait enfin ses erreurs, remarqua sévèrement le prêtre. Mais je prierai pour que notre Seigneur l'éclaire.

— J'ai eu l'occasion de rencontrer son frère à Paris, précisa Louis.

Le second moine grimaça :

— Louis d'Astarac, vicomte de Fontrailles et marquis de Marestang ! Nous ne le voyons guère ici. C'est un homme qui ne croit en rien ! La religion, quelle qu'elle soit, est pour lui une ennemie et non un réconfort. Pourtant, ce n'est pas la faute de son père, le baron de Fontrailles, qui était sénéchal d'Armagnac. Lui et ses frères et sœurs étaient protestants mais, en 1618, son épouse Marguerite de Montesquieu et sa sœur se sont converties au catholicisme. Le sénéchal a fait de même quelques jours plus tard. Hélas, le fils Astarac a refusé d'abjurer. Quant à ses deux sœurs, elles ont hésité quelque temps, puis Isabeau a épousé un protestant et s'est enfermée dans sa fausse croyance.

— Je sais, mon père, tout cela est bien triste. Priez donc pour leur salut.

Louis fit un signe de croix, salua une nouvelle fois et repartit vers l'église, Gaufredi toujours sur ses talons.

Maintenant que le premier choc était passé, Louis commençait à en envisager les conséquences.

Hugues de Lionne l'avait donc attiré dans un piège ! Le secrétaire de Mazarin était depuis toujours le complice du marquis de Fontrailles ! Il trahissait ignoblement son maître et son bienfaiteur ! Cela signifiait-il que Louise Moillon et ses frères étaient eux aussi au service du marquis ? Peut-être... Pourtant, elle lui avait sans doute sauvé la vie ainsi que celle de Gaston. Il était donc possible qu'elle ignorât tout de la trahison de Hugues de Lionne.

Mais il était également possible qu'elle travaillât pour des huguenots hollandais. Fontrailles œuvrait pour l'Espagne et Louis se souvenait de ce que Brienne lui avait dit : la Hollande et l'Espagne souhaitaient un traité de paix séparé, même s'il devait se faire sur le dos de la France.

Louis maudit son aveuglement ! Il avait même soupçonné ce pauvre Charles de Bresche, qui venait pourtant – certes, sans le vouloir –, de lui révéler la vérité !

— Nous sommes tombés dans un piège, mon ami, fit Louis entre ses dents en sortant de l'église, et nous ne pouvons partir tant que M. de Fermat ne m'a pas fait parvenir le mémoire sur son code. Ce soir, nous nous enfermerons dans notre chambre. Prépare nos armes ; nous serons sans doute assaillis dans la nuit !

14.

Décembre 1643

Tandis que Louis Fronsac se faisait secouer comme un bouchon dans un torrent sur les chemins de France, Gaston de Tilly tentait de deviner comment des voleurs avaient pu pénétrer dans la nonciature. Il était revenu plusieurs fois pour examiner les lieux et, de plus en plus, il s'interrogeait sur la réalité du vol. Il lui paraissait impossible que quelqu'un ait pu s'introduire dans ce bâtiment protégé par de solides grilles à toutes ses fenêtres sans être repéré. Mais pour quelle raison Mgr Fabio Chigi aurait-il inventé cette histoire de papiers volés ?

Une fois par mois, Gaston rendait visite à une malheureuse qu'il avait fait emprisonner parce qu'elle avait assassiné son mari. Cette femme, battue régulièrement, ainsi que ses enfants, avait empoisonné son époux à l'antimoine pour mettre fin aux violences qu'elle subissait. Elle se nommait Marcelle Guochy. En l'emprisonnant, Tilly avait fait son devoir de commissaire, tout en sachant qu'elle serait effroyablement torturée, avant d'être pendue. Cette perspective l'avait profondément affecté car il n'ignorait pas que les magistrats qui jugeraient la malheureuse décideraient d'une sentence exemplaire pour s'assurer qu'aucune autre femme n'agisse ainsi à l'avenir.

Il avait fait part de son malaise, et même de ses remords, à son ami Louis mais tous deux étaient impuissants devant la justice.

Heureusement, Louis, avec l'aide de Gaston, avait sauvé la vie de Mazarin durant cette entreprise criminelle qu'avait été la cabale des Importants. En récompense, il avait osé demander au ministre la grâce royale de la pauvre criminelle.

Contre l'avis de Le Tellier et du lieutenant de police Dreux d'Aubray, Mazarin avait accepté, et Marcelle Guochy avait été rendue à ses enfants.

Depuis, elle vendait des légumes aux Halles et, grâce à l'intervention de Gaston, ses deux enfants de sept et huit ans avaient été pris en charge par l'école de l'abbaye de Saint-Antoine-des-Champs. Le commissaire passait la voir de temps en temps, pour s'assurer qu'elle n'avait pas besoin de son aide.

Marcelle Guochy habitait dans le faubourg Saint-Antoine, sous les combles d'une vieille maison à colombage. Deux jours après le départ de Louis, Gaston s'y rendit à la suite d'une ultime visite à la nonciature. Non loin de chez elle, il rencontra un porteur d'eau et le fit monter avec lui. La corvée d'eau était une des pires tâches pour les femmes qui habitaient dans les étages.

Le portefaix, terriblement essoufflé, s'arrêta sur le dernier palier et fit glisser la sangle qui reposait sur ses épaules. Il déposa ses deux seaux et Gaston frappa à la porte.

Marcelle Guochy ouvrit. Pour la première fois depuis sa libération, elle était souriante.

— Monsieur le commissaire ! Vous n'auriez pas dû ! lui reprocha-t-elle en découvrant avec bonheur les seaux pleins d'eau.

Elle alla chercher trois gros brocs de terre et entreprit de transvaser le précieux liquide. Quand ce fut terminé, Gaston, qui avait déjà payé le portefaix, lui fit signe qu'il pouvait partir.

— Je prépare une soupe pour les enfants, dit-elle un peu embarrassée. Si vous avez le temps d'attendre, il y aura un bol pour vous. Mais ne restez pas là, il fait un peu plus chaud dedans.

Elle le fit entrer dans la minuscule soupente qu'elle occupait. Un réchaud à bois enfumait le bouge. Il ne chauffait guère et éclairait encore moins, mais on était en fin d'après-midi et il restait un peu de jour. Sur un pot de fer chauffait une soupe de légumes qui dégageait un agréable fumet. Il n'y avait aucun ameublement à l'exception d'un coffre vermoulu et d'un banc sur lequel une petite fille blonde jouait avec son frère. Au sol, une paillasse était l'unique lit sur laquelle la mère et les enfants dormaient.

Gaston distribua d'abord ses cadeaux : une feuille imprimée achetée à un colporteur qui représentait les lettres de l'alphabet pour la petite fille, un soldat de bois pour le petit garçon, et quelques bougies de suif pour la mère.

Il s'assit sur le banc entre les enfants et entreprit de faire lire la fillette, tout en prenant des nouvelles de la mère.

— La supérieure de l'abbaye m'a complimentée pour Sarah, expliqua-t-elle, tout enjouée. Elle pense qu'elle saura bientôt lire et ma clientèle augmente chaque jour. J'ai gagné vingt sols aujourd'hui et je pourrai bientôt vous rembourser.

Gaston avait financé la location pour un an de l'emplacement aux halles, ainsi que la mise de fonds initiale.

— Nous en reparlerons. Ce travail n'est pas trop dur ?

— Il l'est, mais quel travail est facile, monsieur le commissaire ? Je dois être sur place à laudes pour acheter mes légumes aux paysans qui arrivent avec leurs charrettes ; ensuite, je vends jusqu'à une heure de l'après-midi. Après, il faut tout nettoyer. Mais vous-même, monsieur le commissaire, qui vous inquiétez pour moi, vous me paraissez bien préoccupé...

Gaston avait en effet un air sombre malgré les babillages des enfants qui grimpaient sur ses genoux. Après une hésitation, il lui raconta le mystère de la nonciature. En parler ferait peut-être jaillir la lumière.

À peine avait-il terminé que Marcelle Guochy lui proposa, en souriant :

— Si vos voleurs ne sont pas venus par l'entrée ou les façades, c'est qu'ils sont passés par les caves ou les toitures !

Gaston secoua la tête :

— Il n'y a qu'une minuscule cave que j'ai explorée à partir des cuisines. La Seine est trop proche et le sol trop humide pour qu'on ait construit là de profonds celliers. Quant aux toitures, il n'y a aucune ouverture.

— Et que faites-vous des cheminées, monsieur le commissaire ?

Gaston resta un instant interdit, puis il secoua à nouveau la tête avec un rire grinçant :

— Supposons que quelqu'un soit passé par une cheminée : à cette époque de l'année, il y a des feux !

— Pas forcément. Il a plu, il y a quelques jours, et les feux de cheminée cessent de brûler vers la fin de la nuit si on ne remet pas de bûche. Avec l'eau qui a dû s'écouler dans les foyers, quelqu'un a pu s'introduire dans un conduit sans grand risque. Y avait-il des cheminées dans les pièces qui ont été visitées ?

Gaston réfléchit un moment. Il n'y avait guère prêté attention, mais il revoyait bien, maintenant, les deux majestueuses cheminées en marbre.

— Les conduits sont étroits, remarqua-t-il d'un ton peu convaincu mais déjà dubitatif.

— Les Savoyards ont des enfants, rétorqua Marcelle.

Il resta silencieux. Pouvait-elle avoir raison ?

Les Savoyards de Paris formaient une sorte de confédération avec ses propres lois. Les plus âgés commandaient aux plus jeunes. Il existait même une justice spécifique à leur communauté et Gaston savait que leurs chefs n'hésitaient pas à faire procès et à pendre ceux qui volaient les membres de leur confrérie.

Dès l'enfance, les Savoyards travaillaient dur. À partir de six ans, ils étaient ramoneurs et dirigés par des régisseurs qui leur procuraient du travail. Plus grands, devenus incapables de passer par les cheminées trop étroites, ils gagnaient leur vie comme commissionnaires ou musiciens de rue, jouant de la vielle en chantant d'une voix nasale, en accompagnant parfois leur musique d'un spectacle de marmottes savantes ou de lanterne magique.

Quant aux femmes, elles étaient connues pour étaler leur étonnante fécondité, transportant toujours une ribambelle de marmots dans leur hotte ou pendus à leurs mamelles sans compter les tout petits qu'elles chassaient devant elles. Cette maigre marmaille servait évidemment à attirer les aumônes.

Les jeunes enfants en âge de travailler parcouraient les rues depuis le matin jusqu'au soir, le visage barbouillé de suie, les dents blanches, l'air naïf et gai. Chacun reconnaissait leur cri plaintif et lugubre pour proposer leur service de ramonage :

— *À ramoner de haut en bas !*

Gaston avait souvent assisté au nettoyage de sa cheminée par un petit Savoyard. L'enfant, les yeux bandés et la tête couverte d'un bonnet pour se protéger, grimpait à l'aide des genoux et du dos à l'intérieur de la cheminée, parfois jusqu'à cinquante pieds de hauteur. Il arrivait que certains, trop maladroits, glissent et se fracassent en bas.

À l'aide d'une raclette, le petit ramoneur détachait la suie des parois qu'il déposait dans un sac. La descente était encore plus périlleuse, car le gamin ne pouvait plus respirer à cause des fumées de suie. Tout ce risque et ces souffrances étaient payés cinq sols et cet argent chèrement gagné n'était pas pour eux ; ils devaient le remettre dans la caisse commune de leur régisseur.

— Mais pour ramoner, les Savoyards passent par l'intérieur des maisons, observa finalement Gaston. Comment un enfant aurait-il pu grimper sur le toit, de l'extérieur ?

— Vous oubliez le pays d'où ils viennent, monsieur ? Tout petits, ils jouent dans les montagnes. Ils savent parfaitement grimper dans les cheminées, et tout autant sur les façades. Ils sont légers et peuvent monter très haut. Ils ont aussi des cordes et des bâtons ferrés avec des crochets pour s'aider.

— Comment savez-vous cela, madame Guochy ? questionna le commissaire.

— Mon mari était charpentier, monsieur. Pour réparer les toitures, il utilisait souvent des petits Savoyards. Ces enfants grimpaient par les façades et lui évitaient ainsi de construire de coûteux échafaudages. Du haut des toits, ils lançaient ensuite des cordes pour faire monter des poutres. Quand il n'était pas saoul, il me parlait souvent de leur extraordinaire agilité, ajouta-t-elle tristement.

Elle se tut un instant, s'occupant de sa soupe, puis demanda :

— Quel jour le vol a-t-il eu lieu ?

— Le 3 décembre.

— Donc, au dernier quartier de la lune. Il y avait suffisamment de lumière pour quelqu'un d'agile

— Admettons ! Mais je n'ai aucune chance de retrouver un gamin qui se serait glissé par une cheminée de la nonciature. Au demeurant, ce n'est pas lui que je cherche, mais celui qui l'a engagé.

— Allez au cabaret de l'*Étoile d'Or,* non loin d'ici dans le faubourg, monsieur. C'est là que se retrouvent les Savoyards. Vous pourrez parler avec leurs régisseurs. Chacun a un quartier ; il doit être possible de connaître ceux qui travaillent dans l'île Notre-Dame.

Elle avait raison ! Gaston ressentait maintenant ce violent désir qui le saisissait quand il reniflait une piste.

— Je vous remercie, dit-il. Je vais sur l'heure à ce cabaret.

— N'en faites rien, monsieur ! Vous êtes vêtu comme un gentilhomme et personne ne vous parlera. Rentrez chez vous et habillez-vous plutôt comme un laquais. Au cabaret, vous n'aurez qu'à vous présenter auprès des régisseurs comme un domestique. Vous raconterez que vous cherchez un ramoneur.

— Décidément, madame, sourit Gaston, c'est vous qui devriez être policière !

Discrètement, il laissa un louis d'or sur le banc. Puis il embrassa les enfants et partit.

Deux heures plus tard, il demandait à souper à l'*Étoile d'Or*.

Auparavant, il était retourné devant la nonciature et, alors que la nuit tombait, il avait examiné la façade avec un autre regard. L'immeuble était en brique et en pierre. Les saillies y étaient nombreuses. Oui, un homme adroit, et à plus forte raison un enfant, devait pouvoir grimper jusqu'aux toits. Certes, la corniche sur laquelle reposait l'extrémité de la toiture était une partie dangereuse à franchir, mais les fenêtres en saillie sur la pente du toit permettaient un passage et, malgré l'obscurité, Gaston pouvait distinguer les crampons de fer qui tenaient les ardoises.

L'*Étoile d'Or* était un cabaret borgne, comme il y en avait tant dans ce faubourg populaire.

On le servit à une longue table où étaient déjà installés une dizaine d'enfants aux visages basanés et noircis, ainsi que deux adultes qui avaient l'air de pendards de la pire espèce.

Tous buvaient de grandes quantités de vin. Vers dix heures, Gaston vit tout à coup entrer tumultueusement une bande d'une trentaine de créatures – hommes, femmes et enfants – qui s'emparèrent de toutes les tables vides. On leur servit des débris de viande, des poissons, des légumes, du pain et du vin dans de grands vases de grès.

De minute en minute, la horde grossit de nouveaux arrivants. Les gueux demandèrent encore du vin ainsi que des bouteilles d'eau-de-vie et du tabac à fumer. Les femmes allaitaient et torchaient leurs enfants sur la table.

De gros chiens étaient de la partie et avalaient tous les déchets tombés au sol. Il y eut des rixes, dont l'une entre une femme et un homme qui attira beaucoup de spectateurs.

Les Savoyards criaient ou chantaient jusqu'à ce que, épuisés et repus, ils se levassent un à un de table pour aller se coucher sur la paille, à même le sol, dans des recoins du cabaret.

C'était le moment qu'attendait Gaston. Avisant un grand échalas aviné non loin de lui, il lui dit :

— Mon maître a des cheminées qui fument en ce moment, compain !

— Il faut en parler à un régisseur, éructa l'ivrogne. Dans quelle paroisse il est, ton maître ?

— Dans l'île.

— Va donc voir François, là-bas, fit-il en désignant un adolescent à peine sorti de l'enfance qui faisait du gringue à une femme beaucoup plus âgée et dépoitraillée.

Gaston se leva en titubant, comme s'il avait aussi bu un coup de trop. Il s'approcha du nommé François et se laissa tomber sur le banc devant sa table.

— Mon maître a des cheminées qui fument en ce moment, répéta-t-il d'une voix empâtée. Sa maison est dans l'île.

— Je peux t'envoyer quelqu'un demain, proposa l'adolescent en se tournant vers lui pour le dévisager. On peut grimper à l'intérieur ?

— Sans doute.

— À quel endroit qu'elle est, ta maison ?

— Je peux attendre ton gamin au bout du pont Marie, dans l'île. Ce serait plus facile pour se retrouver.

— C'est d'accord, demain matin ? fit l'adolescent qui avait hâte que le gêneur s'en aille pour reprendre ce qu'il avait en train avec la femme.

— Demain matin, au lever du soleil, opina Gaston en s'éloignant.

À l'aube, Gaston attendait seul au bout du pont Marie. Un observateur attentif aurait pourtant repéré trois archers en uniforme, au coin de la rue.

Le pont surmonté d'une cinquantaine de maisons était relativement étroit. Il y passait beaucoup de monde et Gaston guettait l'arrivée d'un gamin coiffé d'un bonnet. Il en vit arriver deux. L'un devait avoir six ans, l'autre sept mais, ils pouvaient aussi être plus âgés, tant ils étaient maigres. Ils se tenaient par la main.

Le commissaire s'approcha d'eux :

— C'est vous que François m'envoie ?

— Oui, monsieur ! répondirent-ils en chœur dans un rire.

Leurs yeux rougis d'irritation brillaient au milieu de leur visage fatigué, ridé et noirci. Visiblement, ils ne se lavaient pas bien souvent. Des cheveux paille, en broussaille, dépassaient de leur bonnet gris de suif.

— C'est par-là, fit Gaston en en prenant un par la main.

Au même moment, La Goutte, arrivant par-derrière, se saisit du second. Les deux enfants, comprenant qu'il s'agissait de quelque piège, se mirent à hurler et à se débattre avec violence. Les deux autres archers arrivèrent aussitôt à la rescousse.

Les enfants vociféraient de plus en plus fort. L'un d'eux mordit La Goutte qui ne lâcha pas prise pour autant. Un attroupement commença à se former.

— Pourquoi vous frappez ces pauvres enfants ? demanda une matrone agressive.

Gaston passa sa prise à un archer et lui déclara, en regrettant de ne pas avoir amené davantage d'hommes :

— Je suis commissaire au Grand-Châtelet, madame. Il y a eu crime dans l'île et je dois interroger ces enfants. S'ils sont innocents, ils repartiront libres.

Plusieurs des badauds grommelèrent, certains désapprouvant l'action du policier, mais beaucoup opinant. Ce ne serait pas la première fois qu'un gamin si petit commettrait quelque meurtrerie, déclara l'un d'eux.

À présent, les deux enfants pleuraient et avaient cessé de se débattre. L'attroupement se dispersant, Gaston s'approcha du plus grand, solidement maintenu par un archer. Il s'accroupit pour lui dire :

— Je ne vous veux pas de mal. Voici un sol pour chacun de vous.

Il montra deux pièces au grand et les pleurs s'arrêtèrent immédiatement. Les larmes avaient tracé de grosses lignes noirâtres sur leurs visages amaigris.

Le plus petit tendit la main pour avoir le sol.

— Allons à la *Femme sans tête*, proposa Gaston. Vous y aurez à boire et à manger à mes frais, et ensuite je vous donnerai une pièce à chacun. Mais j'aurai aussi des questions à vous poser.

Les enfants opinèrent, rassurés et alléchés à l'idée de manger à satiété.

L'auberge de la *Femme sans tête* était située dans la rue du même nom[1]. Son enseigne de bois représentait une femme décapitée tenant un verre à la main, avec ce texte au-dessous : *Tout en est bon !*

Ils s'installèrent à une table isolée. Les enfants étant encadrés par Gaston et La Goutte, les deux autres archers se tenaient en face. Louis demanda des soupes et du pain avec du lard. Les deux petits avaient les yeux émerveillés, jamais ils ne mangeaient autant.

Gaston les laissa commencer leur repas. Dès qu'ils furent un peu rassasiés, il leur expliqua :

— Il y a huit jours, il y a eu un vol à la nonciature, dans l'île. C'est un petit Savoyard comme vous qui a fait le coup. Il a grimpé sur la façade et est descendu par la cheminée. Peut-être est-ce toi ? Ou toi ?

— Ce n'est pas moi, monsieur ! protestèrent en même temps les enfants, terrorisés.

— Je me moque de celui qui a fait le coup, martela Gaston. Je veux seulement le rencontrer et qu'il me raconte ce qui s'est passé. Je lui donnerai un louis d'or en échange.

— C'est pas nous, monsieur ! pleurnicha le plus petit.

1. Actuelle rue Le Regratier (François Le Regratier, trésorier des cent Suisses du roi.)

— D'accord, c'est pas toi, mais tu sais qui a commis le vol !

L'enfant renifla sans nier.

— Et toi ? interrogea Gaston. Vous n'aurez ce sol que si vous me dites qui a fait ça, et où je peux le trouver. Je vous le répète, je vous le promets, votre ami ne risquera rien. Au contraire, je lui donnerai un louis d'or. Et celui de vous deux qui me donnera son nom aura un écu tournois.

— C'est Simond, monsieur, déclara le plus grand, tenté par l'écu.

— Simond ?

— Oui, Simond l'Innocent. Il nous l'a dit.

— Et où je le trouve, ton Simond l'Innocent ?

— Il était avec nous ce matin, monsieur. On l'a laissé quai des Célestins, devant une maison qu'il devait ramoner, juste en face de l'abreuvoir.

— Tu peux me conduire ?

— Oui, monsieur. On sera libres après ? demanda-t-il d'une voix suppliante.

— Voici vos pièces, opina Gaston dans un sourire.

Il glissa un sol à chaque enfant.

— Et un écu pour toi. Finissez votre soupe et allons-y.

Quai des Célestins, en bas de la rue Saint-Paul, les quatre hommes et les deux enfants se postèrent à une vingtaine de toises de l'habitation où devait se trouver le petit Simond. C'était une belle maison de pierre, toute neuve. Plusieurs cheminées dépassaient du toit.

Au bout d'une demi-heure, une silhouette fluette sortit. L'enfant parut à Gaston encore plus décharné que les deux qui étaient avec lui. Le gamin s'éloigna dans la direction opposée à la leur.

— C'est lui, monsieur ! C'est Simond, fit le petit.

— Très bien, vous pouvez filer maintenant.

Ils ne se le firent pas dire deux fois.

Les quatre hommes suivirent un instant le petit ramoneur pour le rattraper devant le pont Marie. Les deux archers le saisirent et l'enfant se débattit un instant puis, reconnaissant les uniformes fleurdelisés, il se mit à pleurer et à geindre.

Gaston devina qu'il croyait qu'on l'arrêtait pour le vol de la nonciature.

— C'est toi Simond l'Innocent ? demanda-t-il doucement.

— Oui, monsieur.

— Monsieur le commissaire ! gronda La Goutte.

Le gamin fondit en larmes. Gaston l'examina. Il était maigre et tout petit mais il devait bien avoir dix ans, peut-être plus.

— Allons par-là, proposa-t-il en s'approchant de la rive, juste à côté d'un énorme tas de bois déchargé par une barque.

Déjà plusieurs badauds qui menaient leurs bêtes à boire dans la Seine s'étaient approchés, intrigués par l'incident.

La Goutte leur fit signe de s'éloigner.

— Arrête de pleurer et essuie tes yeux, Simond. Tu veux gagner ce louis ?

Il montra la pièce d'or à l'enfant.

Celui-ci renifla encore deux ou trois fois avant d'opiner de la tête.

— Je sais que c'est toi qui es entré par la cheminée dans la nonciature, reprit Gaston. Je veux seulement que tu me racontes tout ce qui s'est passé. Ensuite, tu auras cette pièce et je te laisserai partir.

Simond se frotta les yeux avec ses mains noires et traça une ombre sur sa figure.

— C'est vrai, monsieur ?

— Tu as ma parole de commissaire.

— Il est venu un monsieur un soir, à l'*Étoile d'Or,* commença l'enfant. Il cherchait quelqu'un capable de grimper facilement. Le régisseur m'a appelé et le monsieur m'a demandé si je pouvais escalader une façade. Je l'ai déjà fait, c'est facile. Je lui ai dit oui. Il m'a emmené à l'écart et m'a dit que j'aurais un écu d'argent pour grimper sur un toit. J'ai dit que j'étais d'accord.

— Comment était cet homme ?

— Je ne sais pas, j'ai pas fait attention, monsieur le commissaire. En tout cas, c'était un gentilhomme, il portait une épée à coquille et un beau pourpoint lacé de cuir. Il avait aussi une barbe carrée et des éperons de cuivre à ses bottes. Et un chapeau à grandes ailes.

— Ensuite...

— Il est revenu, deux ou trois jours plus tard. Il pleuvait un peu. Il m'a dit que c'était pour cette nuit. Je suis parti avec lui après avoir pris ma corde et mon crochet. Il m'a conduit à un carrosse qui attendait dehors et m'a fait monter dedans. Il y avait un autre gentilhomme à l'intérieur, tout vêtu de soie, avec un grand manteau en laine, très épais. Il avait des gants de soie aussi.

— Comment était-il ?

— Il faisait noir, monsieur, mais j'ai eu l'impression qu'il était bossu. Il se tenait tout de travers.

— Bossu ? Comment était sa voix ? s'inquiéta Gaston.

— Bizarre, monsieur, comme éraillée. Il paraissait méchant, j'avais très peur. Je sais que parfois des gentilshommes attrapent des enfants pour leur faire du mal.

— As-tu entendu son nom ?

— Non, monsieur, mais le premier monsieur l'a appelé M. le marquis.

Fontrailles ! jura Gaston intérieurement.

— Que s'est-il passé exactement ?

— Il m'a expliqué qu'on allait se rendre dans l'île. Il faudrait que je grimpe sur une façade, jusqu'au toit, puis que je descende dans une cheminée. Il me montrerait laquelle. Je devais arriver dans une pièce et ramasser tous les papiers que je verrai, puis les lui apporter. Lui, il m'a promis un louis d'or.

— Alors ?

— Ça ne pouvait se faire qu'à la fin de la pluie. Il m'a dit de dormir sur une banquette en attendant. Il m'a même couvert de son manteau. Il était pas si méchant, finalement. J'ai dû dormir pendant le trajet, car quand il m'a réveillé, on était devant l'hôtel du nonce. Il m'a donné des gants presque à ma taille, une blouse et des chaussures de cuir avec des boucles. Il m'a dit que je devrais les mettre avant de descendre dans la cheminée et les enlever en bas pour ne pas salir dans l'hôtel. Il ne fallait pas que je laisse de trace. J'ai demandé qu'il me paye mon louis avant. Il ne voulait pas et je lui ai dit que je n'irais pas si j'étais pas payé avant. Alors, il me l'a donné. Il m'a aussi passé une bougie et des allumettes soufrées. Ensuite, j'ai attaché la blouse et les souliers à mon cou et j'ai escaladé la façade en utilisant mon crochet et la corde à chaque balcon. Il ne pleuvait presque plus et c'était facile, même si la lune n'éclairait guère. Arrivé au toit, je suis allé à la cheminée qu'il m'avait indiquée. Il n'y avait plus aucune chaleur dans le conduit. Le feu était éteint. Je suis descendu en utilisant mes genoux et mes pieds. En bas, j'ai sauté en dehors des cendres. J'étais au deuxième étage.

Là où logeait Fabio Chigi, songea Gaston.

— Ensuite, je me suis déshabillé, j'ai allumé ma bougie. J'étais dans une antichambre, un cabinet. Il y avait une table avec des feuilles de papier. J'ai tout ramassé. Il y avait aussi un cartable de cuir avec des documents dedans. J'ai rassemblé à l'intérieur les feuilles que j'avais prises et j'ai attaché le cartable à mon cou. J'avais peur et je suis remonté très vite dans la cheminée.

— Et alors ?

L'enfant hésita.

— Je ne suis pas un sot, monsieur. C'est pour ça que j'avais demandé mon louis. Je ne crois pas que le marquis m'aurait jamais ramené à l'*Étoile d'Or*. La Seine coulait tout près, et il était facile de me faire taire. Je suis allé au bord du toit. Ils étaient en bas à attendre. Je leur ai jeté le cartable.

— Ils sont partis ?

— Oui, monsieur. Ils sont partis tout de suite. Je suis redescendu par une autre façade et je suis rentré. J'ai gardé leurs souliers, regardez !

Il montra ses pieds.

— C'est toi qui as pris la bourse qui était sur la table ?

L'enfant baissa les yeux :

— Oui, monsieur. Il y avait une douzaine de florins dedans. Je les ai cachés, mais je peux vous les rendre.

— Tu peux les garder, mon garçon.

Gaston n'avait pas d'autre question à poser. Il aurait payé cher pour savoir pourquoi Fontrailles avait volé la nonciature, mais il n'avait plus rien à apprendre de l'enfant.

— Voilà ton louis, dit-il. Si tu te souviens de quelque chose d'important, ou si tu rencontres à nouveau ce marquis, viens me voir au Grand-Châtelet. J'y ai mon cabinet de travail. Je me nomme Gaston de Tilly et je suis le commissaire du quartier de Saint-Germain-l'Auxerrois. Si ce que tu m'apportes est intéressant, tu auras un autre louis d'or.

— Un autre louis ?

— Oui.

L'enfant se passa la langue sur la bouche avant de déclarer :

— J'ai gardé un papier, monsieur. Vous le voulez ?

— Tu as gardé un papier ?

L'enfant faillit éclater en larmes.

— Pardon, monsieur, je n'aurais pas dû, mais il était si joli !

Il étouffa un sanglot.

— Je n'ai jamais eu de jouets, monsieur ! Je n'ai jamais rien eu à moi. Il y avait un sceau dessus, monsieur, avec des abeilles. J'aime tant les abeilles ! Une fois, j'ai mangé du miel, c'était bon ! J'ai voulu prendre le sceau et laisser le papier avec les autres, mais je n'ai pas réussi à l'arracher. Alors, je l'ai glissé dans mes chausses. Je le regarde, le soir. Les abeilles sont si belles dessus... J'imagine que je pourrais voler avec elles...

— Combien d'abeilles ?

— Trois, monsieur le commissaire.

— Tu l'as toujours ce papier ?

— Oui, monsieur, je le cache dans le cellier de l'*Étoile d'Or*, avec les florins. Je le prends juste pour dormir.

— Je te l'achète, si tu veux bien. Un louis comme promis.

— Je peux aller le chercher maintenant, proposa le petit Savoyard.

Ils partirent vers le faubourg Saint-Antoine. Gaston pressait le pas et l'enfant avait du mal à suivre. Trois abeilles, avait dit l'enfant. C'était les armes de la famille Barberini dont le patriarche, Maffeo, était le pape Urbain VIII.

Au cabaret, ils attendirent dans la salle que le petit ramoneur revienne du cellier. Quand il les rejoignit, il sortit de ses chausses le document. Gaston ne put résister, il l'étala sur la table et le lut.

Le sceau portait effectivement trois abeilles surmontées des clefs. C'était bien celui de la maison Barberini ; mais, plus précisément, c'était celui de Thaddeus, duc d'Urbino et préfet de Rome. Malgré son physique de brute, Gaston maîtrisait parfaitement le latin. La lettre recommandait à Fabio Chigi de prendre contact avec leur agent, Carlo Morfi, qui avait fait preuve d'une si grande efficacité pour la capture de cet hérétique de Pallavicino.

Carlo Morfi lui ferait parvenir à Münster les dépêches qu'il parviendrait à dérober au service du Chiffre de M. de Brienne grâce au commis qui travaillait pour lui. Mgr Chigi devrait cependant lui expliquer ce qu'il recherchait comme information et comment lui envoyer ces plis à Münster.

Gaston rentra au Grand-Châtelet dans un état de profonde excitation et de grande satisfaction. Il y voyait clair, maintenant. Il existait à l'évidence deux réseaux d'espions dans le service du Chiffre. L'un sous les ordres de Fontrailles, qui travaillait certainement pour la duchesse de Chevreuse, et donc pour l'Espagne, et le second qui œuvrait pour le Saint-Siège, sous les ordres de Thaddeus Barberini.

Claude Habert était à la solde de Fontrailles et Charles Manessier travaillait sans doute pour ce Carlo Morfi. Fontrailles l'avait découvert et l'avait assassiné, à la suite de quoi, il avait organisé ce vol pour tout connaître sur l'organisation de Fabio Chigi.

Louis avait eu raison. Le faux suicide de Manessier, certainement organisé par Fontrailles, visait à protéger Habert, mais Manessier n'avait pas été choisi au hasard. Il était bel et bien un espion, celui de ce mystérieux Carlo Morfi et Fontrailles, en le faisant disparaitre, avait démantelé un réseau concurrent !

Louis serait impressionné par sa perspicacité. Il avait presque complètement résolu l'affaire et, dès le retour de son ami, ils expliqueraient tout à Brienne et à Le Tellier.

Le lendemain, Gaston se rendit à la nonciature en compagnie du lieutenant civil Dreux d'Aubray pour décrire au nonce stupéfait la manière dont le vol avait été réalisé. Il omit de donner le nom de l'enfant, déclarant qu'il lui avait promis la liberté en échange de sa confession. Un point que désapprouva fortement le lieutenant civil, mais Dreux d'Aubray désapprouvait déjà tellement de choses dans le comportement de Gaston de Tilly !

Quant au commanditaire, Gaston assura qu'il n'avait aucune information pour l'identifier. Le secret devait être gardé et seuls Le Tellier et Brienne seraient informés, au retour de Louis. Il conseillait donc au nonce de faire placer de solides grilles en haut des cheminées.

— Mais pensez-vous pouvoir récupérer nos papiers, monsieur ? s'était inquiété le nonce.

— Je m'y consacre, monseigneur, néanmoins rien ne dit que les voleurs soient encore à Paris, et leur signalement est inutilisable. Je dois donc vous avouer que je n'ai guère d'espoir.

Gaston aurait souhaité l'interroger sur Carlo Morfi et Pallavicino, mais comment le faire sans avouer qu'il avait retrouvé une des lettres de Fabio Chigi ?

Au retour, il essaya en vain de se renseigner sur ces deux noms auprès de Dreux d'Aubray. Le lieutenant civil n'en avait jamais entendu parler. Plus tard dans la journée, il rencontra Philippe Boutier, le parrain de Louis qui était au service du chancelier Séguier. Boutier savait tout sur ce qui se passait à la Cour, mais il ignorait qui étaient Carlo Morfi et Pallavicino. Le soir, Gaston interrogea même Gédéon Tallemant, sans plus de succès.

De retour au Grand-Châtelet, il apprit qu'un duel incroyable venait d'avoir lieu, place Royale.

Le matin du 12 décembre, Godefroi d'Estrade, ami proche de Maurice de Coligny[1] et duelliste

1. En 1645, il sera nommé ambassadeur au congrès de Münster et il finira maréchal de France en 1675.

réputé ayant déjà tué plusieurs de ses adversaires, s'était présenté à l'hôtel de Guise, rue du Chaume, pour proposer au duc une rencontre d'honneur. Lui-même serait le témoin du comte de Coligny et l'adversaire du témoin que le duc choisirait, puisque les témoins se battaient entre eux.

Guise s'attendait à cette visite et il présenta à Godefroi d'Estrade son propre témoin, le marquis de Brédieu.

La rencontre fut organisée dans les moindres détails. Les quatre adversaires devaient se retrouver, le même jour, au centre de la place Royale sans prévenir personne.

À trois heures comme prévu, les quatre hommes arrivèrent dans deux carrosses différents. Ils avaient décidé de se battre au grand jour dans le lieu le plus fréquenté de Paris.

Des fenêtres autour de la place, plusieurs personnes attendaient, ayant été informées au dernier moment. Anne-Geneviève de Longueville était là, chez la duchesse de Rohan, qui l'avait invitée.

Après le salut, le duc de Guise déclara solennellement à Maurice de Coligny :

— Monsieur, nous allons décider les anciennes querelles de nos deux maisons, et on verra quelle différence il faut mettre entre le sang de Guise et celui de Coligny.

Dès la première passe, Coligny glissa, perdit l'équilibre et tomba sur un genou. Guise posa alors un pied sur son épée et le frappa du plat de son arme pour l'humilier publiquement.

Le petit-fils de l'amiral se dégagea pourtant et le combat reprit. Coligny eut un instant l'avantage en touchant le petit-fils du Balafré à l'épaule. Le duc de Guise parvint alors à saisir à pleines mains l'épée de son adversaire et, malgré la coupure et la douleur que cela lui provoqua, il lui enfonça sa lame dans le bras.

Coligny s'effondra. Ses amis le ramassèrent couvert de sang et le transportèrent à l'un des hôtels de Condé, tout proche, où l'attendait Enghien.

En général, Mazarin se moquait des duels qui se déroulaient entre des jeunes gens pour lesquels il n'avait aucune estime mais, dans cette circonstance, il comprit aussitôt que c'était un nouveau coup de ses adversaires.

Qui plus est, on lui avait appris que Coligny était l'agresseur, que c'était son témoin qui était allé défier Guise. On ne pourrait même pas dire qu'il était tombé dans un piège !

La régente, elle, éclata de colère à l'annonce de cette nouvelle. Mazarin et Le Tellier eurent beau essayer de la convaincre qu'il s'agissait sans doute d'un coup monté, elle exigea l'application la plus stricte de l'édit sur les duels qu'avait décidé son pire ennemi, le cardinal de Richelieu !

Dès le lendemain, elle convoqua le prince de Condé et lui ordonna de commander à son fils le duc d'Enghien *qu'il fît sortir Coligny de sa maison, autrement qu'elle l'enverrait prendre*.

Le prince de Condé se précipita chez son fils pour lui transmettre l'injonction royale. Mais celui-ci n'était plus l'adolescent qui avait toujours obéi à son père. Il était désormais l'un des plus grands généraux d'Europe que les flatteurs comparaient déjà à Alexandre le Grand. Il se savait intouchable depuis Rocroy. L'armée l'adulait et l'aurait suivi partout.

Et surtout, son père ignorait que si son fils avait de multiples défauts – des vices, même –, au milieu de ceux-ci se distinguait une qualité qui brillait comme un diamant : Enghien était fidèle en amitié. Il demandait une fidélité absolue à ses gens, à ses vassaux, mais en contrepartie de cette allégeance, il leur assurait sa protection. Pour le duc, cette vieille règle de la féodalité n'était pas tombée en désuétude.

Afin d'éviter qu'on arrête son ami Coligny, Enghien le fit transporter au château de Saint-Maur, sa résidence de campagne, où il le confia à son médecin personnel. Il dut subir ensuite, sans plus s'émouvoir, les récriminations de Gaston d'Orléans, beau-frère de Guise, outré que Coligny ait provoqué un de ses proches *qui ne l'avait point offensé*.

De son côté, Le Tellier envoya des hommes à l'hôtel de Guise, mais le duc n'y était plus. Seule sa mère, la duchesse douairière, s'y trouvait. Durant quelques jours, personne ne sut où il était.

L'opinion publique s'empara de l'histoire et, comme les perdants ont toujours tort, elle décréta que Coligny avait bien mérité ce qui lui était arrivé.

On dit qu'en France tout finit par des chansons ; durant tout l'hiver 1643, on chanta donc dans Paris :

Essuyez vos beaux yeux, madame de Longueville
Essuyez vos beaux yeux, Coligny se porte mieux,
S'il a demandé la vie, ne l'en blâmez nullement,
Car c'est pour être votre amant, qu'il veut vivre éternellement.

15.

Du 20 au 23 décembre 1643

Louis et Gaufredi rentrèrent à l'hôtel de Castelbajac sans échanger une parole, atterrés par ce qu'ils venaient de découvrir. Dans une sorte de brouillard nauséeux, Louis ressassait avec honte le nombre de fois où il s'était fourvoyé tout au long de cette affaire.

Le couvent des Carmes n'était pas très éloigné de l'hôtel de Castelbajac, mais la marche et le froid piquant provoquèrent pourtant un changement dans l'esprit de Fronsac, qui se dégagea peu à peu de la brume qui l'engourdissait.

Arrivé au porche de l'hôtel, il s'était complètement ressaisi. Il s'arrêta et mit une main sur l'épaule de son compagnon qui attendait les décisions de son maître.

— Crois-tu qu'on puisse partir d'ici dès ce soir, après que j'aurai reçu les documents de M. de Fermat ? lui demanda-t-il.

— Sans doute, monsieur, mais nous n'irions pas loin. Cette sorcière nous fera suivre. Elle a eu toute la journée pour préparer son piège, et si elle a un nombre suffisant de spadassins, ils nous attaqueront sur la route où il nous sera plus difficile de nous défendre.

— Il nous faut donc nous barricader et attendre l'assaut ?

Gaufredi se passa une main sur la figure, comme s'il hésitait à proposer quelque chose.

— On pourrait essayer de la mystifier.

— Que veux-tu dire ?

— Tenter un stratagème, monsieur. Parfois une simple ruse de guerre emporte une bataille. Par exemple, vous pourriez dire à Mme de Castelbajac que vous n'avez pas obtenu ce que vous voulez, lui assurer que vous devez rencontrer à nouveau M. de Fermat demain, et donc passer une nuit de plus chez elle.

— Et ainsi elle nous laisserait tranquilles cette nuit ? demanda Louis plein d'espoir.

— Peut-être. Nous achèterions alors des chevaux et leur abandonnerions voiture et bagages. Ainsi que M. de Bresche...

— Elle risque de se venger sur lui, objecta Louis.

Puis il secoua la tête :

— Non, elle le tuera ! Ce serait contraire à l'honneur. Préparons-nous plutôt à un assaut.

— Proposez alors à M. de Bresche de vider les lieux dès ce soir, suggéra Gaufredi.

Ils entrèrent dans la cour. La concierge tirait de l'eau du puits. Elle les regarda d'un œil mauvais.

Louis la salua comme si de rien n'était et ils montèrent au deuxième étage. Bresche était dans leur chambre en train d'examiner trois in-quarto.

Le libraire leva un regard interrogateur quand ils entrèrent. Gaufredi poussa le verrou de la porte.

— Monsieur de Bresche, expliqua Louis, je dois vous informer de ce qui nous arrive. Nous avons des ennemis fort puissants qui vont s'en prendre à nous ici même. Mais nos adversaires ne sont pas les vôtres et je ne souhaite pas vous mêler à nos ennuis. Il serait prudent que vous nous quittiez dès ce soir pour vous installer dans une auberge. Rester avec nous, c'est jouer votre vie.

Bresche posa le livre qu'il avait en main et hésita un instant, comme s'il cherchait ses mots avant de déclarer :

— Monsieur, vous me fâchez à penser que je pourrais vous abandonner dans vos difficultés. Sans être gentilhomme, je suis homme d'honneur. J'ai fait la route avec vous et suis votre obligé. Si vous devez vous battre, je serai honoré d'être à vos côtés si vous voulez de moi.

Ému par cette déclaration de fidélité, Louis resta un instant indécis avant de lui expliquer :

— Nous avions pensé vider les lieux rapidement et discrètement, mais nous ne pouvons vous abandonner ici. Nos ennemis se vengeraient sur vous.

— Mais on verra bien que vous partez avec votre voiture ! Vos ennemis ne vont-ils pas vous poursuivre ?

— Nous songions à partir discrètement demain, à pied. Nous achèterons des chevaux et nous abandonnerons tous nos bagages. Je pourrais peut-être donner le change pour éviter une attaque cette nuit, mais je n'en suis pas certain. C'est pourquoi je préférerais que vous partiez ce soir.

Bresche hocha lentement la tête avant de déclarer :

— C'est un bon plan, mais qui va vous coûter cher : une voiture, des chevaux, vos bagages...

— Avez-vous mieux, monsieur ? s'enquit insolemment Gaufredi.

— Peut-être. Il doit être possible de gagner du temps. Vous, Gaufredi, vous pourriez rester ici demain avec la voiture tandis que M. le chevalier et moi-même quitterions Toulouse à cheval comme vous l'avez prévu. Nous nous arrêterions à Montauban, à l'hostellerie des Drapiers. Vous expliqueriez demain soir à Mme de Castelbajac, dont j'ai compris qu'elle était votre ennemie, que je ne suis plus là et que M. le chevalier est malade, qu'il ne peut souper avec elle, et que vous restez un jour de plus. Et après-demain, vous décideriez de partir avec voiture et bagages. Mme de Castelbajac comprendra alors seulement qu'elle a été jouée. Vous ne devriez pas risquer grand-chose. Il vous suffira de vérifier que vous n'êtes pas suivi. Avec M. Fronsac, nous vous attendrons à Montauban.

Le plan de Bresche n'était pas mauvais, songea Louis. Son seul défaut était que tous les risques se reportaient sur Gaufredi. Il interrogea son compagnon du regard.

— Je peux le faire, monsieur, approuva le reître après avoir réfléchi un instant. Si on me suit, j'en ferai mon affaire. D'ailleurs, s'il y a un affrontement, je préfère être seul qu'avec vous. Vous n'avez rien à craindre pour moi, j'ai déjà joué à ce jeu.

Louis les regarda à nouveau tous deux longuement. Il se sentait profondément touché par le dévouement du libraire et de son compagnon d'armes.

— D'accord, on fait comme ça, décida-t-il.

On frappa à la porte.

Gaufredi se saisit d'un pistolet à rouet, tandis que Louis s'approchait prudemment de l'huis.

— C'est une lettre pour vous, monsieur le marquis, fit la voix chantante de Mme de Lespinasse.

Louis se souvint alors que Fermat devait lui faire parvenir la démonstration et le détail des codes. Il tourna la clef encore sur la serrure et ouvrit lentement.

Mme de Lespinasse était là, rayonnante. Elle lui tendit un petit paquet serré dans une ficelle.

— Je vous remercie, madame, s'inclina Louis en prenant le paquet.

Elle attendait, espérant peut-être pouvoir entrer.
Il la salua à nouveau. Elle inclina légèrement la tête, et repartit, visiblement déçue

Le soir, durant le dîner, Louis expliqua à la marquise et à Françoise de Lespinasse qu'il devait revoir Pierre de Fermat le lendemain. Il n'en avait pas terminé, car le problème mathématique qu'il avait abordé avec lui était trop ardu pour qu'il puisse le résoudre si vite et les documents reçus lui paraissaient incomplets.

Les deux femmes ne posèrent aucune question. Seules la vie à Paris et la mode à la cour semblaient les intéresser.

Charles de Bresche, Louis Fronsac et Gaufredi quittèrent l'hôtel à pied le lundi matin après avoir pris une rapide collation dans la cuisine, sous les regards malveillants de Bertrande. Bresche emportait ses livres avec lui. Il avait expliqué à Louis qu'il devrait encore retourner chez son libraire avant son départ pour lui prendre un dernier ouvrage et régler sa dette. Louis avait proposé qu'il les rejoigne rue de la Dalbade, à l'écurie où ils devaient acheter des chevaux.

Ils se retrouvèrent vers dix heures au bord de la Garonne. Leurs montures étaient deux solides juments. Gaufredi était resté en arrière et avait bien observé les environs, personne ne les avait suivis.

— Nous serons à Montauban en fin d'après-midi. Prends bien soin de toi, mon vieil ami, lui dit Louis en l'accolant, beaucoup plus ému qu'il ne l'aurait cru.

Gaufredi allait se retrouver seul devant une bande de pendards et il avait l'impression de l'abandonner face au péril.

— Ne vous inquiétez pas, monsieur, le rassura le reître avec bravade. J'ai connu pire ! Et vous, monsieur de Bresche, prenez soin de mon maître, gronda-t-il, légèrement menaçant.

Les deux hommes montèrent à cheval et, mettant leurs bêtes au trot, prirent le chemin du Pont-Neuf pour contourner la ville.

Gaufredi ne revint pas tout de suite à l'hôtel de Castelbajac. Il prit le pont de Tounis pour se rendre dans l'île et s'installa dans un cabaret de pêcheur au bord de la Garonne, où il resta toute la journée.

Il ne rentra qu'en soirée. La concierge n'était pas dans la cour et ce fut Clémence qui vint lui ouvrir.

— M. le chevalier n'est pas avec vous ? s'étonna-t-elle.

— Il est déjà rentré, lui assura-t-il. Il était fatigué et souhaitait se reposer.

Elle ne parut pas surprise de sa réponse et Gaufredi poursuivit :

— Je crois que c'est ce qu'il a mangé à midi. Je suis passé voir un apothicaire et je vais lui donner les herbes que je rapporte. Pourriez-vous m'apporter de l'eau chaude pour une infusion ?

— Bien sûr. Et votre autre ami ?

— Il nous a quittés.

Gaufredi monta dans la chambre et tira les rideaux du lit. Puis il prépara les bagages.

Un moment plus tard, Clémence frappa à la porte. Elle apportait de l'eau chaude dans un pichet.

— Comment va votre maître ? s'inquiéta-t-elle.

— Mieux. Il dort, mais il est très fatigué. Pouvez-vous avertir Mme la marquise que nous ne viendrons pas manger ce soir ?

Clémence jeta un regard curieux vers le lit.

— Vous êtes sûr qu'il n'a besoin de rien ?

— De rien, madame, fit Gaufredi qui la repoussa gentiment et referma la porte.

Quelques minutes plus tard, ce fut Françoise de Lespinasse qui se présenta, le visage défait d'inquiétude.

— Clémence m'a dit que votre maître était malade...

— Ce ne sera rien, madame, il a juste besoin de repos.

— Je pourrais le voir ? Je connais bien les maladies que l'on attrape dans ce pays.

— C'est inutile. Il s'est endormi et il ira mieux demain.

Elle regarda elle aussi le lit, hésitant un instant. Puis elle hocha la tête.

— Je vais vous faire porter un repas, proposa-t-elle avec un sourire contraint.

Clémence revint un peu plus tard avec un plateau portant un récipient de bouillon, du pain blanc, un canard confit et deux flacons de vin.

Elle tenta à son tour de voir Louis Fronsac, et proposa de passer des bassinoires dans les lits pour les réchauffer. Gaufredi refusa, bien que la chambre fût glaciale.

Après son départ, il prépara ses armes. Pouvait-il être attaqué dans la nuit ? C'était possible. Il avait prévu de pousser le coffre devant la porte. Tous les pistolets et mousquets étaient chargés et il avait vérifié rouets et bassinets. Il hésita un instant à confectionner une corde avec les draps pour pouvoir descendre dans la cour. Mais s'il n'était pas attaqué, il aurait du mal à expliquer la chose le lendemain. Il prépara simplement toutes les toiles disponibles et il les plaça dans le lit à rideaux. Il n'aurait qu'à les nouer en cas de besoin.

Si on s'attaquait à la porte, il ferait feu de toutes ses armes à travers celle-ci, décida-t-il. Le coffre empêcherait tout passage en force. Ensuite, il nouerait les draps et descendrait dans la cour. De là, il se débrouillerait pour prendre un cheval et s'enfuir.

Dans la nuit, il avait ses chances, jugea-t-il. Le seul risque était que la sœur de Fontrailles ait fait appel à une bande de truands trop nombreuse et que certains d'entre eux restent dans la cour. Il devrait alors les tirer de la fenêtre avec un mousquet, comme des lapins.

Pourtant, il avait confusément l'intuition qu'il ne serait pas attaqué. Les femmes de chambre et Mme de Lespinasse paraissaient décidément aimables. Ou alors, c'est que les serviteurs de la marquise et Mme de Lespinasse ignoraient tout d'un projet criminel contre eux.

Effectivement, la nuit s'écoula sans alerte. Il dormit même dans le lit de son maître.

Bien avant l'aube, il était prêt à partir. La nuit avait été glaciale. Il s'enroula dans son manteau et ouvrit doucement la porte. L'hôtel était silencieux. Il descendit avec plusieurs sacs sur les épaules, une bougie à la main.

Il déverrouilla la porte d'entrée, porta les bagages dans la voiture et fit un second voyage à la chambre.

Au retour, il rencontra Clémence et Bertrande, la concierge, qui venaient de se lever. Elles furent étonnées de le rencontrer si tôt.

— Mon maître va mieux, leur expliqua-t-il. Nous partirons dans la matinée. Il m'a demandé de préparer la voiture.

Elles parurent accepter l'explication et il remonta chercher les dernières armes qu'il avait laissées.

Quand il revint à la voiture, l'aurore rosissait déjà. Pour préparer l'attelage, il tenta de tirer la voiture au milieu de la cour. Elle était très lourde et il avait les doigts gourds à cause du froid. Habituellement, c'était là le travail de deux hommes. Finalement, en s'attelant à la flèche centrale où étaient attachés les chevaux, il parvint à la placer dans la bonne position. Restait à atteler.

Il alla chercher le premier cheval et le sangla assez rapidement après avoir soufflé dans ses mains pour les réchauffer. Pour éviter que la bête ne bouge, il l'attacha par une lanière à l'arbre de la cour.

C'est alors qu'arrivèrent Clémence et Bertrande.

— Vous allez atteler les chevaux maintenant ? s'étonna la concierge.

— Je fais ce que mon maître m'ordonne de faire, grogna Gaufredi.

— Je vais vous porter un bol de soupe chaude, proposa Clémence.

Sous le regard suspicieux de Bertrande, il partit chercher le second cheval.

Clémence était revenue quand il arriva avec la bête. Celle-ci était plus ombrageuse que l'autre et il l'installa derrière la première. Sitôt qu'il l'eut complètement harnachée, il prit le bol de soupe que lui tendait la domestique et il l'avala à toute vitesse. La soupe était brûlante et le réchauffa un peu.

Il leva les yeux et aperçut une silhouette tenant une bougie qui l'observait à la fenêtre du premier étage. Il fallait qu'il éloigne ces deux femmes sitôt qu'il aurait attelé les deux autres chevaux, décida-t-il, passablement inquiet. En se forçant à terminer sa soupe trop chaude, il surveillait les deux domestiques. Il ne portait qu'un couteau de chasse à son baudrier. Qu'elles l'attaquent quand il avait le dos tourné, et il était perdu.

Il rendit le bol et partit chercher la troisième bête.

— Voulez-vous que je vous aide ? demanda brusquement Bertrande.

Il sursauta. Elle l'avait suivi dans l'écurie ! Il accepta d'un hochement de tête. Elle conduisit le quatrième cheval dans la cour. En installant sa bête au timon, Gaufredi constata que Clémence était partie, peut-être pour préparer un repas chaud à sa maîtresse, mais peut-être aussi pour la prévenir. Il songea que si l'une ou l'autre de ces femmes entrait dans leur chambre, elle découvrirait que son maître n'était plus là.

De plus en plus agité, il s'emmêla dans les sangles. Ses doigts glacés ne lui obéissaient plus. Bertrande avait fini d'atteler son cheval et, voyant qu'il n'arrivait à rien, elle l'écarta, passa le mors à l'animal et serra avec force les martingales et les brides.

— Merci pour votre aide ! souffla Gaufredi. Pourriez-vous aller prévenir mon maître ? Je voudrais vérifier toutes les sangles et il souhaite se présenter à Mme la marquise dès qu'elle sera levée.

— Bien sûr ! fit Bertrande visiblement plus aimable depuis qu'elle avait montré à ce vieillard qu'elle savait sangler un cheval autrement mieux que lui.

Elle s'éloigna.

La cour était vide.

Tenant le cheval de tête par le mors, Gaufredi fit avancer la voiture devant le portail de bois. Puis il ôta la barre qui le bloquait et l'ouvrit en grand.

Il fit alors sortir l'attelage dans la rue encore déserte. Le carrosse heurta la pierre d'angle du portail, mais passa malgré tout. Il flatta les chevaux de la main, puis grimpa sur le siège et fouetta les bêtes. La voiture partit au trot. Gaufredi savait que c'était maintenant que le risque était le plus grand. Que l'une ou l'autre de ces femmes sorte avec une arquebuse et elle l'abattrait comme un lapin, sa silhouette dépassant du toit du carrosse. N'y tenant plus, il se retourna une seconde pour découvrir Clémence, Bertrande et Mme de Lespinasse devant le portail, une expression éberluée sur le visage.

Louis Fronsac et Charles de Bresche menèrent leurs chevaux au trot jusqu'à Montauban. Ils purent changer deux fois de monture à des relais et arrivèrent avant la nuit à l'hôtellerie des Drapiers.

L'auberge se situait sur la grande place à arcades qui abritait les plus importantes corporations de marchands. Ces arcades, que l'on appelait couverts, étaient en bois et en torchis. Il y avait le couvert des drapiers, celui des sabots ou encore celui du blé.

À chacun des angles de la place, une porte en voûte formait un passage pour rejoindre les autres rues de la cité. Au centre se trouvait le pilori, bien en vue du siège des consuls.

Les deux hommes partagèrent une chambre après un bon repas dans la salle commune.

Charles de Bresche reparla avec enthousiasme des livres qu'il avait achetés et qui se trouvaient dans ses sacoches. Cet homme aimait son métier, jugea Louis en l'écoutant.

Le lendemain, la ville se préparait à fêter Noël. Le temps était froid et humide. Louis s'inquiétait. Si la neige se mettait à tomber, ils risquaient fort de ne pouvoir regagner Paris avant la mi-janvier. Il avait hâte que Gaufredi les rejoigne mais il savait que son compagnon n'arriverait pas avant la nuit, si tout se passait bien.

Pendant que Charles de Bresche partait visiter la ville, il resta dans la chambre à lire la démonstration que lui avait remise Pierre de Fermat. Louis n'avait emporté avec lui que la preuve de la conjecture de Diophante que lui avait donnée le magistrat et avait laissé à Gaufredi les quelques feuillets décrivant sa méthode de chiffrage. C'était plus prudent, avait-il jugé. Il avait à peu près compris l'approche de Fermat pour coder un répertoire de syllabes à partir d'une grille et il se sentait capable de l'expliquer à Rossignol. Avec Gaufredi qui en possédait un exemplaire plus détaillé, ils seraient deux à pouvoir remettre le nouveau système de codification au chef du bureau du Chiffre. Même s'il lui arrivait malheur, le code ne serait pas perdu.

Finalement, il abandonna la lecture de la démonstration à laquelle il ne comprenait goutte pour examiner les livres qu'avait achetés le libraire. Il était plongé dans un ouvrage de botanique empli de planches colorées, quand Charles de Bresche entra, l'air soucieux.

— Vous devriez venir, monsieur, fit-il avec respect. Il est arrivé hier au soir une bande de fripons qui ne m'inspire guère confiance.

— Où sont-ils ?

— En bas, dans la salle commune. Ils viennent de Toulouse, m'a dit l'aubergiste. Peut-être nous ont-ils suivis ?

Il paraissait réellement inquiet. Louis prit son épée, bien qu'il ne fût qu'un médiocre escrimeur, ainsi que le pistolet à deux coups que son père lui avait offert quelques années auparavant. Bresche s'arma aussi et, ayant dissimulé leurs armes sous leur manteau, ils descendirent.

L'escalier de l'auberge, en bois, courait sur la façade extérieure.

— On pourrait aller voir d'abord dans les écuries, proposa le libraire. Repérer le genre de montures qu'ils ont et interroger les palefreniers.

Louis opina. Ils sortirent dans la cour étrangement déserte. De là, ils gagnèrent l'écurie dont la grande porte était ouverte.

Il y avait une vingtaine de chevaux devant leurs mangeoires et deux voitures, dont un gros carrosse, mais aucun garçon d'écurie.

— À qui sont ces voitures ? demanda Louis, intrigué. Elles n'étaient pas là hier, et comment se fait-il qu'il n'y ait personne ?

— Je ne sais pas, monsieur.

Ils s'approchèrent prudemment de la première. Très délabrée, elle paraissait vide. Louis ouvrit la portière.

Gaufredi arriva à l'auberge des Drapiers en milieu d'après-midi. Il avait changé les chevaux plusieurs fois à des relais, son maître lui ayant laissé la moitié de l'argent qu'il possédait. Le voyage avait été assez pénible pour le vieil homme qui ne s'arrêtait qu'aux relais et qui avait bien des difficultés à maîtriser seul le grand attelage. Il se sentait épuisé, mais heureux d'avoir mené à bien sa mission.

Dans la cour, il sauta au sol et avisa un gamin de six ou sept ans qui, pieds nus malgré le froid, ramassait le crottin.

— Je cherche M. Fronsac, il est arrivé hier à cheval avec un compagnon, Charles de Bresche.

— Je ne sais pas qui c'est, monsieur, répondit l'enfant. Je peux vous conduire à mon maître.

Gaufredi le suivit. L'aubergiste était dans le cellier, à compter ses barriques de vin.

— M. Fronsac ? Oui, je me souviens, il est arrivé hier et m'a prévenu de votre arrivée, fit l'hôtelier, un homme aux sourcils broussailleux, aux cheveux gris et longs et aux bajoues pendantes.

— Où est-il ?

— Il n'est plus là, monsieur !

— Comment ça ?

— Je ne sais pas, monsieur ! Son compagnon est parti ce matin avec son cheval.

Il se retourna et se remit à compter ses tonneaux.

— Il est parti seul ? gronda Gaufredi.

— Non, avec ses amis !

— Quels amis ? interrogea le reître un ton plus haut.

— Je ne sais pas, monsieur ! Il avait payé, il a préparé ses bêtes et il est parti ! s'énerva le bonhomme en se retournant, l'air exaspéré.

Gaufredi avait ressenti un frisson glacial quand il avait entendu que son maître était parti. Il s'avança d'un pas et saisit le cabaretier à la gorge.

— Ne joue pas avec moi, maraud ! Que s'est-il passé ?

— Je ne sais pas, coassa l'aubergiste. Votre Fronsac devait être dans la voiture !

— Quelle voiture ? Il était à cheval ! Explique-toi, ou je te suspends à ce crochet par le cou, menaça Gaufredi en désignant un anneau à l'une des poutres du cellier.

Il le lâcha en le poussant violemment. L'homme tomba au sol et Gaufredi sortit son couteau de chasse :

— Maintenant, sois clair si tu veux rester entier !

En tremblant, l'aubergiste s'expliqua en haletant :

— L'ami de votre ami était avec une bande de compagnons. Ils sont arrivés hier soir dans une très grosse berline, en mauvais état. Ce matin, ils sont tous repartis ensemble ; ils emmenaient avec eux la monture de votre ami.

— M. Fronsac était avec eux ?

— Sans doute... Je ne sais pas, je n'ai pas fait attention ! Je vous l'ai dit, tout était payé, gémit-il. Il faudrait demander aux garçons d'écurie. Voulez-vous qu'on aille les interroger ?

— D'accord, fit Gaufredi qui commençait à envisager le pire. Quel genre de gens étaient dans cette berline ?

L'autre se relevait, il parut hésiter puis, devant le couteau qui s'approchait de sa gorge, et l'air féroce de son interlocuteur, il déclara :

— Des gens de sac et de corde, monsieur. Je regrette de dire ça si c'étaient vos amis...

— Combien ?

— Trois.

— Et ils connaissaient le compagnon de M. Fronsac ?

— Oui, ils paraissaient même lui obéir, quand je leur ai servi la soupe, ce matin, dans la salle.

Ils revinrent dans la cour et l'aubergiste interrogea un à un les palefreniers et les garçons. Aucun ne semblait se souvenir de M. Fronsac.

Gaufredi n'écoutait qu'à demi. Il comprenait que Charles de Bresche les avait joués. Il était certainement lui aussi au service de Mme de Castelbajac. Elle n'avait jamais prévu de les attaquer chez elle, cela aurait posé trop de problèmes, conclut-il. Il était bien plus facile de capturer son maître dans une auberge, seul face à une bande de truands et incapable de se défendre. Il avait été fou d'accepter la proposition de ce diabolique libraire.

Il se jura de le retrouver. Mais la seule question qui comptait pour l'instant était celle-ci : son maître était-il encore vivant ? Était-ce son cadavre que transportait la berline ?

— Moi, monsieur, je l'ai vu ! déclara un jeune garçon au visage couvert de taches de rousseur.

Gaufredi s'arracha à ses pensées.

— Quand ? aboya-t-il.

— Ce matin. J'étais seul dans la cour, il devait être dix heures. Le compagnon de votre ami était avec deux hommes, il m'a glissé un sol en me demandant de filer. Il voulait qu'il n'y ait personne dans l'écurie. Je suis allé dans la grange où j'avais du foin à transporter. J'ai vu les deux hommes entrer dans l'écurie, puis celui qui m'avait donné la pièce prendre l'escalier. Je me suis caché à la porte et j'ai regardé. J'ai vu cet homme redescendre avec votre ami, ils sont allés dans l'écurie. Je ne les ai pas vus ressortir tout de suite. Un moment plus tard, l'un des deux hommes est reparti chercher ses compagnons. Ils sont revenus avec Pierre et M. Sérac.

Il désigna l'aubergiste.

— Alors je les ai rejoints. On a aidé à tirer la voiture et à l'atteler. Puis ils ont quitté l'auberge.

— Et vous n'avez pas revu M. Fronsac ?

— Non, monsieur. Il haussa les épaules. Je pose pas de questions, monsieur. J'ai pensé qu'il était dans la voiture.

— Il y était ?

— Les rideaux étaient tirés, monsieur. Je n'ai rien vu sinon, à un moment, l'ami de M. Fronsac qui était à une fenêtre.

— Décrivez-moi la voiture.

Chacun y alla de ce qu'il avait remarqué. Elle était assez grande pour transporter au moins quatre personnes, mais très vieille, peinte en vert bien écaillé. Elle était tirée par quatre chevaux. Deux des hommes la conduisaient. Il y avait aussi un cheval en longe.

— Celui de M. Fronsac, précisa l'aubergiste. Je l'ai reconnu.

Se pouvait-il que son maître soit simplement prisonnier ? se demanda Gaufredi. Mais pourquoi Bresche aurait-il agi avec mansuétude ? À moins que la sœur de Fontrailles ne lui ait demandé de le ramener pour l'interroger...

Il se raccrocha à ce faible espoir.

— Ont-ils parlé de la direction qu'ils allaient suivre ?

Personne ne savait.

Il lui fallait prendre une décision. La nuit tomberait dans trois heures. Pouvait-il essayer de les rattraper ? Mais où aller ?

— Conduisez-moi dans l'écurie, ordonna-t-il. Je veux voir où était la voiture.

Tous l'accompagnèrent. Les garçons d'écurie étaient très excités, l'aubergiste contrarié. C'était bien la première fois qu'un voyageur disparaissait ainsi, même s'il y avait souvent eu des rixes entre les clients.

L'écurie était une grange immense. Les chevaux étaient attachés le long d'un mur et une voiture occupait le centre de la bâtisse. Gaufredi examina longuement l'endroit où se trouvait l'autre carrosse. Il ne vit pas de trace de sang, mais cela ne voulait rien dire. On pouvait avoir tué son maître en lui brisant le crâne ou la nuque.

Il décida finalement de retourner à Toulouse. Il demanderait des comptes à la sœur de Fontrailles et, s'il ne pouvait rien faire d'autre, il vengerait son maître.

— Je vais vous laisser le carrosse que je conduisais, déclara-t-il à l'aubergiste. Gardez-le au moins une semaine, j'espère être revenu avant. Il y a à l'intérieur des bagages de valeur et des armes. Mettez tout cela à l'abri. Si je ne devais pas revenir, cela vous dédommagera au centuple, mais si je reviens et qu'il manque quelque chose, vous le payerez cher. Je voudrais un cheval frais, de quoi manger en selle et un flacon de vin. Je repars.

Moins d'un quart d'heure plus tard, il galopait sur la route de Toulouse.

La nuit le rattrapa avant qu'il n'atteigne la ville. Au deuxième relais, il comprit qu'il ne pouvait continuer. Il faisait trop sombre et il était épuisé et gelé. Il s'endormit comme une souche dans une chambre qu'il partagea avec d'autres voyageurs. Le matin, il partit aux aurores en méditant sur la tactique qu'il devait appliquer. Il lui fallait prendre d'assaut l'hôtel de Castelbajac, et il était seul.

Midi sonnait aux Carmes quand il se présenta devant l'hôtel de la sœur du marquis de Fontrailles. Le portail était fermé. Il avait laissé son cheval dans une écurie. Dans une poche intérieure de son vieux manteau écarlate il avait glissé un pistolet à rouet à deux coups. Il en tenait un second à la main, dissimulé sous un pli du tissu.

Il frappa au porche.

L'un des deux vantaux s'écarta et la concierge Bertrande lui apparut. Avant qu'elle n'ait eu le temps d'afficher une expression de surprise, il l'avait bousculée, saisie à la gorge et était entré. Elle essaya pourtant de crier, la menace du pistolet ne paraissait pas l'effrayer.

Mais il la serrait si fort que seul un gargouillis sortit de sa bouche. La cour était vide et la femme continuait à se débattre. Elle lui envoya un coup de pied dans l'entrejambe et il faillit lâcher prise. Il la frappa alors sur la tempe et elle s'écroula.

Il se précipita aussitôt dans la cuisine. Clémence s'y trouvait, mettant la dernière main au dîner. Elle ouvrit la bouche en le voyant mais l'arme qu'il lui mit sous les yeux la paralysa. Il lui jeta un chiffon qui se trouvait sur la table :

— Mettez ça dans votre bouche, gronda-t-il.

Elle parut hésiter et il sortit le couteau de son baudrier en roulant les yeux.

— Vite, ou je vous tue !

Elle s'exécuta.

Il avait accroché plusieurs cordelettes à sa taille, comme il le faisait quand il était soldat et qu'il investissait, la nuit, un bivouac ennemi. Il posa couteau et pistolet sur la table et la saisit par un poignet :

— Je vais vous attacher. Laissez-vous faire, et vous resterez vivante.

Il lui garrotta les mains dans le dos, puis serra une cordelette autour de sa tête qui bloqua son bâillon. Il la fit ensuite s'asseoir sur un banc et lui lia les pieds avant de quitter la cuisine. La maison était silencieuse et il grimpa rapidement au palier. Il s'arrêta une seconde devant la chambre de Mme de Castelbajac avant de l'ouvrir brusquement.

La marquise, en robe d'intérieur, était assise sur une chaise. Jeanne, sa femme de chambre, la coiffait. Elles parurent stupéfaites en le voyant entrer.

Il tenait le pistolet à deux coups dans la main gauche. Il referma la porte et fit quelques pas :

— Qu'avez-vous fait de M. le chevalier ? gronda-t-il.

— Vous êtes fou ! murmura la marquise.

— Répondez-moi, ou je tue votre femme de chambre sous vos yeux.

Jeanne ouvrit la bouche pour hurler et il se précipita sur elle. D'un violent geste de la main, il la frappa et elle s'écroula. Il posa le canon sur le cou de la marquise :

— Où est M. Fronsac ? Vous avez trois secondes pour répondre.

À cet instant, la porte d'entrée s'ouvrit. Gaufredi tourna la tête. Il vit dans l'embrasure Mme de Lespinasse qui tenait une brette, et, juste derrière elle, Bertrande, le côté gauche de son visage ensanglanté, un mousquet dans une main et la mèche dans l'autre.

— Ne bougez pas, leur ordonna-t-il. Ou je tue Mme la marquise.

Françoise de Lespinasse l'ignora. Elle s'avança vers lui, colichemarde en avant, le regard farouche et plein de haine :

— Vous avez osé toucher à Mme la marquise, siffla-t-elle. Vous allez le payer cher !

— Ne bougez pas, prévint-il une nouvelle fois. Ce pistolet a deux coups. J'en ai un second sur moi. Avancez et ce sera un carnage !

— Reste où tu es, Françoise, ordonna Mme de Castelbajac qui avait visiblement repris son sang-froid. Et vous, monsieur, expliquez-vous. C'est vous qui avez blessé Bertrande ?

— C'est moi, et vous, vous avez tué mon maître.

— Je n'ai tué personne. Je ne comprends rien à ce que vous dites. Je ne comprends rien à votre attitude, à votre départ honteux. M. Fronsac ne m'a même pas saluée. Il a fui comme un voleur !

— Il vous fuyait en effet, madame. Il savait que vous vouliez vous débarrasser de lui.

— Moi ? Me débarrasser de lui ? Mais vous êtes fou !

— Oui, vous, et votre infâme frère ! Maintenant, vous allez me dire la vérité. Qu'avez-vous fait de M. le marquis ?

— Mon frère ? Que savez-vous de mon frère, monsieur ?

Gaufredi eut un rire fou :

— Le marquis de Fontrailles ! Combien de fois a-t-il déjà essayé de meurtrir mon maître ! Et vous y êtes enfin parvenue, mais vous allez le payer !

— Françoise, pose ton épée ! Bertrande, éteignez cette mèche ! Monsieur, je n'ai pas peur de vous et pourtant nous sommes à votre merci. Maintenant, que nous sommes sans armes, veuillez au moins m'entendre.

Elle fit un signe aux deux femmes, puis se leva et aida Jeanne à se redresser. Françoise déposa son épée sur une tablette et Bertrande, de mauvais cœur, souffla sur sa mèche.

— Bertrande, Jeanne, allez vous soigner. Françoise, reste avec moi.

— J'ai attaché Clémence dans la cuisine, fit Gaufredi d'un ton honteux à l'attention de Jeanne qui passait devant lui, le regard noir et la joue rouge.

— Savez-vous lire, monsieur ? s'enquit la marquise.

— Oui, madame.

Elle se déplaça vers un petit cabinet d'angle pour saisir une lettre rangée dans un tiroir et la tendit à Gaufredi.

Il la prit de la main droite. Pointant toujours son arme vers les deux femmes, il y jeta un rapide coup d'œil.

— Je ne peux lire ainsi, madame, ce texte est trop petit. Chez M. le marquis, j'utilise une loupe.

Elle dissimula un sourire.

— J'en ai une ici. Voulez-vous que je vous lise cette lettre ? vous la vérifierez après.

Il opina.

Elle reprit la lettre et précisa :

— C'est le courrier que M. de Lionne a remis à M. Fronsac et qu'il m'a donné en arrivant.

Elle commença sa lecture.

Du marquis de Lionne à Mme de Fontrailles,
Marquise de Castelbajac,
à Paris, ce 8 décembre 1643.

Ma cousine,

Je vous envoie M. Louis Fronsac et son garde du corps Gaufredi. M. Fronsac, marquis de Vivonne, est un fidèle de Son Éminence à qui il a sauvé la vie. C'est aussi un homme qui a risqué la sienne au service du feu roi, lequel l'a anobli et fait chevalier de Saint-Michel.

Il vient à Toulouse pour une importante mission qui pourrait être contrariée par ses ennemis. Parmi eux, il y a votre frère qui, dans le passé, s'est déjà plusieurs fois heurté à M. Fronsac. C'est pour cette raison que je ne lui ai pas dit que vous étiez une Astarac de Fontrailles.

Votre frère a encore tenté d'occire M. Fronsac le mois dernier. Peut-être songe-t-il à recommencer, je vous prie donc de tout faire pour le protéger, vous et vos amies, fût-ce au prix de votre vie.

Hugues

À mesure que la marquise lisait la lettre, le vieux soldat se sentait pris de vertige. Il perdait pied. Bresche les avait trahis, maintenant il découvrait que son maître et lui s'étaient encore – peut-être – fourvoyés. Complètement égaré, il ne savait plus que penser, à qui ou à quoi se rattacher, à qui parler, à qui demander conseil.

— Je ne comprends pas, madame, murmura-t-il d'une voix blanche en secouant la tête. Sa main pendait mollement et le canon de son arme était maintenant tourné vers le sol.

— Mon mari, Godefroy de Durfort, était au service de M. Servien quand celui-ci était intendant de justice en Gascogne, expliqua la marquise. M. Servien était chargé de démanteler les réseaux d'espionnage anglais. Mon époux dirigeait sa police et ses agents. Plus tard, M. Servien a été nommé secrétaire d'État à la Guerre et mon mari a continué à suivre les affaires d'espionnage de la région pour les intendants de justice qui étaient envoyés par le roi. Parfois, je l'assistais car j'étais au courant de toutes ses affaires. Puis M. Servien a été écarté par Richelieu et mon époux a abandonné les affaires publiques. Il est mort, il y a trois ans.

Mme de Castelbajac marqua une courte pause à l'évocation de ces souvenirs, puis elle poursuivit :

— Il y a quelques mois, juste après la mort du roi, j'ai eu la visite d'un envoyé de M. de Lionne que je ne connaissais pas. M. de Lionne est le neveu de M. Servien, que j'estimais beaucoup. Il me proposait de le rencontrer avec son oncle. Je suis donc allée à Paris. M. de Lionne était désormais chargé auprès de Mgr Mazarin des services secrets du royaume. Son oncle devait le conseiller. Il me proposait d'organiser à Toulouse un réseau d'information pour contrer l'espionnage espagnol. J'en avais l'expérience et il jugeait que personne ne s'inquiéterait d'une femme qui vivait seule. J'ai accepté. Mon réseau est assez original, sourit-elle. Il ne comporte que des femmes. Nous obtenons ainsi facilement des renseignements des hommes qui perdent vite la tête devant les appas de mes agents.

Mme de Lespinasse sourit à ces mots.

— Maintenant, reprit la marquise, racontez-moi ce qui est arrivé à M. Fronsac.

— C'est une longue histoire, madame, répondit Gaufredi. J'ai peur que mon maître soit mort. Nous avons commis une terrible erreur de jugement.

Il se tut un instant, cherchant à rassembler ses idées.

— Par où commencer... Je ne sais pas tout, et tout ce que je sais, ou que je croyais savoir, se brouille maintenant dans ma tête. Nous sommes partis de Paris en compagnie de M. de Bresche qui souhaitait venir à Toulouse pour y acheter des livres. Mon maître connaissait M. de Bresche depuis quelque temps et pensait qu'il était peut-être un espion, mais nous avions besoin d'un cocher et M. de Bresche s'est proposé. Mon maître pensait qu'il pourrait le démasquer en chemin...

Il s'arrêta. Jusqu'où devait-il raconter ce qu'il savait ? Et si cette femme lui mentait ? Était-elle vraiment ce qu'elle disait être ? Et Hugues de Lionne lui-même était-il du côté de Mazarin ou de Fontrailles ? Il se sentait pris de vertige. Pour la première fois de sa vie, il était incapable de se dominer. La force de caractère qui lui avait permis de survivre durant toutes ses années de guerre s'était soudain évanouie.

La marquise comprit son indécision et se tourna vers Mme de Lespinasse :

— Françoise, passez donc une loupe à M. Gaufredi.

Françoise de Lespinasse s'approcha de la table et revint avec le verre grossissant. Mme de Castelbajac tendit alors à nouveau la lettre au vieux soldat.

— Lisez donc vous-même, monsieur.

Embarrassé, presque honteux, il posa son arme sur la chaise, prit la lettre et la lut. Ensuite, il examina longuement le cachet. C'était bien celle qu'avait portée son maître.

— Êtes-vous vraiment la sœur du marquis de Fontrailles ? demanda-t-il.

— Oui. Notre père était sénéchal d'Armagnac. Louis était l'aîné. Contrairement à nous, il ne croyait en rien, en tout cas pas en Dieu. Quand mes parents se convertirent, il se moqua d'eux. Je refusai d'abandonner la religion de ma famille, et il se moqua autant. Puis il partit pour Paris. Là-bas, avec ses amis, il complota plusieurs fois contre le roi. Moi et ma sœur Hélène en étions honteuses. J'appris l'année dernière qu'il avait même été poursuivi comme complice du Grand Écuyer, dans cet infâme traité qui prévoyait de vendre le Roussillon à l'Espagne. Il s'est réfugié en Angleterre où je pensais qu'il resterait avec ses amis révolutionnaires, mais je sais qu'il est revenu à Paris ; son ami, le prince de Marcillac, et Monsieur, le frère du roi, le protègent. J'ignorais cependant qu'il s'était lancé dans une nouvelle intrigue.

— Dans une intrigue redoutable, en effet, madame. Il serait au cœur d'une affaire de vol du chiffre utilisé par M. de Brienne pour nos ambassadeurs. Mon maître avait démasqué ses complices, aussi a-t-il tenté de le tuer. Voici ce que je sais exactement...

Il raconta alors les événements des dernières semaines, les soupçons que Louis Fronsac avait eus contre Charles de Bresche, puis la confiance qu'il lui avait accordée, et enfin comment celui-ci les avait informés qu'elle était la sœur du marquis de Fontrailles.

— Sur les conseils de ce libraire, mon maître est parti avant-hier pour Montauban où je devais le rejoindre. Nous étions persuadés que vous alliez nous assassiner et il fallait protéger les documents que M. de Fermat nous avait remis. Je suis resté seul ici, vous faisant croire qu'il était malade. J'étais prêt à soutenir une agression de votre part, précisa-t-il en baissant les yeux.

— Que s'est-il passé à Montauban ? demanda Françoise de Lespinasse.

— Ni mon maître, ni Bresche ne s'y trouvaient ! L'aubergiste de l'hôtellerie où nous devions nous retrouver m'a déclaré que des amis de Charles de Bresche étaient arrivés de Toulouse peu après eux dans une grande voiture, et qu'ils étaient repartis le matin avec le libraire. Il est certain que mon maître était à l'intérieur... Peut-être mort. Je m'étais raccroché à l'espoir que ces truands étaient à vos ordres et que vous l'aviez ramené ici pour l'interroger.

Après une pause embarrassante, il conclut :

— Mais puisque je me suis trompé, c'est qu'ils l'ont tué. Ces scélérats ont dû le jeter dans leur voiture pour qu'on ne le trouve pas à l'auberge et l'abandonner ensuite aux bêtes dans un bois.

Le silence se fit. De grosses larmes coulaient sur les joues du vieux soldat.

— J'ai moi aussi échoué dans ma mission, murmura Mme de Castelbajac. J'ai eu honte du nom que m'a transmis mon père, et je le paye maintenant fort cher.

— Justement, madame, s'enquit Françoise de Lespinasse, comment ce libraire a-t-il su votre nom ?

— On a dû le lui dire ici, intervint Gaufredi en haussant les épaules comme si ce point n'avait aucune importance. C'est du moins ce qu'il nous a rapporté.

— Nous allons bien voir, décida la marquise. Françoise, allez interroger nos gens et revenez dès que vous aurez terminé.

Mme de Lespinasse sortit.

— Y a-t-il eu lutte à cette hôtellerie de Montauban ? demanda alors la marquise.

— Personne n'a rien vu, madame. Je n'ai pas trouvé de trace de sang.

Il raconta ce qu'il avait appris et conclut :

— Il est possible que ces gens aient seulement capturé mon maître, mais pourquoi ? Pour le conduire ici, à Toulouse, je l'admettrais, mais sinon... Que peuvent-ils en faire ?

— Quel genre de voiture avaient ces marauds ?

— Une grosse berline ou une grosse chaise de poste.

— Ils auraient pu venir à cheval. Ils avaient donc acheté ce véhicule pour l'occasion. Forcément, pour transporter un prisonnier...

Mme de Lespinasse revint et la marquise l'interrogea du regard.

— Personne n'a parlé, madame. Elles m'ont juré ne jamais avoir prononcé les noms de Fontrailles ou d'Astarac.

— Cela signifie que M. de Bresche savait, en arrivant ici, que j'étais une Fontrailles. M. Fronsac lui avait-il dit avant votre départ qu'il logerait chez moi ?

Gaufredi tenta de se souvenir :

— Oui... je le crois, en effet. La veille de notre départ.

— Votre homme est donc au service de mon frère, conclut-elle. Il a dû aller le voir, lui annoncer que vous descendriez ici et mon frère lui a alors dit qui j'étais. Ça a dû être une excellente surprise pour lui. Une aubaine à laquelle il ne s'attendait certainement pas ! C'est mon frère qui a conçu ce plan, pas M. de Bresche !

— Comment pouvez-vous en être sûre ? s'enquit Gaufredi.

— Parce que j'aurais agi ainsi, grimaça-t-elle. Je pense de la même façon que mon frère, monsieur !

Elle médita un instant, avant de poursuivre :

— J'aurais été mon frère, j'aurais demandé à ce libraire de capturer M. Fronsac et de me l'amener. J'aurais eu envie de l'interroger, de savoir ce qu'il venait faire ici, de connaître les raisons pour lesquelles il devait rencontrer M. de Fermat. À mon avis, votre maître est vivant et en route pour Paris. C'est pour cela qu'ils ont cette grosse voiture. Il y est prisonnier à l'intérieur.

— Je vais les rattraper, madame, décida Gaufredi en reprenant son pistolet. Je vous prie de m'excuser pour ce que j'ai fait ici. J'espère que Bertrande et Jeanne me pardonneront.

— Nous allons les rattraper, le corrigea-t-elle avec un sourire sec. De toute façon, il me faut me rendre à Paris et prévenir M. de Lionne. Il doit faire arrêter mon frère et lui faire payer ses crimes.

— Vous me retarderez, madame, s'excusa Gaufredi en secouant la tête. Je préfère voyager seul.

— Certainement pas ! Avec mes gens, nous pouvons conduire un attelage autrement plus vite que vous ne chevaucheriez. Et, si Dieu nous assiste, nous pourrons les rattraper.

— Même si nous y parvenions, madame, croyez-vous que quelques femmes, même avec mon aide, pourraient s'attaquer à ces truands ?

— Absolument. Je tire assez bien au pistolet ; Mme de Lespinasse est une excellente escrimeuse et Bertrande vaut une bonne dizaine d'hommes à elle seule. En outre, il n'y a pas que la force qui compte dans ce genre d'engagement ; la ruse et la stratégie font plus souvent gagner les batailles que la violence.

Gaufredi resta silencieux un instant. Cette femme avait raison, et, si elle était aussi habile que son frère, ils avaient des chances de réussir. Il songea alors à la voiture qui était restée à l'hôtellerie des Drapiers.

— Avez-vous une voiture, madame ?

— Non, juste une calèche en osier à deux places. Mais je peux en acheter une dès ce soir. Nous partirons demain à l'aurore.

— La voiture de M. Fronsac est toujours à Montauban. Il nous suffit d'aller là-bas, puis de la récupérer.

— Alors, ce sera encore plus simple. Mme de Lespinasse et moi prendrons le coche en osier demain. Vous nous accompagnerez à cheval et Bertrande nous conduira. Elle sait conduire un attelage.

À l'idée d'avoir la femme moustachue comme compagne, Gaufredi grimaça de déplaisir. Il suggéra pourtant :

— Pourquoi attendre demain ? Partons le plus vite possible. Nous pourrons dormir en route, il y a des auberges tout au long du Grand chemin. De la sorte, nous serons demain à midi à Montauban. Nous n'aurons qu'une grosse journée de retard sur eux.

— Vous avez raison. Françoise, donnez les ordres nécessaires et envoyez-moi Jeanne. Monsieur, il me faut une heure pour me préparer. Me la donnez-vous ?

16.

Fin décembre 1643-début janvier 1644

La voiture n'était qu'une grosse chaise roulante toute rapetassée. Quelques années plus tôt, c'était sans doute un véhicule à la mode utilisé par quelque seigneur local pour transporter sa famille et ses domestiques puis, vieillissant et délabré, il avait dû être vendu à quelque voiturier ou carrossier.

Louis l'examina. Les sièges étaient éventrés et le crin en sortait par endroits. Elle n'avait pas de vitres, mais de simples rideaux de cuir et des fermetures de bois avec des crochets.

La caisse était vide et sentait mauvais. Entre les deux banquettes, l'espace faisait presque une demi-toise. Sur ce plancher était posée une chaufferette à charbon de bois toute rouillée.

Louis allait repousser la porte quand il sentit une pointe aiguisée dans son dos.

— Montez dans cette voiture, monsieur Fronsac, lui ordonna Charles de Bresche.

Louis ne bougea pas et la lame le piqua douloureusement. Il s'exécuta.

Alors qu'il se trouvait à l'intérieur, plié en deux, la porte d'en face s'ouvrit et un gueux longiligne, efflanqué, entra à son tour dans la voiture. Le maraud affichait une épaisse moustache grise et une impressionnante collection de couteaux sur son justaucorps de buffle éraillé. Il portait un lourd manteau de laine dont les épaules étaient couvertes par une épaisse et longue chevelure grasse et emmêlée.

— Bandoler va vous surveiller, monsieur Fronsac, annonça Bresche. Si vous bougez, si vous appelez, il vous rendra infirme ou vous défigurera d'un coup de lame. Vous avez bien compris ? Assoyez-vous contre lui.

Le nommé Bandoler s'était assis et avait sorti un couteau ébréché de bonne taille. Il fit signe à Louis de s'approcher en le détaillant comme s'il était un animal de boucherie. Louis s'installa à côté de lui pour découvrir avec horreur à quel point son gardien dégageait une abominable puanteur.

— Bandoler, prends son épée et le pistolet qu'il a dans son manteau, ordonna Bresche.

Le truand rangea son couteau dans un fourreau, puis désarma Louis qui se laissa faire en levant les mains. Quand il fut entièrement à leur merci, Fronsac interrogea le libraire, qui se tenait toujours à l'extérieur de la voiture.

— Pour qui travaillez-vous ?

— À partir de maintenant, plus un mot, monsieur Fronsac ! Sauf si vous souhaitez rester défiguré, répliqua Charles de Bresche en s'écartant. Bacalla, viens aussi surveiller le chevalier

Un autre pendard, celui-là tout à fait corpulent, avec un ventre proéminent, d'épaisses lèvres charnues et des yeux inexpressifs sous d'épaisses arcades bestiales, grimpa dans le véhicule en haletant. Dans ses doigts boudinés il tenait un couteau de chasse. Sa seule vêture était une sorte de longue tunique en peau de mouton, assortie d'un bonnet dans la même peau.

— Je vais revenir, monsieur Fronsac, dit le libraire. Pour votre sécurité, ne parlez pas, ne bougez pas, ne respirez pas. Ces gens sont des sauvages. Ils sont capables de vous trancher quelque membre uniquement pour s'amuser... ou parce qu'ils ont faim !

Il ferma la porte en riant. Le colosse obèse releva les panneaux de bois qui fermaient les fenêtres et poussa les verrous des crochets. Seules une petite vitre à l'avant et une autre à l'arrière éclairaient encore la voiture. Il s'assit en face de Louis en affichant un féroce sourire qui révéla une belle collection de dents gâtées.

Fronsac tremblait. Un peu de froid, beaucoup de peur. Il se serra dans son manteau. Son cœur battait le tambour. Il discernait des échos de voix dans la cour. Quelqu'un allait-il venir à son secours ? Plusieurs minutes s'écoulèrent. Que lui voulaient ces gens ? Le torturer ? Le faire parler ? Ils ne pourraient aller loin avec un prisonnier ; ils allaient donc se débarrasser de lui rapidement.

Il entendit de nouveaux éclats de voix, cette fois tout près de la voiture. C'était Bresche qui était de retour et qui ordonnait de préparer l'attelage. La porte s'ouvrit et le libraire jeta les bagages de Louis sur le plancher. Deux sacs et une mallette dans laquelle se trouvaient les documents de Fermat. Ensuite, il déposa ses propres sacs, des couvertures, et grimpa à l'intérieur.

— Bandoler, rejoins Pebrina à l'attelage. Nous partons.

L'efflanqué sortit. Bresche installa les bagages sur le siège à côté de Louis. Il s'assit ensuite à côté du gros.

La voiture s'ébranla. Les volets des portières étaient toujours fermés et Louis ne pouvait deviner la direction qu'ils prenaient.

Bresche joignit alors l'extrémité de ses doigts et s'adressa à son prisonnier :

— Vous avez droit à quelques explications, monsieur Fronsac. Je répondrai donc à vos questions si vous le souhaitez. Mais laissez-moi auparavant vous dire ce qui va se passer et vous donner des instructions que vous suivrez sans discuter. Nous nous rendons à Paris. Le voyage sera long et pénible. Vous ne sortirez pas de cette voiture. Jamais. La nuit, nous y dormirons tous dedans. Ce sera très inconfortable, mais Bandoler l'a choisie pour qu'on puisse y tenir à cinq. Un homme sur chaque banquette et trois par terre. Si vous tentez de vous évader, on vous tuera. Je suis payé pour vous ramener vivant, mais, même mort, mon employeur sera satisfait. N'essayez pas de corrompre mes hommes, ni même de leur parler. Seul Bandoler comprend un peu le français. Les autres ne parlent que catalan et occitan, des langages suffisamment proches de l'italien pour me permettre de converser avec eux.

— Vous travaillez pour qui ?

— Vous n'avez pas deviné ? Le marquis de Fontrailles, bien sûr !

— C'est pour ça que nous logions chez sa sœur ?

— Pas du tout ! La marquise est bien une amie d'Hugues de Lionne. Elle est fâchée avec son frère, et quand celui-ci a appris que vous logeriez chez elle, il a élaboré ce petit plan digne de Niccolo Machiavelli.

Louis resta silencieux à méditer sur ce que cela signifiait. Il s'était si souvent trompé ! Ainsi, s'il avait fait confiance à la marquise de Castelbajac, il n'en serait pas là ! Puis il songea à Gaufredi qui allait arriver. Son vieux serviteur allait-il deviner ce qui s'était passé ? Allait-il essayer de les rattraper ?

— Si vous songez à votre ami Gaufredi, oubliez-le, sourit Bresche qui paraissait lire dans ses pensées. Il n'a aucune chance de savoir où nous allons et je doute de sa fidélité envers vous ! Mais quand bien même il nous rejoindrait, mes hommes n'en feraient qu'une bouchée.

Pas si sûr ! songea Louis. Malheureusement, Gaufredi ne saurait que faire. Rentrerait-il à Paris ? Sans doute. Mais après qu'il eut prévenu Gaston, comment le retrouverait-on là-bas ? Louis se doutait qu'après avoir été interrogé par Fontrailles, il ne resterait pas vivant.

Il devait s'évader ! Mais dans l'immédiat, il fallait qu'il fasse parler Bresche, qui paraissait si satisfait de lui.

— Comment êtes-vous entré au service de M. de Fontrailles ? s'enquit-il.

— Contre mon gré, ironisa le libraire. Mais je n'ai pas eu à le regretter.

— Depuis combien de temps travaillez-vous pour lui ?

— À peine quelques semaines. Pour ne rien vous cacher, puisque vous n'aurez pas l'occasion d'en faire usage, j'avais un autre employeur depuis quelques années.

— Thaddeus Barberini ?

— Vous avez deviné ? Je suis en effet à son service depuis mon voyage à Rome. J'avais été emprisonné là-bas et un de ses alguazils m'a fait sortir de prison en échange d'un travail d'indicateur de la police. Je n'avais pas le choix, sinon c'était les galères. On a été content de moi, je parlais plusieurs langues, j'étais libraire et, finalement, j'ai rencontré Thaddeus Barberini qui m'a confié plusieurs missions. Il payait bien et, quand je suis rentré en France, je suis resté à son service.

— Mais comment Fontrailles a-t-il su que vous étiez aux Barberini ?

— Vous vous souvenez du vol de la nonciature ? Je crois que c'était l'œuvre du marquis. Il a trouvé là-bas des documents qui me mettaient en cause, aussi m'a-t-il rendu visite. Il m'a demandé de travailler pour lui, faute de quoi il me dénoncerait à Mazarin. En revanche, si j'acceptais, il me laissait libre de continuer à renseigner les Barberini.

Il marqua une pause avant de reprendre :

— Fontrailles savait – j'ignore comment – que vous m'aviez rendu visite plusieurs fois. Il m'a demandé de le prévenir si vous reveniez. Il voulait vous interroger, m'a-t-il dit. Lorsque vous m'avez parlé d'un voyage à Toulouse, j'ai tout de suite eu l'idée de vous accompagner afin de gagner votre confiance et parvenir ainsi à vous piéger. Je lui en ai parlé et l'idée lui a plu. Aussitôt que j'ai su – par vous ! – que vous logeriez chez Mme de Castelbajac, je l'ai prévenu. C'est alors qu'il a élaboré ce plan ; il était enchanté à l'idée de tromper sa sœur !

— Et vous avez réussi en si peu de temps à trouver ces marauds à Toulouse ?

— Cela n'a pas été facile, je le reconnais. Mais avec de l'or... À ce propos, veuillez me remettre votre bourse que vous avez conservée. Nous allons avoir besoin d'argent au relais.

Louis fouilla son manteau pour en sortir une petite sacoche attachée à sa taille et qui contenait trois cents livres. Il avait laissé deux cents livres à Gaufredi.

Le libraire la saisit, l'ouvrit et la vida sur le siège. Il se mit à compter les pièces. Il y avait quelques louis d'or, trois écus au soleil et deux écus quart, une dizaine de pistoles, une quarantaine d'écus d'argent et de la petite monnaie, des liards et des blancs[1].

1. L'écu au soleil était, jusqu'en 1640, la principale monnaie du royaume. Avec un poids d'environ 3,5 grammes d'or, il valait la moitié d'un louis. Louis XIII avait réformé le système monétaire en 1640 en créant le louis d'or de 10 livres qui en vaudra vite le double ! L'écu d'argent de 3 livres remplacera alors peu à peu l'écu d'or, qui sera cependant frappé jusqu'en 1654. La pistole valait environ 10 livres. Le liard valait 3 deniers. Le blanc était une pièce de 10 deniers faite de billon, un mélange de cuivre et d'argent. En fait la valeur des monnaies changeait continuelle-

Louis avait beaucoup d'autres questions à poser, mais il ne souhaitait pas que Bresche apprenne ce qu'il savait. Il décida de reporter à plus tard ses demandes et s'enferma dans le silence. Le voyage serait long et Bresche était bavard.

Deux heures plus tard, la voiture s'arrêta dans la cour d'un relais de poste. Bresche dit quelques mots au colosse, puis descendit.

Quand il remonta, il avait avec lui un paquet sentant le canard fricassé, deux miches de pain et deux flacons de vin. Il fit signe au colosse de descendre et un nouveau venu entra pour le remplacer.

Celui-là était un gringalet borgne au nez busqué et à la face basanée comme un bohémien. Voûté et râblé, il était enveloppé dans un grand manteau de laine sale.

— Voici Pebrina, annonça Bresche d'un ton satisfait.

Il saisit le paquet enveloppé dans un vieux linge, l'ouvrit et étala son contenu sur la banquette à côté de lui.

— Je crains que vos jours ne soient comptés, monsieur Fronsac. J'ignore comment vous allez passer de l'autre côté mais sachez au moins que ce ne sera pas le ventre vide, plaisanta-t-il. Que préférez-vous ? Il y a là deux canards et deux pigeons fricassés.

Louis prit un canard, Bresche les pigeons et Pebrina le reste. Avec un énorme tranchoir qui pendait à sa taille, le gringalet borgne découpa plusieurs tranches de pain et en tendit une à Louis.

Il mangea de bon appétit et but un des flacons de vin.

---

ment (Déclaration royale du 23 mars 1652 : « ... les louis d'or et la pistole seront exposes pour onze livres, les écus d'or pour cinq livres quatorze sols et les louis d'argent pour trois livres six sols... »)

Le voyage se poursuivit en silence. Louis essayait de relier les informations que lui avait fournies le libraire avec ce qu'il savait déjà.

Bresche était un agent du Saint-Siège. Le chiffreur Chantelou était donc certainement un de ses hommes ; Gaufredi l'avait bien repéré. Mais dans ce cas, cela signifiait qu'il y avait deux agents ennemis infiltrés au Chiffre : Chantelou, pour Bresche et le Saint-Siège, et Claude Habert qui travaillait pour Fontrailles, sans doute pour le compte de l'Espagne.

Claude Habert était mort. Fontrailles, en volant la nonciature, avait dû découvrir le second réseau. Chantelou était désormais probablement à son service. Il devait absolument avertir Hugues de Lionne de la situation. En ce moment même, des dépêches chiffrées étaient en train de quitter le bureau de Rossignol. Peut-être même tout le chiffre, tous les répertoires, venaient-ils de passer à l'ennemi. Heureusement qu'il avait la solution proposée de Fermat !

Mais là encore, comment faire parvenir ce nouveau chiffre à Lionne ?

Il fallait impérativement qu'il s'évade ! La voiture roulait à vive allure. Pouvait-il tenter de sauter à l'extérieur ?

Il considéra le libraire qui s'était endormi, puis coula un regard à son voisin. Celui-ci n'avait qu'un œil, mais ne dormait pas. S'il essayait d'ouvrir la porte, il l'empêcherait certainement de sauter. Malgré sa situation désespérée, Louis songea avec ironie à ce qu'il avait récemment entendu sur la prétendue avidité d'Abel Servien : « Il n'a qu'un œil, mais il a deux mains ! »

Son esprit s'égara alors vers Simon Garnier. Sa sœur était au service de Lionne, il devait l'être lui aussi. Lionne était sans doute l'un des chefs des services secrets de Mazarin. Cela signifiait que le jeune Garnier avait été envoyé dans le bureau du Chiffre pour tenter de trouver la fuite. Pourtant, ni Brienne ni Le Tellier ne lui en avaient parlé. Cela signifiait-il qu'ils l'ignoraient ? C'était bien possible. Servien était un homme qui avait une grande habitude de l'espionnage, il avait dû apprendre à son neveu qu'on ne devait en aucune manière découvrir ses agents, même auprès de ceux en qui l'on avait confiance.

Désormais, Louis y voyait clair, même s'il déplorait que les gens de Mazarin lui aient caché tant de choses. C'est cet absurde goût du secret qui l'avait conduit à l'échec !

Il reprit mentalement tous les éléments qu'il possédait, vérifia leurs inférences, leur cohérence... et il finit par s'endormir à son tour.

Ils passèrent la nuit dans une clairière à l'écart de la route. Lors de l'étape à un relais, Bresche avait à nouveau acheté de la nourriture. Les trois truands avaient allumé un feu et, malgré le froid intense, Louis éprouva un profond bien-être de ce repas champêtre, devant un grand feu pétillant.

Les hommes de Bresche parlaient entre eux, dans leur jargon incompréhensible. Louis resta silencieux. Le libraire aussi. Il n'avait guère envie de parler à son prisonnier, car il réfléchissait sur le temps qu'il leur faudrait pour arriver à Paris. Ils avaient à peine fait une dizaine de lieues depuis Montauban. À cette allure, ils mettraient trois semaines !

Trois semaines avec un prisonnier enfermé dans une voiture. Serait-ce possible ?

Le repas fini, Pebrina garrotta les pieds de Louis sur sa banquette. Il n'aurait pu se détacher qu'à grand-peine et en aucune manière sans qu'on le vît.

Bresche prit l'autre banquette et les trois truands s'installèrent sur le plancher, enroulés dans leurs manteaux.

La nuit fut glaciale. Ils repartirent aux premières lueurs, sous un ciel plombé.

— J'ai du mal à comprendre que le marquis de Fontrailles ait jugé que vous ayez le talent nécessaire pour me piéger, déclara brusquement, Louis à Charles de Bresche, dans la matinée.

— Pourquoi ? s'étonna aigrement le libraire.

— Je reconnais que vous êtes parvenu à vos fins, sans doute par bonne fortune, mais le marquis me connaît. Comment a-t-il pu penser que je me laisserais si facilement berner ?

Bresche parut hésiter un instant, mais visiblement, il avait été piqué par la remarque de son prisonnier et il tenait à faire valoir ses capacités.

— C'est pourtant quelque chose que j'ai déjà fait plusieurs fois, monsieur. Le marquis ne l'ignorait pas depuis qu'il avait volé à la nonciature quelques lettres de Thaddeus adressées à Mgr Chigi. Il était convaincu que je réussirais.

Louis haussa un sourcil interrogateur tandis que le libraire poursuivait :

— Mon coup d'éclat a été la capture de Ferrante Pallavicino. Car je vous ai menti. Je connaissais bien cet homme ! Ferrante était un jeune noble vénitien, chanoine qui plus est, qui avait choisi de mettre son esprit et son talent au service d'une croisade anticatholique. Thaddeus m'avait expliqué que ses pamphlets, déjà condamnés par l'Église, devenaient insupportables pour son frère, Urbain VIII. Le dernier de ces textes, le *Divorce céleste*, était ouvertement d'essence protestante et proposait une séparation définitive entre Notre Seigneur et l'Église catholique.

» Mais comment l'empêcher de nuire ? Ferrante vivait à Venise, bien protégé par les autorités de la ville.

» Je vins donc m'installer dans la république et parvins à m'immiscer dans sa vie. Il fréquentait à la fois les libraires et les courtisanes. C'est chez l'une d'entre elles que je le rencontrai sous le nom que je m'étais choisi de chevalier Charles de Morfi, ou encore Carlo Morfi. Je lui fis discrètement part de mes connaissances en bibliophilie et, par amitié, il me proposa de venir habiter dans son hôtel.

» En vérité, Ferrante n'était pas riche, tandis que j'avais des subsides illimités du pape. Je lui permis donc de mener grande vie. Chaque soir n'était plus que banquets avec des catins parmi les plus chères de la ville. Il se mit à m'apprécier, à me considérer comme un frère.

» Dans un de ses ouvrages, il avait loué le cardinal Richelieu comme le plus sage des hommes politiques de tous les temps. Depuis, il songeait à rejoindre la France, ayant eu des propositions de M. Toussaint Rose, le secrétaire de Mgr Mazarin, qui souhaitait utiliser ses talents de pamphlétaire. Seulement, il craignait, en quittant Venise, de tomber entre les mains des séides de Thaddeus Barberini.

» Je l'assurai que je pouvais lui faire gagner la France, mon pays maternel, s'il acceptait de me faire confiance. En outre, je lui promis de lui obtenir une pension et même la direction d'une académie de langue toscane que Mazarin envisageait de créer. Cela acheva de le décider. Nous quittâmes donc Venise, franchîmes les Alpes jusqu'à Genève, où Ferrante avait des problèmes à régler avec ses libraires, puis nous remontâmes la vallée du Rhône. Durant le trajet, je parvins à écrire au vice-légat d'Avignon, Federico Sforza, qui savait que je travaillais pour Thaddeus. Je lui proposai d'installer, un peu avant Orange, une troupe de gardes pontificaux déguisés en contrôleurs des octrois.

» Ferrante savait qu'il ne risquerait rien à Orange, principauté protestante, et il me fit entièrement confiance. À Sorgues, les hommes de Federico Sforza nous arrêtèrent pour contrôler nos bagages, soi-disant pour vérifier que nous ne faisions pas de contrebande. Ils nous saisirent et nous conduisirent à Avignon, où on enferma Ferrante pour lui faire son procès. J'avais tant de pièces qu'il m'avait confiées que je pus être son accusateur et, après quelques semaines d'instruction, les faits criminels étant prouvés, on me laissa rentrer à Paris reprendre mes activités de libraire.

» Depuis lors, je suis resté à la disposition de Thaddeus.

Charles de Bresche paraissait fort satisfait de ses fourberies. Louis dissimula pourtant son dégoût pour lui demander négligemment :

— Qu'est-il advenu de Ferrante ?

— Il a été condamné, bien sûr ! Je crois que le bourreau d'Avignon lui a arraché la langue pour blasphème et qu'il est depuis enchaîné en croix dans un cachot. Il sera certainement exécuté un jour ou l'autre.

Louis frémit à ces mots. Ainsi, la dernière personne que Bresche avait piégée n'était plus qu'un mourant au fond d'un cachot. Était-ce aussi ce qui l'attendait ?

— Vous comprenez mieux maintenant pourquoi le marquis de Fontrailles, lorsqu'il apprit qui j'étais et comment j'avais livré Ferrante Pallavicino à la justice papale, m'a accordé sa confiance.

Les trois femmes et Gaufredi passèrent la nuit à la même hôtellerie où il s'était arrêté la veille. Les femmes purent avoir une chambre pour elles à condition de partager l'unique lit et Gaufredi dormit avec trois autres voyageurs. Ils repartirent avant le lever du soleil et arrivèrent à Montauban avant midi.

La voiture était toujours là. Gaufredi et Mme de Castelbajac payèrent rapidement ce que l'hôtelier demanda pour les frais d'écurie. Ils firent ensuite charger leurs bagages ainsi que quelques provisions. L'hôtelier s'engagea à faire ramener le coche en osier à l'hôtel de la marquise et ils partirent aussitôt.

Gaufredi montait le cheval de tête de l'attelage et Bertrande tenait les guides sur le siège avant. Ils eurent ainsi une allure soutenue presque toute la journée sauf aux moments où le vieux reître, trop fatigué, restait sur le siège avec la conductrice qui était parfois remplacée par Françoise de Lespinasse.

Gaufredi refusait toute invitation à monter à l'intérieur du carrosse. Il s'était fait longuement décrire la voiture de Bresche et espérait bien qu'ils allaient la rattraper. C'était un vieux véhicule tout déglingué, lui avaient assuré les palefreniers. Un simple incident, comme un essieu ou une roue cassée, leur ferait perdre au moins une journée.

La marquise tenait prêts force pistolets et mousquets sur le siège à côté d'elle. En les surprenant, ils pouvaient facilement les vaincre, avait promis Gaufredi.

À l'avant de l'attelage, le vieux soldat méditait aussi sur son avenir. Il ruminait, plutôt.

S'il ne retrouvait pas son maître, arrivé à Paris, il préviendrait aussitôt Gaston de Tilly. Ensemble, ils feraient unc visite chez le libraire, place Maubert. Peut-être trouveraient-ils des indications sur ce qu'il était devenu. Pendant ce temps, Mme de Castelbajac se rendrait chez Hugues de Lionne. Elle lui avait assuré que Lionne mettrait tous les services de police du royaume en alerte pour retrouver Fronsac.

Mais s'il était mort ? Ou si, tout simplement, on ne le retrouvait jamais ? Ce serait effroyable.

Quoi qu'il en soit, Gaufredi avait décidé qu'il irait lui-même à Mercy annoncer la terrible nouvelle à Julie de Vivonne. Il quitterait ensuite son service, ne pouvant rester là-bas alors qu'il était responsable de la disparition de son maître. Il n'aurait plus qu'à reprendre la route.

Il serait donc resté moins de deux ans chez ce maître si bon. Et à son âge, il savait qu'il était au bout du chemin. Plus personne ne voudrait de lui.

Ils s'arrêtèrent à la nuit sans avoir obtenu d'informations sur la voiture qui les précédait. Mais les précédait-elle, d'ailleurs ? Rien, n'était moins sûr. Seule la marquise de Castelbajac était toujours persuadée que l'on conduisait Fronsac à Paris.

Mais même si c'était le cas, rien ne prouvait que Bresche avait pris le même itinéraire qu'eux. Il pouvait s'être méfié et avoir choisi une route plus longue et plus écartée de la leur.

Les jours s'écoulèrent avec la même monotonie. Plusieurs fois, pourtant, on rapporta à Gaufredi qu'une grosse voiture verte était passée un jour avant eux. La description correspondait à celle qu'il en avait et un garçon d'écurie décrivit même un jeune homme qui se trouvait à l'intérieur. Il avait des cheveux bouclés avec une barbiche et des moustaches carrées de cavalier. Une description qui ressemblait trait pour trait à Charles de Bresche.

Gaufredi reprit espoir.

Comme ils arrivaient à Ussel, la neige se mit à tomber.

Ils passèrent la nuit dans le relais de poste. Une grande bâtisse à étages, en retrait du chemin, avec une vaste cour et de grandes écuries et remises dans lesquelles ils purent ranger leur voiture.

Il n'y avait qu'une salle commune, pleine de monde. La tourmente avait arrêté un grand nombre de voyageurs et Gaufredi dut menacer l'hôtelier pour obtenir un logement pour les trois femmes. Toutes les chambres étaient prises et l'aubergiste proposait simplement qu'elles partagent le lit qu'avaient réservé deux marchands, comme c'était l'usage[1] ! Finalement, et contre une somme astronomique, le maître de poste céda un minuscule cabinet près de sa propre chambre, dans lequel il fit placer deux paillasses pouilleuses sur laquelle les femmes se serreraient. Gaufredi, lui, dormirait une fois de plus dans la grande salle, sur un banc, comme tous ceux qui n'avaient pas trouvé de lit.

Ils eurent tout autant de difficultés à obtenir un coin de table à partager avec des journaliers et des traîne-savates. Beaucoup lorgnaient sur Françoise de Lespinasse, la plus jolie des trois femmes, aussi Gaufredi leur proposa-t-il de passer la nuit avec elles, dans leur réduit. Les agressions contre les femmes étaient fréquentes dans une telle promiscuité. Peu rassurées devant le nombre d'hommes qui se trouvaient dans l'auberge, elles acceptèrent.

Le cabaretier, un homme massif ayant dépassé la soixantaine, leur servit un excellent repas. Gaufredi lui demanda s'il pensait que la neige allait durer. Certainement ! opina l'homme.

La nuit se passa sans alerte. Beaucoup avaient vu les armes que portait le vieux reître, et son allure de matamore avait finalement refroidi les ardeurs des plus audacieux.

Le lendemain, la couche de neige était d'un quart de toise. On ne put même pas sortir la voiture de la remise. Tous les chemins étant enneigés, ils ne pouvaient que prendre leur mal en patience et se consoler en songeant que ceux qu'ils poursuivaient étaient dans la même situation.

---

1. Ce n'est qu'à la suite de l'ordonnance de police du 6 novembre 1778 que les hôteliers furent contraints à loger les personnes de sexes différents dans des chambres différentes. Auparavant, hommes et femmes pouvaient partager le même lit sans se connaître !

Heureusement, dans la journée, la neige cessa de tomber et quelques rayons de soleil filtrèrent même entre les nuages.

À une dizaine de lieues de là, non loin d'Aubusson, Bresche était lui aussi immobilisé par la tourmente. Désireux d'éviter les auberges, il s'était arrêté dans une clairière. Au matin, la neige moulait la voiture dans un écrin de coton impénétrable. Le froid était vif et il leur fut impossible de faire du feu. Ils restèrent toute la journée dans le véhicule glacial, serrés dans des couvertures. Bresche n'avait pas prévu suffisamment de nourriture et ils s'endormirent affamés.

La nuit fut longue et rigoureuse. Au matin, Louis se mit à tousser, pris par une forte fluxion.

Toute la matinée et une partie de l'après-midi, ils déneigèrent autour de la voiture et purent enfin reprendre, avec une excessive lenteur, le Grand chemin jusqu'à Montluçon.

En fin de journée, et malgré les risques d'être rejoints par Gaufredi, Bresche décida qu'ils passeraient la nuit dans une auberge. Non seulement Louis paraissait malade, mais Bandoler lui aussi toussait sans cesse et ne pouvait plus conduire l'attelage.

Ce fut leur première nuit au chaud, dans un lit, après un vrai repas. La mère de l'aubergiste leur prépara aussi force tisanes pour soigner les fluxions des malades.

Au matin, craignant d'être rattrapé, Bresche décida de prendre la route de Bourges. Elle était plus longue mais les risques d'être suivis sur ce chemin étaient relativement faibles.

Désormais, la pluie avait remplacé la neige et le chemin n'était qu'ornières et fondrières. Les étapes devinrent de plus en plus courtes.

— Vous aviez un agent dans le bureau du Chiffre de M. Rossignol, déclara Louis à brûle-pourpoint, alors que Bandoler sommeillait à côté de lui.

— En effet ! C'est à cause de lui que je me suis intéressé à vous. Je me demandais quand vous aborderiez ce sujet.

— Comment ça ?

— Un soir, Chantelou – mon homme se nomme Chantelou, le savez-vous ? – s'est présenté à ma boutique, affolé. Il était suivi par un individu ressemblant à un brigand qu'il avait réussi à semer. Je le calmai et lui conseillai de rentrer chez lui. Après son départ, je surveillai la place Maubert de ma fenêtre. C'est alors que j'aperçus une sorte de matamore avec une rapière démesurée qui prenait en chasse mon agent. Je sortis et le poursuivis à mon tour. C'était votre serviteur Gaufredi, vous devez le savoir ! Je le pistai finalement jusqu'à l'étude de votre père. Aussi, le lendemain, lorsque vous êtes venu me voir et que vous m'avez dit vous appeler Fronsac, je savais que votre visite n'était pas le fruit du hasard !

Louis ne s'était pas douté de cela, mais cette confession lui faisait désormais parfaitement comprendre le comportement de Bresche. Comment il avait tenté de gagner son amitié, par exemple en lui vendant des livres de valeur à bas prix.

— Comment Chantelou a-t-il eu accès au coffre de M. de Brienne ? Il avait la clef ?

— Il n'a jamais eu accès au coffre, s'étonna Bresche. Mais il m'a effectivement dit qu'une fois où il accompagnait Rossignol, il était parvenu à détourner son attention et à subtiliser quelques papiers dans le coffre ouvert.

Cette explication était plutôt rassurante, se dit Louis. Encore que Brienne ne la connaîtrait peut-être jamais.

— C'est vous qui avez tué Charles Manessier ? demanda-t-il alors.

— Disons que c'était mon idée. Mais c'est Chantelou qui a tout fait. Il lui a fait porter un billet pour le retrouver à la *Pomme de Pin*. Là, il m'a présenté comme un traitant qui cherchait un associé. Nous avons longuement parlé en le faisant boire. Au retour, Chantelou lui a donné un coup sur la tête et l'a pendu à son plafond.

Gaufredi et les femmes avaient repris la route. Eux aussi, étaient ralentis par les chemins inondés et boueux. Comme pour Bresche et sa bande, leurs étapes se firent de plus en plus courtes.

À la fin de la première semaine de janvier, les deux groupes de voyageurs se retrouvèrent sans s'en douter non loin l'un de l'autre, dans la forêt d'Orléans.

Mmes de Castelbajac et de Lespinasse, Gaufredi et Bertrande, terminaient leur dîner par d'excellents fromages dans la salle commune d'un relais de poste quand un grand homme maigre, à l'épaisse moustache grise, entra dans une bourrasque.

Gaufredi le regarda aussitôt avec intérêt. Il distingua vite sous le lourd manteau de laine grise du nouveau venu un justaucorps de buffle éraillé et une longue rapière.

L'inconnu se dirigea vers les cuisines dont il ressortit au bout d'un moment portant un gros sac de toile qui devait contenir quelques poulets ou canards fricassés. Il balaya la salle du regard, s'arrêtant un instant sur leur table, puis vida les lieux. Gaufredi avait instinctivement jugé cet homme comme étant un écorcheur de grand chemin. Se pourrait-il qu'il fût l'un des hommes de Bresche venu pour se réapprovisionner ? Il en parla à Mme de Castelbajac qui jugea le fait peu probable. Ils venaient de traverser la

France et croiser ici, justement ce soir, ceux qu'ils poursuivaient ne lui paraissait pas vraisemblable.

Malgré tout, Gaufredi suivit son idée, il se leva et se rendit aux cuisines.

Une matrone dirigeait la grande broche où étaient enfilées nombre de volailles ; c'est que ce soir-là, la grande salle était pleine.

— Un homme vient de sortir, demanda-t-il, il vous a acheté de la nourriture ?

— Oui-da, monsieur. Quatre canards, du pain, du fromage et du vin.

— Vous le connaissiez ?

— Jamais vu, monsieur, mais il y a tant de voyageurs qui passent ainsi pour s'approvisionner.

Quatre canards ! songeait Gaufredi. C'est pour un groupe de quatre à six personnes.

— Il vous a dit où il allait ?

— Non, monsieur. Mais il parlait peu, et mal.

— Comment ça mal ?

— Il était de Toulouse. Marie qui fait la soupe là-bas est de Castres. Heureusement qu'elle était là ; moi, je comprenais rien à son baragoin !

De Toulouse !

Gaufredi revint en courant à sa table, dans la grande salle, et lança à Mme de Castelbajac :

— C'est un homme de Bresche, je vais le rattraper !

Il prit son épée et son manteau et sortit sans attendre.

Il pleuvait. Il se dirigea à l'écurie et sella son cheval. Il y avait un garçon dans un coin, qui rongeait un morceau de pain sec. Il lui donna un blanc et l'interrogea :

— L'homme qui est sorti avec un sac de nourriture, il était à cheval ?

— Oui, monsieur. Il est parti par-là.

Il avait montré la direction d'Orléans. Gaufredi sauta en selle.

Il faisait nuit. Le temps était glacial et la pluie battante. Gaufredi avança lentement. Le chemin n'était qu'un bourbier avec de telles flaques et ornières qu'il était impossible de repérer des traces de sabots. Au bout d'une heure, il comprit qu'il ne rattraperait pas l'homme de Toulouse.

Plein de rage – surtout contre lui, pour avoir tant hésité –, il revint à l'auberge.

Alors qu'il conduisait la voiture, Bandoler avait aperçu une vieille maison abandonnée sur une butte entourée d'un petit bois. Ayant prévenu Charles de Bresche, celui-ci décida qu'ils y passeraient la nuit.

Le petit groupe était en piteux état. Bandoler et Louis avaient surmonté leur fluxion, ils ne toussaient presque plus et n'avaient plus de fièvre. En revanche, les trois autres hommes étaient maintenant atteints à des degrés divers. Bresche et Bacalla, le colosse, étant les plus malades.

La maison abandonnée n'avait ni porte ni fenêtres et, dans la cour, l'herbe folle leur montait jusqu'aux genoux. Bandoler et Pebrina s'occupèrent de détacher l'attelage, puis ils nourrirent les chevaux avec l'avoine qu'ils transportaient dans le coffre à l'arrière de la voiture et qu'ils avaient eu la prudence de regarnir. Enfin, ils installèrent un campement de fortune à l'intérieur de la ruine.

Après qu'une bonne flambée eut un peu réchauffé la salle où ils se trouvaient, Bandoler partit en direction d'une auberge qu'ils avaient dépassée. Bresche n'avait pas voulu s'y arrêter, craignant que leur signalement ne fût rapporté si Gaufredi était sur leurs traces.

C'était bien Bandoler que Gaufredi avait vu acheter des provisions.

Pendant l'absence du truand, Louis était resté près du feu, sous la surveillance de Pebrina, tandis que Bresche et Bacalla, enroulés dans leur manteau, sommeillaient en grelottant de fièvre et en toussant régulièrement.

— Il faut que je fasse mes besoins, déclara soudain Louis à son geôlier en lui parlant lentement pour qu'il comprenne.

— *Ara ?*

— Oui. Mais je peux faire dans un coin de la pièce.

Le bandit jura en catalan, puis grommela en mélangeant français et catalan :

— ... *Pudir* ! Nous... dormons ici cette nuit ! *A fora !*

Ils sortirent. La nuit était tombée et il pleuvait, mais il y avait malgré tout un peu de luminosité grâce à un minuscule croissant de lune qui filtrait entre les nuages. Tous deux étaient serrés dans leurs manteaux. Louis désigna une grange effondrée et s'y dirigea. Pebrina resta à distance, contrarié d'avoir quitté la chaleur du feu.

Dans la grange, Louis rechercha un coin satisfaisant. Quand il l'eut trouvé, il baissa ses chausses. Pebrina ne le regardait pas. Il ramassa alors un morceau de solive qu'il avait repéré, puis remonta ses chausses et glissa le bois sous son manteau.

Pebrina grommela quelque chose qui devait vouloir dire :

— C'est pas trop tôt !

Louis s'approcha de lui et, dès qu'il fut suffisamment près, il sortit sa bûche et en donna un violent coup sur la tête du truand qui s'effondra.

Il courut aussitôt aux chevaux pour en détacher un. Au bout d'une minute, il se rendit compte qu'il n'y arriverait pas. Les boucles qu'avaient faites les bandits avec les rênes étaient indénouables pour qui ne savait y faire et il n'y voyait pas suffisamment ! Il renonça et partit en courant sur le chemin embourbé, tentant de gagner le bois afin de s'y cacher.

Bandoler revenait au même moment lorsqu'il distingua une ombre qui se glissait en dehors du chemin, juste devant lui. Il n'y prêta guère attention, songeant à un cerf ou à un sanglier.

C'est alors qu'il entendit Pebrina crier.

Il comprit immédiatement que le prisonnier s'était évadé et il lança son cheval à la poursuite de l'ombre.

Louis avait lui aussi aperçu la silhouette du cavalier et s'était jeté hors du chemin, dans les fourrés. Mais la broussaille n'était pas très haute. Au bout de quelques secondes, déjà essoufflé par sa course, il se retourna pour apercevoir le cheval foncer sur lui.

Il avait gardé le morceau de bois à la main et fit face, tentant vainement d'atteindre la bête ou son cavalier. Bandoler évita facilement le bâton tandis que d'un coup de botte ferrée, il faisait tomber Louis, lui passant dessus avec sa monture.

Louis se protégeait comme il pouvait des sabots, mais ils l'atteignirent à la poitrine et à la tête. Il ressentit une violente douleur et tenta de protéger sa face. Le cheval s'éloigna, puis revint au galop. Il sut alors que sa dernière heure était arrivée.

— Arrête ! entendit-il. J'ai besoin de lui vivant ! C'était la voix essoufflée de Bresche.

Le cheval s'arrêta à quelques pas de Louis, juste avant de le piétiner à nouveau. À cet instant, il s'évanouit de douleur.

Lorsqu'il reprit conscience, il était garrotté sur la banquette de la voiture. Une épaisse croûte lui couvrait une partie du visage, sans doute une blessure de sabot. Il avait du mal à respirer. Il entendit le libraire lui dire d'un ton attristé :

— Vous ne me laissez pas beaucoup de choix, monsieur Fronsac.

Louis fit le reste du voyage ligoté sur la banquette, dans une sorte d'interminable cauchemar, souffrant atrocement et perdant souvent connaissance. Ses geôliers ne le nourrissaient presque plus et ne le quittaient jamais des yeux, même durant ses besoins naturels.

Bresche faisait presser ses hommes. Les étapes s'allongèrent. Il voyait bien que son prisonnier risquait de trépasser à tout instant, mais il ne pouvait se permettre de le faire soigner. Il promit une prime aux truands s'ils arrivaient à Paris le prochain dimanche, au plus tard.

C'est qu'une ultime difficulté allait se présenter : entrer dans Paris avec un prisonnier. Aux portes de la ville, les commis-jurés de l'octroi vérifieraient qu'ils ne transporteraient pas de marchandises taxables et les exempts leur demanderaient leur passeport. Bresche et Fronsac avaient le leur. Bandoler en avait un aussi, mais pas ses deux comparses. Or le dimanche, les contrôles d'entrée étaient moins stricts. En glissant quelques écus au soleil, ils devraient pouvoir passer sans difficulté, pour autant que Fronsac n'apparaisse pas comme un prisonnier.

Le samedi soir, ils contournèrent la ville jusqu'après Charenton où ils prirent le bac de Bercy.

Ils passèrent la nuit dans un verger abandonné, à quelque distance de la porte Saint-Antoine et ils entrèrent dans Paris le dimanche matin dès l'ouverture de la porte.

Louis, toujours ligoté, était assis entre deux des truands et enveloppé dans son manteau. Un mot, un geste, l'avait prévenu Charles de Bresche, et vous recevrez un coup de dague.

Il présenta les passeports, expliqua que deux de ses hommes avaient remplacé ses cochers malades et, ayant glissé un écu-quart à l'exempt, ils entrèrent dans la ville.

La circulation était facile le dimanche. Ils remontèrent la rue Saint-Antoine, puis la rue Vieille-du-Temple et la rue Paradis avant de rejoindre la rue du Chaume. Les rideaux de cuir étaient en partie fermés mais, quand la voiture tourna, Louis, malgré ses souffrances, crut distinguer d'importants dégâts causés par un incendie, à proximité de la rue des Quatre-Fils. L'avant-veille, un gigantesque brasier avait ravagé le théâtre du Marais et faillit mettre le feu à tout le quartier.

Avant de quitter Paris, le marquis de Fontrailles avait prévenu le libraire qu'il ne logerait peut-être plus très longtemps à l'hôtel de Liancourt, chez le duc de La Rochefoucauld. Il avait en effet obtenu du duc de Guise un appartement dans son hôtel de la rue du Chaume. C'est là que Bresche devrait le retrouver pour être payé. Toutefois, s'il n'y était pas, Bresche devrait revenir rue de Seine.

Fontrailles avait fait le pari que Guise l'emporterait dans son duel contre Coligny, l'ancien archevêque de Reims étant un redoutable escrimeur. Dans ce cas, le duc ne prendrait pas le risque de rester à Paris et il quitterait son hôtel. Si le libraire lui ramenait Fronsac, il pourrait donc l'enfermer dans les caves de l'hôtel de Clisson pour l'interroger.

En revanche, si Guise perdait ou était tué, le marquis retournerait à l'hôtel de Liancourt, et si le libraire revenait à Paris avec Fronsac, il lui ordonnerait simplement de s'en débarrasser.

Aussitôt après le duel, le duc de Guise avait effectivement quitté Paris pour le château de Meudon, propriété de sa famille depuis qu'il avait été acheté par le cardinal Charles de Lorraine. Selon les poursuites que l'on intenterait contre lui, Henri de Guise jugeait qu'il pourrait ainsi plus rapidement se réfugier à l'étranger.

Le 14 décembre, les chambres assemblées du Parlement de Paris avaient convoqué le duc de Guise et Maurice de Coligny sur la demande du procureur général. Les deux adversaires s'étaient présentés pour s'expliquer. Un peu plus tard, le 26 décembre, ayant appris que l'état de Coligny s'était aggravé, le procureur avait jugé qu'il n'y aurait peut-être pas matière à poursuivre les duellistes. Si l'offenseur décédait, l'affaire serait close.

Guise, prudent, était malgré tout resté à Meudon alors que Coligny était parti pour Dijon, place forte du duc d'Enghien. L'état du blessé avait empiré et les médecins parlaient désormais de lui couper le bras.

En ce début du mois de janvier, Fontrailles était donc le maître des lieux à l'hôtel de Guise, même si la duchesse douairière occupait une partie reculée du bâtiment. Il avait toute la confiance du duc puisque le marquis avait été de toutes les conspirations contre Richelieu et Mazarin et qu'il n'avait jamais ni trahi ni manqué à sa parole.

La voiture du libraire s'arrêta devant la porte fortifiée de l'ancien hôtel de Clisson devenue l'entrée principale de l'hôtel de Guise.

Olivier de Clisson, compagnon de du Guesclin, avait fait construire ce château qui avait été acheté, au siècle précédent, par les princes lorrains. Ceux-ci l'avaient agrandi par acquisitions de maisons et d'hôtels environnants. C'était désormais un immense bâtiment dont seule la porte fortifiée témoignait de son ancien état de forteresse.

Bresche se fit connaître auprès du concierge, caché derrière un judas de fer. L'homme refusa d'abord d'aller réveiller le marquis de Fontrailles, mais le libraire le menaça si bien qu'il accepta de prévenir l'officier de garde. Bresche lui donna son nom et lui demanda de transmettre le message suivant au marquis : « Je suis accompagné de l'homme que vous souhaitez interroger. »

Quelques minutes plus tard, la grande porte à deux battants s'ouvrit. Il y avait là plusieurs traîne-savates, armés jusqu'aux dents, dirigés par Charles de Barbezière, le frère de Mlle de Chémerault.

Charles de Bresche lui expliqua à mi-voix qu'il amenait le prisonnier que le marquis de Fontrailles attendait. Barbezière l'accompagna à la voiture qui attendait devant le porche et donna ses ordres. On saisit Fronsac comme un paquet et il fut rapidement transporté à l'intérieur de l'hôtel.

L'ancien portail de l'hôtel de Clisson donnait dans un vestibule voûté autorisant le passage des carrosses, et qui ouvrait sur une longue salle des gardes dans laquelle une petite porte permettait d'accéder aux caves. C'est là qu'on transporta Fronsac, toujours ligoté.

Le sous-sol n'était en fait qu'une grande salle constituée d'une succession de pièces voûtées en ogives. On y entreposait des tonneaux de vin, des fruits, des salaisons et toutes sortes de nourriture. La dernière cave était close par une grille. Barbezière, accompagné par Charles de Bresche, Bandoler et deux de ses hommes qui transportaient Louis, ouvrit la grille.

Louis était dans une sorte de brouillard. Il souffrait atrocement de ses côtes cassées et sa blessure au front lui provoquait un martèlement si douloureux qu'elle l'empêchait de penser.

Le chevalier de Chémerault désigna les fers et les chaînes scellés dans l'un des murs. Les hommes de main passèrent les menottes aux poignets du prisonnier et fermèrent les cliquets. Il n'y avait ni clef ni rivet mais, étant attaché les bras en croix, Louis n'aurait pu se délivrer seul puisque aucune de ses mains ne pouvait atteindre l'autre.

Ainsi attaché, la souffrance devint tellement insupportable qu'il perdit connaissance.

Ce furent la lumière et la chaleur qui le firent revenir à lui. On avait allumé des flambeaux dans la salle, ainsi qu'un feu dans une cheminée d'angle située en face de lui. Il put enfin examiner les lieux et ceux qui s'y trouvaient. La cave était assez vaste. Il était enchaîné sur le mur du fond. Il n'y avait aucun mobilier à l'exception d'une table de pierre avec des anneaux en fer. Il devina qu'elle avait dû être utilisée durant les guerres de la Ligue pour torturer les prisonniers des Guise. Devant l'entrée de la salle, Bandoler et deux inconnus attendaient des ordres. On avait déposé ses bagages sur la table et Barbezière les fouillait. Un peu à l'écart, à gauche, se trouvait Charles de Bresche qui parlait à mi-voix à un homme difforme vêtu de soie et couvert d'un élégant manteau brodé. Louis reconnut le marquis de Fontrailles. L'infirme s'appuyait sur une canne à pommeau d'argent. À côté de lui se tenait une jeune femme splendide. C'était la *Belle Gueuse*.

Fontrailles jetait régulièrement des regards vers le prisonnier et il s'aperçut qu'il avait repris connaissance.

— Monsieur Fronsac ! s'exclama-t-il de sa voix éraillée. De retour parmi nous, enfin ! J'envisageais de vous jeter quelques seaux d'eau glacée pour vous réveiller,

Il s'approcha de lui, un sourire aux lèvres. La *Belle Gueuse* le suivait.

— Cette fois, c'est moi qui détiens toutes les cartes, monsieur Fronsac. Quoi qu'il arrive, je ne vous trouverai plus sur mon chemin. M. de Bresche – un homme fort habile entre parenthèses – m'a raconté votre séjour à Toulouse et votre voyage. J'espère que vous avez apprécié ma chère sœur ! Il m'a parlé aussi de votre visite à M. de Fermat mais sans en connaître les raisons et encore moins les résultats. Or ces raisons, voyez-vous, je les connaissais. J'ai quelques religieux de mes amis au couvent des

Minimes, vous vous en doutez, et lorsque j'ai su que vous vous y étiez rendu, j'ai entrepris d'en connaître les motifs. J'ai cru comprendre que vous aviez en tête de construire un nouveau chiffre pour M. Rossignol. Je suppose que c'est le père Mersenne qui vous a envoyé vers M. de Fermat.

Il se tut et considéra Louis.

Celui-ci était désemparé. Outre la souffrance, il découvrait que Fontrailles en savait beaucoup plus qu'il ne le croyait. Tout était perdu pour lui, et Rossignol n'aurait jamais le chiffre de Fermat. Il ne reverrait jamais Julie et ne put retenir ses larmes.

— Vous pleurez ? grinça le nabot. Décidément, vous me décevez, monsieur Fronsac. Mais n'espérez aucune pitié de moi. Non que je vous en veuille personnellement, mais vous m'avez trop souvent gêné pour que je vous laisse en vie. Auparavant, j'ai besoin de connaître ce chiffre qu'a dû vous remettre M. de Fermat. Que pouvez-vous m'en dire ?

Louis resta silencieux.

— Comme vous voulez ! fit Fontrailles.

Il se retourna et, en boitillant, revint vers la table où le chevalier de Chémerault avait vidé la malle que Louis transportait. Il se saisit du paquet de feuillets rédigés par Fermat. La démonstration de la conjecture de Diophante.

Mlle de Chémerault, de son côté, regardait Louis avec compassion. Elle sortit un mouchoir de sa robe et essuya doucement les larmes du jeune homme, puis son front ruisselant de fièvre.

— Monsieur Fronsac, lui murmura-t-elle dans un triste sourire, vous auriez dû profiter de l'occasion que vous aviez avec moi. J'ai peur qu'il n'y en ait pas d'autres.

— Françoise, ne restez pas près de lui ! aboya le marquis qui revenait vers eux.

On se souvient que Louis avait emporté la démonstration que lui avait donnée Fermat et qu'il avait laissé à Gaufredi les quelques feuillets décrivant la méthode de chiffrage. Lui même se jugeant capable de rapporter de vive voix à Rossignol le système de codage du magistrat toulousain. Ce que le marquis de Fontrailles tenait à la main, c'était donc la démonstration de la conjecture de Diophante.

— Je suppose qu'il s'agit du chiffre de M. de Fermat ? poursuivit Fontrailles en tendant l'épais recueil de feuillets vers Louis. J'ai parcouru ce document avant que vous ne repreniez conscience. Avec ses carrés et ses cubes, je n'y ai compris goutte. Pouvez-vous me l'expliquer ?

Louis secoua la tête de droite à gauche et murmura :

— Seul M. Rossignol peut le comprendre.

Fontrailles opina lentement.

— Bien sûr ! Mais voyez-vous, monsieur Fronsac, il est hors de question que M. Rossignol dispose jamais de ce document. Et puisque vous ne pouvez me l'expliquer...

Il s'approcha de la cheminée et y jeta les papiers.

Louis eut un pincement de cœur. Même s'il sortait de cet enfer, il ne pourrait remettre la démonstration à Blaise Pascal. Il regarda les feuillets se consumer sans rien dire. Il ne pouvait savoir qu'il faudrait plus de trois cent cinquante ans pour qu'un autre mathématicien démontre la fameuse conjecture.

Fontrailles revint vers lui :

— Maintenant, monsieur Fronsac, j'ai besoin de savoir ce que vous avez découvert au sujet des chiffreurs de M. Rossignol.

— Je ne vous dirai rien, murmura Louis.

Fontrailles resta silencieux un moment avant de sourire.

— Bien sûr que si. Vous parlerez bien sous la torture.

— Je peux difficilement souffrir plus que je ne souffre, balbutia Louis.

Fontrailles répugnait malgré tout à user de la violence. Fronsac était épuisé. Il suffirait de le laisser encore quelques heures ainsi, sans boisson et sans nourriture, et il serait tellement affaibli qu'il parviendrait à le faire parler en échange d'un simple verre d'eau.

— Comme vous voulez. Je vais vous laisser méditer quelque temps. Je reviendrai vous voir ce soir, au retour de chez M. de la Rochefoucauld.

— Donnez-moi au moins un peu d'eau.

— Rien, vous n'aurez rien. Messieurs, laissons notre prisonnier réfléchir.

Il fit signe à ses acolytes de sortir et quitta la salle le dernier. Barbezière poussa le verrou de la porte.

De retour dans la salle des gardes, Fontrailles s'approcha de Charles de Bresche.

— Monsieur de Bresche, je suis très satisfait de vous. Accompagnez-moi et je vous remettrai la somme promise. Qu'allez-vous faire maintenant ?

— Je pense que le compagnon de M. Fronsac doit être en chemin pour gagner Paris. Il se rendra certainement à ma librairie et je souhaite avoir vidé les lieux avant. J'ai trois hommes avec moi ; ils vont m'aider à charger ce qui a de la valeur et je vais quitter Paris pour un moment. J'ai une petite maison vers Bercy, où j'attendrai que passe la tourmente.

— Fort bien. Vous me donnerez votre adresse et je vous laisserai reprendre contact avec le chiffreur qui travaille pour vous.

— Et M. Fronsac ?

— Considérez qu'il est mort, sourit Fontrailles en prenant affectueusement le bras de la *Belle Gueuse*.

17.

Le dimanche 17 janvier 1644

La voiture qui transportait Mmes de Castelbajac et de Lespinasse, Gaufredi et Bertrande entra dans Paris le dimanche 17 janvier, à peu près au même moment que celle de Charles de Bresche. Simplement, le libraire avait choisi de passer par la porte Saint-Antoine et eux par la porte Saint-Jacques.

Même s'il avait perdu l'homme de Toulouse dans la forêt d'Orléans, Gaufredi avait à nouveau quelques espérances. Il partageait désormais la conviction de Mme de Castelbajac : son maître était prisonnier et allait sans doute être conduit au marquis de Fontrailles.

Alors qu'ils remontaient la rue Saint-Jacques, Gaufredi et la marquise eurent pourtant une aigre discussion. Il voulait aller directement à la place Maubert. Tôt ou tard, le libraire s'y rendrait, et il saurait bien le faire parler, lui assurait-il.

— Ce n'est pas le libraire qui est important en ce moment, mon ami, c'est l'endroit où il a conduit M. Fronsac. Une fois dans les mains de mon frère, il ne restera pas vivant longtemps. Il importe plutôt de savoir où se trouve le marquis de Fontrailles. C'est là qu'il nous faudra nous rendre.

— Avant notre départ, il habitait chez M. de La Rochefoucauld...

— Ce n'est certainement pas là qu'on aura conduit votre maître, ironisa-t-elle.

— Je m'en doute, madame. D'autant que le duc a déjà sauvé la vie de mon maître et ne tolérerait pas une telle ignominie.

— Vous me raconterez ça. Pour l'instant, voici ce que je vous propose. Vous descendrez au Grand-Châtelet sitôt que nous aurons traversé la Cité. Trouvez son ami le commissaire de police dont vous m'avez parlé et rejoignez-moi chez M. de Lionne. Il a un appartement derrière le Palais-Royal, rue Neuve-des-Petits-Champs.

— On est dimanche, madame, il n'est pas certain que M. de Tilly soit au Grand-Châtelet... Mais je ferai ce que vous me demandez, et si je ne le trouve pas, je me rendrai rue de la Verrerie, où il loge. Si je le trouve, nous devrions être chez M. de Lionne dans une heure.

Le carrosse, toujours conduit par Bertrande, s'arrêta juste devant le Châtelet, puis poursuivit son chemin sitôt que Gaufredi en fut descendu. Celui-ci courut vers le porche d'entrée, le traversa, pénétra dans la cour pour grimper quatre à quatre dans la grande salle où se tenaient les gardes et les exempts. Par chance, il y découvrit La Goutte.

— Monsieur Gaufredi ! s'exclama celui-ci. M. de Tilly est très inquiet. Où se trouve M. Fronsac ?

— Pas le temps ! Où est M. le commissaire ?

— Il ne viendra qu'en fin de matinée, après la messe à Saint-Germain-l'Auxerrois. Il doit être chez lui en ce moment.

— Très bien, j'y cours. Venez avec moi, l'affaire est grave !

La Goutte se saisit de son épée posée sur une banquette et le suivit. Arrivé dans la cour, il dit à Gaufredi :

— Nous irons plus vite en prenant les chevaux destinés aux exempts.

Gaufredi acquiesça. Deux juments grises étaient justement sellées et, sous les yeux effarés d'un palefrenier, ils sautèrent en selle et partirent au galop vers la rue de la Verrerie. En chemin, Gaufredi lui expliqua en quelques mots que son maître était prisonnier, peut-être mort.

Gaston occupait le deuxième étage d'un vaste logement rue de la Verrerie. Lorsqu'il n'était qu'enquêteur sans fortune, il ne disposait que d'une chambre en soupente. Puis Richelieu, afin de l'éloigner de Paris et de son ami Louis, lui avait offert une lieutenance de régiment que Gaston avait revendue plus tard trente mille livres avant de recevoir, juste un an plus tôt, la charge de commissaire de Saint-Germain-l'Auxerrois.

Gaston avait placé son argent, ainsi qu'une partie du butin qu'il avait rapporté de la bataille de Rocroy, chez un banquier et il louait désormais ce bel appartement de quatre pièces.

Gaufredi sonna au cordon du porche d'entrée et un concierge vint lui ouvrir. Le vieux reître l'écarta et, toujours suivi de La Goutte en uniforme, ils grimpèrent quatre à quatre pour frapper à grands coups sur la porte de l'appartement.

Un laquais effaré vint ouvrir. Gaufredi le bouscula :

— M. de Tilly est là ?

— Oui, monsieur, mais...

— Allez le chercher, vite ! Dites-lui que c'est urgent, c'est pour son ami Louis.

Gaston apparut aussitôt en robe d'intérieur, sa chevelure carotte en bataille.

— Gaufredi ! Que se passe-t-il ?

En quelques mots, le vieux soldat résuma la situation.

— ... Il nous faut aller chez M. de Lionne. Là-bas, nous déciderons comment agir avec Fontrailles et ce libraire.

Gaston n'avait pas besoin de plus d'explications pour se décider.

— La Goutte, descendez seller mon cheval. Gaufredi, je m'habille, venez avec moi, j'ai des questions à vous poser. La première est la suivante : pourquoi chez M. de Lionne ? Il est, si je ne me trompe, secrétaire de Mgr Mazarin.

Tandis que Gaston enfilait ses chausses, puis sa chemise, Gaufredi lui expliqua que Hugues de Lionne était en réalité le responsable des services secrets de M. de Brienne et qu'il avait pris la relève de son oncle Abel Servien.

Gaston posa quelques autres questions, en particulier sur les liens entre Mme de Castelbajac, dont il découvrait qu'elle était la sœur du marquis de Fontrailles, et Hugues de Lionne. Peu à peu, la lumière se fit dans son esprit sur les relations entre tous ces personnages.

Quelques instants plus tard, ils galopaient tous trois dans les rues boueuses de la capitale, Gaston en tête, car il connaissait le domicile de Lionne situé non loin du couvent des Augustins réformés, surnommé aussi des Petits-Pères.

Ils entrèrent dans la cour de l'hôtel où le secrétaire de Mazarin avait son appartement alors que tierce appelait à la prière aux Vieux Augustins. Un majordome les attendait et conduisit Gaston et Gaufredi au deuxième étage, dans une grande antichambre où se trouvaient déjà Mmes de Castelbajac et de Lespinasse, Hugues de Lionne et deux inconnus. La Goutte attendait dans la cour.

Gaufredi s'aperçut que les femmes avaient échangé leur tenue de voyage pour d'élégantes robes de damas au col en dentelle et aux devants retroussés par des rubans multicolores. Sous les replis de leur robe, on apercevait leur friponne, l'une de couleur bouton d'or et l'autre écarlate.

Gaston ne connaissait personne. Ce fut donc Gaufredi qui le présenta aux dames. Il trouva Mme de Lespinasse à son goût alors qu'Hugues de Lionne se levait pour le saluer.

— Assoyez-vous, monsieur de Tilly, lui dit le secrétaire de Mazarin. Je suppose que votre compagnon vous a fait un récit des terribles événements qui viennent de se produire. Nous attendons encore quelques personnes, mais laissez-moi-vous présenter MM. Zongo Ondedei et Tomaso Ganducci. M. Ondedei est le maître de chambre de monseigneur et M. Ganducci est son gantier et son parfumeur, précisa-t-il dans un sourire ambigu.

Gaston avait déjà entendu parler de Zongo Ondedei, dont on murmurait qu'il dirigeait les services secrets personnels du Premier ministre. C'était un homme fin et discret, vêtu de noir avec le col blanc et carré des clercs. Quant à Ganducci, avec sa petite barbe carrée et son air sournois, il avait plus l'air d'un bretteur que d'un parfumeur. C'était sans doute un des agents de Mazarin.

Gaston et Gaufredi prirent place sur des escabeaux.

— D'après ce que m'a raconté Mme de Castelbajac, M. Fronsac aurait obtenu de M. de Fermat un nouveau système de chiffrage qui pourrait bien être inviolable. C'est cela ? demanda Lionne à Gaufredi.

— En effet, monsieur. J'ai assisté à leur discussion, bien que je n'y aie pas compris grand-chose. Quoi qu'il en soit, ce système de chiffrage, le voici. Mon maître me l'avait confié pour vous le remettre.

Sous les regards ahuris des deux femmes qui ignoraient la chose, le vieux reître sortit de son manteau écarlate un portefeuille de cuir usé qu'il tendit à Lionne.

Celui-ci le prit et l'expression de son visage passa successivement de l'étonnement à la satisfaction. Il l'ouvrit et en sortit les feuillets rédigés par Fermat.

— C'est extraordinaire ! murmura-t-il. Pourquoi M. Fronsac vous a-t-il confié ce document ?

— Mon maître est un logicien exceptionnel, monsieur. Il avait parfaitement suivi la démonstration de M. de Fermat et il se sentait capable de la rapporter à M. Rossignol. Comme M. de Fermat l'avait aussi portée par écrit, il a préféré me confier ces papiers, jugeant ainsi qu'il y avait plus de chance que ce chiffre parvienne à qui de droit.

Il regarda tristement Mme de Castelbajac.

— À ce moment, ajouta-t-il, il pensait que vous étiez dans le camp de ses ennemis. Lui-même avait conservé par-devers lui un autre document de M. de Fermat, mais sans rapport avec le chiffre.

— Quel genre de document ? demanda Lionne, intrigué.

— Je n'ai pas bien compris, monsieur. Un charabia, une démonstration mathématique sur la somme des puissances...

Hugues de Lionne haussa les sourcils, puis interrogea du regard Mme de Castelbajac qui lui rendit son ignorance. Il poursuivit donc :

— Supposons que le ravisseur de M. Fronsac l'ait conduit, ou soit sur le point de le conduire, à M. le marquis de Fontrailles, il nous faut savoir où se trouve celui-ci.

— En novembre, il logeait rue de Seine, à l'hôtel de Liancourt, annonça Gaston.

— C'est exact, intervint Ganducci avec un effroyable accent italien. Mais il n'y est plus, ajouta-t-il en écartant théâtralement les mains. Depuis la mi-décembre, M. le duc de Guise lui prête son hôtel !

— En êtes-vous certain ? s'inquiéta Lionne.

— Il y a un homme à moi qui surveille la porte de l'hôtel de Clisson chaque jour, monsieur. Le marquis y est encore entré hier soir pour y passer la nuit. Il était en compagnie de Mlle de Chémerault, sans doute sa maîtresse, et du frère de celle-ci.

— Si M. Fronsac est retenu prisonnier dans l'hôtel de Guise, nous ne pourrons intervenir, s'assombrit Lionne. Seule la reine pourrait nous en donner l'autorisation et je ne suis pas certaine qu'elle le fasse. Elle cherche à calmer la situation qui s'est développée depuis ce terrible duel.

— Nous ne pouvons l'abandonner, monsieur ! intervint Gaston, durement.

— Certainement, opina lentement Lionne, mais s'il est là-bas, tout va être beaucoup plus difficile.

— Mon frère pense en général à ce genre de choses, ironisa Mme de Castelbajac. Imaginez que vous demandiez l'autorisation à la reine de fouiller l'hôtel de Guise, il l'apprendrait par ses amis et il ferait aussitôt disparaître M. Fronsac. Mais rien ne nous dit qu'il est là-bas, en revanche il nous reste ce libraire. Il faudrait le saisir, le faire parler.

À cet instant, l'intendant se glissa dans la pièce et murmura quelques mots à Hugues de Lionne.

— Faites-les entrer, ordonna celui-ci.

Une femme en jupe et corps de cotte en taffetas, recouverte d'un manteau turquoise, et deux jeunes gens porteurs d'une épée entrèrent dans le salon. Gaston reconnut Louise Moillon et son frère Simon Garnier. L'autre homme, il l'avait déjà vu avec eux ; ce devait être Isaac Moillon, ce que confirma Hugues de Lionne.

Isaac adressa un signe amical à Ganducci.

— Certains d'entre vous connaissent Mme Moillon et ses frères, dit Lionne. Ils sont à mon service comme ils l'étaient à celui de mon oncle. Tous trois sont protestants et ont des relations étroites avec les services de Guillaume d'Orange et les partisans de l'alliance entre la France et les Provinces-Unies. J'avais chargé Simon de démasquer l'espion du service du Chiffre en le faisant entrer chez M. Rossignol. Il n'y est malheureusement pas parvenu.

Puis, s'adressant aux nouveaux arrivants, il reprit :

— Un libraire, nommé Charles de Bresche, a abusé de la confiance de M. Fronsac, et est parvenu à le piéger. Il est en ce moment dans les mains de M. de Fontrailles. Nous cherchons le moyen de le libérer.

Il se tourna vers les autres :

— Que savons-nous de ce libraire ?

— Louis se méfiait de lui, expliqua Gaston. Gaufredi avait suivi M. Chantelou qui s'était rendu dans sa librairie et il s'expliquait mal cette visite. Cependant, nous avons appris plus tard que l'espion de Rossignol était Habert, et qu'il travaillait pour le marquis de Fontrailles. La piste du libraire a alors été abandonnée. Malgré cela, Louis n'était pas convaincu et me l'avait dit. Son intendante, Margot Belleville, qui avait été libraire elle-même, lui avait suggéré de se renseigner sur Bresche auprès de Sébastien Cramoisy mais il est parti avant de me relater leur entretien.

Gaufredi intervint :

— Mon maître m'a rapporté que M. Cramoisy lui a parlé d'un séjour de Bresche à Rome. Qu'il aurait eu là-bas des ennuis avec la justice. Il est donc allé le voir pour tenter d'en savoir plus et lui a annoncé notre voyage à Toulouse. Il nous manquait un cocher et Bresche s'est proposé ; il avait besoin d'aller à Toulouse pour y prendre des livres. M. Fronsac a accepté, persuadé que, durant un si long voyage, il parviendrait à découvrir la vérité sur cet homme. Il lui a dit aussi que nous logerions à l'hôtel de la marquise de Castelbajac.

— Et certainement, le soir même, ce félon a prévenu mon frère, ironisa la marquise.

— Sans doute, reprit Gaufredi en opinant. Quoi qu'il en soit, durant le voyage, Bresche nous est apparu comme un brave homme et un bon compagnon. Il a longuement parlé de son voyage à Rome. Là-bas, il était entré au service d'Antoine Barberini comme bibliothécaire. À la fin du voyage, mon maître lui avait accordé toute sa confiance.

— Et pourtant, à Toulouse, il organisait sa capture, fit aigrement Mme de Castelbajac.

— Il est très fort, reconnut Gaufredi. Il nous a trompés si adroitement !

— Mais qui est donc cet individu diabolique dont nous ignorons tout ? s'emporta Lionne.

— Je le suspecte d'être un agent d'Urbain VIII, expliqua le gantier. Il a reçu Fabio Chigi dans sa librairie.

— Fabio Chigi ? s'agita Gaston. Il faut donc que je vous parle du vol de la nonciature ! Vous savez, ce vol qui a eu lieu en novembre. On avait dérobé d'importants papiers à Mgr Chigi. J'ai écrit un mémoire à ce sujet à M. Dreux d'Aubray qui a dû être transmis à M. Le Tellier. J'ai retrouvé un jeune garçon qui avait escaladé la façade de la nonciature et qui était entré par une cheminée pour voler des documents. D'après la description qu'il m'en a faite, celui qui l'avait chargé de ce travail était probablement le marquis de Fontrailles.

— Encore lui ! grommela Lionne.

— Le jeune garçon avait gardé par-devers lui une lettre qu'il avait trouvée très belle avec son cachet de cire aux armes des Barberini. Cette lettre de Thaddeus Barberini, je ne l'ai pas jointe à mon mémoire, car elle n'était pas très claire. Elle faisait allusion à un espion au bureau du Chiffre de M. Rossignol – j'ai pensé à Charles Manessier – et au fait que cet espion était aux ordres d'un agent appelé Carlo Morfi, en qui Mgr Fabio Chigi pouvait avoir toute confiance car il avait fait preuve d'une grande efficacité dans la capture d'un nommé Pallavicino, mais je n'ai pu identifier ni Carlo Morfi ni Pallavicino.

— Pallavicino ! s'exclamèrent en chœur Lionne et Ganducci.

— Se pourrait-il que ce fût Bresche ? demanda Lionne à Ganducci. Que Charles de Bresche et Carlo Morfi ne fassent qu'un ?

— De quoi parlez-vous ? demanda Isabeau de Castelbajac.

— C'est vrai, dit Lionne, vous ne connaissez pas l'histoire. La voici en deux mots : Ferrante Pallavicino est un noble vénitien qui, bien que membre d'une congrégation, s'est révolté contre les abus de l'Église. Il a écrit quelques textes jugés séditieux, globalement d'essence protestante. Ces livres ont été condamnés mais Pallavicino était à l'abri de la colère du pape, car il vivait à Venise. Il souhaitait pourtant rejoindre la France où Mgr Mazarin désirait utiliser ses talents de polémiste. C'est alors qu'il a disparu. M. Ganducci a recherché sa trace et découvert qu'un nommé Carlo Morfi lui avait proposé de l'aider à rentrer en France. Les deux hommes avaient été arrêtés en décembre de l'année dernière, à Orange, par une troupe du vice-légat d'Avignon. Depuis, Ferrante est emprisonné à Avignon et nous savons que c'est son compagnon, Carlo Morfi, qui avait organisé le piège, car il était en réalité un espion du pape.

— Il semblerait que Bresche ait utilisé plus ou moins la même méthode avec mon ami Louis, fit Gaston. Il pourrait bien être Carlo Morfi. Il faut aller sur-le-champ à sa librairie, vérifier s'il s'y trouve ou lui tendre un piège !

— Il est peu probable qu'il y soit, remarqua Lionne en haussant les épaules. Pourquoi y retournerait-il ?

— Nous nous suivions de très près, remarqua la marquise de Castelbajac. Peut-être vient-il juste d'arriver, peut-être est-il encore sur le Grand chemin. Il ne se doute pas que nous sommes déjà à Paris et, s'il veut s'enfuir, il souhaite certainement récupérer les choses de valeur qu'il a chez lui. Nous devrions surveiller sa librairie jusqu'à ce qu'il y revienne.

Gaufredi se leva, bouleversé.

— Monsieur, fit-il à Hugues de Lionne, veuillez m'excuser, je vais aller là-bas. C'est le dernier espoir que j'ai de sauver mon maître.

— Nous allons tous nous y rendre, décida Mme de Castelbajac en se levant à son tour.

— Vous n'y pensez pas, madame ! protesta Gaston. Ils sont quatre, il y aura peut-être bataille !

— Je crois vous avoir montré, intervint Louise Moillon dans un sourire, qu'une femme pouvait quelquefois être utile pour délivrer un pauvre homme prisonnier.

Gaston rougit.

— Je vous remercie de l'intérêt que vous prenez à notre sécurité, monsieur de Tilly, sourit à son tour Mme de Castelbajac, mais je suis assez adroite au pistolet et Mme de Lespinasse est une excellente tireuse à l'épée.

— Nous partons donc ensemble, décida Lionne en se levant. Je vais prendre avec moi deux solides laquais qui nous seront peut-être utiles. Retrouvons-nous place Maubert. Madame Moillon, vous êtes en voiture ?

— Oui, monsieur le marquis, mon mari m'a prêté la sienne.

— Avec Gaufredi et mon archer qui attend en bas, nous sommes à cheval, dit Gaston. Nous serons là-bas avant vous et nous vous attendrons. Êtes-vous tous armés ?

Isaac et Simon opinèrent, ainsi que les dames.

— Je n'irai pas avec vous, intervint suavement le gantier, je vais voir mon homme qui surveille l'hôtel de Guise. Si vous vous y rendez plus tard, je vous retrouverai là-bas.

— Quant à moi, je vais rendre compte de cette conférence à Son Éminence, déclara à son tour onctueusement Ondedei.

Comme prévu, Gaston, Gaufredi et La Goutte arrivèrent les premiers place Maubert. Ils remarquèrent aussitôt la grosse voiture arrêtée devant la librairie *Aux Armes de Rome*.

— Une voiture verte ! s'exclama Gaufredi. C'est eux ! Je crois d'ailleurs reconnaître le cocher qui attend. C'est l'homme que j'ai vu près d'Orléans. Les autres doivent être à l'intérieur de la boutique. Allons-y !

Charles de Bresche venait en effet d'arriver de l'hôtel de Guise et Bandoler était resté sur le siège extérieur de la voiture.

— Non ! proposa prudemment Gaston. Ils ne peuvent nous échapper. Attendons plutôt Isaac et Simon. Il nous faut tous les saisir ensemble et nous ne serons pas trop de cinq.

Gaufredi se rangea à son avis et les trois cavaliers se tinrent donc assez loin de la librairie, à l'extrémité de la rue Galande, près de l'intersection avec la rue des Rats. De là, ils avaient une vue complète sur la place Maubert, à peu près déserte en ce dimanche matin. Visiblement, Bandoler ne les avait pas remarqués.

Quelques instants plus tard, la voiture de Mme Moillon conduite par Isaac arriva, suivie de près par celle de Mme de Castelbajac. Gaston prit alors la tête des opérations. Il demanda à Isaac d'avancer sa voiture jusque devant la librairie pour empêcher la voiture verte de partir précipitamment. Le frère de Louise Moillon s'exécuta tandis que Gaston, Gaufredi et La Goutte le suivaient à cheval.

Au moment où la voiture des Moillon s'arrêtait devant celle de Bandoler, Gaston fit avancer son cheval de l'autre côté et sortit un pistolet.

— Descendez de là ! ordonna-t-il au cocher.

Bandoler resta figé un instant, sans obéir. Mais peut-être, tout simplement, ne comprenait-il pas ce qu'on lui disait. Gaufredi passa alors de son cheval sur le siège du véhicule, un long couteau en main. Le truand ne chercha même pas à se défendre, Gaufredi l'attrapa par son manteau et le jeta au sol, aux pieds du cheval de Gaston.

Déjà les deux frères Moillon étaient à terre ainsi que Gaston et l'archer La Goutte.

Sous la violence du choc, Bandoler avait perdu connaissance. La Goutte s'occupa de le garrotter solidement, tandis que les quatre hommes, pistolet et épée en main, entraient dans la librairie.

Bresche resta stupéfait en les voyant passer la porte, armés jusqu'aux dents. La terreur envahit son visage. Ses deux hommes de main étaient en train d'attacher des piles de livres avec des cordes, et restèrent pétrifiés eux aussi.

— Je suis le commissaire de police de Saint-Germain-l'Auxerrois, déclara Gaston d'une voix de stentor. Au nom du roi, je vous arrête. Tentez de vous rebeller et nous vous tuons. Débouclez vos ceinturons.

Les deux truands regardèrent Bresche, comme pour lui demander de l'aide, mais ne lisant rien sur son visage, ils obéirent.

À ce moment, Hugues de Lionne pénétra à son tour dans la librairie, suivi de deux laquais armés de pistolets et de La Goutte.

— Monsieur, le cocher de la voiture est garrotté. Il n'a pas repris connaissance et je l'ai installé dans le véhicule. Mme Moillon est avec lui et le surveille, fit l'archer.

— Parfait ! Vous allez maintenant attacher ces trois hommes. Vous autres, laissez-vous faire ou gare !

Les deux frères Moillon, les deux laquais, La Goutte et Gaufredi se saisirent des cordes que les truands utilisaient pour nouer les piles de livres. En deux minutes, tous eurent les poignets solidement ficelés dans le dos.

— Monsieur le marquis, demanda Gaston à Hugues de Lionne qui surveillait l'opération, me prêtez-vous vos hommes ? J'aimerais qu'ils accompagnent La Goutte au Grand-Châtelet où il emmènera nos trois drôles pour les placer dans un cachot. Il nous suffit de garder Bresche ici pour l'interroger.

— C'est vous qui dirigez cette expédition, opina complaisamment Lionne.

Les laquais et La Goutte emmenèrent donc sans ménagement les deux truands qui rejoignirent leur complice dans la voiture. Gaston ordonna à son archer de l'attendre au Grand-Châtelet.

Quand tous furent sortis, Mmes Moillon, de Castelbajac et de Lespinasse entrèrent à leur tour dans la librairie.

Gaston s'était approché de Charles de Bresche. Le libraire était livide, sachant très bien ce qui allait lui arriver. Il connaissait les épouvantables tortures que pratiquait maître Guillaume et que Fronsac lui avait rappelées quand il lui avait parlé de son ami le commissaire. Se pouvait-il d'ailleurs que ce commissaire soit justement l'ami de Fronsac ? Dans ce cas, il était vraiment perdu.

— Monsieur de Bresche, à moins que vous ne préfériez qu'on vous appelle Carlo Morfi, je n'aimerais pas être à votre place, dit Gaston. Je vais vous faire juger dans les huit jours pour le rapt de M. Fronsac. Je peux vous assurer que je veillerai à ce que vous soyez roué, et que le bourreau vous coupe pieds et poings auparavant. Dès ce soir, vous subirez la question préparatoire. Ce ne sera pas une question aux pots coquemars mais aux brodequins [1].

Bresche avait maintenant la couleur du marbre de Carrare et il tremblait comme une feuille au vent.

— Vous pouvez pourtant espérer un peu d'indulgence si vous nous dites où vous avez conduit M. Fronsac et si nous le retrouvons vivant.

— Il est à l'hôtel de Guise, balbutia le libraire. Mais vous ne pourrez le libérer.

Gaston regarda Lionne qui eut une grimace.

— Je peux vous proposer un marché, monsieur.

— Lequel ? murmura Bresche.

— La liberté, si vous nous aidez et si nous retrouvons M. Fronsac vivant.

— Comment... vous croire ? bredouilla Bresche avec un rictus effroyable, tant il avait peur. Après ce... que j'ai fait, je n'ai... rien à attendre de vous...

— Nous souhaitons retrouver M. Fronsac vivant. Seul ceci importe, intervint Hugues de Lionne. Vous allez nous raconter ce qui s'est passé. Comment vous avez livré M. Fronsac à M. de Fontrailles. N'oubliez rien. Ensuite, nous verrons ce que nous pouvons tenter. Si nous délivrons M. Fronsac non meurtri, je vous donne ma parole que nous vous rendrons la liberté si vous nous faites une complète confession de vos crimes.

Gaufredi fit un pas en avant, rouge de colère. Gaston l'arrêta de la main :

— Gaufredi, c'est Louis qu'il faut sauver. La vengeance est inutile.

1. La question à l'eau se donnait ainsi : on faisait avaler à l'accusé, étendu sur un banc et attaché par les bras et les jambes, plusieurs pots coquemars d'eau par le moyen d'une corne qu'on lui mettait dans la bouche. La question des brodequins se donnait en serrant les jambes de l'accusé entre des planches et en introduisant des coins à coups de maillet. Si on n'étouffait pas avec l'eau, on ne gardait pas de séquelles, contrairement à la question aux brodequins qui laissait souvent le prévenu infirme.

— Comment... vous croire ? répéta Bresche, déjà un peu plus assuré.

— Je suis Hugues de Lionne, premier secrétaire de Son Éminence le cardinal Mazarin. Si je vous donne ma parole, elle sera respectée. Monsieur de Tilly, êtes-vous d'accord ?

— Vous aurez aussi ma parole, confirma Tilly. Mais attention, un seul mensonge, et ce sera la roue !

Bresche n'hésita guère. On lui offrait une porte de sortie et il raconta tout. Son arrivée à Paris quelques heures plus tôt, sa visite à l'hôtel de Guise et le transfert de Louis Fronsac, en mauvais état mais vivant, dans les caves de l'hôtel, l'interrogatoire de Fontrailles, ses menaces, puis son départ.

— M. Fronsac souffre beaucoup, de ses plaies, de faim et de soif. Si vous voulez le délivrer, il faut le faire maintenant. Ce soir, il sera trop tard pour lui.

— Mais comment entrer dans l'hôtel de Guise ? demanda Gaston.

— Je ne sais pas... C'est une forteresse...

— Combien d'hommes de garde y a-t-il ?

— Je l'ignore, mais j'ai aperçu un officier du duc de Guise avec une dizaine d'hommes. Ils sont certainement plus nombreux. En outre, M. de Fontrailles était avec M. le chevalier de Chémerault. Ils avaient avec eux quatre ou cinq traîne-savates armés jusqu'aux dents.

Et nous ne sommes que quatre hommes ! songea Gaston.

Il se tourna vers Lionne :

— Vous êtes sûr qu'on ne peut avoir une compagnie de mousquetaires ?

— Je suis désolé, je ne peux en prendre la responsabilité. Je vais aller voir Son Éminence sur-le-champ pour lui en parler, mais je suis certain qu'il voudra demander l'autorisation à la reine. Et celle-ci est à Rueil.

— Essayez pourtant, proposa Gaston qui désirait maintenant éloigner Hugues de Lionne. Pouvez-vous le faire tout de suite ?

— Je ferai mon possible, promit celui-ci.

Il partit.

Gaston se tourna alors vers Mme de Castelbajac.

— Madame, êtes-vous prête à prendre des risques ?

— Oui, monsieur. Je suis prête à tout pour M. Fronsac.

— Moi aussi, répliquèrent en chœur Louise Moillon et Françoise de Lespinasse.

Gaston se tourna vers Bresche :

— Fontrailles est toujours là-bas ?

— Je ne sais pas. Il devait aller, avec Mlle de Chémerault, chez M. de La Rochefoucauld.

— Ce serait bien s'il n'était pas là, fit Gaston entre ses dents. Monsieur de Bresche, nous allons vous ligoter à cette table. Priez pour que l'on revienne vous détacher.

Il fit signe à Gaufredi d'attacher le misérable.

— Mais si vous ne revenez pas ? implora le libraire.

— Vous mourrez ici, de faim et de soif. À moins que les rats ne vous dévorent. Ils doivent aimer les libraires autant que les livres. Gaufredi, bâillonne-le étroitement.

Il se tourna vers les femmes et les deux frères Moillon :

— Nous avons besoin de renforts. Nous allons nous rendre rue des Quatre-Fils, à deux pas de l'hôtel de Guise, où se trouve l'étude du père de M. Fronsac. Il y a là deux solides anciens soldats qui vont nous aider. Voici mon plan...

Une demi-heure plus tard, les deux voitures remontaient la rue du Chaume. Gaston et Gaufredi les précédaient à cheval. La neige commençait à tomber.

Devant le couvent de la Merci, en face de la porte de l'hôtel de Clisson, deux mendiants s'étaient réfugiés sous le porche de la chapelle de Braque. Bien qu'enroulés dans de vieux manteaux, Gaston reconnut Ganducci en l'un d'eux. Il approcha son cheval et lui dit à mi-voix :

— Retrouvez-nous rue des Quatre-Fils, à l'étude de maître Fronsac. Vous la connaissez ?

L'espion opina et les cavaliers poursuivirent leur route jusqu'à l'étude.

Ils longèrent ainsi la façade de l'hôtel de Guise, qui s'étendait exactement entre la rue de la Roche, qui a disparu au sein de l'actuel hôtel de Soubise et qui prolongeait la rue de Braque, et la rue des Quatre-Fils.

Le portail de l'étude était ouvert. Guillaume Bouvier, qui buvait un vin chaud aux cuisines, se précipita vers Gaston sitôt qu'il le vit, tout surpris par ce convoi inhabituel.

— Guillaume, ordonna Gaston, va chercher ton frère et armez-vous en guerre. Il va y avoir combat. Gaufredi t'expliquera. Mesdames, ajouta-t-il à l'adresse de la marquise qui descendait de voiture avec Françoise de Lespinasse, allez vous réchauffer et vous restaurer un instant. Guillaume va vous conduire.

Il se rendit ensuite à la deuxième voiture qu'Isaac conduisait et tint le même discours à Simon et à sa sœur. Puis il se précipita dans l'étude.

Il trouva le père de Louis dans son cabinet de travail.

— Monsieur Fronsac, l'heure est grave. Votre fils est prisonnier à l'hôtel de Guise, juste en face, et je vais tenter de le délivrer. Vous ne pouvez rien faire pour m'aider, sinon me laisser Guillaume et Jacques.

— Mon fils ? Que se passe-t-il ? implora le vieillard brusquement en larmes.

— Ce serait trop long, monsieur. D'ici une heure, il sera libre ou nous serons morts. Sachez que Mgr Mazarin a été prévenu, mais ne pourra envoyer une troupe qu'avec l'accord de la régente. Je suis désolé, je dois partir maintenant.

Il redescendit quatre à quatre. M. Fronsac derrière lui, qui le harcelait de questions. Gaston répondait le mieux qu'il pouvait.

À la cuisine, Guillaume et Jacques étaient prêts, armés de pied en cap ; leurs épées et pistolets étant toujours à portée de main dans le cellier proche. Ganducci était arrivé, et avait aussi été équipé.

— Monsieur de Tilly, M. Ganducci vient de me dire que mon frère est absent de l'hôtel, fit la marquise. Il est parti, il y a une heure environ en voiture avec une femme qui serait Mlle de Chémerault.

— Il nous faut donc agir tout de suite. Nous allons nous y rendre à pied, expliqua Gaston. Guillaume et Jacques, vous passerez les premiers et vous vous arrêterez à l'angle de la rue de la Roche. On vous connaît, on ne fera pas attention à vous. Ensuite, ce sera vous, mesdames... tâchez de bien jouer votre rôle.

18.

Le dimanche 17 janvier 1644, le soir

La porte principale de l'hôtel de Guise, l'ancienne entrée fortifiée du manoir d'Olivier de Clisson construit en 1372, était placée en pan coupé entre la rue du Chaume et la rue de la Roche.

C'était une porte ogivale surmontée de deux tourelles. Par un porche intérieur, elle permettait l'accès à la sinistre salle des gardes, située le long de la rue de la Roche, où avait été préparée la Saint-Barthélemy.

Ce porche communiquait aussi, par la gauche, avec une cour intérieure réservée aux voitures et aux chevaux. De là, ou par une galerie perpendiculaire à la salle des gardes, on passait dans le nouvel hôtel de Guise, celui qui faisait le coin entre la rue du Chaume et celle des Quatre-Fils.

La neige tombait maintenant en abondance et la rue du Chaume était presque déserte. Guillaume et Jacques s'étaient placés à leur poste et les trois femmes encapuchonnées s'approchaient à pied du porche de l'hôtel.

Elles étaient déjà gelées quand Mme de Castelbajac frappa avec le gros marteau de bronze extérieur.

Un peu plus haut dans la rue, Gaston et Gaufredi attendaient. Ganducci mendiait toujours au coin de la rue de Braque, attendant un hypothétique passant. Les frères Moillon étaient encore plus haut, au coin de la rue des Haudriettes.

Une grille de fer s'entrebâilla dans la porte.

— Que voulez-vous ? demanda une voix rogue.

— Une roue de notre carrosse s'est brisée sur une borne, nous voulons nous mettre à l'abri de la neige et du froid. Notre laquais et notre cocher sont partis chercher de l'aide.

Le concierge les dévisagea un instant derrière sa grille et vit qu'il n'avait affaire qu'à des femmes.

— J'ai des ordres, madame, personne ne peut entrer. Mgr de Guise n'est pas là.

— Je le sais ! Je suis Isabeau d'Astarac, marquise de Castelbajac. Mon frère est le marquis de Fontrailles, je sais qu'il loge ici et il m'a assuré de son aide si j'avais des ennuis à Paris. Allez donc le chercher !

Le concierge resta un instant interloqué. Il hésita :

— Pouvez-vous prouver vos dires, madame ?

Elle tendit sa main et montra sa bague :

— Mon frère a la même. C'est le sceau des Astarac, vous avez dû la remarquer.

— C'est vrai, madame, fit humblement le concierge enfin convaincu. Je vais vous faire entrer, mais ensuite vous devrez attendre un instant. Il faudra que j'aille chercher l'officier de garde, car monsieur votre frère n'est pas là.

Des verrous grincèrent et l'un des panneaux du porche s'entrouvrit. Mme de Castelbajac s'engagea, suivie par les deux autres femmes, mais elles restèrent volontairement dans l'embrasure.

— Mesdames, veuillez avancer un peu, demanda le concierge, je ne peux refermer la porte.

À cet instant, Gaston bouscula le passage et, Gaufredi sur ses pas, força l'entrée de la porte fortifiée. C'était une sorte d'obscure casemate voûtée.

Pistolet au poing, ils poussèrent le concierge contre un mur. Un second gardien, assis sur un banc de pierre, resta stupéfait devant cette incroyable intrusion. C'est alors qu'il vit avec ébahissement les trois femmes sortir épées et pistolets à silex de dessous leurs manteaux.

D'autres agresseurs pénétrèrent dans le vestibule : les frères Bouvier, puis les frères Moillon, tous armés, et enfin Ganducci.

Les frères Moillon se précipitèrent vers le grand portail qui ouvrait sur la cour intérieure. Ils l'entrebâillèrent pour constater qu'elle était déserte. Les palefreniers devaient s'être mis au chaud dans l'écurie. Ils refermèrent la porte et placèrent une barre qui la condamnait.

Pendant ce temps, Gaufredi et Ganducci avaient garrotté et bâillonné le concierge et le garde. Gaston et les frères Bouvier s'étaient, eux, approchés de la porte de la salle des gardes. On entendait de l'autre côté des éclats de voix. Il y avait là au moins une dizaine d'hommes. Gaston hésitait. S'il y avait bataille, des renforts arriveraient certainement, et ils n'avaient pas l'avantage du nombre.

Guillaume Bouvier était déjà venu à l'hôtel de Guise porter un acte de l'étude.

— La salle des gardes longe la rue de la Roche, expliqua-t-il à voix basse, avec des gestes de la main. À mi-chemin, à gauche, ouvre une galerie qui rejoint la partie neuve de l'hôtel. Il faut atteindre cette galerie pour empêcher les gardes de fuir par-là et de donner l'alarme.

— D'accord, fit Gaston. On va entrer tous les quatre tranquillement, comme si on connaissait les lieux et qu'on était attendus. Nous nous dirigerons vers ce passage. Les gardes seront surpris, mais ne tenteront pas tout de suite de nous arrêter. Une fois à la galerie, on sortira nos armes et plus personne ne passera. Vous, restez ici, ordonna-t-il à Isaac et Simon. Vous empêcherez toute fuite par le porche. Évitez de tirer au pistolet et, si c'est nécessaire, faites-vous aider des dames. S'il faut tuer, tuons sans hésitation, conclut-il.

Il ouvrit la porte et, escorté de Gaufredi et des deux frères Bouvier, il entra dans la salle avec une fière insolence. Ils avaient gardé leurs épées dans leur fourreau et dissimulé leurs pistolets. Gaston repéra très vite l'ouverture dans la galerie, à une dizaine de toises sur leur gauche. Il s'y dirigea à grands pas.

Une dizaine d'hommes, assis sur des banquettes de bois qui couraient tout au long de la pièce, jouaient aux cartes ou aux dés.

Les gardes ne réagirent pas tout de suite. Gaston salua aimablement plusieurs des hommes, ainsi que celui qui semblait être leur officier.

Celui-ci lui rendit son salut, puis fronça les sourcils avec perplexité. Il regarda un instant la porte d'entrée, s'attendant à voir arriver le marquis de Fontrailles ou quelque autre personne qu'il connaissait. Mais la porte resta obstinément close. Il se leva alors et rattrapa Gaston.

— Qui êtes-vous, monsieur ? l'interpella-t-il.

Les autres gardes, comprenant que quelque chose n'allait pas, se levèrent à leur tour. Gaston s'arrêta et se tourna vers l'officier, tandis que Gaufredi poursuivait son chemin.

— Et vous, monsieur ?

— Je suis M. de Sainte-Croix, officier de garde de cet hôtel. Qui vous a fait entrer ?

— Mais, le concierge !

— À quel titre, monsieur ?

Gaston vit que Gaufredi et les deux frères barraient enfin le passage de la galerie. Il sortit un pistolet de son manteau et dit à l'officier :

— Ne tentez rien, monsieur ! Je suis commissaire de police à poste fixe. Dans un instant, une escouade de mousquetaires va se présenter et arrêter tous les hommes de cet hôtel.

— Mais de quel droit ! s'exclama l'officier en tentant de tirer son épée.

Gaston lui cingla le visage de son pistolet et l'homme s'écroula, ensanglanté. Tous les gardes dégainèrent leur épée.

Gaufredi et les frères Bouvier sortirent alors leurs pistolets et les mirent en joue. Au même instant, à l'autre bout de la pièce, la porte d'entrée s'ouvrit et les frères Moillon, accompagnés du gantier, s'avancèrent, pistolets au poing.

— Ne tentez rien ! répéta Gaston aux gardes. Il y a dans vos caves un prisonnier. Cet homme est chevalier de Saint-Michel et protégé de la reine. Ceux qui auront été complices de sa capture seront roués.

Il regarda l'officier qui reprenait connaissance.

— Vous, entre autres, monsieur.

Les gardes restaient paralysés, ne sachant que faire.

L'officier se releva lentement, la bouche ensanglantée.

— Nous ignorons tout de ce que vous dites, monsieur, mais vous aller payer cher cette agression dans la demeure de M. le duc.

— C'est vous qui allez le payer cher. Je veillerai personnellement à ce que vous soyez roué, je vous l'ai dit.

L'autre blêmit, mais, indécis, il resta immobile.

— Nous sommes venus chercher M. Fronsac, je vous le répète. Le temps que Mgr Mazarin en informe la reine, cet hôtel sera investi par les mousquetaires de M. du Vallon. Vous tous serez arrêtés. Si on retrouve M. Fronsac mourant ou mort dans vos caves, vous serez pendus à ce porche où M. le duc a déjà été exécuté en effigie, il y a quelques mois. M. du Vallon est un ami personnel de M. Fronsac, je suppose que vous le connaissez ?

L'officier opina en déglutissant. Ayant plusieurs fois croisé la redoutable brute qu'était Porthos, il savait quel sort il réservait à ses ennemis.

— Vous pouvez aussi nous laisser emmener M. Fronsac sans effusion de sang. J'en informerai Mgr Mazarin et vous échapperez peut-être à une mort ignominieuse.

Le silence se fit.

— À vous de choisir votre destin, monsieur de Sainte-Croix, mais sachez qu'il n'y aurait aucun honneur pour vous à vous battre pour une infamie.

L'officier considéra ses hommes et eut un hochement de tête. Gaston comprit qu'il avait gagné.

— Lâchez vos armes et regroupez-vous vers l'entrée, reprit-il. Monsieur de Sainte-Croix, vous allez nous conduire aux caves.

Une à une, les épées tombèrent en cliquetant sur les dalles de pierre.

— Allez par là-bas, ordonna Gaston en indiquant l'endroit où se trouvaient les frères Moillon.

Les femmes, elles, ne s'étaient pas encore montrées.

— Guillaume, Jacques, Gaufredi, accompagnez-nous. Monsieur l'officier va nous indiquer le chemin. Isaac, demandez à Mme de Fontrailles et à ses amies de venir surveiller le passage vers la galerie.

Les gardes confiés à la surveillance des deux frères, les femmes entrèrent pour gagner leur poste. L'esprit en déroute, l'officier ne savait que faire. Qui était cette Mme de Fontrailles armée comme un spadassin ? Elle ressemblait étrangement au marquis. Était-elle de sa famille ? Toutes ces interrogations et la surprise de l'attaque renforçaient son indécision.

Gaston le tira de ses hésitations en le bousculant d'un coup sur l'épaule, pour qu'il lui indique la porte des caves.

— Par ici, bredouilla l'homme, accablé par ce qui lui arrivait.

L'officier ouvrit une porte de chêne près de l'entrée ; elle n'était pas fermée à clef. Un escalier droit descendait, en haut duquel, dans une sorte de niche, se trouvaient trois lanternes à huile et un briquet. Il les alluma maladroitement et descendit le premier.

En bas, ils découvrirent la sinistre succession de salles voûtées, humides et glaciales. Le sol sablé crissait sous leurs pas.

— Le prisonnier est sans doute dans la cave du fond, expliqua-t-il à Gaston. Je n'étais pas là quand on l'a amené.

— Mais vous saviez qu'il y avait un prisonnier, menaça Gaston.

— Je le reconnais. M. de Fontrailles me l'avait dit. C'était un voleur, m'avait-il assuré, pris en flagrant délit. Il avait prévu de le laisser là quelques jours sans boire ni manger avant de le libérer. Juste pour lui donner une leçon.

Ils avancèrent vers les dernières salles et découvrirent la grille. L'officier tira les verrous, et tous entrèrent.

Louis Fronsac ne bougeait plus. Ses pieds reposaient au sol et ses bras étaient en extension, avec les chaînes attachées à ses poignets, comme un crucifié. La douleur lui avait fait perdre connaissance. Son visage était bleuté et couvert de croûtes sanglantes.

Gaufredi se précipita. Il débloqua les verrous des menottes et, aidé de Jacques Bouvier, il transporta Louis sur la table de pierre où se trouvaient encore ses bagages. Il se pencha sur lui, écoutant son souffle.

— Il vit, fit-il d'une voix rauque.

Guillaume avait remarqué un puits dans l'une des salles en enfilade. Il s'y rendit et remonta de l'eau fraîche dans un seau qu'il vida dans un bol de terre posé sur la margelle. Ils relevèrent un peu la tête de Louis qui ouvrit des yeux vitreux. Ils réussirent à le faire boire.

— Dépêchons-nous de partir, décida Gaston. Jacques et Guillaume, enroulez Louis dans vos manteaux, et portez-le. Monsieur de Sainte-Croix, rassemblez les bagages qui sont sur cette table.

Gaston redoutait le retour de Fontrailles. Jusqu'à présent, tout s'était bien passé, sans effusion de sang, mais il fallait vider les lieux au plus vite.

Ils remontèrent.

En haut, Gaston prit le bagage de Louis des mains de l'officier.

— Monsieur de Sainte-Croix, n'essayez pas de donner l'alerte. Tout s'est bien passé pour vous, ne tentez pas le diable.

Il fit signe à Guillaume et à Jacques de partir les premiers. Les deux hommes portaient Louis qui avait à nouveau perdu connaissance. Heureusement que l'étude n'était qu'à quelques pas.

Tous sortirent ensuite.

Les gardes de Guise n'avaient pas bougé.

Dehors, la tempête de neige s'intensifiait. Le vent soufflait en bourrasques, chassant la neige en gros monticules le long des murs. Bien que le trajet fût bref, il fut particulièrement éprouvant.

Arrivés rue des Quatre-Fils, les derniers fermèrent soigneusement les deux vantaux du portail d'entrée. Louis avait déjà été conduit dans la chambre de ses parents.

Son père, désespéré en constatant le pitoyable état de son fils, fit aussitôt chercher le médecin Guy Renaudot, rue de la Verrerie, un homme de l'art que Louis avait déjà consulté. Ce fut Guillaume qui le ramena, après l'avoir un peu menacé car le médecin hésitait à sortir par ce mauvais temps.

Dans l'intervalle, Gaston avait organisé la défense de l'étude. On ne pouvait, en effet, exclure que Fontrailles, avec son audace diabolique, lance un assaut contre le bâtiment pour récupérer son prisonnier.

Seul le gantier Ganducci les avait abandonnés. Il était parti informer Hugues de Lionne du succès de l'opération et était chargé de ramener quelques gardes du corps du roi ou mousquetaires noirs pour protéger l'étude.

À l'étage, Louis n'avait que des femmes autour de lui. Installé dans le grand lit à rideaux de ses parents, il avait vaguement repris conscience. Sa mère et Mme de Castelbajac le lavaient et le changeaient. Louise Moillon essayait de lui faire boire un bouillon de poule quand Guy Renaudot entra.

Le médecin, bedonnant et âgé d'une cinquantaine d'années, s'approcha du lit. Une ombre d'inquiétude passa sur son visage habituellement jovial quand il remarqua la pâleur de Louis.

— Que lui est-il arrivé ? demanda-t-il.

— Une mission pour Son Éminence qui s'est mal terminée, expliqua la sœur de Fontrailles. M. Fronsac a été malade, puis blessé et battu. Il a perdu connaissance plusieurs fois.

Le médecin s'assit sur un tabouret et sortit un astringent de sa sacoche. Il en fit boire quelques gouttes à son patient.

L'effet fut radical. Louis ouvrit les yeux.

— Où suis-je ? murmura-t-il.

— À la maison, lui dit sa mère avec un sourire mêlé de larmes.

— Buvez ! lui ordonna Françoise de Lespinasse en lui tendant le bol de bouillon que Louise Moillon avait déposé.

Louis tenta de se redresser en réprimant une grimace de douleur. Il put cependant saisir le bol et avaler le bouillon.

— J'ai froid, murmura-t-il.

— Je vais vous examiner, décida Renaudot. Il jeta un coup d'œil rapide vers la cheminée où pétillait un feu d'enfer. Son malade avait probablement la fièvre. Il lui passa la main sur le front qui était en effet brûlant. Ensuite, il lui tâta longuement la tête, les bras, les jambes, puis les côtes, ce qui provoqua un cri de douleur de son patient.

— Vous n'avez rien de cassé, sinon peut-être une ou deux côtes et une vilaine coupure à la tête, déclara le médecin. Je vais vous bander la poitrine avec une toile. Qu'est-il arrivé à votre tête ?

— Un cheval m'est passé dessus, sourit Louis.

— Donnez-moi de l'eau chaude, ordonna Renaudot.

Mme Fronsac vida une partie de la bassine de cuivre qui se trouvait devant le feu dans une plus petite en étain, et la plaça sur une table, à portée du médecin. Celui-ci, ayant vérifié que l'eau n'était pas trop chaude, prit un linge sur la table et nettoya longuement la plaie qui s'étendait du haut du front au milieu du crâne. Apparemment, elle n'était pas redoutable mais elle était très boursouflée, enflammée et mal fermée.

— Je vais recoudre votre front, décida-t-il après l'avoir examiné. Ce sera douloureux, mais c'est le seul moyen pour que vous ne gardiez pas une cicatrice trop visible.

Il demanda un rasoir, coupa une partie des cheveux, puis sortit du fil et une aiguille. Louis serra les dents tandis que le médecin rapprochait les parties de la coupure provoquée par le sabot et les suturait. Quand ce fut terminé, avec l'aide des femmes, Renaudot déshabilla le blessé pour lui serrer la poitrine dans une bande de toile.

Malgré les douleurs terribles qu'il endurait, Louis ne reperdit pas connaissance. Le médecin lui passa ensuite de l'onguent aux poignets et partout sur les endroits meurtris.

— Je vais vous laisser des herbes à faire infuser, pour la fièvre et la toux, expliqua-t-il. Ainsi que du pavot, si vous souffrez trop. Je reviendrai demain.

Quand Gaston entra dans la chambre, Renaudot était sur le point de partir. Le commissaire leva un sourcil d'envie en découvrant les trois femmes au chevet de son ami. C'est que Louise Moillon et Françoise de Lespinasse étaient bien jolies !

Il laissa passer le médecin qui sortit.

— Comment te sens-tu, Louis ? Tu as vraiment de la chance ! Si j'étais aussi bien entouré que toi, je me croirais au paradis !

— J'ai bien cru devoir m'y rendre contre ma volonté, murmura Louis avec un pauvre triste sourire. Lorsque j'étais pendu à ces chaînes, il m'est revenu ce que m'avait dit M. de La Rochefoucauld la dernière fois que je l'ai vu : « Ordinairement, on ne souffre pas la mort par résolution mais par stupidité ! » Comment avez-vous réussi à me délivrer ?

— Ces dames te raconteront. Ce sont elles qui ont tout fait. Je viens de placer tous les hommes disponibles aux fenêtres de l'étude. Tous les volets sont clos et, si Fontrailles tente une attaque, il trouvera à qui parler.

— Il ne tentera rien, murmura Louis. Il croit avoir gagné. Il a trouvé dans mes affaires un long texte de Pierre de Fermat qu'il a brûlé, croyant que c'était le nouveau chiffre que je rapportais.

— Gaufredi a remis le chiffre à Hugues de Lionne, intervint Mme de Castelbajac.

— C'est parfait ! soupira Louis. Mais comment êtes-vous là, madame ?

— Ce texte que Fontrailles a détruit, était-il important ? demanda Gaston.

— Oui, surtout pour un ami qui l'attendait, Blaise Pascal. C'était une démonstration.

— Quel genre de démonstration ? demanda Louise Moillon.

— Un cube ne peut jamais être la somme de deux cubes, une puissance quatrième ne peut jamais être la somme de deux puissances quatrièmes... Et plus généralement... Aucune puissance supérieure à deux ne peut être somme de deux puissances analogues ! balbutia Louis.

Tous se regardèrent, interloqués.

— C'est une vieille conjecture, poursuivit-il. Elle a été proposée, il y a deux mille ans, par Diophante d'Alexandrie et personne n'est jamais arrivé à la démontrer. Sauf Pierre de Fermat. Pascal sera affreusement déçu, maintenant que Fontrailles a détruit sa démonstration.

— Il y a plus important, Louis, qu'as-tu appris sur les espions du Chiffre ? demanda Gaston qui, depuis qu'il savait que Carlo Morfi était le libraire, s'interrogeait sur Charles Manessier. Était-il vraiment l'agent du Saint-Siège.

— Je pense que je sais tout ! Croyant que Fontrailles allait me tuer, Bresche m'a fait ses confessions. Au fait, ce libraire a un autre nom : il se fait aussi appeler Carlo Morfi et il a attiré un autre malheureux dans ses filets pour le livrer à l'Inquisition d'Avignon.

— Ferrante Pallavicino, déclara fièrement Gaston.

— Tu le sais ? s'étonna Louis.

— J'ai découvert beaucoup de choses, affirma Gaston avec un peu de suffisance. Je te raconterai.

— Il y avait deux Judas dans le bureau du Chiffre, et non un seul, poursuivit Louis. Habert, qui travaillait pour Fontrailles, et Chantelou qui y est toujours, et qui est aux ordres de Bresche et du Saint-Office.

— Chantelou ! fit Gaston, cette fois dépité.

Ainsi, il s'était trompé !

— Oui, c'est pour cela qu'il avait cherché à fuir Gaufredi. Il faut maintenant le mettre hors d'état de nuire. C'est lui qui a tué Manessier. Au fait, qu'est devenu Bresche ?

— Ligoté dans sa librairie. Nous avons passé un marché avec lui.

— Quel genre de marché ? s'inquiéta Louis d'une voix hésitante.

Gaston soupira :

— Ce qui était important, c'était de savoir où tu étais et de te délivrer. M. de Lionne lui a promis qu'il ne serait pas inquiété s'il nous donnait les éléments pour te retrouver.

— Tu veux dire qu'il échappera à son châtiment ? Après ce qu'il a fait ? s'insurgea Louis.

— Oui. Mais comprends-nous, Louis. Toi seul comptais ! C'était sa vie contre la tienne !

Louis ferma les yeux et son entourage crut qu'il s'était à nouveau évanoui.

Puis il remua faiblement la tête.

— Vous avez eu raison. Mais il reste Chantelou. Il faut l'arrêter rapidement. Gaufredi sait où il loge, emmène-le avec toi.

— J'attends que Lionne nous envoie quelques hommes pour protéger l'étude et je m'en occupe. La Goutte est au Grand-Châtelet où il a fait enfermer les trois complices de Bresche. Ceux-là, au moins, donneront du travail à Jehan Guillaume !

— Racontez-moi comment vous m'avez délivré, demanda Louis. Et vous, madame de Castelbajac, comment se fait-il que vous soyez là ?

Isabeau d'Astarac, marquise de Castelbajac, avait à peine terminé son récit qu'une grande cavalcade retentit dans la cour. Gaston alla à la fenêtre : une dizaine de mousquetaires noirs et un carrosse venaient d'entrer.

— Nous avons de la visite, Louis.

Mme Fronsac fit rapidement disparaître les linges sanglants qui traînaient et rangea sommairement la chambre. Elle n'avait pas terminé que son époux entra, accompagné de Hugues de Lionne suivi par M. du Vallon, son chapeau à la main.

Lionne s'approcha du lit à rideaux tandis que MM. Fronsac et du Vallon restaient près de la porte.

— Fronsac, je n'ai jamais été tant heureux de vous revoir ! s'exclama Lionne. J'ai vu Son Éminence et il a aussitôt fait partir un courrier à Rueil pour demander une perquisition dans l'hôtel de Guise. Avec votre délivrance, ce sera heureusement inutile. Vos amis ont remporté une magnifique victoire. J'ai aussi des nouvelles du marquis de Fontrailles...

Mme Fronsac approcha alors un fauteuil de la ruelle et Hugues de Lionne s'y assit. Puis, la mère de Louis s'éloigna, rejoignant son époux à l'autre extrémité de la chambre. Tous deux savaient qu'ils n'avaient pas à prendre connaissance de ce que leur visiteur allait confier à leur fils. Ne restaient autour du lit que Gaston et Mmes de Castelbajac, de Lespinasse et Moillon. Le regard de Hugues de Lionne alla de l'un à l'autre, puis constatant que personne d'autre ne pourrait entendre ce qu'il allait dire, il commença avec une petite moue de satisfaction.

— L'espion de M. Ganducci lui a fait savoir que le marquis est revenu à l'hôtel de Guise peu après votre départ. Il en est reparti aussitôt avec ses bagages. Je pense que M. de Fontrailles a pris le large pour quelque temps. Guise ne sera donc pas inquiété, et cette affaire n'aura pas de répercussions à la Cour. Enfin, votre serviteur, M. Gaufredi, m'a remis le chiffre proposé par M. de Fermat. Je dois dire que vous avez été particulièrement habile.

— Moins que vous ne le croyez, monsieur ! soupira Louis. Je transportais un autre écrit de M. de Fermat, une démonstration mathématique pour un de mes amis. J'ai fait croire au marquis de Fontrailles que c'était le nouveau code destiné au bureau de M. Rossignol, aussi l'a-t-il brûlé !

— C'est une perte de peu d'importance, décida Lionne. Mais, je m'aperçois que je n'ai pas eu la courtoisie de prendre des nouvelles de votre santé, chevalier...

— Je crois que je survivrai, monsieur, sourit difficilement Louis. Comment pourrait-il en être autrement, avec tant de personnes si aimables qui s'occupent de moi ?

Hugues de Lionne opina et parut un instant embarrassé.

— J'ai bien peur d'être responsable d'une bonne part de vos déboires, monsieur le chevalier. Je n'ai pas été très franc avec vous...

— Il est vrai que, si j'avais su que Mme de Castelbajac était la sœur du marquis de Fontrailles, Bresche n'aurait pu me piéger, reconnut tristement Louis, d'autant que je le suspectais depuis longtemps.

Lionne hocha longuement la tête, puis s'exprima ainsi :

— Je dois reconnaître, monsieur, que dans mon activité, je ne fais confiance à personne. C'est la première règle que m'a apprise mon oncle. Lorsque M. Le Tellier m'a fait savoir qu'on faisait appel à vous pour identifier l'espion du bureau du Chiffre, ni moi ni mon oncle n'avons jugé que c'était une bonne idée. Que connaissiez-vous du monde de l'espionnage, de la trahison, de la tromperie et de la sauvagerie qui sous-tend toute la diplomatie ? Moi, j'y baigne depuis toujours et j'ai pensé que vous aviez toutes les raisons d'y laisser votre vie. En outre, M. Servien avait fait entrer dans le bureau du chiffre le frère de Mme Moillon pour tenter de découvrir notre traître. J'ai donc été inquiet quand je vous ai vu chez M. d'Avaux avec la *Belle Gueuse*. Je savais qu'elle était en relation avec Mme de Chevreuse et M. de Fontrailles et je n'étais venu que pour repérer ceux qui l'approchaient ! Quand j'ai découvert que vous vous éloigniez avec elle, j'ai jugé qu'il me fallait intervenir. J'ai demandé à Mme Moillon de vous suivre. Je ne sais ce qui se serait passé autrement mais, sans son intervention, je ne suis pas certain que vous en seriez sorti vivant.

Louis ferma brièvement les yeux en approuvant de la tête.

— Paradoxalement, cet incident a fait commettre une erreur à nos adversaires. Ils ont tenté de vous tuer et votre compagnon a abattu Habert. C'est ainsi que l'espion de Fontrailles a finalement été identifié, alors que Simon Garnier n'y était pas arrivé !

Il soupira.

— Tout comme pour Mme de Castelbajac, j'aurais dû aussi vous dire que Mme Moillon et ses frères travaillaient pour moi depuis des années. Ils sont en relation avec un groupe de protestants hollandais qui souhaitent l'alliance avec la France.

Il écarta les mains comme pour marquer son impuissance ou ses regrets.

— J'ai trop l'habitude du secret, conclut-il.

— Il y a toujours un espion dans le bureau du Chiffre, monsieur, lâcha Louis.

Lionne haussa un sourcil et écarquilla les yeux d'incrédulité.

— Mais Manessier est mort !

— C'est Guillaume Chantelou qui est l'agent de Charles de Bresche. C'est Chantelou qui est l'espion du Saint-Siège.

— Le parent de M. des Noyers ? C'est impossible !

— Mais pourtant vrai. Je le soupçonnais et Bresche me l'a lui-même confirmé. Il travaille sans doute aussi pour Fontrailles, désormais. C'est lui qui a assassiné Charles Manessier en tentant de faire croire à un suicide pour que j'arrête mon enquête.

Hugues de Lionne restait interloqué et ce fut Gaston qui rompit le silence :

— J'attendais l'arrivée de vos mousquetaires avant de partir pour le Grand-Châtelet, monsieur le comte. Je ne voulais prendre aucun risque et être certain que Louis ne risquait plus rien. Je vais aller vérifier que les hommes de Bresche sont bien serrés dans leur cachot, puis j'irai saisir Guillaume Chantelou.

— Allez, monsieur ! Mais cette affaire est terrible ! Comment éviter le scandale ?

— Avec votre assentiment, je pourrais proposer une transaction à M. Chantelou, suggéra Gaston. Il ne parlerait au procureur ni du libraire ni de son activité d'espion. Magistrat en robe courte représentant le roi, je pourrais demander qu'il ne soit jugé que pour le meurtre de Manessier et qu'il soit condamné, non à la pendaison, mais aux galères. Il devrait accepter.

— Il faudrait prévenir M. Meliand[1], afin qu'il choisisse un procureur qui accepte votre proposition, remarqua Hugues de Lionne en se frottant le menton.

— En effet. Pouvez-vous vous en occuper ?

— Je le ferai. J'irai voir le procureur général avec le chancelier Séguier dès demain. Quant à vous, faites au mieux, monsieur, accepta Lionne, soulagé à l'idée que l'affaire n'irait pas sur la place publique.

Il se tourna vers la marquise de Castelbajac :

— Isabeau, je peux vous offrir l'hospitalité dans mon hôtel durant votre séjour à Paris.

— Merci, monsieur le comte, mais j'aurais souhaité rester ici pour veiller sur M. Fronsac.

— Mon père ! appela Louis.

1. Blaise Meliand, procureur général du Parlement de Paris. Son successeur sera Nicolas Fouquet.

Le notaire s'approcha.

— Pourriez-vous faire monter dans la bibliothèque le lit que Julie et moi utilisons ? Nous pourrions ainsi loger Mme de Castelbajac et Mme de Lespinasse.

— Je vais donner des ordres à Richepin, décida M. Fronsac. J'ai déjà fait préparer un lit pour nous dans mon cabinet de travail et il nous reste un autre lit au garde-meuble.

Hugues de Lionne se leva.

— Je vais rendre compte à Mgr Mazarin. Vous aurez sans doute d'autres visites demain, monsieur Fronsac. Je vous laisse mes mousquetaires et M. du Vallon pour quelques jours.

— Ils pourront loger dans la salle commune à côté de la cuisine, proposa M. Fronsac. J'y ferai installer des paillasses.

Gaston et Gaufredi quittèrent l'étude en même temps qu'Hugues de Lionne, à la fois rassurés sur la santé de Louis et sur la sécurité de la maison. Les mousquetaires resteraient plusieurs jours – et coûteraient d'ailleurs fort cher à M. Fronsac, car leur réputation de gloutonnerie et d'intempérance n'était pas usurpée – mais aucun assaut que ce soit de Guise ou de Fontrailles ne serait à craindre. Et très vite, Louis pourrait rentrer à Mercy.

Juste avant l'arrivée du médecin, Gaston avait pris un rapide dîner à la cuisine de l'étude en compagnie des autres membres de l'équipée. Il avait confié à chacun une portion du bâtiment à surveiller et à défendre. Il leur avait aussi rappelé – c'était surtout pour les frères Bouvier – que leur expédition devait rester secrète.

Les rues étaient désertes en ce début d'après-midi de dimanche et la neige, qui tombait cependant avec moins de vigueur que le matin, n'incitait personne à sortir. Gaston et Gaufredi parvinrent donc assez rapidement au Grand-Châtelet.

Ils trouvèrent La Goutte sommeillant sur un banc de pierre, dans l'embrasure d'une fenêtre, à l'extrémité de la sombre galerie du premier étage qui desservait la tour d'angle, où se situait le cabinet de travail de Gaston.

— Vous avez délivré M. Fronsac, monsieur le commissaire ? demanda l'archer, en se levant sitôt qu'il eut reconnu Gaston de Tilly.

— Oui, La Goutte. Juste à temps et sans effusion de sang. Il est à l'étude de son père, bien soigné par tout un bataillon de jolies femmes. J'aimerais bien être à sa place, mais le travail nous attend. Où sont nos marauds ?

— Je les ai fait enfermer dans la *Barbarie*.

— Tu as bien fait.

— Pour ma part, je les aurais plutôt jetés dans la *Fin d'Aise,* intervint Gaufredi avec une grimace de haine.

La *Barbarie,* les *Chaînes*, la *Boucherie,* et la *Chausse d'Hypocras*, étaient les cachots les plus sordides de la prison. Dans la plupart d'entre eux, l'eau pénétrait et le prisonnier vivait – peu de temps – dans le froid et la boue. Mais le pire était la *Fin d'Aise,* un trou empli d'immondices et de vermines grouillantes qui chassaient même les rats les plus méchants.

— Il faut qu'ils restent en bon état, compagnon ! Mais ils n'échapperont pas à leur châtiment. Je les interrogerai demain et ils seront jugés dans la semaine, sans doute à l'audience de vendredi présidée par le lieutenant criminel.

» Il nous reste une arrestation à effectuer. Je vais préparer un arrêt de détention pour nos trois truands et un autre pour celui que nous allons saisir. Je les ferai signer demain par M. Dreux d'Aubray. Prépare une voiture et prends quatre ou cinq archers à cheval.

Ils partirent très vite. Gaston et Gaufredi avaient laissé leurs chevaux au Châtelet et s'étaient installés dans la voiture. Les archers les suivaient à cheval.

Ils abandonnèrent le véhicule à l'entrée de la rue des Rats. Gaufredi guida la troupe jusqu'au porche situé à côté de l'école de médecine.

Gaston laissa deux archers dans la cour, puis vérifia qu'il n'y avait pas d'autre issue en envoyant deux autres hommes au premier étage. Lui, Gaufredi, La Goutte et un autre archer grimpèrent alors au second étage par l'escalier de bois qui courait sur la façade.

Ils se firent ouvrir le premier logement. Un homme bien en chair, la cinquantaine, en robe d'intérieur, leur ouvrit, interloqué en découvrant des archers du Grand-Châtelet en uniforme.

Gaufredi n'avait jamais vu Guillaume Chantelou. Il se souvenait seulement de la description qu'en avait fait son maître : très grand, maigre, le visage abîmé par la petite vérole. Ce n'était pas le cas de celui qui venait de leur ouvrir la porte de son logement.

Gaston, Gaufredi et la Goutte entrèrent d'autorité. L'archer resta dehors à surveiller le couloir.

— Êtes-vous Guillaume Chantelou ? demanda sévèrement Gaston.

— Non, c'est mon voisin, monsieur.

— Conduisez-nous. Je suis le commissaire de Saint-Germain-l'Auxerrois.

L'autre déglutit et obéit dans un sourire de circonstance.

Ils sortirent et leur guide les arrêta deux portes plus loin :

— C'est là, monsieur le commissaire.

Gaston frappa à la porte.

— Que voulez-vous ? demanda une voix de l'autre côté.

— J'apporte un message important de M. Rossignol, annonça Gaston.

On tira un verrou et la porte s'ouvrit devant un homme maigre au visage raviné par la petite vérole.

— C'est lui, fit Gaufredi.

— Au nom du roi, je vous arrête, déclara Gaston en tendant vers lui la baguette blanche qu'utilisaient les policiers pour légitimer une arrestation.

La Goutte et l'archer entravèrent aussitôt, avec une chaînette, les poignets de l'espion si ahuri qu'il ne songea même pas à protester.

Ils l'emmenèrent sans ménagement dans la voiture où ils le laissèrent sous la surveillance des autres archers.

Gaston prit La Goutte et Gaufredi avec lui. Il lui restait une dernière chose à faire, une promesse à tenir, même si elle lui répugnait.

Ils se dirigèrent vers la place Maubert, et l'enseigne de bois en forme de livre sur laquelle était peinte une louve allaitant deux enfants.

Après avoir laissé le libraire ligoté, Gaston avait fermé la porte et les volets de la fenêtre dépolie.

Il sortit la clef qu'il avait prise à Bresche, ouvrit et entra. Gaufredi détacha le volet et un peu de lumière filtra. Le froid était effrayant dans l'échoppe.

Le libraire était toujours attaché, son visage et ses mains aussi blancs que du plâtre.

Gaston coupa les liens. Bresche-Morfi resta étendu au sol, engourdi et grelottant.

— Monsieur de Bresche, j'ai tenu parole, déclara Gaston. M. Fronsac est libre. Je vais gracieusement vous donner un conseil. Quittez Paris, quittez la France. La justice ne vous poursuivra pas, mais d'autres pourraient chercher à se débarrasser de vous.

Gaston revint en soirée raconter à Louis l'arrestation de Chantelou. Louise Moillon et ses frères étaient partis. Il trouva Louis seul avec Françoise de Lespinasse, à qui il venait de dicter une longue lettre pour Julie, étant incapable d'écrire avec ses poignets douloureux.

— Je vous laisse, décida Françoise de Lespinasse dans un sourire. Elle s'approcha de Louis et déposa un baiser sur son front, avant de murmurer :

— Monsieur Fronsac, si vous étiez une femme, je crois bien que je serais amoureuse de vous.

19.

Épilogue

Le lendemain de ce jour mémorable, en fin d'après-midi, un imposant carrosse suivi et précédé d'une escorte de gardes du corps du roi entra avec grand fracas dans la cour de l'étude Fronsac.

Louis allait mieux. Il s'était levé et le docteur Renaudot lui avait assuré qu'il pourrait rentrer chez lui sous quelques jours. Guillaume Bouvier était d'ailleurs parti à Mercy porter la lettre qu'avait écrite sous sa dictée Françoise de Lespinasse.

De la fenêtre de la chambre de ses parents, alors qu'il était en compagnie de Mme de Castelbajac et de sa dame de compagnie, Louis vit sortir du carrosse Toussaint Rose, puis le cardinal Mazarin en personne que son père salua très bas. Le notaire s'étant précipité dans la cour dès qu'il avait vu entrer les gardes du corps.

— Mesdames, nous avons de la visite, fit Louis.

C'est M. Fronsac qui introduisit le ministre et son secrétaire dans la chambre. Les deux femmes s'inclinèrent profondément devant le cardinal, Louis un peu moins, uniquement à cause de ses côtes cassées.

— Monsieur le chevalier, fit le prélat habillé en costume de cavalier, cette fois, j'ai eu très peur de vous perdre !

Pour amuser les dames, il força exagérément sur son accent italien.

— Mais je vois que vous êtes en bonne compagnie, sourit-il, avec un geste de la main.

Louis présenta ses gardes-malades.

— Mme la marquise de Castelbajac est la sœur du marquis de Fontrailles, Mme de Lespinasse est son amie. Ce sont elles qui m'ont délivré, monseigneur.

— Madame, fit le ministre en saluant la marquise. Si votre frère était aussi fidèle au roi que vous l'êtes, je n'aurais plus aucune inquiétude sur l'avenir de ce pays.

— Je ne sais que vous répondre, monseigneur, murmura Isabeau d'Astarac. Sinon que je vous jure d'être désormais fidèle pour deux.

Mazarin eut une inclination de tête avant d'ajouter :

— M. de Lionne m'a fait connaître votre rôle.

Puis se tournant vers Louis :

— Monsieur le chevalier, vous avez fait bien plus que je n'attendais de vous. Les deux réseaux d'espions qui pouvaient ruiner les chances de la France à Münster sont démantelés grâce à vous, et M. de Brienne est venu me voir cet après-midi pour me parler du chiffre qu'a proposé M. de Fermat. M. Rossignol lui a assuré qu'il n'avait jamais songé à un mécanisme de chiffrage aussi élégant et aussi robuste. Il va y porter quelques aménagements de son cru, mais nous sommes désormais rassurés sur nos dépêches secrètes[1]. Mon secrétaire va vous remettre une gratification mais je ne suis pas venu pour cela. J'ai parlé de vous, de votre courage et de

1. Le *Grand chiffre* d'Antoine Rossignol ne sera percé qu'à la fin du XIXe siècle !

votre dévouement, à la reine. Elle souhaite que vous lui soyez présenté. Attendez-vous donc à devoir venir à la Cour dans quelques semaines.

— C'est trop d'honneur, monseigneur, balbutia Louis qui ne s'attendait pas à une telle faveur.

— Non point, monsieur le chevalier. La reine interviendra personnellement auprès de M. le président de Mesmes pour que vos lettres patentes de marquis soient enregistrées rapidement.

Le cardinal se tourna à nouveau vers les dames :

— Mesdames, je suis bien aise de vous avoir connues. Chevalier, je suis votre serviteur. Monsieur Fronsac, si vous voulez bien me raccompagner...

Le ministre sortit, tandis que les deux femmes s'agenouillaient et que Louis s'inclinait le plus bas qu'il pouvait.

Après le départ de Mazarin, Toussaint Rose s'approcha de Louis, une lettre à la main.

— C'est une lettre de paiement, chevalier. Vous la présenterez au trésorier de l'Épargne, M. de La Bazinière, qui vous la réglera à votre convenance. Par ailleurs, Son Éminence proposera au prochain conseil du roi que vous soyez désormais inscrit sur la liste des pensions. Sans doute pour deux mille livres par an.

À son tour, il salua les dames et Louis, puis rejoignit son maître.

Louis déplia la lettre. C'était un bon de paiement de dix mille livres.

Il soupira. Il pourrait acheter les terres qui faisaient tellement envie à Margot. Quant à la pension, même faible, elle serait la bienvenue même s'il savait que la plupart n'étaient pas payées, ou payées avec un grand retard, tant il y avait disette d'argent dans les caisses de l'État.

Ce n'est que le lendemain que Gaston vint voir Louis. Il en profita pour rester souper. Outre Gaston et la famille Fronsac, le repas réunit Mmes de Castelbajac et de Lespinasse qui annoncèrent leur départ pour le lendemain. Le premier clerc, Jean Bailleul, et l'intendant, Claude Richepin, n'avaient pas été invités, car Louis souhaitait que les propos qu'ils allaient échanger restent entre eux. Seules Mme Mallet et Jeannette Bouvier devaient assurer le service.

Quand les deux domestiques furent retournées aux cuisines, Gaston rapporta l'interrogatoire de Chantelou, auquel il venait de procéder. Un interrogatoire préliminaire et sans greffier. Le chiffreur avait reconnu avoir envoyé un billet à Charles Manessier pour lui donner rendez-vous à la *Pomme de Pin*. Là-bas, il lui avait présenté Charles de Bresche comme un financier recherchant des associés afin de participer à un traité pour la vente de huit charges de contrôleur des vins. Chantelou savait que Manessier prenait souvent des parts dans de tels contrats.

— À la *Pomme de Pin,* ils l'ont fait boire abondamment, poursuivit Gaston. En revenant, Bresche aurait assommé ce pauvre Manessier, puis l'aurait pendu avec un cordon de passementerie. Chantelou m'a juré que ce n'était pas lui l'assassin. Le meurtre de Manessier était une idée de Bresche qui lui avait dit que, puisqu'il était suivi, c'est qu'on le suspectait. En faisant croire que Manessier s'était suicidé, les enquêteurs penseraient qu'il était coupable et l'enquête s'arrêterait puisqu'il serait mort.

— Tu crois qu'il t'a dit la vérité ? s'enquit Louis. Bresche m'a prétendu le contraire. Il m'a assuré que c'est Chantelou qui avait pendu ce pauvre Manessier.

— Peu importe ! Je lui ai expliqué qu'il allait être pendu et qu'il aurait auparavant les poignets tranchés. Il a fondu en larmes de terreur. Je lui ai alors proposé notre marché. Il avouerait avoir tué Manessier tout seul et ne parlerait pas de Bresche. En échange, je lui obtiendrais une peine de galères perpétuelle.

» Il a refusé, persuadé qu'il pourrait se défendre en accusant Charles de Bresche et n'ayant visiblement aucune confiance dans ma suggestion. Je me suis donc rendu chez M. Meliand. C'est pour cela que je n'ai pu venir hier. Le procureur général venait de rencontrer Lionne et Séguier, et il m'a promis de m'envoyer dans la journée le procureur qu'il avait choisi. C'était M. Amyot. Nous sommes retournés ensemble ce matin interroger le prisonnier. Devant l'assurance du procureur que sa réquisition ne ferait pas mention de Charles de Bresche et qu'il demanderait contre lui le plus effroyable des châtiments s'il n'acceptait pas le marché proposé, Chantelou a finalement consenti à ne pas incriminer notre libraire et à reconnaître qu'il avait seul tué Manessier. Nous avons fait venir un greffier pour enregistrer sa déposition et il sera jugé vendredi.

Ainsi, songea Louis avec amertume, Charles de Bresche, le plus coupable, ne subirait aucune peine et resterait en liberté.

Ce ne fut que beaucoup plus tard, alors qu'il était rentré à Mercy, qu'il apprit la condamnation de Chantelou aux galères. Quant aux trois truands recrutés par Charles de Bresche, ils avaient été pendus en place de Grève à la fin janvier par Jehan Guillaume, l'exécuteur des hautes œuvres de la prévôté et vicomté de Paris. Un spectacle pour lequel sa fille Mathurine avait été applaudie à chacune des fois où elle s'était accrochée aux jambes des suppliciés pour hâter leur mort.

Le duc de Guise était revenu à Paris en février 1644 pour être une nouvelle fois interrogé par le Parlement au sujet de son duel. Les conclusions des gens du roi [1] lui furent favorables. En revanche

1. Le procureur et les avocats de l'accusation.

un décret de prise de corps fut pris contre Maurice de Coligny, jugé coupable pour l'avoir défié.

Le duc s'installa à nouveau dans son hôtel, où il apprit les troubles qui s'y étaient produits. Il garda malgré tout son amitié au marquis de Fontrailles. Quant à Coligny, il n'en finissait pas d'agoniser. La gangrène gagna finalement tout son bras et, ayant refusé qu'on le lui coupe, il mourut le 21 mai.

Le 29 juillet 1644, ce fut le pape Urbain VIII, Maffeo Barberini, qui fut rappelé à Dieu. Ses frères et neveux furent chassés de Rome par son successeur Giovanni Battista Pamphili, devenu pape sous le nom d'Innocent X[1]. Ferrante Pallavicino avait déjà été exécuté à Avignon.

Louis rentra à Mercy le vendredi suivant sa libération de l'hôtel de Guise. Son carrosse était escorté par Guillaume et Jacques Bouvier. Mmes de Castelbajac et de Lespinasse étaient parties deux jours plus tôt, ainsi que M. du Vallon et ses mousquetaires. Son père était allé se faire payer la lettre de change de Mazarin auprès du trésorier de l'Épargne qui lui avait remis la somme en écus au soleil.

À Mercy, Louis retrouva, cette fois avec plaisir, ses petits problèmes domestiques de châtelain, d'autant qu'il disposait désormais de dix mille livres de plus pour faire face à ses travaux et agrandir son domaine.

Michel Hardoin avait commencé la réparation du pont sur l'Ysieux et fait couper du bois pour construire la roue qui conduirait l'eau au château. Louis lui demanda de réfléchir à ce que coûterait la construction d'un moulin.

1. À la mort de celui-ci, c'est Fabio Chigi qui deviendra pape à son tour !

Il se rendit aussi, avec Margot, chez l'abbé de Royaumont. Celui-ci était effectivement prêt à lui céder une prairie et quelques champs de bonne terre pour quatre mille livres, à condition de pouvoir utiliser le pont gratuitement. Ainsi, les moines pourraient à nouveau labourer les terres qui leur restaient de ce côté-là de l'Ysieux.

Louis accepta en posant ses conditions : le passage du pont provisoire se ferait aux risques et périls de chacun, et dès qu'un nouveau pont en pierre serait construit, un péage serait à nouveau demandé. L'abbé accepta.

Enfin, Louis décida d'acheter à Julie deux nouvelles robes, dont une en damas qu'elle porterait s'ils devaient vraiment se rendre à la Cour. Lui-même se fit faire un pourpoint de soie, des souliers à boucles dorées et un chapeau à plumes.

Il décida encore de faire fabriquer, par un menuisier ami de Michel Hardoin, quelques meubles qui seraient indispensables dès que les nouvelles ailes du château seraient terminées : des lits, des armoires, des tables et des chaises.

Enfin, il commanda un tableau à Louise Moillon.

Louis écrivit aussi à Blaise Pascal pour lui expliquer, sans donner de détails, qu'il avait perdu la démonstration de la conjecture de Fermat. Pascal en fut désolé mais non fâché puisqu'il poursuivit dès lors une correspondance régulière avec lui. Leurs lettres devaient aborder aussi bien les sujets religieux que scientifiques. Pascal lui confia ainsi les difficultés qu'il avait dans la fabrication de son calculateur mécanique, auquel il renonça en 1652.

Louis entretint également une correspondance, beaucoup plus irrégulière, avec Pierre de Fermat, qui ne lui fit jamais parvenir un nouvel exemplaire de sa démonstration. Le magistrat était fort occupé par son activité de conseiller et n'attachait guère d'importance à ses travaux scientifiques, qui devaient pourtant représenter une avancée considérable dans l'histoire des sciences.

Sans doute Pierre de Fermat songeait-il à mettre en ordre ses idées une fois qu'il aurait cessé son activité judiciaire. Il ne répondit donc pas aux demandes pressantes de Pascal et de Mersenne sur sa démonstration de la proposition de Diophante, et également sur bien d'autres !

En 1665, il tomba brusquement malade et mourut en quelques jours. Son fils rassembla ses notes, sa correspondance, ainsi que ses commentaires de *l'Arithmetica* qu'il fit publier en 1670. Dans cet ouvrage, Pierre de Fermat laissait quarante-huit observations, ou théorèmes, qu'il assurait avoir démontrés.

Euler s'attacha au premier, mais il faudra attendre 1993 pour que le mathématicien anglais Andrew Wiles démontre le dernier :

« Un cube ne peut jamais être la somme de deux cubes, une puissance quatrième ne peut jamais être la somme de deux puissances quatrièmes, et plus généralement aucune puissance supérieure à deux ne peut être somme de deux puissances analogues. »

En 1646, Charles de Bresche, qui s'était éloigné un temps de Paris, revint à sa librairie de la place Maubert. Un marchand de gants et de parfums ouvrit alors un commerce à côté du sien et se lia à lui.

Au mois de juin de la même année, une dispute éclata entre les deux commerçants et le gantier passa son épée au travers de la poitrine du libraire.

L'assassin fut conduit au Grand-Châtelet, d'où un ordre de l'élargir arriva aussitôt. Un ordre signé Jules Mazarin.

Ce gantier n'était pas connu dans le quartier avant l'ouverture de sa boutique. On n'entendit plus jamais parler de lui. On sut seulement qu'il se nommait Ganducci.

Mazarin n'était pas d'un tempérament sanguinaire mais il tenait à punir ceux qui s'attaquaient à ses amis.

Le 10 mai 1644, Mlle de Chémerault épousa M. de La Bazinière, trésorier de l'Épargne, ce qui la plaça définitivement à l'abri de toute poursuite tant le trésorier était un personnage considérable.

Mais ce n'était qu'un mariage de convenance et la *Belle Gueuse* prit rapidement pour amant son voisin Particelli d'Emery, le contrôleur général des Finances qui devait devenir surintendant. Avec son appui, elle obtint de pouvoir revenir à la Cour, à la grande satisfaction de son époux ! Les Parisiens, qui se moquent de tout, en firent un couplet :

D'Esmery n'a jamais fait
Un cocu plus satisfait
que le petit Bazinière.

Mais la nouvelle Mme de La Bazinière obtint beaucoup plus. Son amant, devenu surintendant des Finances, sut convaincre le fils d'un fripier enrichi dans les traités – autrement dit un traitant – possesseur d'une charge de secrétaire du roi qui l'ennoblissait, de donner sa fille en mariage à son frère Charles de Barbezière. Cette fille, Madeleine Tabouret, apporta en dot quatre cent mille livres et la terre de Turny, en Bourgogne.

La fortune du frère et de la sœur Barbezière était désormais assurée d'autant que la *Belle Gueuse* rouvrit son tripot chez son nouvel époux, à trois maisons de celle de la banque Tallemant. Seule ombre à ce tableau, son autre frère, François, fit la cour à la jeune sœur du trésorier et finalement l'enleva pour l'épouser de force. Condamné à mort par le parlement, il ne dut son salut qu'au soutien du duc d'Enghien, devenu prince de Condé, qui en fit un de ses capitaines.

Nous en reparlerons car le pauvre François Barbezière devait tout de même finir sur l'échafaud.

En avril, Louis était revenu à Paris. Mme de Rambouillet était malade et Julie voulait rester près d'elle. Durant les premiers jours du mois, Louis vint en aide au coadjuteur, Paul de Gondi, et à cette occasion, il découvrit son terrible secret[1].

Le 5 avril 1644, la reine vint assister aux vêpres dans l'église des Minimes. Elle y rencontra le père supérieur, le père Mersenne ainsi que le père Niceron. C'est Louis Fronsac qui avait demandé à Mazarin de suggérer à la régente de marquer ainsi sa reconnaissance envers le couvent.

Zongo Ondedei devint évêque de Fréjus en 1658. Il sera l'un des exécuteurs testamentaires de Mazarin.

Le congrès de Münster fut inauguré le 10 avril 1644. Très vite des querelles surgirent entre les deux plénipotentiaires français, Servien et d'Avaux, que tout opposait.

Le comte d'Avaux s'affirmait comme le champion du parti dévot et du rapprochement avec l'Espagne, tandis qu'Abel Servien restait fidèle à la politique de Richelieu et de Mazarin.

Leur différend prit une telle ampleur que Mazarin les plaça sous les ordres d'un troisième plénipotentiaire : le duc de Longueville.

Mais, à la Cour, Hugues de Lionne soutenait son oncle, tout en ayant l'oreille de Mazarin et de la reine.

1. « La Lettre volée », nouvelle à paraître dans le recueil : *L'Homme aux rubans noirs*.

Il obtint finalement le rappel du comte d'Avaux et les négociations de Munster furent finalement terminées par Abel Servien seul.

Le traité de Westphalie fut signé en octobre 1648. Il organisait un nouveau partage de l'Europe. La France obtenait ce qu'elle souhaitait : les Trois-Évêchés – Metz, Toul et Verdun –, l'Alsace, à l'exception de Strasbourg et Mulhouse, Brisach en Allemagne et Pignerol dans le Piémont, ainsi que l'indépendance des Provinces-Unies.

L'Empire se trouva morcelé en plus de trois cents États. Les trois confessions – catholique, luthérienne et calviniste – y furent reconnues. Les contestations les plus violentes vinrent du Saint-Siège, qui perdit une bonne part de son influence, et de l'Espagne qui poursuivit la guerre contre la France jusqu'au traité des Pyrénées, en 1659.

Le comte d'Avaux, à nouveau surintendant des Finances en 1650, décédera la même année sans voir son hôtel terminé. Louis le rencontra brièvement à la fin de l'année 1644, alors qu'il venait passer quelques semaines à Paris. Comme il le lui avait promis, il lui raconta les événements qu'il avait vécus et comment il avait identifié les espions du bureau de Rossignol. Mais son récit fut édulcoré. Il ne mentionna ni Mme de Castelbajac ni le rôle de Hugues de Lionne.

Abel Servien devint à son tour surintendant des Finances après la Fronde, une charge qu'il partagea un temps avec Nicolas Fouquet.

Durant la Fronde, le triumvirat Le Tellier, Servien, Lionne assurera la continuité de la politique de Mazarin, même lorsque celui-ci sera en exil.

Hugues de Lionne deviendra secrétaire d'État aux Affaires étrangères de Louis XIV.

Louise Moillon sera persécutée pour ses convictions religieuses après la révocation de l'Édit de Nantes, mais mourra fidèle à sa foi à l'âge de quatre-vingt-six ans [1].

En juillet 1644, Louis reçut une invitation à se rendre à la Cour avec son épouse. La reine était alors au château de Val, à Rueil, chez la duchesse d'Aiguillon, la nièce de Richelieu.

Louis Fronsac fut présenté publiquement à Anne d'Autriche, et Mazarin fit son éloge.

Un peu plus tard, dans les jardins, alors qu'on servait une collation, la reine s'approcha de Vincent Voiture, lui aussi invité. Voiture se trouvait alors en compagnie de Louis et de son épouse Julie.

— À quoi pensez-vous, monsieur Voiture ? lui demanda amicalement la régente.

Le poète resta interdit un instant. Il jeta un regard vers Mazarin qui, à quelques pas de là, ne pouvait l'entendre, puis il déclama doucement à la mère du roi :

Madame,
Je pensais que la destinée,
Après tant d'injustes malheurs,
Vous a justement couronnée
De gloire, d'éclat et d'honneur.

Mais que vous étiez plus heureuse,
Lorsque vous étiez autrefois,
Je ne dis pas amoureuse,
La rime le veut toutefois...

Anne d'Autriche resta un instant songeuse, puis sourit au poète avant de se diriger vers le cardinal Mazarin.

---

1. Plusieurs de ses œuvres sont au Louvre.

Pour mes lectrices et mes lecteurs

Comme toujours, certains d'entre vous se demandent ce qui est vrai et ce qui est faux dans cette histoire.

Je n'ai, bien sûr, rien inventé sur le congrès de Münster et sur nos plénipotentiaires le comte d'Avaux et Abel Servien.

Ferrante Pallavicino a bien défié le pape Urbain VIII, lequel a demandé à Carlo Morfi d'organiser un guet-apens à Orange, alors que Ferrante était attendu à Paris par Mazarin. Carlo Morfi était le libraire Charles de Bresche, et Mazarin a, plus tard, demandé à Gandulfi, son gantier et parfumeur, de l'assassiner.

Maurice de Coligny est effectivement mort des suites de son duel sur la place Royale avec le duc de Guise. Mais aucun historien ne pourrait assurer qu'il était vraiment chargé d'organiser un nouveau service d'estafettes pour le congrès de Münster. J'ai, par contre, libéré un peu tôt M. de Montauzier qui, en vérité, est resté prisonnier dix mois et non deux en Allemagne.

La Belle Gueuse était bien l'espionne de Richelieu. Elle a effectivement épousé M. de La Bazinière, trésorier de l'Épargne. Nous reparlerons d'elle !

Les historiens ignorent ce que faisait le marquis de Fontrailles durant cet hiver de l'année 1643. Le marquis réapparaîtra pourtant durant la Fronde, au côté du coadjuteur Paul de Gondi, le cardinal de Retz. Nous en reparlerons aussi.

Pierre de Fermat avait-il effectué la démonstration de la conjecture de Diophante ? Il ne l'a en tout cas jamais écrite.

Isabeau d'Astarac, sœur du marquis de Fontrailles, avait bien épousé Godefroy de Durfort, marquis de Castelbajac.

Antoine Rossignol est resté comme l'un des plus grands maîtres des codes secrets, et son Grand répertoire comme l'une des méthodes de codage parmi les plus indéchiffrables.

Bibliographie

BAYARD F., FELIX J., HAMMON P., *Dictionnaire des surintendants et contrôleurs généraux des finances,* Comité pour l'histoire économique et financière de la France, 2000.

BATIFFOL L., *La Duchesse de Chevreuse, une vie d'aventures et d'intrigues sous Louis XIII*. Hachette, 1914.

BLANCPAIN M., *Monsieur le Prince,* Hachette, 1986.

COUSIN V., *La Jeunesse de madame de Longueville,* Perrin, 1917.

CROUSAZ-CRÉTET (de) P., *Paris sous Louis XIV,* Plon, 1922.

DESSERT D., *Colbert ou le serpent venimeux,* éd. Complexe, 2000.

DULONG Claude, *Anne d'Autriche,* Hachette, 1985.

FOISIL M., *La vie quotidienne au temps de Louis XIII,* Hachette, 1992.

GUTH Paul, *Mazarin,* Flammarion, 1972.

JOUHAUD C., *Mazarinades, la Fronde des mots,* Aubier, 1985.

FOURNET V., *Les Rues du vieux Paris,* Fimin Didot, 1879.

J. HILLAIRET, *Connaissance du vieux Paris,* CFL. 1956.

LA ROCHEFOUCAULD, *Mémoires,* La Table Ronde, 1993.

LA MARE, Nicolas de, *Traité de la police,* tome 1.

LEBIGRE A., *La Duchesse de Longueville,* Perrin, 2004.

LE MOEL M., DERENS J., *La Place de Grève,* Délégation à l'action artistique de la ville de Paris, Hachette.

LUCAS-DUBRETON, Jean, *Un libertin italien du* XVIIe *siècle : Ferrante Pallavicino ou l'Arétin manqué,* Paris, La Connaissance, 1923.

MAGNE E., *La vie quotidienne au temps de Louis XIII,* Hachette, 1942.

MAGNE E., *La joyeuse jeunesse de Tallemant des Réaux,* éditions Émile Paul, 1922.

MERCIER L.S., *Tableau de Paris,* La Découverte, 1998.

MONTARIOL D., *Cloîtres et monastères disparus de Toulouse,* Académie de Toulouse.

PERRAULT C., *Les hommes illustres qui ont paru en France pendant ce siècle avec leur portrait au naturel,* Paris, 1692.

SACCI H., *La Guerre de Trente Ans*, Tome III, L'Harmattan, 2003.

SAUVAL, *Histoire et recherches des antiquités de la ville de Paris*, tome 2, 1722.

SINGH S., *Le Dernier Théorème de Fermat*, J.C. Lattès, 1998.

SINGH S., *Histoire des codes secrets*, J.C. Lattès, 1999.

TAILLEFER M., *Vivre à Toulouse sous l'Ancien Régime,* Perrin, 2000.

TALLEMANT DES RÉAUX, *Historiettes,* Bibliothèque de la Pléiade, édition établie et annotée par A. Adam, 1960.

TILLINAC D., *L'Ange du désordre, Marie de Rohan*, Robert Laffont, 1985.

WILHELM J., *La Vie quotidienne au Marais au XVIIe siècle,* Hachette, 1966.

WILHELM J., *La Vie quotidienne des Parisiens au temps du Roi-Soleil,* Hachette, 1977.

JOLIET Ch., *Les écritures secrètes dévoilées*, E. Dentu éditeur, Paris, 1874.

VIGENÈRE Blaise de, *Traicté des chiffres*, Paris, 1586.

Mlle de MONTPENSIER, *Mémoires*.

Mme de MOTTEVILLE, *Mémoires*, Albin Michel, 1925.

Vous pouvez suivre Louis Fronsac dans le Paris du XVIIe siècle en consultant le plan de Paris numérisé par la Bibliothèque nationale sur gallica.bnf.fr :

FER, Nicolas de, *Huitième plan de Paris divisé en ses vingt quartiers*.

Les aventures de Louis Fronsac, l'homme aux rubans noirs, constituent une série d'épisodes où l'on retrouve les mêmes personnages. Par ordre chronologique, on peut lire pour l'instant :

Le mystère de la chambre bleue (1641-1642),
La conjuration des Importants (1643),
La conjecture de Fermat (1644),
La lettre volée (1644),
L'exécuteur de la Haute Justice (1645),
L'énigme du Clos Mazarin (1647),
Deux récits mystérieux : Le disparu des Chartreux (1659),
L'enlèvement de Louis XIV (1660),
Le dernier secret de Richelieu (1669),
La vie de Louis Fronsac.

Vous pouvez joindre l'auteur :
Aillon@laposte.net
http://www.grand-chatelet.net
http://louis-fronsac.site.voila.fr

Remerciements

Toute ma gratitude envers Béatrice Augé, Philippe Ferrand et Pierre Fichant qui ont accepté si volontiers de relire et de corriger ce manuscrit, ainsi qu'à Alain Mazere pour ses informations sur François de La Rochefoucauld.

J'éprouve aussi une profonde reconnaissance envers Isabelle Laffont, pour la confiance qu'elle m'a accordée, et plus généralement envers toute l'équipe des éditions Jean-Claude Lattès.

Enfin, je dois remercier mon épouse, ma mère et ma fille cadette, toujours premières lectrices. Elles restent les plus sévères juges des premières versions de mes ouvrages.

Table des matières

Pour l'éditeur, le principe est d'utiliser des papiers composés de fibres naturelles, renouvelables, recyclables et fabriquées à partir de bois issus de forêts qui adoptent un système d'aménagement durable.

En outre, l'éditeur attend de ses fournisseurs de papier qu'ils s'inscrivent dans une démarche de certification environnementale reconnue.

Imprimé en Espagne par LITOGRAFIA ROSES (Gava)
Dépôt légal : 06/09